黑铁时代

插图珍藏本

王小波 作品

湖南文艺出版社
HUNAN LITERATURE AND ART PUBLISHING HOUSE

博集天卷
CS-BOOKY

图书在版编目（CIP）数据

黑铁时代 / 王小波著 . — 长沙：湖南文艺出版社，2016.1
ISBN 978-7-5404-7449-2

Ⅰ . ①黑… Ⅱ . ①王… Ⅲ . ①短篇小说—小说集—中国—当代 Ⅳ . ① I247.5

中国版本图书馆 CIP 数据核字（2016）第 002509 号

上架建议：名家·经典

黑铁时代

著　　者：王小波
出 版 人：刘清华
责任编辑：薛　健　刘诗哲
监　　制：毛闽峰　李　娜
特约编辑：张宇宏
封面设计：仙境设计
内文排版：百朗文化
出版发行：湖南文艺出版社
　　　　　（长沙市雨花区东二环一段 508 号　邮编：410014）
网　　址：www.hnwy.net
印　　刷：北京鹏润伟业印刷有限公司
经　　销：新华书店
开　　本：880mm×1270mm　1/32
字　　数：371 千字
印　　张：14.5
版　　次：2016 年 1 月第 1 版
印　　次：2017 年 1 月第 2 次印刷
书　　号：ISBN 978-7-5404-7449-2
定　　价：36.00 元

质量监督电话：010-59096394
团购电话：010-59320018

目录 Contents

绿毛水怪·

一、人　妖

　　"我与那个杨素瑶的相识还要上溯到十二年以前。"老陈从嘴上取下烟斗，在一团朦胧的烟雾里看着我。这时候我们正一同坐在公园的长椅上："我可以把这段经历完全告诉你，因为你是我唯一的朋友，除了那个现在在太平洋海底的她。我敢凭良心保证，这是真的；当然了，信不信还是由你。"老陈在我的脸上发现了一个怀疑的微笑，就这样添上一句说。

　　十二年前，我是一个五年级的小学生。我可以毫不吹牛地说，我在当初被认为有超人的聪明，因为可以毫不费力看出同班同学都在想什么，哪怕是心底最细微的思想。因此，我经常惹得那班孩子笑。我经常把老师最宠爱的学生心里那些不好见人的小小的虚荣、嫉妒统统揭发出来，弄得他们求死不得，因此老师们很恨我。就是老师们的念头也常常被我发现，可是我蠢得很，从不给他们留面子，都告诉了别人，可是别人就把我出卖了，所以老师们都说我"复杂"，这真是一个可怕的形容词！在一般同学之中，我也不得人心。你看看我这副尊容，当年在小学生中间这张脸也很个别，所以我在学生中有一外号叫"怪物"。

好，在小学的一班学生之中，有了一个"怪物"就够了吧，但是事情偏不如此。班上还有个女生，也是一样的精灵古怪，因为她太精，她妈管她叫"人妖"。这个称呼就被同学当作她的外号了。当然了，一般来说，叫一个女生的外号是很下流的。因此她的外号就变成了一个不算难听的昵称"妖妖"。这样就被叫开了，她自己也不很反感。喂，你不要笑，我知道你现在一定猜出了她就是那个水怪杨素瑶。你千万不要以为我会给你讲一个杜撰的故事，说她天天夜里骑着笤帚上天。这样的事情是不会有的，而我给你讲的是一件真事呢。

我记得有那么一天，班上来了一位新老师，原来我们的班主任孙老师升了教导主任了。我们都在感谢上苍：老天有眼，把我们从一位阎王爷手底下救出来了。我真想带头山呼万岁！孙老师长了一副晦气脸，刚到我们班来上课时，大家都认为他是特务。也有人说他过去一定当过汉奸。这就是电影和小人书教给我们评判好赖人的方法，凭相貌取人。后来知道，他虽然并非特务和汉奸，却是一位地地道道的土匪，粗野得要命。"你没完成作业？为什么没完成！"照你肚子就捅上一指头！他还敢损你、骂你，就是骂你不骂你们家，免得家里人来找。你哭了吗？把你带到办公室让你洗了脸再走，免得到家泪痕让人看见。他还敢揪女生的小辫往外拽。谁都怕他，包括家长在内。他也会笼络人，也有一群好学生当他的爪牙。好家伙，简直建立了一个班级地狱！

可是他终于离开我们班了。我们当时是小孩，否则真要酹酒庆贺。新来了一位刘老师，第一天上课大家都断定她一定是个好人，又和气，相貌又温柔。美中不足就是她和孙主任（现在升主任了）太亲热，简直不同一般。同学们欢庆自己走了大运，结果那堂课就不免上得非常之坏。大家在互相说话，谁也没想提高嗓门，但渐渐地不提高嗓门对方就听不见了。于是大家就渐渐感觉到胸口痛，嗓子痛，耳朵里面嗡嗡嗡。至于刘老师说了些什么，大家全都没有印象。到了最后下课铃响了，我们才发现：刘老师已经哭得满脸通红。

于是第二节课大家先是安静了一会儿，然后课堂里又乱起来。可是我再也没有跟着乱，可以说是很遵守课堂纪律。我觉得同学们都很卑鄙，软的欺侮，硬的怕。至于我嘛，我是个男子汉大丈夫，我不干那些卑鄙的勾当。

下了课，我看见刘老师到教导处去了。我感到很好奇，就走到教导处门口去偷听。我听见孙主任在问：

"小刘，这节课怎么样？"

"不行，主任。还是乱哄哄的，根本没法上。"

"那你就不上，先把纪律整顿好再说！"

"不行啊，我怎么说他们也不听！"

"你揪两个到前面去！"

"我一到跟前他们就老实了。哎呀，这个课那么难教……"

"别怕，哎呀，你哭什么？用不着哭，我下节课到窗口听听，找几个替你治一治。谁闹得最厉害？谁听课比较好？"

"都闹得厉害！就是陈辉和杨素瑶还没有跟着起哄。"

"啊，你别叫他们骗了，那两个最复杂！估计背地里捣鬼的就是他们！你别怕……今天晚上我有两张体育馆的球票，你去吗？……"

我听得怒火中烧，姓孙的，你平白无故地污蔑老子！好，你等着瞧！

好，第三节课又乱了堂。我根本就没听，眼睛直盯着窗外。不一会儿就看见窗台上露出一个脑瓢，一圈头发。孙主任来了。他偷听了半天，猛地把头从窗户里伸上来，大叫："刘小军！张明！陈辉！杨素瑶！到教导处去！"

刘小军和张明吓得面如土色。可是我坦然地站起来。看看妖妖，她从铅笔盒里还抓了两根铅笔，拿了小刀。我们一起来到办公室。孙主任先把刘小军和张明叫上前一顿臭骂，外加一顿小动作：

"啊，骨头就是那么贱？就是要欺负新老师吗？啊，我问你呢……"然后他俩抹着泪走了。孙主任又叫我们：

"陈辉，杨素瑶！你到这儿来削铅笔来了吗？你知道我为什么叫你来？"

妖妖收起铅笔，严肃地说："知道，孙主任，因为我们两个复杂！"

"哈哈！知道就好。小学生那么复杂干什么？你们在课堂里起什么好作用了吗？啊！！"

"没有。"妖妖很坦然地说。我又加上一句："不过也没起什么坏作用。"

"啊，说你们复杂你们就是复杂，在这里还一唱一和的哪……"我气疯了。孙主任真是个恶棍，他知道怎么最能伤儿童的心。我看见刘老师进来了，更是火上添油，就是为了你孙魔鬼才找上我！我猛地冒了一句："没你复杂！"

"什么，你说什么！说清楚点！！"

"没你复杂，拉着新老师上体育馆！"

"呃！"孙主任差点儿噎死，"完啦，你这人完啦！你脑子里盛的些什么？道德品质问题！走走走，小刘，咱们去吃饭，让这两个在这里考虑考虑！"

孙主任和刘老师走了，还把门上了锁，把我们关在屋里。妖妖噘着嘴坐在桌子上削铅笔，好好的铅笔被削去多半截。我站在那儿发呆，直到两腿发麻，心说这个娄子捅大了，姓孙的一定会去找我妈。我听着挂钟咯噔咯噔地响，肚子里也咕噜咕噜地叫。哎呀，早上就没吃饱，饿死啦！忽然妖妖对我说："你顶他干吗！白吃苦。好，他们吃饭去了，把咱们俩关在这里挨饿！"

我很抱歉："你饿吗？""哼！你就不饿吗？"

"我还好。""别装啦。你饿得前心贴后心！你刚才理他干吗？"

"啊，你受不了吗？你刚才为什么不说'孙主任，我错了'！"

"你怎么说这个！你，你，你！！"她气得眼圈发红。我很惭愧，但是也很佩服妖妖。她比我还"复杂"。我朝她低下头默默地认了错。我们两个就好一阵没有再说话。

过了一会儿，肚子饿得难受，妖妖禁不住又开口了："哎呀，孙主任还不回来！"

"你放心，他们才不着急回来呢。就是回来，也得训你到一点半。"我真不枉了被叫作怪物，对他们的坏心思猜得一点不错。

妖妖点点头承认了我的判断，然后说："哎呀，十二点四十五了！要是开着门，我早就溜了！我才不在这里挨饿呢！"

我忽然饿急生智，说："听着，妖妖。他们成心饿我们，咱们为什么不跑？""怎么跑哇？能跑我早跑了。""从窗户哇，拔开插销就出去了。外面一个人也没有。"

说得好。我们爬上了窗户，踏着孙主任桌子上的书拔开了插销，跳下去，一直溜出校门口没碰上人，可是心跳得厉害，真有一种做贼的甜蜜。可是在街上碰上一大群老师从街道食堂回来，有校长、孙主任、刘老师，还有别的一大群老师。

孙主任一看见我们就瞪大了眼睛说："谁把你们放出来的？"我上前一步说："孙主任，我们跳窗户跑的。我饿着呢。都一点了，早上也没吃饱。"妖妖说："等我们吃饱了您再训我们吧。"

老师们都笑得前仰后合。校长上来问："孙主任为什么留你们？""不为什么。班上上刘老师的课很乱，可是我们可没闹，但是孙老师说我们'复杂'，让我们考虑考虑。"老师们又笑了个半死。校长忍不住笑说："就为这个吗？你们一点错也没有？"

妖妖说："还有就是陈辉说孙主任和刘老师比我们还复杂。""哈！哈！哈！"校长差点笑死了，孙主任和刘老师脸都紫了。校长说："好了好了，你们回去吃饭吧，下午到校长室来一下。"

我们就是这样成了朋友，在此之前可说是从来没说过话呢。

我鼓了两掌说："好，老陈，你编得好。再编下去！"老陈猛地对我瞪起眼睛，大声斥道："喂，老王，你再这么说我就跟你翻脸！我给你讲的是我一生最大的隐秘和痛苦，你还要讥笑我！哎，我为什么要跟你讲这个，真见鬼！心灵不想沉默下去，可是又对谁诉说！你要答应闭嘴，我就把这件事情原原本本地告诉你。"

你听着，当天中午我回到家里，门已经锁上了。妈妈大概是认为我在外面玩疯了，决心要饿我一顿。她锁了门去上班，连钥匙也没给我留下。我在门前犹豫了一下，然后坚决地走开了。我才不像那些平庸的孩子似的，在门口站着，好像饿狗看着空盘一样，我敢说像我这般年纪，十个孩子遇上这种事，九个会站在门口发傻。

好啦，我空着肚子在街上走。哎呀，肚子饿得真难受。在孩子的肚子里，饥饿的感觉比大人要痛切得多。我现在还能记得哪，好像有多少个无形的牙齿在咬啮我的胃。我看见街上有几个小饭馆，兜里也有几毛钱。可是那年头，没有粮票光有钱，只能饿死。

我正饥肠辘辘在街上走，猛然听见有人在身边问我："你这么快就吃完饭了吗？"我把头抬起来一看，正是妖妖。她满心快活的样子，正说明她不仅没把中午挨了一顿训放在心上，而且刚刚吃了一顿称心如意的午饭。我说："吃了，吃了一顿闭门羹！"你别笑，老王。我从四年级开始，说起话来有些同学就听不懂了。经常一句话出来，"其中有不解语"，然后就解释，大家依然不懂，最后我自己也糊涂了。就是这样。

然后妖妖就问我："那么你没吃中午饭吧？啊，肚子里有什么感觉？"老王，你想想，哪儿见过这么卑鄙的人？她还是个五年级小学生呢！我气坏了："啊啊，肚子里的感觉就是，我想把你吃了！"可是她哈哈大笑，说："你别生气，我是想叫你到我家吃饭呢。"

我一听慌了，坚决拒绝说："不去不去，我等着晚上吃吧。"

"你别怕，我们家里没有人。""不不不！！那也不成！""哎，你不饿吗？我家真的一个人也没有呢。"

我有点动心了。肚子实在太饿了，到晚饭时还有六个钟头呢。尤其是晚饭前准得训我，饿着肚子挨训那可太难受啦。当然我那时很不习惯吃人家东西，可是到了这步田地也只好接受了。

我跟着她走进了一个院子，拐了几个弯之后，终于到了后院，原来她家住在一座楼里。我站在黑洞洞的楼道里听着她哗啦啦地掏钥匙真是羡慕，因为我没有钥匙，我妈不在家都进不了门。好，她开了门，还对我说了声"请进"。

可是她家里多干净啊。一般来说，小学生刚到别人家里是很拘谨的，好像桌椅板凳都会咬他一口。可是她家里就很让我放心。没有那种古老的红木立柜，阴沉沉的硬木桌椅，那些古旧的东西是最让小学生骇然的。它们好像老是板着脸，好像对我们发出无声的呵斥："小崽子，你给我老实点！"

可是她家里没有那种倚老卖老的东西，甚至新家具也不多。两间大房间空旷得很。大窗户采光很多，四壁白墙在发着光。天花板也离我们很远。

她领我走进里间屋，替我拉开一张折叠椅子，让我在小圆桌前坐下。她铺开桌布，啊啊，没有桌布。老王，你笑什么！然后从一个小得不得了的碗橱往外拿饭拿菜，一碟又一碟，老王，你又笑！他们家是上海人，十一粒花生米也盛了一碟，我当时数了，一个碟子就是只有十一粒花生米。其他像两块咸鱼、几块豆腐干、几根炒青菜之类，浩浩荡荡地摆了一桌子，其实用一个大盘子就能把全部内容盛下。然后她又从一个广口保温瓶里倒出一大碗汤，最后给我盛了一碗冷米饭。她说：

"饭凉了，不过我想汤还是热的。"

"对对，很热很热。"我口齿不清地回答，因为嘴里塞了很多东西。

她看见我没命地朝嘴里塞东西就不逗我说话了，坐在床上玩弄辫子。后来干脆躺下了，抄起一本书在那里看。

过了不到三分钟，我把米饭吃光了，又喝了大半碗汤。她抬起头一看就叫起来："陈辉，你快再喝一碗汤，不然你会肚子痛的！"

我说："没事儿，我平时吃饭就是这么快。""不行，你还是喝一碗吧。啊，汤凉了，那你就喝开水！"她十万火急地跳起来给我倒开水。我一面说没事，一面还是拿起碗来接开水，因为肚子已经在发痛了。

在我慢慢喝开水的时候，她就坐在床上跟我胡聊起来。我们甚至谈到自己的父母凶不凶。你知道，就是在小孩子中间，这也是最隐秘、最少谈到的话题。

忽然我看到窗户跟前有个闹钟，吓得一下跳起来：

"哎呀，快三点了！"

可是妖妖毫不惊慌地说："你慌什么？等会儿咱们直接去校长室，就

说是回家家里现做的饭。"

"那他还会说我们的！""不会了，你这人好笨哪！孙主任留咱们到一点多对吗？学校理亏呢。校长准不敢再提这个事。"

我一想就又放下心来：真的，没什么。孙主任中午留我们到一点多真的理亏呢。可是我就没想到。不过还是该早点去。我说："咱们现在快去吧。"

妖妖无可奈何地站起来："其实根本不用怕。陈辉，你怕校长找你吗？""我不怕。我觉得，怎么也不会比孙主任更厉害。""我也不怕，我觉得，咱们根本没犯什么错。咱们有理。"我心里说真对呀，咱们有理。

后来我们一起出来上学校。走在路上，妖妖忽然很神秘地说："喂，陈辉，我告诉你一句话。"

"什么呀？"喂，老王，你这家伙简直不是人！你听着，她说："我觉得大人都很坏，可是净在小孩面前装好人。他们都板着脸，训你呀，骂你呀。你觉得小孩都比大人坏吗？"

我说我决不这样以为。

"对了。小孩比大人好得多。你看孙主任说咱们复杂，咱们有他复杂吗？你揪过女孩的小辫子吗？他要是看见你饿了，他会难受吗？哼，我说是不会。"

我说："不过，咱们班同学欺负刘老师也很不好，干吗软的欺负硬的怕呢？"

"咱们班的同学，哼！都挺没出息的，不过还是比孙主任好。刘老师也不是好人，孙主任把咱们俩关起来，她说不对了吗？"

我不得不承认刘老师也算不上一个好人。

"对了，他们都是那样，刘老师为了让班上不乱，孙主任揍你她也不难受。我跟你说，世界上就是小孩好。真的，还不如我永远不长大呢。"

她最后那句话我永远不会忘记。啊，那时我们都那么稚气，想起来真让人心痛！

老陈用手紧紧地压着左胸，好像真的沉湎于往事之中了。我也很受感动，简直说不上是佩服他的想象天才呢，还是为这颗真正的、童年时代的泪珠所沉醉。说真的，我听到这儿，对这故事的真实性，简直不大怀疑了。

老陈感慨了一阵又讲下去："后来我们一直就很好。哎呀，童年时期，回想起来就像整整一生似的。一切都那么清晰，新鲜，毫不褪色，如同昨日！"

我说："你快讲呀！编不下去了吗？"

"编？什么话！你真是个木头人。大概你的童年是在猪圈里度过的，没有一宗真正的感情。"

后来我发现了一个新大陆。那是五年级下学期的事情。这个新大陆就是中国书店的旧书门市部。老王，你知道我们那条街上商场旁边有个旧书铺吧？有一天我放了学，不知怎么就走到那里去了。真是个好地方！屋子里暗得像地下室，点了几盏日光灯。烟雾腾腾，死一样的寂静。偶尔有人咳嗽几声，整整三大间屋子里就没几个人。满架子书皮发黄的旧书，什么都有，而且可以白看，根本没人来打搅你。净是些好书，不比学校图书馆里净是些哄没牙孩子的东西。安徒生的《无画的画册》，谜一样的威尼斯，日光下面的神话境界！马克·吐温的《哈克贝利·芬》，妙不可言！我跟你说，我能从头到尾背下来。还有无数的好书，书名美妙封面美好的书，它们真能在我幼小的心灵里唤起无穷的幻想。我要是有钱的话，非把这铺子盘下来不可。可是我当时真没有几个大子儿，而且这几个大子儿也是不合法的，就是说被我妈发现一定要没收的。我看看这一本，又看看那一本，都是好书，价钱凭良心说也真公道。可是不想买。我总共有七毛钱，可以买一本厚的，也可以买两本薄的。我尽情先看了一通，翻了有八九本，然后挑了一本《无画的画册》，大概不到一毛钱吧，然后又挑了一本《马尔夏斯的芦笛》，我咒写那本破书的阿尔巴尼亚人不得好死！这本破书花了我四毛钱，可是写了一些狗屁不如的东西在上面。我当时不知道辨认作者的方法，就被那个该死的书名骗了，要知道我正看马克·吐温的哈克贝利看得上瘾，就因为那本书卖六毛钱放弃了它！我到收款处把带着体温的、沾着手汗的钱交了上去，心里很为我的没气派害羞。可是过了一会儿，我就兴高采烈地走了出去，小心眼地用手捂着书包里那两本心爱的书。我想，我就是被车轧死，人们也会发现我书包里放着两本好书的，心里很为书和我骄傲。后来仔细看了一遍《马尔夏斯的芦笛》，真为这个念头羞愧。幸亏那天没被车轧死，否则要因为看这种可耻的书遗臭万年的。不过这是后话了，不是当天的事。

我为这幸福付出了代价。因为回家晚挨了一顿好打。不过我死不悔改，晚上睡觉时还想着我发现了一个无穷无尽的快乐的源泉。第二天上课时我完全心不在焉。不过不要紧，我不听课也能得五分。好容易忍到下午放学，我找到妖妖对她说："喂，妖妖，我发现一个好地方！"

"什么好地方？""旧书店，里面有不计其数的好书！！"

"书？看书有什么意思？不过是小白兔、大萝卜之类。我每天放学之后都去游泳，你看我把游泳衣都带着呢。你陪我去吧？"

"小白兔、大萝卜根本就不是书。你跟我上一次旧书店吧。包你满意。"

她不大愿意去，不过看我那么兴致勃勃，也不愿扫我的兴。哎呀，那么小的时候我们就学会了珍惜友谊……

"老陈，少说废话，否则我叫你傻瓜了！"

"傻瓜？你才是傻瓜！你懂得什么叫终生不渝的友谊吗？"

我领着她钻进那个阴暗的书店。我看见《哈克贝利·芬》还在书架上，高兴极了，立刻把它抽下来给妖妖，说："你看看这本书，担保你喜欢！"我其实就是为了这本书来的，可是为了收买她的兴致把它出卖了。我又在书架翻了一通，找着了一本卡达耶夫的《雾海孤帆》，马上就看得入了迷。

可是我看了一会儿，还不忘看看妖妖。嗬，她简直要钻到书里去了。我真高兴！如果，一个人有什么幸福不要别人来分享，那一定是守财奴在数钱。可是我又发现一点小小的悲哀，就是她把我给她的《哈克贝利·芬》放到一边去了，捧着看的是另一本。被她从书架上取下来放在一边的书真是不少，足足有五六本：《短剑》《牛虻》，还有几本。后来我们长大了，这些书看起来就太不足道了。可是当时！

我看看书店的电钟，六点钟了。昨天被揪过的耳朵还有点痛呢！我说："妖妖，回家吧！""急什么，再看一会儿。""算了吧！明天还能看的。"妖妖抬起头看着我说："你急什么呀？""六点了。"妖妖说："不要紧，到七点再回家。"

我也真想再看一会儿，但是揪耳朵的滋味不想再尝了，我坚决地说："妖妖，我非得回家不可了。""你怎么啦？"

我什么也不瞒她。我说："我妈要揍我。你看我今天早上左耳朵是不是大一点？噢，现在还肿着哪！"

妖妖伸手轻轻地摸着我的耳朵，声音有点发抖："痛吗？"

"废话，不痛我也不着急走了。""好，咱们走吧。"

我看看《雾海孤帆》的标价，又把它放下了。其实不贵，只要四毛钱。可是我就剩两毛钱了。妖妖问我："这书不好吗？""不，挺有意思。""那干吗不把它买回去看？"

我不瞒她，告诉她我没钱了。她说："我有钱哪。明天我管我妈要一块钱。她准会给的。我还攒了一些钱，把它拿着吧。"

她选了好几本，连《哈克贝利·芬》也在内，交了钱之后书包都塞不下了。她跟我说："你替我拿几本吧，看完了还我。"

可是我不敢拿，怕拿回家叫家里人看见。褥子底下放一两本书还可以，多了必然被发现。如果被我妈看见了，那书背后还打着中国书店的戳哪！要是一下翻出四五本来，准说是偷钱去买的，就是说借妖妖的她也不信。所以我就只拿了《雾海孤帆》回家。

第二天我完全叫《雾海孤帆》迷住了：敖德萨喧闹的街市！阳光！大海！工人的木棚！彼加和巴甫立克的友谊！我看完之后郑重地推荐给妖妖，她也很喜欢。后来她又买了一本《草原上的田庄》，我们也很喜欢，因为这里又可以遇见彼加和巴普立克，而且还那么神妙地写了威尼斯、那波里和瑞士。不过我们一致认为比《雾海孤帆》差多了。

后来我们又看了无数的书，每一本到现在我都差不多能背下来。《小癞子》《在人间》，世界上的好书真多哇！

有一天，下课以后我被孙主任叫去了。原因是我在上课时看《在人间》。他恐怕根本不知道高尔基是谁。刘老师也不知道。我到教导处时他们两个狗男女正在看那本书哪。我不知他们在书里看出了什么，反正他们对我说话时口气凶得要命：

"陈辉，你知道你思想堕落到什么地步了吗？你看黄色书籍！"

我当时对高尔基是个什么人已经了解一点，所以不很怕他们的威吓。

我说："什么叫黄色书籍呀？"

"就是这种书！你看这种书，就快当小流氓了！"

我猛然想起书里是有一点我不懂的暧昧的地方，看起来让人觉得有点心跳。可是我对小流氓这个称呼坚决反对。我甚至哭了。我说：

"你瞎说！高尔基不是流氓！他和列宁都是朋友！"孙主任听了一愣，马上跳起来大发雷霆：

"你说谁胡说？你强词夺理！你还敢骗人！这个流氓会和列宁是朋友？你知道列宁是谁吗？你污蔑革命领袖！"

这时候校长走了进来，问："怎么啦？啊，是陈辉！你怎么又不遵守纪律呀？"

孙主任气呼呼地说："这问题严重了，非得找家长不可！看黄色小说！校长，这孩子复杂得很，说这个'割尔基'和列宁是朋友，真会撒谎！"

校长看了看书皮，笑了："高尔基，老孙。我告诉你，高尔基是俄国伟大的无产阶级作家，列宁很关心他的写作。这孩子看这书是早了点。你千万别找陈辉的家长，他爸爸是教育局的呢。你让他知道一个教导主任连高尔基是谁都不知道，那可太丢人了。"

我哭着说："孙主任说我是流氓，我非告诉我爸爸不可。他还说高尔基是流氓作家！他大概根本也不知道列宁是哪国人！"

孙主任脸都吓白了。校长和刘老师赶紧上来哄我："你也别太狂了！大人不比你强？你看过几本书？你现在不该看这种书，我们是为你好。你上课看小说就对吗？好啦，拿着书走吧，回家别乱说，啊？"

我拿回了《在人间》，真比虎嘴里抢下了一头牛还高兴，赶紧就跑。我根本不敢回家去说，家里知道和老师顶了嘴准要揍我。我赶快跑去找妖妖，可是妖妖已经走了。我又想去书店，可是已经晚了。于是我就回家了。

老王，你看学校就是这么对付我们：看见谁稍微有点与众不同，就要把他扼杀，摧残，直到和别人一样简单，否则就是复杂！

好了，我要告诉你，我们不是天天上书店的：买来的书先得看个烂熟。而且还要两个人凑够七八毛钱时才去。我经常两分、五分地凑给妖妖存着。她也从此不吃冰棍了，连上天然游泳场两分钱的存衣钱也舍不得花。我和她到钓鱼台游了几次泳，都是把衣服放在河边。那一天我被孙主任叫去训的时候，她一个人上书店了，后来我看见她拿了一本薄薄的书在看。过了几天她把那本书拿给我说："陈辉，这本书好极了！我们以前看过的都没这本好！你放了学不能回家，到我家去看吧，别在教室里看。"

我一看书名：《涅朵奇卡·涅茨瓦诺娃》。

我看了这本书，而且终生记住了前半部。

我到现在还认为这是一本最好的书，顶得上大部头的名著。我觉得人们应该为了它永远纪念陀思妥耶夫斯基。

我永远也忘不了叶菲莫夫的遭遇，它使我日夜不安。并且我灵魂里好像从此有了一个恶魔，它不停地对我说：人生不可空过，伙计！可是人生，尤其是我的人生就要空过了，简直让人发狂。还不如让我和以前一样心安理得地过日子。

不过这也是后话，不是当时的事情。当时我最感动的是，卡加郡主和涅朵奇卡的友谊真让我神醉魂销！不过你别咧嘴，我们当时还是小孩呢。喂，你别装伪君子好不好！我当然是坚决地认为妖妖就是——卡加郡主，我的最亲密的朋友。唯一的遗憾是她不是个小男孩。我跟妖妖说了，她反而抱怨我不是个小女孩。可是结果是我们认为我们是朋友，并且永远是朋友。

不过这样的热情可没维持多久，到了毕业的时候，我们还是很好，但是各考了一个学校。我考了一个男校，妖妖考上了女校五百八十九中。从此就不大见面了。因为妖妖住校。有时在街上走我也不好意思搭理她，因为有同学在旁边呢。我也不愿到她家去。为什么呢？因为我们大了，知道害羞了。并且也会把感情深藏起来，生怕人家看到。不过我从来没有忘记她，后来有一段时间根本没有看见她。中学里很热闹，我有很多事情干呢，甚至不常想起她来。

可是后来女五百八十九中解散了，分了一部分到我们学校来插班，我们学校从此就成了男女合校。那是初二的事情。妖妖正好分在我们班！

二、人　妖（续）

那天下午，老师叫我们在教室里等着欢迎新同学。当然了，大家都很不感兴趣，纷纷溜走，只剩下班干部和几个老实分子。我一听说是五百八十九中，就有点心怀鬼胎，坐在那里不走。

我听见走廊里人声喧哗，好像有一大群女生走了进来，她们一边走一边说，细心听去，好像在谈论校舍如何如何。忽然门砰的一声开了，班主任走进来说："欢迎新同学，大家鼓掌！嗯，人都跑到哪儿去了？"

没人鼓掌，大家都不好意思。她们也不好意思进来，在门口探头探脑。终于有两个大胆的进来了，其余的人也就跟进来。我突然看见走在后面的是杨素瑶！

啊，她长高了，脸也长成了大人的模样：虽然消瘦，但很清秀。身材也很秀气，但是瘦得惊人，不知为什么那么瘦。梳着两条长辫子，不过那是很自然的。长辫子对她瘦长的身材很合适。

我细细地看她的举止，哎呀，变得多了。她的眼睛在睫毛底下专注地看人，可是有时又机警得像只猫：闪电般地转过身去，目光在搜索，眉毛微微有一点紧皱，然后又放松了，好像一切都明白了。我记得她过去就不是很爱说话的。现在就更显得深沉，嘴唇紧紧地闭着。可是她现在又把脸转向我，微微地一笑，嘴角嘲弄人似的往上一翘。

　　后来她们都坐下了，开了个欢迎的班会，然后就散了伙。我出了校门，看见她沿着街道朝东走去。我看看没人注意我，也就尾随而去。可是她走得那么坚决，一路上连头也没回。我不好在街上喊她，更不好意思气喘吁吁地追上去。我看见她拐了个弯，就猛地加快了脚步。可是转过街角往前再也看不见她了。我正在失望，忽然听见她在背后叫："陈辉！"

　　我像个傻子一样地转过身去，看见她站在拐角处的阴凉里，满脸堆笑。她说："我就知道你得来找我。喂，你近来好吗？"

　　我说："我很好。可是你为什么那么瘦？要不要我每天早上带个馒头给你？"

　　她说："去你的吧！你那么希望人人胖得像猪吗？"

　　我想我绝对不希望任何一个人胖得像猪，但是她可以胖一点吧？不对！她还是这个样子好。虽然瘦，但是我想她瘦得很妙。

　　于是我又和她并肩地走。我问："你上哪里去？"

　　"我回家，你不知道我家搬了吗？你上哪儿去？"

　　"我？我上街去买东西。你朝哪儿走？"

　　"我上10路汽车站。"

　　"对对，我要买盒银翘解毒丸。你知道松鹤年堂吗？就在双支邮局旁边。咱们顺路呢！"

　　我和她一起在街上走，胡扯着一些过去的事情。我们又想起了那个旧书店，约好以后去逛逛。又谈起看过的书，好像每一本都妙不可言。我忽然提到：

　　"当然了，最好的书是……"

　　"最好的书是……"

　　"涅……"我突然在她的眼神里看出了制止的神色，就把话吞了下去，噎了个半死。不能再提起那本书了。我再也不是涅朵奇卡，她也不是卡加郡主了。那是孩子时候的事情。

忽然她停下来，对我说："陈辉，这不是松鹤年堂吗？"我抬头一看，说："呀，我还得到街上去买点东西呢，回来再买药吧。"

我送她到街口，然后就说："好，你去上车吧。"可是她朝我狡猾地一笑，扬扬手，走开了。我径直往家走，什么药也没有买。

可是我感到失望，感到我们好像疏远了。我们现在不是卡加郡主和涅朵奇卡了，也不是彼加和巴甫立克了。老王，你挤眉弄眼地干什么！我们现在想要亲近，但是不由自主地亲近不起来。很多话不能说，很多话不敢说。我再不能对她说：妖妖，你最好变成男的。她也不敢说：我家没有男孩子，我要跟我爸爸说，收你当我弟弟。这些话想起来都不好意思，好像小时候说的蠢话一样，甚至都怕想起来。可是想起那时候我们那么亲密，又很难舍。我甚至有一个很没有男子气概的念头。对了，妖妖说得不错，还不如我们永远不长大呢！

可是第二天，妖妖下了课之后，又在那条街的拐角那儿等我，我也照旧尾随她而去。她笑着问我："你上哪儿呀？"

我又编了个借口："我上商场买东西，顺便上旧书店看看。你不想上旧书店看看吗？"

她二话没说，跟我一起钻进了旧书店。

哎，旧书店呀旧书店，我站在你的书架前，真好比马克·吐温站在了没有汽船的码头上！往日那些无穷无尽的好书哪儿去了呢？书架上净是些《南方来信》《艳阳天》之类的书。哈……欠！！我想，我们在旧书店里如鱼得水的时候，正是这些宝贝在新书店里撑场面的时候。现在，这一流的书也退了下来，到旧书店里来争一席位置，可见……

纯粹是为了怀旧，我们选了两本书：《铁流》和《毁灭》。我想起了童年时候的积习，顺手把兜里仅有的两毛钱掏给她。可是她一下就皱起眉头来，把我的手推开。后来大概是想起来这是童年时的习惯，朝我笑了笑，自己去交钱了。

出了书店，我们一起在街上走。她上车站，我去送她。奇怪的是我今天没有编个口实。她忽然对我说："陈辉，记得我们一起买了多少书吗？二百五十八本！现在都存在我那儿呢。我算了算总价钱，一百二十一块七毛五。我们整整攒了一年半！不吃零食，游泳走着去，那是多大的毅力呀！对了对了，我应该把那些书给你拿来，你整整两年没看到那些书了。"

我说："不用，都放在你那儿吧。""为什么呢？""你知道吗？到我手里几天就得丢光！这个来借一本，那个来借一本，谁也不还。"

那一天我们就没再说别的。我一直送她上汽车，她在汽车上还朝我挥手。

后来我就经常去送她，开始还找点借口，说是上大街买东西，后来渐渐地连借口也不找了。她每天都在那个拐角等我，然后就一起去汽车站。

我可以自豪地说，从初二到初三，两年九十四个星期，不管刮风下雨，我总是要把她送到汽车站再回家。至于学校的活动，我是再也没参加过。

可是我们在路上谈些什么呢？哎呀，说起来都很不光彩。有时甚至什么也不说，就是默默地送她上了汽车，茫然地看着汽车远去的背影，然后回家。

有一天我们在街上走，她忽然问我："陈辉，你喜欢诗吗？"

那时我正读莱蒙托夫的诗选读得上瘾，就说："啊，非常喜欢。"后来我们就经常谈诗。她喜欢普希金朴素的长诗，连童话诗都喜欢。可是我喜欢的是莱蒙托夫那种不朽的抒情短诗。我们甚至为了这两种诗的优劣争执起来。为了说服我，她给我背诵了青铜骑士的楔子，我简直没法形容她是怎么念出：

我爱你，彼得兴建的大城……

她不知不觉在离车站十几米的报亭边停住了，直到她把诗背完。

可是我也给她念了：《我爱这连绵不断的青山》和《遥远的星星是明亮的》。那一天我们很晚才分手。

有一天学校开大会，我们出来的时候已经很晚了。那是五月间的事情。白天下了一场雨。可是晚上又很冷。没有风。结果是起了雨雾。天黑得很早。沿街楼房的窗户上喷着一团团白色的光。大街上，水银灯在半天照起了冲天的白雾。人、汽车隐隐约约地出现和消失。我们走到10路汽车站旁。几盏昏暗的路灯下，人们就像在水底一样。我们无言地走着，妖妖忽然问我："你看这夜雾，我们怎么形容它呢？"

我鬼使神差地作起诗来，并且马上念出来。要知道我过去根本不认为自己有一点作诗的天分。

我说："妖妖，你看那水银灯的灯光像什么？

大团的蒲公英浮在街道的河流上，

吞吐着柔软的针一样的光。"

妖妖说："好，那么我们在人行道上走呢？这昏黄的路灯呢？"

我抬头看看路灯，它把昏黄的灯光隔着蒙蒙的雾气一直投向地面。

我说："我们好像在池塘的水底。从一个月亮走向另一个月亮。"

妖妖忽然大惊小怪地叫起来："陈辉，你是诗人呢！"

我说："我是诗人？不错，当然我是诗人。"

"你怎么啦？我说真的呢！你很可以做一个不坏的诗人。你有真正的诗人气质！"

"你别拿我开心了。你倒可以做个诗人，真的！"

"我做不成。我是女的，要做也只能成个蓝袜子。哎呀，蓝袜子写的东西真可怕。"

"你什么时候看到过蓝袜子写的东西？"

"你怎么那么糊涂？我说蓝袜子，就是泛指那些没才能的女作家。比方说乔治·爱略特之流。女的要是没本事，写起东西来比之男的更是十倍地要不得。"

"具体一点说呢？"

"空虚，就是空虚。陈辉，我不是跟你开玩笑，你一定可以当个诗人！退一万步说，你也可以当个散文家。莱蒙托夫你不能比，你怎么也比田间强吧？高尔基你不能比，怎么也比杨朔、朱自清强吧？"

我叫了起来："田间、朱自清、杨朔！！！妖妖，你叫我干什么？你干脆用钢笔尖扎死我吧！我要是站在阎王爷面前，他老爷子要我在做狗和一流作家中选一样，我一定毫不犹豫地选了做狗，哪怕做一只癞皮狗！"

妖妖哈哈大笑起来，笑了又笑，连连说："我要笑死了，我活不了啦……哈哈，陈辉，你真有了不得的幽默感！哎呀，我得回家了，不过你不要以为我在和你开玩笑，你可以做个诗人！"

她走了。可是我心里像开了锅一样蒸汽腾腾，摸不着头脑。她多么坚决地相信自己的话！也许，我真的可以做个诗人？可是我实际上根本没当什么诗人。老王，你看我现在坐在你身旁，可怜得像个没毛的鹌鹑，心里痛苦得像正在听样板戏，哪里谈得上当什么诗人！

我说：老陈，你别不要脸了。你简直酸得像串青葡萄！

你听着！你要是遇见过这种事，你就不会这么不是东西了。这以后，我就没有和妖妖独自在一起待过了。我还能记得起她是什么样子吗？最后见到她已经是七年前的事情了。啊！我能记得起的！她是——

　　她是瘦小的身材，消瘦的脸，眼睛真大啊。可爱的双眼皮，棕色的眼睛！对着我的时候这眼睛永远微笑而那么有光彩。光洁的小额头，孩子气的眉毛，既不太浓，也不太疏，长得那么恰好，稍微有点弯。端立的鼻子，坚决的小嘴，消瘦的小脸，那么秀气！柔软的棕色发辫。脖子也那么瘦：微微地动一下就可以看见肌肉在活动。小姑娘似的身材，少女的特征只能看出那么一点。喂，你的小手多瘦哇，你的手腕多细哇，我都不敢握你的手。你怎么光笑不说话？妖妖，我到处找你，找了你七年！我没忘记你！我真的一刻也不敢忘记你，妖妖！

　　老陈站起来，歇斯底里朝前俯着身子，眼睛发直，好像瞎了一样，弄得过路人都在看他。我吓坏了，一把把他扯坐下来，咬着耳朵对他说："你疯了！想进安定医院哪！"

　　老陈呆呆地坐了一会儿，然后茫然地擦了擦头上的汗。

　　"我刚才看见她了，就像七年前一样。我讲到哪儿了？"

　　"讲到她说你是个诗人。"

　　对对，后来过了几天，就开始"文化大革命"了。后来就是大串联！我走遍了全国各地。逛了两年！我像着了魔一样！后来回到北京，我又想起了妖妖。我想再和她见面，就回到学校。可是她再也没来过学校。我在学校里等了她一年！我不知道她家住在哪儿，我也没有地方去打听！后来我就去陕西了。

　　我在陕西非常苦闷！我渐渐开始想念她，非常非常想念她！我明白了，《圣经》里说，亚当说夏娃是他骨中的骨，肉中的肉，对，就是这么一回事！她是我骨中的骨，肉中的肉。可是到哪里去找她？

　　后来我又回到北京，可是并不快乐。可是有一天，我在家里坐着，眼睛突然看见书架上有一本熟悉的书，精装的《雾海孤帆》。那是我童年读过的一本书，虽然旧了，但是决不会认错的。老王，假如你真正爱过书的话，你就会明白，一本在你手中待过很长时间的好书就像一张熟悉的面孔一样，永远不会忘记。那就是我和她在旧书店买的那一本！可是我记得它在妖妖那儿呀！我简直不能想象出它是从哪儿冒出来的，还以为是我记错了。我拿起它，无心去看，但是翻了一翻，还想重温一下童年的旧梦。忽然从里头翻出个纸条来，上面的话我一字不漏地记得：

陈辉：

我家住在建国路永安东里九楼 431 号，来找我吧。

杨素瑶

1969 年 4 月 7 日

那正是我到陕西去的第三天！我拿着书去问我妈，这书是谁送来的。我妈很不害臊地说：“是个大姑娘，长得可漂亮了。大概是两年前送来的吧。”

我骑上车子就跑！找到永安东里九楼的时候，我连上楼的力气都没有了。腿软得很，心跳得要命，好像得了心律过速。我敲了敲她家的门，有人来开门了！我把她一把抱住，可是抱住了一个摇头晃脑的老太太。老太太可怕得要命！眼皮干枯，满头白发，还有摇头疯，活像一个鬼！

我问：“杨素瑶在家吗？”

老太太一下愣住了：“你是谁？”

“我，我是她的同学，我叫陈辉。”

“你是陈辉！进来吧，快进来。哎呀……（老太太哭了，没命地摇头）小瑶，小瑶已经死啦！”

我发了蒙，一切好像在九重雾里。我记得老太太哭哭啼啼地说她回老家去插队，有一次在海边游泳，游到深海就没回来。她哭着说：孩子，我就这么一个女儿呀！我为什么让她回老家呢？我为什么要让她到海边去呢？呜呜！

我听老太太告诉我，说妖妖在信中经常提到，如果陈辉来找她就赶快写信告诉她。我陪老太太坐到天黑，也流了不少眼泪。这是平生唯一的一次！等到我离开她家的时候，在楼梯上又被一个姑娘拦住了。

她说："你叫陈辉吧？"

我木然答道："是，我是陈辉。"

"我的邻居杨素瑶叫我把这封信交给你，可惜你来得太晚了。"

我到家拆开了这封信，这封信我也背得上来：

> 陈辉：你好！
>
> 我在北京等了你一年，可是你没有来。
>
> 你现在好吗？你还记得你童年的朋友吗？如果你有更亲密的朋友，我也没有理由埋怨你。你和我好好地说一声再见吧。我感谢你曾经送过我两千五百里路，就是你从学校到汽车站再回家的五百六十四个来回中走过的路。
>
> 如果你还没有，请你到山东来找我吧。我是你永远不变的忠实的
>
> 朋友杨素瑶
>
> 我要去的地方是山东海阳县葫芦公社地瓜蛋子大队

老陈讲到这里，掏出手绢擦擦眼睛。我深受感动，站起身来准备走了。可是老陈又叫住了我。他说：

"你上哪儿去？我还没讲完呢！后来我和她又见了一面。"

"胡说！你又要用什么显魂之类的无稽之谈来骗我了吧？"

"你才是胡说！你这个笨蛋。这件事情你一定会以为不是真的，可是

我愿用生命担保它的真实性。要不是亲身经历过，我也不相信这是真的。你听着！"

他又继续讲下去。如果他刚才讲过的东西因为感情真挚使我相信有这么一回事的话，这一回老陈可就使我完全怀疑他的全部故事的真实性了。不是怀疑，他毫无疑问是在胡说！下面就是他讲的故事——

三、绿毛水怪

后来我在北京待不下去了，也回了山东老家。至于老家嘛，简直没有什么可说的。闭塞得很，人也很无知。我所爱的只是那个大海。我在海边一个公社当广播员兼电工。生活空虚透了，真像爱略特的小说！唯一的安慰是在海边上！海是一个永远不讨厌的朋友！你懂吗？也许是气势磅礴地朝岸边涌，好像要把整个陆地吞下去！也许不尽不止朝沙滩发出白浪，也许是死一样的静，连一丝波纹也兴不起来。但是浩瀚无际，广大的蔚蓝色的一片，直到和天空的蔚蓝联合在一起，却永远不会改！我看着它，我的朋友葬身大海，想着它多大呀！无穷无尽的大，多深哪。我经常假想站在海底，看着头上湛蓝的一片波浪，像银子一样。我甚至微微有一点高兴，妖妖倒找到了一个不错的葬身之所！我还有一些非非之想，觉得她若有灵魂的话，在海里一定是幸福的。

可是在海中远远的有一片礁石，退潮的时候就是黑黑的一大片，你可以把它想象成很多东西，一片新大陆，圣海伦岛之类。涨潮的时候就是可笑的一点点，好像在引诱你去那里领受大海的嬉戏。如果是夏天，我每天傍晚到大海里游泳，直到筋疲力尽时，就爬到那里去休息一下。真是个好地方！离岸足有三里地呢。在那里往前看，大海好像才真正把它宽广地显示给你……

有一天傍晚时分我又来到了海滨。那一天海真像一面镜子！只有在沙滩尽边上，才有海水最不引人注意地在拍溅……

我把衣服藏在一块石头底下，朝大海里走去。夕阳的余晖正在西边消逝，整个天空好像被红蓝铅笔各涂了一半。海水浸到了我的腰际，心里又是一阵隐痛……你知道，我听说她死已经是一年前的事情，是一件已经无法挽回的事情了。这种痛苦对于我已经转入了慢性期，偶尔发作一下。我朝大海扑去，游了起来。我朝着那丛礁石游，看着它渐渐大起来，我来了一阵矫健的自由式，直冲到那两片礁石上。你要知道那是一大片犬牙交错的怪石，其实在水下是奇大无比的一块，足有二亩地大。一个个小型的石峰耸出水面，高的有一人多高，矮的刚刚露出水面一点儿。在那些乱石之间水很浅，可是水底下非常的崎岖不平。我想，若干万年前，这里大概是一个石头的孤岛，后来被波涛的威力所摧平。

我爬到最高的一块礁石上。这一块礁石约有两米高，形状酷似一颗巨大的臼齿。我就躺在凹槽里，听着海水在这片礁石之间的轰鸣。天渐渐暗下来。我从礁石后面看去，黑暗首先在波浪间出现。海水有点发黑了。

"该回去了。不然就要看不见岸了。"我在心里清清楚楚地说。找不着岸，那可就糟了。只有等着星星出来才敢往回游，要是天气变坏，就得在石头上过一夜，非把我冻出病来不可！我可没那么大瘾！

我站起身来，眼睛无意间朝礁石中一扫：嗬，把我吓出了一身冷汗！我看见，在礁石中间，有一个好像人的东西在朝一块礁石上爬！我一下把身子蹲下，从石头后面小心地看去，那个怪物背对着我。它全身墨绿，就像深潭里的青苔，南方的水蚂蟥，在动物身上这是最让人憎恶的颜色了。可是它又非常像一个人，宽阔的背部，发达的肌肉和人一般无异。我可以认为它是一个绿种人，但是它又比人多了一样东西，就其形状来讲，和蝙蝠的翅膀是一样的，只是有一米多长，也是墨绿色的，完全展开了，紧紧地附在岩石上。蝙蝠的翅膀靠趾骨来支撑。在这怪物的翅膀中，也长了根趾骨，也有个爪子伸出薄膜之外紧紧地抓住岩石。

它用爪子抓住岩石，加上一只手的帮助，缓缓地朝上爬，而另一只手抓着一杆三股叉，齿锋锐利，闪闪有光，无疑是一件人类智慧的产物。可是我并不因为这个怪物有人间兵器而产生什么生理上的好感：因为它有翅膀又有手，尽管像人，比两个头的怪物还可怕。你知道，就连鱼也只有一对前鳍，有两对前肢的东西，只有昆虫类里才有。

它慢慢把身体抬出水面。不管怎么说，它无疑很像一个成年的男子，体形还很健美，下肢唯一与人不同的地方就是因为水下生活腿好像很柔软，而且手是圆形的，好像并在一起就可以成为很好的流线体。脚上五趾的形象还在，可是上面长了一层很长很宽的蹼，长出足尖足有半尺。头顶上戴了一顶尖尖的铜盔。如果我是古希腊人的话，一定不感到奇怪，可我是一个现代人哪。我又发现它腰间拴了一条大皮带，皮带上带了一把大得可怕的短剑，根本没有鞘，只是拴着剑把挂在那里。我不大想和它打交道。它装备得太齐全了，体格太强壮了。可是我又那么骨瘦如柴。我想再看一会儿，但是不想惊动它。因为如果它有什么歹意，我绝对不是个儿。

我必须先看好一条逃路，要能够不被它发现地溜到海里去，并且要让人在相当长的距离里看不见我，再远一点，因为天黑，在波浪里一个人头都和根木头看起来差不多了。我回头朝后看看地势，猛然吓出了一身冷汗：原来身后的礁石上也爬上来好几个同样的怪物，还有女的。女的看起来样子很俊美，一头长长的绿头发，一直披到腰际。可就是头发看起来很粗，湿淋淋的像一把水藻。它们都把翅膀伸开钩住岩石，赤裸的皮肤很有光泽。至于装扮和第一个差不多。头上都有铜盔，手里也都拿着长矛或钢叉，离我非常之近！最远的不过十米，可是居然谁也没发现我。可是我现在真是无路可逃了。我找不到一个地方可以躲出它们的交叉视线之外，如果一头跳下去，那更是没指望。这班家伙在水里追上我是毫无问题的，在水里搞掉我比在礁石上更容易。

我下了一个勇士的决心，坚决地站了起来，把手交叉在胸前，傲慢地看着它们。第一个上岸的水怪发现我了，它拄着钢叉站了起来，朝我一笑，这一笑在我看来是不怀好意。它一笑我还看见了它的牙齿：雪白雪白，可是犬齿十分发达。我认为自己完了。这无疑是十分不善良的生物，对我又怀有十分不善良的用心！我在一瞬间慌忙地回顾了一下自己的一生：有很多后悔的地方。可是到这步田地，也没有什么太可留恋、叫我伤心得流泪的东西。我仔细一想，我决不向它乞怜，那不是男子汉的作为。相反的，我唯一要做到的就是死得漂亮一些。我迎上几步对它说：

"喂，伙计，听得懂人的话吗？我不想逃跑了。逃不过你们，抵抗又没意思，你把刀递过来吧，不用你们笨手笨脚地动手！"

它摇摇头，好像是不同意，又好像不理解。然后伸手招我过去。

我说："啊，想吃活的，新鲜！那也由你！"我绝不会容它们生吞活剥的。我要麻痹它的警惕性，然后夺下叉子，拼个痛快！

可是我耳边突然响起了一阵笑声。那水怪大声笑着对我说：

"你把我们当成什么了？食人生番？哈哈！"

其他的水怪也随着它一起大笑。我非常吃惊。因为它说得一口美妙的普通话，就口音来说毫无疑问是中国人。

我问："那么您是什么……人呢？"

"什么人？绿种人！海洋的公民！懂吗？"

"不懂！"

"告诉你吧。我过去和你恐怕还是同乡呢！我，还有我们这些伙计，都是吃了一种药变成这个样子的。我们现在在大海里生活。"

"大海里？吃生鱼？（它点点头）成天在海水里泡着？喂，伙计，你不想再吃一种药变回来吗？"

"还没有发明这种药。但是变不回来很好。我们在海里过得很称心如意。"

"恐怕未必吧。海里有鲨鱼，逆戟鲸，还有一些十分可怕的东西。大海里大概也不能生火，只能捉些小鱼生吃。恐怕你们也不会给鱼开膛，连肠子一起生嚼，还觉得很美。晚上呢？爬到礁石上露宿。像游魂一样地在海里漂泊！终日提心吊胆！我看你们可以向渔业公司去报到。这样你们就可以一半时间在岸上舒服的房间里过。我想你们对他们很有用。"

"哈哈，渔业公司！小伙子，你的胆量大起来了，刚才你还以为我们要吃你当晚饭！你把我们估计得太简单了。鲨鱼肉很膻，不然我们准要天天吃它的肉。告诉你，海里我们是霸王！鲨鱼无非有几颗大牙，你看看我们的钢叉！海里除了剑鱼什么也及不上我们的速度。我们吃的东西嘛，当然是生鱼为主。无可否认，吃的方面我们不大讲究。但是也有一些东西是你们享用不到的。你知道鲜蜇的滋味吗？龙虾螃蟹，牡蛎海参……

我大叫一声："你快别说了，我要吐了。我一辈子也不吃海里的玩意儿！"

"是吗？那也不要紧，慢慢会习惯的。小伙子，我看你还有点种。参加我们的队伍吧！吃的当然比不上路易十四，可是我看你也不是爱吃的人，不然你就不会这么瘦了。跟我们一起去吧。海里世界大得很呢。它有无数的高山峻岭，平原大川，辽阔得不可想象！还有太平洋的珊瑚礁，真是一座重重叠叠的宝石山！我可以告诉你，海是一个美妙的地方，一切都笼罩着一层蓝色的宝石光！我们可以像飞快的鱼雷一样穿过鱼群，像你早上穿过一群蝴蝶一样。傍晚的时候我们就乘风飞起，看看月光照临的环形湖。我们也常常深入陆地，美国的五大淡水湖我们去过，刚果河，亚马孙河我们差一点游到了源头。半夜时分，我们飞到威尼斯的铅房顶上。我们看见过海底喷发的火山，地中海神秘的废墟。海底有无数的沉船是我们的宝库……"

"不过你们还是一群动物，和海豚没什么两样。"

"是吗？你如果这么认为就大错特错了。我们中间有学者。我在海中碰上过四个剑桥的大学生，五个牛津的。有一个家伙还邀我们去看他的实验室：设在一个珊瑚礁的山洞里。哈哈，我们中间真有一些好家伙！迟早我们海中人能建立一个强国，让你们望而生畏；不过还得我们愿意。总的来说，我们是不愿意欺负人的，不过，现在我们不想和你们打交道，甚至你们都不知道海里有我们。可是你们要是把海也想得乌烟瘴气的话，我们满可以和你们干一仗的。"

"啊！我是不是在和海洋共和国外交部长说话？"

"不是，哈！哪有什么海洋共和国！只不过我们在海底碰上的同类都有这样的意见。"

"哈哈，这么说，所谓海底强国的公民，现在正三五成群地在大海里漫游，和过去的蒙古人一样？"

"笑什么？当然在某种程度上是这样，可也有人在海底某处定居，搞搞科研，甚至有相当规模的工业，相当规模的城市，有人制造水下猎枪，有人冷锻盖房子的铅板，有人给水下城市制造街灯。还可以告诉你，有人在研究和陆地打一场核战争的计划，作为一种有备无患的考虑。"

"真的吗？哎呀，这个世界更住不得了。"

"你不信吗？你可以去看看！只要你加入我们的行列，你就知道我说的不假了。陆地上的人对海洋知道什么？海大得很！海底什么没有啊！……告诉你，我们可不是食人生番。今天晚上我们要到济州岛东面的岩洞音乐厅去听水下音乐会。水下音乐！岸上的音乐真可怜哪。我们有的是诗人和其他艺术家，在海底，象征派艺术正在流行。得啦，告诉你的不少了，你来不来？"

"不来！我从小就不能吃鱼，闻见腥味就要吐，哎呀，你身上真腥！"

"你不来就算了，为什么要侮辱人？你不怕我吃你！你刚才还浑身发抖，现在就这么张狂！好啦，回去不要跟别人说你碰上水怪了。不过你说也无妨。反正不会有人相信。"

我点点头。这时天已经很暗了，周围成了黑白两色的世界，而且是黑色的居多。只有最近的东西才能辨出颜色。最后的天光在波浪上跳跃。我看看远处模糊的海岸，真想和海怪们告辞了。可是我忽然听见有人在背后叫："陈辉！"

我回头一看，有一个女水怪，半截身子还在水里，伏在礁石上，一顶头盔放在礁石上，长长的头发披下来遮掩住了它的身躯。可是它朝我伸出一条手臂低低地叫着："陈辉！"

声音是陌生的低沉，它又是那么丰满而柔软，像一只海豹。但是我认出了它的面容，它独一无二的笑容，我在天涯海角也能认出来，它是我的妖妖！

我打了个寒噤，但是一个箭步就来到它跟前，在礁石上跪下对它俯下身子，把头靠在它的头发上。

它伸出手臂，抱住我的脖子。哎呀，它的胳膊那么凉，好像一条鱼！我老实跟你说，当时把我吓了一大跳，不由自主地想把它拿下来。

我们静默了一会儿，忽然其他的水怪大笑起来。和我说话的那一个大笑着说："哈哈！他就是陈辉！在这儿碰上了！伙计们，咱们走吧！"

它们一齐跳下水去。强健的两腿在身后击起一片浪花，把上身抬出水面，右手高举钢叉，在水面上排成一排，疾驰而去，好像是海神波塞冬的仪仗。

等到它们在远处消失，妖妖就用双手紧紧地抱住我的脖子。我打了一个寒噤，猛一下挣开了，不由自主地说：

"妖妖，你像一个死人一样凉！"

它从石头上撑起身子看看我，猛然双眼噙满了泪，大发雷霆：

"对了对了，我像死人一样凉，你还要说我像鱼一样腥吧？可是你有良心吗？一去四五年，连个影子也不见。现在还来说风凉话！你怎么会有良心？我怎么瞎了眼，问你有没有良心？你当然不会有什么良心！你根本不记得有我！"

我吃了一惊："你怎么了？你为什么要说这种话？我到处找你！我怎么会知道你当了……海里的人？"

"啐！你直说当了水怪好了。我怎么知道还会遇上你？啊？我等了你四年，最后终于死了心。然后没办法才当了水怪。我以为当水怪会痛快一些，谁知你又冒了出来？可是我怎么变回去呢？我们离开海水二十四个小时就会干死！"

"妖妖，你当水怪当得野了，不识人了。你怎么知道我不愿意和你一起当水怪了呢？"

"啊？真的吗？我刚才还听见你说死也不当水怪呢！"

"此一时彼一时也。你把你们的药拿来吧。"

"可是你怎么不早说呢？药都由刚才和你说话的人带着，它们现在起码游出十五海里了！"

我觉得头里轰的一声响，眼前金星乱冒，愣在那里像个傻瓜。我听见妖妖带着哭声说：

"怎么啦陈辉？你别急呀，你怎么了？别那么瞪着眼，我害怕呀！喂！我可以找它们去要点药来，明天你就可以永远和我在一块儿了！"

我猛然从麻木中惊醒："真的吗？对了，你可以找它们去要的，我怎么那么傻，居然没有想到？哈哈，我真是个傻瓜！你快去吧，我在这里等你。半个小时能回来吗？"

"半个小时！陈辉，你不懂我们的事情。它们走了半个多钟头了。大概离这儿三十五里。我用最快的速度去追，啊，大概七个小时能追上它们。然后再回来，如果不迷失方向，明天中午可以到。我们这些人根本就不会慢慢溜达，在海里总是高速行驶，谁要是晚走一天就得拼命地赶一个月。我大概不能在途中追上他们，得到济州岛去找它们了。"

"那好，我就在这儿等你，明天中午你还上这儿找我吧。"

"你就在这礁石上过夜吗？我的天，你要冻病的！一会儿要涨潮了，你要泡在水里的！后半夜估计还有大风，你会丧命的！我送你上岸吧！"

"你怎么送我上岸？背着我吗？我的天，真是笑话！你快走吧，我自己游得回去。星星快出来了，我能找着岸。明天中午我在这里等你，你快走吧！"

这时候整个天空已经暗下来，只有西面天边的几片云彩的边缘上还闪着光。海面上起了一片片黑色的波涛，沉重地打在脚下。不知什么时候起了风，现在已经很大了。水不知不觉已经涨到了脚下，又把溅起的飞沫吹到身上。我觉得很冷，尽力忍着，不让上下牙打架。

妖妖抬起头，仔细地看了我一眼，然后"嗵"的一声跃入海里。等到我把脸上的水抹掉，它已经游出很远了。我看到它迎着波涛冲去，黑色的身躯两侧泛起白色的浪花。它朝着广阔无垠的大海——无穷无尽的波涛，昏暗无光之下的一片黑色的、广袤浩瀚的大海游去了。我看见，它在离我大约半里地的地方停下了，在汹涌的海面上把头高高抬出海面在朝我瞭望。我站起来朝它挥手。它也挥了挥手，然后转身，明显加快了速度，像一颗鱼雷一样穿过波浪，猛然间，它跃出水面，张开背上的翅膀在水面上滑翔了一会儿，然后像蝙蝠一样扑动翅膀，飞上了天空，转瞬之间就变成了一个天上的小黑点。

我尽力注视着它，可是不知在哪一瞬间，那个黑点忽然看不见了。我看看北面天上，北斗七星已经能看见了，也就跳下海去。

那一夜正好刮北风，浪直把我朝岸上送。不过尽管如此，到了岸上，天已经黑得可怕。一爬出水来，风一吹，浑身皮肉乱颤，我已经摸不清在哪儿上的岸，衣服也找不到了。幸亏公社的会议室灯火通明，爬上一个小山就看见了，我就摸着黑朝它走去。

我到现在也不知那一夜我走的是些什么路，只觉得脚下时而是土垏，时而是水沟，七上八下的，栽了无数的跟头。黑暗里真是什么也看不见。不一会儿，我就觉得身上发烧，头也昏沉沉的。我栽倒了又爬起来，然后又栽倒，真恨不得在地上爬！看起来，好像路不远，可是天知道我走了多久！

后来总算到了。我摸回宿舍，连脚也没洗，赶快上床，拉条被子捂上：因为我自己觉得已经不妙了，身上软得要命。我当时还以为是感冒，可是过一会儿，身上燥热不堪，头脑晕沉，思想再也集中不起来，后来意识就模糊了。

半夜时分，我记得电灯亮了一次，有人摸我的额头。然后又有两个人在我床头说话。我模模糊糊听见他们的话：

"大叶肺炎……热度挺高……不要紧他体质很好……"

然后有人给我打了一针。我当时虽然头脑昏乱，但是还是想："坏了，明天不知能不能好？还能去吗？可是一定要去！"然后就昏昏睡去。

等我醒来，只觉得头痛得厉害，可是意识清醒多了。屋里一个人也没有，但是天已经大亮。我看看闹钟，吓了一跳：已经两点半了。我拼命挣扎起来，穿上拖鞋，刚一起立，脑袋就嗡嗡作响，勉强走到门口，一握门把，全身就坠在地上。我在地上躺了一会儿，等到地上的凉气把身上冰得好过一点，又拼命站起来。我尽力不打晃，在心里坚定地喊着：一！二！一！振作起精神，开步走到院里，眼睛死盯着院门，走过去。

忽然有人一把捉住我的手。我一回头，脑袋一转，头又晕了。我看见一张大脸，模模糊糊只觉得上面一张大嘴。后来看清是同住的小马。他朝我拼命地喊着什么，可是我一点儿也听不见。猛然我勃然大怒，觉得他很无礼，就拼命挥起一拳把他打倒。然后转身刚走了一步，腿一软也倒下了，随即失去了知觉。

以后我就什么也看不见了：眼前一片黄雾，只偶尔能听见一点。我在蒙眬中听见有人说："反应性精神病……高烧所致。"我就大喊："放屁！你爷爷什么病也没有！快点把我送到海边，有人在那里等我！（然后又胡乱喊了一阵）妖妖！快把药拿来呀！拿来救我的命呀！……"

后来我在公社医院里醒来了，连手带脚都被人捆在床上。我明白，这回不能使蛮的了。如果再说要到海边去，就得被人加上几根绳索。我嬉皮笑脸地对护士说："大姐，你把我放了吧。我都好了，捆我干什么？"护士报告医生，医生说等烧退了才能放。我再三哀求也不管用。

过了半天，医生终于许可放开我了。一等护士离开，我就从窗户里跳了出去，赤着脚奔到海边。可是等我游到礁石上，看见了什么呢？空无一物！在我遇到妖妖的那块石头上，有一片刀刻的字迹：

陈辉，祝你在岸上过得好，永别了。但是你不该骗我的。

杨素瑶

老陈猛一下停了下来，双手抱住头。停一会儿抬起头的时候，我看见他眼里噙满了泪。他大概看见我满脸奸笑，霍的一下坐直了：

"老王，我真是对牛弹琴了！"

我说："怎么，你以为我会信以为真吗？"

"你可以不信。""我为什么要信？""但是我怎么会瞎了眼，把你当成个知音！再见老王，你是个浑蛋！"

"再见，老陈，绿毛水怪的朋友先生，候补绿毛水怪先生！"忽然老陈眼里冒出火来，他猛地朝我扑来。所以到分手的时候，我带着两个青眼窝回家。

可是你们见过这样的人吗？编了一个弥天大谎，却硬要别人相信？甚至动手打人！可是我挨了打，我打不过他，被他骑着揍了一顿……世上还有天理吗？

战福·

　　来吧，孩子，让我们一起升到高空，来看看脚下的大地吧。

　　在金色的阳光照耀下，翠绿的山峦显出琉璃瓦的光泽，蓝色的大河在它们中间像一条条巨蟒般缓缓地爬动。偶尔，群山中的湖泊猛然发出镜子般的闪光。

　　在陆地的尽头，大海蔚蓝色的波涛中间，有一条狭长的陆地，好像大陆朝海洋的胸膛伸出去的一条手臂。这一块金黄色的土地呀，多少黄昏，多少夜晚，我就在那里独步徘徊，想念着你们。

　　你看到了吗？那墨绿色的一丛，那里是一片高大的杨树和槐树。它们的叶片正在阳光下懒洋洋地耳语。在它的遮蔽下，有一个很大的村庄，我给你们讲的故事就从这里开始。

　　在绿荫遮蔽下的石沟，有一条大路伸过村子，一头从村南的山岗上直泻下来，另一端从村北一座大石桥上爬过去，直指向远方。

如果是逢集的日子，这条路上就挤得水泄不通。手推小车的人们嘴里怪叫着，让人们让开，有人手挎着篮子，走走停停地看着路旁的小摊，结果就被小车撞在屁股上。人来人往，都从道中的小车两旁挤过，就像海中的大浪躲避礁石，结果踏碎了放在地上的烟叶或者鸡蛋，摆摊的人就绝望地伸手去抓罪犯的脚，然后爆出一阵歇斯底里的尖叫。集市上有一种难以形容的喧哗，你绝不可能从中听出什么来。这地方聋子也不会什么也听不见，不聋的人也会变成聋子，什么也听不见。

人们都拥挤在供销社和饭馆的门前，刚卖了几个钱就急着把它花出去。凡是赶集的人，都要走过这两个大门，都在柜台前拥挤过，可是都在这两个门之一的前面，看见过一个伤风败俗的家伙。不管什么时候，人们总是看见，他穿着一件对襟红绒衣，脏得就像在柏油里泡过一样。扣子全掉光了，他就用一块破布拦腰系住。再加上一只袖子全烂光了，露着乌黑的膀子，使他活像一个西藏农奴。由于又脏又乱的头发长过了耳朵，所以对于他的性别，谁也得不出明确的概念。一条露着膝盖的破裤子大概原来就是黑的，否则也要变黑。这条裤子所以还成为裤子，就因为它只是裤裆后面开了花。如果前面也破得那么厉害，就要丧失一条裤子的主要作用了。他全身的皮肤上大概积有半厘米厚的污泥，手背和脚背上更厚一些。在摩尔人一样黑的脸上，浓重的眉毛下，一双呆滞的眼睛，看着人们上空大概十米的地方。

这就是石沟村的战福，大概姓初。每隔五天，他准要站在那个地方，成为石沟逢集的一个重要标志，就像那一天集上会有很多的人，很多待买的东西一样，使人不能忘怀。所以有一天，在那个地方，站的不是战福，而变成了一条毛片斑驳的黑狗时，人们就感到吃惊，想要明白发生了一些什么事情。

在弄明白这件事情之前，我先要说明，战福是男的。

当初，他爹在世的时候，他也曾经像个人样。也就是说，衣服常常比较干净，脚上比现在多了双鞋。夏天，他穿的是一件白布小褂，那条黑裤子比现在像样得多，头发经常理，隔三五天还洗洗脸。除此之外，其他的差别就不太多了。

他爹一九六一年死了，给他留下了两间摇摇晃晃的破草房、快空的粮囤和一个分遗产的哥哥。他妈死得很早。可是他不能埋怨他爹留下的东西太少，他有什么理由去埋怨一个因为要把饭留给儿子们吃，结果得了水肿病，躺在冷炕上的父亲呢？而且，就是在弥留之际，父亲还把头从战福手上的粥碗前扭开，说是不管用了，留着你们吃吧。对于这样一个父亲，战福除了后悔平日争吃的和哥打架之外，还能有什么呢？

第二年光景好了，可是父亲已不可能再活。哥哥的岁数已经不小，必须盖几间新房子了。战福已经十六岁，在生产队也算一个六分劳动力。每天晚上下工之后，乘着天黑前一点微光，人们总能看见这哥俩在从山上往下推石头，给未来的房子打基础。盖一幢新房子要好多石头呢。如果需要到外村去推石头和砖瓦，永远是战福一人去。因为他在生产队里挣六分，其实干起活来，不比哥哥差多少。

就因为这哥俩拼命地干活，所以家里乱成了一锅粥。战福的衣着那时就和现在有点像了。他们有时早上不吃饭，有时中午不吃饭，有时一天只吃一顿饭。即使吃饭，也不刷锅。炕席破了，碎了，成了片片了。被子破了，黑了，成了球了。衣服破了，从来不补。哥哥为了漂亮，总是穿新的，战福以白得为满足。他倒很识大体，知道哥哥要讨媳妇了，不能穿得太糟糕。他们的房子盖成了，就在旧房子的旁边，两幢房子合留一个院子。新房子石头砌到腰线，新式的门窗，青瓦的顶，在当时的胶东农村，真是不可多得的建筑。

战福和他哥哥一起搬了进去。没用多久，这间房子就和过去的草房一样，弄得猪都不愿意进去。直到新嫂子过了门，家里乌七八糟的情况才好转。原来战福的哥哥二来子的老婆最爱整洁。可是战福仍然旧习不改。二来子的老婆就让二来子和战福分家，叫战福搬到小屋去住。终于，因为生活有人照顾而美得要命的战福，发现了嫂子经常给他脸色看，而且把他脱下的脏衣服毫不客气地团起来扔到炕洞里。战福鲁钝得毫无觉悟，结果有一天嫂子毫不客气地讲出来，让他搬出去！理由是她不能侍候两个人，再说战福已经大了，不能总住在哥嫂家里。

战福看着凶神恶煞般的嫂子和不敢置一词的哥哥，惊得瞠目结舌，气得口眼歪斜。结果还是乖乖地搬了出去。

据人们议论，二来子把战福撵出去，是为了免得将来战福要盖房子有很多麻烦和花销。据此我看，二来子不一定想把战福撵走，他们弟兄感情倒不坏。问题还在他老婆身上。不过二来子也不是什么好家伙，看着老婆把兄弟赶走不说话，分明也是怕给战福盖房。我觉得二来子毕竟还是有情可原：谁要是像他那样在人家下工后没夜拉黑地推过石头，拉过石灰，就会同情拉车的牲口的苦处了。吃过那种苦头的人杀了他也不愿意再吃。

从此，战福开始三天两头不出工，那身打扮也越来越不成样。言语和行为也开始荒悖起来，绝少和人们来往。秋天不知道往家弄烧的，春天不知道往自留地里种菜，其实一个十七岁的孩子也不懂这些。他开始偷东西，于是又常挨打，结果越来越不像个人。

就这么过了十年，他就成了现在这么个样子：三分人，七分鬼。最近三年他共出了二十天工，好在队里因为他是孤儿救济点，哥哥还有点良心，有时送点饭给他。不然，他早就饿死了。平时，他到处游手好闲。每逢赶集，他就像个傻子一样站在那里。可是最糟糕的是他又不疯不傻，想想他过的日子，真叫别人心里也难受。

有一天，西北来的狂风在大道上掀起滚滚的黄沙。风和路边的杨树在空中争夺树叶，金黄色的叶片像大雪一样飘落下来。一阵劲风吹过，一团落叶就像旋风前的纸钱灰一样跳起来狂舞，仿佛要把人撞倒。大路上空无一人，就连狗们也被飞沙赶回家去了。

可是战福不愿意回家。那两间破败的小屋，那个破败的巢穴，就是战福也不愿意在里面待着。他在供销社里走来走去，像煞有介事地看着柜台里的商品，一只手在衬衣里捉拿那些成群乱爬的虱子。石沟的供销社相当不小，从东头到西头足有三十多米，平时站在柜台后面的售货员也有十五六个。上午九点钟上班，十一点他们就把当天的账结清了，钱点好了，下午谁来买东西，他就有本事不卖给你。你叫他拿什么来看看，叫三遍，他把头转过去，再叫几遍，他又把头转过来，厚颜无耻地对你瞪大眼睛，好像他是一头驴似的。其中有一个女的叫小苏，如果杀人不偿命，准有人来活剥她的皮。看起来很朴实可爱的样子，让人有些好感，其实，是个最无耻的骚娘们。

这一天，供销社总共也没有几人来光顾。天渐渐地黑了，柜台后面那些没人味的东西干干地坐了一天，无聊得要发疯。有人伸懒腰，有人双手扶着柜台，扭着腰，样子恶心得吓死人。小苏打哈欠，眼泪都流出来了，好像鼻孔里进了烟末子。她看看手表，又看看窗外，居然很盼着有人来买东西。因为他们这些人之间再也谈不出什么有意思的东西，如果有人来买东西，就是不是熟人，说不上话，也可以散散心。

可是时间一分分地过去，没有什么人来。只有战福在屋子里走来走去，好像一个鬼一样瞪着大眼到处看。

小苏眼睛猛地一亮，看出战福可以拿来散心解闷，她叫："战福子，过来！"

战福猛地站住了，身上莫名其妙地打了个寒噤。谁叫他？是小苏吗？怎么会是小苏？战福扭过头来，却看见小苏在对他招手，而且满脸堆着笑。

战福小心翼翼地朝她走去，好像一条野狗走向手里拿着肉片的人。他不知小苏要和他说什么。也许他不知不觉中冒犯她了？总之，这类人对他总不会有什么好意的。但她脸上明明堆着笑。

等他走到柜台前面，小苏就柔声说道："战福子，你为什么这么脏啊？"

战福脸变紫了。并不是因为脸红得怎么厉害，也就是一般的红法。不过他脸上固有的污黑和红色一经混合，就是紫的。对了，他为什么这么脏呀？

"真的，战福子，你要是把脸洗干净，头发理一理，还是很飒利的呢！"

供销社里响起了一片笑声。战福的脑子里也在嗡嗡地响。卖书本文具的小马也走过来凑趣："战福子，回去把脸洗干净，头发理一理，打扮得漂漂亮亮地来。"

小苏猛地像恶狗一样瞪起眼睛："小马，你想放个什么屁？"

"嗯？怎么是放屁？你心里想说的不好说，我替你说就是放屁？战福子，你福气不小啊！我们这位苏小姐看上你啦！"

"哈哈哈！！！"供销社里所有的人笑得前仰后合。小苏老着脸皮说："笑什么，人家也是个人！"

"哈哈哈！！！"所有的人又一次狂笑。小马摸着肚皮，揉着眼泪说："对，对，是个人！战福子，回家收拾收拾，苏小姐岁数不小了，也该出门子了！"

那些家伙笑得几乎断气。小苏的脸也涨红了，但是还是恬不知耻地说："怎么啦？你比人家强吗？""哎呀，口气挺硬，你真要跟他？""真跟他怎么样？""我买一对暖瓶送你……们！""哈！哈！""我要笑死啦！"

他们说，"让我歇口气吧！"

小马喘着气说："哎呀，小苏，你真是'刮不知恬'！"供销社里又一次响起了笑声，可是笑的人少多了。这里有点文化的人毕竟太少。

战福在笑声中逃离了供销社。那些突然的哄笑声像鞭子一样有力地抽打他。街道上的风用飞扬的沙土迎接他，飞舞的落叶又一直把他伴送到家里。他推开虚掩着的院门，一头钻进他那个破烂不堪的小屋里，躺在炕上，心里难过得要发狂。他想到在供销社里的无端羞辱，又想到自己这些狗一样的日子，就感到心像刀绞一样痛。这倒是不多见的。平时，战福的脑子总是麻木的，不欢喜，也不沮丧。没有热情，也没有追念往事火一样的懊悔。他不向命运抱怨什么，当然也不会为什么暗自庆幸。不分析也不判断。没有幻想，也没有对往事甜蜜的沉湎。他的脑子是一片真空。

战福脑海里的翻腾平息下来了，只有往事在头脑里无声地重演。嫂子狰狞的面孔，然后是他的破狗窝。懒洋洋、无所作为的感觉。粮食缸空了。可是也不想吃。到人家菜园里偷菜。冬天夜里到人家柴火垛上偷柴。挨打……

街门咣当一声响，是上工回来的二来子。战福抬起头来，屋里黑了。肚子有点钝钝的痛，是一天没吃饭了。缸里队上才送了三十斤玉米来，可是要吃还得去磨。唉，再忍一顿吧！战福把破棉花球拉过来，抱在怀里，便昏然入梦了。

清晨的凉气透过撕破的窗户纸，把战福从梦乡唤起。他从炕上坐起来，环顾着四周，第一次发现，这间屋子实在不像是人住的场所，而像是狗窝猪圈一类的东西。看吧，锅台上长起了青草，窗户上的灰尘也已经足有半寸。由于窗格上和窗户纸上灰土太厚，屋里也是灰蒙蒙的，更增加了灰暗破败的气象。当然了，如果是平时，战福一定是熟视无睹。可是在今天，不知是什么鬼附了体，战福"觉今是而昨非"，居然觉得以往的日子

实在过得太恶心了。是什么力量促使他自新了呢？我说不上来，当时战福
也说不上来。

　　战福起身下炕，首先扫去了多年堆积在地上的灰土。然后扫了扫窗
台，又把窗户纸通通撕下来。他铲去锅台上的青草，掏了掏锅底下的陈
灰，然后又把缸里担满了清水。看一看屋里，仍然有破败的景象，于是把
破棉被扔到了炕旮旯里。然后巡视一下屋里，觉得他的小草房真是一座意
想不到的辉煌建筑。

　　这时，他的脑子里开始迷惑不解地想："我要干什么？难道是要像别
人一样的生活吗？"其实最后的半句话根本就没在他脑子里出现，是我加
上的。战福想到一半就恐惧地停住了。因为他是这样的一种人，丝毫也不
想振作起来，把衣服洗一洗，把锅刷一刷。至于跟大家到地里去干活，更
是想都不敢想，一想就要头皮发炸。就是最勤劳的农民，也不过是靠了日
复一日不断的劳作，把好安逸的念头磨掉了呢；就是牛，早上被拉出圈
时，也是老大的不愿意。就那么日复一日地干活，除了吃和睡什么也不
想，然后再死掉？难怪战福不乐意呢！

　　不过，谁说什么也不想？这不是污蔑农民吗！就连战福也想过盖个房
子，娶个老婆呢！只不过现在没了过分的希望罢了。战福现在在炕上坐
着，可真是什么也没想。猛然，他的脑子里一亮，似乎觉得置身于青堂瓦
舍之中。好美的房子呀！雪白的顶棚，水泥的地。院子里，密密地长满了
高大的杨树，枝叶茂盛，就是烈日当空的时候，院子里也只有清凉的叶片
的绿光。

　　啊，美哉！战福理想的房屋！地面没有肮脏的泥土，只有雕琢后的条
石砌成的地面，被夏日的暴雨冲刷得清清爽爽。

　　清凉的泉水环绕着他的院落奔流。院子周围是高大的砖墙。这伟大的
房子上空会有喧闹的噪音吗？绝没有！那会打扰了战福先生神圣的睡眠。

吃什么？偷来的嫩南瓜？老玉米粒煮韭菜？胡说！他想吃罐头。长这么大还没尝过罐头味呢。罐头供销社的货架上就有。可是怎么能拿来？有人坐在前面看着那些罐头呢。吃不着了吗？看着罐头的是谁？坐在那里的人是小苏哇。小苏满面微笑，向他招手……

战福浑身发热，推开门就奔了出去，满脑子都是辉煌的房屋，罐头的美味，微笑的小苏，冷不防一头撞在一个人身上。立刻，身边响起了一个无比可怕的声音："瞎了？奔你娘的丧！"

战福战战兢兢地抬头一看，他嫂子正双手叉腰，凶煞一般地瞪着大眼看他。战福今天发现，嫂子居然那么可憎，发黄的头发邋里邋遢地爬在头上，粗糙的面孔，黑里透灰。木桩一般的身段，半男不女。总的印象是：下贱，不值一文。

战福平时就恨他嫂子，不过还有几分敬畏。可是他居然敢从牙缝里说出两个字："丑相。"就连他自己也很觉得惊奇。但是，他从这两个字里又发觉自己很英勇、伟大。于是，又盯着他嫂子多看了一眼。

二来子嫂气得发了愣，马上又气势磅礴地反击回来："王八蛋！你不要脸！你不看看你自己！全中国也没有你这样的第二个！死不了也活不成，丢中国人的脸！"

战福被折服了，屁滚尿流地逃到街上去。二来子嫂念过小学呢。如今又常常去学习，胸中很有一点全局观念，骂起人来，学校的老师都害怕，何况战福。

二来子嫂的大骂居然命中了战福的要害，使他像一条狗挨了打一样气馁、自卑。他垂头丧气地走着，不觉走到供销社里。

供销社大概只有八九个顾客，售货员倒有十七八个。小马第一个看见了战福，发出一声欢呼来迎接他的到来："啊呀！小苏的姑爷来了！""哈哈哈！"人们发出一片狂笑。

顾客们大为惊奇："怎么了，出了什么事？"这些像猪狗一样的售货员们笑着把这件事情添油加醋地宣传出去，为了开心，为了显示自己多么有幽默感。其中小马的声音最响亮："昨天，昨天下午（他笑得喘不过气来），战福到供销社来，我们的苏小姐一看，那个含情脉脉呀，我可学不来……"

小苏慌了，昨天只不过是为了骚滴滴地开个玩笑，谁知道今天闹成这个样子，而且要在全公社传扬开了，这可不好！她像狮子狗一样地跳了起来反击："小马，你'刮不知恬'，你'刮不知恬！'"

可是她的挖苦真是屁用没有。在场的都是喜欢猎取无聊新闻的人中猪狗，所以全都支棱起耳朵听小马的述说："我要送一对暖壶给他们，小苏替战福嫌少！""哈哈！""哈哈！""小马，你大概是撒谎吧？"全体售货员一起做证说："是真的！"

"哈哈哈！"公社副书记乐不可支地拍打自己的大肚子。"嘻嘻嘻。"文教助理员从牙缝里奸笑着。"哈哈，哈哈，哈哈。"学校的孙老师抬头看着天花板，嘴里发出单调的傻笑，好像一头笨驴。其他人也在怪笑，都要在这稍纵即逝的一瞬间里，得到前所未有的欢乐。这个笑话对他们多宝贵呀！他们对遇到的一切人讲，然后又可以在笑声里大大地快乐。"哈哈，哈哈哈！嘻嘻嘻！"

小苏已经瘫倒在柜台上了。人们看看她，又看看战福黑紫色的鬼脸，又是一场狂笑。小苏招招手，把战福叫过来，对他说，声音是意想不到地温柔："战福子，你这两天别到供销社来，啊？"

别人也许会奇怪，小苏为什么对战福这么和气。原来是战福个儿很矮，脸又太黑，看不出是多少岁。所以，小苏就从他的个儿上来判断他只有十三四岁。因为她到石沟才一年，所以也没人告诉过她战福二十八了。她要哄着战福，要他别来。要是她知道战福岁数那么大，就绝不会干这种

傻事。

好，战福离开供销社回家去了，浑身发热，十年来第一次下定了决心，要好好干，把自己弄得像个人样，还要盖三间，不，四间大瓦房。为了他的幸福，为了吃不完的罐头（说来可笑，他以为卖罐头的人可以把罐头随便拿回家去）。

晚上，人们收工回家的时候，看见有人在山上的石头坑里起石头（石沟的石头很好打，用铁棍一撬就可以弄到大块的上好石料），装在一辆破破烂烂的小车上。当人们走近的时候，十分吃惊地看见，那是战福！

战福满头是汗，勉勉强强把三五百斤石头推到家的时候，天已经黑了。他做了一锅难吃无比的玉米面饼子，把肚子塞饱，就躺在他那破炕上，想着白天在供销社的情景，心头火热。他以为，白天小苏对他很有意思说，但是当着那么多的人，不好意思说。可是他就没想想，人家是个什么样的人，以及为什么会看上他，等等。

他躺在那里，"愈思而愈有味焉"。于是猛然从炕上跳起，找队里要盖房子的地皮去了。

第二天早上，全村都传遍了战福找大队书记要盖房子的地基的新闻。这又是一个笑话。书记问战福，你怎么想起要盖房子了？他答之曰：要成家立业！何其可笑乃尔！

这个新闻和小苏在供销社闹笑话的新闻一会合，马上又产生了一种谣传。以致有人找到在山上打石头的战福问他是不是看上了供销社的小苏，问得战福心花怒放。他觉得村子都传开了，当然是好事将成，竟然直认不讳。

好家伙，不等天黑战福下山，这个笑话轰动了全村的街头巷尾！供销社里的人们逼着小苏买糖，二来子不巧这时去供销社打酱油，立刻被一片"小苏，你大伯子来啦"的喊声膜了出来。等到天黑，战福回来的时候，刚到门口，就被二来子拦住了。

他们两人一起到战福的小屋里坐下。二来子问："兄弟，你是要盖房子吗？""是呀。""盖房好哇。你这房子是该另盖了。当哥哥的能帮你点吗？""不用了哥呀。嫂子能同意吗？""咳，不帮钱物也能帮把力呀。""好哇哥，少不了去麻烦你。"

二来子站起身来要走，猛然又回过头来："战福子，有个话不好问你。你是看上供销社的小苏了吗？"

战福默然不语，不过显出一副扬扬得意的样子。"兄弟，不是当哥的给你泼凉水，你快死了这个心吧。人家是什么人，咱是什么人？给人家提鞋都嫌你手指头粗……"二来子絮叨了好一阵，看看兄弟没有悔悟的样子，叹着气走了。

第三天早上，战福推起小车要上山，刚出门就碰上了隔壁的大李子。大李子嬉皮笑脸地对战福说："战福子，你的福气到了！供销社的小苏叫你去呢！她在宿舍等你。"战福扔下小车愣住了。大李子又说："哎，还不快去？北边第二排靠西第二个门！"

战福撒腿就跑，一气直跑到小苏门前，站在那里呆住了。他既不敢推开房门（小苏在他心目里虽不是高不可攀，也还有某种神圣的味道），也不敢走开一步。倒是凑巧，站了不到半个钟点门就开了。小苏好像要出门，一看见战福，就喝了一声："进来！"

战福像一只狗一样进了门，门就砰一声关上了，好像还插死了。他的心脏停止了跳动，脑子发木，扭头一看……

小苏龇牙咧嘴，脸色铁青，面上的肌肉狰狞地扭成可怕的一团，毛发倒竖，眉毛倒立着，好像一个鬼一样立在那里。

战福的心头不再幸福地发痒了。可是脑子还是木着。小苏发出可怕的声音："战福子，我问你，你在外面胡说了一些什么？你胡呲乱冒！啊！你不要脸！你说什么！你妈个×的，你盖你的房，把我扯进去干吗？你说呀！"

苏小姐看战福呆着，拿着一根针，一下子在他脸上扎进多半截。

"战福，你哑巴了！喂！我告诉你（一针扎在胸膛上），不准你再去乱说，听见没有……"

小苏开始训诫战福，一边说一边用针在他身上乱刺。战福既不答辩，也不回避，连一点反应也没有，完全像一块木头。在我看来，苏小姐这时的行为比较冒险。

好了，过了两个钟点，苏小姐的训导结束了，战福脸上也有十来处冒出了血珠，身上更不用说，可是战福还是木着，也没有任何迹象证明他对苏小姐的训诫听进了一句。可是苏小姐已经疲倦，手也酸得厉害，于是开开门，把他推了出去。

后来，有人看见他默默地走过街头，又有人看见他在村外的河边上走，一边撕着衣服，一边狗一样嘶叫着。再以后，就没有任何人看见他了。只有在河边找到过他的破衣服，还有就是石沟村多了一条没主的黑狗，全身斑秃，瘦得皮包骨头。每逢赶集，就站在战福站过的地方。没有人看见它吃过东西，也没有人看见它天黑后在哪里。它从来也不走进供销社的大门。过了几个月，人们发现它死在二来子的院子里。

据说二来子因此哭了一场，打了一次老婆，以后关于这条狗，关于这个人，似乎再没有什么可讲的了。

这是真的·

　　七月的傍晚，柳枝从树梢静静地垂下来，风不动，叶不摇，连蝉儿也静下来，学校静得很，黑暗堆积在角落里，这是多么美妙的时刻。人们应该扔下日间所忙碌的一切，到柳树下坐一会儿，迎接宁静的夜晚，享受一下轻轻到来的清凉的夜晚气息。

　　可是宿舍里灯光如昼！空气更像煮白肉的汤锅！桌子上摆满了大盘小碗，令人作呕的地瓜烧酒在蒸腾！一个个额头上沁满了汗珠，好像蒸肥鸭蒸出的油。人们在殷勤劝酒，敬我们尊敬的文教助理员同志。不知谁的收音机在桌子上聒噪。

　　赵助理喝得大醉，油腻的味道随着酒嗝往上冒。一群可怜的民办教师在隔壁就着少油缺盐的白菜下饭。

　　小孙夹一筷子凉拌白菜，肆无忌惮地骂起来："狗操的赵大肚子！又来揩我们的油了！妈的！剩菜也不给我们端来一些！"

　　小孙是个好小伙子，眉清目秀，白净面皮，就是个儿矮了点。他是教体育的。旁边坐的是小学部老刘，长得满脸乌黑，一张大猪脸。他嘘了一口气说："小声点，隔壁听见。你要吃剩菜，待会儿就有了。好家伙，五斤猪肉，狗都吃不完！"

小孙啐了一口："见鬼！你当我真要吃他的剩饭？猪都不吃的东西！可是老贾，这账得往谁头上算？"

老贾是个公办教师，可是没面子，也挤到这屋来了："往谁账上算？咱们在伙食团吃饭的人兜着！你敢管人家要钱？""哈！你当我不敢？""你去！""去就去！"可是屁股一抬又坐下了，"哼，我才不那么傻！""对了，你聪明！你要是不想回家种地，就给我老实点！还有你的嘴也得老实点，别胡咧咧！"

小孙抬起身子："这屋不会有人上那边泄密吧？"老贾一把按他坐下说：'你别胡扯！咱们讨好人家是讨好人家，揭自己哥们的短干吗！"

正在这会儿，隔壁哇的一声。老赵吐了一大片，哼哼唧唧地坐不稳了。校长、书记上前挽住，架到炕上，他还在乱翻乱打："啊呀！哼哼！老罗，你别按着我心口！拿个枕头给我垫在腰下（罗校长操过一个枕头给他垫在腰下）！嗷……（他把炕吐得像厕所一样脏）这个炕不好，这个炕脏。这个枕头太硬！我得去拿个枕头来！"

老赵跳起来，前后左右地乱突，一头撞开门扑了出去，连抓带爬地到了女教师宿舍门前："小于啊，开门！"不等人来，一脚把门踢开扑了进去。

小于正和小宋在灯底下织毛衣呢，可是老赵很奇怪，她们也醉了吗？东倒西歪地干什么？"你干什么呢？"

"啊啊，助理员，我们学毛选呢！"

"放屁！你们两个不要在那儿乱扭啦！给我铺床，我要睡！"

小于一看老赵要倒，赶快上来扶到床上。老赵自觉好像上了摇篮，怪叫起来："你们的床要塌！你快上来扶着我！小于啊，你也来躺着！"

小于吓毛了："啊呀，老赵同志怎么啦？""怎么也没怎么！你不用假正经！你转正还是我抬举的呢！妈的，台各庄张玉秀，大庄李长娟，就短你一个了！不准你耍滑！老子要……"（下面很难听）

小于臊得要命，拉着小宋跑了。老赵在床上乱抓一气，鬼叫了半天，三里路外都听得见。小孙和老贾听得笑炸了肚子。小于哭了，和小宋到村子里找住处了。罗校长和马书记任劳任怨地打扫床铺，一夜无话。

第二天，老赵从床上爬起来，头痛得要命，脚下好像踏着两只船。小于干净的床铺滚成一个蛋。哎呀，头顶好痛！脑子好像从骨头缝里漏出去了！

老赵用手一摸，头顶上扑棱一声：头上有什么东西又长又扎手，毛扎扎的。同时，怪哉！头皮好像突出了一尺，形成了一对葱叶似的东西。撅撅还痛，好像里面长了两片软骨。

老赵一个箭步蹿到桌前，用镜子一照：天！头顶上长了两个灰蒙蒙、毛茸茸的大长耳朵！直不棱登地支棱着！

老赵像挨了雷击般地坐下，心里乱得像团火苗："这是怎么啦！这是什么病？也许是'灰色长毛皮肤软骨瘤'？也许是癌！眼看又长了一点，发展很快！必须早治！"

老赵赶快扑到门口，外边人声喧哗，学生到校了，这个样子怎么见得人！回头一看，墙上挂着小宋的一顶冬天用的黄色毛线小帽。赶紧抓过来套在头上，忍着剧痛使劲朝下拉一拉，勉强在颔下系上带。再照照镜子：我的天！一张黝黑的长着胡子楂的大脸，头上戴了一顶鹅黄色的少女小帽！顶上又被撑出两个尖角！这样子就是那有名的不怕鬼的鲁迅老夫子看见，也得大叫"打妖精"！

老赵实在没有勇气开门，就从后窗户爬出去，跳到一条小巷里。刚刚走上大街，几个迎面走来的挑水的人，看见他都愣住了，直瞪着眼，好像吞了一口烫粥吐不出来。老赵低着头，一阵旋风般地走过，远远地听见后面的人们在说："那不是老赵吗？""嘘！他叫鬼迷住了。"老赵赶快加紧步伐，快走转成小跑。后面几个孩子赶上来，大嚷大叫："看哪！看怪物呀！老胖子戴人家闺女的帽子啦！"

老赵心里恨得铮铮响："小兔崽子！等你们长大上学我再收拾你们！我让你们全升不了高中，种一辈子庄稼地。"

终于，他跑进了医院大门，但又是怎样跑进去的啊！弯着腿，蹲着半截身子，好像一个胖老婆跑步一样！但是不能怪他，他觉得不知为何，腔巴骨伸出半截，擦着裤子痛。

他气喘吁吁地撞进一间诊室，杨大夫在里面。老熟人了，不用挂号。杨大夫打发掉一个女病人，猛一抬头看见老赵，一下子仰倒在椅子上就起不来了。

老赵走上前去说："杨大夫，别把嘴张那么大。我知道这个样儿不好看，可是我头顶长了个东西，恐怕不是好玩意儿，你看看，是不是癌？"

老赵一扯下帽子，杨大夫赶快走到老赵身边，又是看，又是摸，嘴里还啧啧作声："哎呀，这个病我可真没见过。真的，这东西我没见过！"

猛然窗外有人叫起来："哎呀，我倒见过！"说着就从窗口翻进来。原来是兽医站的唐会计。

老赵爹爹妈妈地叫起来："老唐，你在哪儿见过？这叫什么病？谁会看？"

老唐半天没说话，只顾拨弄着看，猛然冒出一句："没错！""什么没错？"杨大夫问。"啊啊，在兽医站见过。照样子说，这一定是对驴耳朵！"老杨吃了一惊："啊！那你们兽医站给他看看吧！"

老赵一声鬼叫:"我的天!驴耳朵!兽医站!唐会计,这是什么时候了,还打哈哈!老杨,你行行好,开刀给割了吧!"

"割?割倒好割。就是不明白你怎么会长这玩意儿。你最好到专区医院看看,弄明白了什么病,我就给你割。"

老赵一下子跳起来:"好!现在我就走!班车还能赶上。""你不去党委请假吗?""不用!我这个差事半年不照面都不误事。老杨,我就求你别给我张扬。老唐,你千万别告诉别人。""那当然。"

赵助理员赶紧冲出医院朝家跑,打算回家给老婆留个条。可是他怎么也跑不快:裤裆里有什么在搅来搅去。所以他到家关上门,第一件事情就是脱下裤子看看。好家伙,屁股底下长了条毛毛虫似的东西。猛然间,老赵觉得天旋地转,上衣好像一条铁箍,勒得上身痛得要命,呼吸困难……上衣嘣的一声爆裂了。他身体的重心一下朝前冲去,拼了老命也没站住,终于倒下去。手掌在地上一撑,"吧嗒"一声响,手臂不是手臂了,手掌也变成了蹄子。

他变成了一头驴!一头灰色公毛驴,四肢壮健,牙口很好,在屋里胡蹬乱踹。从腰上滑下的裤子在后蹄上绊着,前蹄子上挂着上衣的碎片,可是它乱跳几下后就甩在了地上。

老赵心里很明白,意识还像原来一样清楚,思维还像原来一样有逻辑性,只是被这突然的变故吓昏了头。他惊叫一声,于是屋里充满了震耳欲聋的驴鸣。

堂屋里门响,老婆回来了。她一撩门帘就愣住了,嘴张得比茶壶还大。

老赵心中充满了懊恼、惭愧的感情。他向她走去,想对她诉说心中的悲哀。可是他大大地吃惊了,他的细语变成了刺耳的、响亮的驴叫。赵夫人被这声音震醒,顺手抄起一件东西就打,一下打在老赵鼻梁上,痛得要命,眼眶里全是泪。那是一个铁熨斗。

老赵心里充满了一种愚顽的感情，他发怒了，他要朝他的老婆咆哮，他要讲出一些无理的话。他平时是这么做的，他今日也要这么做。多么可怕呀，他要发脾气了！每一个可怜的民办教师都知道老赵发脾气是一件多么伟大的事情。

可是三句话没说完，老婆的耳朵已经震聋。这头驴的叫声好像有扩音机放大一样。她朝定这个不速之客的鼻梁又是一下，嘴里骂："王八蛋操的，怎么跑到家里来了？"

老赵大怒。想给她一拳，前腿抬不起来。想踢她一脚，后腿也够不上。于是他打个转身狠命一踹，一蹶子把他老婆踢倒在地上，然后猛地冲出家门。

他习惯地朝公社联中走去，路上只觉得这么四脚着地地爬很不舒服，可是怎么也站不起来。走了一段，他看见路边有棵大柳树，想靠着柳树歇口气。他扒着柳树站了起来，正要定定脑子，想想今天上午这些事情到底是怎么搞的，猛然身后一片喧闹，几个孩子在喊："看哪，驴爬树了！"说着，有人在他屁股上狠狠地踢了一脚，正踢在尾巴上，真痛啊。

老赵回头一看，是一群学生。他想痛斥他们一顿，就大叫起来。

几个学生亵渎神圣地说："哎呀，他还会唱戏呢！""来段《沙家浜》！""不错，赶上广播里唱的啦！"

一边走过初二的一个胖子，去年老赵在全公社运动会上看见过他。他朝定老赵屁股狠命一脚："去你妈的吧！"

老赵绝望地哀号一声，放下蹄子，朝村外跑去。

赵助理员在野外胡撞了好几天，到底是几天就不清楚了。因为他被人踢了一脚朝村外狂奔的时候，开始感到很奇怪：自己居然那么善于奔驰，跑得两肋生风，风儿在耳朵里呼啸，当时居然感到一种莫名其妙的自豪。

后来突然领悟到自己现状的可悲，不由得急火攻心，胡冲乱撞，乱尥蹶子，弄得尘土飞扬，好像一阵旋风。然后就陷入狂乱状态，失去了时间的概念。

他清醒过来的时候，正是黄昏。赵助理员走向村子，看着自己的故居灯火通明，而天光尚未暗淡，心里绝望得厉害：真是飞来横祸！正是壮年有为的时候，领导器重，下属尊敬，猛然遭了一场横祸！公社的会议室灯火通明，啊，一年五十二个星期天，有五十一个他都要召集教师在那里开会。他曾经坐在那间屋里，发表他的长篇讲演，看着人们昏昏欲睡的愚蠢面容，更感到自己的伟大。他纵谈一切，不点名地揪揪某些人的小辫子，然后再看看他们震畏的面容：他们全在摇尾乞怜地看着他。那里是他在公社的宿舍，有多少夜晚，他在那里检阅他收到的贡品，心满意足地打上一个嗝！现在他的屋子熄着灯，在这间熄灯的屋子里，又曾有过多少隐秘的欢乐……

他感慨万千，可是他的感慨被人打断了：有人在离他不远的河边说话，声音很熟：

"……人家说老赵变成了一头驴！"说话的是水道六队的队长，去年为了让他儿子上高中，曾送给他五十斤花生米。

"是吗？我不信！不过如果是真的，那倒是大快……嘘……"

六队长和他的儿子站在离他十米的地方愣住了，好像看见了奇迹。

六队长朝前战战兢兢地走了一步，颤抖着说："你要是老赵变的，就走过来。"

老赵迈着庄严的步子走到他们面前，突然六队长一把抓住了他的耳朵，他儿子抡开铁锹就打！

"妈的，你这个浑蛋！你害得老子去年一年全家吃不上油……"

老赵屁股上挨了两下，耳朵也痛得要命。他拼命地一挣，结果挣掉一层油皮。刚刚撒开四蹄逃跑，背后铁锹飞来，险些把屁股劈开。它在黑暗中狂奔了好久，最后筋疲力尽地栽倒在一个土坑里。

等到东方发白，他又忍着伤痛爬起来，到村边瞭望。

村里真静啊，公鸡都还没醒，可是人已经起来了。有人在挑水，有人到村边的小河旁割草。老赵站在高岗子上，拼命伸长脖子，朝河边的草地上看去。有两个人靠得很近，但是也离他足有一里，可是他能清楚地听见他们说话，毫无疑问，一定是耳朵长了的缘故。

"……你听见六队长说了吗？昨天他看见老赵在河边吃草……"

"放屁。"老赵想。

"哈哈……有意思！……你这半年割过几次肉？""哼，就发那几张肉票，还不够孩子吃的……我要是会打枪，打几个兔子也好。"

"你想吃兔子肉，我连蚂蚱肉都想吃！我的肉票都买了送礼了！春天要盖房子，儿子要上高中，还给老赵送了二斤猪肉。这个王八蛋！光拿东西不办事……喂，你看那边岗子上那头驴！"

"啊哈！是老赵变的吧？"

"你想不想吃驴肉？公社不让杀耕畜，可这是没主的驴！找几个人把他抓着杀了，人不知鬼不觉，谁也不会找！"

老赵听得冷汗直流，转身就跑。

水道公社文教助理员赵珊同志心里乱成了一团！他不光遭横祸变成了一头驴，而且连命也要难保。

中午时分，老赵打定了主意：最好的安身之地莫过于学校。第一，学校的老师是不敢乱杀驴的。第二，学校要是把他养起来，每日干的活不过就是上井边驮驮水，干点杂活罢了。所以现在他就来到学校门口，正好迎面碰上罗校长从里面出来。

学校已经放学了，所以静得厉害。老罗呆呆地看着他，然后慢慢张开了嘴巴，头也朝后仰去。

老赵轻轻走到他跟前，伸出舌头去舔他的手。

老罗猛地定过神来，大叫："小孙！把它牵到饲养室去！快来！小宋，去割点草！老贾，找大队要个驴槽！我去公社办手续！"

老赵以后就住在饲养室，开始了他驴子的生活。

他和一群兔子为邻，每天有一群学生照顾他：刷毛添草，青草的滋味倒也不很难吃，有一种水果和蔬菜都有的清香，有时还能吃到麸子和玉米粒，活得比一般的驴痛快多了！

活儿也不很累，一天两次拉一辆水车到井边拉水，偶尔有些零活，比一般的驴舒服多了！

他从来也不吃鞭子，学校也没有鞭子，因为他听得懂人话。只有小孙有时驾着他拉车出去时，爱在人多的地方大喊大叫："老赵，快点！我的助理员同志，别往人身上撞哇！"给他心理上的打击重了点。

可是好景不长，秋天到了，伙食标准在降低。草老了，又黄又硬，不堪下咽。老赵发脾气，撞倒了驴槽。小孙就来开导他："老赵，咱们也得凑合点，对不对？你还想吃大白菜吗？人还不够吃呢！你要明白，想要吃大鱼大肉不掏钱是再也不成了！这对你，已经是第一流伙食！"

冬天来了，饲养室里没有火。老赵冻得彻夜长鸣，可是谁也不肯来。只有小孙有时披着大衣来槽边坐坐，刻毒地挖苦他："赵珊同志，你要明白你的处境！不要想搂着谁睡热炕头了！再弄得老子睡不着觉，给你一顿顶门杠！"

冬天的西北风真可怕！人们披着大衣还怕出门，老赵却要赤身裸体地出去拉水。小孙早上经常费了九牛二虎之力也不能把他拉出屋门，结果人驴不和，至于暴矣！小孙每次都是用搅料棍把他打出门！

老赵拉着水车走上结冰的路面时全身发抖，小孙却裹着大衣在车上骂："快点！再这么慢，杀了你吃肉！"

在这个可怕的冬天，都是小孙来使唤他！老赵真想上吊，可是找不到绳子，自己也做不到。否则，小孙有一天早上推门进来时，就会发现一条肥大的灰驴吊在大梁上。

啊！美丽的春天！你终于来了！暖风吹到了老赵冻得发僵的驴皮上，比什么都舒服！先是柳树发了绿，后来就是地面上长出了美味的草芽。好心的老贾发现他出门时流连忘返的劲头，经常把他从后门放出去吃草。

有一个晴朗的上午，老赵在学校后面的河滩上吃草。可以望见学校边上的一条小路，那是去村里的必由之路。春天的阳光，暖暖地晒在身上，春风吹拂……忘却的事情在心里醒来……

小路上走来一个人，从身边走过去了。那是小于，她穿着一件鹅黄的灯芯绒上衣，在明媚的阳光下显得十分可爱。老赵望着她那婀娜多姿的背影，春天温暖的血液在身上奔流，有一种十分熟悉的感情越来越强烈，压倒了一切念头……

猛然，老赵四蹄腾空朝前一踹，声势浩大地奔过木板桥，朝小于追去。小于回头一看，看见老赵飞奔的雄姿，还有公驴发情的可怕丑态，吓得叫了一声，撒腿就跑。

小于哭哭啼啼，东倒西歪地逃进校门，老赵随后一头冲了进来。小于逃进宿舍，刚关上门，老赵也一头撞碎门上的玻璃，把头伸了进来。这时校长和小孙从预备室里赶出来，正好听见小于的哭叫、老赵的长鸣，看见了女宿舍前腾跃着的驴身子。

十分钟之后，老赵被套上了缰绳，捆在树上。他怀着懊恼、惭愧的心情，静静地感到被玻璃划破的前额在流血，忽然看见兽医站的马兽医拿着骟马刀走了进来。

后来，老赵总是心情恍惚，脑子好像死了一部分。他发现，原来他的脑子有下面四个部分，管吹拍的，管作威作福的，管图吃喝的，管图那个的。现在脑子空了四分之三，剩下的四分之一也不管事了。

有一天，他被生产队借去，很受了些揉搓。等到人们坐下休息时，他噙着眼泪站在那里。天哪，做个驴连坐下休息也不成！他越想越心酸，猛一头冲到人家配农药的缸里，喝了一大口"马拉硫磷"，然后他——闭上眼睛，就算是死了吧。(引自某人的诗篇)

老赵猛然醒来了，好像从一个深渊里浮上来一样。他猛然醒来了，也就是说，意识突然在脑子里复苏了，可怕的鲜明，从来没有过的清楚。

他还没有睁开眼睛，也没有听见什么，冲进脑海的第一个念头就是：鼻子真痛哪！

鼻子被什么撕裂着，痛得可怕，脸上仿佛也有一股很奇怪的热气在熏蒸他。他心惊胆战地睁开了一只眼睛：天哪，一只可怕的灰色巨兽就在眼前！

他吓得闭上眼睛，心里痛苦地想："又是什么灾祸？又是什么奇祸？把我变成了驴还不够吗？"他绝望地摇摇头，于是脸上又挨了一顿难忍的抓挠，撕心裂肺，于是……

于是他尖叫一声坐了起来，一个东西从脸上摔下去了，然后传来一声怪叫："喵……"

还是那间屋子，女教师宿舍。隔壁传来琅琅读书声。哈哈！什么琅琅读书声，小学生齐声朗诵时拉着长声，比狗转节子还难听。旭日从窗口慷慨地把阳光送进来。他坐在小于的床上，一只灰猫在地上舔着脚爪。啊，明白了，原来刚才是它在啃老赵昨天夜里沾上了肉汤的鼻头。那么，他怎么到了这里？他不是变成驴了吗？

啊，明白了！这一切，这一切的一切，不过是个梦而已！老赵真想欢呼万岁！他兴高采烈地想：我怎么会变成驴？谁敢把我变成驴？老子和公社书记有交情！县里有不少熟人！

上午九点钟，老师们上完了第二节课，都坐在预备室里。忽然赵助理员一头闯了进来，形容憔悴，一副害酒的样子，满脸爪痕。大家关心地迎上去，问他怎么了。老赵心有余悸地坐下来，傻头傻脑地把他的梦讲了出来，原原本本！

老师们忍不住暗笑，等到他讲到他早上醒来，这一切不过是场噩梦时，我听见了——啊，我有一种神奇的本领，就是有时能听见人们感叹的心声——十来个声音：有男有女，有校长的声音，小于的，老贾的，小孙的……全体老师的声音，那是一声心有未甘的叹息："如果这是真的！如果……这是真的……多好呀！"

过了一个月，小孙被打发回家种地去了。

歌仙·

　　有一个地方，那里的天总是蓝澄澄，和暖的太阳总是在上面微笑着看着下面。

　　有一条江，江水永远是那么蓝，那么清澄，透明得好像清晨的空气。江岸的山就像路边挺拔的白杨树，不高，但是秀丽，上面没有森林，但永远是郁郁葱葱的。山并不是绵延一串，而是一座座独立地陡峭地立在那里，用幽暗的阴影俯视着江水，好像是和这条江结下了不解之缘的亲密伴侣。

　　你若是有幸坐在江边的沙滩上，就会看见江水怎样从陡峭的石峰后面涌出来，浩浩荡荡地朝你奔过来。你会看见，远处的山峰怎样在波浪上向你微笑。它的微笑在水面留下了很多黑白交映的笑纹。你会看见，不知名的白鸟在山后阴凉的江面上，静静地翱翔，美妙的倒影在江上掠过，让你羡慕不已，后悔没有生而为一只这样的白鸟。你在江边上静静地坐久了，习惯了江水拍击的沙沙声，你又会听见，山水之间，隐隐的歌声：如丝如缕、若有若无、奇妙异常的歌声。这不像人的歌喉发出的，也听不出歌词，但好像是有歌词，又好像是有人唱。这个好地方的名字和这地方一样的美妙：阳朔。这条江的名字也和这条江一样可爱：漓江。

人们说，这地方有过一位歌声极为美妙的人。从她之后，江面上就永远留下了隐约可闻的歌声。可是关于这位歌仙的事迹，就只留下了和这歌声一样靠不住的传说。我知道，这全是扯淡。因为它们全是一些皆大欢喜的胡说。一切欢喜都不可能长久，只有不堪回首的记忆，才被人屡屡提起，难于忘怀。如果说，这歌声在江上久久不去，那么它一定因为含有莫大的辛酸。我知道这位歌仙的一切事迹。孩子们，为了你们，我一切都知道。

人们说，这位歌仙叫刘三姐，我对这一点没有什么不同意见。大概五百年前，她就住在阳朔白沙镇东头的小土楼里。那时的白沙镇和现在没什么大两样：满镇的垂柳在街道到处洒下绿荫。刘三姐十八岁之后，远近的人们才开始知道她，那么我们的故事就从她十八岁说起。

我们的刘三姐长得可怕万分，远远看去，她的身形粗笨得像个乌龟立了起来，等你一走近，就发现她的脸皮黑里透紫，眼角朝下耷拉着，露着血红的结膜。脸很圆，头很大，脸皮打着皱，像个干了一半的大西瓜。嘴很大，嘴唇很厚。最后，我就是铁石心肠，也不忍在这一幅肖像上再添上这么一笔，不过添不添也无所谓了，她的额头正中，因为溃烂凹下去一大块，大小和形状都像一只立着的眼睛。尽管三姐爱干净，一天要用冷开水洗上十来次，但那里总是有残留的黄脓。

刘三姐的容貌就是这么可怕，但是心地又是特别善良，乐于助人，慷慨，温存，而且勤劳。镇上无论哪个青年穿着脏衣服、破鞋子，她看见都要难受：为什么人们这么褴褛呢？她会把衣服要来给你洗好、补好。不然她就不是刘三姐了。她总是忙忙碌碌，心情爽朗，无论谁有求于她，总是尽力为之。一点不小心眼儿，要给人家办的事从来没忘记过。她也愿意把饭让给饿肚子的人吃，如果有人肯吃她的饭的话；不过没有一个要饭的接过她的饭，原因不必再说。

刘三姐有一个优美的歌喉，又响亮又圆润。她最爱唱给她弟弟听，哪怕一天唱一万遍也很高兴。她弟弟是个漂亮的小伙子，小的时候那么依恋她。刘三姐以弟弟为自豪，简直愿意为他死一万次（如果可能的话）。不过她弟弟刘老四渐渐地长大了，越来越发现刘三姐像鬼怪一样丑陋。居然有一天发生了这样的事情，吃饭的时候，刘三姐照例把盘子里的几块腊肉夹到刘老四的碗里，而刘老四像发现几只癞蛤蟆蹲在碗里一样，皱着眉头、敏捷、快速地夹起来掷回三姐碗里。三姐眼里含着泪水把饭吃下去，跑到江边坐了半天。

她们家还有刘大姐、刘二姐、刘老头、刘老婆几名成员。大姐二姐也是属于丑陋一类的女人，不过不像三姐那么恶心。大姐二姐好像因为长得比三姐强些吧，总是装神弄鬼地做些小动作，好像三姐是一条蛇一样。刘老头刘老婆昏聩得要命，哪里知道儿女们搞什么鬼。

过了不久，刘三姐发现大姐二姐比往日勤快多了，每顿饭后总是抢着洗碗。当时刘三姐并没有怀疑到哪方面去。又过了不久，她又发现，她们刷碗时总把她的碗拣出来等她自己刷，并且顿顿饭都让她用那个碗。刘三姐暗暗落泪，但也无可奈何。后来，从大姐开始，都不大和她说话了，和她说话时也半闭着眼睛，捂着鼻子。二姐和刘老四也慢慢这样做了。再后来，刘家的儿女们和三姐一起待在家里的时间越来越少了。不是三姐回家他们躲出去，就是三姐在家他们不回来。

夏天到了，天气一天天热起来。年轻的人们晚上在家的时候越来越少了。附近的山上，越来越多地响起了歌声。终于到了那一天，传说中牛郎织女要在天上相会的日子。那天下午，地里一个未婚的年轻人都没有了，只剩下了老人和小孩，而年轻人都在家里睡大觉。

到傍晚时分，大群青年男女站在村西头，眼巴巴地看着太阳下山，渐渐地沉入山后了。等到最后一小块光辉夺目的发光体也在天际消失，他们就发出一声狂喜的欢呼，然后四散回家吃饭。

刘老头家里，四个儿女都在狼吞虎咽地把米饭吞下去。不等到屋里完全暗下去，他们就一齐把碗扔下，出了大门。刘老头把大门当的一声关死，落了闩，和老太婆一起回屋睡了。

刘三姐出门就和姐姐弟弟分开了，她沿着大路出村，这时天已经完全黑了。等到她摸着黑沿着一条熟悉的小道朝山上爬时，暗蓝色天空上已经布满了群星，密密麻麻的好像比平时多了五六倍。就在头顶上，一条浩浩的白气，正蜿蜒地朝远方流去。刘三姐爬上山顶，看看四周，几个高大的黑影，好像是神话里的独眼巨人。可是无须害怕，那不过是些山而已。这里的山晚上都是这个样子。

你也许要问，镇上的男女晚上到野外来干什么呢？原来照例有这么个风俗，每年七月七的晚上，青年男女们都到野外来对歌。其实是为了谈恋爱，并不是对缪斯女神的盛大祭祀。

好了，刘三姐在山顶上，稍稍平一平胸中的喘息，侧耳一听，远处到处响起了歌声。难道这里就没有人吗？不对。对面山上明明有两个男人在说话。刘三姐吸了一口气，准备唱了。可是唱不出来。四下里太静了，风儿吹得树叶沙沙响，小河里的水声好像有人在蹚河似的。真见鬼，好像到处都有人！弄得人心烦意乱，不知准备唱给谁听的。

刘三姐又吸了一口气，甚至闭上了眼睛。猛然她的歌冲出了喉咙，那么响，好像五脏六腑都在唱，连刘三姐自己都吓了一跳。

刘三姐唱毕一曲，听一听四周，鸦雀无声。怎么了？对面山上没有人吗？还是自己唱得太糟？

过了一会儿，对面山上飞起一个歌声：好一个热情奔放的男高音。不过，尽管歌儿听起来很美，歌词可是很伧俗，大意无非是：对面山上的姑娘，我看不到你的容貌，想来一定很好看，因为你的歌儿唱得太好了。

刘三姐脸红了，原来她参加这种活动还是第一次。但是四外黑咕隆咚，很能帮助人撕破脸皮。她马上又回了一首，大意是：我很高兴你的称赞，但是当不起你那些颂词。如果你愿意，我可以和你交个朋友。

对面静了一会儿，忽然唱起了求婚之歌："七七之夕上山游，无意之间遇良友。小弟家里虽然穷，三十亩地一头牛。三间瓦房门南开，门前江水迎客来。屋后有座大青山，不缺米来不缺柴。对面大姐你是谁，请你报个姓名来。"

刘三姐心里怦怦直跳。她听着对面热情奔放的歌声，心里早已倾慕上了。她生来就不愿意挑挑拣拣，无论吃饭、穿衣，还是眼前这件事情，于是马上作歌答之曰："我是白沙刘三姐……"才唱了一句，就被对面一声鬼叫打断了："哎呀，我的妈也！饶命吧！"

这一夜，刘三姐再没有找到对歌的人，开了一夜独唱音乐会。

天亮之后，刘三姐回家吃早饭，看见大姐二姐在饭桌上那副得意扬扬的样子，心里更觉得酸楚无比。

从此之后，刘三姐越来越觉得在家里待着没意思，终于搬到镇东面一个没人家的土楼上去了。在那里，她白天在下面种种菜，天还没黑就关门上楼，绝少见人，心情也宁静了许多。不知不觉额头上数年不愈的脓疮也好了。当然，她绝不是陶渊明，所以有时她在楼上看见远处来来往往的行人，心里还是免不了愁闷一番。她喜欢和人们往来，甚至可以说她喜欢每一个人。无论老人小孩，她都觉得有可爱之处。可是她再不愿出去和别人见面了，尤其一想到别人见到她那副惊恐万状的样子，她就难受。一方面是自疚，觉得惹得别人讨厌，另一方面就不消说了。

就这样，她自愿地关在这活棺材里。就是真正厌世的人恐怕也有心烦的时候，何况刘三姐！到了明月临窗，独坐许久又不思睡的时候，不免就要唱上几段。当然了，刘三姐不是李清照，尽管唱得好，歌词也免不了俗套，唱来唱去，免不了唱到自吹自擂的地方。那些词儿就是海伦、克利奥佩屈拉①之流也担当不起。

有一天半夜，刘三姐又被无名的烦闷从梦里唤醒，自知再也睡不成了，就爬起来坐着。土楼四面全是板窗，黑得不亚于大柜中间，她也懒得去开窗，就那么坐着唱起来。哪知道声音忒大了点，五里之外也听得见。正好那天白沙是集，天还不亮就有赶集的从镇东头过。先是有几个挑柴的站住走不动了，然后又是一帮赶骡子的，到了那里，骡子也停住脚，鞭子也赶不动。后来，路上足足聚了四百多人，顺着声音摸去，把刘三姐的土楼围了个水泄不通。谁也不敢咳嗽一声，连驴都竖着耳朵听着。刘三姐直唱到天明，露水把听众的头发都湿透了。

那一夜，刘三姐觉得自己从来也没有唱得那么好。她越唱越高兴，听的人只觉得耳朵里有根银丝在抖动，好像把一切都忘了。直到她兴尽之后，人们才开始回味歌词，都觉得楼上住的一定是仙女无疑，于是又鸦雀无声等着一睹为快。谁知一头毛驴听了这美妙的歌喉之后，自己也想一试，于是高叫起来："啊！啊……"马上就挨了旁边一头骡子几蹄子，嘴也被一条大汉捏住了。可是已经迟了，歌仙已经被惊动了，板窗后响起了启窗的声音。说时迟那时快，五六百双眼睛（骡马的在内）一齐盯住窗口……

砰的一声，窗子开了。下面猛地爆发出一声呐喊："妖怪来了！"人们转头就跑，骡马脱缰撞倒的人不计其数，霎时间跑了个精光。只剩一头

---

① 今译作"克莱奥帕特拉"，古埃及托勒密王朝末代女王，别称"埃及艳后"。

毛驴拴在树上，主人跑了，它在那里没命地四下乱踢，弄得尘土飞扬。

刘三姐愣在那儿了。她不知道下面怎么聚了那么多人，可是有一点很清楚，他们一定是被她那副尊容吓跑了的。她伏在窗口，哭了个心碎肠断。猛然间听见下面一个声音在叫她："三姐儿！三姐儿！"

刘三姐抬起头，擦擦眼里的泪，只看见下面一个人扶着柳树站着，头顶上斑秃得一块一块的，脸好像一个葫芦，下面肥上面瘦。一个酒糟鼻子，少说也有二斤，比鸡冠子还红。短短的黄眉毛，一双小眼睛。喝得东歪西倒，衣服照得见人，口齿不清地对她喊："三、三姐儿！他们嫌你丑，我我我不怕！咱们丑丑丑对丑，倒是一对！你别不乐意，等我酒醒了，恐怕我也看不上你了！"

刘三姐认出此人名叫陆癞子，是一个不可救药的酒鬼兼无赖，听他这么一说，心里更酸，砰地关上窗子，倒在床上哭了个够。

从此之后，刘三姐在这个土楼上也待不住了。她从家里逃到这个土楼上，但是无端的羞辱也从家里追了来。可是她有什么过错呢？就是因为生得丑吗？可是不管怎么说，人总不能给自己选择一种面容吧！再说刘三姐也没有邀请人们到土楼底下来看她呀！

刘三姐现在每天清晨就爬起来，到江边的石山上找一个树丛遮蔽的地方坐下来，看着早晨的浓雾怎样慢慢地从江面上浮起来，露出下面暗蓝色的江水。直到太阳出来，人们回家吃饭的时候再沿着小路回去。到下午，三姐干完了园子里的活，又来到老地方，看着夕阳的光辉怎样在天边创造辉煌的奇迹。等到西天只剩下一点暗紫色的光辉，江面只剩下憧憧的黑影的时候，打鱼人划着小竹筏从江上掠过，都在筏子上点起了灯笼。江面上映出了粼粼的灯影，映出了筏边上蹲着的一排排鱼鹰，好像是披着蓑衣的小个子渔夫。

打鱼的人们有福了，因为他们早晚间从白沙东山边过的时候，都能听见刘三姐美妙的歌声。说来也怪，三姐的歌里永远不含有太多的悲哀。她总是在歌唱桂林的青山绿水，漓江的茫茫江天，好像要超然出世一样。

下游三十里的地方有一个兴坪镇，有一个兴坪的青年渔夫阿牛有次来到这里，马上就被三姐的歌声迷住了。以后每天早上，三姐都能看见阿牛驾着他的小竹筏在下面江上逡巡。阿牛的竹筏是三根竹子扎成的，窄得吓死人，逆着激流而上时，轻巧得像根羽毛。他最喜欢从江心浪花飞溅的暗礁上冲下去，小小的竹排一下子沉到水里，八只鱼鹰一下子都不见了。等到竹筏子浮出水面，它们就在下面老远的地方浮出来，嘴里常叼着大鱼。这时候阿牛就哈哈大笑，强盗似的打一声呼哨。这时刘三姐在山上直出冷汗，心里咚咚直跳，好像死了一次才活过来一样。

每当刘三姐唱起歌来的时候，阿牛就仰起头来静听，手里的长桨左一下右一下轻轻地划着，筏头顶着激流，可是竹筏一动不动就好像下了锚一样。

有时阿牛也划到山底下，仰着头对着上面唱上一段。这时刘三姐就能清楚地看见他乌黑的头发，热情的面容。只见高高的鼻梁上，长着一个嘻嘻哈哈的大嘴，好像从来也没有过伤心的事情，不管什么事情他都要笑一番。刘三姐心里觉得很奇怪：世界上竟有这样的小伙子，简直是神仙！只要阿牛把脸转向她这边，她就立刻把头缩到树丛里，隔着枝叶偷看。不管阿牛多么热情地唱着邀请她出来对歌的歌曲，她从来不敢答一个字。直到阿牛看看没有希望，耸耸肩膀，打着桨顺流而下时，她才敢探出头来看看他的背影。这时她的吊眼角上，往往挂着眼泪。

自从阿牛常到白沙之后，刘三姐的日子就更不好过了。每天从江边回来，刘三姐心里都难过得要命，更可怕的是阿牛打着桨在山下的时候，刘三姐提心吊胆往树丛后面缩，弄得大汗淋漓。最让人伤心的是阿牛唱的山歌，没有一次不是从赞美刘三姐的歌声唱到赞美她的容貌，那些话听起来就像刀子一样往心里扎。

可是刘三姐又没法不到江边去，到了江边又没法不唱歌。有一次刘三姐决心不唱了，免得再受那份洋罪，于是阿牛以为刘三姐没来，心神恍惚地差点撞在石头上，把刘三姐吓出了一头冷汗。再说她也很愿意听阿牛豪放、热情的歌声。更何况刘三姐的境况又是那么可怜，从来也没有人把她看成过一个人。阿牛现在又是那么仰慕她，用世界上一切称颂妇女的最高级形容词来呼唤她。可是他哪里知道这些话都是刘三姐最难下咽的苦酒。

又有一天，那是个令人愉快的美好的晴天，金光闪耀在江面上，黑绿的山峰上，漓江水对着天空露出了蔚蓝的笑脸。刘三姐又坐在老地方，听着阿牛的歌声，心里绝顶辛酸。

"对面山上的姑娘，你为何不出来见面？你看看老实的阿牛，为了你流连忘返。如果你永远不出来，我也情愿在这里。我是阿牛、阿牛、阿牛，为了你流连忘返。"

刘三姐再也听不下去了，用手捂着耳朵，可是她仍然听见阿牛叹了一口气，看见他懒洋洋地抄起长桨，将要顺流而下。她心里怦怦乱跳，觉得泪水在吊眼角里发烫。猛然间，她的歌声冲出了喉咙，好像完全不由自主一样："我是兴坪刘三姐，长得好像大妖怪。哥哥见了刘三姐，今后再也不会来，阿牛哥，阿牛哥……"刘三姐忽然泣不成声了。

阿牛沉默了。他低着头用长桨轻轻地拨着水面。刘三姐感到胸中有什么东西破裂了，一阵剧痛之后，忽然感到莫名其妙的快慰。原来阿牛也害怕她。

大概阿牛也曾对刘三姐其人有些耳闻吧！可是他沉思之后，毅然地抬起头来说："我不怕！我阿牛不比他们，漫说你还不是妖怪，就是真妖怪，我也要把你接到家里来！现在你站出来吧！"

现在轮到刘三姐踌躇不定了，她决不愿把那张丑脸给任何人看！可是阿牛斩钉截铁的要求又是不可抗拒的,于是刘三姐觉得心好像被两头牛撕开了。她既不敢探出头去,又不忍拒绝阿牛,心里只想拖下去,可是最后一幕的开场锣鼓已经敲响,她还能躲到哪去?啊,但愿她这辈子没活过!

最后,阿牛听见刘三姐用微弱的声音哀求:"阿牛哥,明天吧!"

阿牛坐在竹筏上,任凭江水把他送到下游去。他不能相信,那么美妙的声音会从一张丑脸上发出来!可是就算她丑又怎么样?他无限地神往江上那个美妙的声音,就是那声音,好像命运的绳索一样把他往那座山峰边上拉。不管怎么样,她也不会把他吓倒。对不对,鱼鹰们?

鱼鹰们在细长脖子上会意地转转脑袋,好像在回答阿牛:它们并不反对!她一定是个好人,不会饿着它们的。阿牛哥,你下决心吧!

夕阳的金光沿着江面射来,在阿牛身上画出了很多细微的涟漪。对!他做得对!刘三姐是个悲伤的好人,她一定会是阿牛的好妻子!再说,怎见得人家就像传闻的那么丑?阿牛难道没见过那些好事之徒怎么糟蹋人吗?怎么能想象,一个恶心的丑八怪能有一个美妙的歌喉?最可能的是,刘三姐有一点丑,但是绝不会恶心人,更不是像人们说的那么伧俗不堪!他阿牛才不相信那些人的审美能力呢!对了,也许干脆刘三姐根本不丑?或者更干脆一点,甚至很漂亮?可能!阿牛曾经见过一个受人称赞的美人,长了一个恬不知耻的大脸,脸蛋肥嘟嘟的,站着就像个蛆一样乱扭,表情呆滞,像头猪!他们那些人哪,不可信!

阿牛信心百倍地站起来,把筏子划得像飞一样从江上掠过。

刘三姐直等到阿牛去远才想到要离开。她两腿发软,要用手扶着石头才能站起来。她看看四周,真想干号一通,然后一头撞在石头上。哎呀天哪,你干吗这么捉弄人!阿牛看见我一定也会吓个半死,然后逃走!老天爷,你为什么要我碰上好人?跟坏人在一起要好得多!明天哪里还敢上这儿来?我要永远看不见阿牛了,这个罪让我怎么受哇!

刘三姐走下山岗，心里叫失望咬啮得很难过。她才有了一点快慰，不不，什么快慰，简直是受苦！可是以后连这种苦也吃不上了。也许该找把刀把脸皮削下来？不成，要得脓毒败血症的。怎么办？

刘三姐猛地站住了。现在，附近的竹林、村庄都沉入淡墨一样的幽暗中了，可是金光还在那边山顶上朝上空放射着。一切都已沉寂，夜晚尚未到来。头顶的天空上，还飘着几片白云。可是好像云朵也比白天升高了，朝着高不可攀的天空，几颗亮星已经在那里闪亮。高不可攀的天空，好像深不可测，直通向渺渺的、更伟大的太空，但是被落日的金光仰射着，明亮而辉煌。在那里，最高、最远的地方，目力不可及的地方，是什么？

刘三姐忽然跪下了。她不信鬼神，但是这时也觉得，人生一定是有主宰的，一切人类的悲切，真正内在的悲切，都应该朝它诉说。

刘三姐不信上帝。她心里想到人们说的长胡子的玉皇大帝，就觉得可笑，以为不可能有。但是现在她相信，她的一切不为人信的悲切会有什么伟大的、超自然的东西知道。会有这种东西，否则世界与个蚁窝有什么两样！

她静静地跪着，内心无言朝上苍呼吁。可是时间静静地过去，四周黑下来了。什么事情也没发生。刘三姐站起来，默默朝家走去。说也奇怪，她的内心现在宁静得像一潭死水一样。

她走着，四周又黑又静，心里渐渐开始喜悦地感觉到，身上有点异样了。胸口在发热！一股热气慢慢地朝脸上升来，脸马上烫得炙手。上帝！上帝！刘三姐走回土楼躺在床上，浑身发烫，好像发了热病一样。

她偷偷伸出手来，摸摸自己的脸，好像细腻多了。似乎吊眼角也比原先小了。粗糙的头发也比较滋润了。刘三姐躺了半夜，不断有新的发现，直到她昏然睡去。

第二天刘三姐醒来的时候，天已经大亮了。刘三姐爬起来洗脸，很想找个镜子照照自己，但是找不到。原来倒是有两个镜子，可是早被她摔碎了，连破片也找不到。

她朝江边走去，心里感到很轻快。但是过了一小会儿，心里又开始狐疑了。凭良心说，她根本不相信世界会出现奇迹，因为她从来也没有看见过奇迹。但是她现在宁可相信有这种可能。"有这种可能吗？有的，但是为什么以前没有听说过这种事情？而且以前也没有想到过有这种可能？咳，因为以前没有想到过应该向上苍请求啊！我多傻！"刘三姐坚决地把以前的自己当成傻瓜，把今天的自己当成聪明人，于是感到信心百倍。为了免得再犯狐疑，她索性加快脚步，心里什么也不想了。

等她爬上小山，从树丛后面朝江上一看，阿牛已经等在下面了。

阿牛早就听见了山上的脚步声，抬起头来大声说："刘三姐，早上好哇！"

山上也传来刘三姐的回答："你好，阿牛哥！"

这又是一个美好的晴天，江上的薄雾正在散去。太阳的光芒温暖地照在阿牛的身上，江水在山边拍溅。四下没有一个人，江上没有一只船。只有阿牛的小竹排，顶着江水漂着。阿牛抬起头，八只鱼鹰也侧着脑袋，十只眼睛朝山上望去。

阿牛等待着，就要看见一个什么样的人呢？脸一定比较的黑，嘴也许相当大。但是一定充满生气，清秀，但是不会妖艳。当然也许不算漂亮，但是绝对不可能那么恶心人。

阿牛正在心里描绘刘三姐的容貌，猛然，在金光闪耀的山顶，一丛小树后面，伸出一张破烂茄子似的鬼脸来，而且因为内心紧张显得分外可怕：嘴唇拱出，嘴角朝上翘起，吊眼角都碰上嘴了！马上，江上响起了落水声，八只鱼鹰全都跳下水去了。阿牛瞠目结舌，一屁股坐在竹排上，被江水带向下游。

　　中午时分，阿牛在白沙附近被人找到了。他坐在竹排上，眼睛直勾勾的，不住地摇头，已经不会说话了。在他身边站着八只鱼鹰，也在不住地摇头。以后，他的摇头疯再也没有好。二十年后，人们还能看见他带着八只也有摇头疯的鱼鹰在江上打鱼。那时候，阳朔比现在要多上一景：薄暮时分，江面上几个摇摇晃晃的黑影，煞是好看。当时这景叫白沙摇头，最有名不过了。可惜现在已经绝了此景。

　　此后，人们再也没看见刘三姐。最初，人们在江面上能听见令人绝倒的悲泣，之后声音渐渐小了，变得隐约可闻，也不再像悲泣，只像游丝一缕的歌声，一直响了三百年！其间也有好事之徒，想要去寻找那失去踪迹的歌仙。他们爬上江两岸的山顶，只看见群山如林，漓江像一条白色的长缨从无际云边来，又到无际云边去。顶上蓝天如海，四下白云如壁。

这辈子·

人有时会感到无聊，六神无主，就是平时最爱看的书也无心去看，对着平时最亲密的人也无话可说，只想去喝一点。因为什么呢？就是因为一切都看腻了，一切都说腻了，世界好像到了尽头。

这时你就感到以往的生命，以往的欢乐都渺小而不值一提，新的生命也不会到来。罗曼·罗兰教训我们说：可以等到复活。可是现在复活好像还没有来。

要是人离死不远了，复活就没有指望了。可是人都是越活离死越近。

人只有一次生命，怎么能不珍惜它。这是一件严肃的事情。就是真正的世界还会觉得太小，何况这又是一个本身就无聊的世界呢。

小马烦得很。他想把这一切好好想一想，但是又懒得去想，昏昏睡去又不愿意，因为不能把生命耗费在懒散上。可是干什么呢？什么也不能干。大概他不能自己创造美吧？就是能，现在也创造不出来，就是能创造出美的事物，自己也尝不到多少乐趣，人都需要别人的光来照亮自己。"我的娘啊！等下去我可是要死的。"他坐在床沿上伸了个懒腰，然后上床去睡了，自欺欺人地说：这叫等待复活。

小马黑甜一觉醒来，又听见窗户外边震耳的一声公鸡打鸣。"这是怎么回事？哪儿来的鸡？"然后他就听身边有人咻咻地喘气，一只手在触他的肩膀："孩子他爹，好起了！"

"什么？我是谁的爹？"小马心里一震，稀里糊涂地想。那只手又触了他一下，更大声地说："小芳他爹，好起了！天亮了！"

小马又稀里糊涂地想："对了，我有个女儿叫小芳。哎，我哪儿会有女儿呀？我什么时候当了爹？这都是什么事呀！"

可是三年前结婚和有个女儿叫小芳好像都是真的。见鬼了，我不是小马，家住百万庄五号楼三单元五号吗？怎么又像叫陈得魁，家住马家大队？什么东西这么臭？是那块身下铺的没熟的老狗皮。身上的被子也是油脂麻花的一股味儿。小马猛一下坐起来，觉得腰疼得了不得，小腿也乏得很。还不容他细想什么，身子已经落了地，披上了一件小褂子。窗户纸确实发了白，外边什么东西呼噜呼噜地响，原来是猪在圈里拱什么。呀，猪圈就在窗跟前屋里能不臭吗？他想着这么个问题就出了门，走到院子里。院里几棵杨树上鸟儿在啾啾地叫，饱享早起的快乐。可是他推起小车就出了门，也没想想是为什么，心里只是苦苦纠缠地想：猪圈就在窗下，屋里能不臭吗？

也许是早上的空气让他清醒了一点儿吧，反正他恍悟过来了。道理很简单，屋里本来就够臭了，有没有猪圈完全无关紧要。他抬头一看，曙光已经透过小山岗上疏疏落落的树枝照过来了，虽然路上依然很黑，这时他才猛醒过来，这是在哪儿，我这是上哪儿呀？

啐！这还不明白，这是村东头的小河边呀，我是去推粪呀，昨天不是就干的这个活吗？不对！什么村东村西的，我不是小马吗？我不是该去厂里上班吗？

他稀里糊涂地搅不清楚，忽然看见前面一群人在粪堆前面倒粪。有人朝他喊："得魁，你还来呀？你可睡了一个热被窝。"

"哈哈，不知怎的，一睁眼天就大亮了。"小马粗声粗气地说。他看看那些人，面生得很，可是好像哪一个的名字他都叫得出。

晨光透过树林，把小马的眼睛晃得发花。他低头看看自己，身上穿着一件带着臭气的褂子，破烂的裤子挽到膝盖。小腿又短又细，腿肚上盘满了弯弯曲曲的筋络。他像第一次看清自己的身躯：肚子又小又鼓，好像脖子在不自然地朝前伸着。"脊梁被压弯了。"他莫名其妙地想，然后又奇怪这念头是从哪儿来的。

他推起装满粪土的小车，天哪，这车这么沉！他不由自主地后退了一步才把车推动。车轴吱吱地响，好像吱吱响的不是车轴，是他的脊梁。他心里很不愉快，而且在想着：我到底是陈得魁还是小马？如果是小马，那么为什么上这儿来推小车？如果我是陈得魁，那么我为什么会出现这么多的怪念头？他昏头昏脑地乱想，忽然在别人的呼喊下站住了。原来他正朝着一个大坑奋力前进呢。

小马又跟上了大家的行列，心里又在想这个问题。猛然他明白了："这一定是上辈子的事儿，不知为什么我又想起来了。"但是他又觉得不对："这种迷信怎么可以当真？我怎么会相信这种事情？"然而又一想就坦然了："怎么不能信？狐仙闹鬼我都信嘛。"

小马坚定地相信了自己现在是陈得魁了。陈得魁推着车，渐渐地感到下腿和腰有点儿乏力。他盼着早推到地方，回来推着空车可以缓缓劲，谁知他发觉自己已经走在紧挨着山脚的地方。他抬头看看山上的梯田，才想起原来是要往山上推粪。他看看四十五度的山路，心里慌起来，大约把这些粪推上山，他陈得魁也就可以交待了。但是上帝保佑，有一群妇女手拿绳子，准备拉他们一段。陈得魁咬紧牙关，拼命地朝山上冲了几步，一个壮大的胖姑娘把绳子套到他的车杆上拼命地拉起来。车子有一瞬间静止不动。陈得魁和拉车的姑娘都屏住气，用全身的骨骼和肌肉支住企图下滑的车子。

车子朝上移动了，好像蜗牛爬，好像要把陈得魁的力气和血肉耗干。如果坡路不是一段陡一段缓的话，老陈一定会顶不住的。到了下一个坡陡的地方，老陈拼命地推着车，心里却又在乱想："这坡度大约是四十五度，小车加粪七百斤，压在人身上的力量是 $\sin 45°$ 乘上七百斤，我的妈！"车子猛地朝下溜下来，老陈忙不迭地用左腿的膝盖顶在车屁股下面。

胖姑娘气愤地叫起来："陈大哥，你夜来干什么了？劲都上哪儿去了？"

哄的一声，上上下下一起笑起来。老陈回头朝山下一看，下面十几辆小车，推的汉子用膝盖顶住车，拉车的推车的都在笑。老陈很想骂上一声："你不要脸！"但是说出口的却是："你慢慢就知道了！"

大家又狂笑一阵，老陈又和胖姑娘拼命地要把车推起来。老陈用大腿垫住车屁股，用全身的力量朝上抬身子，就是用膝盖当支点，把腿当杠杆用。大腿上钻心地痛。"大约拷问犯人也不过如此。"老陈想。山路走也走不完，上了一个山坡又是一个山坡，老陈的小腿跃跃欲试地要抽筋。

"再不到我就完了。"车子推到山顶，老陈深深地喘了一口气。脚在痛，腰在痛，肺急急忙忙地动着，好像肋间也在痛。头上汗珠成串，脚下像踩了棉花。老陈朝山下一看，差点一屁股坐在地下。从山脚到山顶高度足有四百米，路程不少于四里地，走了大约一小时。老陈心里想："上帝在炼狱里让一些罪人推石头上山，那是有道理的。"

整整一个早晨，老陈都在推车上山，下山的时间里喘息一下。最后一次已经是日上三竿了。他感到肚子里好像有一把火在烧，眼前也要发黑。真的，他已经看不清远处的东西了。他时时都在盼着，上山的时候盼早到山顶，下山的时候盼早点回家吃饭，到了真该回家吃饭的时候，他简直就要走不动了。他真想把车子扔在地下，但是他又想起万一车子叫人偷走，那就要花十几块钱去置新的，只好把那辆给他带来灾难的破车推着。

还没有走进家门，老陈的唾液就在分泌了。所以他一进门就粗声粗气地吼："孩儿他娘，饭好了没有？"

孩儿他娘看见老陈筋疲力尽地坐在炕沿上，赶快把饭桌抬上炕。老陈满怀食欲地看见炕桌上摆了几个大地瓜，大碗的萝卜丝，他无比伤心地想道："如果我能吃上百分之百的粮食，如果我每顿饭都有足够的肉吃，我又何至于像今天这么瘦，我又何至于腰天天痛呢。如果我能在饭食上得到足够的补充，我何至于被耗得这么干？"他又想起上辈子看的一本畜牧书上说："猪是一种能很有效率地把植物里的热量转化成肉和脂肪的动物。为了进一步提高效率，可用填饲料（就是蔬菜、番薯之类）填充其肠胃，加以少量高热能饲料，效率可更高。"老陈伤心地想："我也是一个很有效率的动物，为了进一步提高效率，让我把吃进的热量全用出来，也加上填饲料了。"他一面把地瓜和萝卜丝朝肚子里扒，一面对老婆说："孩儿他娘，就不能做个饼子给我吃吗？"

他老婆坐在对面，用填饲料一面喂小芳，一面说："家里就只有八十斤苞米了，还有几斤小麦，你不准备来个客，走个亲戚吗？"

老陈忽然把目光落在他的小芳身上，那孩子一丝不挂，瘦瘦的肋骨如同炉箅一样，胳膊腿都瘦得吓死人，只有一个肚子大得可以，身上黑泥成了鳞。老陈正在奇怪她的大肚子里全是什么，猛然，好像为了回答他的疑问，一堆填饲料从孩子的下面喷出，在炕席上形成了十分不赏心悦目的一摊。

老陈恶心得差点呕出来。他老婆急急忙忙用一块纸去撮，然后用一块布一擦就算完事了。老陈十分不满地看着他老婆那双很有点可疑的手说："你就不能给孩子做点粮食的东西吃吗？"

他老婆漫不经心地答道："你说的嘛儿？谁家不是这么喂孩子？"

老陈把东西扒下胃，就感到这些东西和肚子里那团火一起融化了，变成了十分可疑的一种感觉：大概那种感觉是可以随时转化成饥饿的感觉的。他马上又想起上辈子读过的那本书里的一段："填饲料之中大量的粗纤维促进肠胃蠕动，有利于排泄，使猪和牲畜的消化功能得到促进，有利于精料的吸收。"

"可是精料在哪儿，我的精料在哪儿？"老陈一面痛苦地想着，一面被街上的哨声召上街，和大家一起又来到地头。

上午的辛劳比早上要更厉害。可是老陈全身的肌肉已经麻木了：它们随时都要十二分亢进地收缩，所以现在根本放松不开，无论用力与否，它们全是紧绷绷的一团。所以他的动作就十分笨拙，脚步也是十分沉重，根本就是脚跟和地面恶狠狠地相撞，震得脑子发麻。脑子也因为全身各处麻木而变得十分迟钝，只是感到骨头节里有那么一点儿痛。

但是真正痛切的苦楚已经感觉不到了，连腰也不痛了。但是全身发木，好像有点发烧，如同一场大病。

到晚上收工的时候，老陈推着小车回家，看着小山岗上，晚霞红色的底幕上树林黑色的剪影，好像心里有一种异样的感觉：他上辈子似乎好摄影。他很想停下来把这景致再看一眼，但是心里又十分不以为然地啐了一口：去他娘的，看这个有什么屁意思，还不赶快回家去弄弄自留地？！

晚上，老陈躺在床上，很想马上就睡着，因为他已经三十岁了，不是年轻小伙子了。小伙子可以晚上十点不睡，去打扑克，去唱唱样板戏，因为他们年轻，干一天活儿还有精力。但是人上了三十岁，除了挣饭吃的力气，除了维持一家生活用的力气之外就一无所有了。如果他现在不睡，明天就要挺不住了。

但是他睡不着，心里不休不止地想着他的上辈子。

他现在是不闲了，除了样板戏什么都不看了。大概是三天之前还看了一场样板戏电影，反正是大锣大钹的热闹了一气。大概是有个阶级敌人吧，反正也是一出场就叫他看出来了，但是戏里的好人没看出来，真急死人。后来终于抓住了，大家松了一口气，戏就完了。大概是挺来劲的，也不费脑子，就是阶级敌人没被抓住的时候太让人着急，一出场抓住就好了。

猛然他感到很悲哀，难道这一辈子就这么吃了干，干了吃就完了吗？好像应该是这样，岂有他哉？但是他又想到，上辈子是感到还该有点别的，当然了，那是闲的。上辈子他好像是个城里人。他妈的，城里人就这么闲得难受！

他又想起了好多东西，好像有人说农村人可以唱唱戏、念念诗，这样比生死巴力地干要好。"那敢情好。"老陈想，就是恐怕不是真的。咱们这辈子就是出大力的命了。可是为什么城里人那么闲呢？成天哄，不是搞这个运动，就是搞那个运动，老是不生产，难道就不知道咱们出多大力？那些干部不都是从农村出去的吗？他们就不知道中国有五亿农民，其中有三亿肚子不是百分之百粮食填起来的？三亿人饿着一半的肚皮！想想有多么可怕！

老陈在胡思乱想中睡去了，直到鸡叫三遍才醒来。他爬起身来一看，天已经大亮，窗户纸雪白。老婆不知为何还没有醒。他仔细看看老婆的脸：又老又憔悴，脸上早就爬满了皱纹。手粗得好像打铁的。要是走起路来，那真是一摇一晃，好像一百天没吃草的驴。

他推起小车又出门去，心里想着老婆，难受起来。要知道她才二十九岁，已经赛过一个老太婆了。农村的婆娘都是这样，有了孩子之后就飞快地老起来，又要看孩子，又要做饭，又要拾掇园子，又要喂猪，又要下地，又要拾柴火，又要缝缝补补，又要精打细算，老得当然要快。早上顾不上洗脸，晚上也从不刷牙，当然要丑得吓死鬼。好在她们有了男人，也用不着漂亮了，但是也犯不上那么丑呀。

老陈推着小车站在东山上，心里想着：我们活着是为了谁？为了儿孙吗？要是过得和我一样，要他干什么？为了自己吗，是为了吃还是为了穿？只是为了将来还有希望。可是希望在哪儿呢？都把我们忘了。从农村出去的人也把我们忘了。我们要吃饱，我们想不要干这么使人的活。我们希望我们的老婆不要弄得像鬼一样。我们也要住在有卫生间的房子里头，我们也要一天有几个小时能听听音乐，看看小说。

这就是老陈，一个上辈子不是农民的农民的希望。

变形记·

　　我躺在床上，看着窗外那夕阳照耀下的杨树，树上的叶子忽然从金黄变成火红，天空也变成了墨水似的暗蓝色。我的心情变得好起来。我从床上爬起来，到外边去。那棵杨树的叶子都变成了红绸子似的火焰，在树枝上轻盈地飘动。从太阳上流出很多金色的河流，在暗暗的天顶上流动。大街的灯忽然全亮了，一串串发光的气球浮在空中。我心情愉快，骑上自行车到立交桥下去找我的女朋友。

　　她站在那儿等我，穿着一件发紫光的连衣裙，头上有一团微微发红的月白色光辉。那一点红色是着急的颜色。我跳下自行车说："你有点着急了吧？其实时候还不到。"

　　她没说话，头上的光又有点发绿。我说："为什么不好意思？这儿很黑，别人看不到我们。"

　　她头上的光飘忽不定起来。我说："什么事使你不耐烦了呢？"

　　她斩钉截铁地说："你！你什么都知道，像上帝一样，真讨厌！"

我不说话了，转过头去看那些骑车的人。他们鱼贯穿过桥下黑影，拖着五颜六色的光尾巴，好像鱼缸里的热带鱼在游动。忽然她又来捅我，说："咱们到外面走走吧，你把见到的事情说给我听。"我们就一起到桥上去。因为刚才我说她不好意思，这时她就挽着我的胳膊，其实朦得从头到脚都罩在绿光里。我说："你真好看，像翡翠雕成的一样。"

她大吃一惊："怎么啦？"

"你害羞呢。"

她一把捽开我的胳膊说："跟你在一起连害羞都害不成，真要命。你看，那个人真可怕！"

对面走过一个人，脸腮上一边蹲了一只晶莹碧绿的大癞蛤蟆。我问她那人怎么啦，她说他满脸都是大疙瘩。我说不是疙瘩，是一对蛤蟆在上面安息。她说真有意思。后来一个大胖子骑车走过，肚子好像开了锅似的乱响，这是因为他天天都和老婆吵架。过了一会儿，开过一辆红旗车，里面坐了一个女扮男装的老处女，威严得像个将军，皱纹像地震后的裂纹，大腿像筷子，阴毛又粗又长，像钢剑一样闪闪发光。我把见到的事情告诉她，不过没告诉她我在首长的小肚子上看见一只豪猪。她笑个不停，还说要我把这些事写到我的诗集里去。

我有一本诗集，写的都是我在这种时刻的所见所闻。除了她，我没敢给任何人看，生怕被送到精神病院里去，但是她看了以后就爱上了我。我们早就在办事处登记结婚了，可是还保持着纯洁的关系。我老想把她带到我那儿去，那天我也说："晚上到我那儿吧！"

"不，我今天不喜欢。"

"可是你什么时候喜欢呢？"

她忽然拉住我的手，把脸凑过来说："你真的这么着忙吗？"我吻了她一下，霎时间天昏地暗，好像整个世界都倒了个儿，原来在左边的全换到右边去了。我前边站了一个男人，我自己倒穿起了连衣裙，脚后跟下好像长了一对猪蹄，而且头重脚轻得直要往前栽倒。我惊叫一声，声气轻微。

等我惊魂稍定，就对自己很不满意。我的肩膀浑圆，胸前肥嘟嘟的，身材又变得那么矮小，尤其是脚下好像踩着高跷，简直要把脚筋绷断。于是我尖声尖气地叫起来："这是怎么了？"

那个男人说："我也不知道，不知怎么就换过来了。嘿，这可真有意思。"

原来那个男人前十秒钟还是我呢，现在就成了她了。我说："有什么意思！这可糟透了！还能换过来吗？"

她的声音充满了幸灾乐祸："你问我，我问谁去？"

我气急败坏地说："这太可怕了！这种情况要持续很久吗？"

"谁知道呢？也许会这么一直持续下去，我当个老头终此一生呢。我觉得这也不要紧，你我反正也到了这个程度了，还分什么彼此呢！"

我急得直跺脚，高跟鞋发出蹄子般的声音。我说："我可不干！我不干！这叫什么事呀！"

"小声点！你嚷嚷什么呀？这事又不是我做主。这儿不好说话，咱们到你家去吧。"

我不走，非要把事情弄明白不可："不行，咱俩得说清楚了。要是暂时的，我还可以替你支撑着，久了我可不干。"

"这种事情谁能说得准呢？你的衣服全是一股怪味，皮鞋还夹脚呢。我也讨厌当个男人，当两天新鲜新鲜还可以。咱们回家吧。"

我和她一起往回走，她推着自行车。我走起路来很费劲，不光高跟鞋别扭，裙子还绊腿。身体也不大听我使唤，走了一百多步，走出我一头大汗来。我一屁股坐在马路牙子上想喘喘气，她就怪声怪气地说："你就这么往地下坐呀！"

"我累了！"

"哟，我的裙子可是全新的，尼龙针织的呢！快起来，好好掸掸土！"

我勉强站起来，满怀仇恨地瞪了她一眼。为了表示对她的蔑视，我没有掸土，又往前走了。走了几步，高跟鞋穿着太憋气，就把它脱下来提在手里。走了一段，我还是不能满意，就说："你怎么长这么小的脚！虽说个儿小，这脚也小得不成比例。你就用这种蹄子走路吗？"她哼了一声："不要怨天尤人，拿出点男子气概来！"

男子气概从哪儿来呢？我头上长满了长头发，真是气闷非常，浑身上下都不得劲。我们摸着黑走进我的房子，坐在我为结婚买来的双人床上，好半天没有开灯。后来她说："你的脚真臭！我要去洗一洗。"

我说："你去吧！"

她走到那间厕所兼洗澡间里去了，在那儿哗哗啦啦地溅了半天水。我躺在床上直发傻。后来她回来了，光着膀子，小声说："真把我吓坏了，嘿嘿，你在外边显得像个好人似的，脱下衣服一看，一副强盗相。你也去洗洗吧，凉快。"

我到洗澡间里照照镜子，真不成个体统。脱下衣服一照镜子，我差一点昏死过去。乖乖，她长得真是漂亮，可惜不会给我带来什么好处。我洗了洗，把衣服又都穿上，把灯关上，又到床上去。她在黑地里摸到我，说："怎么样，还满意吧，咱长得比你帅多了。"

我带着哭腔说："帅，帅。他妈的，但愿今天晚上能换回来，要不明天怎么见人？"

"嘿，我觉得还挺带劲。明天去打个电话，说咱们歇三天婚假。"

这倒是个好主意。"可是三天以后呢？"

"这倒有点讨厌。这样吧，我上你的班，你上我的班，怎么样？我讨厌上男厕所，不过事到临头也只好这么办了。"

我反对这样。我主张上公安局投诚，或者上法院自首，请政府来解决这个问题。她哈哈大笑："谁管你这事儿！去了无非是叫人看个笑话。"

她这话也不无道理。我想了又想，什么好办法也想不出来。可是她心满意足地躺下了，还说："有问题明日再说，今天先睡觉。"

我也困得要命，但是不喜欢和她睡一个床。我说："咱们可说好了，躺下谁也别胡来。"她说："怎么叫胡来，我还不会呢。"于是我就放心和她并头睡去。

第二天早上，我叫她给两个单位打电话，叫我们歇婚假。她回来后说："请假照准了。今天咱们干什么？噢，你去我宿舍把我的箱子拿来。"

我说："你的东西，你去拿。"

"瞎说！我这个样子能拿得出来吗？你爱去不去，反正拿来是你用。"

我坐在床上，忽然鼻子一酸，哭了起来。她走过来，拍我的肩膀说："这才像个女人。看你这样子我都喜欢了。你去吧，没事儿。"

我被逼无奈，只好去拿东西。走到街上，我怕露了马脚，只好做出女人样，扭扭捏捏地走路。路上的男人都直勾勾地盯着我，看得我面红耳赤。我觉得她那件曲线毕露的连衣裙太糟糕，真不如做件大襟褂子，再把头发盘得和老太太一样。

她宿舍里没人，我像贼一样溜进去，把箱子提了出来。回到家里，只见她正比手画脚地拿保险刀刮胡子，胡子没剃下来，倒把眉毛刮下来不少。我大喝一声："别糟践我的眉毛！你应该这样刮……"她学会之后很高兴，就打开箱子，传授我那些破烂的用法，真是叫人恶心到极点。

变成女人之后，我变得千刁万恶，上午一小时就和她吵了十二架。我觉得屋里布置得不好，让她移动一下，她不乐意，我就嘟囔个不停。后来又去做午饭，她买的菜，我嫌贵嫌老。她买了一瓶四块钱的葡萄酒，我一听价钱就声嘶力竭地怪叫起来，她只好用两个枕头把耳朵捂住。我对一切都感到不满，在厨房里摔摔打打，打碎了两三个碟子。她开头极力忍受，后来忍无可忍，就厉声呵斥我。我立刻火冒三丈，想冲出去把她揪翻，谁知力不从心，反被她按倒在沙发上。

她不怀好意地冷笑着说："你别胡闹了，否则我就打你的屁股！"

我咬牙切齿地说："放我起来！"

她在我屁股上轻轻打了一下，我立刻尖叫起来："救命呀！打人了！"她马上松了手，挪到一边去，脸上满是不屑之色："至于的吗？就打了那么一下。"我坐起来，号哭着说："好哇！才结婚第一天就打人，这日子可怎么过……"我又嘟哝了一阵，可是她不理我，我也就不说什么了。

吃过晚饭，她提议出去走走。可我宁愿待在家里。我们看了会儿电视，然后我就去洗澡，准备睡觉。不知为什么，我觉得她的身体十分讨厌。在那婀娜多姿的曲线里包含着一种令人作呕的味道，丰满的乳房和修长的大腿都很使我反感。长着这样的东西只能引起好色之徒的卑鄙感情。所以我应该尽可能少出门。

要当一个女人，应该远离淫秽。我希望脸上爬满皱纹，乳房下垂，肚子上的肉耷拉下来，这才是新中国妇女应有的形象。招引男人的眼目的，一定是个婊子。我觉得我现在这个形象和婊子就差不多。

当我们两个一起躺在床上时，她告诉我："你今天的表现比较像个女人了。照这样下去，三四天后你就能适应女人生活，可以去上班，不至于露马脚了。"

我听了以后很高兴，可是她又说："你的情绪可和我过去不一样，显得像个老太太。不过在妇联工作这样很合适。"

我告诉她，她的表现很像个男人。我们俩谈得投机起来。她推心置腹地告诉我，她很想"胡来"一下。我坚决拒绝了。可是过了一会儿，我又想到她可能会起意到外边也去胡来，这就太糟糕了。我就告诉她，可以和我"胡来"，但是不准和别的女人乱搞，她答应了。我告诉她"胡来"的方法，她就爬到我身上来，摸摸索索的很让人讨厌。忽然我觉得奇痛难忍，就杀猪也似的哀号一声，把她吓得连动都不敢动，过了好半天才说："我下来了。"可我在黑地里哭了好久，想着不报她弄伤我之仇誓不为人。

第二天早上，我醒来时发现自己又变成了原来的形象。她躺在我身边，瞪大眼睛，显然已经醒了很久了。她还是那个漂亮女人，从任何方面来说都是一个好妻子。我伸手去摸她的肩膀，她哆嗦了一下，然后说："我不是在做梦吧？"

"做什么梦？"

"我昨天好像是个男人。"我认为她说得对，但是这不能改变现状。我伸手把她抱在怀里，她羞得满脸通红，但是表现得还算老实。后来她起了床，站在床前说："这么变来变去可受不了，现在我真不知该站在男人的立场上还是该站在女人的立场上了。"

这话说得不错。男人和女人之间天然不和，她们偶尔愿意和男人在一起，而后就开始折腾起来，向男人发泄仇恨。到现在为止，我们夫妻和睦，可我始终防着她一手。

猫·

　　下午我回家的时候，看到地下室窗口的栅栏上趴着一只洁白的猫。它好像病了。我朝它走去时，它背对着我，低低地伏在那里，肚子紧紧地贴着铁条。我还从来没有见过猫会那么谨小慎微地趴着，爪子紧紧地扒在铁条上。它浑身都在颤抖，头轻微地摇动着，耳壳在不停地转动，好像在追踪着每一个声响。

　　它听见了我的脚步声，每次我的脚落地都引起它一阵痉挛。猫怕得厉害，可是它不逃开，也不转过头来。风吹过时，它那柔软的毛打着旋。一只多么可爱的猫啊。

　　我走到它前面时，才发现有人把它的眼睛挖掉了。在猫咪的小脸上，有两道鲜红的窄缝，血还在流，它拼命地往地下缩，好像要把自己埋葬。也许它想自杀？总之，这只失去眼睛的猫显得迟迟疑疑。它再也不敢向前迈出一步，也不敢向后迈出一步。它脸上那两道鲜红的窄缝，好像女人涂了口红的嘴巴。我看了一阵就回家了。

　　我回到家里，家里空无一人。在没看见那只猫以前，我觉得很饿，心里老想着家里还有一盒点心，可是现在却一阵阵地犯恶心。此外，我还感到浑身麻木，脑袋里空空荡荡，什么念头也没有。

　　外边的天空阴沉沉的，屋里很黑。但是通向阳台的门打开着，那儿比较明亮。我到阳台上去，往下一看，那只猫不知什么时候爬到了栅栏平台的边上，伸出前爪小心翼翼地往下试探。栅栏平台离地大约有二十厘米，比猫的前腿长不了多少。它怎么也探不到底，于是它趴在那里久久地试探着，它的爪子就像一只打水的竹篮。我站在那里，突然感到一种要从三楼上跳下去的欲望。我回屋去了。

　　天快黑的时候，我又到阳台上去。在一片暗蓝色的朦胧之中，我看见那只猫还在那里，它的前爪还在虚空中试探。那座半尺高的平台在那只猫痛苦的感觉之中一定被当作了一道可怕的深渊。我不知道它为什么不肯放弃那个痛苦而无望的企图。后来它昂起头来，把它那鲜血淋漓的空眼眶投向天空，张开嘴无声地惨叫起来，我明白它一定是在哀求猫们的好上帝来解救它。

　　我小时候也像它一样，如果打碎了什么值两毛钱以上的东西，我害怕会挨一顿毒打，就会把它的碎片再三地捏在一起，在心里痛苦地惨叫，哀求它们会自动长好，甚至还会把碎片用一张旧报纸包好，放在桌子上，远远地躲开不去看。我总希望有什么善神会在我不看的时候把它变成一个好的，但是没有一次成功。现在那只猫也和我小时候一样的愚蠢。它那颗白色的小脑袋一上一下地摇动着。正是痛苦叫它无师自通地相信了有上帝。

　　夜里我睡不着觉，心怦怦直跳，屋里又黑得叫人害怕。我怎么也想不出人为什么要挖掉猫的眼睛。猫不会惨叫吗？血不会流吗？猫的眼睛不是清澈的吗？挖掉一只之后，不是会有一个血淋林的窟窿吗？怎么能再挖掉另一只？因此，人又怎样才能挖掉猫的眼睛？想得我好几次干呕起来。我从床上爬起来，走到阳台上去。下边有一盏暗淡无光的路灯，照见平台上那只猫，它正沿着平台的水泥沿慢慢地爬，不停地伸出它的爪子去试探。它爬到墙边，小心地蹲起来，用一只前爪在墙上摸索，然后艰难万分地转过身去，像一只壁虎一样肚皮贴地地爬回去。它就这么不停地来回爬。我想这只猫的世界一定只包括一条窄窄的通道，两边是万丈深渊而两端是万丈悬崖，还有原来是眼睛的地方钉着两把火红的钢钎。

凌晨三点钟，那只猫在窗前叫，叫得吓死人的可怕。我用被子包住了脑袋，那惨叫还是一声声传进了耳朵里来。

早上我出去时，那只猫还趴在那儿，不停地惨叫，它空眼窝上的血已经干了，显得不那么可怕，可是它凄厉的叫声把那点好处全抵消了。

那一天我过得提心吊胆。我觉得天地昏沉，世界上有一道鲜红的伤口迸开了，正在不停地流血。人在光天化日之下干出了这种暴行，可是原因不明，而且连一个借口都没有。

我知道有一种现成的借口，就是这是猫不是人，不过就是这么说了，也不能使这个伤口结上一层疤。

下午下班回家的路上，我又想起几件令人毛骨悚然的事来，什么割喉管、活埋之类。干这些事情时都有它的借口，可是这些借口全都文不对题，它不能解释这些暴行本身。

走到那个平台时，我看到那只猫已经死了。它的尸体被丢到墙角里，显得比活的时候小得多。我长长地出了一口气，身上觉得轻松了许多。早上我穿了一件厚厚的大棉袄，现在顿时觉得热得不堪。我一边脱棉袄一边上楼去，嘴里还大声吹着口哨。我的未婚妻在家里等我，弄了好多菜，可是我还觉得不够，于是我就上街去买啤酒。

我提着两瓶啤酒回来，路过那个平台时，看到那只猫的幻影趴在那儿，它的两只空眼窝里还在流着鲜血，可怜地哆嗦着。我感到心惊肉跳，扭开头蹑手蹑脚地跑过去。

上楼梯的时候，我猛然想起有一点不对。死去的那只猫是白色的，可是我看见的那个幻影是只黄猫。走到家门口时，我才想到这又是一只猫被挖掉了眼珠，于是我的身体剧烈地抖动起来。

我回到家里，浑身上下迅速地被冷汗湿透了。她问我是怎么回事。我没法向她解释，只能说我不舒服。于是她把我送上床去，加上三床被子，盖上四件大衣。她独自一人把满桌菜都吃了，还喝了两瓶啤酒。

夜里那只猫在惨叫，吓得我魂不附体。我又想起明朝的时候，人们把犯人捆起来，把他的肉一片片割下来，割到没有血的时候，白骨上就流着黄水，而那犯人的眼睛还圆睁着。

以后，那个平台上常常有一只猫，没有眼睛，鲜血淋漓。可是我总也不能司空见惯。我不能明白这事。人们经过的时候只轻描淡写地说一声："这孩子们，真淘气。"据说这些猫是他们从郊外捉来的。

我也曾经是个孩子，可我从来也没起过这种念头。在单位里我把这件事对大家说，他们听了以后也么说。只有我觉得这件事分外的可怕。于是我就经常和别人说起这件事，他们渐渐地听腻了。有人对我说："你这个人真没味儿。"

昨天晚上，又有一只猫在平台上惨叫。我彻夜未眠，猛然想到这些事情都不是偶然的，这里边自有道理。

当然了，一件这样频繁出现的事情肯定不是偶然的，必然有一条规律支配它的出现。人们不会出于一时的冲动就去挖掉猫的眼睛。支配他们的是一种力量。

这种力量也不会单独地出现，它必然有它的渊源。我竟不知道这渊源在哪里，可是它必然存在。

可怕的是我居然不能感到这种力量的存在，而大多数人对它已经熟悉了。也许我不了解的不单单是一种力量，而是整整的一个新世界？我已经感到它的存在，但是我却不能走进它的大门，因为在我和它之间隔了一道深渊。我就像那只平台上的瞎猫，远离人世。

第二天早上，我出去时那一只猫已经死了。但是平台上不会空很久的。我已经打定了主意。

我背着书包，书包里放着一条绳子和一把小刀。我要到动物收购站去买一只猫来。当我把它的眼睛挖掉送上平台时，我就一切都明白了。

到那个时候，我才真正跨入人世。

我在荒岛上迎接黎明·

　　我在荒岛上迎接黎明。太阳初升时，忽然有十万只金喇叭齐鸣。阳光穿过透明的空气，在暗蓝色的天空飞过。在黑暗尚未褪去的海面上燃烧着十万支蜡烛。我听见天地之间钟声响了，然后十万只金喇叭又一次齐鸣。我忽然泪下如雨，但是我心底在欢歌。有一柄有弹性的长剑从我胸中穿过，带来了剧痛似的巨大快感。这是我一生最美好的时刻，我站在那一个门槛上，从此我将和永恒连接在一起……因为确确实实地知道我已经胜利，所以那些燃烧的字句就在我眼前出现，在我耳中轰鸣。这是一首胜利之歌，音韵铿锵，有如一支乐曲。我摸着水湿过的衣袋，找到了人家送我划玻璃的那片硬质合金。于是我用有力的笔迹把我的诗刻在石壁上，这是我的胜利纪念碑。在这孤零零的石岛上到处是风化石，只有这一片坚硬而光滑的石壁。我用我的诗把它刻满，又把字迹加深，为了使它在这人迹罕至的地方永久存在。

在我小的时候，常有一种冰凉的恐怖使我从睡梦中惊醒，我久久地凝视着黑夜。我不明白我为什么会死。到我死时，一切感觉都会停止，我会消失在一片混沌之中。我害怕毫无感觉，宁愿有一种感觉会永久存在。哪怕它是疼。

长大了一点的时候，我开始苦苦思索。我知道宇宙和永恒是无限的，而我自己和一切人一样都是有限的。我非常非常不喜欢这个对比，老想把它否定掉。于是我开始去思考是否有一种比人和人类都更伟大的意义。想明白了从人的角度看来这种意义是不存在的以后，我面前就出现了一片寂寞的大海。人们所做的一切不过是些死前的游戏……

在冥想之中长大了以后，我开始喜欢诗。我读过很多诗，其中有一些是真正的好诗。好诗描述过的事情各不相同，韵律也变化无常，但是都有一点相同的东西。它有一种水晶般的光辉，好像是来自星星……真希望能永远读下去，打破这个寂寞的大海。我希望自己能写这样的诗。我希望自己也是一颗星星。如果我会发光，就不必害怕黑暗。如果我自己是那么美好，那么一切恐惧就可以烟消云散。于是我开始存下了一点希望——如果我能做到，那么我就战胜了寂寞的命运。

但是我好久好久没有动笔写，我不敢拿那么重大的希望去冒险。如果我写出来糟不可言，那么一切都完了。

我十七岁到南方去插队。旱季里，那儿的天空是蓝湛湛的，站在小竹楼里往四下看，四处的竹林翠绿而又苗条。天上的云彩又洁白又丰腴，缓缓地浮过。我觉得应该试一试。

开始时候像初恋一样神秘，我想避开别人来试试自己。午夜时分，我从床上溜下来，听着别人的鼻息，悄悄地走到窗前去，在皎洁的月光下坐着想。似乎有一些感受、一些模糊不清的字句，不知写下来是什么样的。在月光下，我用自来水笔在一面镜子上写。写出的字句幼稚得可怕。我涂了又写，写了又涂，直到把镜子涂成暗蓝色，把手指和手掌全涂成蓝色才罢手。回到床上，我哭了。这好像是一个更可怕的噩梦。

后来我在痛苦中写下去，写了很久很久，我的本子上出现很多歪诗、臭诗，这很能刺激我写下去。到写满了三十个笔记本时，我得了一场大病，出院以后弱得像一只瘦猫。正午时分，我蹲下又站起来，四周的一切就变成绿色的。

我病退回北京，住在街道上借来的一间小屋里。在北京能借到很多书，我读了很多文艺理论，从亚里士多德到苏联的叶比西莫夫，试着从理性分析中找到一条通向目标的道路，结果一无所成。

那时候我穷得发疯，老盼着在地上捡到钱。我是姑姑养大的，可是她早几年死了。工作迟迟没有着落，又不好意思找同学借钱。我转起各种念头，但是我绝对不能偷。我做不出来。想当临时工，可是户口手续拖着办不完。剩下的只有捡破烂一条路了。

在天黑以后，我拿了一条破麻袋走向垃圾站。我站在垃圾堆上却弯不下腰来。这也许需要从小受到熏陶，或者饿得更厉害些。我拎着空麻袋走开时却碰上一位姑娘从这儿走过。我和她只有一面之识，可她却再三盘问我。我编不出谎来，只好照实招了。

她几乎哭了出来，非要到我住的地方去看看不可。在那儿，我把我的事情都告诉她了。那一天我很不痛快，就告诉她我准备把一切都放弃。她把我写过的东西看了一遍之后，指出有三首无可争议的好诗。她说事情也许不像我想的那么糟糕。但是我无论如何也想不起那三首诗是怎么写出来的了。我还不是一个源泉，一个发光体，那么什么也安慰不了我。

后来她常到我这儿来。我把写的都给她看，因为她独具慧眼，很能分出好坏来。她聪明又漂亮。后来我们把这些都放下，开始谈起恋爱来，晚上在路灯的暗影里接吻。过了三个月她要回插队的老家去，我也跟她去了。

在大海边上，有一个小村镇。这儿是公社的所在地，她在公社当广播员，把我安排在公社中学代课。

她有三间大瓦房，盖在村外的小山坡上，背朝着大海，四面不靠人家，连院墙都没有，从陆上吹来的风毫无阻碍地吹着门窗。她很需要有人做伴，于是我也住进那座房子，对外说我是她的表哥，盖这座房子用了我家的钱。人家根本不信，不过也不来管我们的闲事。我们亲密无间，但是没感到有什么必要去登记结婚。我住在东边屋里，晚上常常睡不着觉在门口坐着，她也常来陪我坐。我们有很多时候来谈论，有很多次谈到我。

看来写诗对我是一个不堪的重负，可是这已经是一件不可更改的事情了。我必须在这条路上走到底。我必须追求这种能力，必须永远努力下去。我的敌手就是我自己，我要他美好到使我满意的程度。她希望我能斗争到底。她喜欢的就是人能做到不可能做到的事情，她的一切希望就系之于此。如果没有不可能的事情，那么一切都好办了。

我不断地试下去，写过无数的坏诗。偶尔也写过几个美好的句子，但是没有使她真正满意的一篇。我好像老在一个贫乏的圈子里转来转去，爬不出去。我找过各种各样的客观与主观原因，可是一点帮助也没有。她说我应该从原地朝前跨一步，可是我动弹不得。

我就这么过了好几年。有时挎着她的手到海边去散步时我想："算了吧！我也算是幸福的了。她是多么好的伴侣。也许满足了就会幸福。"可是我安静不下来。我的脑子总是在想那个渺茫的目标。我常常看到那个寂寞的大海。如果我停下来，那么就是寂寞，不如试下去。

昨天早上，校长让我带十几个学生去赶大潮。我们分两批到大海中间的沙滩上去挖牡蛎，准备拿回去卖给供销社，给学校增加一点收入。下午第一批学生上船以后，忽然起了一阵大风，风是从陆上吹来的。这时潮水已经涨到平了沙滩，浪花逐渐大起来，把沙洲上的沙子全掀了起来。如果浪把我们打到海里，学生们会淹死，我也可能淹死，淹不死也要进监狱。我让学生们拉住我的腰带，推着我与大海对抗。我身高一米九○，体重一百八十斤，如果浪卷不走我，学生们也会安全。

小船来接我们时，浪高得几乎要把我浮起来，一浮起来我们就完了。小船不敢靠近，怕在沙滩上搁浅，就绕到下风处，我把学生一个一个从浪峰上推出去，让他们漂到船上去。最后一个学生会一点水，我和他一起浮起来时，他一个狗刨动作正刨在我下巴上，打得我晕了几秒钟，醒过来时几乎灌饱了。我再浮上水面，小船已经离得很远。我喊了一声，他们没有听见，我又随浪沉下去。再浮到浪顶时，小船已经摇走，他们一定以为我淹死了。

我在海里挣扎了很久，陆地在天边消失了。我一个劲儿地往海底沉，因为我比重太大，很不容易浮起来。大海要淹死我。可是我碰上了一条没桨的小船在海上乱漂。我爬上船去，随它漂去。我晕得一塌糊涂，吐了个天翻地覆。天黑以后，风停了。我看见大海之中的这座小孤岛，就游了上来。

我在荒岛上迎接黎明，我听到了金喇叭的声音。在这个荒岛上，我写出了一生中第一首从源泉中涌出来的诗，我把它刻在了石头上。

在我的四周都是海，闪着金光，然后闪着银光，天空从浅红变作天蓝。海面上看不见一条船。在这小岛顶上有一座玩具一样的龙王庙。也许人们不会来救我，我还要回到海里，试着自己游回岸上去，但是我并不害怕。我不觉得饿，还可以支持很久。我既可以等待，也可以游泳。现在我

愿意等待。于是我叉手于胸站在小岛顶上。我感到自豪，因为我取得了第一个胜利，我毫不怀疑胜利是会接踵而至的。我能够战胜命运，把自己随心所欲地改变，所以我是英雄。我做到了第一件做不到的事情，我也可以接着做下去。我喜欢我的诗，因为我知道它是真正美好的，它身上有无可争辩的光辉。我也喜欢我自己造出的自己，我对他满意了。

有一只小船在天边出现，一个白色的小点，然后又像一只白天鹅。我站在山顶上，把衬衫脱下来挥舞。是她，独自划着一条白色的救生艇，是从海军炮校的游泳场搞来的。她在船上挥着手。我到岸边去接她。

她哭着拥抱我，说在海上找了我一夜。人们都相信我已经淹死了，但是她不相信我会死。我把她引到那块石头前，让她看我写的诗。她默默地看了很久，然后向我要那片硬质合金，要我把我的名字刻上去。可是我不让她刻。我不需要刻上我的名字。名字对我无关紧要。我不希望人们知道我的名字，因为我的胜利是属于我的。

地久天长·

　　十七岁那年，我去了云南。我去的那地方是一个群山环绕的小平原，有翠绿的竹林和清澈的小河。旱季里，天空湛蓝湛蓝的，真是美极了。我是兵团战士，穿着洗白了的军衣，自以为很神气，胸前口袋里装着红宝书，在地头休息时给老乡们念报纸。我从不和女同学谈话，以免动摇自己的革命意志。除此之外，那几年我干的事情就像水漏过筛子一样，全从记忆里漏出去啦。但后来发生的一些事情却使我终生难忘，印象是那么鲜明，一切宛如昨日。

　　事情发生在那年春天。队里有个惯例，农忙时一天要给牛喂两顿红糖稀饭，要不牛就会累垮。那一天，教导员从营部来，正好看见我的朋友大许提了桶稀饭去喂牛。他一见瞪起眼来就喊："给牛喝稀饭！哪个公子哥儿干的事儿！"

　　他等着大许跑到他面前来认罪。可是大许偏不理他。教导员喊一声没人理，又直着脖子吼起来："谁干的？"

　　大许走过去说："我提来的稀饭。耕牛都要喂稀饭，不然牛要垮的。"

教导员斜着眼打量了他一番,冲他大喝一声:"牛吃稀饭!人吃什么?你给我哪儿来的送哪儿去!"

大许被他溅了一脸唾沫星子,不由得发怒:"哪儿来的?那边大锅熬的,一头牛一桶。"

教导员大怒:"你放屁!拿粮食喂牛就是要改!把桶提到伙房去!给人喝!"

大许冷笑一声:"人不能喝啦,教导员。桶里我撒了尿啦。"

大许没撒谎。牛就是爱喝人尿。我猜这是为了补充盐分,另外据说尿素牛可以吸收。因此,我们在没人的地方常常撒尿给牛喝,有时就撒到牛食桶里。教导员以为大许是拿他开心,伸手就揪大许的领子,要把他提溜走。大许当然要挣扎,两人撕扯起来。教导员大骂:"你这流氓!二流子!"大许回嘴:"你知道个屁!你就会瞎喳喳!"

后来,别人把他们劝开了。教导员怒气不息,坚持要开大许的批判会,队长百般解释,他执意不听。直到队长急了,冲着他大叫:"教导员同志!你这么搞我们怎么做工作!我要向团党委汇报。"教导员这才软下来。可是晚上点名时他又说:"你们队,拿大米喂牛!我批评以后还有人和我顶起来,好嘛!有两下子嘛!这叫什么?这叫无政府主义!"老职工在下边直嗤他:"他是怎么搞的,喂牛的饲料粮是上面发下来的嘛!""咱们的牛都瘦成一把骨头了,还要犁地,他娘的不犁地的还要吃四十二斤大米哩。"

从此以后,教导员见了大许总斜着眼。他知道大许出身不好,背地里常骂他狗崽子。后来就三天两头往我们队里跑,想找大许的碴儿。我发现他来意不善,常在背地里关照大许:"教导员要整你啦。"大许并不害怕,说:"我干我的工作,他整得着吗?"碴儿到底还是给教导员找着了。那年秋收时，大许的脚扎伤了，雨后地里潮湿，队里照顾他在场上干活。几千斤稻谷上了场，需要留人翻晒，于是又派了我和一个女同学邢红。

早上雾气消了以后，我们打开麻袋，把半湿的稻谷倒出来，摊在场上，这活儿直到中午才干完。下午我们到场上时，她已经在那儿了。她洗了头，长发披在肩上，在树荫底下盘腿坐着，笑嘻嘻地看着小鸟飞，好像很感兴趣。我去拿耙子，想把稻谷翻一遍，可是她对我说："别翻了！五分钟以前我刚翻过一遍。"

于是我们俩也到树荫里坐下。我对大许说："我看你什么时候还是去找教导员谈谈，他可能对你有误解，谈了就解开了。"

大许回答得很干脆："我不去！"

我说："还是去谈谈好。我可以替你先去说说。"这时我听见哧哧的响，原来是她在鼻子里哼哼。她说："没意思。干吗让大许去讨饶？"

我白了她一眼，觉得她瞎搭荏儿。她觉察出来，就笑了笑。走开了。

大许低着头半天不说话，忽然，他抬起头来大叫一声："不好！来雨了！"

我一看，果然，乌云已经起来半天高了。我们赶紧去收稻谷。她不见了。我就喊："邢红！邢红！来了雨了！"

她在远处答应："知道了！我在拉牛。"

她从河边拉来一头牛。我们给牛架上个刮板，用牛拉着把稻谷堆起来果然快得多，一会儿就把谷堆撮起来一多半。风来了，雨马上就到，偏巧这会儿牛一撅尾巴。她赶快把牛尾巴按住说："这个该死的！"她笑起来了。我连忙把牛赶到一边去，让它拉了一泡牛粪。这一弄实在耽误工夫。等我们堆好谷堆，雨点子已经噼里啪啦地打了下来。当时有一块盖谷堆的席子不合适，反正那席子已经烂了半边，大许就拿镰刀削下一块来，然后盖上防水布。刚弄完雨就下大了。

我们跑到凉棚里躲雨，大许还拿着那块席片呢。我说："扔了吧。"他说："留着可以补箩筐。"忽然邢红弯下腰去看那席片，然后直起腰来在大许肩上拍了一下说："你看这儿！"

我们一看，席子上粘着一角人像。坏了，那会儿根本没有别人的像。大许吓得手直哆嗦，悄悄地把一角画像揭下来捧在手里看。

这块席原来一定是草屋里打隔断的。我说："怎么办？另一半在谷堆里呢。天晴以后打开就该被别人看见了。大许，你快报告去吧。"

她说："报告说是谁搞坏的呢？"

我没吭声。大许说："当然是我。"

邢红说："你瞎说，不是你。教导员正要整你呢！说是我好啦。"

大许不干，他是个诚实的人。我忽然想出一条妙计来："要是人家看见了，问是谁弄的，就说不记得有这么回事，不知道谁干的，这样就谁也不用承认了。"

大家都同意了。可是傍晚收工时，那片席子就被上场摊稻谷的人发现了，而且教导员马上就知道了。他急如星火地赶了来，逼问我们这是谁弄的。我们当然说记不得。可是他怎肯善罢甘休！他把我们挨个逼问了一通，让我们仔细讲一遍当天下午的活动，一个细节一个细节地讲，尤其是盖席子的过程，要一个动作一个动作地讲。不知他们感觉怎么样，反正在教导员逼我的时候，我觉得手心出冷汗，舌根发硬，说起话来结结巴巴。我讲完了以后他盯住我说："你热爱毛主席吗？"

我说："热爱。"

"好。你再讲一遍，是谁用刀削下席子的那个角的？"

"记不清了。真的记不清，也许席子本来就缺一角。"

他瞪起眼来说："真的？有人反映，那些席子本来是不缺角的，一个缺角的也没有。你再想想。"

我流着冷汗说："我不记得有谁拿过刀。也许是折了以后撕的？"

他眼睛发出亮光："对，对，是谁？"

"不记得是谁，我没看见。"

他冷笑着看着我。

他走了，我一个人坐在屋里，忽然心狂跳起来。也许这真是犯罪行为？我的做法是革命的吗？我对得起毛主席吗？一想到这个，我的心脏都要冻结了。

正在这时，我又听到教导员在隔壁房间里咆哮："就是你干的！你这个小狗崽子！我一猜就是你！你坦白吧，坦白了宽大你。不然要判刑的！"

啊呀，原来是在审问大许！

教导员吼了半天，大许没理他。他把大许轰走了，又把邢红叫了去，对她也像对我一样说了一气。邢红回答得很干脆："我记不清是谁撕的席子了，很可能就是我。"

教导员说："你再想想。"

她说："实在想不起来。要是你一定要找个承担责任的人，就说是我撕的好啦。"

教导员吓唬她："这是个政治事件！撕毁宝像是反革命行为！"

"我们是无意的。"

"谁知有意无意？你知道犯这个罪要怎么处理吗？"

"不知道。"

教导员气得直咬牙："你这种态度……哼，不用上纲，本身就在纲上！你回去考虑吧！"

第二天，教导员宣布我们三个人停工，在家写交代。让我在宿舍里写，大许在办公室，邢红在会计室。还好，没派人看着我们。

我坐在宿舍里，心里好不凄凉。说实在的，让我停工交代可把我吓坏啦。我倒不是热爱劳动到了这个份上，实在是吓得。要是教导员背地里骂我，说我是流氓、坏分子，我也顶多是害怕一阵。这一不让我下地，可就和群众隔离开了。我只要能和一般人一样吃饭睡觉干活儿，就会觉得心安理得。这一分开，我，我，我成了什么啦？我为什么一下子就成了这么一个需要隔离的人？想着想着我就没出息地哭了起来，就着这股心酸劲就写起来了。啊呀，提起这份检查我要臊一辈子。我写"敬爱的教导员"，还说我出身工人家庭，对毛主席是忠的，对领导是热爱的。又说自己工作一贯还好，受过教导员表扬等等，写了一大堆摇尾乞怜的话。后面说自己在宝像这个问题上粗心大意，一时疏忽，没有看清谁撕的，心里很难过，"心如刀绞，泪如泉涌"。最后是说要在今后的工作中将功补过，等等。还算好，我没把大许给卖了，可是也够糟的了，我说"没看清谁撕的宝像"，言下之意就是不是我撕的。我都奇怪，当时我怎么能干这种事？

写完以后，我正坐在窗前发愣，忽然听见有人在我脑门前边说话："哎呀，你都写完了？快拿来我看看。"

我一看，原来是她站在窗外，笑嘻嘻的。她说："怎么？你哭了！"

我羞得满脸通红，把头转到一边去。忽然我想起她跑出来是不许可的，尤其是不能来和我说话，就瞪着她说："你怎么出来了？"

她一迈腿坐在窗台上说："为什么不能出来？"

"哎呀，不是让咱们老老实实坐在各人屋里写检讨吗？"

她�’嘴来哼了一声："听他的。又没人看着。出来玩玩有什么不可以？"

我说："呀，这可不成！要是叫教导员知道了事情就更大了。你快回去吧！"

她吃惊地挑起眉毛来："怎么啦？教导员有什么了不起？我看他不能

把咱们怎么办。当然了，也不能和他顶僵了，这个检查还是要写。可我还真不会写这玩意呢，你写的检查让我参考参考好不好？"

我不想给她。可是她真漂亮……于是我勉强答应了。她伸手去抓我的检查，我说："你别拿走。"她嗯了一声，坐在窗台上看。我又说："你下来吧，来个人看见就要命了！"她就下来坐在床上看。我的检查有五张纸，着实不短呢。她看着看着就笑了，还说："好玩！小王，你这'心如刀绞，泪如泉涌'可写得真棒！哈哈，你可真会装哭丧脸儿。"原来她把我的种种沉痛之词当成了讽刺！当然她不能体会我失魂落魄的心情。看完了以后她把它还给我，想了想，皱起眉毛来说："可是你这检查整个看起来还像是告饶。当然了，告饶就告饶，没什么。可是你怎么写了个没看清谁撕了宝像？这点儿你得改改，要不然教导员会认定是大许撕的，他就更不肯甘休了。"

我的脸马上红了，连忙拿笔把"看"字划了，换了个"记"字。她笑了笑说："这就对了。看来你这篇我不能参考，写的全是你的话。我去看看大许写的什么。"她跳出窗户，又回过头来说："喂！下午到河边去游泳啊？"

我一听头都大了。去游泳！这是犯了错误反省的态度吗？我要是不去，她和大许去了，就我一个人在家，又显得太那个，何况大许又是我的朋友。我要去呢，一下午三个人都不在，万一教导员知道呢？再说我很害怕和个女孩子去游泳。不过我又很有点向往。结果我说："不去好吧？万一有人看见？"

她说："不怕！中午最热的时候去。中午谁会出来走动？回来的时候从菜地边上的小树林里出来，那才叫万无一失呢。你放心吧！队里人都去山边挖渠了，剩下几个喂猪做饭的老太婆，她们才不来看你呢。"

"可是教导员要是突然回来呢？"

她笑了："他呀，中午他肯定不回来！这太阳要把他鼻子晒脱皮。好啦，我来叫你。再见！"

中午吃完了饭，我躺在床上想心事。忽然听见窗前有人叫："小王，快出来。"我一看是她，就从窗口爬出去。我们两个叫上大许，她领着我们从菜地后面的树林往河边走。我问她："怎么不走大路？"她说："小河边有人洗衣服。好家伙，真不怕热！"

我们从树林里出来，果然看见小河边上有个人在洗衣服，把小桥堵上了。于是我们绕到小河拐弯的地方，从老乡垒的拦鱼小坝上过了河，又在路边的沟里走了好长一段到了大河边上，头都晒晕了。

大河里的水在旱季是很清的，就是太浅，最深的地方才不过齐胸深，又太急。邢红穿了一件绿色的游泳衣，在水里又踢又打，连水里的沙子都溅了出来。大许下了水，他情绪很阴沉，涮了涮又到岸上去坐着。我在水最深流最急的地方站定，让流水猛烈地冲着胸口，心里倒轻松了一点。我看着她在浅水处疯，心里有点高兴。我想过去，但是又不好意思。直到她叫我们："大许，小王，你们都过来！"

我们蹚水过了河，到她身边去。她指着清清的河水里一些闪光的小片说："这是什么？"河水中有一些闪光的小薄片，被水流冲得旋转着，在阳光下闪着金光。她跪在沙滩上，用手掬起一捧水，端到眼前，那些小薄片沉下去了。我告诉她这是云母，她有点失望地把水放了，说："我还当是金子呢。"

这一回就连大许都笑了一声。她让我们坐在她身边。这个地方很隐蔽：河在这里转了个大弯，河岸上长着很高的茅草，从哪儿都看不到。她说："我有一件红游泳衣，可是我拿了明明的绿游泳衣。怎么样，我想得不错吧？"

我说："什么不错？"

"嘻！红的暴露目标呀！"

我们又忍不住笑了一笑。我说："要是被人发现我们不在，你穿隐身衣也没用了。我看我们还是早点回去为妙。"大许默默地点点头。她说："忙什么？先到对面树荫下坐一会儿。"

到了那儿，她把一件洗白了的破军装披在肩上，从衣服兜里掏出两张纸说："这是我的检查，你们看看。"

她的检查就是一个最缺乏幽默感的人看了也要笑出声来。开头说的是："敬爱的教导员：祖国山河红旗飘，六亿神州尽舜尧。在一片革命歌声中，我们迎来了七十年代第一春！"结尾是："我的水平不高，毛著活学活用得不好，检查之中如有不符合毛泽东思想之处，请教导员指正。"中间净是一片胡说八道，好像是篇批判稿，说什么，宝像的被毁坏，是由于国际帝修反的破坏。说到事情的过程，只有一行字，"可能是我们三人中任何一个弄坏的，斗私批修地说，尤其可能是我。"总之，你看了她的检讨，猜不出她说的是什么。她说："我把会计室的报纸全翻遍啦。"她又要大许拿他写的来看看，大许不给她。原来邢红上午去找他，他还没有写。我说："要是写了就拿来看看，别怕，我写的也给她看过。你还信不过我们？"

大许低着头说："我怎么会？你们对我太好了。你们要看就看吧。"他掏出来递给她。那纸上总共三行字，写的有核桃大小："割破宝像的就是我，我是在盖谷子时用刀子裁席子裁破的，是无意的，请领导上批判教育。检讨人：许得明。"

邢红抬起头微微一笑，说："我早就知道你要这么写！"她把这张纸哧地撕了，扔到河里。她冷笑着说："你为什么要这么写？以为这么写了我们就不受连累？傻！我们都说没记清，你要咬我们一口？还是怕我们以后说出来？你听着，我以后要是告诉除咱们三个人之外的任何人，就是王八！"

我俩都笑了。这么一个女孩子一本正经地赌咒可真好玩。我说:"我也是。绝不告诉别人。"

大许皱着眉说:"可是我确实撕了宝像。不说,对吗?"

听了这种话,我感到沉重。不管怎么说,我们在向组织隐瞒一个重大问题,这是不可宽恕的。可是邢红说:"你多笨哪!明摆着教导员要整你,你还要自己送上门去。"

他听了她的话,低下头去。忽然又抬起头来说:"可是你们这么包庇我,是对的吗?"

邢红猛然一伸胳膊,把上衣扬到地上,她站起来,把她苗条的身体投到阳光里去。她仰起头,把披散的头发垂到脑后,眯起了眼睛,双手交叉在胸前说:"当然我们是对的。不管怎么说,我相信自己是个好人。你也是个好人,小王也是。至于其他的,我都随他去,要批斗就批斗好了,有什么了不起。"她忽然转过身来说:"我衣兜里有一份检查,是给你写的,我书包里有纸笔,你抄一份吧。你不要这么提心吊胆的,没什么了不起。我要下水去啦,小王,你去吗?"

我点点头,于是我们下河去了,大许在岸上待了一会儿,就心安理得去抄检查了。我和邢红一起在浅水处奔跑,又到深水处去掏老乡下的鱼篓,看看他们捉了几条鱼,不过我们没拿他们的。我有点迷上邢红了,她显得矫健又玲珑。她真美啊。我开始对她有了一点不寻常的感情。后来我们上了岸,大许已经抄好了他的检查。我们就一起溜回去,谁也没看见我们。等挖渠的人回来,我正手托着头冥思苦想哩。可是我想的是邢红这么帮大许的忙,莫不是爱上他了?这时,教导员来要检查,我就给了他。

教导员把我们的检查看了一遍,勃然大怒。他立刻决定批判我们。吃完了晚饭,他把一些人叫去开预备会;其中有好几个是活学活用的积极分子。开完会回来,他们都绷起脸来不理我们,和别的同学说话也背着我们。有人小声告诉我：要批判你们啦。我心里慌了一下，后来一想，慌什么呢，反正到了这步田地，豁出去了。顶多是"站起来"，"到前边站着"，去听批判。

谁知到了晚上，教导员派了两个人来跟着我，连我上厕所也跟着。平时我跟他们都住一个屋，这会儿耷拉着脸也不理我了。我觉得有点不妙，脑袋后面直发凉。到晚上有人吹哨，叫大家去开会，我看见大许背后也跟着两条大汉。啊哈，会场上点着四盏大汽灯，可真舍得油啊。教导员站到桌前，说："今天这个会，是批判破坏宝像的许得明、王小力和邢红的大会。把许得明和王小力带上来！邢红在下面接受批判。"我后面的两个人就来推我。我站起来走上去，可是感觉有点腿软。大许也走到前边来。邢红也跟上来了。教导员对她一瞪眼说："谁让你上来的？"她说："批判我们三个人嘛，我当然上来。"教导员冷笑一声："好啊！"他大喝一声："你们面向群众，低头！"

面向群众倒不怕，低头可是低不下去。教导员大吼一声："把许、王捆起来！"跟着我的两个人立刻就来扭我的胳膊，我拼命挣扎。真想给那两个家伙一人一拳，还是同学呢。可是我不敢打人，只把双手捏在一起，不让他们把我的手扭到背后。我听见大许使劲地喊："啊！！……"底下老职工乱起来，有人叫："是些小娃娃嘛，捆起来干哪样？"折腾了半天，教导员扑过去帮着捆大许，结果把大许捆起来了，我呢，还没捆上。我也不知哪儿来的劲，简直邪性，双手握在一起，三四个人都弄不开。教导员来看了看，说一声"算了"，于是就开会。可是邢红站到他面前说："你也把我捆起来！你捆！"我们那儿批判会常常捆人，可还没捆过女的呢。教导员不敢动手，就叫女知青来"押住"邢红，果然就有两个积极分子上来扭住了她的胳膊。教导员回头来看我，我冲他瞪大眼睛，他又叫人来捆我，这回我让他们捆了。那硬邦邦的竹壳子捆住手腕疼得要命，绳子往脖子上一扣马上就透不过气来。这会儿下面的人走散了一半，我们队长也不见了。发言的人一个接着一个，说我们是"知识青年的败类"等等。正在批判，队长跑来说："团部指示，这个会不能开，尤其不准捆人，叫先把人放了。"教导员刚要瞪眼，队长说："政委说了，这个事你要负责任。"教导员立刻软了下来，不得不宣布散会。

根据团里的意见，毁坏宝像的事情是无意的，不予追究。捆打知识青年一事教导员要道歉，受害者也不要上告，事情就这样两拉倒。

当晚，我和大许坐在床上根本不想睡，气得脑门子发涨。细细一想，斗我们捆我们的全是自己的同学，为了什么呀？不过是为了给教导员留个好印象，以后能在讲用会上说说他们怎样站稳了立场，然后到团里当个文书、干事之类，写些狗屁不通的报告。为了这个背叛我们，值得吗？

熄灯时，我们屋那两个家伙回来了，怯生生地轻手轻脚地溜进门来，悄悄地坐在床上。我一下子站起来，大喝一声："你们两个搬出去！别跟反革命住在一块儿！"有一个小声说："王哥，别赖我们。我们也没法子。"我的野性发作起来，大吼一声："滚出去！快滚！"接着把他们的东西全都扔了出去，他们两个不敢再说什么，忍气吞声地捡起东西走了。

邢红也不和同屋的女生说话了，还拌了两句嘴。我和大许知道以后，第二天上工的路上毫不留情地骂那个女生。我们简直丧失理性了。我们两个叉着腰骂她是"走狗"，是"马屁精"、"缺德鬼"，骂得她捂着脸哭了一整天。其实我们本不至于骂出这样的话，可是我们一想起那天晚上她在会场上撅邢红的胳膊，还揪她的头发，就气得要命。她要是个男的非挨我一顿打不可。大许不会打人，他只会在别人打他的时候还手，可是我那些天像个野人一样，邢红说我在地里干活时都斜着眼看人，一副恶相。

这事过去之后，有些家伙开始在背后给我们造起种种谣言来。队里风言风语地传说我们有什么生活问题。这种话使邢红很伤心，可是她从来也没对我们提起过。我们也不好和她说这个，只是以后我们愈发形影不离，就连吃饭她都要端着碗到我们屋里来吃。在地里干活休息时，不论时间多短，她也要来和我们一起坐一会儿。和我们在一起时她显得迷人，她对我俩都好。她箱子里有很多书，晚上我们就读书，哪儿也不去，就是连里开批判会我们也只当不知道。后来她索性把脸盆漱口杯都拿过来了，弄得我们的懒觉再也睡不成，因为天一亮她就来敲门，说："快起来！我要进来啦。"中午我们睡午觉的时候，她就在我们屋洗头，洗好头以后就静静地坐下来看书。只有晚上睡觉才回她屋去。

我和大许都爱她，可是我们都不想剥夺了她给别人的一份爱，因为她似乎同样喜欢我们两个人。

我到现在还记得我们三个人在一起度过的愉快时光。我们那里的旱季天特别长，由于是农闲，收工又早，我们回来时天还很亮呢。大许去水井打水，我把我俩的脸盆和毛巾拿到走廊上来。他把水打回来了，我们在门前脱成赤膊，洗去身上的泥巴，这时我们可以听见屋里的溅水声。我们洗完以后就坐在门前的小板凳上。这时她就在屋里说："大许，小王，你们洗好啦？""啊。""你们别进来，我还没好呢。"她从来不插门。等到她说"好啦"，我们就走进去。她坐在窗前的床上，嘴里咬着发卡。我说："我们干什么？"

"看书吧。把我的书箱子打开。"

她有好多书，有她带来的，还有她借来的，还有人家送给她的。她穿着我的拖鞋走过去把门打开，让黄昏的阳光照进屋来。她喜欢躺在床上看书，用一块塑料布垫在枕头上，免得湿头发把枕头弄湿。她还有很多孩子气的小毛病，看书的时候会用脚趾弹出"囊囊"的声响。开饭钟打响的时候，她有时会发起懒来，当我们收拾起饭盒，对她说："小红，起来！去吃饭。"这时候她会轻轻地一笑："我不想起来。你们给我打来吧。"我们说："你太懒了。我们今天不想侍候你。"她会说："那我还给你补袜子了呢！我还给你洗衣服了呢！"我们就说："我们这是为你好，你要得懒病啦。"她慢慢坐起来，然后又躺下去。"不会的，少打一次饭得不了懒病。再说我比你们都小，你们应该让着我。"于是我们就让着她了。

吃完饭，天开始暗下来，她还是躺在床上看书，过一会儿她会忽然欠起身来问："大许，你看什么书呢？"大许告诉她，她说："噢。"然后躺下去，再过一会儿她又来问我，我也告诉她。她也许会高兴地继续说下去："噢，是肖。你喜欢他吗？"我说："挺细腻的，不过还是不喜欢。""哎呀，我可喜欢他呢，那老头可精啦。"要不然就会莫名其妙地说："喂，喂喂！你们俩别看书啦。问你们，喜欢杰克·伦敦吗？"我们这样的毛头小伙子哪会说不喜欢？她说："他太野蛮啦。人应该会爱，像好人一样。对！我不喜欢。"我反唇相讥："你是小姑娘。你别傻啦。"她会高高兴兴地说："对啦，我是小姑娘。"说完了就不作声了。

天黑到在屋里不能看书时，我们就都到门外去坐。有时候一声不响，看着天边一点点暗下去，对面傣寨里的竹梢背后泛出最后一点红色。有时候她会给我们讲小时候的一些琐事，她讲得特别有意思。她讲她有一次和哥哥爬上屋顶去摘桑葚，那是一座西式的房子，尖尖的洋铁皮顶，哥哥上树去了。让她坐在屋顶上等着，可是她往下一看，高极了，足有七层楼高——那是两层楼，不过她才四五岁，当然觉得高。于是她反过身来往上爬，越爬就越打滑，一直滑到离房檐不远的地方，吓得她一动也不敢动，大哭起来。晚上回家以后，衣服上剐破的窟窿叫妈妈看见了。不管妈妈怎么问，她也没说出哥哥来。她骄傲地说：从那时我就感到，大人的话有时可以不听，应该正直，不出卖人，这比听话重要得多。她还讲过别的一些小事儿，我们都很爱听。她说困难时期，她的同桌家里孩子多，总是吃不饱。她每天给他带一个窝头。可是后来上中学以后他就忘了她，见了面也不理了。我们都知道这是为什么。嗐，我们上中学时也不敢和女同学来往，为了做个正派人。总之，我们渐渐发现她是个特别好的女孩子，她什么也不怕。她本能地憎恶任何虚伪，赞美光明，在我们困惑的地方，她可以毫不费力地指出什么是对的。我觉得她比我们俩加起来还聪明得多。

因为我们三个人形影不离，大家渐渐把我们看成怪人。他们看见我们一起走过来都带着宽容的微笑。他们还是喜欢我们的。有一次我远远听见几个老职工说："三个挺好的孩子，都是教导员给害的。"原来他们认为我们得了某种神经病。后来我告诉大许和小红，他们都觉得好笑。不管怎么说，我们愿意在一起，让他们去说吧。

后来队长派活儿也把我们三个派到一块儿，通常都是三个人单独在一块儿干活儿。可是有某种默契，就是我们必须不挑活儿。开头是让我们三个去田里把稻草拉回来。我们赶着三辆牛车。一般女同志不适合赶牛车，因为牛有时候会调皮。可是邢红赶得很好。我们赶上车到地里去。旱季的天空是青白色的，地平线上白茫茫，田野里光秃秃。太阳从天上恶狠狠地晒下来，连一片云也没有。稻草干得发脆，好像鸡蛋壳一样。我们往车上扔稻草的时候，邢红站在车顶上接着。她穿着我们的破衣服，衣服显得又大又肥，她的样子好玩极了。我们把稻草捆拼命地往上扔，一直扔到她抱怨起来："慢一点啊！"等我们停下手来，她就趴在稻草上笑着说："你们真伟大，不过还是慢一点。"如果我们再快扔，她就躺下不动，直到我们扔上去的草把她埋起来，她才从草里钻出来，飞快地把草码好，还高兴地喊："来吧，我不怕。我比你们快！"然后我们就拉着三个稻草垛回去。我们运的稻草比六辆车运的都多。

后来草运完了，队长很满意，说："如果知青都和你们一样，我们可以多种一千亩地。"可是他又让我们去出牛圈，他说："你们可以慢慢干，让邢红在外边干点杂活儿。牛圈离家近，你们可以自己安排时间，什么时候干都可以。"

我们队的牛圈有好几年不出了。那是一间大草棚，有一个篮球场那么大。因为从来不出粪，也不垫草，简直成了个稀屎塘，大牛下去淹到肚子，小牛下去可以淹死，真够呛。我们去看了一下，我说："邢红别下去了，留在外边吧。"

她说："我不在外边，我要和你们在一起。"

我进去探探深浅，牛粪一直淹到我大腿上半截。我们拉来一头顶壮的水牛，驾上一套拖板，邢红在前边拉牛，我们两个在后面压住板梢，把那些牛粪从圈里拖出来晒。哎呀，那些粪真是骇人听闻，说起来你都不信。那头该死的牛拼命地甩尾巴，溅起来的粪总打到人脸上。每当我们从牛圈里推出一大堆粪来都要到水沟里洗洗脸，邢红的头发里也溅上了。这里太脏了，我们连话都顾不上说。连那头该死的牛出来以后都不肯再进圈，总要做一些古怪花样才肯进去。我们连中午饭也没吃，弄到下午三点钟，那头牛一下跪下不起来了。邢红大叫一声："我也受够了！"她骑到牛背上说："走，牛，咱们到河边游泳去。"那牛腾的一声跳起来，飞快地朝河边跑去了，快得让我们两个死追也追不上。我在后边一边追一边喊："小红！你勒着点鼻绳呀，别摔下来！"她在牛背上说："你别怕，我摔不下来。"她哈哈地疯笑起来。水牛背又宽又滑比马难骑多了，那牛跑得比马还快，可是她居然没摔下来。到了河边，那牛一头蹿下水去，她也从牛背上翻下来摔到水里了。可是她马上又跳起来，在齐腰深的水里朝上游跑过去，最后弯腰一头扎到水里。等我们跳到水里去的时候，她在上边大叫："我已经洗干净了，你们快好好洗洗。"

后来我们在沙洲上坐在一块儿，她全身水淋淋的，衣服都贴到身上，头发披在肩上。她哈哈笑着说："多棒啊！我觉得妙得很。"

那地方河水分成两股，围绕着一个小岛，牛跑到岛上吃草去了，小红

很高兴，她喘过气来以后又到水里去，还和我们打水仗，后来就坐在沙滩上让太阳把衣服晒干。坐了一会儿，她躺在沙滩上，两眼看着天空，说："天多蓝啊。我有时觉得它莫名其妙。我觉得，我是从那里来的，将来还要消失在那里。"她有点伤感。我们也伤感起来。我们想到，总有一天，我们也会消失在自然的怀抱里，那个时候我们注定要失去小红了。还有，也许我们注定永远在这里生活了。哎，这世界上我们不知道的事情太多了。可是她悄悄地坐起来说："不管到哪里，我只要做一个好人，只要能够做好事，只要我能爱别人并且被别人爱，我就满足了。大许，小王，你们都喜欢我吗？"

我们都说："喜欢。"我们目不转睛地注视着她。斜射的夕阳把她飘扬的头发、把她的脸、把她的睫毛、把她美丽的胸和修长的身体都镀上了一层金。她很美地笑了。她说："我喜欢你们。我爱你们。"我们静了一会儿，她忽然高兴地笑了："好啦，我教你们唱一支歌吧。一个好歌，古老的苏格兰民歌。"

她教我们唱了《友谊地久天长》。以后我们常在一起唱这支歌。她后来又教给我们好多歌，但是都没有这支歌好。我和大许都是音盲，除她教给我们的歌就不能把任何歌唱好。

后来我们都觉得饿了，就把牛找回来，赶着它回家了。

第二天我们又去出牛圈，这一回牛粪浅了。我们三个驾起三套拖板一齐把牛粪推出去。牛还是甩尾巴，甩得粪点子横飞。三根牛尾巴弄得人走投无路。后来小红用一根绳子把牛尾巴拴起来，它就再也不能甩了。可是牛被拴住了尾巴觉得很不受用，走起路来大大地叉开后腿，怪模怪样的。被拴住的尾巴拼命扭动着，好像一条被钉住的蛇。我们大笑起来，也把我们的牛这么拴住。于是三头牛跨着不稳定的舞步走来走去，我们都觉得很好玩。邢红还温存地对它们说："牛，对不起你们。牛，等一会儿带你去游水。"

到下午我们三个就骑上牛到河里去玩。邢红还带了米和锅，我们在河边做饭吃。吃完了饭，我们坐着看傍晚的云彩，到天黑才赶牛回去，为的是让它们多吃点草。可是第二天我们去拉牛，那三头牛都惶恐万状地躲开我们。小红很伤心，以后她就不拴牛尾巴，我们也不拴了。后来牛又和她好了。牛会悄悄走到她面前来，她就轻轻地摸摸它们的鼻子。她对我们说她很喜欢水牛，喜欢它们弯弯的角、大大的眼睛，还喜欢凉阴阴的牛鼻子。她说牛的傻样很可爱，可是我就看不出来。

我们把牛圈出好，队长又派我们到镇上去拉米，后来又让我们三个去放牛。从来也没见过让女孩子放牛的，不过因为可以和我们在一块儿，她便毫不犹豫地答应了。

我们一起去放牛。早晨的雾气刚刚散去我们就赶着牛到山上去，带着斗笠和防雨的棕衣，还带着米和菜。我们跟在牛后面走着，小红倒骑在最后一头牛背上。我们商量把这些牛赶到哪儿去。小红忽然高兴地挺直身子，拍打着牛背说："到山里边小树林去，那儿可好啦。"牛向前一蹿，把她扔下来了。我们赶紧搀住她。她和我们一起笑了，然后说："到小树林去，到小树林！那儿有好几个水特别清的水塘，我顶喜欢那儿啦！那儿草也好，去吗？"

她这么说好，我们怎好说不去。到了山底下，牛群争先恐后地往陡陡的山坡上爬，简直比打着走得还快。爬上第一个山坡，我们并肩站住往山下看：整个坝子笼罩在淡淡的白色雾气中，四处是收割后的黄色田野，只有村寨里长满了大树和竹子，好像一座座绿色的城堡。起伏的山丘到了远处就忽然陡立起来，上面长满了树，黑森森的，神秘莫测。在寂静的小山谷中，有一片密密的小树林，那就是小红要去的地方。这里的天空多么蓝啊，好像北方的初秋一样。小红往我们脸上看了看，笑了一下说："嘿，走吧！"

牛群早就冲到山谷里去了，我们追上去。接着，我们必须分开了。我到左边的山坡上去，大许到右边的山坡上去，小红留在后面，为的是不让牛群走得太散。其实牛只要看见这边山上有人，自然就不会过来，把小红留在后面也是多余的，因为没有一头牛会掉头回去的。牛都散开了，一心一意地吃草，慢慢地朝前去。我坐在一棵孤零零的小树下，我也是孤零零的一个人。大许隔得很远，小红也隔得很远，他们看起来都不过一粒豆子那么大。我倚着小树，铺开我的棕衣坐着，面对着蓝蓝的天空和白白的、丝一样的游云，翠绿的山峦，还有草地和牛，天地是那么开阔。

我半躺着，好像在想什么，又好像什么也没有想，我忽然觉得有一重束缚打开了：天空的蓝色，还有上面的游云，都滔滔不绝地流进我的胸怀……我开始倾诉：我爱开阔的天地，爱像光明一样美好的小红，还爱人类美好的感情，还爱我们三个人的友谊。我要生活下去，将来我要把我们的生活告诉别人。我心里在说：我喜欢今天，但愿今天别过去。

这时我听见小红在叫我，我看见她跑过来，披散的头发在身后飘扬。她穿着我们的旧衣服，可是她还是那么可爱，好像羚羊那么矫健。她一个鱼跃扑在我身边，然后又翻身坐起来。她喘吁吁地说："哎呀，好累。往山上跑真要命。"

我笑着说："小红，出了什么事？"

"没事，来看你。"她转过脸来，慢慢地说，"你一点也不需要人来看吗？"

她蜷起腿来坐着，说："我一个人坐着有点闷呢，你就不闷吗？"

我说："不闷，我很喜欢这么坐着。我喜欢。你看，从天上到地下都多么可爱呀。"我转过身来，看见她正笑着看着我，她说："你越来越可爱啦。"

我有点不好意思地低下头去，可是她满不在乎地哼起一支歌，接着就躺在我身边了。

我觉得紧张，就往前看。后来听见她叫我，我转过身去，看见她躺在草地上，头发散在草上，她很高兴。她的眼睛映着远处的蓝天。她说："你和大许怎么啦？"

我说："我们怎么啦？"

她笑了。她在草地上笑好看极了。她说："你们两个好像互相牵制呢。不管谁和我好都要回头看看另一个跟上来没有。是不是怕我会跟谁特别好，疏远另一个呢？"

我辩白："没有。"其实是有这么回事的。

她一本正经地说："你们别这样了。我不会喜欢这一个就忘了另一个的。你们两个我都喜欢。你们都来爱我吧，我要人爱。"

我也很高兴。她又说："将来咱们都不结婚，永远生活在一起。"

我也像应声虫一样地说："不结婚，永远在一起。"

她又规规矩矩地坐好，用双手抱着膝头，无忧无虑地说："多好呀，和人在一起。"一转眼她就站起来跑开了，跑出了树荫，她的头发在阳光下闪着光。我对她喊："你去哪儿？"

她高高兴兴地回答："我去看大许！"

她像一只小鹿一样穿过牛群，一直跑上对面的山坡，头发飞扬。她真可爱，她说的一切都会实现的，我想。

到中午牛都吃饱了，甩着尾巴朝前走起来，越走越快，渐渐地汇成群。我们三个人又走到一块来啦。我们跟着牛走，小红还嫌牛走得太慢，拾起土块去打牛。我们唱起歌来。后来就走到小树林了，牛开始往前疯跑，大概是闻见水味了。我们怕它们跑远了，也加快脚步抢到前边去，大许向左我向右。小红跑了一上午，再也跑不动了，她在后边喊："小王，大许，去给咱们占个好地儿啊！别叫这些该死的把水塘全占了！"我冲进小树林，找着一个又深又清的水塘守住，把来的牛一律打开，轰到小水塘和泥坑里去。过一会儿小红和大许都来了。小红笑着说："这些该死的全下了塘啦。咱们没事儿了。乌拉！我们来做饭！"

我们来到的地方真好，草地上疏疏落落地长着小树，上游下来的小溪在树林中间汇成一个又一个池塘，我挑中的这一个简直可以叫作小湖呢。我们在树荫下边的一个小干沟里支起锅来，把我们的棕衣在一边铺好。小红从书包里拿出一块腊肉，她笑着对我们说："上回赶街子我买的。我们今天来吃吧。"我们三个人的工资都交给她管，我和大许就真正不问阿堵物了。可是钱一给了她我们就老有钱，再也不会捉襟见肘了，这真是一件奇怪的事情。吃完了饭，我和大许就跳下水去游泳，小红跑到树丛里换衣服。她在树林里大喊大叫："喂，水好吗？水里好吗？"水特别凉，可真是从森林里流出来的。我们说："好，好极啦！你快来吧！"一会儿她蹦蹦跳跳地走出来，穿着她的红色游泳衣，嘴里喊："我来啦！我来了！"她一下跳到水里，马上又探出头来说："嘿！可真要命，这水可真凉。"她高兴地仰泳起来，中间的水清得发黑。她游到中间时我们可以看见她发白的小脚掌在一蹬一蹬的，她喊："你们游泳没我游得好！不信你们就追过来，比比看。"

我们迅速地游近她，她一下子潜到水下去了，我也潜下去。啊呀，这个塘底下准有泉眼，寒气刺人。我简直就下不去。我在水里睁开眼睛，看见她在我下面游，可是我捉不住她，我就回到水面上来，我和大许焦急地往水下看。后来看见一个人影飞快地浮上来，我们就游过去，等她一蹿出水面就从前边捉住她。她的身上像鱼一样凉。她噗噗地出着气，在水里跳了几下说："嘿，底下可真凉，我身上都起鸡皮疙瘩了。我还给你们捧了一捧底下的水来，叫你们一捉全洒了。你们怎么不下去玩？"我说："水太凉，冷得死人。你也别下去了，会抽筋的。"她噘起小嘴说："你又来吓唬人，抽筋我也淹不死。"她又往下潜，出来的时候神秘地对我们说："喂，底下有大鱼呢！就是滑溜溜的，不好捉。你们等着，我捉条鱼晚上吃。"我说："你得了！水里的鱼手可捉不住，滑着呢。"她歪起头来一笑，说："真的吗？我偏要试试。"她在水里穿着小小的红游泳衣，好像水仙女一样。我和大许游开去上岸晒太阳了，她还在水中间潜水，她真是疯得没底啦。一会儿说："差一点没捉住！"一会儿说："这次没碰上！"我和大许对着她笑，因为她那么高兴。后来她下去好长时间才上来，她还在水下我们就发现她上来得慢，动作不正常，我看大许，他也变了脸色，我们赶快下水朝她游去。果然她一露出水面就用手乱打着水说："我抽筋啦！你们快来救我呀！"我们吓得眼睛都要瞪出来了，只恨爹妈没多生出几条腿来打水。可是她还笑："你们吓得龇牙咧嘴啦！别害怕，我不会立刻就沉下去的！"可是我们紧张得心都跳坏了。等我们游到跟前，她蹿起来，用双手勾住我们的脖子，她又笑又咧嘴，一会儿说："你们拖我上岸吧。"一会儿说："哎呀，腿痛死啦！"我们可一点开玩笑的心情也没有，转过身去就朝岸上游。她架在我们脖子上，一点也不介意地把高耸的胸脯倚在我们肩上，还说笑话："哎呀，这可真像拉封丹的寓言！两只天鹅用一根棍把个蛤蟆带上天……不对，你们在游蛙泳，蛤蟆是你们！"

我们可一点开玩笑的心思也没有。我们拖着她一点也游不快！为了抵消她浮在水上的上半身的重量，我们几乎是在踩水，哪能游得快呢。她仍是高兴地说个不停，急得我喝了好几口水呢。等到我的腿一够到水底，我就在她背上啪啪地打了两下，说："你这坏蛋！大坏蛋！"大许伸手给她理头发，也说她："你吓死我了！"她噘起嘴来。我们俩把她从水里抬上来，放到棕衣上。这时我们的腿都软了，百分之九十都是吓得。她喊"抽筋了"时我们离她还有七八十米呢，我都不知怎么游过去的。在把她拖上水来之前我心里一直是慌的。我真想多打她几下，让她再也不敢。我去给她捏腿，她不高兴地说：“你们对我太凶了！”我抬起头来一看，她噙着泪。她又说：“你骂我坏蛋时，哑着嗓子野喊。我怎么啦？”她小声抽泣起来。

我们都低下头去。后来我抬起头来，小声说：“你不知道吗？我们太怕你淹死了。我看见你出了危险，吓得手都抖起来了。”

她噘着小嘴看我们，眼睛里有好多怨艾。看看我，又看看大许，后来眼睛里的怨艾一点一点退去了，再后来她阴沉的小脸又开朗起来。她忽然笑了，伸手揩去眼泪，眼睛里全是温情，她说：“你们，你们这是太爱我呀。”我们俩点头。她顽皮地笑着说：“你们过来。”等我们蹲到她身边时，她猛地坐起来，用双臂勾着我们的脖子，她的额头和我们的额头碰在一起，她的眼睛闪闪发亮，说：“我也爱你们。你们对我太好啦！”她把我们放开，说：“我以后听你们的话，好吧？快去看看牛吧。”

我们赶快穿上凉鞋去找牛，牛已经走得很散了，好不容易才把它们赶回来。我们赶着牛回来时她已经站起来了，一瘸一拐地要来帮忙。我冲她喊：“你别来啦，我们两个人够了。”她就拿起衣服一瘸一拐走到树林里去换。后来她出来，我们拉来一头牛让她骑，大许把东西收拾起来，我赶着牛慢慢地朝回走。牛吃得肚皮滚圆，一出树林就呼呼呼地冲下山去，直奔我们队，也不用赶了。就这样到家天也快黑了。队长在路口迎着我们，他笑嘻嘻地说：“辛苦了！牛肚子吃得挺大。你们把牛赶到晒场上圈起来吧，牛圈叫营部牛帮占了。”

我们就把牛赶到晒场上去。晒场有围墙，进口处还有拦牛门，是为了防牛吃稻谷的。晒场北面是凉棚，头上有一间小屋，原是保管室，后来收拾出来，供教导员来队住。我们把牛赶进晒场，忽然发现北边空场上有汽灯光，还有一个公鸭嗓在大声大气地说话。教导员来啦。我们站在空凉棚里，不由得勾起旧恨：这就是我们当初挨斗的地方！我和大许走到教导员住的屋门前，一推，门呀的一声开了。划根火柴一看，哼，他的床铺好干净。我知道有几个女生专门到他屋里做好事，每天他回来时屋里都收拾得干干净净。现在就是，床铺收拾好了，洗脸水也打来了，毛巾泡在水里，牙膏也挤在牙刷上了。我和大许笑着跑出来。小红走过来问："怎么啦？"我们告诉她，她也笑起来。忽然她心生一计："我们也对教导员表示一下敬意，对！我们拣两头肚子吃得最大的牛赶到他屋里去。"

我们俩一听，憋不住地笑。可真是好主意，他的门又没插，牛进去就是自己走进去的。我们找了两头吃得最饱的牛。啊，这两个家伙吃得肚子都要爆炸了，那里边装的屎可真不少啊！可以断定两个小时之内它们会把这些全排泄出来，我猜有两大桶，一百多斤。我们把它们轰起来，一直轰到小屋里。不一会儿，我们就听见屋里稀哗啦地乱响起来，简直是房倒屋塌！后来就不响。我猜它们在那么窄的房子里不太好掉头，它们也未必肯自己走出来。我们都走了，回去弄饭吃。吃完了饭我们坐下来聊天，还泡了茶喝，就等着听招呼。可是教导员老说个不停，我们都挤到窗口看他。会场就在我们门前。我们数着人。一会儿溜了一个，一会儿又溜了一个，一个又一个溜了一半儿啦。教导员宣布散会，他也打了个大哈欠。我们看见他转过屋角回去了。大许说："好呀，这会儿牛把屎也拉完了。"我们就坐下等着。过了一会儿，就听见远远的教导员一声喊叫。他叫得好响，隔这么老远都能听见。我们三个全站起来听，憋不住笑。后来就听见他一路叫骂着跑到这边来，他说："谁放的牛？谁放的牛？怎么牛都关在场上？"

我们三个推开门跑出来站在走廊上，小红说："我们放的牛。怎么啦？教导员。"

他一跳三尺高，大叫起来："牛都跑到我屋里来了！谁叫你们把牛关在场上的？"

我们七嘴八舌地说："牛进屋了？那可好玩啦！""你怎么没把门锁上呢？""牛是冯队长叫关在场上的。牛圈叫营部牛帮占了！"后来我们仔细一看，教导员的额头上还有一条牛粪印，就哈哈大笑起来。教导员大骂着找队长去了。小红大叫一声："去看看！"她撒腿就跑，大许也跟去了。我把我们的马灯点上，也跟着去了。

啊哈，教导员屋里多么好看哪！简直是牛屎的世界！那两个宝贝把地上全拉满了，连个落脚的地方也没有。牛尾巴把粪都甩上墙了！桌子也撞倒了。煤油灯摔了个粉碎，淹没在稀屎里，脸盆里的水全溢出来啦，代之以牛屎，毛巾泡在里面多么可笑啊！教导员挂在墙上的衣服、雨衣、斗笠全被蹭下来了，惨遭蹂躏，斗笠也踏破了。我们站在那儿笑得肚子痛，小红还跳起来拍手。一会儿教导员拉着队长来了，他一路走一路说："你来看看！你来看看！我进屋黑咕隆咚，脸上先挨了一下，毛扎扎的，是他娘的牛尾巴！我还不知是什么东西，吓得我往旁边一躲，脚下就踏上了，稀糊糊、热乎乎的，这还不够吓人！屋里有两个东西喘粗气！我吓得大喊一声：谁！！这两个东西就一头撞过来，还亏我躲得快，没撞上。冯队长，这全要怪你，你怎么搞的！"

队长一路赔情，到屋里来一看，嗐！他也憋不住要笑。他说："小王、小许、小邢，快帮教导员收拾一下嘛！"我们不去收拾，反而笑个不住。小红说："队长，又要派我们出牛圈哪！我们干够了！"于是我们笑着跑开了。

唉，这都是好多年以前的恶作剧了，可是我记得那么清楚。我常常一个细节一个细节地回忆，一切都那么清晰。我那时是二十一岁，大许和我同岁，小红才二十岁。人可以在那么年轻时就那么美，那么成熟，那么可爱。她常说她喜欢一切好人。她还说她根本分不清友谊和爱的界限在哪里。她给我们的是友爱：那么纯洁、那么热烈的友爱。她和我们那么好，根本就不避讳她是女的、我们是男的。我们对她也没有过别的什么念头。可是她给我们的还不止这些。我回想起来，她绝对温存，绝对可爱，生机勃勃，全无畏惧而且自信。我从她身上感到一种永存的精神，超过平庸生活里的一切。

我们都学会了她的口头禅：管牛叫该死的，管去游泳叫去玩呀，她还会说：嘿，真要命。或者干脆就说：要命。她的记性好极了，看书也很快。有时候她和我们讨论一些有关艺术哲学的问题。我发觉她想问题很深入，她的见解都很站得住。她爱艺术。她说："有一天我会把我的见解整理出来的。"可惜她没有来得及做这件事。她病了。

有一天中午，我们在屋里看书，看着看着她把书盖在脸上。我们以为她睡了，于是蹑手蹑脚地走出去。过了半个小时，上工哨响了，我们回来。她把书从脸上拿起来，我发现她脸色不好看，而且眼睛里一点睡意也没有。我问她："小红，你怎么啦？你气色不好。"

她说："我看着看着突然眼花起来，觉得脑后有点儿凉。大概是这几天睡得少了吧。"

我说："那你不要去了，倒半天休吧。"她说："好。"就让我去和队长说。下午我们回来的时候看见她高高兴兴地坐在走廊上给我们洗衣服，还说："你们到屋里去看看。"

我们进屋一看，她把屋里的布置改了，还把我们的一切破鞋烂袜子全找了出来，可以利用的全洗干净补好了。屋里也干净得出奇。她悄悄地跟了进来，像小孩子一样欢喜地说："我干得棒吧？"

我说："很棒！你睡了没有？"

她笑着说："睡了一个小时。然后我起来干活儿。"

大许说："你该多睡会儿，等我们回来一块儿动手那要快多啦！你好了没有？"

她说:"我全好啦,我要起来干活。我是劳动妇女。"

我们觉得"劳动妇女"这个词很好玩,就笑了半天,以后有时就叫她劳动妇女。可是当天晚上她又不好,说是"眼花,头痛"。我一问她,原来这毛病早就有了,只是很少犯。于是我们叫她去看病。星期天我们陪她到医院去,医生看了半天也说不出个名堂来,给了她一瓶谷维素,还说:"这药可好啦,可以健脑,简直什么病都治!"我们买了一些东西回来,走到大河边上,她看见河水就高兴了,她说:"我们蹚过去!"我说:"你得了!好好养着吧!"她笑了。于是我们走桥过去。那座桥是竹板架在木桩上搭成的,走上去"吱啦吱啦"响,桥下边河水猛烈地冲击桥桩,溅起的水花有时能打上桥来。我走在前面,她在中间,她一边走一边笑嘻嘻地说:"我需要养着啦,都要我养着啦。水真急……"忽然她站住了,说:"小王,你走慢一点!"我站住了。她囊囊地走了几步,一把抓住我肩头的衣服,抓得紧极了,我感觉她的手在抖。我觉得不妙,赶快转过身来扶住她。我看见她闭着眼睛,脸上的神情又痛苦又恐慌。我吓坏了,对她说:"你怎么啦!是不是晕水了?你睁开眼往远处看!"人走在急流的桥上或者蹚很急的水,如果你死盯住下面的浪花有时会晕水,这时你就会觉得你在慢慢地朝水里倒去。这个桥很窄,桥上也没有扶手,有时可以看见在桥头上的人晕水趴下爬过去。我才来时也晕过一次,所以我问她是不是晕水了。这时大许从后边赶上来,我们俩扶住她,她像一片树叶一样嗦嗦地抖,她说:"我头疼,我一点也看不见了……你们快带我离开这桥,我害怕呀!我怕……"她流了眼泪。我们赶紧把她抬起来,她用双手抱住头哭起来。过了河,我们把她放下,她躺在草地上抱着头小声哭着说:"我头痛得凶。刚才过河的时候突然眼就花了,眼前成了一大片白茫茫的雾,接着就头痛……你们快带我回家,我在这儿害怕,我心里慌。"

我赶快抱起她往家里跑,她一路上抱着头,有时她又紧抱住我,把头紧贴在我胸前，她不仅痛苦，而且恐惧。看见她跟痛苦与恐惧搏斗，我们都吓坏了。半路上大许替换了我，她一察觉换了人就恐慌地叫起来："你是谁？你说一句话。"大许说："是我，小红，是我。"她就放了心，又把头贴在大许胸前。

我们急如风火地奔回家，把她放在床上，我奔出去找卫生员。我一拉门她就恐慌地叫："你们别都走了呀！"大许说："我在呢，我在呢。"他握住她的手，她才安静下来。

我把卫生员找来，她根本就没问是什么病，就给她打了一针止痛针，小红一会儿就不太痛了。后来她睡了。我们给她打来了饭，可是我们自己却没有吃什么。天很快就黑了。我们给她把蚊帐放下来，在窗上点起了煤油灯。我们又害怕空气太坏，把前后窗户全打开了。我和大许蜷坐在床上，谁也没有睡。这真是凄惨的一夜！我们谁也没说话。窗前经常有黑影晃动，我也没去管它。后来才知道和邢红住在一起的女生发现她没回去睡，就悄悄地叫起几个人准备捉奸。她们准备灯一灭就冲进来，可是灯一直没灭，她们也就没敢来。谢天谢地她们没来，她们要是闯进来，很难想象我和大许会做出什么举动。我们的窗台上放了一把平时用来杀鸡、切菜的杀猪刀，当时我们肯定会想起来用它。要是出了这种事，后果对大家都是不可想象的。

到天快亮的时候小红醒了。她在蚊帐里说："小王、大许，你们都没睡呀？"

我们走过去问她："你好一点没有？"

她笑着说："好一点？我简直是全好了。我要回去睡了。"

我们说："你别走了，就在这儿好好睡吧，天马上就要亮了。你到底是怎么了？"

她说："嗐，过河的时候头猛然疼起来了。我猜这是一种神经性的毛病。没什么大不了，你们别怕！"

我不信，说："恐怕没你说的那么轻巧。你说害怕，那是怎么啦？"

她好半天不说话，后来说："头疼的时候我心里特别慌，也不知为什么。"她不好意思地笑了一声，然后说："我有一种不好的感觉……不说啦，不说啦！"

我说："为什么不说？你的病可能很重。告诉我们，到底是怎么回事？"

她接下去说，说着说着声音忧郁起来："我感到疼痛不是从外边来的，是从里边来的。也可能是遗传的吧？你别吓唬我了，人家自己就够害怕的啦！"

我们都不作声了。后来大许说："你应该去看病，要争取到外边去看。一定要把病根弄明白，一定要。"

她说："没那么厉害，也许是小毛病。干吗兴师动众？我要去看病你们要陪着我。我不去。"

我们说非去不可，不然我们不放心。后来她就答应了，不过说她不要我们陪着去。第二天我们下地，中午回来时她还没去医院，反而起来给我们弄了一顿饭，做得香极了。她拍着手叫我们来尝。可是我们板着脸上伙房打了饭来，不和她说话，低头吃起来。她不高兴了，说："你们不吃我做的饭呀？"

我白了她一眼说："叫你去看病，谁叫你做饭？说好的事情你不干。"

她愣了一会儿，就哭了："你们怎么啦？这么对付我？人家下午去看病就不行吗？我比你们小，我是女孩子，你们就这么对付我呀……"

我们赶快把饭盆放下过去哄她，后来她不哭了，后来又笑了。她噙着眼泪说："我一定去看病，可是你们一定要吃我做的饭。我做得得意极啦！你们要是不吃我就不去看病，就不去！"

于是我们坐下一起吃她做的饭，她又说："以后不带这样的啦，两个人合伙给一个人脸色看。"

我说："为了你好还不成吗？"

"不成，就不成。你不知道吗？你不管叫别人做什么事，不光是为了他好，还要让他乐意。这是爱的艺术。要让人做起事情来心里快乐，只有让人家快乐才是爱人家，知道吗？"

我们俩直点头。我们把她做的饭大大夸奖了一番，而且是由衷的夸赞，她高兴了。下午上工前我们把她送到桥边。收工的时候她已经回来了，坐在走廊上，刚洗了头，看样子很高兴。我们问她："查出什么病了吗？"

她说："可以说查出来了。俞大夫给我看的，她说很可能是青光眼，让我去眼科看。眼科张大夫出差了，家里只有个转业大夫，我听人说他在部队是个兽医。他给我看了半天，什么毛病也没看出来，给了我一大堆治青光眼的药。我就先用这些药吧。"我们以为这就是正确的诊断，就放心了。

大夫给她开了假，她就在家里休息。我们去干活，她在家里给我们做家务事。可是她的头痛病用了青光眼的药一点儿不见好，反而常犯，她渐渐地也不太害怕了。等张大夫出差回来我们又陪她去看，张大夫马上就把她的青光眼否定了，又转回内科。内科看不出毛病来，就让她住院观察，她简直是绝对不考虑。我们说破了嘴皮，举出一千条论据也说服不了她。最后我们提出威胁：如果她回去，我们谁也不理她；又许下大愿：如果她留下，我们每天都来看她。经过威胁利诱，她终于招架不住了，答应住院，不过要我们"常来看她，但是不要每天都来"。我们留下她，回去了。每天下工以后我们收拾一下，就到医院去看她。我们那儿到医院有八里路，四十分钟可以走到。她看见我们很高兴，有时候还到路上迎接我们。有时候下午她就溜回来在家里等我们，做好了饭，躺在我床上看书。她老说她不愿意住院，她想回来就不走了，可是我们当晚就把她押送回去。星期天她是一定要溜回来的。不过她的病可越来越坏，她的头痛发作得越来越频繁，面色越来越苍白，人也瘦了。她还是那么活蹦乱跳，可是体力差多了。我们心里焦虑极了，我们俩全得了神经衰弱，一晚上睡不了几个小时。我们什么书也不看了，只看医书。医院的大夫始终说不清她是什么病。

有一天我看到她呕吐，我马上想到，她患的是脑瘤。我问她吐了多久了，她说：吐过两三次。我马上带她去找俞大夫，说："她最近开始呕吐，会不会是脑瘤？"俞大夫说："不会吧，她这么年轻。"我说："大夫，她老不好，这儿又查不出来，好不好转到昆明去看看？"俞大夫假作认真地说："我也在这么考虑。"

小红这次没有闹脾气，她服从了理智。也许她也感到她的病不轻。我和大许到处催人给她办转院手续，很快就办好了。大许去县城给她买汽车票，我和她回队去收拾东西。她打开箱子把换洗的衣服拿出来放到手提包里，有点忧伤地说："我这次去的时间会长吗？"

我说："也许会长的。小红，你病好以后争取转到北京去吧！你以后身体不会像以前那么好了。你应该回家。"

她一把抓住我的手，双眼紧张地看着我说："你们不喜欢我了吗？为什么这么说？为什么要我离开？"她眼睛里迅速地泛起泪水。我轻轻拍拍她的肩膀说："你别紧张呀，别紧张。我们也会回去的，我们会找到你。我们三个人会永远在一起生活。"

她想了一会儿，自言自语地说："真的，我病了，我想家。家里有妈妈，有哥哥，他们知道了会想我。这儿有你们。我能离开家，可是离不开你们。你们应该和我一起回我家去。没有你们我不走！"忽然她伏到我肩上痛哭起来："我觉得病重了！也许不会好，也许我会变成个大傻子。"我心里十分酸楚，可是我尽量克制地说："不会，不会。小红在瞎想，小姑娘瞎想，我求她别乱想了，我求她别哭了！"可是她伏在我肩上，纵情地说出好多可怕的想法："我得的很可能是脑瘤。他们要给我开刀，把我头盖骨掀开，我害怕！"她蜷缩在我怀里小声说："他们要动我的脑子，可是我就在那儿思想呀，他们要在我脑子上摸来摸去。弄不好我就要傻了！再也不会爱，也说不出有条理的话，也许，连你们都认不出来。我可真怕……"我听得心惊肉跳，好像这一切我都看见了。我叫她别说了，我说这都不可能，可是泪水在我脸上滚，滴到她耳朵上。她觉察了，跳开来看我。她掏出一块手绢擦掉眼泪，又来给我擦眼泪，她慢慢地笑了，先是勉强地笑，后来是真心地笑。她说："我高兴啦！你也高兴吧。什么事也没有。我有预感，什么事也不会有。我会好好的。高兴吧！"她开始活泼起来，快手快脚地收拾东西，然后快活地说："我刚才冒傻气了，我冒傻气。你什么也别跟大许说。"

后来大许回来，她始终很高兴。第二天我们送她上公路。她高高兴兴地跳上汽车，在里面笑着对我们挥手，还临时编出个谎来，对我们说："大哥、二哥，我很快会回来的！"

我说："治好病回来。"

她说："当然，当然，治好病回来。"汽车开动了，她又探出头来喊："我好了咱们玩去啊！"

我们挥着手追着汽车跑，喊着："再见，小红！"

她也喊："再见！再见！"

我们在家里等她来信。我们焦虑不安地等着她的来信。我和大许话都少了。每天我们去干活儿都感到很不自然，好像少了一只手，或者少了一半脑子。每次回到家里，我都产生一种冲动，要到病房去问候小红，或者茫然地收拾起东西来想到那儿去看她。晚上坐在屋里，我们不看书，连灯也不点。我们在黑暗中直挺挺地坐着，想着小红。后来她来信了，她一到昆明就写了信，可是信在路上走了五天。她说她一到昆明就住进了医院，医院里条件很好。她高高兴兴地把大夫和护士一个一个形容了一遍，然后说，马上要给她做血管造影了，是不是脑瘤做了以后就可以知道。到后来她的字迹潦草起来。她说："我一个人很寂寞。我很想你们，很想很想很想。有时候我想溜回去，不治病了，又怕你们骂我。要是有可能的话，你们来看我吧！哥哥们，来吧！"她哭了，哭得信纸上泪迹斑斑。最后她又高兴起来，不过可以看出是装的，她说昆明这地方很好玩，医院里也很好玩，让我们别为她担心，她很高兴，病好了就回来。最后她很高兴地写上了"再见"。

我们把信看了又看，忽然我想到我们都有两年没探亲了，可以请探亲假。对了，太棒了！这回教导员也捣不了鬼，探亲假是有条例规定的。我们两个飞奔到连部去请假，队长马上就批了我们俩假。我们马上到营部去办手续，结果碰上了教导员。他拿过队长的条子，阴阳怪气地说："你们都是连里的壮劳动力呀。一下走两个是不是太多？一个一个走吧！回来一个再走一个。"这家伙多缺德！咳呀，去你的教导员！我们一个一个走好了。重要的是要有一个人去安慰我们的小红。我先走，一个月以后回来，大许再去。我们谁也不打算回家，就想到昆明去陪着她。我就要走了，又接到她的信。她抱怨说：血管造影好难受啊，然后说脑瘤已经确诊了，只是长的位置不好，昆明的医院不敢动，所以给她转到北京的医院，她已经买好车票，就要走了。她让我们想办法到北京来，她也想到我们可以请探亲假。她说："我想起来啦，你们可以请探亲假！我一想到这个心里就安静多啦。我们一起回家去。"

我赶紧动身。大许写了信交给我。我乘汽车走了。分手的时候关照大许要经常写信。

在路上我遇上一些不顺利：在保山等了两天车，在昆明又买不到直达的火车票。结果用了半个月才到北京。北京当时寒风刺骨。我下了车就直奔小红家：他爸爸、妈妈，还有哥哥都在。他们家看来是个高级知识分子家庭，家里书很多，她爸爸是个秃顶的小老头，人很开通，妈妈也很好。她哥哥挺像她，我一见了就喜欢。我一下闯进去，他们都吃了一惊，问："你是谁？你找谁？"

我说："我是邢红的同学，我姓王，从云南来……她现在在哪儿？"

他们马上就知道了："噢！你是小王。她常念叨你。小红在医院里，她才动了手术。手术很顺利，瘤子在做切片。请坐吧！我们正要去看她。"

我也没有坐，立即同他们一起到医院去看小红。她脸色苍白，瘦多了，可是一看见我就猛坐起来，高兴地大叫："小王，你来啦！我等你等坏了。我接到大许的信了，我一直在等你。我动了手术了，我就要好了！"

后来我就天天陪着她，那会儿医院也乱，什么探视不探视的，我每天都很早就来，很晚才走。她的身体渐渐好起来，常常要我陪着她到院子里走动。才来的时候我特别迁，连给她剪指甲都不好意思，后来我也不怕了。我常常给她裹好大衣，搀着她到院子里去。护士们有时瞎说，说这小两口多好，我们也不理她们。

我走的时候天气开始暖和了，小红的身体也更好了。可是我发现她爸爸和妈妈神色都不正常。但没有放在心上。我懂的事情太少，一点也不知道切片有什么重要性，我只看见她好了。大许又偷偷来信催我回去，他要来。于是我就回去了。小红的哥哥送我上火车，他心情不好。我问他怎么啦，他说是他自己的事儿。我开头一点儿也没疑心，可是火车开走的时候他忽然扶住柱子痛哭起来。这不由我不起疑。

果然，我回到云南以后，大许正准备动身，我们忽然收到小红一封信。她说她的病重了。病得很厉害，也许不会好了。她说，她感到出了大变故，很可能瘤子是恶性的，它还在脑子里。这真是当头一盆凉水！我们全都呆若木鸡。小红叫大许快点去。我们拿出全部积蓄，还借了一些钱，央求团里开了一张坐飞机的证明，让大许飞到她那儿去。我让大许到了北京马上打个电报来。大许慌慌张张地走了。

　　大许走后有七八天音信全无！我急得走投无路。晚上睡不着觉，用手抓墙皮，把墙掏破了一大块。第八天大许来了一个电报：已到京小红尚好信随后到。我心里稍稍安定。

　　后来大许来了信，他说小红开始经常头痛，痛得让人害怕。她已不能吃饭，全靠打点滴维持。有时候眼睛看不见。大许痛心地描写她一看见他怎么像往常一样笑了，高兴地抱住他的脖子。她让大许告诉我，她想我想得要命。她说她在昏睡的时候可以听见我的声音。她说她很想很想让我们三个在一起，三个人在一起她死也不怕了。她还说她虽然可以笑，可以说话，可是意识深处已经有点昏乱。她说她怕这种死，从内部来扼杀她。我看了这信差一点儿疯了。我写信让她、求她、命令她坚强起来，坚持住一点也不退让。我求她拼命去和疾病争夺，为我们三个争夺，一定要保住什么。我说："千万千万别失望，还有希望。你还年轻，你的活力比十个人的都多。你能胜利，我知道你能胜利。想一想我们还可以永远在一起生活！"

　　我不记得那些天是怎么过的了。后来大许又来一封信，说大夫试了一种新药，小红好多了，眼睛也可以看清了。她看了我的信，很高兴。她成天和大许说话，说她头疼比以前好了，头脑也清楚了。还说他们两人成天谈论我，小红说我是个最好的人。小红不住地说起我的细节，我是怎么笑的，她说我有一种笑很有趣：先是要生气，嘴角往下一耷拉，然后慢慢地笑起来。她还说我有一种阴沉的气质，又有一种浪漫的气质，结合起来可好了，她特别喜欢。她说我可以做个艺术家。

信的末尾小红写了几个字："王，我爱你。你的信我很喜欢。我要为咱们三个人争夺。一直要到很久很久以后，你还会叫我小姑娘。"她能写信了！尽管字迹歪歪斜斜，可是很清楚。

我看了信高兴极了。

后来又来了一封信。大许说：小红的病情急转直下，忽然开始昏迷，要输氧气。他日夜陪伴着她。他说他都快傻了，他的字迹行不成行字不成字，有几个地方我看不懂。最后他说：还有希望，只要她活着就有希望，希望很微弱，可是会大起来。医生说没希望，可他们是瞎说。

过了一天大许又来一封信，他说："昨天她清醒了一会儿，可是什么也看不见，眼前漆黑。我把你的信念给她听，后来她把信拿过来贴在胸前。她说，我要去了。我只为你们担心。要去的人只为留下的人担心，她是什么也不怕了。我求她别说下去，她的声音就低微下去。昨天夜里她很不好，可是她挺过来了。小王，还有希望吗？还有希望吗？"

我简直狂乱了，后来我接到一封信。信里封了一张电报纸，大许写道："小红已去世。她的最后一句话是让我们节哀。我即回来和你在一起。许。"

我看了这些话发出一声长号，双手乱抓了一阵。我感到脑后一阵冰凉。我坐了很久，天黑下来，又亮起来。我机械地去吃饭，又机械地去干活，机械地回家来。我很孤独，真正的哀痛被我封闭起来了，我什么也不想。直到有一天下午大许推开我们的屋门，把夕阳和他长长的身影投进来。

我站起来，我看见大许的头发白了不少，他黑色的头发上好像罩了一层白霜。我扑过去拥抱他。一个阀门打开了。一切都涌上来。我们大哭，然后我们并排坐下来哭泣，小声地啜泣。大许挂着黑纱，他瘦了。他站起来从提包里拿出一个黑漆的小盒子放在我床上。我用眼光问他，他艰难地

说："小红留下遗言，她把骨灰分留给家里和我们。这就是她。"

我感到颈后好像挨了重重一击。我跪倒下来，用痉挛的手指抓住盒子，抚摸盒子。我在哭吗？没有声也没有泪，只有无穷的惨痛从粗重的喘气里呼出来，无穷无尽。

后来我和大许在一起过了两年，就分开了。我们把小红最后几封信分了。他要走了小红的遗骨，把她的箱子和衣物留给我。我们把小红留下的书分开，一人拿了一半，然后收拾好行装，反锁上房门。我们离开那里，走向新的生活。

立新街甲一号与昆仑奴·

　　我住在立新街甲一号的破楼里。庚子年间，有一帮洋主子在此据守，招来了成千上万的义和团大叔，把它围了个水泄不通。他们搬来红衣炮、黑衣炮、大将军、过江龙、三眼铳、榆木喷、大抬杆儿、满天星、一声雷、一窝蜂、麻雷子、二踢脚、老头冒花一百星，铁炮铜炮烟花炮，鸟枪土枪滋水枪，装上烟花药、炮仗药、开山药、鸟枪药、耗子药、狗皮膏药，填以榴弹、霰弹、燃烧弹、葡萄弹、臭鸡蛋、犁头砂、铅子儿砂，对准它排头燃放，打了它一身窟窿，可它还是挺着不倒。直到八十多年后，它还摇摇晃晃地站着，我还得住在里面。

　　这房子公道讲，破归破，倒也宽敞。我一个人住一个大阁楼，除了冬天太冷，夏天太热，也说不出有什么不妥当。但是我对它深恶痛绝，因为十几年前我住在这里时，死了爹又死了妈，从此成了孤儿。住在这里我每夜都做噩梦，因此我下定决心，不搬出去就不恋爱，不结婚。古代一位将军出门打仗，下令"灭此朝食"，不把对面那帮狗娘养的杀个净光净，绝不开饭！他的兵都有一条皮带，把肚子束紧，所以一个个那么苗条可爱。我的决心也这么坚定。隆冬的傍晚，我和小胡在炉边对坐，我说在这小屋里结婚是对我的侮辱。古人形容男女弄玉吹箫时有诗云：小楼吹彻玉笙寒。在这个破楼前吹玉笙，不相宜，只能吹洋铁皮喇叭，不像谈恋爱，倒像收破烂。古人云：要做东床快婿。这个阁楼里就这么一张床，如何去做？古人形容夫妻相敬，有言道，举案齐眉。谁在我这屋里举案，小心撞了脑袋。古人形容夫妻相戏，有词云：嚼烂红绒，笑向檀郎唾。要是一位女士误嫁入我这狗窝，恐怕唾过来的不是红绒，是一口黏痰。

小胡说，她也有同感。她要嫁出去，不住这个破房子。俗话称出嫁为出阁，那就是要搬出这个破楼阁。古诗云：雕栏玉砌应犹在，只是朱颜改。试问此楼，雕栏何在？玉砌何在？古词云：佳人难得，倾国。别人连国都倾了，她却倾不了一个破楼，真他娘没道理！所以她就等着那一天，要"仰天长笑出门去"！出门者，嫁人也。长笑一声出了这狗窝，未婚夫乘大号奔驰车来接。阿房宫，八百里，未央宫，深如水。自古华厦住佳人，不成咱是个蓬头鬼？

听了她这个长歌行，我心里真有点不高兴。当时我们俩正在煤球炉上涮羊肉，炉台上放着韭花酱、卤虾油一类的东西。我偷眼看看她，只见此人高大粗壮，毛衣里凸出两个大乳房，就如提篮里露出两棵大号洋白菜，粗胳膊粗腿。吃得发热时满脸通红，脑袋上还梳一条大辫子，越发显得大得不得了。她骑在我的椅子上，那椅子那么单薄，我和椅子都提心吊胆，等着那咔嚓一声。咔嚓之前是椅子，咔嚓之后是劈柴。看来她还没本钱，勾上一位高干子弟搬出去，让这破楼里只剩我一个人和耗子做伴儿。她这么吹嘘，纯是出于一股自恋倾向。

吃完了羊肉她告退，回自己房里作画去了。此女风雅如是，是何家闺秀耶？她是电影院画广告牌儿的。和我一样，是无亲无故的一条光杆儿。

本小生志向不凡，官居何职抑袭何爵耶？我是豆制品厂磨豆浆的。我比她还不如，她还上了几年美专，鄙人只是个熟练工，除了开闸放水泡豆子，合电门开钢磨磨豆浆，大约并无什么可吹嘘的。那一天她走以后，我站在窗前，只见窗外银花飞舞，天地同色，就想到一千多年前，王二在雪地里卖狗肉汤时，也是如此的寂寞而凄凉。那时候正是唐初盛世，长安城里有四方人物。王二在小巷里别人房檐下支起几片草排，在炭火池中安一个瓦罐，罐里就是他要卖掉的狗肉汤。那时候天色向晚，外面飞旋的雪幕后已经显出淡淡的灰色。王二坐在条凳上，毡鞋被雪水湿透了，说不出的寒冷。他把脚放到炭火中去烤。可炭火将熄，也没有什么暖意。没有人来买他的狗肉汤，一个也没有。

地上的雪越来越厚，天快黑了。有一个黑人从对面人家的后门里出来。天寒地冻，他却只围一块腰布；肌肤黑如墨亮如漆，在雪中倒算是相映生趣。黑人身上的肌肉才叫肌肉，块块隆起又不粗笨。他头上一层短短的卷发，圆鼻子圆脸，一双圆眼睛，看上去很好玩。那黑人说："王老板，你卖完了没有？如果卖完了还有汤剩下，请给我一碗。我冷得受不了，你的汤真是御寒的妙品！"

这位黑哥们儿常来要汤喝，平常王二也就给他了。可是今天他心情坏，不想给他这碗汤，就说：

"昆仑奴，你老来喝汤，却不给钱。这碗汤是白来的吗？煮这碗汤要用伢狗肉。你来想一想：这伢狗出了娘胎，好不容易长到这么大，人却不容它与小母狗亲热，就把它打死煮进了汤锅！你再看我这煨汤的瓦罐，它是清明前河底的寒泥烧成，所以才经火不炸。挖泥时河水好不寒冷，只有童子之身才能抵挡得住。所以年老的瓦工一辈子都不敢亲近女人。你再看这汤里的胡椒桂叶，全是南国生成，漂洋过海到泉州，走万里水旱路到黄河边。黄河的航船过三门，要从激流中上行到关中。千人挽，万人撑。一个不小心落下水，那就尸骨无存。一碗汤不足惜，可是中间有多少血和泪！你闲着没事儿一碗一碗地喝，这可不大对劲！"

昆仑奴说："王老板，我知道这汤来得不容易，可是我身上冷，需要这碗汤来御寒。我生在东非草原上，哪见过雪，哪见过冰？这都是因为酋长卖我做奴隶。我在地中海上摇船，背上挨了鞭子，又浇上海水！人家把我在拜占庭卖掉，我又渡过水色如墨的黑海，赤足走过火热的沙漠，爬过冰川雪山，涉过陷人的流沙河。如今在伟大的长安城里，天上下着大雪，我却没有御寒的衣服。猫和狗都有充足的食物，可是我在挨饿！真主啊，请你为我的苦难做证！难道人身为奴隶，就不配在隆冬喝一碗御寒的狗肉汤？你让我向谁去求得怜悯？主人吗？富人的心是皮革做的。王老板，一碗汤对你算得了什么？你不会因此变穷的！"

有好多雪片飞到昆仑奴身上，在那儿融化，变成雪水流下去。王二把他拉到草棚里来，让他在身边坐下，接过他的大碗，舀一碗热汤给他。他拍拍黑人的脊梁说："昆仑奴，喝吧！"

昆仑奴喝汤时，王二看着乱纷纷的雪幕背后楼台的轮廓，心里有说不出的感慨，这种远眺华厦的感觉，古今并无不同。我站在窗前，看到脚下是一片平阔的雪地，雪地那边是新楼。那楼不算好看，不过它叫我想起很多地名，楼上有广西柳州的水泥，如果那边也在下雪，雪花会在竹林间飞舞，南来避寒的候鸟会不知所措地啾啾。秦皇岛的玻璃—— 一想到秦皇岛，就想起冬季灰色的海面上行进的大轮船。钢制的门窗与石景山紫色的烟雾有关。送暖的暖气片产在河北南皮县。南皮我没去过，不过这个地名有历史感——曹操和袁绍在那儿打过仗。袁绍的兵穿鱼鳞铁甲，曹操的兵的皮甲上镶着铜星。可是在我的屋顶上满是窟窿，叫人想起渔光曲——爹爹留下这张网，靠它还要过一冬。铁斗里的煤球叫人想起煤炭铺里穿长衫的胖掌柜，还有恶霸地主牟二黑子。王二站在这破屋檐下，身穿工作服，瘦长脸上面色阴沉，而一位穿红毛衣的少女在新楼里倚着雪白的窗纱远眺雪景。这种感觉，古今无不同。雪景也是古今无不同。昆仑奴喝下一碗热汤，黑炭似的身躯上有了光泽。王二看了很高兴，就说：

"昆仑奴，到我家去吧，我要招待你。"

昆仑奴也很高兴，收起木碗，随王二走过铺满了白雪的小巷。那时候他就如白玉的棋盘上一枚黑色的棋子。走到王二那用木片搭起的小屋门前，他惊叹一声：

"原来中国也有穷人呀！"

王二生起炭火，用狗油炒狗肝，把狗肉干在火上烤软。他烫热了酒，把菜和肉放在短几上，端到席上去。昆仑奴坐在他对面，披着狗皮。他们开始吃喝、谈笑，度过这漫漫长夜。当户外梨花飞舞，雪光如昼时，不想沉沉睡去。这种感觉，古今无不同。

小胡睡不着觉，爬上来聊天。聊天可以，你该问问我困不困。可是她根本不想办这个手续。她坐在我对面，谈到和男朋友吹了的事。这话题使我感到屈辱，因为我没有任何女朋友。然后她又说我个儿矮。混账，你说我个矮，我就说你腿粗。她说腿粗跑步可以治，个儿矮只有压面机能治。这真是岂有此理，她盼我跳压面机自杀，好得我的遗产。我这个人有好古癖，收藏颇丰。除了破椅子破床板，我还有一箱子线装书。当然，珍本善本是没有的。那些书用纪念章、邮票和豆腐干换不来。我有这么一批书：《三字经》《千家诗》《罗通扫北》《小五义》《南唐二主词》《太平广记》《朱子语类》《牛马经》《麻衣神相》《南华经》《净土经》，还有光绪十年的皇历。为这些破书，逼我惨死，可谓狠毒矣。地下室还有一批破烂，那一年游承德偷的普陀宗胜之庙房上的铜瓦；游东陵捡回的一个琉璃兽头；长城上的砖头；黄陵边的瓦片。北京修地铁，挖出的各种破烂，其中有一奇形木片，经我考证那是元代穷人买不起手纸用的刮具。此物大英博物馆都没有收藏，可谓无价之宝。小胡逼我死掉，大概志在得此奇珍异宝。

小胡说，那件宝贝她不想要。她不惟不希望我早死，还盼我能活得长久。所以她要帮我解决困难，为我介绍女朋友。现在的男子身高不足一米八〇者，都被列入二级残废。我之身高尚不足一米七，属于微生物一级，女孩子根本看不见。她要起到显微镜的作用，让她们通过她看到我。说完这些伤天害理的话，她打了个哈欠下楼睡觉去了。

她走以后，我心里很不安定。我有三种感觉：第一是屈辱感，这不必解释，是因为我个儿矮。第二是施恩图报的感觉。本人系有大恩于小胡者。十几年前，在同一天，因为同一个事故，我们俩都成了孤儿。当时我们是中学生，在同一个中学读书，同住在这座破楼里，因为这些共同点，我对她是有求必应。半夜她要上厕所，总把我从阁楼上叫下来，在门前站岗。每隔五秒钟她叫我名字，有一次不应她马上号出来。她可是一面出清直肠一面叫我的，这种一心二用的方式是不是挺可恶？要没有我，她早被屎憋死啦！如今她在我面前，居然不避圣讳说出一个矮字来，良心何在！第三，我对她还有一种嫉妒之心。此人五体不全之阴人耳，居然上了美专。而我是如此地热爱艺术，也画一手好素描，就进不了美专的门。这只是因为我有点色弱，红的绿的分不大清楚。其次，她长得比我还高。当然，她极为粗笨。不过嫉妒心一上来，我又觉得她高大健美，和观音菩萨差不多。这桩事儿不能想，一想奇妒难熬。

这三种感觉，即屈辱感、图报感、嫉妒感，正是古今一般同。那天晚上昆仑奴在王二家问："王老板，你家里怎么没有女人服侍？"王二心里的屈辱感就油然而生。在唐朝的长安城里，一个又贫又贱的小贩，就如现时之一位一米六八的二级工，根本搞不到对象。此时王二家里灯光如豆，雪光映壁，火盆里炭火熊熊，昆仑奴头上起了油汗。王二双手把一盆烩狗筋捧到昆仑奴面前，昆仑奴接下来，放在案上。王二又取一把铜勺，在衣襟上一拭，再次双手捧到昆仑奴面前，昆仑奴接下来，放在羹盆边。这都是对待贵客的礼节，王二做得一丝不苟。因此他想：昆仑奴，你是一个奴隶。我把你请到家里来，待以上宾之礼，希望你也自觉一点，别问人家难堪的问题。

谁知那黑人又问："王老板，难道你也像我们奴隶一样，没女人服侍吃饭吗？"王二一听，更加不悦。他想：你要不识趣，别怪我也问出不好听的来。于是他说：

"昆仑奴，听说你们是树上结的果子，是真的吗？"

昆仑奴一听，把眼珠子都瞪圆了，说："谁说的？人还有树上结的吗？你们唐朝人都是树上结的？"

"我们当然是母亲生的啦！但是你们就不同了。听说非洲有一种大树，名为黑檀，高有百丈，粗有十人不能合抱者，锯之则流血。树叶大如蒲团，树枝上脐带挂着一树的小黑孩。自挂果至成熟，历时十个月，熟则坠地，能言语能行走。波斯商人在树下等着，捡起来贩为奴隶。因为是树生的果实，所以以男身者，有男之形无男之实，不能御女成胎；女形者有女之态无女之实，亦不能怀孕生子。我们大唐只有皇帝才得用阉人为太监，所以王侯之家不惜以重金购进黑奴，在内宅中服务。也许你不是树上结的，不过别的黑人却可能是树上结的？"

昆仑奴说这是谣言，非洲绝没有能结出人的树。黑人也如其他人一样，是母亲腹中所生。在非洲时，每逢旱季，他也常和肤色黝黑的女子到草原上去，在空旷无人的所在性交，到下一个雨季，小娃娃就出生了。那些娃娃的皮肤也如黑玉一般，闪着光泽，叫人想起蓝天下那些快乐时光。那时草原上吹着白色的热风，羚羊、斑马、大象、猎豹，都在干同样的事。他知道这谣言的来源，因为黑奴很值钱，所以主人很希望他们能够增值。他们往往把男女黑奴关在一个笼子里，但是结果总让他们失望。笼子不是草原，笼子里没有草原上的风。笼里的女人也是奴隶，谁乐意传下奴隶的孽种！啊，黑非洲，黑非洲！说到非洲，昆仑奴哭起来。

王二又问，公侯内宅里的姑娘，难道不漂亮吗？她们对昆仑奴不好吗？昆仑奴对那些女孩，难道就没有感情？昆仑奴说，那些姑娘都像月亮一样的漂亮，心地也很善良。她们对他也很好。如果他挨了鞭子，她们就会伸出嫩葱般的手指来抚摸他的黑脊梁，洒下同情的眼泪。昆仑奴挨饿的时候，她们还省下点心给他吃。昆仑奴也爱她们，不过那只是一种兄妹之情。于是王二想，他是多么的身在福中不知福啊！

昆仑奴说，在王二家里做客，又温暖又快活。下次他要带个姑娘来，让她也享受这种乐趣。三更时他起身告退，回主人家去，给王二留下嫉妒和期望。王二羡慕那黑人，有与美丽女郎朝夕相处的幸福，这种感觉，古今无不同。

转眼间冬去春来，暖和的风从破楼一百多个窟窿里吹进来。从窗口往外看，北京城里一片嫩黄烟柳世界。在屋里也能感到懒洋洋的春意，这种感觉今古无不同。我想得到唐代的王二是怎么感觉春意的：当阳光照到桑皮纸糊的木格门上时，他把洗净的瓦罐放到格子下层。把辣椒、桂叶用纸包好，放到架子上层。如果它们经过雨季不发霉，下个冬天就不必再买。他取出铜锅，用柴灰擦去铜绿，准备去卖阳春面。心里在盘算煮汤的牛骨是什么价钱，青葱、嫩韭是什么价钱，面汤里放几滴麻油才合适。春意熏熏时，他做这种事感到兴奋，也许卖阳春面能多赚一点钱，胜过了狗肉汤。

我也想为春天做点事：到长城边远足，到玉渊潭游泳，到西郊去看古墓，可是哪一样都做不成。西郊的古墓全没啦，上面盖了楼房。长城现在是马蜂窝，爬满了人。我也不像十几岁时了，要从历史中寻求安慰。二十岁以前，我和小胡在初春去游泳，从冷水里爬出来，小风一吹浑身通红。现在可不行，我见了冷水浑身发紫，嘴唇乌青，像老太太踩了电门一样狂抖。这都是因为抽了十几年烟，内脏受了损害。因此我只能一个人待在家里。

傍晚时分小胡回家来，站在楼梯口叫我。她可真是臭美得紧啦！头戴太阳帽，身穿鹅黄色的毛衣，细条绒的裤子，猪皮冒充的鹿皮鞋，背上背着大画夹，叫我下去看她的画。我马上想到本人夭折了的美术生涯，托故不去。过了一会儿，她又爬上来，身上换了一套天蓝色的运动装。这套衣服也是对我的伤害，因为它是我买来给自己穿的。穿了一天之后，发现别人看我的眼色不对劲儿。原来它是淡紫色的，这种颜色正是青春靓女们的流行色。演出了这场性倒错的丑剧之后，我只好把这套衣服送给她，让她穿上来刺激我。第一，我是半色盲，买衣服时必须由她来指导，如果自行出动，结果正合她意。第二，我个儿矮，我的衣服她也能穿。我正伤心得要流鼻血，她却说要报告我一个好消息。原来她给我介绍的对象就要到来，要我马上吃饭，吃饱后盛装以待。我就依计而行。饭后穿得体体面面地坐在椅子上出神儿，心里想这事不大对劲儿。我也应该给这位身高腿粗的伙计介绍个对象。我们车间的技术员圆头圆脑，火气旺盛，老穿一件海魂衫，像疯了一样奔来跑去，推荐给她正合适。正在想这个事，她在楼下喊我，我就下去，如待宰之绵羊走进她的房间。你猜我看见了什么？我看见一个娘儿们坐在床上，身上穿着葱绿的丝绵小夹袄，腿上穿一件猩红的呢子西装裤，足蹬千层底圆口布鞋。我这眼睛不大管事，所以没法确定她身上的颜色。该女人白净面皮，鼻子周围有几粒浅麻子，梳一个大巴巴头，看起来就如西太后从东陵里跑了出来。凭良心说，长得也还秀气，不过对我非常无礼。下面是现场记录，从我进了门开始：

该女人举手指着我的鼻子，嗲声嗲气地说："就是他呀！"小胡坐到她身边去，说："没错儿！"

这就验明正身，可以枪毙了。该女人眯起眼睛来看我，这不是因为我和基督变容一样，光焰照人，而是这娘儿们要露一手职业习惯给我瞧瞧，她老人家是一位自封的画家。然后——

该女人又说："行哦，挺有特点。鹰钩鼻子卷毛头，脸色有点黑，像拉丁人。"

小胡浪笑几声说："他在学校里外号就叫拉丁人！"

该女人问："脾气怎么样？"就如一位兽医问病时说："吃草怎么样？"

小胡说："凶！在学校里和人打架，一拳把三合板墙打了个窟窿！他发了脾气，连我都敢打！不过一般来说，还算遵纪守法。"

然后两个女人就咬起耳朵来，叽叽喳喳。我在一边抽烟，什么话也不说。过了一会儿，她送那娘儿们出去，又在过道里咬了半天耳朵。然后她回来问：

"怎么样，你有什么看法？"

我先问那女人走远了没有，得到肯定的答复后才说："这算啥玩意儿？一个老娘儿们嘛！而且还小看人！"

她听了就皱起眉头来说："你不觉得她很有性格，很有特点？"

我说这人好像有精神病。她很不高兴，说这是她的好朋友，要我把嘴放干净点儿。后来她又说，对方还说可以谈呢，我这么坚决拒绝，真是岂有此理。我跟她说：你少跟我说这些，免得招我生气！说完我就回楼上去了。在那儿我想：我也不必给她介绍对象。不知为什么，这种事有点伤感情。

过了半个钟头，小胡忽然很冲动地跑到楼上，脸色通红地宣布说，她发现自己干了件很糟糕的事，希望我不要介意。后来就没了下文。她好像在等我说下文，我又好像在等她的下文，于是就都发起呆来。这种窘境，也是古今一般同。春天的午夜，昆仑奴到王二家做第二次访问。他没和佳人携手而来，却背来了一个沉重的大包袱。王二担心这是赃物，他是本分买卖人，不愿当窝赃的窝主。他想叫昆仑奴把东西送回去，但是不好意思开口。他对昆仑奴还有所期待。

我也不知自己在期待什么，只觉得嘴唇沉重，舌头沉重，什么也说不出。我就如唐之王二，默默地等待昆仑奴打开包袱。包袱里坐着一个绝代尤物。那是一位金发碧眼的女郎，穿着轻罗的衣服，皮肤像雪一样白，像银子一样闪亮。嘴唇像花一样红，像蜜糖一样湿润。她跳起来，在屋里走动，操着希腊口音说："这就是自由人的住处吗？我闻到的就是自由的气味吗？"

王二家里充满了烟味、生皮子味、霉味和臭味，可是她以为这就是自由的气息，大口地呼吸。她对什么都有兴趣，要王二把壁架上的纸包打开，告诉她什么是辣椒什么是桂叶，把梁上的葫芦里的种子倒出来，告诉她什么是葱子，什么是菜子。她还以为墙上挂的饼铛是一种乐器，男用的瓦夜壶是酒器。她就如一个记者一样问东问西，这也不足为奇。原来那些内院的姑娘都想出来看看，而她是第一个中选者。她有详尽报告的义务。后来她穿上王二的破衣服，用布包了头面，到外面走了一小圈，看过了外面的千家灯火，就回来吃自由的阳春面。她宣布自由的面好得很，但又不敢多吃。饭后他们三人同桌饮酒，女孩起身跳了一段胡旋艳舞。原来她正是跳胡旋舞的舞姬。

胡旋舞在唐朝十分有名。一听胡旋两个字，光棍就口角流涎。女孩起舞时，把轻罗的衣服脱下来，浑身只穿了一条金缎子的三角裤，她的裸体美极了。王二把眼睛眯起来，尽量不看她那粉樱桃似的乳头，轮廓完美的胸膛，修长的玉腿，丝一般的美发。他的心脏感到重压，呼吸困难。就如久日饥渴的人见不得丰盛的酒宴。王二看到这位金发妖姬，也有点头晕。

五更时，昆仑奴要回去，他把那位舞姬又打到包袱里。女孩儿说："大哥，你让我露出头来看看外面好不好？"可是昆仑奴说不行。爬墙时树枝剐破了你的小脸儿主人问起来怎么说？咱们都要完蛋。他们就这样走了。不知为什么，王二微微感到有点失望。这个女人美则美矣，却像个幻影不可捉摸。他又寄希望于下一个来观光的女人，这种感觉，真是古今一般同。

小胡在我对面坐了很久，我们什么都没有说。后来她微感失望地叹了一口气，这股窘意就过去了。她开始谈房子的事，听到这种话题，我也微感失望，但是我们还是就这个问题谈了很久。

话头从甲一号的破楼扯起，它在庚子年间被打了一身窟窿，应该拆了，可是教皇不答应。他说当拳民攻击破楼时，上帝保佑了此楼，所以要让它永远不倒，以扬耶和华之威。他还说了些上帝不老，此楼不倒之类的疯话，然后请一位主教来修理此楼。如果当时把这楼好好修修，它不至于这么破。可惜该主教把它用青灰抹了抹就卖给了一个商人。商人付款后，墙上的青灰落下来，他一看此楼是一副蜂窝煤的嘴脸，就对自己抠响了驳壳枪，最后血糊淋拉地跳进北海。然后这座破楼里住满了想自杀又没胆量的人们，自然是越来越破得没溜儿啦。

这些解放前的事儿是我考证出来的。解放后，为置甲一号这破楼于死地，头儿们制订了上百个计划。计有大跃进建房计划、抓革命促生产扒旧楼建新楼计划、批林批孔建新楼计划、批臭宋江再建梁山计划、批倒"四人帮"盖新楼计划、房产复兴百年大规划、排干扰建房计划、拔钉子建房计划等等。但是这破楼老拆不倒，新房也建不起来。经事后分析，这房子有大批的反动派做后盾，计有（国外不计）右倾机会主义分子、走资派、林秃子、孔老二、"四人帮"、宋江、卢俊义、司马光、董仲舒、孟轲、颜回等等从中作祟。现在的反动派是小胡和我，我们俩赖着不搬，是钉子户。现在报纸上批钉子户，不弱于当年批宋江的火力。我实在为自己和宋江并列感到羞辱——他算什么玩意儿？在《水浒传》里没干一件露脸的事儿，最不要脸的是一刀捅死了如花少女阎婆惜。我确实想搬走，可是没地方可去。头儿们说，我在破楼里是寄居的性质，不能列入新楼计划。可是厂里有豆腐干住的地方，没我住的地方呀！

小胡说，她也想搬出去，可是一到公司里要房，领导就勃然大怒说："你也来闹事，在甲一号楼不是住得挺好的吗？"电影公司一到分房时，全体更年期妇女的脸就如猴屁股一样红起来，毛发也根根直立。老头子们就染头发，生怕分房前被列入退休名册。在这种情况之下，她只好把希望寄托在男朋友身上。如果嫁到有房的人家，剩下我一个就好办啦。甲一号还能不给我一套新房？春天到来，她穿上春装在街上一走，路边的男子回头率颇高。凭她这等身材相貌，嫁出去不成什么问题。所以我只有坐在家里，静等她的胜利消息！

小胡的一切都是跟我学的，而且每一项都是青出于蓝。首先是我画两笔画，她也学着画，结果学出点名堂。现在光业余时间画小人书就有不少收入。我好古成癖，她也跟着学，结果画法有汉砖、敦煌画之风，在画坛上也小有名气。我会胡说八道，她也跟着学，从一个腼腆的小女孩，学到大嘴啦啦。我一长青春痘，就喊出要找对象的口号，不过一个也没找着。可是她谈过无数男朋友，常常搂着一个在楼道里"吧唧"，好像在向我示威。只有一样本事她没有学会，就是站着撒尿。

夏天到了。豆腐厂改为一律早班，这样造出的豆腐，中午和下午上市，不用过夜，就不会酸。一到夏天我就困得死去活来，因为凌晨两点凉爽的时候，别人正睡得安稳，我却出门去磨豆浆。到中午我回来时，阳光已经把薄铁皮的屋顶晒得火热。我在下面躺着，似睡非睡，似醒非醒，纯粹是发晕。到口干得不能忍受时，就喝脸盆里的清水。每天都能喝掉一盆。就这么熬到太阳偏西，阁楼才刚刚有点凉风，可以睡一会儿了，小胡又爬上来。这时我真盼她早点找到主儿嫁出去，哪怕嫁给宋江也罢！

　　小胡上来时穿着短衫短裤，右手端着一个大碗。碗里是热气腾腾的馄饨汤。这么大热的天，她请我吃这种东西，简直就像潘金莲对付武大郎。左手提着的东西更可恶，那是一个水桶。她要借我的房子洗澡，把我轰到她房里去。她的房间朝西，现在就如点着了的探照灯。她来了我只好坐起来，看见她那对大奶子东摇西晃，我就如见了拳王阿里的拳头，太阳穴一阵阵发炸。顺手拿过镜子来一照，眼珠子通红。我说："小胡，你不能这么干。我也是个人，他妈的，你怎么不给我人权？"这种话对她不起作用。她说："呀！上来看看你不好吗？一天没见了，你不想我？"我什么都教给她了，就是没教她要脸，因为我自己也不要脸。后来她说，她上来不单是和我闲扯淡，还有要紧的事情。但是她说起这件要紧的事儿，又没有要紧的样子，倒像要给我上一大课。第一，这房子实在住不得了。夏天是这样热，以致她的头发不用去理发馆，自己就打起卷来。冬天呢，能把人冻死。春秋天刮大风，满屋都是沙土，可以练习跳远儿。除此之外，它还随时有可能塌倒。因此就有第二，有必要从这里搬出去。豆腐厂和电影公司不能解决这个问题。男朋友也爱莫能助。最后只剩下甲一号。她已经和头儿们谈了很多次，以我们两人的名义和他们谈条件。然后她就解释为什么自己去和人家谈判。她说这里绝无看不起我的意思，只是因为她是二十三级干部，而我是二级工。干部比较受人尊重，这是一个有利条件。而且她姓胡，胡这个姓比较少，所以容易引起重视。姓王的太多了，多到不成体统。所以姓王的去谈事情就没人搭理。她就这么有一搭没一搭地胡扯，渐渐扯到没影的地方去。我知道她心里有鬼，就说："你要说房子问题，就直说吧！"

　　她的脸当时就红了，结巴着说：经过反复交涉，头儿们答应给一套房子，交换条件是两个人都搬出去。这有什么可脸红的？给一套你就先搬进去，我到头儿们门口搭小棚住。古人云，先有太极，后有两仪，两仪生四象，四象生八卦，八八六十四，循环无穷，乃孔明八阵图也。故而世上事，有一就有二，只怕他不松口。小胡说，你不要臭美，甲一号谁不知咱俩是没溜儿的人？人家会轻易上当吗？这一套房子不是这么来的，她对人家说，我们是一对情人，不久就要结婚，当然这是骗他们的。说到这儿她偷眼看看我，我当然有点儿晕乎，不过没什么外在的表示。她就继续说下去：她告诉他们，在破楼里，我们俩天天演戏。半夜三更她会站在门口长叹一声：

"啊，王二，王二，为什么你是王二？"

我就说："听了你的话，我从此不叫王二。"混充罗密欧与朱丽叶，在阳台说情话哩。或者是唱山歌："胡家溜溜的大姐，人才溜溜的好，王家溜溜的大哥，看上溜溜的她。"还唱越剧："小别重逢胡××！"

这些鬼话我听了起了一身鸡皮疙瘩。就凭她那男性化的公鸭嗓和我这驴鸣似的歌喉，真要唱有可能把西山上的狼招来。头儿们听了将信将疑。要说信，我们俩在一个楼里住了多年，真要搞上了也算不上什么新闻。要说不信，谁不知这两个家伙大嘴啦啦，什么都敢说？头儿们就组织专案组去调查。首先查到十几年前给我们发抚恤金的会计，她说有一次我们没去领钱，她就给送来，发现我们两个小孩在楼道里十分亲昵地斗殴，敲到双方都是满头大包犹不肯住手，打完了架又在一个锅里吃饭。居委会的大娘们揭发了当年我带小胡爬树摘桑葚的事，以及某一天我出门时她从楼上探身出来大叫："给我带包妇女卫中纸来，不带花了你！"最后的事例有小胡前天在小卖部给我买了一条男用针织裤衩。专案组根据这些材料，下结论道：胡王恋爱一案，可以基本肯定。因此头儿们代表组织上宣布，什么时候交来结婚证和永不翻案（离婚）的保证书，什么时候姓胡的和姓王的就能领到一套两居室的住房证和钥匙。她说为了这套房子我们可以假结婚，结了再离，房产科又不是法院，无法制止。

　　虽然说是假结婚，她说起来还是有点结巴，我也有点儿喘，等到说完了这一节，她又辩才自如，立论说，由于假结婚，她将受到重大损失，将来再找对象时，人家总要怀疑她有个孩子养在乡下姥姥家。但是为了我们的共同福利她已不惜火中取栗。不知为什么我对她的胡扯失去了兴趣，就干脆说："不必废话了，明天就去登记。"

　　决定了这件事以后，小胡要洗澡，我按惯例该到她房里烤着去。可是今天本人别出心裁，从窗口爬上了房顶。一出来我就后悔了，因为太阳虽已西斜，屋顶的铁板还挺烙脚，坐下又觉得烙屁股。此时阁楼里已响起了溅水声，我欲归无路，只好在房上吃完了馄饨，就坐下发傻。这时我看到一位少女从对面新楼里走出来，身穿洁白的连衣裙，真是秀色可餐。我以前没见过她，也不知道她叫什么名字，因此就爱心大炽。这种心境，正是古今一般同。

　　话说王二和昆仑奴拉上了关系，就常在家里接待王侯家里的姑娘。他真是大开眼界，见过了跳肚皮舞的阿拉伯女郎，跳草裙舞的南洋少女，跳土风舞的黑人姑娘。这些女孩个个美得很，人也十分热情，不过他对她们只存欣赏之心，绝没动过爱欲。有一天昆仑奴说，他要带一位特殊的姑娘来，要王二早做准备。当然，特殊的姑娘也是奴隶，但是这一位身价不同。原来王侯家里的女奴分为三等，最下者为丫鬟仆妇。针线娘子洗衣妇，大抵是长安城里穷人家养不起卖给大户人家者，身价不过三两五两七两八两。门卫不禁止她们随意出门，所以也不必带她们出来。更高级的是歌姬舞娘，都是从四方贩来之绝色绝艺者，身价几十两、几百两不等，不能出门宅一步，王二看过的都是这种人。最高的身价在千两至万两之间，在内宅里养着，也不唱歌，也不跳舞，也不操家务，也不大吃，也不大喝，也不大走路，也不大说话，只管坐着充当摆设。如今有这么一位听说王二家好玩得要命，也要来看看。昆仑奴不好厚此薄彼，只得答应，他特地来关照王二，要他把家里好好收拾一下。于是王二把房子彻底清扫，换上一张新草席，借了上等茶具，就在家里静等。

是夜昆仑奴来时，背了个极大的包，好像里面是大肚子弥勒佛。开包后先是三重棉絮，六层绸缎，八层轻纱，然后才是这位佳人。这是位中国少女，在席上坐得笔直，从始至终，眼帘低垂。她穿着白软缎的衣裙，脸色苍白有如贫血，面目极其娟秀，嘴极其小，鼻极其直，眉极其细，身材也极其苗条，肩极其削，腰极其细，手指极其细长，脚极其小。坐了许久，才发出如蚊鸣的细声，请求一口茶。王二急取黄泥炉、紫砂壶，燃神川之炭，烹玉泉之水，沏清明前之雀舌茶，又把细瓷茶具洗涮二十遍后，浅斟奉上。少女润唇之后，把茶杯放下，又坐半个更次，乃出细声曰：

"多谢款待。盛情今生难报，留待来世。"然后就离去了。

王二见过这位女郎，顿时失魂落魄，爱了个发昏章第十一。虽然她在他对面坐过，他却如在十里地之外见过她似的，回想起来只有一点模糊的轮廓。他想，这才是女人！极其高贵极其纯洁，想到她就有天上人间之感。这种感觉，正是古今一般同。

第二天，我要和小胡登记结婚，这件事想起来就忐忑不安。等到阁楼没了声息，我从窗子里爬回去，只见桌子上留一张条子，上书：

1. 今晚不聊天了。

2. 明天下午三点钟办事处门口见，请着白色西服。

3. 明晚上我请客。

屋子里到处是水渍，还有一种淡淡的石灰水气味。闻见这种味儿，就想起小胡来，觉得她很不错。古人云，环肥燕瘦各有态。她是属于环肥那一种。无论怎么说，我不能拒绝这种结论，即小胡是漂亮女孩。只要不是神经病似的非绝代佳人不娶，大概也可以满意了。

当然，我对身轻如燕、举止端庄、沉默寡言者更为倾心。这种感觉，

正是古今一般同。当年王二在家里见过这样一位佳人，就爱心大炽，一再托昆仑奴传话请她再来。她拒绝了好几次，最后终于来了，坐在王二对面，还是低垂着眼帘，什么都不说。王二一再劝诱她稍进饮食，她终于从盘里取一粒樱桃吃下去，流泪说道："情孽。"然后又什么也不说了。到天明前，她和昆仑奴一起离去，王二想问她什么时候再来，但恐怕太唐突，就没有问。

我一直睡不着。到半夜时分，小胡轻轻地爬上楼来，坐在对面的椅子上，沉默了好久以后，忽然问我睡着了没有。她显然是明知故问。我翻身坐起来，看着窗前的月光。是夜有薄云，故而月光也如一抹石灰水，就如她身上白色的内衣一样淡薄。我想到如下事实：

以前我们都有凌云壮志，非绝代佳人不娶，非白马王子不嫁。所谓绝代佳人者，自然是身轻如燕，沉默寡言者，而非高大健美，大嘴啦啦者。至于白马王子，身高一米九〇以上，面白无须。因此我们结成同仇敌忾的统一战线，立志开拓我们的世界，看今夜的形势，只怕要壮志成灰。

小胡忽然哭起来，提到如下事实：

小时候她被人揪小辫子（其实是她先招惹了别人），要我给她撑腰，而我跑去以后，只要叉着腰在一边站着，喝道："你揍他！我不信你揍不过！"她得了我的教唆，就扑过去又抓又咬。

半夜里我叫她参加我的午夜行动，从窗户里爬出去骑在屋脊上。屋脊非常光削，她感觉它要把她从下到上一切两半，就像猪崽子一样号叫，却被我厉声喝止。下来以后我还打了她两拳，打在腰眼上。

小胡说，这种行为很野蛮，我这么对待她不公道，她要求立即改变，因此我过去和她拥抱接吻。这种身体接触是平生第一次，我非常地兴奋。但是想起我的绝代佳人计划，又有点害羞。于是我放开她，回到板床上坐下，又觉得心有未甘。幸好她跟过来，两个人搂在一起，觉得很不错。我的手放肆起来，此时有如下想法：

小胡和我这么搂着，实在是很自然的事。

假结婚是扯淡。

于是我说，现在我们这样，虽然非常之好，可是我的绝代佳人和她的白马王子计划岂不是完全失败？但是小胡说，现在很快活，这显然是伟大胜利，怎么能说是失败？

那位绝代佳人第三次到王二家去，带了一个小丫头和很多东西。昆仑奴几乎背不动，当她和王二对坐无言时，小丫头就勤快地动起手来。先挂起罗绡帐，又陈放好博山炉，在炉里点上檀香。她在草席上铺上猩猩毡，又在毡上铺上象牙细席，放上一对鸳鸯枕，就和昆仑奴到门外去嗑瓜子儿。王二和她静坐多时，终于拉着手到帐里去。在那儿他怀着虔诚的心情为她宽衣解带，扶她在席上躺下。然后定睛一看，席上是一个女人的裸体，并非什么不可思议的怪物，只不过腿非常细长，脐窝非常小而浅，腰非常细，乳房小而圆，非常精致，肋骨非常细，如同猫肋一样。王二就胆壮起来，先正襟危坐，如抚琴一般轻抚她身体三匝，又俯身在她的樱唇上一吻，然后就宽衣拉下帐子完成夫妇大礼的其他部分。

我也和小胡行了夫妇之大礼，不过弄得不依古格，乱七八糟，就连我这嗜古成癖的人都不能克己复礼，可见人心不古，世道浇漓。但是礼毕时，我们俩都很满意。这种感觉，大概古今无不同。

根据史籍记载，王二和那位美女行过礼之后就逃到外乡去做豆腐为生，和我的职业一模一样。昆仑奴回主人家去。不久此事败露了，那位主人派了三十个兵去捉他，可是没想到这位黑先生在非洲以爬树捉猴子、跑步追羚羊为生。他见势不好，把木碗别在腰里拔腿就跑，大兵根本追不上，终于跑得无影无踪，音信全无，一直跑回非洲去了。

红线盗盒 ·

　　肃宗时薛嵩在湖南做沅西节度使，加兵部尚书、户部左侍郎、平南大将军衔，是文从一品、武一品的大员。妻常氏，封安国夫人。子薛湃，封龙骑尉。沅西镇领龙陵、凤凰两军，治慈利等七州八县，镇所在凤凰寨，显赫一时。

　　有一天早上，薛嵩早起到后院去。此时晨光熹微，池水不兴波，枝头鸟未啼，风不起雾未聚，节度大人在后园，见芭蕉未黄，木瓜未熟，菠萝只长到拳头大小。这一园瓜果都不堪食。节度大人看了，有点嘴酸。正在没奈何时，忽然竹林里唰啦啦响，好似猪崽子抢食一样，钻出一个刺客来，此人浑身涂着黑泥，只露眼白和白牙；全身赤裸，只束条丁字带儿，胸前一条皮带，上挂七八把小平斧，手握一口明晃晃的刀，径奔薛节度而来，意欲行刺。薛节度手无寸铁，无法和刺客理论，只得落荒而逃。那刺客不仅是追，还飞了薛嵩一斧，从额角擦过。薛嵩直奔到檐下，抢一条苦竹枪在手（此物是一条青竹制成，两端削尖，常用来担柴担草，俗称尖担是也），转身要料理这名刺客。那刺客见薛节度有枪在手，就不敢来见高低，转身就跑。薛嵩奋起神威，大吼一声，目眦尽裂，把手中枪掷出去，正中那刺客后心，把他扎了个透心凉。办完了这桩事儿，他觉得脸上麻麻痒痒，好像有蚂蚁在爬，伸手一摸，沾了一手血。原来那一斧子并不是白白从额面擦过去的，它带走了核桃大小一块皮肉。他赶紧跑回屋去。这间屋子可不是什么青堂瓦舍，而是一间摇摇晃晃的竹楼。竹板地板木板墙。房里也没有绸缎的帷幕，光秃秃的到处一览无遗。他叫侍妾红线给他包扎伤口。这位侍妾也非细眉细目粉雕也似的美人——头上梳凤头髻，插紫金钗，穿丝纱衣袍，临镜梳妆者。此女披散着一头乌发，在板铺上睡着未起，一看薛嵩像血葫芦一样跑了进来，不惟不大叫一声晕厥过去，反而大叫一声迎将过来。她身上不着一丝，肤色如古铜且发亮，长臂长腿，皮肉紧绷绷，矫捷如猿猱，不折不扣是个小蛮婆。

如前所述，薛嵩早起所赏之园，以及他府第和侍妾的状况，根本不像大唐一位节度使，倒像本地一位酋长。不过这只是表面现象，事实上他毕竟是天朝大邦的官员，有很高的文明水平。红线为他包扎伤口，被他当胸一掌推出三尺。节度大人说：

"你真是没道理！我是主，你是奴；我是男，你是女；我是天，你是地；如今我坐在地上，你站着给我裹伤，倒似我给你行礼一般！"

红线只好跪下给他裹伤，嘴里说，她不过是看他中原人长得好看，就跑来跟了他，谁知他有这么多讲究，又是跪又是拜，花样翻新。闲话少说，裹好伤以后，薛嵩穿上贴衣的细甲，提一条短枪，红线拿上藤牌短刀，到园子里看那个死刺客。红线略一打量，就说：

"这不是山里人，而是山下湖边的汉人。"

薛嵩说："放屁，你看这家伙光着身子抹一身黑泥，不是山里的蛮子是什么？你说他不是山里人，无非是为你的蛮族同胞开脱。"红线说："他的确不是山里人。首先，他用手斧行刺。山里的部落有善用吹筒的，有善用标枪的，但绝无用飞斧的。其次，他的牙齿洁白，从来没嚼过槟榔。所以他是山下的汉人，往身上抹一身泥巴，混充是蛮人。"薛嵩说："混账！放屁！岂有此理！"红线只好跪下来说："奴婢知错了，奴婢罪该万死。"薛嵩对她在教化方面的进步表示满意，就说："姑念尔是初犯，本老爷免予责罚，快给我上山去把马套下来。"他伸出一只手，把红线拽起来，叫她快点跑。

等红线把马拉来时，薛嵩已经着装完毕：身上穿二指厚海兽皮镶铁的重铠，头戴一顶熟铜大盔，背插银装铜，腰悬漆裹铁胎大弓和一壶狼牙箭，手提七十斤重的浑铁大枪，骑在枣骝嘶风马上，威风凛凛，仪表堂堂。不过这种武装在此地极不适宜，因为此地山高林密，到处是沟谷池塘，万一马惊了把他甩在塘里，会水也要淹死。依红线的意见，他不如骑一条大牯牛出去，不必穿甲，拿个大藤牌护身；枪铜都不必带，带一把长刀就够用。当然这些话是蛮婆的蠢主意，薛嵩完全听不进，他打马出去，立在当街，喝令他的兵集合——那些兵都躺在各处竹楼檐下的绳床上，嚼槟榔的，看斗鸡的，干什么的都有。薛嵩吆喝一早晨，才点起二百名亲兵。他命令打一通鼓，拉开寨门，就浩浩荡荡出发，刺客的尸首就驮在队尾的牲口上。他要到这九洞十八山的瑶山苗寨问一问，是谁派刺客来刺他。

薛嵩上山去找酋长们问罪，去时披坚执锐，好不威风，回来时横担在马背上，脸色绯红，人事不知。他手下的兵轮流扛着那条大枪，也累得气喘吁吁。这倒不是吃了败仗。薛嵩这一条枪虽不及开国名将罗士信、秦叔宝那两条枪有名，可在至德年间，使枪的名家就数着他啦，岂能在这种地方栽跟头？实际上他上山以后并没和人开仗，就从马上栽了下来。回到寨里，红线一看薛嵩的症候，就叫亲兵卸去他的盔甲，把他放在竹床上。此时节度大人胸前胁下，无数鲜红的小颗粒清晰可见。红线叫大兵提来井水，一桶一桶往他身上浇，浇到第七桶，节度大人悠悠醒转。原来山上虽然凉快，可毕竟是六月酷热的天气，穿海兽皮的厚甲不甚相宜。节度大人披甲出门，不单捂了一身痱子，而且中了暑。

节度大人醒来时，只见自己像刚出世一样精赤条条，面前站满了手下的兵，这可不得了！他这个身体，虽不比皇上的御体，但是身为文武双一品的朝廷大员，起码可以称为贵体，岂能容闲杂人等随便来看？更何况他身上长满了痱子。薛嵩是堂堂的一条好汉，而痱子是小孩子长的东西，所以既然长了痱子就应该善加掩饰，怎么能拿来展览？薛嵩把手下人都轰出去，关起门来要就这个过失对红线实施家法，也就是说，用竹板打她的手心。可是那个小蛮婆发了性子，吼声如雷，说老娘好意救你，倒落下好多不是，这他妈的就叫文明啦！她还把孔圣人、孟圣人，以及大唐朝的列祖列宗一齐拿来咒骂。薛嵩见她不服教化，也只好罢休。他叫她拿饭来吃，今宵早点睡，明天起绝早再上山去找酋长们问罪。

红线把节度大人的晚膳拿来——诸位，这可不是羊炙鱼脍之类的大唐名菜，盛在细瓷盘白玉碗里；而是生腌鱼、牛肉干粑、酸菜臭笋之流，盛在竹筒木碗之中。红线给薛嵩上菜根本谈不上举案齐眉，只是横七竖八端上桌来。这女人好像有点得意忘形，端上菜以后就粗声粗气地说：

"吃吧！"

把薛嵩气得要发疯。如果她是薛嵩的正妻，薛嵩就要按七出之条出了她。如果她是长安家里的侍妾，薛嵩就要把她臭揍一顿，卖给人贩子。可是此地是荒山野岭，使不得这一套。他只好忍气吞声地吃饭。吃到一半，他忽然想到这蛮女今天这么趾高气扬，想必做下了什么露脸的事情，不妨问上一问。这一问就问出来，早上薛嵩出去以后，又有两位身上涂黑泥的大爷到家里来找他，被红线使铁叉叉翻，吊在后园的竹林里。薛嵩一听大喜，跑到后园一看，那儿果然吊着两个人。这一下薛嵩连饭也顾不上吃，连忙跑到家里，开箱子取出一品大员的大红袍穿上，戴上乌纱帽，束上碧玉带，一边穿衣一边告诉红线法律方面的事，按大唐的制度，节度使不问刑名，案子应该交地方官审理。不过这个案子是行刺本节度，所以可以按军法审理。说完这些话，他就兴冲冲出门去，叫军政司升帐审那两个刺客。

这个案子倒不难审。两个刺客一到堂上不等用刑就招了供。薛嵩问明情由，给那两位立下罪名，一是偷越关津，擅入沅西镇地面；二是身怀利器，擅入节度府第，行刺朝廷方面大员，按军法推出辕门斩首。等到把这两人斩了，薛节度回家去，坐在铺上生闷气。再看那红线，在一边叉开腿坐着，丢沙包捉羊拐，玩得十分开心，气得他拍席喝道："小贼婆，高兴什么？"

红线闻声十分踊跃地奔过来，跪在薛嵩面前，气壮如牛地吼道："奴婢知错了！奴婢罪该万死！！"

薛嵩被她搅得没了脾气，只好把她拉起来说："得啦，起来说话，我现在倒运得很，遇上一件糟心事，只好和你商量。"

"启禀家主爷，奴婢罪该万死得很啦，我不知道你说的是哪一出。"

"还能是哪一出？就是早上那两个刺客的事。"

"噢！那两个刺客！你问出来了吧，他们是苗人还是瑶人？"

一说起那两个刺客的种族，薛嵩脸色有点阴沉。红线说：

"是不是又要给你跪下来？"薛嵩说："这倒不必，那些人果然如你所说，全是汉人，他们是两湖节度使田承嗣帐下的外宅男，奉差来取薛某的首级。"红线说，她十分知罪，首先，她为三阴弱质，头发长见识短；其次，她乃蛮夷之人，不遵王化，因此她这个小奴家就不知什么叫外宅男，以及他们为什么要取薛嵩的首级。薛嵩说，这件事十分荒唐，这位两湖节度使田承嗣，管着洞庭周围数十州县，所治都是鱼米之乡，物产丰饶，不知起了什么痰气，还要来抢薛嵩的地盘儿。田老头自称有哮喘病，热天难过，要薛嵩借一片山给他避暑。怎奈薛嵩名义上领有两军七州八县，实际上能支配的也就是这凤凰寨周围的弹丸之地，没地方可借。田承嗣索地未遂，就坏了良心，派他的外宅男来行刺。所谓外宅男者，二等干儿子是也。像这类的干儿子田老头有三千余人，都是两湖一带的勇士，受田老头豢养，愿为其效死力者。这种坏东西今后还要大批到来，杀不胜杀，防不胜防，真不知该怎么对付。红线说，这都怪节度相公当初没听她的话。要按她的意见，当初建寨时，只消种上一圈儿剑麻或是霸王鞭，此时，早长到密密层层，猪崽子也挤不进，刺客要不是长虫，根本爬不进来。现在立了一圈寨栅，窟窿比墙还大，什么都挡不住。薛嵩说，这种话毫无意思，现在去种剑麻也晚了。红线说，家主老爷自称是文一品，武一品，又是大唐的勋戚，在皇上面前很有面子的。只消写一纸奏章，送到长安去，皇上就会治田承嗣的罪——最低限度也要打几十下手心。薛嵩愁眉苦脸地说，这种事皇上多半是不管。那年头群藩割据，潼关以东朝廷号令不行，想管也管不了。于是红线说，她还有个主意，就是他们上山去投靠他的"爹地"。她的"爹地"是个大酋长，管十几座寨子，住在他那儿，薛嵩的安全一定没问题。薛嵩说，这可不成。他是朝廷命官，天朝的大员，岂能托庇于蛮酋之下？夫子曰，三军可以夺帅，匹夫不可以夺志。万不可如此行。红线就说，她没有其他的主意了，除非他回长安去。回长安也不坏，她想跟着去见见那个花花世界。不过薛嵩家里还有妻室，又有公公婆婆大姑子小姑子等等，数以百计。现在侍候薛嵩一个老爷，又要跪又要拜，当耍子也还可以，再加上老太爷老太太大奶奶二奶奶等等，那就肯定不好玩。

听了红线的话，薛嵩长叹一声。他不能回长安去，不过这话不能讲给红线听。她虽是贴身侍妾，但是非我族类，不可以托以腹心。他想，我到湘西，原是图做二军七州八县的节度使，为朝廷建功立业，得一个青史扬名，叫后世的人也喝一声彩。好一个薛嵩，不愧是薛仁贵之孙，薛平贵之子！谁知遇上这么一种哭笑不得的局面，眼下又冒出了田承嗣，也来凑这份热闹，真他妈的操蛋得很。然后他想：二军七州八县没弄着，只弄上一个小蛮婆。这娘们不待父母之命媒妁之言就跑了来，可算是淫奔不才之流；我和她搅到一块，有损名声。最后他又想：这蛮婆也不坏，头发很黑，眼睛很大，腿很长，身腰很好；天真烂漫，说什么信什么。套一句文来说就是：蛮婆可教也。眼下再不把她好好利用一下，就更亏了，他把这意思一说，红线十分踊跃："是！领相公钧旨！"就躺下来，既没有罗绡帐，又没有白玉枕。薛大人抱着她就地一滚。这项工作刚开始，只听后门嘎嘎一响，薛嵩撇下红线就去抓枪。可是红线比他还快，顺手抓一方磨石就掷出去，只听"哇"的一声，正打在一个人面门上，那人提一口刀，正从门外抢进来。薛嵩十分恼火：行刺拣这个时候来，真该天诛地灭，千刀万剐。于是他挥起大枪杀出去，一到后院，就有七八个人跳出来和他交手。这帮人手段高强，更兼勇悍绝伦，薛嵩打翻了两个，余者犹猛扑不止。要不是红线舞牌挥刀来助，这场争斗不知会有什么结果。那伙人见薛、红二人勇猛，呼哨一声退去，把伤员都救走，足见训练有素。后面是一片竹林，薛嵩腿上也挂了一点伤，所以他无心去追。回到屋里，红线拾起刺客丢下的刀一看，禁不住惊呼一声：

"哇！这刀可以剃头嘛！"

薛嵩一看，认得是巴东的杀牛刀，屠千牛而刃不卷，颇值些钱的。刺客先生用这种刀，大概不是无名之辈，他觉得今晚上事态严重，十之八九要栽。首先，他这凤凰寨里只有几十个人，其余的兵散居于寨外的林里，各拣近溪傍塘之处开一片园子，搭一幢竹楼居住；其次，住在寨圈里这几十个人，也是这么七零八落。原来他的兵也和他一样，都搞上了蛮婆。蛮婆就喜欢这种住法，她们说这样又干净又清静。现在他要集合队伍，最远的兵住在十里之外，这么黑灯瞎火怎么叫得齐？薛嵩正在着急，红线说：

"启禀老爷，奴婢有个计较。"

"少胡扯！不是讲礼法的时候！有什么主意快说！"

"禀老爷，这帮家伙在后园里不走，想必是等他们的伙计来帮忙。我们赶紧爬出去，找个秃山头守住。今晚月亮好，老爷的弓又强，在空旷地方，半里地内谁一露头你就把他射死，不强似守在这儿等死？"

这真是好主意。两人掀开一片地板，红线拿着弩箭，嘴里衔一口短刀。薛嵩拿了弓箭，背了官印，钻下去顺着水沟爬到林子里。这儿黑得出手不辨五指，只听见刺客吹竹哨联络，此起彼落，不知有多少人到来。薛嵩也不顾朝廷大员的体面，跟在红线背后像狗一样爬。爬出寨栅，才站起来跑，又跑了好一阵，才出了林子上了山头。是夜月明如昼，站在山头上看四下的草坡，一览无遗。薛嵩把弓上了弦，摇摇那壶箭，沉甸甸有五六十支，他觉得安全有了保障，长叹一声说：

"红线，你的主意不坏！这一日大难不死都是你的功劳！"

正说之间，山下寨子里轰一声火起，烧的正是薛节度的府第，火头蹿起来，高出林梢三丈有余。寨里有人乱敲梆子，高声呐喊，却不见有人去救火，那火光照得四下通红。薛嵩这才发现自己浑身上下不着一丝，尚不及红线在脖子上系一条红领带。薛嵩一看这情景，就噘起嘴皱起眉，大有愁肠千结的意思。红线不识趣，伸手来扳他的肩。

薛嵩一把把她推开，说："滚蛋！我烦得要死！"

"呀！有什么可烦的，奴婢罪该万死，还不成吗？"

薛嵩说，这回不干她的事，山下一把火，烧去了祖传的甲枪还是小事，还把他的袍服全烧光。他是朝廷的一品大员，总不能披着芭蕉叶去见人。在这种荒僻地方，再置一套袍服谈何容易。不过这种愁可以留着明天发。这两位就在山头上背抵背坐下，各守一方。红线毕竟是个孩子，闹了半夜就困了，直耷拉头，薛嵩用肘捅她一下说：

"贱婢，这是什么所在，汝尚敢瞌睡乎？我辈的性命只在顷刻！"

红线大着舌头说："小贱人困得当不得，你老人家只得担待吧！"

说完她一头睡倒，再也叫不醒。她一睡着，薛嵩的困劲也上来了，他白天中过暑，又挂了两处彩，只觉得晕晕沉沉，眼皮下坠，于是他把红线摇起来，说：

"红线，我也很困！你得起来陪我，不然两人一齐睡过去，恐怕就都醒不过来了！"

红线发着懒说："启禀大人，奴婢真的困得很啦。你叫我起来干什么？天亮了吗？"

她坐在那儿两眼发直，说的全是梦话，转眼之间又睡熟了。薛嵩用脚踢了她腰眼一下，这下不仅醒过来，而且火了。

"混账！我刚睡着！你他娘的又是大人，又是老爷，把便宜都占全，值一会儿夜就不成吗？老娘又跪你，又拜你，又喊你老爷，又挨你打，连觉也不能睡？我偏要睡！"说完她又睡倒了。

薛嵩一个人坐在山头上四下瞭望，忽然一阵悲从中来，他禁不住长吁短叹："唉！流年不利，闹得我有家难回！"这股伤心劲儿上来，禁不住流了几滴英雄泪。红线在睡梦中听见，就爬起来，怯生生来拉薛嵩的手。

"老爷，你怎么了你？你老人家这个脸子真难看。好啦，奴婢知罪啦，你来动家法！"

薛嵩说："你回去睡吧。老爷我的精神劲儿上来，守到天明不成问题。"红线说，听见老爷叹气，就像烙铁烙心一样难受，她也睡不着。用文词儿来说，生死有命，富贵在天，叹之何为。薛嵩曰：事关薛氏百年声威，非汝能知者。红线说，但讲何妨。某虽贱品，亦有能解主忧者。这一番对答名垂千古。唐才子袁郊采其事入《甘泽谣》，历代附庸者如过江之鲫，清代才子乐钧赞曰："田家外宅男，薛家内记室；铁甲三千人，哪敌一青衣。金合书生年，床头子夜失。强邻魂胆消，首领向公乞。功成辞罗绮，夺气殉无匹。洛妃去不远，千古怀烟质！"

洛妃当是湘妃之误。近蒙薛姓友人赠与秘本《薛氏宗谱》 卷，内载薛姓祖上事极详，多系前人未记者。余乃本此秘籍成此记事，以正视听。该书年久，纸页尽紫，真唐代手本也！然余妻小胡以其为紫菜，扯碎入汤做馄饨矣。唐代纸墨，啖之亦甘美。闲话少说，单说那晚薛嵩坐在山头上，对红线自述忧怀。据《甘泽谣》所载："嵩乃具告其事，曰：我承祖上遗业，受国家重恩，一旦失其疆土，即数百年勋业尽矣。"语颇简约，且多遗漏，今从薛氏秘本补齐如下：

红线：照奴婢看，打冤家输到光屁股逃上山，也不是什么太悲惨的事儿。过两天再杀回去就是啦。老爷何必忧虑至此。

薛嵩：这事和你讲不明白。我要是光棍贫儿，市井无赖出身，混到这步田地，也就算啦。奈何本人是名门之后，搞成眼下这个样子，就叫有辱先人。我的曾祖，也就是你的太上老爷，名讳叫作薛十四，是唐军中一个伙夫，身高不及六尺，驼背鸡胸，手无缚鸡之力，一生碌碌无为。我的祖父，也就是你的太老爷，名讳叫作薛仁贵，自幼从军做伙夫，长成身高七尺，猿臂善射，勇力过人，积军功升至行军总管，封平西侯。我父亲，也就是你的老太爷，名讳叫薛平贵，身长八尺，有力如虎，官拜镇国大将军，因功封平西公。至于我，身高九尺，武力才能又在祖父之上，积祖宗之余荫，你看我该做个什么？

红线：依奴婢之见，你该做皇上啦。

薛嵩：咄！蛮婆不知高低！这等无君无父，犯上作乱的语言，岂是说得的呢？好在没人听见，你也不必告罪啦。我一长大成人，就发誓非要建功立业，名盖祖宗不可。可惜遇上开元盛世，歌舞升平。杨贵妃领导长安新潮流，空有一身文才武艺，竟无卖处！

接下来红线就说，她不知开元盛世是怎么回事。薛嵩解释说，那年头长安城里彩帛缠树，锦花缀枝。满街嗡嗡不绝，市人尽歌"阳春白雪"。虽小户人家，门前亦陈四时之花草，坊间市井，只闻箜篌琵琶之声。市上男子衣冠贱如粪土，时新妇女服装，并脂粉、奇花、异香之类，贵得要了命，而且抢到打破头。那年头与长安子弟游，说到文章武事，大伙儿都用白眼看你，直把你看成了不懂时髦的书呆子，吃生肉喝生鸡子儿的野蛮人，非要说歌舞弦管，饮酒狎妓之类的勾当，才有人理你。那年头妇女气焰万丈，尤其是漂亮的，夏日穿着超薄超透的衣服招摇过市，那是杨贵妃跳羽衣霓裳之舞时的制式。或着三点式室内服上街，那是贵妃娘娘发明的。她和安禄山通奸抓破了胸口，弄两块劳什子布遮在胸前，皇帝说美得不得了，也不知道自己当了王八。那年头儿杨贵妃就是一切。谁不知杨家一门一贵妃二公主三郡主三夫人？杨国忠做相国，领四十使，你就是要当个县尉也要走杨府的门子啦！弄不来这一套的，纵使文如李太白，武如郭子仪，也只好到饭馆去端盘子。贵妃娘娘的肉体美，是天下少女的楷模。她胸围臀围极大而腰围极细，这种纺锤式的体形就是唯一的美人模式。薛嵩的妹妹眉眼很好看，全家都把希望寄托在她身上。督着她束紧了腰猛练负重深蹲和仰卧推举，结果练出一个贵妃综合征来，束着腰看，人还可以；等到把紧身衣一解，胸上的肉往下坠，臀上的肉往上涌，顿时不似纺锤，倒似个油锤。如此时局，清高点的人也就叹口气，绝了仕途之念。奈何薛嵩非要衣紫带玉不可。妹妹没指望，他就亲自出马：从李龟年习吹笛，随张野狐习弹筝，拜谢阿蛮为师习舞，拜王大娘为师习走绳。剃须描眉，节食束腰。三年之后诸般艺成，薛嵩变为一个身长九尺，面如美玉，弱不禁风，一步三摇之美丈夫，合乎虢国夫人（杨贵妃三妹，唐高宗之姨）面首的条件，乃投身虢门。看眼色，食唾余，受尽那臭娘们的窝囊气。那娘们还有点虐待狂哩，看薛嵩为其倒马桶，洗内裤，稍不如意便大肆鞭挞。总之，在虢府三年，过的都是非人生活。好容易讨得她欢心，要在圣上面前为他提一句啦，又出了安史之乱，杨氏一族灰飞烟灭。天下刀兵汹汹，世风为之一变。薛嵩又去投军，身经百战，屡建奇勋，在阵前斩将夺旗。按功劳该封七个公八个侯。奈何三司老记着他给虢国夫人当面首的事，说他"虢国男妾，杨门遗丑，有勇无品，不堪重任"，到郭子仪收复两都，天下已定，他才混到龙武军副使，三流的品级，四流的职事。此时宦官专权，世风又为之一变。公公们就认得孔方兄、阿堵物，也就是钱啦。薛嵩一看勤劳王事，恪尽职守没出路，就弃官不做。变卖家中田产为资本，往来于江淮之间，操陶朱之业，省吃俭用。积十年，得钱亿万。回京一看，朝廷新主，沅西镇节度使一职有缺。薛嵩乃孤注一掷，把毕生积蓄都拿出来，买得此职。总算做了二军七州八县的节度使啦，到此一看，操他娘，是这么一种地面！

红线说，故事讲到这一节，她就有点儿知道了。五年前一队唐军到山前下寨，她那时还是个毛丫头哩，领一帮孩子去看热闹。彼时朝霞初现，万籁无声。她们躲在树林里，看见老爷独自在溪中洗浴。在苗山从没见过老爷这么美的男人：身长九尺，长发美髯，肩阔腰细，目似朗星。胸前一溜金色的软毛直生到脐窝，再往下奴婢不敢说，怕老爷说奴是淫奔不才之流，老爷那两条腿，哇！又长又直。奴婢当时想，谁长这么两条腿，穿裤子就是造孽！当时奴婢就对那帮丫头说：我现在还小，再过几年，要不把这鸟汉子勾到手，我就不是人！当然，奴婢这么说，是罪该万死的啦！

红线讲到这里，天已经亮了。太阳虽未出山，但东边天上一抹玫瑰色。那天正是万里无云的天气，半边天都做蓝白色。早上有点儿冷，她朝薛嵩身上偎过来。薛嵩却想：我虽落难，到底还是朝廷的一品大员，山顶上亮，可别叫别人看见。他就伸出一个指头把红线推开。

那天早上从将破晓到日头出来，薛嵩都在教训红线。说的是他一生的教训，全是金玉良言，皆切中时弊，本当照录，叫那些在小胡同里搂搂抱抱的青年引以为戒。奈何事干薛氏著作之权，未敢全盘照抄，只能简单说个大概。薛嵩说，男欢女爱，原本人之大欲，决然无伤，但是一不可过，二不可乱。过则为淫，乱则成奸。淫近败，奸近杀，此乃千古不易之理。君淫则倾国，如玄宗迷恋杨贵妃，把这锦绣山河败得一塌糊涂；臣淫则败家，如薛嵩倒霉，完全是因为他给虢国夫人洗内裤。所以人办这男女之事，必须要心存警惕，如履薄冰，如临深渊，一失足则成千古恨。先贤曰一日三省吾身，要到这种事儿，三省都不为过。比方说现在，你往我身上凑，我就要自省：一、尔乃何人？余与尔狎，名分得无过乎？当然你是我的妾，名分上是没问题啦。二、此乃何时？所行何事？古人云，暮前晓后，夫妇不同床。当然，你也不是要干那种事，不过是身上冷，要我搂着你。第三条最难，要顾及人言可畏。如今天已经大亮，我在山头上搂着你，别人看了，岂有不说闲话的？这比张敞画眉性质要严重多了！我是在男女关系上犯过错误的人，所以要特别警惕。

红线说：禀老爷，奴婢知过了。又说：每回老爷为这种事教训奴婢，奴婢心里就怒得很，真恨不得一刀把老爷杀了扔到山沟里去。所以下回老爷再遇到这种事儿，还是免开尊口，径直来动家法吧，打多少都没关系。别像个没牙老婆子，啰唆起来就没完。红线说到此处，眉毛扬起来，鼻孔鼓得溜圆，咬牙切齿，怒目圆睁。薛嵩想：这小蛮婆说得出做得出，还是别招惹她。另一方面，圣人曰：水至清则无鱼，人至察则无徒。如今我身边只剩一个蛮婆，还是要善加笼络。正好此时大雾起来，薛嵩就说，小贼人，现在没人能看见，你过来吧，老爷我暖着你。小子阅《薛氏宗谱》至此，曾掩卷长叹曰：薛嵩真不愧是名门之后，唐之良臣也！且不论其武功心计，单那早上对红线之态度，已见高明。正如武侯祠上楹联所说：

"不审势则宽严皆误，能攻心则反复自消！"

余效得此法对付余妻小胡，把她治得服服帖帖，发誓说只要王二爷还有一口气，世上的男子她连看都不看一眼。就是高仓健跪在她面前，也只好叫他等到王二死了再来接班。闲话免谈，单说那早上薛嵩把红线搂在怀里。红线感泣曰：

"老爷，你对我真好。有什么忧心的事儿，都对贱妾讲了吧，天大的事儿，奴给你担起一半。"

薛嵩说，眼下的事儿连老爷都没主意，你能有什么办法？红线说，老爷休得小看了奴婢！这二年给老爷当侍妾，我老实多啦。前几年贱妾还是这一方苗山瑶寨的孩子王哩。登高凫水，无一不会。弩箭吹筒，无一不精，刀枪剑戟都是小菜。就连下毒放蛊，祈鬼魔神那些深山里生番的诸般促狭法门，也要得比巫师神汉一点不差。当然啦，奴婢的本领没法儿和老爷比，老爷是人中之龙，名门之后，大唐之良将，还给虢国夫人当过面首的；不过小本领有时能派大用场。老爷读经史，岂不闻曹沫要离之事乎？

薛嵩听了这种话，也不敢太当真。他接着讲他的倒霉事。这就要从沅西节度使这个名目说起。至德初年，有几个苗人到长安去，自称湘西大苗国的使臣，又说是大苗国领二军七州八县，户口三十万，丁口百万余。国王自愧德薄，情愿把这一方土地让与大唐皇帝治理，自己得为天朝之民，沾教化之恩足矣。当时朝廷中有些议论，说这大苗国不见经传，这几个苗使又鬼头蛤蟆眼。所贡之方物，多属不值一文。所以这八成是个骗局，是一帮青皮土棍诈取天朝回赐之物。要按这些大臣的意见，就要把这几名使臣下到刑部大牢里。可是当时是宦官专权，公公们要这大苗国。所以持此议的大臣们倒先进了刑部大牢啦，宦官们把持着皇上，开了御库，回赐苗使黄金千两，金银牌各千面，丝帛之类，难以尽述。这些东西，苗使带回去多少是很难说的。这种事儿总要给公公们上上供。然后就有沅西一镇，节度使一职索价千万缗，可以说便宜无比。不过别人都知道底细，谁也不来上这个当。偏巧薛嵩当时在江南经商，回京一看，居然有节度使出卖，只要这么点儿钱，就买了下来。办好手续，领到关防印信，拿到沅西镇版图，又花了比买官多十倍的钱。薛家的老少从原来的大宅子搬到一个小院里。薛嵩把部曲家丁改编成沅西镇标营。按图索骥到湘西一看——不必说了，什么都不必说了。漫说是二军七州八县，连一片下寨的地方都没有。这山苗洞瑶勇悍得很，你占一寸地他都要和你玩命。好不容易寻到凤凰寨这片无主之地，才有了落脚的地方。

红线说，好叫老爷得知，这凤凰寨也是有主的地方，归我爹爹管理。当年老爷在此下寨，爹爹要集合三十七寨上万名苗丁下山来打老爷。小贱人在爹爹面前打滚撒娇，说爹爹把老爷撵去，奴就要吞钉子。爹爹说，你既如此，就把这片地给你。将来我死后，三十七寨你都无份。后来下山来跟老爷，每回挨了家法，心里都有些罪该万死的气话。老爷不赦罪，奴一辈子也不敢说。薛嵩说，赦尔无罪，你且说来。红线说，奴婢想：小王八羔子占了老娘这么多便宜，还敢打老娘，而且打得这么痛！现在不理你，等半夜我把你切成八大块扔猪圈里去。等老爷睡了，奴又下不得手。薛嵩一听，吓出一头冷汗，连忙说：老爷打你都是一时气恼，你不要记恨。再往下有些话几近猥亵，小子未敢尽录。总之是关于家法的事，红线表示想开了也没什么不可接受的，薛嵩对她的教化程度表示嘉许。然后又提到原来的话题上去，红线问薛嵩，既然知道沅西镇是个骗局，何不回京去，向中官们索回买官之价。薛嵩说，买官之价既付出，已不能全部索回。老爷我不回长安，又和我平生所好有关。

薛嵩对红线讲他平生所好时，正如那李后主词云：红日已高三丈透。彼时雾气散尽，绿草地青翠可爱，草上露珠融融欲滴。薛嵩的心情，却如陆游所发的牢骚：错、错、错！他觉得这一辈子都不对头，细究起来，他这人只有一个毛病：好名。其余酒色财气，有也可无也可，他不大在乎。再看他一生所遇，全是倒着来，什么都弄着过，就是没有好名声。开元时他年方弱冠，与一帮长安子弟在酒楼上畅饮，酒酣耳热之时，吟成一长短句。寄托着他今生抱负，调寄：嘣嘣嚓嚓（此乃唐代词牌，正如广陵散，已成千古绝响），词曰：

"乘白马，持银戟，啸西风！丈夫不惧阮囊羞，只恐功不成。祖辈功名粪土矣。还看今生。秩千石何足道，当取万户封！"

当时薛嵩乘酒高歌此曲，博得满堂倒彩。有人学驴叫，说薛嵩把 D 调唱成了 E 调，真叫难听。像这种歌喉，就该戴上嚼口。还有人说，薛嵩真会吹牛皮。他还要当万户侯哩，也不看看啥年月！舞刀弄棍吃不开啦！这可不比太宗时，凭你祖父一个火头军，也能混上平西侯。又有人说令祖一顿要吃两条牛腿，而且瞎字不识。这等粗鄙之徒，令祖母不知怎么忍受的，薛嵩闻言大怒，说：你们睁开眼睛等着看吧，不出十年薛某人混不出个模样，当输东道。一晃十年，那帮长安旧友找上门来。这个说：薛嵩，你可是抱上虢国夫人的大粗腿啦。万户封在哪里？拿给我看看。那个说：咱们到酒楼上去，听薛嵩讲讲虢国夫人的裤衩是什么样子的。这种话真听不得。薛嵩在酒楼上说，再过十年做不成万户侯，还输东道。又过了十年，在长安市上又碰上旧友。人家这么说："嘿，薛嵩！怎么着，听说在江南跑单帮哪？"薛嵩头一低，送给他一张银票说："今秋东道，劳兄主持。寄语诸友，请宽限十年。不获万户封，当割首级！"

那人说："得啦老薛，千万别介。大伙都是好朋友，玩笑归玩笑。你要真赌，我包你死为无头鬼！"

他妈的，这不是咒人吗？转眼十年之期将至，就这么回乡去，别人的嗤笑难当。薛嵩决意死守在此，除了要逃人耻笑，还有两件事儿可干。

第一，凭沅西节度府斗大一颗官印，派军需官到巴东江淮贩运盐铁，与苗人贸易。这么干到年终多少能有些钱物汇到家里去，要不只好喝西北风。第二，他还要等继任官来哩，叫他也尝尝这个上吊找不着绳的滋味。所以他令手下人对外只说沅西镇真个有七州八县。谁知这田承嗣也以为他有七州八县，来借一片山。如今弄得他上无片瓦、下无立锥之地。有家难回，有国难投。兽有林鸟有巢，薛嵩竟无安身之处。雷呀，你响吧！电呀，你闪吧！……

小子录到此处，觉得这薛嵩秘籍有点儿不伦不类。晴空万里，何来雷电？倒像近代电影中男主人公失恋的俗套。余妻小胡以为此段乃绝妙好词，千古文章，文盖上影厂，气夺好莱坞。但小子不以为然，遂将此段删去不载。却说日上了三竿，薛嵩看着脚下的凤凰寨，由于衣冠不整，下不去。红线说："老爷，奴婢又有一个主意。咱们俩从林子里摸回去。你在草丛里躲着，我去找你的副将，借他的衣甲，就说昨晚家中失火，你老人家去得急啦，失了袍服，然后咱们扯块白布赶制袍服，拿红豆染，也能穿。至于那外宅男，我来给你对付。小贱人在家里还是大小姐啦，上山去借百把苗丁总借得来。那些人在平地打仗不中用，要讲在林子里动手，比那外宅男强了百倍不止。逮着活的都阉了放回去。看他们下回还敢来不？"

薛嵩一听，觉得这主意还可以，只要外宅男不来行刺，这片地方他还能守得住。他手下拨拉拨拉还有千把人，多数久经沙场。薛嵩本人又有万夫不当之勇。兵法云：山战不在众而在勇。田承嗣若从大路来进攻，薛嵩倒不怕他。于是他解开包印的包袱，把那方黄缎子当遮羞布围在腰间，和红线走草丛里的小路下山去。一直摸到寨中的竹林里，从草丛里探头出去，一个人也看不见，却听见寨前空场上人声鼎沸，有个驴叫天的嗓门儿在念文书：

"领户部尚书、上柱国、镇国大将军衔，两湖节度使田，准沅源县文字：'查沅西节度使薛嵩，家宅不慎，灯火有失，酿成火灾，一门良将，葬身火窟，夫地方不可一日无主，薛镇所遗凤凰镇，及二军七州八县地面，仰请田镇暂为管辖，以待朝廷命令。至德三年，六月二十五日，沅源县令余。'诸位，这下面有田节度使的大印和沅源县印，你们都看明白啦。小的们，把它贴起来！还有一通文书。

"户部尚书、上柱国、镇国大将军，两湖节度使田，谕沅西镇军民人等文事：'倾悉沅西节度使薛使相嵩，家宅不幸，火灾丧生，不胜悲悼之至。薛使君是咱老田的亲家啦。英年早丧，国家失去一位良将，地方上失去一位青天父母官，薛家嫂子中年丧夫，我田某焉得不伤心？田某当至凤凰寨抚慰军民，车骑在途。薛氏部属，愿去者给资遣散，愿留者帐下为军。滋事者立地格杀。切切此谕！"

此文书念毕，场上好一阵鸦雀无声。薛嵩只觉得当头一棒，手脚冰凉。他可没想到田承嗣的手脚有这么快，昨晚上派人行刺，今早上就派人到寨来接收人马。忽然会场上有人大喊一声：

"弟兄们！咱们老爷死得不明白！多半是田承嗣捣的鬼呀！"

一人呼百人应，会场上乱成一团。红线连忙用手肘拱薛嵩：

"老爷，咱们俩杀出去吧。场上都是你的人，咱们先把田家这几个小崽子摆平了再说！"

谁知薛嵩长叹一声，面如灰土："噫！余今赤身裸体，汝又不着一丝，乳阴毕露。纵事胜，亦将遗为千秋话柄。夫子云：士虽死而缨不绝，况不着一丝乎？不如走休。"

这会场上那驴嗓子在吼："诸位，想明白了啊！管他明白不明白，薛嵩是死了，是明白事儿的赶紧回家去，我们田大人来了有赏。不怕死的就留在这儿起哄！"

于是场上的人声渐息。红线急得用双手来推薛嵩，叫道："老爷你他妈的怎么了，再不动手下人就要散光了！"

薛嵩回过头来，这张脸红线都不认识了。简言之，是张死人的脸。他呻吟着说话，其声甚惨："此乃天亡我薛氏，非田氏之能也。余不合为虢国之男妾，遂遭此报！夫天生德于予，田承嗣奈我何？而天不降德于予，也不怪姓田的骑在我头上屙屁屁。红线，自古以来，就没人当过我这样的节度使，也没听说过哪个节度使曾叫人撵得光屁股跑。这种事非偶然也，都是我不守士德的报应，现在我觉得四肢无力，心中甚乱，想来命不长矣。你搀我一把，咱们走吧。"

红线把薛嵩架到林里，扶他坐下。她叉着腰在薛嵩面前一站，气势汹汹，再没一点恭敬的样子，说出的话也都可圈可点："老爷，我不喜欢你了！你怎么这么个窝囊的样子？老娘跟你，图的是你是条汉子！谁知你像条死蛇，软不出溜。我跟你干什么？"

薛嵩呻吟一声说："事非汝能知者，红线，笔墨侍候！老爷要写遗书。"

"呸！别做梦啦。上哪儿找笔墨？"

薛嵩一听，哇的一声吐出一口血来，他想起三国时的袁公路来，当年关东二十七路诸侯讨董卓，袁家兄弟为盟主，那时中兴得很。曾几何时，袁公路兵败如山倒，逃到破庙里，管手下要一碗蜜水喝。手下说：只有血水，哪有蜜水？袁公路听了呕血而死，为后世所耻笑。如今他临终，索笔墨不可得，和袁公路差不多了。红线见他可怜，就扯一片芭蕉叶，削个竹签来说："行啦，您别急，在这上面写吧。"

薛嵩要写遗书，怎奈手抖握不住竹签，只得把这蕉叶竹签都递给红线。然后又说："红线你还是跪下来。不是我要拿架子，而是这种时候一定要郑重。"

红线噘着小嘴下了跪，心里想：狗娘养的，反正就跪最后一回。她现在对薛嵩是一肚子气。那种不遵王化的人，也不懂什么夫妻情分。一觉得薛嵩可恶，就巴不得他早死。薛嵩先问一句："红线，后园里埋的金银，你要多少？"

"我要它没用处，随你怎么分派吧。"

"好。我死以后，劳你把这封书信和那些金子送往长安东三坊薛宅。交薛湃收。这信这么写——说与湃儿知道：汝父流年不利，丧命荒郊，今将毕生所贮，及先祖所传之弓，付汝收持。汝母面前可以说知。汝少年有为，勿以父为念，努力上进，好自为之。又：持书之蛮女，乃父之侍妾红线。临终之时，多蒙彼服侍，吾死后，彼愿再醮，愿守节，悉从彼便。汝终生当以母事之，不得有违，切切。父字，至德三年六月二十五日。"

红线写完了见薛嵩画押，气得要发疯，心说我还年轻漂亮得很哩，你叫一个二十多岁的大老爷们儿管我叫娘，这不是要害死我？可是薛嵩又要她再写一封信，全文如下：

"李二瓜并长安诸友钧鉴：仆薛嵩流年不利丧在荒郊，十年之约，死不敢忘。今将首级交余妾红线持去，你们好好照顾她吧。我这一辈子，全是被你们这批乌鸦咒坏了！今后梦中见无头之鬼，那就是我来问候诸位。红线是我的大令，对我很好；她到长安，吃喝玩乐，多烦各位招待。她要金子，你们不得给银子，要星星，你们不得给月亮。要有一桩不应，薛大爷的脾气你们是知道的，各位家里不免要闹宅，友薛嵩百拜无首，年月日。"

然后他说："红线，我知道你这个人不遵王化，无男女之礼法。尔见老爷英雄就走了来，却不意要守很多规矩，这在我们天朝女子，原是天经地义；对蛮婆来说，可是难为你啦。老爷平生受人滴水之恩，必当报以涌泉，岂有辜负你这蛮婆的道理。现下有个主意在此：我死之后，你把我的头切下来，身子就埋了吧。这颗头，你按腊猪头做法，先腌后熏。制好了拿到长安去，先给我的狐朋狗友看这封信。等念到一半，你啪的一声把我的头掼出来——有皮无毛，龇牙咧嘴，在案上一滚，吓他们个半死。这帮家伙都是迷信的。见了这种景象，日后难免见神见鬼。一者我报过他们平生相讥之仇，二者你管他们要什么，自无不应者。他们又有钱又有势，你不是要去长安看看花花世界吗？有那帮孙子做护花使者、送钱大爷，包你玩得痛快。"

说完这些话，薛嵩从壶里抽出一支箭，双手持立，照心窝里就掮。小子阅至此处，不禁掩卷长叹曰：薛嵩割首酬蛮婆，真英雄好汉也！大丈夫来去分明，相随之恩，虽死不忘，相诮之恨，虽死必报。就如吴起抱尸，死有余智。小子赞叹已毕，开卷再览——糟了，薛嵩没有死！千古佳话，登时吹灯拔蜡。原来是红线见薛嵩如此气概，就有点舍不得。薛嵩一箭掮下去，她却扑上去握着箭头往下扳，只听啪的一声箭杆折为两段。不仅大煞风景，而且可惜了一支好箭。薛嵩就叫："小贱人，你又来做什么！"

红线说："禀老爷，奴婢见老爷吩咐后事，英雄侠气，不减当年，对奴家又是非常之好。小贱人不禁喜欢得紧啦，不想让老爷死。您老人家不就是丢了寨子，活不下去了吗？这件事包在奴身上。不出旬日，我给你夺回来。"

薛嵩说："呸！吹什么牛皮，这一阵只听寨中人喊马嘶，田承嗣率千军万马已然进寨。我的部属，非降即丧。山川之险已去，身边羽翼已失。只剩我我主仆二人，还都光着身子。拿什么去夺回寨子？就算你上山求动了你爹爹，田承嗣的人马甚多，他也撵不走他。"

红线说："大人久经沙场，听见人马进寨就知道田承嗣来了，这大概不会有错。田老头不来还不好办，既来了，明天就要他把寨子交还，不然让他烂成一摊水。俗话说，强龙不压地头蛇，小奴家正是这一方的地头蛇！"说完，她请薛嵩少安毋躁，自己就钻草窠走了。

薛嵩在林子里等着，不到顿饭时，就有几名苗女瑶童到来，奉上酒饭。斩草为窝，编竹为墙，一会儿搭起个绳床叫薛嵩安歇。然后半桩小子、黄毛丫头陆陆续续到这片林子来，有携刀带杖的，有舞蛇弄蝎的。将近黄昏，这种人物到了有二三百之多。薛嵩想：要凭这种队伍去收复凤凰寨，还是门都没有。不过要是去捣乱破坏，倒是够人喝一壶。原来这帮孩子携来的蛇蝎，均系骇人听闻者。什么五步蛇、眼镜蛇、青竹标、过树榕，尚属平常。又有金头蜈蚣、火尾蝎子、斗大的蟾蜍等，及苗人下蛊诸般毒虫。要是把这些东西都扔到凤凰寨里，那儿马上就成了爬虫馆。天刚半黑，只听顽童百口相传曰："大家姐来！"薛嵩张目一视，真红线也！那一身装束，《甘泽谣》载之分明，想系诸君耳熟能详者：梳乌蛮髻，攒金凤钗；衣紫绣短袍，系青丝轻履；胸前佩龙文匕首，额上书太乙神名；脖子上围一条金鳞大蟒蛇，气派非常。满山童子皆拜曰：见过阿姐。红线又指嵩云：此乃姐夫。童子又拜曰：见过姐夫。红线乃除蟒堆置嵩身云：给我拿着点儿。那东西在薛嵩身上蠕蠕爬动，朝他脸上吐信子。它要是个母的，还可以说是在表示好感；要是公的，多半就是尝尝味道，准备吞了。不消说薛嵩吓得要死。红线登高发令。指派各童各处作乱去了。然后对薛嵩说："田承嗣处，非我亲自去不可。"于是把那条大蟒抓过来挂树上，要薛嵩写了一封致田承嗣的短简，拿着就走啦。

这故事的余下部分，薛氏秘籍所载与《甘泽谣》没啥不同，都是说红线夜入辕门虎帐，从田承嗣枕下偷出一个金盒来，里面盛着田的生辰八字。还把他剥得精光，把衣服都拿走。唯一不同之处就是，薛本说，红线盗盒时见田承嗣在梦中犹呼热，心中有所不忍，在他胸前扔了几条眼镜蛇给他抱着取凉。是夜三更，田军忽然炸了营，都说见到猛蛇恶蝎，并有十余人中毒死亡。田承嗣从梦中惊醒，只见七八条眼镜蛇在胸口筑了窝，几乎吓断了气。等到把蛇撵走，又发现枕下失了金盒，被上有薛嵩的书信，当时还以为见了鬼哩。第二天早上薛嵩派人把金盒送回，田承嗣这才大惊大怒，以为薛嵩有什么驱蛇驭鬼的邪法，连忙夹屁而逃。不单不要薛嵩的寨子，还把山边的地盘割了若干县送给薛家。《甘泽谣》所载"明日遣使赠帛三万尺，名马二百匹，他物称是，以献于嵩"，漏了最重要的东西。薛氏秘籍上写的是："赠帛三万尺，名马二百匹，并割湖西郡县，以献于嵩。"又《甘泽谣》载红线盗盒时"拔其簪珥，脱其襦裳"，把田承嗣剥成了猪猡。为什么这么干却无解释，好像红线是个好贪小便宜的。要按薛本就好解释：她老公在山上光着屁股哩，田承嗣是一品大员，薛嵩也是一品大员，所以田的衣服薛可以穿。及至薛嵩平安度过危机，红线辞去；《甘泽谣》所载的理由均属迷信，完全不可信。薛本所载则翔实可信。原来薛嵩得了山下的郡县，要下山去做有模有样的节度使，忽得长安书信，其妻安国夫人常氏已去世。薛嵩与其妻感情不好，所以也不大伤心。当时就要册封红线为正妻。红线踌躇三日，最后对薛嵩这么说：

"老爷，你真是一条好汉，奴婢也确实爱你。不过当你太太的事，我想来想去，还是算了吧。下了山，我也算朝廷命妇啦，要是不遵妇道呢，别人要说闲话，我对不住你。要是恪守妇道，好！三绺梳头两截穿衣，关在家里不准出来。这都不要紧，谁让我爱老爷呢？还得裹小脚！好好一双脚，捆得像猪蹄子，这我实在受不了！如今这事，只好这么计较：你到山下去做老爷，我在山上称老娘，这凤凰寨原本是我的，还归我管。我也学你的天朝礼仪，养一帮奴才，叫他们跪拜我。拗了我的意思，也如老爷对我似的，动动家法。总之，不负老爷平生教化之功。老爷还是我的大爷，要是想我了呢，就上山来看我。总之，拜拜了您哪。"

　　这番话是在半山上说的，说完红线就泣别薛嵩上山去了。薛氏秘籍中薛嵩红线事到此终。

红拂夜奔·

序

　　李靖、红拂、虬髯，世称风尘三侠。事载杜光庭《虬髯客传》，颇为人所乐道。然杜氏恶撰，述一漏百，且多谬误。外子王二，博览群书，竭十年心力方成此篇，所录三侠事，既备且凿。外子为营此篇，寝食俱废。洗子换煤气全付脑后，买粮食倒垃圾未挂于心，得暇辄稳坐于案前，吞云吐雾，奋笔疾书。今书已成，余喜史家案头，又添新书，更喜日后家事，彼无遁词，遂成此序。丙寅年夏日，王门胡氏焚香敬撰。

　　根据史籍记载，大唐卫国公李靖少年无行。隋炀帝下江都那几年，他在洛阳城里，欺行霸市，征收老实市民的保护费。俗话说，奇人自有异相。这位大叔生得身高八尺，膀阔三停，虎背熊腰，鹰鼻大眼，声如熊羆，肌肉发达，有过人之力，头发胡子是黑的，体毛是金黄色。说出话来，共鸣在肚脐眼下面。要是在现代，他就在歌剧院唱男低音啦，也不必在街上当流氓。他的两只眼睛颜色不同，一只绿一只紫。看见这位爷们走过来，路边的小贩马上在摊头放十枚铜钱。他过去以后，这些钱就没了。

李靖最爱喝酒，因此结识了一大批卖酒的风流寡妇。那些女人爱他爱得要了命，只要他一进巷口，互相就要争风吃醋，吵嘴打架。具体为什么，不可明言。如今不是武则天那个年月，那种事写不得。李靖也爱到酒坊里去。每天下午三点以后，他只要不在酒坊街，腿上的肉就跳。

这一天可是例外。日头西斜，李靖还在家里，他咬牙切齿，怒发冲冠。右眼红里透紫，就如吃了人肉的野狗。左眼青里透绿，就像半夜在山里见到的豹子眼睛，两眼一齐放光，就如飞机的夜航灯。看他那个架势，你一定认为他是怒气冲天。其实不然，有什么事儿吓着他，他就是这个样儿。真到要和人拼命时，他倒是笑呵呵，这种人叫人捉摸不定，所以最是难防。他后来统率雄兵十万，大破突厥，全靠了这种叫人不可捉摸的气质。他拍案大吼，声震屋宇，其实心在发抖。他碰上了一件倒霉的事儿，昨天一个不小心，被洛阳留守太尉杨素看上了，要收他做一名东床快婿。这可不是闹着玩儿的。这个东床比太平间还厉害，躺上去就是死人啦！

这就要怪昨天上午到洛阳楼喝酒。那个酒有点儿古怪，有点儿药味。李靖是品酒的大行家，一喝就知道这个酒，一不够年头，二不够度数。掌柜的怕人家喝了嫌不够劲头儿，以后不来，就往里泡些大麻叶、罂粟花之类的，总之，是些上瘾的玩意。他立刻破口大骂，揭了人家的底。这一下不要紧，掌柜的立刻跑出来给他作揖，说请他随便吃随便喝，酒菜一概算柜上请客，只要别这么嚷嚷。不要钱的酒菜李靖实在喜欢，他就在那儿自斟自饮，喝了一坛子有余。要按他的酒量，一坛子黄酒醉不倒他，可是架不住酒里有鬼。喝到后来，整个脑子全发痒，可又挠不着。他拉过两张桌子，把它们拼起来，跳上去就发表了以下演讲：

"诸位亲爱的洛阳楼的宾客们，俺李靖这厢有礼了。我喝这杯祝大家长命百岁！我有一个惊人的消息要宣布。根据在下近十年的调查研究，关东一带三年内将有大乱，三十六路草寇，七十二路烟尘。遍地是刀兵，漫天起烽烟。大乱过后，关东人口十不存一。俺绝不是故作惊人之语！咱家这个预报里是有事实做依据的。最主要的一条是：我们圣明仁慈的皇上，大隋朝的二世主君，伟大的隋炀皇帝，也就是大家在公共厕所叫他小浑蛋那一位，已然得了不可救药的精神病！"

此言一出，就是一阵卷堂大乱。有几个穿紫袍的禁军军官，都是黄胡子的鲜卑青年，要把李靖拉下来打一顿，又有几个穿黑袍的道人出手相助，和青年军官对殴起来。有一伙无赖趁机捣毁柜台，要放抢，把店小二打得抱头鼠窜，又有几名大师傅手持铁叉厨刀，奔出来收拾这伙无赖。其余的人都跑到楼梯口，后面的往前挤，前面的往下滚。李靖坐在桌子上，一面自斟自饮，一面继续演说，他的男低音就像闷雷一样在大厅里滚来滚去。他说到皇帝的毛病是严重的色情狂，他要把普天下的女人都据为己有。现在关东一带二十以下的处女，只要不瘸、不臭胳肢窝、鼻子眼睛齐全，统统被他搜罗了去。一等的直接关进迷楼，二等的留在外边备用，三等的给他拉龙船。这样就造成关东平原上严重的性饥渴，大批的光棍儿都要狗急跳墙。母猪的价格暴涨，可见事态之严重。他劝大伙儿收拾细软，赶紧西行入川避难。不过听的人已经没几个了。那帮老道正把军官骑着打，忽然看见厨师们打跑了小流氓，又来揪李靖，就把军官们搁下，冲上来痛殴这帮厨子。李靖看见一名老道背着左手，右手在个肥胖厨子脸上没点儿地乱打，禁不住叫起好来。那厨子节节后退，退到墙边，脸上已经吃了五百多拳。老道一住手，他就像坐滑梯一样顺墙出溜下来，瘫成一堆。再看那张脸，打得和一团肉馅没两样。李靖从桌子上下来，踏上一摊滑溜肉片几乎摔倒，被老道们搀住了。他迷迷糊糊地说：

"多谢道长援手！"

"这没什么。这帮胡狗成天耀武扬威，老道早就想揍他们。公子今天在酒楼仗义执言，痛斥昏君，为老民们出了一口恶气！老道真是佩服得很。就请公子到小观一坐，老道们自当奉茶，如何？"

李靖一看，这老道高鼻梁，卷毛。还说别人是胡狗，他自己也不干净。也难怪，自从五胡乱华以后，中国人的血统就复杂起来。自明清以后，中国关起门儿来，又经过好几百年严格的自交复壮，才恢复了塌鼻梁单眼皮儿。这是后话，李靖当然不知道。他听人家骂胡狗，心里不高兴。他娘是鲜卑，他祖母是东胡。从父系来说，他是名门望族，从母系来说，他的血统是大杂烩，不折不扣一个杂种。他不喜欢这帮老道，要自己回家，可是只觉得脸发麻，腿发软，天旋地转，正要栽倒，却被人架走了。

李靖醒来时，发现自己赤身裸体躺在一张软床上，他听见旁边有好多女人在窃窃私语，急忙扭头一看，可不得了。那边端坐着一个老头，老头身后还站着十几个年轻姑娘。他噌地跳起来，扑到旁边茶几上，抓起一盆牡丹花，连花带土都扣了出去，把空花盆扣在自己隐羞处。这时忽听身后一声轻叹："唉，可惜了好花。红拂，早知如此，就把它剪了下来，戴在你头上，让它亲近玉人之芳泽，也不辜负了花开一度。"

"干爷，话不能这么说，此花虽被弃在地，马上就要枝枯叶落，可是它的花盆却掩住了公子的妙处，救了他一时之急。红颜薄命，只要是死在明月清风之下，或是一死酬知己，那都叫死得其所。干爷，你不是这么教导我们的吗？"

"是呀？红拂，你若有意，就把你给了他。"

"干爷，你舍得呀？"

这会儿李靖走了回来，一手按住花盆儿，在床上盘膝坐下，气恨恨地说："老头子，你胆敢绑架我！告诉你，要绑票儿你可找错了人！我李靖身无长物，只有一间破草房，房契还没带在身上。你是谁？"

"护花使者，聚芳斋主人。你们背地里叫我老浑蛋，其实我是当世第一风雅人。老夫护国公、保国公、上柱国、东都五军指挥使、留守使、保民使、捕盗使、捉杀使、禁军都太尉，杨素便是。"

李靖大叫一声，只吓得三魂幽幽、七魄荡荡。他结结巴巴地说："太尉在上，草民花盆在身，不能行礼。太尉拘捕草民，不知草民有何罪犯？"

"哈哈，老夫有一群干女儿急着要嫁出去。见到美玉良材，我就有点不择手段，你是我的乘龙快婿，只要行了礼，我就要换上称呼，叫你一声贤婿，怎么样？"

李靖头上冷汗直冒，他转转眼珠子说："太尉，话不是如此说。强娶民女已是大罪；强掳民男，那可是罪加三等！当你女婿是送命的事儿，我可是不干。我也不配。我是地痞流氓，怎配那金枝玉叶？姑娘们，你们说是吧？我有癫痫病，犯起来腿肚子朝前，口吐白沫，我马上吐给你们看！"

杨素一看，他要撒泼，连忙喝住："你何必如此？既是不乐意，老夫不勉强。只是老夫在公事房见到一件公事，把它拿回家里来，要和你合计着办。"他击了两下掌，叫一声，"拿来！"

一个十三四岁的丫头从幕后出来，用托盘送上一张纸。李靖一只手抓过来一看，原来是他在酒楼上演说的记录稿，记得一字不漏，记录人是东京捕盗司押司计某，另有在场者六人签名，证明此记录准确无误。李靖看得手直抖。杨素冷笑一声：

"大庭广众之下，口出污言秽语，攻击圣上。这是大不敬罪，合当弃市！李靖，你要公了私了？"

"不用你来了，我他妈的自己了了！"他一把把纸塞到嘴里吃了下去，然后抹抹嘴边的墨汤儿说，"杨素，这回你没辙了吧？蒲东李，没有比，我们家是天下第六皇族。好多人在外当官儿。你要收拾我，非有真凭实据不可。可是真凭实据我已经吃了。没有现场记录，你要办我的案，可要小心朝廷的议论！快把我衣服还我，让我走！"

杨素哈哈大笑："李靖你把老夫看简单了。老夫是三朝元老，办了一辈子公案，哪能如此粗心。这一份记录，正副本七份，都有证人画押，一起端上来，能把你噎死！你自己说吧，要公了私了？"

"公了如何？私了如何？"

"公了呢？很容易，老夫弹弹指，就把你押出去。证据确凿，包你办得快。我交代的案子，比铁案还严重。不出半个月，就把你推到洛阳市上，嚓的一声，你的脑袋就没有啦！你不乐意吧？我也不乐意！像你这样的名门之后，被推出去砍头，不要说朝野震动，你那些亲戚也要记我一笔。另有一种方法，咱们可以说是两便。我把干女儿嫁给你，你搬到我府上读书。我包你享尽人间极乐。有什么不满意的可以对我说，我给你安排。当然，这种福你享不了太久，我也不是开妓院的老鸨。过两三个月，你就气虚血虚，肝亏肾亏，一身治不好的病。你也别问这是怎么得的毛病，死了就算了。你家门里，没有受官刑的子弟，老夫也没有滥杀士人之名。你死后还有个人哭，别人说起你来也好听。花前月下死，做鬼也风流嘛！到阴曹地府去，你也好看些，好歹得了善终，不是无头之鬼！如果你乐意，我也不亏待你，我把这红拂给你，你看她好看不好看？保险是黄花闺女。哎呀，李靖呀，我知道你是个好青年！谁让你有造反的思想哩？如今天下汹汹，大厦将倾。老夫身为先皇座前老臣，不得不鞠躬尽瘁，匡扶王室，把你这样的聪明人杀光了，剩下不通文墨的傻瓜，也就闹不大啦。别后悔！这和你喝酒无关，那洛阳楼是我的秘密机关，酒里下了厉害迷药，哑巴喝下去也得把心里话说出来。年轻人，姜还是老的辣呀。你觉得自己聪明，还是着了老夫的道道。要想安全，脑子里就要干净，多想着夫子曰，或者风花雪月，别把心思往旁处用。对了，现在和你说这个也没用了。你是要当我干女婿呢，还是要蹲黑牢做死囚？快说话！"

"他妈的，谁乐意挨刀子，当然死要挑个好死法。"

"红拂，出来拜见姑爷。哈哈哈，老夫又收了一个干女婿！"

红拂走出来，深深地拜下去。这姑娘像月亮一样漂亮，头发绾成对折，还有四尺多长，挂到腰际，当真是乌黑油亮光可鉴人。她抬起头来，目光直视李靖，她的眼睛清澈得如两泓泉水。李靖想：这女人真是恬不知耻！你这浑蛋，就要像一条大水蛭缠在我身上把我吸干，还这么自得其乐。这么看着我，就不觉得一点儿惭愧吗？红拂对李靖行完了注目礼，又转过身去，跪在杨素面前，娇声说道："谢谢干爷赐婚！干爷呀，什么时候请我那夫君搬进来呢？"

她说起话来似唱似吟，声音里有说不出的性感，大有绕梁三日的意思。可是李靖听了心里有气，暗叫：你不要说得这么好听！你是刽子手，我是死囚。什么"夫君"？不嫌寒碜！杨素大笑道："择日不如撞日，撞日不如今日。咱们这就收拾小院，让你二人住进去，我知道你这小蹄子，心已经飞了！一刻也等不得，我说的是也不是？"

"干爷知道奴家的心事。"

李靖大喝一声："慢着，杨素，我要回家收拾一下。"

杨素大笑："你收拾什么？我知道你家里只有一间草房，两个破箱子。那东西就是带进来也要一把火烧掉——不卫生。也罢也罢，放你一天假，我知道你是要逃。我警告你，死了这条心！多少人跑过，还是被抓回来，老夫早已把天下剑客罗致一空，门下高手如云。你就是有上天入地的神通，也出不了我的手心！"

"你也不要太狂妄！别人跑不了，我没准儿就能跑得了。你有本事和我打个赌：给我三天。过三天我要跑掉了，你是笨蛋。跑不掉，我是傻瓜。如何？"

杨素听了高兴得直搓手心："好哇好哇！我杀人就要杀得有艺术性，要让死者心甘情愿。除放假一天，我再给你三天，你可以在洛阳城里随便走。到第四天下午时，或者你来太尉府报到，与我那干女儿共入罗帐，或者你逃出洛阳七百里，我不加追究，只要你一出洛阳城，我就杀！"

"好说，君子一言？"

"快马一鞭！"

"一击掌！我怎么能相信你？"

"二击掌！老夫统率天下剑客，全在一个'信'字，我岂能失信于你？不过你不准把这儿的事说出去。告诉谁我就杀谁！"

"三击掌！你叫人把衣服给我拿来，要不我光屁股从这儿出去，我干得出！"

杨素哈哈大笑，拍手叫丫鬟送上衣冠，自己带着干女儿们走了。红拂留在最后，她把李靖凝视了许久，忽然指指天，指指地，又指指自己的心，意思是悠悠此心，天知地知。然后羞红了脸，转身跑了。李靖一边穿衣一边想："我又不是哑巴，怎能解得哑语？噢！你是说我上天入地，最后还是免不了躺到你身上来？臭不要脸的！我就是和老母猪睡也不理你呀！"

昨天的事情就是这样，李靖现在坐在家里就是在想逃走的计划。七月的洛阳热得要命，他的草房顶子又薄，屋里热得一塌糊涂，李靖坐在一把三条腿的椅子上扇着一把四面开花的旧蒲扇，一个细节一个细节地盘算。他知道自己深沉有余，急变不足，所以一定要多想几个备用计划，正想到第八个计划第九个步骤，忽然有人打房门。他原本就是惊弓之鸟，这一吓非同小可，"咕咚"一声，连人带椅子摔了个仰八叉，然后就听门外有人笑，那声音却似一个女人。李靖想：听说太尉府第九名剑客花花和尚是阴阳人，准是他来替杨素送什么书信。待我开了门，骂他个狗血淋头！谁知开门一看，却是卖酒的李二娘家里的女工，那女人肥胖得惊人，在太阳下走了好久，满头流油。她冲着李靖一个万福，然后咧嘴一笑，就如山崩一般。那胖女人说："俺家娘子有封书信给相公。"

李靖心里有气。一个卖酒的女人，还要写信！带个话儿不就得了。打开一看，气歪了鼻子，这是一首歪诗，二十八个字写错八个。什么平仄格律，一概全无。当然，写的全是些思春的调门儿。看了一遍，起了三身鸡皮疙瘩，再看下面有一溜小字儿："至亲至爱心肝肉肉郎君李靖斧正——贱妾李二娘百叩。"他只觉得全身一阵麻，就如中了高压电，他把这纸还给胖女人，说："这顺口溜是你家娘子编的？"

"是呀！足足编了一夜哩。一边想，一边咬笔杆，啃坏了三杆笔。"

李靖禁不住一笑："好吧，这诗我看过了。告诉你家娘子，编得好，我改不动。"

"这纸背后还有字哪！"

"我知道，无非是请我去，我今儿真是忙，改天一定去。"

"相公，我家娘子新掘出一坛陈酿老酒，请公子去开封！"

李靖动摇起来，不，还是不能去。要在家里想逃命的计划，这比喝酒重要得多，不过他还是问了一声："陈酿是什么概念？"

"埋了十五年。做那酒时我也在。就那一坛酒，用了两斗糯米，两斗粳米，那米一粒粒选过，家制的曲，和饭一半对一半……就算相公有酒量，也吃不了一瓶！"

不要相信，这是鬼话。想骗我上钩！我要是去了，计划想不成，那就要死了，命重要还是酒重要？不过腮帮子发酸，口水直流，这滋味也真是难挨！十年陈酿也是难得，何况十五年！李靖终于下定了一个决心。

"今天确实不得闲。请告诉二娘，把酒再埋起来。不出十天，我准去！"

"我家娘子说了，你要是不去，她一个人把酒全喝了，醉死也不用你管！"

完了完了，这个女人真鬼，专拣怕痛的地方下手！李靖说：

"这是无耻讹诈！！回去告诉她，天一黑我就去。"

胖女人走了以后，李靖看看天还早，又接着想第九号计划。第八号计划接第五个计划第二个步骤，是逃跑途中遭擒后的再脱逃计划。如果失败，就执行第九号：他与红拂共入洞房后的第二天，在行房时忽然大吼一声，咬破舌头，闭气装死。这样杨素当然不信，一定会派人用烧红的铁条烙他的脚心，他就大叫一声跳起来，两眼翻白，直着腿跳，把在场的人吓炸之后，就逃之夭夭。这是第一个步骤，逃出之后，精赤条条，黑更半夜，再怎么办？

李靖觉得嘴里流出水来，再也想不下去了。他脑子乱哄哄，好像有十五个人七嘴八舌地说：酒，好酒。十年陈酿……他气坏了，大喝一声："你们他妈的闭嘴！"

吼完之后，他又觉得无聊，于是悻悻地说："李二娘，你这淫妇！我这回要是死了，全是你用酒勾引的！"可这也无济于事。于是，他翻了翻坛子，找出几根长了毛的咸菜，慢慢地嚼起来。

天快黑时，李靖出门去。走出巷口，就发现身后跟上一个黑袍道人。那个人躲躲闪闪，不让李靖看见他的脸。李靖冷笑一声，不去看他，径直走进市场。

此时日市已散，夜市未兴，市上人不多，所有的小贩全用惊奇的眼光看着李靖，看得他身上直发毛，他想了半天才明白，是自己这一身打扮叫人家看不顺眼。

他平时的穿着，是短衣劲装：内着黑色对襟紧身衣裤，足蹬薄底快靴，身披英雄大氅，披散着头发，胸前戴一枝花。那是标准的洛阳小流氓装束。可那身衣服被杨素没收了。如今他穿着一身白色绸子的儒士大袍，头戴儒者巾，足蹬厚底靴。前者相当于运动衣裤与练功鞋，后者相当于今日的西装革履。小贩们看见这爷们，心里都想：这野兽！今天打扮成这个鬼样子，不知要寻什么开心？

李靖看到别人异样的眼光，心里不禁一动。他想：过几天，我就要和这些人永别了。也可能逃到深山里去，与野兽为伍；也可能死在荒郊野外，秃鹫来啄我的尸首。他们会记住我吗？他走到卖粥汤的刘公的摊上去，对他施了一礼，正要开口，却见刘公不住地点头哈腰，哆嗦着说："爷爷！小老二才开张，没有钱！请过一会儿再来收。"

"老伯，你怎么叫我爷爷？小子前一阵在市上混，实有不得已的苦衷！明天我就要回乡去了，特地来与老伯话别。"

"回乡！好！最好死在路上……不不不！小老二说梦话，爷爷不要见怪！"

李靖长叹一声，离开他的摊子。他想这不过是些猥琐的小人，和他们费嘴干什么。我李靖是顶天立地的汉子。我有我的事业，我的聪明，我的志向！怎么也不至于到小摊上去找人同情。他仰天长啸，也就是说，吹响了口哨。他就这么吹着一支雄赳赳的进行曲，走进酒坊街。

酒坊街里华灯初上，所有临街的门户统统打开了。到处都搭上了白布凉棚，棚下摆着摊子，摊前放着供酒客坐的马扎。还有招牌，黑笔在白布上写着斗大的字：

"张记美酒。十年陈酿，货真价实，掺水断子绝孙！"

"刘记美酒。精心勾兑，加有党参、当归、红花等十种珍贵药材，十全大补，活血壮阳，领导洛阳新潮流！"

"孙记美酒。便宜、便宜、便宜、真便宜！好喝、好喝、好喝、真好喝！！先尝后买，备有便民容器……"

"常记美酒。醉死不偿命！"

卖酒的娘子都坐在摊后，一个个搔首弄姿。有的用扇子遮着半边脸，有的伸着脖子，装出十五岁小姑娘天真烂漫的样子来。其实这些人多在二十五岁以上，三十五岁以下，都嫁过人，见识过男性生殖器。她们一见李靖，什么样也不装了，一个个直着嗓子吼起来。

"小李靖，心肝儿，上这儿来！"

"你打扮得好漂亮呀！过来让妹妹我看看！"

"诸位，俺李靖今天与人有约，改天一定光顾！"

"你上哪儿去？李靖，你这杀千刀的，回来呀！！"

"这公狗，准是上李二那个淫妇家去了！她今天没摆摊。"

李靖走到李二娘门口，一拍门环门就开了，原来那门是虚掩的。李靖进去，探头看看巷口，只见那道士做章做式地在买酒。他把门哐当一声关上，上了三道闩，转过身来，只见楼下的堂屋里摆着一张大八仙桌，四下点了十几支二斤多重的大红蜡烛。厨房里刀勺乱响，一阵阵菜香飘进来。只是那酒却不见踪影，也看不见李二娘。他吼起来："李二娘，俺李靖来也！"只听一阵楼梯响，李二娘从楼梯上飘飘然走下来。这女人本是全洛阳最漂亮的小寡妇，可她还心有不甘，一心要与洛阳桥头拉客的野鸡比个高低。她脸上搽了一指厚的粉，嘴唇涂得滴血一般，眉毛画得如同戏台上的花脸，下身穿石榴色拖地长裙，上身穿白色轻纱的金扣子长袖衫，梗着脖子装一个洛神凌波的架势。可是一看李靖就装不住了，嘴里一连串地叫："小肉肉，小心肝！你是为我打扮的吗？"叫着叫着，就一头俯冲下来，要投入李靖的怀抱。

李靖见来势凶猛，连忙闪开。李二娘险些撞上对面的墙，转过头来就要哭，眼泪在眼眶里转了三圈又生憋了回去。她嗲声嗲气地说："相公！你不喜欢我？那你为什么还来？"

"谁说不喜欢？我是怕你砸着我，酒在哪里？"

"你——你！要不是搽了粉，我就要哭了！你上这儿来，到底是图酒呢，还是图人？"

"酒、人我都图。卖酒的娘子里，我最喜欢你，酒地道，人也——说不上地道，不过是很漂亮的。"

李二娘想了半天，拿不定主意是哭还是笑，最后她还是笑了："既然如此，你来亲亲我！"

"这可不成。有人看着呢！"

李二娘回头一看，厨房的门口伸出一颗肥头，那胖女工圆睁双眼就像一个色情狂的老头看人家野合。她大喝一声："胖胖，把眼睛闭上！这回成了吧？"

李二娘也闭上眼睛、偏着头，做出一个等待的架势。李靖这一嘴势在必行。他找来找去，好容易在脖子根上找了个稍薄的地方吻了一下。李二娘大叫一声，浑身酥软，抱着李靖的脖子说：

"小亲亲，上楼去，你看看我的卧室摆设成什么样子了！"

又来了！李靖想，对这么个富强粉的馒头怎么能……非喝点酒不可，不灌到半醉，恐怕是不成。他说："先喝一点，不然没精神！"

"菜得待一会儿才好。先上楼，我求求你！我等你一下午，心都着了火！"

"现在我怕干不来。你别哭！我告诉你，你一点不会打扮，打扮起来吓死人。你这是打扮吗？简直是刷墙！"

李二娘"哇"一声哭起来。李靖也觉得这话太损。再说，想喝人家的酒，就该说好听的。他今天有点失态，火气太大，都是因为心里惦记着没想完的第十个计划。李二娘哭了一会儿，把脸从腋窝下露出一半来说："你是不是完全不喜欢我了？"

"哪能呢？我喜欢得紧！不过你得把粉洗了去。"

"你别看我！我这袖子透明，遮不住。这都是胖胖的主意，她说什么女为悦己者容。我知道了，她是嫉妒咱们俩好，要拆我的台！哼，肥猪也想吃天鹅肉！我去洗脸，顺便揍她一顿！"

李靖坐在桌边，就听见厨房里擀面杖打在胖胖身上的闷响，胖胖嗷嗷地叫。然后又听见哗哗水响。等来等去，等得心里直起毛。李二娘这才出来，她换上了短裙短衫，怀里抱着一个坛子，泥封上挂着绿毛。李靖一看见坛子的式样不是时下的模样，顿时口水直流。他从桌上抢过一把刀子就奔过去，嘴里大叫着："小心！别打了。我来开。泥巴掉进去不是玩的！孩他妈妈，拿大瓷盆来！"

李二娘拿着瓷盆，如痴如醉："什么时候我就真正成为你的孩子他妈呢？啊，李靖！你是真心吗？你能看得上我吗？"

"真心真心！快把盆给我。怎么看不上？你去了粉，真正美极了！"

"你说得对。我洗脸的第一盆水，就像面汤一样。这么多粉搽在脸上，我也觉得沉呢，胖胖，把凉菜和大碗拿来！快、快、快！"

酒倒出来，满屋的香气。李靖拼命哂鼻子吸了一大口气，大叫："好酒！不枉了叫作十五年的好酒！"

"什么十五年？我出世那一年做的。整整二十四年了。李靖，你我对饮几大碗，今天是不醉不散！"

李二娘一只脚踩上了凳子，手执大海碗，真是雄赳赳，气昂昂。她的酒量在卖酒的娘子里排第一，连李靖也有喝不过的时候。李靖和她连碰了三大碗，把嘴里馋虫压了压，就换成小杯，一点一点品起来。他赞一声：

"好酒呀好酒！真不枉是一斗糯一斗粳做的酒！"

"呸！李靖，你舌头怎么长的？我来告诉你，做这陈酿要用一斗高粱，一斗黍，一斗玉米，一斗糯。又要有上等的豌豆。大麦制的曲，按一半粮一半曲掺和发酵，制醋不用水，完全用酒，起码要发酵三年，才能开榨下坛。这酒有钱也买不来。以前我那死鬼丈夫，一心要挖出来喝，把后墙挖倒了也挖不出。昨天我到后园一挖，就挖了出来。可见那死鬼是无福消受这酒，只有你这心肝肉肉才配喝！"

李靖皱起眉来："说到你丈夫，你该稍微尊敬一点。"

李二娘喝了酒，小性子也上来了。她把脖子一梗喝问道：

"便不尊敬你待怎的？"

"我能怎么样呢？他是你丈夫。"

"那你废什么话。"

"我在想，我死以后，还不知你怎么说。"

"那你不用担心，你死了我活着还有什么意思？我一定自杀。这么喝有什么意思？咱们上楼到床上喝去，一会儿菜好了，叫胖胖送到咱们的床头上去。"

李靖抱着酒跟李二娘上了楼。这卧室果然大变样，新床新帐不说，床头放了一盏仿宫式灯，真是十分的精巧。李二娘跑到屏风后面，李靖把酒坛放在床头小几上，自己坐在床前一张豹皮上。天热，酒力上升，他把身上的长袍脱了，散开内衣襟。忽听一声："你来看！"他一抬头，几乎傻了眼……

胖胖端着一个大托盘，上楼时，楼上却是一团漆黑。只听李靖说：

"嘘！你看楼梯口，那一对眼珠子闪亮，是只猫吧？我扔只鞋把它打跑！"

"别瞎说。那是胖胖！喂，你发什么傻！把菜端上桌来。"

"告娘子，这儿黑，我怕绊着了。"

“李靖，把灯罩掀开。你摸什么？”

“我摸衣服。咱们这么躺着，够肉麻的了，可不能再叫女人看我赤裸的样儿。”

李二娘唰地把灯挑亮，李靖惨叫一声，卧倒在床上。李二娘哈哈大笑：“李靖，你臊什么？她算什么女人？胖胖，自己说。你是什么？”

“相公，我是大肥猪，一身肉！”

“你是女的吗？”

“我不是女的。我是母的！”

“好，胖胖，你很本分，今晚上特许你上楼来睡在我们床边的豹皮上。现在你下楼去，把浴桶拿上来，我要和李相公同槽入浴。”

胖胖下楼去。李二娘把食盒子打开一看，净是些狮子头、香酥鸭之类的东西。她恨恨地说：“这个胖猪，真是趣味低下！这么肥腻，怎么吃？小心肝，你凑合吃一点，穿衣服干什么？上哪儿去？怎么也该陪我睡一会儿。”

“不成呀，亲爱的。我忙得很，你也穿上点儿，我有话说。”

“就这么说吧！”

“我还真不知怎么说。我以后有一段时间不能来了！”

李二娘翻身坐起，星眼圆睁，柳眉倒竖，就等他下句话。

“人家逼我结婚……”

李二娘忙叫起来：“你这色鬼！什么狐狸精把你迷住了？我非往她门上抹狗屎不可！”

“我是被迫的，不干不成。”

“啊！你把哪个小娼妇肚子弄大了吧？”

“不不。事态要严重得多。杨素要我做干女婿。这是送命的买卖，我要逃走……”

只有少数人知道杨素的干女婿是怎么回事。李二娘大哭："你搞到太尉家里去了——你这公狗！滚！"

"这么闹，我怎么说哩？"

"老娘不听你放屁！"李二娘跳起来，把屋里的东西一通乱砸。李靖趁乱抢了衣服，又抱起那坛酒，逃到楼下，就着坛子一顿狂饮。这急酒灌下去，只觉得脑袋发了蒙。他放下坛子，听见楼上叮当声小了，就叫："二娘，二娘肯听我说吗？"

"你滚蛋！"

针线盒、首饰箱顺着楼梯往下滚。李靖摇摇头说："这么好的酒，以后再也喝不到了！"

为了补偿别离的痛苦，他把坛子凑到嘴边又灌了一气。然后走出门去。从昨天到现在，他是粒米未沾牙，又灌了两气猛酒，走出小巷以后，脚步就跟跄起来。这李家秘传的陈酿酒，后劲无穷，李靖走到洛阳桥头，再也走不动了，他一头摔倒在明渠边，打起呼噜来。

李靖醒来时，只看见漫天的星斗，偌大的洛阳城，只剩下寥寥几盏灯火——夜深了。他挣扎着走上桥去，只见那个黑袍道人正坐在桥栏杆上。这回看清了他的脸，就是那天在酒楼上帮助打架的那个老道，李靖凑过去说："天黑了，道兄不回观去吗？"道士瞪着眼看他，就像是个聋子。冷不防李靖打出一个酒嗝，奇臭无比。道士急忙转过身去，李靖晃晃悠悠地走了。那道士看着他的背影，手扶剑鞘，只捏得手指节发白，咬得牙齿咯咯响，他恨不得冲上去，一剑刺入李靖的后心。游侠剑士性如烈火，怎吃得这种羞辱！可是，他不敢杀他。太尉不许可。他只好跟在李靖身后，好像一个跟班。

李靖回到家，走到漆黑一团的小屋子，只觉得这儿隐隐有呼吸之声，喝得太多了，耳朵里轰鸣如雷，什么也听不清。他磕磕绊绊摸到缸边，把脑袋扎入水中。直起身时，一股冰凉的水流顺着脊梁沟往下淌。李靖强忍着没叫出来，屏息再听，桌边果然有一个人在喘气，细而不匀。不用问，准是那个卖酒的少妇来捣乱。

也可能是张四娘。这娘们卖弄风情的唯一手段就是装神弄鬼吓唬人，先后吓死了两个丈夫。李靖想，我要是不怕，她一定不肯甘休，非折腾一宿不可。我可不能和她纠缠。于是他惨叫一声："有鬼！"就奔出门，只听"嘣"的一声和门外一个人碰了头。那个人"哇"的一声叫出声来，一纵跳上对面的房不见了。

李靖也吓了个半死，好半天才想起这是那盯梢的老道。他平平心气，觉得不能这么溜走。那老道跟在屁股后面阴魂不散，所以还是要进屋去。李靖看看天上的星星，心里一阵酸楚：天哪！闪得我有家难回！我还要把第十个计划想好。所以还是要好好地劝这臭娘们走开。他又走进门去，装出一个可怜腔：

"四娘，你吓着我了，你满意了吧？请你回家。改天我一定去你那儿。"

那女人喉咙里咯咯响，好像呛了水。李靖说："你是莉莉？小乖乖，你也学着吓我！不瞒你说，我和李二娘刚疯过。你得让我缓一缓！"

咯咯声更响了，好像母鸡试着打鸣。李靖摸出火石，垫上火绒，一火镰敲去，却正中自己的指头。火石飞出去，先撞了房梁，又撞了后墙。他到窗户上去摸备用火石，那桌边的人却摸出火种，吹出了火焰。这是个道童，一张俏脸，怎么这么面熟呢？不对，还是个女人。她身上有一股香气。再仔细一看，不得了，撞上了要命星，李靖大叫一声，往后便倒。

读者诸公猜到了吧，此人正是红拂。此人在风尘三侠中名列第二，据杜光庭《虬髯客传》所载，红拂姓张。杜氏云及，李靖与红拂初会时，李靖问红拂，"问其姓，曰：'张。'问其伯仲之次，曰：'最长。'观其肌肤仪状言词气语，真天人也。"此段文字，皆杜氏之撰。据本人考证，红拂之姓不可考，伯仲之次不可考，就是问她本人也不得明白。红拂年幼之时，家贫不能养，乃舍于尼庵。长到十七岁，尚未受剃度，美发垂肩，光艳照人，不愿意削发为尼，就跑到洛阳市上自卖自身，得钱十余万，都给了抚养她的老尼姑。会李靖那年，红拂十九岁，美若天人，举世无匹。杨素养着干女儿是为了杀人，所以她也有些手段，更兼见识不凡，遂于风尘之中，一眼识出李靖李药师乃盖世之英雄。心想：彼若入杨府，就如肉包子打狗，有进无出。杨老头要我杀了这个汉，如何下得手？不如溜出去和他一起逃了吧！于是跑到李靖家里来等。李靖一见红拂，就骂起来："不是说还有三日之期吗？你怎么现在就来了？"

"郎君休得这等看奴家，奴要救郎出险！郎君如欲逃时，奴便为前驱，拼一死杀条血路给郎君走！郎君不走时，却又快活，在这空鸟草房里还有三日可过。过得这三日，奴便自杀给郎君看！那时你便知奴是真心也！"

"你不要和我打马虎眼。你快滚！回去告诉杨素，别使这美人计手段！"红拂痛哭起来："郎薄幸！奴冒死奔了来，又说奴是美人计，也罢，奴死给你看！"

这娘儿们解下束腰的丝条条，跳上桌子就要悬梁自尽。李靖看她没有做作的意思，就一把把她拉下来。

"得了得了！算我倒霉。咱俩一块儿跑就是了。哎呀，带着你，怎么个跑法？你有主意吗？"

"你要我了？太好了，太好了！亲个嘴吧。我有一个绝好的计划，你一定要对我好一点我才说。是这么着。你我上床去，先做一夜夫妻。然后到五更时，城门就开了，天还不亮。我冲出去和盯梢的王老道交手，你就乘机跑掉。那老道在杨府三十六名剑客中排在倒数第一，没什么了不起。我敢接他五十多招，够你走的了。"

"胡扯淡！这是最笨的主意，你长了脑子没有？"

"奴家无脑时，郎君须是有的。郎却说出那锦囊妙计来，奴家洗耳恭听！"

"你这人怎么一会儿人话，一会儿鬼话！现在的形势是，你这一来，把我的头两个计划统统破坏。只能执行第三号计划了。现在太早，上床去歇会儿。"

"奴……奴便乐杀了！！奴与那知情郎携手入罗帐，郎为奴宽衣解带！"

"别胡扯。不是时候，坐着歇一会儿。"

"那便是枕戈待旦了。郎君……怎么说来的？老李，你抱抱我。"两个人坐在床上，只听床嘎嘎的响。李靖忍了一会儿，禁不住骂起来。

"你是不是屁股长毛了？这么悠来悠去！床要叫你搞散了！"

"奴屁股上没长毛。心里倒好像长了毛。郎君再不理奴时，奴便对不起了！"

"嘘！你把我头都弄晕了！你这荡妇，真是我的灾星！我实在无法忍受，要提前行动了。"

李靖从床下拖出一口箱子。打开以后，屋里充满了幽暗的蓝光。红拂好奇地走过去看，只见箱子里有一罐油膏，盖子一揭就冒出半尺长的蓝火苗。冷不防李靖揪住她的头发，抓起油膏就抹了她一脸。

红拂尖叫起来："烫杀奴家也！"

"放狗屁！这东西是凉的！"李靖把红拂的头发揪散，又给她穿上一副长袍，这袍子长得很，多半截拖在地下。红拂咻咻地笑起来。

"郎做什么？"

说话之间，李靖已经把她撮到肩上。他咬牙切齿地说："听你的口气，你好像会点儿把式？"

"岂止会一点儿！奴虽无搅海翻天之能，五七条蠢汉却近不得身！郎，到那危难之时，你看本事么！"

"别吹牛！眼前就要用着你的本事。出了门，咱们做一个联合鱼跃前滚翻，然后站起来你就大声叫苦。你要是不行不要逞能，要是出了洋相，咱们就要上阎老五处会齐了！你倒是成不成？"

"奴已把头点得捣蒜也似……"

"废话！我看不见。你开门闸，大声一点！"

外面盯梢的王道人听见巷里有动静，就跑进来看，正遇上李靖的家门开了，里面滚出一个妖怪。那东西满脸蓝火，见风就长到一丈多高，直着腿跳过来。王道士吓得目瞪口呆，忽然妖怪发出一声尖叫："苦！奴家苦！"老道吓得一蹦一丈多高，脑袋碰在屋檐上，当场晕了过去。

这妖精出了巷口就地打个滚，一分两半，红拂和李靖从里面钻出来拔腿就跑。李靖拿着长袍，一边跑一边撕，让红拂拿去擦脸。跑着跑着，红拂站住不跑了："郎此计虽妙，也有见不到处。"

"什么？"

"此计五更行之则大妙，此时城门未开，吾却投哪里是好呀？"

"笨蛋！往外跑算什么好主意？你跟我来吧！"

洛阳南城有一片地方荒得很。这边的地势利于攻城，战乱的年代人家老想从这里攻进来。城防吃紧时，守城的就扒这边的房子救急，把砖头木料当滚木礌石用，结果这儿就荒了。太平了几十年，这儿荒凉如故，只剩了一大片断壁残垣，荒草有一人多高。李靖早就把这地方记在心里。他带着红拂蹚进荒草，在几十年没人走过的街道上走，遇上了几只下夜班的狐狸。它们见了人就溜走了。再拐进一个院子，从后墙塌倒的缺口处跳过去，就到了一座破庙里。这庙没了半边房顶。摸着黑走进屋子，蹚着地上一大堆草。李靖打个大哈欠说："困了，现在睡觉！"

他倒在草堆上，马上就睡着了，不过总睡不踏实。他背后的草堆上窸窸窣窣，好像在闹耗子。过了一会儿，有一股气息来吹他的脑勺。又过了一会儿，红拂又来亲他的脖子，吧唧吧唧好像在吃糖葫芦。然后一只胳膊就搂上来。

李靖忽然爬起来，跑到外面去撒尿，外面天光大亮，四周正在起雾。他回来时身上裹了好多雾气。李靖瞪起眼，开口就骂："你这贱人！要干什么？"

"我没想干什么呀？我恐怕你在想。我在太尉府受过训练，什么都懂！"

"你这淫妇！这么说你是过来人了？"

"非然也。奴只观摩过几次，是教学示范。郎，休苦了自家。若要奴时，只管拿了去。奴又不是那不晓事的！"

"呸，才说了几句人话，又变回去了。我要睡觉。"

他滚倒在草堆上就要接着睡，谁知红拂又来做小动作。他气坏了，翻身爬起来大吼一声："你可是要找揍？"

"便打时，也强似不理不睬！"

李靖被整得无可奈何："红拂，求求你把那古典白话文收了去。我听了直起鸡皮疙瘩！"

"郎休如此说。奴也非乐意咬文嚼字。怎奈见了郎，奴这能言会道，百伶百俐的一张樱桃小口，就如那箭穿雁嘴，钩钓鱼腮，急出鸟来也说不得一句白话，只得找些村话鸟说。奴那一颗七窍玲珑心，见了郎时也变作糊涂油蒙了心也。郎君，可怜见奴是一个女儿家，纵非大家闺秀，也不曾在男人前头抛头露面。终日里只见过一个男人，却是个银样镴枪头，算不得数的。不争却到了郎这般一个大汉面前；郎又虎背熊腰，最是性感不过，奴怎不结巴！怎不发晕！奴这心七上八下，好似在受官刑哩。郎君若是可怜奴家，早早把这清白的女孩儿身子拿去，奴就好过也，那语言障碍症也多敢是好了。"

李靖皱起眉来："现在提心吊胆，哪有心情？等跑到安全地方再说。"

红拂长叹一声："郎，不是奴说那泄气话，你纵有上天入地的神通也走不脱！奴见多少少年俊杰，入了太尉的眼，却无一个走了的。吾等躺在这鸟草房里，虽是藏得好，也只争一个早晚。郎不闻人算不如天算，天算不如不算？依奴时先落几日快活！似这等日后捉了去，却落一个糟鼻子不吃酒，枉担其名！"

李靖梗梗脖子说："我偏不信这个邪！你要是害怕，就回太尉府去。"

红拂哭了："郎把奴看作何等样人！嫁鸡随鸡，嫁狗随狗，奴是个有志气的！郎若信不过时，便把奴一刀杀了！"

"好好，你有志气。跑得了跑不了，走着瞧。我在这儿存了一些粮食，可没想到要两个人吃，所以得省着用。早上我去那边园里偷几个萝卜当早饭，你别嫌难吃。"

"郎的萝卜，却有荔枝的滋味！"

李靖摇摇头，就到外边去拔萝卜了。

和李靖闹翻以后，李二娘坐在床上哭得昏天黑地。胖胖上楼来问候，劝她吃了一点茶汤，她又呕了出来。她使劲掐自己的肉，把腿上、肚子上掐得伤斑点点。以前李靖不上她这儿来，她就这么整治自己。等他来了以后，让他看看这些伤，吓他一跳。正在掐得上劲，忽然想到李靖再也不会来了，就倒在床上昏了过去。胖胖给她掐人中，拔火罐，足足整了半宿。到天快亮时，李二娘终于睡了。胖女人打了一连串的哈欠，忽然想到这一天都没菜吃，她就去南城收拾园子，走时连门都没关。

李二娘只睡了一会儿就醒过来，她觉得自己脑子变得特别清楚，精神变得特别振作，性格变得特别坚强。她爬起来披上一件短衣对镜梳妆。看来看去，发现自己还是应该抹一点儿粉，因为平时喝酒太多，她脸色有点发黄。然后描眉，用少量胭脂。弄完了再一看，觉得自己蛮不错，就凭这个小模样也值得活下去。

　　李靖走了，她心里猫抓过一样难受。不过她没法怨恨李靖。人往高处走，水往低处流。卖酒的小寡妇和太尉的千金怎么比？李靖娶了太尉的千金，日后飞黄腾达不成问题，若是娶了她，日后搬到酒坊来，天天纵欲喝酒，不出二年就要得肝硬变，腹水倒像怀了六个月身子。所以她不抱怨他，好吧李靖，祝你幸福！然后再想想自己。走了李靖，她要从别处捞回来，她要做一个人人羡慕的女人。

　　眼前就有一个榜样。洛阳北城有一个大院子，富丽堂皇，与皇宫比，只差在没用琉璃瓦。门前一边一个大牌坊，左边题"今世漂母""万世师表"，右边题"女中丈夫""不让须眉"。中央是并肩的两座门，左边大门楼上好像在办书法展览，挂了有二十多块匾，题匾的都是二品以上大员。这里是主人钱氏所居。右边没有门楼，是个灰砖砌的大月亮门，门上镶斗大的三个字"劝学馆"，这儿是主人钱氏所办。走进这劝学馆的前庭，里面石壁上刻着一篇记，作者是一名三品级的高级干部。据作者说钱氏少年丧夫无子，守节二十余年。惨淡经营先夫之产业，平买平卖，童叟无欺，终成巨富。然而钱氏家藏万贯，却粗衣淡食，资助学子，修此劝学馆，供天下贫苦士人入内读书——二十年来成就数百人，功德无量。作者感钱氏之高风亮节，于劝学馆重修之时，成此记以志其事云云。其实事实却大有出入。这钱氏却不姓钱，也不曾少年丧夫，她不折不扣是个婊子。

　　她是婊子也好，节妇也罢，总之是个奇女子。李二娘想，我哪一点也不比她差。我也应该成为一个人人羡慕的女人——我缺的就是这么一点儿狠劲儿。李靖走了，我正好狠起来。不出十年，我也要和这钱寡妇一样的发达！

　　这钱寡妇的身世与李二娘当前的处境也有一点儿像。二十五年前，钱寡妇是一名雏妓，从山西到洛阳华清楼客串，花名叫玉芙蓉。玉芙蓉那时生得一表人才。在上党一带颇有艳名。老鸨带着她到洛阳来，打算赚大钱。怎知这京都地面,光凭脸子漂亮、床上功夫高超硬是不成。玉芙蓉讲一口侉得不能再侉的山西话,加之五音不全,唱起小调来听得人一身一身起鸡皮疙瘩。在洛阳半年,一点也红不起来,全仗着几个山西客人捧场。她又恋上一个姓钱的小白脸儿,把别的客人统统冷落了不算,自己还倒贴,把金首饰换成了镀金的铜棍儿。老鸨发觉把她吊起来打,她还嘴硬到底。末了儿姓钱的家里发现自己的子弟不读书天天嫖妓,把他也狠揍一顿关起来。这姓钱的偷跑出来,和玉芙蓉会最后一面,两个人抱头痛哭。玉芙蓉提议,两人一起逃跑,姓钱的又不同意。又提议两人一起上吊,姓钱的又不同意。原来他要和玉芙蓉分手,那玉芙蓉只得让他走了,自己一个人继续哭。正哭到准备抹脖子的节骨眼儿上,冷不丁来了一个人,是同班中最红的姐妹。她嫌玉芙蓉哭天抢地打搅了自己睡觉,就来把她挖苦一顿,指出以下三点。第一,山药蛋(这就是她们给玉芙蓉起的诨名)与她那妍头均属切糕的棍儿,扔掉的货。第二,如果她是要上吊,就请从速,不要半夜三更鬼哭狼嚎,不讲社会公德。第三,如果不上吊,也请她及早回山西。像她这路土货也到洛阳来卖,就叫作不知寒碜。

听了这位红极一时的名妓谈的三点意见,玉芙蓉当下摔夜壶,打马桶,发下誓言,说是不出十年,要你这婊子不及我山药蛋脚下的泥。第二天她就和老鸨搬出去另赁房子住,打发人满城贴招贴,上书:"山西山药蛋来洛持壶卖笑,不讲虚套,直来直去;昼夜服务,随叫随到;经济实惠,十八般武艺无条件奉献;童叟无欺,百分之一百无保留表演。夜资白银五钱,特殊服务另议,小费随意。熟客另有百分之五十特价优待。"这一贴她的营业额就直线上升,门前排队,一天只睡三个小时。不出三年,攒了钱赎了身,转向经营酱坊。三五年之内全城的酱坊都成了她的联号,并且打入丝绸、药材各业,发了个不能再发。这时去打听那位钱郎,才知道此人中了秀才之后就得了肺结核死掉了。这山药蛋却是不同凡响，穿了孝去拜见钱家的家长，自愿出三千两白银为嫁妆，嫁给姓钱的死人，为他守一世的节。那时钱家正穷得喝粥，听说有此美事，感激得哭都哭不出，社会上也传为美谈。殊不知那山药蛋已经养了十几个小白脸，守的什么屁节？三千两白银买个社会地位，成了士人的遗孀，地痞流氓不敢上门啰唆。真是便宜得很。而后这女人就拿出人把的银钱资助士人读书，遇上出身高贵、家境寒微的士族子弟，她还肯出几万两白银为他们活动官职。唯一的条件是谁要得她的资助，就要拜她为干姐姐。到现在那钱寡妇年过四旬，由于保养得好，还如二十许人。她天天用驴奶洗澡，早上起来慢跑三千米，练太极气功八段锦，严格控制饮食，所以比那二十五年前叫作山药蛋时又漂亮了许多。她门下有干弟弟三百，劝学馆中鸿学巨儒无数。每年出一篇理论文章，或考证周公之礼，或评点诸子之非，阐发儒学，废黜百家。每一发表，士林竞相传抄，登时洛阳纸贵。又有那劝学馆文摘，每年三辑，劝学馆诗抄，每年五辑，端的是字字珠玑，万口传诵。那些饱学之士除著文立说，还常常开庭讲学，时不常的还要祭孔、祭孟，端的是热闹非常。钱寡妇包下全体费用，只换得那些人开讲之前说上一句：小子今日在此升座开讲，光大孔孟，荣耀斯文，全仗钱氏贤淑主妇之资助——这就够了。

钱氏在关内关外有沃野千顷，园林会馆百余处。普天之下，大小商埠市镇，全有钱记商号。她又有钱又有势——那些干弟弟个个权重一时。钱氏又有商船千艘，浮行于海洋之上；商队骆驼几千峰，行走于大漠之中。东到扶桑，西至英伦，南到爪哇，北至罗刹，到处开有分号。开着那么大的跨国公司，她倒没忘本，至今还在做那皮肉生意。在朝官员三品以上，或文有诗名，武有侠名之士，甚至绿林大盗只要年不过六旬，身体健康无口臭狐臭等，都够得上嫖她的资格，不过要提前半年预约登记，她就靠这一手拉关系。

想起这钱寡妇，李二娘暗暗叫道："山药蛋！老娘比你差在哪里？你不过是靠身子做本钱起家，老娘却有祖传的造酒绝技。酒色财气，我比你还占一字之先。李二娘至今没发达，非不能也，是未发愤耳！老娘今天也发一个誓，不出十年，我上你门去，要你倒趿着鞋奔出来迎我！"

定下这宏伟目标，李二娘又开始考虑眼前的步骤。这第一步就是要操旧业造酒。说也稀奇，这条酒坊街原来开有十几家酒坊，现在没有一家还在造酒。像李二娘这样的，卖的是祖上的存酒，还搭着卖些村酒，别人就更加不如。全靠买进村酿劣酒，加入香料调味，然后就当老酒卖。其实这条街尽头有一眼甜水井，水质最宜酿酒，地下土质又好，简直是酿酒的宝地。这些酒坊关门，只有一个原因：这儿的风水有一点问题，男人到了这儿就活不长，不仅如此，连男孩都长不成个儿。阴阳先生说，这片地方阴盛阳衰，故此男人活不长。不过更可能是男人喝酒容易上瘾，酗酒过度伤及肝脏。男人都死绝之后，酒坊就到外边去请工。谁知洛阳又来了一位再道学不过的地方官，禁止寡妇雇男工，说是有伤风化。这一来酒坊只好关张，因为有好多重活儿女人干不来。这一重障碍对李二娘不存在，简直就是活该她发财。她有一张顶硬的王牌，就是那女工胖胖。

胖胖这人简直是一头大象，体重三百余斤，有四条壮汉的食量，十条壮汉的力量。要是不造酒，留她在家里实在不值。李二娘原先雇她就是要造酒，后来迷上了李靖，把这事搁下了。这女人还有一个好处，就是忠心耿耿，对李二娘无限热爱，无限崇拜。唯一的毛病就是有时发呆，嘴里喃喃自语，不知在说些什么。这个毛病也好治，只要抄起擀面杖在她后背一顿乱擂，她马上就容光焕发地奔去干活儿！

　　李二娘正在盘算，就听楼下一声巨响，有人推门而入。这是胖胖。听那声响，她出去时就没关门。那胖女人猛冲上楼，把整个小楼都带得摇摇晃晃。只见她披头散发，浑身是泥，嘴里大叫道："娘子！怪事一桩！"李二娘一看自己的依靠力量竟是这么一个样子，不禁大怒，她星眼环睁，柳眉倒竖，大喝一声道：

　　"胖猪！你跑到哪儿去了？"

　　"报告娘子，我去收拾菜园！"

　　"收拾菜园有什么要紧？我正有大事要办。我们要收拾酒坊，开业造酒。"

　　那胖胖一听，立刻欢呼雀跃："太好了，太好了！娘子，咱们早该如此！"

　　这一跳不要紧，几乎把楼踩塌。李二娘大喝一声："不准跳！我已经筹划了，我们不仅要造酒，还要大发展。要发财致富，就要纪律严明。我对你要严格要求，赏罚分明。你这贱人，今天一早就有三大过犯，还不跪下领罚？"

　　胖胖跪下来，笑嘻嘻地说："娘子且说胖胖的过犯……"

　　"第一，你这贱人早上出去没关门！第二，在楼上又蹦又跳，险些把楼踩塌。第三，你这一身泥巴是怎么弄的？多半是和那卖柴的阿三在阴沟里快活，败坏了我的门风！"

　　说到门风，胖胖禁不住嗤笑一声。李二娘红了红脸说："我们今后要造酒，一定要讲究工艺卫生！你自己说，这本账怎么了结？"

　　"任凭娘子打多少。"

　　"姑念你是初犯，打三十下手心。你下去把板子拿上来！"

　　"报告娘子，不能打手，打肿了不能干活。打屁股吧！"

　　"这胖猪！还有点忠心。也罢，减你十下。去把大号擀面杖拿上来！"

"娘子！咱们不是要干大事业吗？要干大事就不能心慈手软。别说我是一个女工，就是您的亲爹亲娘，犯了事了也得下狠手揍，这样才能纪律严明，无往不胜。就像我，不关门，晃动楼房，不讲卫生，哪一样不该打三十五十的？你只打三十，还减去十下，这样准把我惯坏。"

"闭嘴！还用你教训我？就依你，打三十。去拿擀面杖！"

那胖女人拿了擀面杖上楼，一面走一面又喃喃自语，到了楼上把面棍递给李二娘，自己就站在那儿发呆。李二娘大喝一声："愣着干什么？脱衣服！你做一身衣服要两丈多宽幅布，打破了谁做得起？"

"哎，哎，我刚才要说什么来着？"

"少废话！脱！"

胖胖就脱上衣，还是一副魂不守舍的样子。李二娘气坏了："你干什么？脱裙子就可以了！亮出一身膘，恶心我呀？"

胖胖却似没听见，心不在焉地把全身衣服都脱了。乖乖，真是一座肉山！忽然大叫一声："哇！想起来。娘子，我去收拾园子，你猜我碰上谁了？"

"你碰上鬼了。趴下！你敢犯上作乱吗？"

"不敢不敢。娘子，你别吵！你这一插嘴，我脑子都乱了，我回来时，街上的人议论纷纷，大家都在说李靖怎么怎么样。"

不提李靖犹可，一提这个名字，李二娘就似刀剜心一般难受。她怪叫一声扑过去，扭住胖胖的耳朵把她揪倒在地，用晾衣绳把她四马攒蹄捆了起来。胖胖一见李二娘动了真怒，吓得魂不附体，像杀猪一样尖叫起来。李二娘找了两只袜子塞到嘴里，拎着耳朵把她翻过身来，双手齐下，在那身肥肉上一通乱拧，直拧到自家虎口酸痛，还有余怒未消。于是又把胖胖翻过去，抡起擀面杖没点儿地乱打，直打到手都举不起来，气也喘不过来，这才放下棍子坐下喘气。喘了一会儿，她的火气消了一些，心里又明白了。

她猛然想到这么凶殴胖胖实在是没脸。被李靖甩了就不准人在家里提他的名字，这就叫掩耳盗铃。再说，就算胖胖有四指肥膘，也经不起这么打，更何况这世界上只有胖胖真正爱她，为什么要打人家？这是欺软怕硬，拿人家当出气筒。她连忙扑过去把袜子从胖胖嘴里掏出来，搂住那颗肥头痛哭起来。

"胖胖，我是坏女人，我打疼你了吗？我给你揉揉。"

这一揉不要紧，胖胖就哼起来，好像大象打呼噜一般。她乐不可支地流了眼泪。可是李二娘还以为她心中余怒未消。再看她这一身肥肉，自脖子以下，乳房、肚子、大腿到处是青紫色的斑伤，就如一身迷彩伪装服。李二娘干号一声：

"胖胖，我刚才发了神经病，你可不要记恨！要过意不去待会儿你打我一顿，不过千万别打我脸。"

那胖胖说："娘子哪里话！胖胖这一身肉，随娘子打，你不打我一定会学坏，不过你先松开我，我要撒尿！"

李二娘松开她，胖胖就拿了衣服下楼了。过了一会儿她在厨房里大叫："娘子，中午吃什么？"

"随你便吧。不，你歇着。我一会儿就来弄！"

李二娘想下楼去做饭，可是双臂直抽筋，实在是做不动。看到胖胖如此忠心耿耿，李二娘又羞又气，恨不得给自己两个耳光。她却没看见，胖胖在厨房里又唱又跳，自言自语地唠叨着："打出世到如今，胖胖今日快活！真真快活杀了！过几天还得想法挨这么一顿。对了，还是忘了一件事！"

她又冲上楼去，向李二娘报告说："娘子，今早上听说李靖逃跑了，还拐走了杨府一个侍妾，叫什么红佛爷，也不知是男是女！"

李二娘沉下脸来："这公狗！当真干得出！"

"现在城门上都加了岗，入城不禁，出城的严加检查。"

"这是瞎耽误工夫。那小子精得厉害，这会儿早出城了。"

"胖胖也是如此想，其实不对，刚才我去收拾菜园，碰上他了。这厮躲在城南破庙里。还有一件事，好叫娘子知道了欢喜，这家伙没饭吃，跑到咱们园子偷萝卜。不出十天，准把他饿得人不人鬼不鬼。娘子，多解气呀！"

李二娘沉思起来，过了好半天才说："胖胖，去买一条大鲤鱼，二斤精牛肉，再上洛阳楼买二斤银丝卷儿。一会儿我来收拾。"

"娘子，你要给他送饭？咱们和他掰了，以后各走各的路，他要吃什么，该由那红佛爷管！"

李二娘长叹一声："胖胖，咱们女人爱过一个人，怎么忍心看他挨饿呢？掰是掰了，这最后一顿饭我还是要管，尽了这份心，我就随他死去。这个红佛爷也不知是什么东西，搞上了男人叫他挨饿，算什么女人？胖胖，你帮我跑一趟，算我求你，成不成？"

天黑以前，李二娘去给李靖送饭。她一点儿也不知道自己背后跟上了一个道人，只顾往前走。走进那个破庙，屋里却是没人，不过柴草堆上有两个人睡过的痕迹。她扯开嗓子就叫：

"李靖！小兔崽子，你躲哪儿去了！"

有人在她身后说："我没躲呀！"她回头一看，李靖正从门后走出来。她失口叫："你这公狗，倒藏得好！"身子不由自主就往前一栽。

李靖急忙张手来接，谁知李二娘又站住了脚跟，把李靖的手"啪"一把打开说："贱种！你放尊重一点！我和你掰了，不准你搂我！动手动脚就是调戏妇女！"

李靖把手缩回去，微笑着说："不搂就不搂，鸡多不下蛋，女人多了瞎捣乱。我可不是贪多嚼不烂的人。你怎么找了来？"

"早上胖胖来收拾园子，看见你了！"

"这胖猪这么大的目标，我怎么没看见？"

"谁是胖猪？你小子嘴干净点儿！胖胖是我的姐们儿。她蹲在草窠里方便，你正好来了。"李靖说："呀！我早上闻见味了！可真是，我命里要死在女人手上。你来干什么？"

李二娘不知是该哭好还是该笑好。"咯咯"了半天，眼圈儿红了，可嘴上却笑着说："你小子倒会充硬汉！饿得偷我们的萝卜，还装得若无其事。我知道你肚量大，一顿不吃就受不了，不忍心，给你送饭来了。"

李靖早就瞄上那个食盒，得了这句话，就如饿虎扑食，扑上去揭开盖儿就吃。李二娘看他这个吃相，心里很快活。及至想起他已经投入别的女人的怀抱，脸又蓦地一沉："小子，我就送这一回饭，以后咱们各走各路，十年以后见！老娘我要务些正业，造酒发财。十年之内，咱就是赶不上钱寡妇，也要和她差不多！男人也和鸭子一样，喂着不走赶着走。等我发了，也养上了一大群面首。咱可不是皮肉发贱，就是要气气你。你有本事和我打个赌，看十年以后是你妻妾多，还是我面首多！"

"我不和你赌。发财真是个好主意！我看你有财运，一定发得了。我怎么和你比？咱这是逃命钻山沟。十年之后你发了，养面首可别忘了我。我这一眼青一眼红也是个稀罕，除了热带鱼，世间再没有我这样的动物了。"

李二娘笑了一阵，忽而又长叹一声："你以为我不肯和你去钻山沟？只要你要我，我都肯和一起下油锅！哪个女人不是把爱情放在第一位！有了心爱的人，弄不上手，去弄钱不过是寻开心罢了！你那新人怎么不来？不吃我酒食，是不食周粟，还是怕我下毒？"

"你甭理她，不吃就是不饿！"

正说着，红拂从梁上跳下来。李二娘一见她两眼冒火，掏出镜子就要和她比个高低。她东瞄西看，口中念念叨叨：

"个儿比我高了两寸，脸比我白一点儿。眼睛大一点儿，腰细了一寸，这都没什么了不起，只是她这头发！喂，你这头发是假的吧？"

"好叫姐姐得知，奴这头发是天生的，并不曾染过。还有一桩，奴入杨府时，有十几个老虔婆在奴身上打了格子，数着格儿要寻疤痕。休说是芝麻大的疤，连一个大的毛孔也未寻得。有一个婆子发了昏，说是寻到一个，却是奴的肚脐眼也！"

"真个是美到家了的小骚货。和你一比，我成了烧煳的卷子啦！"

"姐姐将天比地，奴便是烧焦的卷子！"

"行了行了！别说这些没味的客套话。我要是男人，见了你也要死追到底。输在你手里，倒也服气。一起喝两杯？"

这两个女人就入席喝起来。红拂要卖弄她是个明道理的女人，处处假装谦逊，又敬李二娘的酒，扯起来没完，眼看天就黑了。李靖觉得不妙：他知道王老道一定等在外边。按江湖上规矩，剑客杀人不伤无辜，所以老道在等李二娘走，自己这边留住李二娘不走，倒像是耍无赖。他给红拂递个眼色，然后说："二娘，天黑了，路上不好走，你先回去，明天再来！"

李二娘虽然千杯不醉，奈何是酒不醉人人自醉，她结巴着说："我知道你们要干什么！当着我的面，乱递眼色，当俺是个瞎子？我走我走，不碍你们的事！"

红拂说："姐姐休走！不争这片刻，终席了去。"

李靖咳嗽一声，又冲红拂乱翻白眼，红拂只作不知，说是要借花献佛敬李二娘一杯，然后就是二龙出水，三星高照，一杯一杯喝个没完。正在喝酒扯淡，忽听门外王老道一声唤："哪里来的狗男女们！好好出来受死，休得连累了无辜的李二娘！"

李靖一脚把食盒踹翻，大骂红拂："你这臭娘们，扯个没完！要拖人家下水吗？"

红拂呆了一呆说："奴不知老道跟来也。二娘快走，待奴与李郎迎敌！"

李二娘吓得酒都醒了。她说："我不走，死也死在一块儿。"

李靖又来软求她："二娘，这儿没你的事，我们也没什么大事，大不了上杨府走一遭。你跟着去算哪一出？闹个大红脸就不好了。走吧走吧！"

李二娘却发起倔来："我不去！他说要杀你呢。走了也是悬着心。你虽不要我，我的心却在你身上。你要死了，我干吗要活？"

李靖没了奈何，就把气出在红拂身上："你这臭娘们，全是你弄出的事儿，还不来帮着劝劝？"

红拂吃了醋，脖子一梗说："这鸟老道是跟二娘来的，朝奴撒火待怎的？这盆屎尿却往奴家身上倾！砖儿何厚，瓦儿何薄！奴又不曾烧煳了洗脸水！这天大的祸事，却须是从她身上起！也罢，奴便来劝二娘快走，休在这里碍手碍脚！你自己将李郎牵累得够了呀！不走还怎么着？"

李二娘听了大叫一声，拔出一把小刀子就抹了脖子。李靖急忙来救，已经迟了。这一刀割在大动脉上，捂也捂不住，堵也堵不死，喷了李靖一身血。墙上、屋顶上到处都是。转眼之间李二娘只剩了一口气，她挣扎着说："李郎保重，这一条命，总能赎回我的过失。过去的恩怨一笔勾销，临死一句话，我是爱你的，红妹，我把他交给你，你要爱护他！"

红拂哭叫道："二娘，原谅我！"

"我原谅……"说完她两眼翻白，双腿一蹬，就过去了。李靖连呼："二娘，你一直是爱我的！"刚把她放下，回头看见红拂，气得对了眼，伸手就是一个大嘴巴。

"臭娘们！就不会把那臭嘴闭上会儿！非要闹出人命才算完吗？"

红拂趴在地上，哭天号地："奴家错了也！奴家只顾吃醋，怎知闯下这等大祸事来！二娘，你死得苦！全是奴害的！"

李靖又急又气，几乎把眼珠子瞪出来，不过这个人就是这点厉害，转眼之间就抑制了情绪。他脸上除了嘴角有点儿抽搐，什么也看不出来。从李二娘身上取下那面镜子，他咬着牙说：

"这是她心爱的东西，我留下做个纪念。红拂，站起来。大敌当前，不是哭的时候。这事不全怪你，是我料事不周，我不该打你。"

"奴家做坏了事，郎如何打不得！郎却去拣大棍，在奴腿上敲上几十，只是脸却打不得。打歪了鼻子，不好看相！"

老道在外面又喊："狗男女们！哭够了快快出来受死，休做那不当人子的丑态！"

红拂娇叱一声，从身边抽出两把匕首，飞身出去，就和老道恶战。她把所有不要命的招数全使出来，朝老道一个劲地猛扑。嘴里喝五吆六，叫李靖快走。老道手使一把长剑，舞得风雨不透，拦住了红拂的攻势，却也不还击，只是不时朝庙门顾盼。斗了五十几招，还不见李靖出来。他大叫一声："中计了！"撇下红拂，从房上一纵三丈跳到地下，窜到庙里一看，里面只有李二娘的尸首，后墙上却有一个大洞。这一惊非同小可，老道急忙从洞里钻出去，跳上后面的废屋，看见李靖背着个大包袱，刚爬上远处一个墙头。老道几个起落就追上去，大喝一声："李靖，哪里走！"全身跃在空中，口衔着那口剑，双手成爪，就像鹰抓鸡一般朝李靖双肩抓去。却见那李靖，站在墙头摇摇晃晃好像要掉下去，及至老道抓到时，他大袖子一晃，就把老道打下墙去，自己也站稳了。红拂这当儿正好气喘吁吁地追到，一看那老道血流满面，那面李二娘的青铜古镜正嵌在他额头上，眼见得活不了了。红拂惊叹道：

"李郎原来是高手，奴却看走了眼也！"

"别扯淡。咱这两下子，打你都打不过。老道中了我诱敌之计，这叫

活该。咱们赶紧逃走。你刚才嚷得全城都听见了，好在老道没带帮手。"

"郎，那二娘的尸首哩？终不成郎有了奴这新交，便不恋旧好了不成？"

李靖长叹一声："人死了，什么都没了。守着尸首有什么用？等会儿她家的女工会来的。我们快走，迟了就走不脱了！"李靖带着红拂越城逃走，一路向北，到平明时逃到山里，稍稍休息之后，李靖就带着红拂爬山。他说此时杨素肯定已经派出大批人马沿一切道路追赶，所以不能走路，只能拣没人处走。这一路钻荆棘、攀绝壁，哪儿难走走哪儿，直走得红拂上气不接下气，腿软腰麻，李靖还嫌走得慢。中午在山上打尖，吃了点东西，红拂就犯上了迷糊。天又热，再加上两夜没怎么睡，她已经支撑不住。蒙眬之中，只觉得一会儿李靖拽着她往上爬，一会儿是手搭在李靖肩上往下走，就如梦游一般。一直走到夜气森森，满天星出，她的困劲过去一点儿。可是就觉得头晕得很，路也走不直，浑身的筋就如被抽了去。迷迷糊糊走到一个地方，隐约听见李靖说可以歇歇，她就一头栽在一堆草上。

第二天红拂醒来时，只觉得有无数蚂蚁在她的身上乱爬。

四肢犹如软面条，根本撑不起来。李靖熬了粥叫她喝，她却起不来，李靖就来灌了她一气，像灌牛一样。吃过饭，李靖说要起程，红拂说：

"郎若疼奴时，便拿刀来把奴杀了吧，奴便死也走不得了！你兀的不是得了失心疯？这般鸟急，又拣不是路的去处走！"

"咱们这不是逃命吗？小心肝，起来走，这山路空手走也费劲，我可不能背你！"

"郎这般称呼奴，奴便好欢喜。只是奴真真走不得！这鸟腿只像不是奴的，你便砍了去，也不疼也！"

李靖就骂："这娘们！真是没成色。这也难怪，已经走了三百多里山路，我到下面买头驴去，咱们走小路吧。反正这一带是穷山僻壤，估计他们寻不到这儿。"

李靖买了驴回来，红拂已经睡死过去。他把她架起来，换下已经扯成条了的外衣，只见她内衣后腰上拴了个小包。李靖把它扯下来，正要扔到山沟里，红拂却醒过来，死死揪住不放。

"郎，这便使不得！这是要紧的东西！"

"什么了不起的东西？我摸着像衣服，你又活过来了？这儿有一套衣服，自己穿上！"

红拂挣扎着穿上那套衣服，就像一个村姑。因为她满脸是土，头发也脏得好似一团毡。李靖把她捆上驴去，她就像一口麻袋搭在驴背上。两个人顺着小路石山，在山谷里走。

虽然是七月酷暑，山里却不太热。山谷里处处是林荫，又有潺潺流水，鸟语花香。小毛驴走起路也是不紧不慢。走了一上午，红拂又缓过劲来。中午在村店里打尖，没有肉食，只是谷子面窝头和小米粥，她也吃了不少。出了店，见村里有人打杏，又去买了两大把揣在怀里。这下午，她骑在驴背上，又是说又是笑。

"郎，这等走路却好耍。便走到天尽头处，奴也不怕！哇！奴的脖子上好痒！这是什么鸟物，生了腿会爬！"

"什么了不起的，原来是两个虱子。昨晚上睡那两个草堆，多半是放羊的歇脚的地方，虱子就从那儿爬到你身上。你没见过虱子？"

"哇哇！奴怎能长虱子！这等龌龊的东西，真真恶心杀人！郎，晚上住店时，奴须是要好生洗浴。"

"恐怕没那么美。你看前面，出山了。这个镇子叫河北镇，是五总路口，有七八千居民。杨素要不派人到这儿把守倒也新鲜。咱们只好弃驴上山，绕东边的摩天岭，入青石峪。这一路又是荒山野岭，比昨天的路还难走。苦过这一段，出了七百里，杨素就管不着了。咱们进娘子关，上太原去。到了那儿再好好休息。"

红拂一看东边的山，一座高似一座，座座刀削一样陡。她一看就腿软。再听说又要在山沟里过夜，真是死也不肯。她想来想去，想出个好主意：

"郎，吾等天黑后好生化装，入那鸟镇歇息一宿，好吗？怎生也好让奴洗一番，除掉这虮子。它真是在吸奴的血哩！想想头发也竖将起来！"

李靖想想说："不成！还是绕山，不瞒你说，俺这两日没酒没肉吃，口也淡得清水长流。不过要活命就不能怕苦，咱们还是爬山！"

"郎！奴不怕死，这苦却挨不得！这等一个鸟镇，杨素会派多少人来？便来时，也只是末流的角色。我夫妇一发向前，便打发了。休得鸟怕！绕山时，又须多走几百里。"

"你他妈的说的也有道理。不瞒你说，这杨府的剑客我统统不怕，只有两个顶尖的人物，我不是对手。我爬山越岭，就是躲这两个人。"

"郎怕时，奴却不怕！"

"你别吹牛，你那两下子我全看见了，那叫水里的蝎子，不怎么着（蜇）！"

红拂想：这人，真是胆小鬼！只有两个对头，就怕得往山里爬！我跟他扯破嘴也无用，索性骗他一骗。她就说：

"郎！奴还有本事哩！奴在那杨府学了些狐媚之术，若是使得出来，休说是甚么鸟剑客，便是那有道的高僧，并那坐怀不乱的柳下惠也当不得！连那天阉的男人见了时，也登时迷倒，非一个时辰不得醒转。我二人只索性入镇去，吃他娘，喝他娘，入帐睡他娘。过得这一晚，奴便不是女儿身，只是郎君的鸟婆娘，这本事就好使出来。不然啊，一则恐郎君吃醋，二则奴羞羞答答的，三则奴这黄花闺女使媚术迷人，须坏了名声，不好做人也！”

李靖听了半信不信：“红拂，你别吹牛！这是玩命的事儿。你要没把握，到时候收拾不下来，后悔也来不及！”

“奴的不是性命？俺们只管下山去！”

“慢着！我还不敢全信你的。咱们好好化装，傍黑时进镇。最好是偷渡，你这媚术我没见过，能不用最好还是别用。”

李靖和红拂在黄昏时进镇，找一间不大不小的客栈住下。开了房间后，叫一桌酒到房里去吃，两人海餐一阵。吃饱了饭，李靖说：

“看来我是太小心。这河北镇原来这么大。大大小小几十处客栈，又没寨墙，四面八方全是路，这来来往往的商客又多，就算有几个杨素的人也把不住，不过咱们还是要小心。明天天不亮，就钻高粱地出去，进了山就好了！”

红拂暗笑李靖胆小，她说：“郎，去问小二讨那浴桶与浴汤来。奴先侍候郎洗浴了，奴便洗浴。”

李靖洗完了澡，坐在椅子上乘凉。红拂说：

“烦郎君门外稍候，奴要洗澡。”

“嘿，让我出去干什么？你害羞？”

“奴却不害羞也。只是奴的身子却鸟脏，不便被郎这等看去，却留下不好的印象。待奴洗净了，郎来看嘛！”

“呸！我告诉你，别老鸟鸟的，不好听！”

“郎却休鸟担心。奴在江湖上行走，做些豪语。日后居家度日时，自然不说这等鸟语言。郎却快走，奴身上痒杀了！”

李靖就到柜上去，藏在阴影里和掌柜聊天，眼睛看着半明半暗的街上。等了一会儿，看见一条汉子走过，脑袋像拨浪鼓一样晃来晃去。这多半就是杨府的人了。李靖暗笑道：“嘿，这么傻找，永远也找不到。这么多客栈，这么多客，你横是不能一间间踹开门看。要找柜上打听一个两只眼不是一样颜色的大个，你也打听不到。老子进来时溜着墙根，一直藏在黑影里，谁也没看清我脸。哈哈！"

他在黑暗中一直坐到掌灯以后，喧闹的街上安静下来。掌柜的回家了，换上一个没见过的店小二站柜台。一直没有人来打听。李靖放了心。他不和店小二搭话，自己踮着脚尖顺着黑影走回去。一进了自己的房间，立刻，气也喘不过来了。

原来红拂躺在凉榻上，身穿一件雪白的缎子睡袍。这袍子不知是什么料子，一个褶也没有，穿在身上十分的贴体，简直就分不清哪儿是皮肤，哪儿是衣料。红拂那一缕长发，就如九曲黄河在身上蜿蜿蜒蜒，如漆一般黑亮，又如丝一样软。她脸上挂着梦一样的微笑，眼睛特别亮，嘴唇特别红。身上发出一股香气，真正是勾魂的味儿。红拂见李靖进来，懒懒地一笑。

"李郎，你关上门。"

小子著书至此，遇到重大困难。李靖与红拂在河北一夜之事，各本所载不一。如杜光庭氏《虬髯客传》，有如下文字："行次灵石旅舍（灵石，河北镇别称也），张氏以长发委地，立梳床前。"甚简，它本或云"以下删去百余字"或事近淫秽不可闻者。隋人唐六德所著《游江》一种，雅而不谑，乐而不淫，故采用之。唐云："某年七七之夕，余游河北，宿馆驿。夜闻男欢女爱之声，不绝如潮。后三十年始知，李卫公偕红拂氏，是夕宿于是馆，遂追记之。"

又据李卫公《平生纪略》云："是年七七，余携内子北奔入晋，暮宿河北镇，合好之时，内子发声如雷，摇动屋宇，余恐为追者所闻，不待平明而遁。"

不管出了什么事吧，反正那一夜，他们在河北镇弄出了响动，露了行藏，只得落荒逃走。另据红拂自撰《志奇》所云："余在杨府，有虔婆教之曰，房圆之时，须发咿呀之怪声，如不发声，则夜叉来食尔心肝。日夜叮咛，余牢记心中，遂不可释。至今与外子合，犹不禁呼之，为童仆所笑。"

由此可见，红拂这种怪叫，正是杨素的奸计。他府中的姬妾跑去，一和别人好，半夜里就要发出古怪的叫声，马上就暴露了。可想而知，李靖和她逃出镇外，免不了臭骂她。两人在庄户上买两匹蹩脚牲口，一路走，李靖一路数落她，红拂也不知自己中了杨素的计，还在犟嘴。

正在闲扯，忽然听见背后马蹄声大作，李靖一回头，只见一个人骑快马箭一样赶上来。这是一条稍长汉子，劲装快靴，头戴铁斗笠，右手握长剑，左手持缰。红拂也回头一看，嘴里惊叫一声："郎，祸事了！此人是杨府第一剑客杨立，郎怕的多管是这个人！这厮平日净来勾搭奴，奴也虚与委蛇，今番赶了来，定不是好事！这却怎生是好？"

"使你的媚术，迷倒他！"

"郎说得是。可待奴使术时，郎却开不得口，一切听奴安排。若多一句口，俺二人便是死！切切不得有误！"

杨立飞马上前，从他们俩身边掠过去有一箭之地，又兜了回来。原来李靖和红拂化装成客商，他没看出来。他回头走到这两人面前，觉得这两个家伙有点怪。大热天，戴着围巾，还低着头，好像发了瘟。他开口道：

"客官，打听一下，可见到……嘿！原来是你们俩！不用废话了。我在前面林子里等你们。"

杨立纵马入林。红拂又和李靖说："李郎！休忘了奴的语言，杨立问时，你只装聋作哑。今番入鸟林去，也不知能否得生。我夫妇先吻别了吧！"

这两个人就在大路上接吻，足足有十五分钟。过路的人都不敢看，闭了眼睛走。红拂却长叹一声："好了，我觉得再没有遗憾了。现在我精神百倍，咱们去会杨立！"

红拂抱定必死的决心，纵马进了林子。李靖跟在她的后面，心里狐疑不定。走到树林深处，只见杨立坐在高坎上玩剑穗儿，马拴在一边。红拂下马，把马拴好，走过去在杨立面前跪下，李靖也跟着跪。那杨立扬起眉毛来：

"下面跪的是谁？"

"无知小妹红拂问大哥金安！"

"算了，别扯淡。你知道我要干什么？"

"奴便不知。奴只知哥哥是疼俺的。"

"瞎扯。以前和你好过一阵子，现在恨你恨得牙根痒痒。你是毒蛇，信誓旦旦地要和我好，又和这家伙私奔。我看着你都恶心！老子今天来，就是要把你千刀万剐！然后我再把这李靖押回太尉府。你别想在我面前捣鬼，我的武功强你一百多倍！你动一动手，我就先下手割李靖！"

红拂就哭起来："大哥！妹子知罪了。你要割妹子，怎生下得手去？只求大哥高抬贵手，放妹子与情郎逃命，妹妹日后供大哥长生牌位……"

"别来这一套，你知道我的诨名是什么？"

"大哥匪号花花太岁，又称作妙手屠夫。"

"知道就好！我就喜欢活剐人，一年总要割百八十个。你看，我把家伙全拿来了！"他哗哗啦啦把背上的包袱扔在地上，一件一件往外拿，"这是铁板桩，钉在地下，把你做大字拴定。这是切腹刀，专门开膛。这是一套剔肉刀，削你四肢上的肉。这钩刀割舌，勺刀剜眼，柳叶刀削鼻割耳，还有这一大套，都有妙用。这里一大块松香，放在大锅里熬开，专门烫你的伤口。这样你不出血，光是痛，不到我剜心你不断气。红拂，想想你的骷髅在血水中还喘气，那是什么劲头儿！你快给我熬松香，慢了我就先割李靖给你看！"

红拂哭着熬松香。她还在哀求杨立："大哥咱们也好过。你忘了你搂着妹妹跳舞的时候了？妹就是做错了事，你杀了就是。这么折磨我，却太没人性了。"

杨立一笑："我就是没人性，人都说我是狼。人性最他妈没有用。我欺负别人可以，谁敢欺我一点，我就让他死得惨上加惨。谁让我是天下第一剑客呢？他们要有本事来割我！"

红拂忽然收了相，转眼怒瞪杨立，足足十分钟一声没吭。杨立还是嬉皮笑脸。等松香冒了泡儿，杨立就直起身来，笑着说："红拂，你的时辰到了。"伸手来抓红拂，那红拂却站了起来，大喝一声："你站住！别把狗爪子往我身上伸。不就是割肉吗？拿刀来，我自己割！"

"嘿，新鲜！你要割也成，可不兴往心窝里一捅。你要这么干，我就收拾李靖，拿出十倍的耐心来，慢慢拉。"

"好！我告诉你，你虽然至凶，至残，世上还有你吓不住的人。你要有种和我打个赌赛。姑奶奶就坐在这儿自己割自己，任凭你说出多么凶恶的招数，老娘我一一做到。但凡有一声讨饶，或是叫一声痛，任凭你把李靖切成肉末儿。但是老娘我要是做到了，你就把李靖放了。你敢不敢赌？"

杨立一听哈哈大笑："你一个嫩皮嫩肉的小姐，和我赌这血淋淋的勾当，我要不答应倒不好意思！世上多少铁一般的硬汉，被我割到最后都求俺快一点。我赌了！"

"你发一个誓来！"

"发就发！天在上地在下，俺花花太岁与红拂赌赛，输了不认，日后万箭穿身，你动手吧！"

红拂把那几十把明晃晃的刀拿过去插在前面，双肩一晃，全身的衣服

都褪到了膝下。以下的事,各家记载不一。有云删去者,有事近猥秽者,李卫公《自述》云:

"某与妻逃出河北镇,为杨立所获。某妻挺身而出,云将割肉以赎某,杨许之。妻乃解衣示之曰,割何处?杨云:自割其乳。余妻无难色,将割,余救之。时隔三十余年,余每忆及,犹不禁流涕也。"

红拂氏《怀旧诗十八首》第七诗序云:

"是年夏,逃难荒郊,为凶徒所获。彼令某自割,甚无状,幸赖卫公救之。至今忆及,如隔世为人。卫公待吾,真天高地厚之恩也!虽肝脑涂地,不足为报。"

实际情况是红拂将动手自割,却被李靖出手把她的刀夺了去,动作之快,真是难以形容。他大骂红拂说:

"小骚货!吹牛匠!什么媚术,倒把俺这骗人的大王都骗了。原来只会割肉,还要脱光了割,也不寒碜!快穿上点儿,看俺三招之内宰了这花花太岁!"

杨立只觉得眼前起了一阵风,李靖就下了红拂的刀,怎么出的手统统没看见。他吃了一惊,爬起来精心摆了架势说:"小哥好快身手!俺倒要领教。须知我妙手屠夫自出道未遇敌手,你不要先把牛皮吹破!"

李靖站在那儿连架势也不摆,嘿嘿地冷笑:"俺李靖从不与人过招,只知道割头难续,死一个人就有一家哭,人不杀我,我不还手。你这厮虽实在是可杀不可留,俺也不好先下手,老子立着不动脚,你来捅一剑看看?"

杨立"嗖"的一剑刺去,快如闪电,眼见李靖是没法躲,可是偏偏没有刺中,就像他自己刺偏了二尺。李靖回手一刀,他看得清清楚楚,要闪时才觉得这一刀来得真要命,往哪里躲都别扭。亏了软功出色,把胸腹一齐收后三寸,几乎闪了腰,躲开了身子,左臂叫人家齐肘截去,杨立眼也不眨，一招秋风扫落叶横扫过去，只觉得李靖肯定断为两截。可他偏从杨立头上纵了过去，杨立急转身时，只觉得颈上一凉，脑袋飞了起来，在空中乱转，正赶上看见那腔子里出血。他大呼："妖术！！"嘴动却无声。然后脸上一麻，摔在地上，只觉天地滚了几滚，就什么也不知道了。

红拂盘腿坐在地上，只恐怕自己是做梦，正在咬舌尖。李靖走回来，看她那傻样儿，就破口大骂："我忙了这么半天，你还露着肚脐眼儿！办展览呀！"

"郎，奴不是做梦吧？"

"做什么毯梦？红拂，我发现你会说谎，从今后，我决不再信你一句话！"

红拂大叫："郎，这誓发不得也！……呀！奴原来却不曾死！快活杀！"

李靖气坏了，兜屁股给她一脚："浑蛋！就因为信了你，我又杀了人。今晚上准做噩梦。告诉你，咱俩死了八成了。杀了杨立，那两个主儿准追来！这回连我也没法子了。"

"郎却恁地胆小！郎三招之内轻取天下第一剑客首级，天下再有什么鸟人是郎的对手？便是奴看了郎的剑术也自鸟欢喜。有郎在此，奴便得命长也！"

"扯淡。这算什么天下第一剑客？比王老道强点不多。还有厉害的主儿，你连见都没见过。眼下怎么办呢？"

李靖在地下滴溜溜乱转，急得眼冒金星。忽然听见马嘶，抬头一看，却见杨立的马腿邪长，浑身上下没有一根杂毛，眼睛里神光炯炯。李靖大叫一声："红拂，小乖乖，这回有救星了！"

红拂刚穿上衣服，手提着头发赶过来问："郎，什么救星？"

李靖使劲搓手："妈的，这是一匹千里追风驹，《相马经》上第一页就是它！杨立这小王八，倒养一匹神驹。书上说这马后力悠长，披甲载人日行千里。咱俩骑上去，也没一个重甲骑士沉，等杨素得到报告说杨立翘了辫子着人来追，咱们早跑没影了。快上马，走！"

话说隋炀帝当政时，天下七颠八倒。隋炀帝本人荒唐到什么程度，不须小子来说，自有《迷楼记》等一干纪实文章为证。照小子看，他是有点精神病。仿佛是青春期精神病，要按现在的办法，就该把他拿到精神病院里，用电打一打。再治不好，就该征得家属同意，把他阉割了，总不能放出去茶毒生灵。奈何在封建社会，皇上得什么病都有办法治，唯独精神病没法治，遂引出隋末一场大动乱。小子收罗佚书多种，与医学界人士合作，拟写作《隋炀帝治疗方案》。年内开笔，明年将与读者见面。

当时杨素位极人臣，隋炀帝下江东胡吃乱嫖，国事尽付杨素处置。这个老东西表面上忠诚得很啦，别人不要说造反，或者有造反言论，连脑子里想造反，都被他用药酒灌出话来，送去砍头。其实呢，他自己的儿子公然在准备造反，他就不闻不问。他那位公子就是大名鼎鼎的杨玄感啦，杨素刚一死，他就据洛阳造反，不光自己落个满门抄斩，还连累了无数河南同胞一起丧命。啰唆这些事，不是和姓杨的过不去——历史就是如此。我们王家祖上还有王莽篡汉哩。书归正传，却说杨素听说红拂和李靖跑了，把盯梢的王老道杀翻，急忙吩咐手下剑客四出把关，一定要把这两人捉住。等了两天，得到商洛山中八百里快马急传，说在河北镇听见红拂"咿呀"之声，杨立已亲自追下去。杨素一听大为放心，知道侄儿武艺高强干练无双，这一对男女休想走脱。又过一个时辰，接到急报，令贤侄已做了无头之鬼。这老头一听，急火攻心，口吐鲜血晕死过去。及至醒来，连忙下令：一、把家中全体干女儿乱棍打晕装麻包活埋。二、河南全境娱乐活动一律停止三天，男女分床，雄雌牲畜分圈，违者弃市。三、商洛山中的全体地方官儿一律笞五十，戴罪办公，以观后效。下完命令，又晕过去。等到再醒过来，已经完全变了一个人，手也抖了，声音也低微了，完全是一副待死老翁的样子。他叫手下把门客胡公和虬髯公请了来。

这胡公和虬髯公在杨素门下已经两年，论文，胡公汉话都讲不好；论武，也没见他们练剑。成天到晚光拿钱不干事，逛大街，买二手货。偏那杨素对他们优礼有加，到哪都带着，把杨府上下的鼻子全部气歪。当下请了来，杨素挥退左右，从病榻上挣扎起来，翻身便拜。虬髯公急忙去扶，那胡公却又手于胸，大剌剌地说："太尉大人；客气的不必，你这叫刘备摔他的儿子，买人心的有！"

杨素苦笑一声说："胡先生快人快语，我也不必客套。两位先生，如今圣上失德，天下汹汹，帝业将倾。眼见得天下甲兵，七八成入了外戚之手，圣上还不知深浅，对他们一味地封赏，将来天下一乱，这些人必然要反。老夫身为先帝座下之臣，不忍见这大隋王朝毁于一旦。苦心积虑，发掘杨氏宗族的将才。眼下靠山王杨林，是大隋的擎天金柱，东征西奔，马不停蹄。他却年龄高大，一旦撒手西去，无人能继也。舍侄杨立，少习剑术，兵书战策无有不通，是少一辈中的奇才。老夫还指望他有朝一日统十万雄兵为大隋立不朽之功勋，谁知竟死于奸人李靖之手！小侄是天下第一剑客，杨府其他人万万不及。如今失手，其他人丧胆寒心，必不能为他报仇。我知道两位是世外高人，武功又高于舍侄，还请先生念在剑士'国士国士'的古训，为老夫一雪丧侄之恨。虬髯先生，胡先生汉语不好，给他讲讲'国士国士'。"

胡公倒嘴快："太尉，不必解释。剑客的勾当，我的专业！国士国士，就是你对我大大的好，我对你也大大的好！这李靖我的包下啦！"

虬髯公白了胡公一眼说："太尉，胡公包下这事，小可就不必插手了！"

"虬公，不要争一时的意气。李靖这厮不知是什么来历，小侄身为天下第一剑，居然死在他手下。你们不可托大，一路去，也有个照应。"

虬髯公一笑："这李靖的来历你不知道，怎么想起去杀他？太尉大人，我可不是轻狂。令侄在天下一流剑士之中排行第一，却另有超一流的剑士，杀一流剑士如宰鸡一般。这胡先生在超一流剑士中马战天下第一，足可以为令侄复仇。小子出手大可不必。"

胡公听人夸他，大喜："大胡子，你的也不错。你的剑术天下第二，我的早想领教，只是没有把握能赢。你的和我去，我的很乐意呀！"

杨素听了大为惊讶："原来还有这些讲究，那么这李靖是什么来历？"

"李靖字药师，出身望族，少年习剑，在同门四人中剑法最高。其师兄师弟都已登堂入室，成了一代宗师，他还没有出名。据说是没有杀人的胆子，不敢和人过招。此人若有实战经验，连我们也不敢轻敌。可按现在的水平，我们中间任何一人都可在百招之内杀他。太尉，你要一定请我，我就去走一趟。按剑士的传统，今后我就算报过你礼遇之恩，咱们清账了！"

李靖和红拂骑马走到日头西斜，才走了不到二百里。原来杨立这匹马虽是千里马，可那纨绔子弟不知爱惜，把它骑坏了。它起跑倒快，跑到一百里左右就喘起来，呼啦呼啦好像在拉风箱。这都是身上带汗时饮凉水落下的支气管哮喘，一开喘非半个时辰不能平息。李靖见马喘得可怜，不敢再叫它快跑，只好一溜小跑，故此走得不甚快。

日头将落，这两人走到黄河边上。此地两山之间好大一片平川，汉时本是河东一片富饶之地，只可惜南北朝时几经战乱，变成了一片荒原。走着走着，李靖听见背后隐隐有马蹄之声。回头一看，只见天边两骑人影，一黄一黑，身后留下好长一溜烟尘。他惊叫一声："不好！讨命的来了！"急忙两腿一夹，策马狂奔。这千里马放蹄奔去，只跑得两耳风声呼呼，身后的追兵还是越跑越近。跑了一个时辰，他连胡公的胡子都看见了，坐下的马也开始喘起来。李靖急得头上冒汗，一面回头看，一面叫红拂看前面可有林子。谁知这片荒山光长草不长树，什么林也没有。李靖慌忙给马屁股一连几掌，打得马眼睛往外凸，脚下也打起磕绊，眼看马力将竭。正在急得上天无路，入地无门，忽然红拂尖叫起来：

"那鸟洼地里却不是一片鸟林子！李郎，快来鸟看！"

果然右手下边一大片洼地，里面好大一片柳条林，李靖打马冲进去，刚刚赶在胡公前边一箭之遥，跑到树林深处，李靖和红拂跳下马来喘气，那马喘得还要凶。好大一团蚊子，转眼被它全吸进去，然后就开始咳嗽。红拂擦擦头上的汗说："李郎！须是要寻个河溪鸟洗一回。今番又死里逃生也！"

"生不生还很难说，这两个家伙在外边不会善罢甘休的。咱们不能在这里躲一世，还要逃呀！"

"郎，这两个厮却也是呆鸟！如何不入内来寻？"

"人家不呆。剑客的古训是遇林休入。咱们躲在树后暗算他一剑，就算是有冲天的本事也着了道儿。你连这都不懂，才是货真价实的呆鸟！"

"这等说，我们只索性饿死在这里？奴却不愿饿死。郎，我夫妇好好鸟乐一场，天明时结束整齐，去与那厮们厮杀！连杨立也输于郎，奴便不信这两个有三头六臂！"

"别做梦了！这两个联手，就是二郎神也不是对手。我有个好主意，这一带低洼，明天早上一定起雾，咱们用破布裹了马蹄乘雾逃走，这片林子又有几十里方圆，谅他们没法把四面全把住。妈的，你看看我这脑子，真是聪明！歇够了马上去，占领有利出发地。"

这洼地里是沼泽，草根绊脚，泥水陷人。那柳条纠缠不清，真比什么路都难走了几十倍。李靖持短刀在前开路，红拂牵马相随，走了半夜，才走到林地的西缘，爬上一个小高地。这地方可说是这一片唯一能让人存身的地方。靠近山口，风很大，把蚊子都吹跑了。山坡下面活水塘，可以饮用。小高坡上青草茵茵，正好野营。更兼地方隐秘，从外面看几棵大树树冠把山坡掩住。李靖拴好马，在池塘里洗去泥污爬上岸来，只见一轮明月在天上。他暗暗祈祷：上天过往诸神，保佑李靖平安出险！我还不想死。红拂却脱得精光。在碧波月影里扑通，嘴里大叫："郎！来耍水！端的美杀人也！"

李靖气坏了，压低嗓子喝道："混账东西！你把鸟都惊飞了，老远都能看见！快上来！"

以后事迹，中国文献均无记载。幸有日本国《虬髯物语》一书，载得此事。大家都知道虬髯客后来跑到日本去了。这《虬髯物语》，乃虬髯自传小说也。其中一节云："隋帝末，余在杨素府为客，奉差逐李郎一妹于灵石北。李郎一妹走入林中，林大，将不可获。是夕忽闻一妹于林西发怪声，乃西去埋伏，遂遇之。"

又有红拂代致虬髯客书，现为日本某收藏家所藏。书云："太原一别，转目十余年矣，闻兄得扶余国，妹与李郎沥酒东南祝拜之。犹忆当年夜宿林中，李郎插剑于地，以示楚河汉界。妹不解深意，以彼绝情意也，大放悲声。郎亦不忍，拔剑狎抱之，出声为兄所闻，否则不之遇也。事已十余年，当书与兄知。一妹百拜。"

根据上述文献，那晚上红拂又嚷嚷来着，结果招得胡公虬髯到前边埋伏。要不然他俩就逃脱了。第二天早上两人明知前面有埋伏，也不得不向西出动。如果折头向东，必须穿过好大一片沼泽，那可够走些日子的啦。事情到了这种地步。红拂一声不吭，看样子有寻死之意，李靖还安慰她几句。正扯着，已经走出雾区。他抬头一看，半山站着一人一骑。那人黄头发黄眉毛，黄眼珠黄胡子，骑一匹小黄毛马，此人正是胡公。李靖大声发问：

"胡公，你来得好快！你的伴儿呢？"

"你的李靖？扯淡的不必要。快来受死。我的伴当在林东。"

李靖想：这人发疯了。发现我们不把伴儿召来，偏要单打独斗。他说："胡公！你要挑我独斗？我多半不是你对手。我要是死了，可不要杀我老婆！"

"花姑娘我的不杀。你的死，我的埋。"

红拂搂住李靖的脖子大哭："郎，一路死休！"却听见李靖在她耳边小声说："你快下去。这人过于狂妄，骄兵必败，虽然他武功高过我，我也有五成把握。你不下去那一个也来了倒不好办了！"

红拂不撒手，李靖把她硬推下去，纵马上前大战胡公。这架打得很不公平：胡公刀术高过李靖十倍，抢得漫天的刀花，李靖只够看刀招架，都没工夫看胡公的人。加上胡公用弯刀，正适合在马背上砍杀。李靖用杨立的剑，直刃直柄，抢起来再别扭也不过。他又一心要纵胡公的轻敌之心，不肯下马步战。斗了十几个回合，李靖浑身是伤，划了有二十多道口儿，就像一颗金丝蜜枣儿，胡公却连个险招也没碰上。

胡公觉得奇怪：这李靖身手不及他，骑术也不及他，兵刃坐骑处处都不及他，他又找到他二十几处破绽，按说早该把这李靖砍成几十块，却偏偏没有砍中要害！这家伙闪得好快，多高明的剑客也闪不到这么快，只有胆小鬼能够。念着念着，两马错镫，李靖猛然一转身给胡公一飞剑。

胡公听见风声头也不回，回手一刀把剑打飞。然后兜马转身，一看那李靖已经逃走了。胡公禁不住笑骂一声："呜里哇啦！逃到哪里去！"双脚一扣镫，那黄毛马腾云一般追上去。

他眼睁睁盯住李靖，只见李靖在镫上全身压前，正是个逃跑的架势。追到近处，胡公把刀在头上挥舞，正欲砍一个趁手，却不防李靖左脚离镫，一脚蹬去，把他鼻子蹬了个正着。胡公从马背上摔下来了，在地下滚。他的鼻子被蹬成平的了，眼睛里血泪齐出，什么也看不见了。

李靖圈马回来，看见胡公从地上挣扎起来，就纵马把他撞倒。兜一圈回来，胡公又爬起来，他又去把他撞倒。如此蹴踏三次，胡公哇一声吐血数斗，终于死了。李靖奔到红拂前面，从马背上摔下来，当场晕死过去。

红拂把李靖身上二十六处刀伤裹好，已经把他裹得像木乃伊。李靖悠悠醒转，长叹一声，泪下如雨。他说："红拂我完了。身负二十处刀伤，已经不能奔驰。你也不必守着我，快快上马逃走。"

"郎却是痴了？奴若逃时，就不如猪狗！郎，多少凶神恶煞都吃郎打发了，哪里还有过不去的关口？"

"你不知道，虬髯公一会儿就要赶到，我此时连三尺孩童都打不过了，拿什么去迎战当今天下一人之下万人之上的大剑客？这回真完了。"

正说之间，虬髯客从一边村子里冲出来。李靖看时，端的好条大汉！此人身高不过七尺却头大如斗，肩有别人两个宽。那个胸膛又厚又宽，胳膊有常人腿粗。一身的钢筋铁骨，往少里估也有四百斤重。黑脸上有一双牛一般大眼，一部黑须蜷蜷曲曲，骑一匹铁脚骡子，真是威风凛凛。虬髯公大笑："好李靖！居然杀了胡公。虽然他中了你的奸计，你这份机智也已够不寻常！俺到了你面前，你还有什么法儿害俺？"

李靖镇定地说："虬髯公，你是有名之士，为何去做杨素的鹰犬？我真为你惋惜！我死不足惜，可惜了你大好身手！"

虬髯公又哈哈大笑："老兄，你看三国落眼泪，为古人担忧！俺怎会为杨素戴孝？杀了他还嫌污俺的手！实告诉你俺兄弟十人共谋，要取大隋的天下，已在渤海长山屯兵蓄粮，很筹划了一阵子了！俺这番到洛阳，是看看隋朝的气数。在杨府当门客，就算是卧底吧。哈哈哈！"

李靖听了眼睛一亮："原来先生是一位义士！小子失礼。今日一见三生有幸！小子欲往太原去。先生是否同路？"

"不同路。哈哈哈！"

李靖想：这人真讨厌。没有一点幽默感，却哈哈傻笑。不同路最好。于是就说："小子身上带伤，意欲到前面村镇寻医求治，不及奉陪。后会有期！"

"慢着。把首级留下来。哈哈哈！"

李靖一听，几乎岔了气："先生，你这是怎么说的？你是反隋义士，我也不是杨广的孝子贤孙。你杀我干什么？"

"李药师，俺知道你。三岁读兵书，五岁习武艺。十六岁领壮丁上山打山匪。二十岁重评孙子兵法，连曹孟德都被你驳倒了！这好比隋朝的天下是树上一个桃，熟了早晚要掉下来，这树下可有一帮人伸手接。俺今天不收拾了你，十年以后你手里有了兵就不好办了。你不要瞪眼，漫说你带了伤，就是不带伤，再叫上你的师兄弟，也不是俺们的对手。你要是不信，拔出剑来，叫你输个心服口服！哈哈哈！"

李靖想，人都说山东人脾气可爱，可我还真受不了。别的不说，这种笑法叫人听了起鸡皮疙瘩。这口音也真难听。这话他不敢说出口来，反而赔个笑脸说："虬先生，我可没心去争天下。我猜先生的意思是逼我入伙。我李药师最讨厌杀人，小时候读兵书，只是当小说看。你还是放我回乡去。一定不放呢，我也只好去了。话说在明里，我当个军师还凑合，上阵打仗我可不干。"

"谁逼你入伙呢？俺只是要你割下头来交给俺哪。俺弟兄十个，得了天下一人一天轮着当皇帝，得小半个月才轮得过来。随便收人可不得了，俺就是答应，弟兄们也不答应。药师兄，这可实在委屈了你。把脑袋割下来，劳您的大驾！"

李靖觉得这人简直是浑蛋。为一份没到手的江山就要和别人争到打破头，真没味儿。那虬髯公见他不肯割头，就拔剑纵马过来意欲代劳。李靖急忙喝住："慢！我一定能说服你。你根本就没理由杀我。你听着，第一，你们兄弟争天下，一定能争下来吗？为这个杀人，几乎是发昏，再者，我没招你没惹你，杀我干什么？"

"你说争不下来，俺说争得下来。这个事只能走着瞧！要说你呢，真是没招俺没惹俺，是个陌生人儿。这倒好，杀了你俺也不做噩梦。你说完了吧？俺可要宰了！"

"没说完！老虬哎，你看我老婆，多漂亮。你杀了我，她就要当寡妇。多可怜呀！"

"可也是。你媳妇儿真漂亮。不过不要紧，小寡妇不愁嫁，比黄花闺女都好打发。"

李靖气迷了心窍，大吼起来："虬髯公！你欺我身负二十六处刀伤不能力战，杀了我我也不服！要是我健康时，你恐怕还不是我的对手！"

虬髯公手擎长剑正要割李靖的头，一听这话又把剑收回来："李药师，你这话可说差了！你的剑术好不假，要比俺可是差了一大截儿！你不服就拔出剑来，俺和你比一比。"

"呸！我现在连杀鸡的劲都没有，怎么比？"

"这也是。可俺也不能划自己二十六刀呀？照俺说，你确实比不上俺，你死了就算了。"

"不成！虬髯公，你要是有种，就和我比一场慢剑。比招不比力，斗智不斗勇。我输了割头给你，你输了割头给我。你会斗慢剑吗？"

"什么话！俺虬髯公是成名的剑客！什么剑不会斗？下马来，俺和你斗了！"

这两人翻身下马，在地上画了两道线！相隔二丈，又画好中线，然后隔线而立。虬髯公叫红拂唱个小曲，两人依节拍而动，红拂坐在马上，手持两把刀子相击，唱出一支歌。她先是"啊"了一阵，那声音与在床上发出的没什么两样，然后唱出歌词，却是："你太没良心！我是个大闺女，人已经给了你……"

虬髯公一听，腿软腰麻，根本递不出招。他"腾"地跳出圈子，大喝一声："红拂，你太不像话了！我们要性命相搏，你却唱这种歌儿！换一支！"

换了一支，更加要命。连虬髯公的铁脚骡子听了都直撒尿。虬髯公红了脸说："小娘子，别唱这种靡靡之音。来一支激昂点儿的。会唱这歌吗？风萧萧兮易水寒，壮士一去兮不复还！"

"那是河北梆子，和马嘶一样，唱起来伤嗓子，我不唱！"

"那就唱这个。饮马长城窟，水寒伤马骨！……"

"老虬，这又是男高音的歌儿，我唱不相宜。我这嗓子是性感女中音，最适合唱软性歌曲。你那些歌儿和吆喝一样，我怎么肯唱？"

虬髯公觉得和她搅不清楚，就说："好好，我不和你闲扯！你不必唱歌儿，打个拍子就成，好吧！"

这一回两人重新站好。红拂一击板，两人唰一声拔出剑来，剑尖齐眉朝对方一点，算作敬礼，然后就斗起来。虬髯公那柄剑就如蛟龙出海，着地卷将来，每一招都无法破解，李靖只好后退。退了五六步，他把自家剑术中更厉害的杀手全施展出来，顶住了片刻，然后又后退，一直退出线去。虬髯公喝一声："俺赢了！李靖，你居然抗了我八十多招，也算得是出色的剑士！现在割头吧？愣着干啥？说了不算吗？"

要割头李靖可不干。他眼珠一转，又叫起来："不公平！虬髯公，我胯上有伤，脚步不实。用外家剑术迎敌，是我的疏忽！你应该再给我一次机会。"

"别扯了。输就是输了，还要扯淡！咱们剑客，割脑袋就如理发一般，别这么不爽朗！"

"三局两胜！还有一场哩。"

虬髯公皱皱眉："你怎么不早说！也罢，反正还早。你的剑法也真是好，俺还是真有兴趣再斗一场。这回斗内家剑是不是？"

"虬髯公，我伤了，内力有亏。你和我斗，力量不能大过我，咱们纯斗剑招，不然输了不算。"

这两个人又斗，两口剑绞在一起，一点声音也没有，只听见李靖呼呼地喘。绞了顿饭的时间，虬髯公的剑脱出来，指住李靖的咽喉。他大喝一声：

"李药师，俺看你还有啥可说！"

"当然有！我刚才头晕！"

然后他又说是五局三胜，七局四胜，九局五胜。看官诸公，古人博局赌赛，至多也就是三局两胜。五局三胜，唐时未曾有。七局四胜更为罕见，据小子考证，现今世界上只有美国 NBA 职业篮球决赛才取这种制度。至于九局五胜，早二年汤姆斯杯羽毛球赛才用哩，现在已经取消。所以虬髯公听了，以为李靖放赖，手擎大剑，要砍他的头，险些屈杀了好人。李靖一见躲不过，登时吓晕过去。及至醒来，脑袋还生在脖子上。虬髯公已离去，红拂还在面前侍候。此种情形，留为千古疑案。后世文人骚客，题诵不绝。咸以为风尘三侠，武功盖世，豪气干云，只可惜在名节上不大讲究。大伙儿不明说，都以为李靖从晕去到醒来，历时二小时七分半，在这段时间，他肯定当了王八。不单别人，连李靖自己都这么想。虬髯公要不得点好处，怎能不砍他的脑袋？中国人对这类事件最为严格，别说做爱啦，只消女的被人香香面孔，握握小手，男的就铁定成了王八。李卫公为人极为豁达，与红拂伉俪甚谐，终身不问此事。红拂亦不辩白，遂使王八一事，已成铁案。

今者小子耗十年心力，查得虬髯客遗书，可以洗此千古奇冤。然而翻这种案子，不仅吃力，而且不讨好。就如我们常常听到的：某女人名声不佳，男士欲代为申辩，别人就说：他和她不干净。盖此种议论，吓不倒小子。红拂女士故去千余年，香已消玉已殒。此种事实，足绝造谣者之口实。其二，旁人又会造谣说，李是天下第一大姓，红拂则世人以为姓张者，姓张的人亦多。只消天下姓李姓张的各给我一毛钱，余顿成巨富矣。执这种见解者，不妨一至豆腐厂，打听王二的为人。王某人上下班经过成品车间，对豆腐干、豆腐皮、素鸡腿等辈，秋毫无犯。识我者云：王二先生重诺轻死，如生于隋末，必与李靖、红拂、虬髯并肩游，称风尘四侠也！

查虬髯客遗书云："某一生无失德，唯与一妹事，堪为平生之羞者。是年于荒郊，李郎晕厥，余乃弃剑拜一妹曰：曾于杨府见妹，惊为天人，梦寐不忘。今为杨公逐尔等于此？实为妹也！今李郎晕去，妹能从吾做渤海之游乎？如不从，当杀李郎以绝妹念，而后行强暴，妹必不能抗。妹曰：诺。然李郎病重，当救之。请展限十日。余请一香吻，不可得。求一握其手，亦不可得。乃约期太原而别。后十日，一妹如期而至，天香国色，不可方物，执匕首授余曰：李郎，吾夫也。妇人从一而终，此名节，不可逾也。吾虽妇人，亦侠也。游侠一诺，又不可追也。今当先如公愿，而后自裁。死后无颜见李郎于地下，公当挖吾目、割吾鼻、封吾唇、刲吾耳，俯身而葬。如不诺，不从公意。余大惭，拜妹曰：妹冰雪贞节一至于此耶？某何人，焉敢犯。求勿语于人。妹诺。余乃将平生所蓄，太原公馆田亩悉赠与一妹，流窜海外，苟延残喘至今。李郎一妹不念旧恶，常通言问。噫，贞操乃妇人之本。有重于妇人贞操者，游侠之名也！一妹忍辱至今，全吾名节。吾岂不知？某今将死矣，敢恋身后之名，令一妹含冤千古乎？余去世后，儿孙辈当持此书，至大唐为一妹分剖明白，至嘱。年月日。"

　　这封遗书虬髯公的儿孙倒是看见啦，他们怕坏了其父其祖的名头，藏匿至今。到底被王二发掘出来，如今全文披露以正视听。红拂夜奔至此终。

夜行记·

　　玄宗在世最后几年，行路不太平。那年头出门在外的人无不在身上怀有兵刃。虽然如此，见到路边躺着喂乌鸦的死人，还是免不了害怕。一般人没有要紧的大事，谁也不出门，大路上因此空空荡荡。有一天，一个书生骑着骏马，押着车仗，在关中的大道上行走。那时候正值夏日，在马上极目四望，来路上没有行人，去路上也没有行人，田野上看不到农夫，只有远处地平线上空气翻滚，好像无色的火焰。车轮吱吱响，好像在脑子里碾过。书生在马背上颠簸，只觉得热汗淋漓，昏昏沉沉。旅行真是乏味的事，如果有个人聊聊就好了。书生不想和车夫谈话，因为他们言语粗鄙，也不想和轿车里的女人谈话，因为她们太蠢了。因此他就盼着遇上个行人，哪怕是游方的郎中，走方的小炉匠也好。可是从上午一直走到下午，谁也没遇上。直到夕阳西下，天气转凉时，才遇上一个和尚。

　　和尚骑着骡子，护送着一队车仗。轿车里传出女人的笑语，板车上满载箱笼。虽然书生盼望一个谈伴，这一位他可不喜欢。第一，和尚太无耻，居然和女人同行。第二，和尚太肥，连脑后都堆满了一颤一颤的肥肉。因为和尚不留头发，这一点看得十分清楚。等了一天，等来这么一个人，不是晦气吗？等到彼此通过姓名，书生就出言相讥，存心要和尚难堪：

"大师，经过十年战乱，不仅是中原残破十室九空，而且人心不古世道浇漓。我听说有些尼姑招赘男人过活，还听说有些和尚和女人同居。生下一批小娃娃，弄得佛门清净地里晾满了尿布，真不成体统！"

和尚虽然肥胖，他却一点也不喘，说起话来底气充足，声如驴鸣："相公说的是！现在的僧寺尼庵，算什么佛门清静？那班小和尚看起女人来，直勾勾地目不转睛。老衲要出门云游，家眷放在寺里就不能放心，只得带了同行。这世道真没了体统！"书生想：这和尚恁地没廉耻！我不要他同行。此时太阳已经落山，前面是个市镇。书生说："大师要住宿吗？这里有好大客栈，正好住宿！"

"依相公说，我们就住宿。"

"大师宿下，我们乘晚凉再行一程。"

"那就依相公说，我们再行一程！"

"大师要宿，我们便行。大师要行时，我们就宿。"

"相公，正好要说话，怎么撇了开？相公要宿，我们也宿，相公要行，我们也行！"

书生听了又好气又好笑，真想骂他一声。但是没有骂，只是想：和尚要同行，也由他。车马行过市集，走上山道，太阳已经落山，一轮满月升起来，又大又圆，又黄又荒唐。月下的景物也显得荒唐。山坡上一株枯树，好像是黑纸剪成。西边天上一抹微光中的云，好像是翻肚皮的死鱼。马蹄声在黑暗中响着，一声声都很清楚。和尚的大秃头白森森，看上去令人心中发痒。书生真想扑过去在上面咬一口。当然，这种事干不得。和尚要问：好好地走路，你啃我干什么？书生又想：捡块石头开了他的瓢儿也能止痒。这种事也干不得。和尚在喋喋不休，听了他的话，书生心里痒得更厉害。和尚在谈女人，谁能想象佛门子弟会说出这种话来？

和尚说：安南的女子娇小玲珑，性情温柔，拥在膝上别有一番情趣；鲜卑女子高大白净，秀颈修长，最适于在榻上玉体横陈；东瀛的少女深谙礼节，举止得体，用做侍婢再合适也没有；西域的蛮女热情如火，性欲旺盛，家里有一个就够，万不能有两个。谈到中国女人，和尚认为三湘女子温柔，巴蜀女子多才，陇西的女子忠诚，关中的女子适合当老婆。天下只有燕赵的老婆最要不得，因为完全是母老虎。听到最后一句话，书生有点上火，因为他老婆是河北人。于是他接口说道，现在的女人都不成体统，遇上谁就和谁过，也不管他是和尚道士，头上有毛没毛。关于这一点，和尚说不能怪女人。这些年来先是安史之乱，后来又边乱纷纷。天下男丁去了十之八九，女孩子却还得嫁人。所以，嫁个和尚也不错。听了这种话，书生差点笑出来，这个和尚有趣得紧啦！

和尚说，谈女人无趣，不如来谈骑射。书生听了心里又发痒——出家人谈谈击鼓撞钟、敲木鱼念经也罢，他偏要谈跑马射箭！不过这是书生心爱的话题，虽然对着一个和尚，他也禁不住发言论：习射的人多数都以为骑烈马，挽强弓，用长箭，百步穿杨，这就是射得好啦。其实这样的射艺连品都没有。真正会射的人，把射箭当一种艺术来享受。三秋到湖沼中去射雁，拿柘木的长弓，巴蜀的长箭，乘桦木的轻舟，携善浮的黄犬，虽然是去射雁，但不是志在得雁，意在领略秋日的高天，天顶的劲风，满弓欲发时志在万里的一点情趣。隆冬到大漠上射雕，要用强劲的角弓，北地的鸣镝，乘口外的良马，携鲜卑家奴，体会怒马强弓射猛禽时一股冲天的怒

意。春日到岭上射鸟雉，用白木的软弓，芦苇的轻箭，射来挥洒自如，不用一点力气，浑如吟诗作赋，体会春日远足的野趣。夏天在林间射鸟雀，用桑木的小弓小箭，带一个垂发的小童提盒相随。在林间射小鸟儿是一桩精细的工作，需要耳目并用，射时又要全神贯注，不得有丝毫的偏差，困倦时在林间小酌。这样射法才叫作射呢。

和尚说，看来相公对于射艺很有心得，可称是一位行家。不过在老僧看来，依照天时地利的不同，选择弓矢去射，不免沾上一点雕琢的痕迹。莫如就地取材信手拈来。比如老僧在静室里参禅，飞蝇扰人，就随手取绿豆为丸弹之，百不失一，这就略得射艺的意思。夏夜蚊声可厌，信手撅下竹帘一条，绷上头发以松针射之，只听嗡嗡声一一终止，这就算稍窥射艺之奥妙。跳蚤扰人时，老僧以席篾为弓，以蚕丝为弦，用胡子楂把公跳蚤全部射杀，母跳蚤渴望爱情，就从静室里搬出去。贫僧的射法还不能说是精妙，射艺极善者以气息吹动豹尾上的秋毫，去射击阳光中飞舞的微尘，到了这一步，才能叫炉火纯青。

书生听了这些话，把脸都憋紫了。他想：幸亏是在深山里说话，没人听见，否则有人听了去，一定要说这是两个牛皮精在比着吹牛皮。倘若如此，那可冤哉枉也！我那射雁、射雕、射雉、射雀，全是真事儿，不比这秃驴射苍蝇、射蚊子、射跳蚤，纯是信口胡吹。别的不要说，捉个跳蚤来，怎么分辨它的牝牡？除非跳蚤会说话，自称它是生某某或者妾某某。纵然如此，你还是不知道它是不是说了实话，因此你只能去查它的户籍——这又是糟糕，跳蚤的户口本人怎能看见？就算能看见，人也不识跳蚤文。所以只好再捉一个跳蚤当翻译。你怎么能相信这样的翻译？跳蚤这种东西专吸人血，完全不可信。因此分辨跳蚤的牝牡，根本就不可能。和尚吹这样的牛皮，也不怕闪了舌头！想到这些事，书生心里更是奇痒难熬。他真想在和尚的大秃头上开两个黑窟窿，但是他又想，这种事儿可干不得。和尚的老婆在一边看见，难免要责怪于我。

书生抬头一看，发现已经走到深山里。和尚哈哈大笑，说走夜路有人谈话，真真是有趣。我们不如叫家眷车仗先行，自己在后面深谈。书生点点头，心里说：这样好多啦！我要是憋不住了，没人看见正好揍你。于是他们站在路边，让车辆到前面去。

此时月亮已经升到中天，山里一片银色世界。坡上吹着轻轻的风，又干净，又明亮，好像瓦面上的琉璃。月光下满山的树叶都在闪亮，在某些地方晃动。在另一些地方不晃动。书生想，这真是个漂亮的世界。老天保佑，我可别干什么不雅的事情。等到心里的奇痒平息，他就随和尚走去，继续谈到很多事情。

和尚说，谈过了骑射，我们来谈剑术。这也是书生心爱的话题，所以他就抢先发言道：百炼的精钢，最后化为缠指之柔。他有柄这种钢打制的宝剑，薄如蝉翼，劈风无声。不用时，这剑可以束在腰里为带，用时拿在手里，剑刃摇曳不定，就如一道光华。挥起来如一匹白练，刺击时变幻不定。倘若此时此剑在我手里，我只消轻轻一挥，不知不觉之间上人的脑袋就滚到地上啃泥巴，那时您老人家只觉得天旋地转，脸皮在地上蹭得生痛，还想不到是自己的脑袋掉下地了呢。书生说完这些话纵声大笑，心里可有点不踏实。确实有这么一把剑，不过不全是他的。这是他家的传世之宝，他爸爸还没死，这剑不能说是他的。这回出山，身边也没有这柄剑，如若和尚要看，他又拿不出来，这就有吹牛皮之嫌。不过这不要紧，可以请和尚到家里去看。倘若他不肯去，非说书生是吹牛皮不可，正好借这个碴儿和他打一架，不敲出他一头青疙瘩不算完。

书生盘算了好多，可是和尚却不来质疑。他说像这样的剑只能说是凡品，虽然在凡品中又算是最上等。如果以剃刀在青竹面上剥下一缕竹皮，提在指间就是一柄好剑。拿它朝水上的蜉蝣一挥，那虫子犹不知死，还在飞。飞出一丈多远，忽然分成两半掉下来。倘若老僧手中有这么一柄剑，只消轻轻一挥，相公不知不觉之中就着了和尚的道儿。你还不知道，高高兴兴走回家去。到晚间更衣，要与夫人同入罗绸帐时，才发现已被老僧去了势。说完了和尚哈哈大笑，书生却气坏了，心说：

"你这老贼秃！我不来杀你，已经是十分好了，你倒来取笑我，可是活得不耐烦了？"可是那和尚又说下去：

"当然，相公是老僧的好友，和尚绝不会阉了你。老僧这等剑术，在剑客里也只算一般。有一位大盗以北海的云母为刀，那东西不在正午阳光下谁也看不见，砍起人来，就如人头自己往地下滚，真是好看！还有一位剑客以极细的银丝为剑，剑既无形，剑客的手法又快到无影。不知不觉一剑刺在你左胸，别住了心脏不能跳动。登时你胸闷气短，又请郎中，又灌汤药，越治越不灵。此时剑客先生站在一边看热闹，要是他老人家心情好，上前把剑拔去，你还能活。万一他输了钱，你就死吧，到死还以为是自己得了心绞痛！"

书生听了这番话，心里又是一片麻痒。这贼秃吹得真是没谱了。试问云母极脆，何以为刀？银丝极柔，又何以为剑？倘若云母、银丝都杀得了人，用一根头发就能把人脑袋勒了去。试问人身子是豆腐做的吗？原来女娲造人是这么一个过程：她老人家补天之余，在海边煮了一大锅豆浆，用海水一点，点出一锅豆腐来，这就是咱们的老祖宗。女娲娘娘不简单，一只锅里能煮出男豆腐和女豆腐，两块豆腐一就合，就生下一个小豆腐？真他妈岂有此理。玉皇大帝坐在九天之上，阎罗大帝坐在冥罗地府，主管人的福禄生死，原来是两家合资开了个豆腐坊。好，太好了！书生悄悄落到后面去，偷手取出弹弓，照和尚脑后一弹弹去。

书生的弹弓铁胎裹漆，要是没学过射箭，任凭你有多大蛮力也拉不开。他的弹丸是安南铜铸成，拿在手里不小心掉下去，能把脚砸肿。这一弹要是打在和尚的脑袋上，势必贯脑而出。书生想到和尚正在夸夸其谈，冷不防嘴里钻出个大铜丸，势必要大吃一惊。要是弹丸从眼眶里钻出去，和尚觉得脸上掉下东西，随手一接，接到自己的眼珠子。这种事儿只要没落到自己身上，谁都觉得有趣。书生觉得自己有幽默感，就大笑起来。

谁知那和尚吹得高兴，摇头晃脑，那一弹就从他耳边偏过去。书生一看没打中，不禁暗暗心惊。他的准头可以打中三十丈外一个小酒盅，如今打这么大一颗秃头，怎么会打不中？那和尚怎么早不晃头，晚不晃头，偏等他发弹时晃头？莫非这秃头不是吹牛，而是有些真实本领？书生收起弓，赶上去探探和尚的口风：

"上人，可听见什么声音？"

"噢，一个大屎壳郎飞过去，嗡的一声！"

书生想：这和尚的耳朵不知是怎么长的，弹丸飞过是什么声音，屎壳郎飞过是什么声音？他又觉得这和尚怪可怜的，嘴里谈着出神入化的武功，背后有人暗算，却都不知道。催命的小鬼儿擦耳根子过去，他还以为是屎壳郎！让他想去吧，不值当为他说嘴就把他打死。两人又并肩而行，谈到各种武功，说到拳脚棍棒，和尚又有很多说法，就如骑射剑术，都是书生见所未见，闻所未闻，根本无法想象的事。而且他胖乎乎，傻呵呵，月光下一颗大秃头白森森、亮灼灼，让人看了一发忍不住要朝上面下手。

此时的月亮比刚才又亮了些。书生心里在大笑，满山的玉树银花仿佛在他身边飞舞。心里想笑，嘴上却不能笑，这可不好受。他想：我要和这位秃大爷谈些悲哀的题目，免得他招得我要打他的秃脑壳。于是他说：

"上人，你可知如今路上不太平？现在山有山贼，水有水寇。有些贼杀了人往道边上一扔，那是积德的。有的贼杀法新奇，伤天害理。昨天我们过汉水，车夫见水色青青，就下去凫水。一个猛子扎下去，见到水底下一大群人，一个个翻着白眼儿，脚下坠着大铁球，鼻子嘴唇都被鱼啃了去，那模样真是吓死人！我还听说温州有个土贼专门要把人按在酱缸里淹死，日后挖出来，腌得像酱黄瓜，浑身都是皱。还有人把活人挂到熏坊里熏死，尸首和腊肉一般无二，差点儿当猪卖了出去。现在的人哪，杀人都杀出幽默感来了！"

和尚说："这些小贼的行径，有什么幽默感？我知道洞庭湖上有几位水寇，夜里把客商用迷香熏过去，灌上一肚子铅沙，再把肚皮缝上。第二天早上那人起床，只觉得身躯沉重，拼老命才站得住。在舱里走两步，只听肚子里稀里哗啦，就惊慌失措地跑出去，失足落水，立刻就沉底儿啦。还有几位山贼，捉到客人就分筋错骨大动手术，把双手拧成麻花别在脑后，再把两条腿拧得一条朝前一条朝后。然后把人放出去，那人在山道上颠三倒四行不直，最后摔到山涧里。像这样杀人，才叫有幽默感。"

书生想：这和尚有痰气。和你说正经事儿，你只当是胡扯。看来有必要深谈下去，才能激发你的危机感。于是他说："如今敢出门走路的人也都不简单。这年头儿，出远门儿就如爬刀山下火海，没个三头六臂谁敢出来？所以你看到个走乡的货郎，他可能在腰里拴着铁流星。看到个挑脚的力夫，他袖里可能有袖箭。就是个卖笑的娼妓，怀里还可能有短剑哪！人身上有了家伙，胆就粗，气就壮，在酒楼和陌生人饮酒，一语不合就互挥老拳，手上还戴着带刺的手扣子。在山道上与人争路，气不忿时就抡起檀木棍，打出脑子来就往山涧一扔。只要你敢用白眼瞪我，老子就用八斤重的铁蒺藜拽你，躲得过躲不过是你自己的事，所以如今走路可是要小心。说话要小心，做事也要小心。招得别人发了火，你的脑袋就不安稳。"

和尚说:"这样的行路人也只算些胆小鬼,见到发狠的主儿,只能夹屁而逃,只恨爹娘少生了两条腿。你看和尚我,手无寸铁,坦荡荡走遍天下,随身只有一根撒尿的肉棍儿,谁敢来动老子一根毫毛?老和尚吼一声,能震得别人耳朵里流汤。跺跺脚,对面的人就立脚不稳。山贼水寇,见了我都叫爷爷;响马强盗在我面前,连咳嗽都不敢高声。所以我走起路来,兴高采烈,这样出门才有兴致。小心?小心干什么?"

书生一听,心里更麻痒难忍。强盗响马见了你不咳嗽,你是止咳丸吗?我读遍了药书没见有这么一条,秃和尚,性寒平,镇咳平喘,止痰生津,不须炮制,效力如神。是药王爷爷写漏了,还是你来冒充?就算你是止咳丸,吃了才能生效,怎么看一眼也管用?你不如去开诊所,让普天下的三期肺痨、哮喘症、气管炎、肺气肿的病号排着队去看你的秃脑袋。吹牛皮不上税,生怕稍有疏漏,吃了小贼的亏,就凭你一个吹牛皮的和尚,走起路来这么舒心。强盗大约是觉得抢和尚晦气,所以放过了你,不过我却放你不过!

书生又偷偷落后,拿出弓来。他心里暗暗祷告说:"和尚和尚,你到阴间别怪我。不是我心狠,是你招得我忍不住,我这一弹就把你脑袋打开花,不痛不痒!让你猛一睁眼就换了世界,这也就对得起你啦!"祝祷完毕,他咬紧牙一弹朝和尚打去,这就如案头上砍西瓜,绝无砍不着的道理。

书生发弹的时候,和尚刚好走到阴影里。转眼之间他又从阴影里走出来,闪光的秃头还是安然无恙。书生这一惊非同小可,因为他放这一弹时格外的小心手稳,绝无脱靶的可能。看来这和尚不是吹牛皮,而是真有本领。他把弓收起来,打马追上去,心想不得了,和尚说的全是实话,射蚊子射跳蚤实有其事。云母刀、银丝剑也是真的。和尚确实是止咳丸,也确实有人认识跳蚤文。女娲娘娘确实在海边点了一锅豆腐，药书上也确实写着秃和尚寒平。这都是从和尚不吹牛推出的必然结论！书生这么一想心里马上乱糟糟。抬头一看前面，书生又禁不住惊叫一声：

"大师，我们走迷了！"

"迷什么？没有迷！"

书生想：这不对。要是不迷路，早该走出山区。可是前面山势更险峻！何况车辆也不见了，这要不是走错路，除非我真的长了一脑子豆腐渣！他说：

"大师，我们的车辆也不见了！"

"相公，这是去我家的路，老僧一世也没见过比你更有趣的人。所以要请相公到寒寺盘桓几天，宝眷和行李走了近路，现在已经到家了，我和相公走一条远路，意在聆听高论。"

书生想，这更是岂有此理！谁要到你家去？我的家眷和行李怎么会到了你家？你请我到你家去做客，我答应了吗？这个秃驴我还是要打死他？女娲娘娘点豆腐我死活也不信。

虽然书生不信和尚的牛皮，他也怕和尚的本领。忽然天上飞过一片黑云，把月亮遮了个严丝合缝。周围伸手不见五指，两个人都勒马不行。和尚还在喋喋不休。书生拿出弓来，朝黑地里发声的地方打一串连环弹，这回就是神出鬼没的黄鼠狼，也逃不开黑暗中袭来的弹雨。最后一弹刚出手，书生就鼓掌大笑起来。

忽然和尚一声暴喝："深山无人，相公这么一惊一乍，可是要吓死老僧？"书生大吃一惊，连忙把弓收起。过了一会儿，乌云过去，书生看到和尚安全无恙，两个人重新上路。

书生心里还在发痒，他真不乐意世界上有和尚这个人。如果世界上存在这和尚，就得相信跳蚤有户口本，人是豆腐做的。这些事一想痒得受不住，所以根本没法相信。但是同样没法相信的事儿已经发生了。今晚用弹子打斗大一个秃脑袋，三番五次打不中。他只顾想这些心事，忽听和尚说：

"相公，你的马瘸了，看看它是不是漏了蹄？"

书生想：真糟糕，心不在焉，马瘸了都不知道。于是他下马去，把四个蹄子全看遍，蹄铁全是好好的。这却怪，蹄不漏，马怎会瘸？牵着马走几步，发现它根本不瘸。马既然不瘸，和尚怎么说它瘸？再抬头一看，和尚也不见了，书生真的大吃一惊，觉得是遇上了鬼。他上马向前追去，大呼："上人！上人！等一等！"

追了十里路，总算追上了和尚。书生长出一口气，两个人并缰行起来，他可没看见和尚瞪起三角眼，面上罩起了乌云。两人各自想心事，再也不交谈。

书生忽然想到：和尚没说过跳蚤有户口本，也没说过人是豆腐做的。他只说能识别跳蚤的牝牡，云母银丝也能杀人。既然他没有这么说，我怎么会这么想？这件事细究起来可有趣啦！原来是我非要这么想，好有理由打死他。现在和尚打不死，我可怎么办好？相信跳蚤有户口本，还是相信自己一脑子豆腐渣？他只顾想心事，就没看到月儿西坠，东方破晓，林间晨鸟啾啾，山谷里起了雾气。他也没看到这条路走也走不完，原来是和尚领着他在兜圈子。忽然和尚把他领进一个山凹，这里有一辆轿车，车夫在辕上打瞌睡。

车夫听见马蹄响抬头一看，见到这一僧一儒，吓得直翻白眼，这一夜他经过不少惊吓，吓得再不敢说话。和尚说："相公，宝眷都在这里，我到家去吩咐酒宴，一会儿就回来接你。"

书生到轿车前撩开帘子一看，老婆丫鬟在里面正在熟睡，这些人可享福啦，车一进山就睡着，到现在还没有醒。回头再看和尚，他已经去远了，书生又纵马追上去，这回和尚十分不耐烦。

"相公，家眷已经还给你，你还跟着我待怎的！"

书生说："大师，我们还是同行。书生在想些心事，想明了要向大师一诉心曲。"

于是这两人又在山路上同行，渐渐走到山顶上去。终于旭日东升，阳光普照，书生勒住马长出一口气说：

"大师，我想明白了！"

和尚也在想心事，他也勒住马，长出一口气说："相公，我也想明白了！"

书生说："大师，小生自幼习武，会些弹术剑法。别人说话不合我心意，我就把他脑袋打开花，叫他说不下去。现在我明白了，这种做法非常之不好。小时候下棋，每到要输时我就把刀拔出来往棋盘上一插，于是长胜不败，结果到现在还是一把屎棋。听人说话也如此，倘若大师说得不对我胃口就把您打杀，怎能够增加见识。比方说，大师若说生姜是树生的果子，我只能说，您说得不对，却不能把大师打死。因为打不死时，我就太难堪了。大师现在活着站在我面前，难道我就因此相信生姜是树上生的？所以杀人不是好游戏，无论如何，不要杀人。"

和尚说："相公，老僧自小习些武艺，专在山道上干没本的生意。和尚虽然抢劫，却不杀人，我专拣相公这样的人同行。你说东，我说西，你说鸡生蛋，我说蛋生鸡。说急了你打我我就露几手把你吓跑，家眷行李就都归我了。现在我想明白了，这种做法非常之不好。就以今晚来说。你打我一弹打不着，两弹打不着，最后打我一串连环弹，你还是不逃走，此时我就太难堪了。你现在站在我面前，难道我就因此一巴掌把你脑袋拍到腔子里？这不好，因为我已经抢了你的行李，又把你打死，实在太凶残。难道我就因此把行李还你？这也不好，因为你已经打了我十七八弹，还是我招着你打的。不抢你的东西，我来挨你打，那不成了受虐狂？所以，抢劫不是好游戏，无论如何，不要抢劫。"

　　这一僧一儒互诉心曲以后，就一起到和尚家里去。和尚要招待书生，把他当成最好的朋友。

舅舅情人·

　　高宗在世的时候，四海清平，正是太平盛世，普天下的货殖流到帝都。长安是当时世界上第一壮丽大城。城里立着皇上的宫城，说不尽的琼楼玉宇，雕梁画栋，无论巴格达的哈里发，还是波斯的皇帝，都没见过这样的宫殿。皇上有世界上最美的后妃，就连宫中的洗衣女，到土耳其的奴隶市场都能卖一斗珍珠的价钱。他还吃着洋人闻所未闻的美味，就连他御厨泔水桶中的杂物都可以成为欧洲子爵、伯爵，乃至公爵、亲王席上的珍馐。他穿着金丝刺绣的软缎，那是全世界的人都没见过的。皇上家里用丝绸做擦桌布，用白玉做磨刀石，用黄金做马桶，用安南的碧玉砌成浴池。他简直什么也不缺，于是他就得了轻微的抑郁症。

　　有一天，有一位锡兰的游方僧到长安来。皇帝久仰高僧的大名，请他到宫里宣讲佛法。那和尚在皇帝对面坐下，没有讲佛家的经典，也没有讲佛陀的事迹，只是讲了他一路上的所见所闻。他说月圆的夜晚航行在热带的海面上，船尾拖着磷光的航迹。还说在晨光熹微的时候，在船上看到珊瑚礁上的食蟹猴。那些猴子长着狗的脸，在礁盘上伸爪捕鱼。他谈到热带雨林里的食人树。暖水河里比车轮还大的莲花。南方的夜晚，空气里充满了花香，美人鱼浮上水面在月光下展示她的娇躯。皇上富有天下，却没见过这样的景观。他起初想把这胡说八道的和尚斩首，后来又变了主意，放他走了。

锡兰僧走时，送给皇上一个骨制的手串，上面写满难认的梵文。皇上不认识梵文，他宫里也没有骨制的东西，可是他特别珍视这串珠子。因为把它握在手里时，皇帝就能看见锡兰僧讲到的一切（这当然是心理作用）。他虽然富有，却不能走出皇宫一步。所以他想，做皇帝也未必是一件好事。所有的人都不知道，只有皇帝自己和当过皇帝的人知道，当皇帝会得皇帝病。对花粉过敏，对青草过敏，甚至对新鲜的空气也过敏。如果到宫内最高的云阁上看长安城里的绿荫，下来以后他要鼻塞气重好几天，还要长一身皮疹。除此之外，他还只能吃御厨精心制作盛在银碗里的食物。如果吃一碗坊间的大锅里熬出盛在粗瓷碗里的羊杂碎，他就会腹泻三天。他也只能和宫内肌肤如雪像花蕊一样娇嫩的女子做爱。如果叫太监从外边弄一个筋粗骨壮的农家女子来，他闻到她身上的汗味就要头晕。听到锡兰僧讲的故事，皇上觉得自己是一个宫禁中的囚徒。于是他再不和后妃嬉戏，再不理朝见的臣子，把自己关在密室中，成天只和那串骨珠亲近。

皇上在密室的天窗中，看到天上的大雁飞过，看到檐下的铃铛随风摇摆，看到屋脊的阴影在阳光下伸长，消失，又在月光下重现。看到瓦上雪消失，岩松返青又枯黄。转眼间几度寒暑，他不召后妃侍寝，不问天下大事，只向送饭太监打听锡兰僧的消息，谁知那和尚一去音讯全无。

有一天，大食的使节从遥远的西域到来，带来了大食皇帝的国书。皇上虽然心情忧郁，也不能冷落了这使团，因为大食和大唐一样强大。大食的骑兵骑在汗血的天马上，背着弓，口里衔着箭，常常骚扰帝国的边境。

大食的皇帝有意修好，正是大唐求之不得的事。皇帝身为人君，有不可推卸的责任去制止边乱。于是，他升殿，带着高贵的微笑去接见使团。他问使节们沿途见到的景色，使节们却听不懂。使节们说话，他也听不懂。皇帝觉得兴味索然，叫宰相陪他们国宴，自己回密室去。他晚上六点钟离开密室，九点钟回去，就在这三个小时中，有人潜入那间屋子，把手串偷走了。皇帝因此而发怒，命令将守在密室门口的宫女和太监严刑拷打，打得他们像猫一样悲鸣。皇帝想把他们都活活打死，后来又改变了主意，把他们交给最仁慈的皇后感化教育，要他们说出是谁偷走了手串。他又召长安城里的捕盗高手入宫来现场调查，要他们说出是谁偷走了手串。高手们说不出，皇上大发雷霆，要把他们推出午门斩首。后来又改变主意，赦免他们死刑，只是命令禁卫军把全城捕盗公差的家属全抓到牢里，以免公差们忙于家事不能专心破案。他还命令封闭城门，只留一个门供出入，出城的人都要经过严格的搜查。然后他觉得无聊，就回到密室中去，叫太监们找到手串时通知他一声。

与此同时，长安城里全体捕盗公差在京兆尹衙门的签事房里集合，讨论案情。时值午夜，人们点起了红烛，进宫的几位白胡子和花白胡子的公差痛哭流涕地说到皇恩浩荡，留下他们不值一文的蚁命。当今的圣上仁德光焰无际，草木被恩，连下九流的公差都身受皇恩。如果不能寻回手串，无须皇上动手，他们就要一头碰死。大家听了感动得热泪盈眶，齐声赞美皇帝的恩德，然后静下心来，在烛光下思考皇帝手串的去向，直想到红烛将尽，晨光熹微，谁也想不出一点线索来。

众所周知，皇城的城墙是磨砖对缝砌成，高有四丈，墙下日夜站着紫衣禁卫军。长安城里最高明的贼翻越高墙也要借助飞抓绳梯，这种手段在皇城上可无法使用。可是说是皇宫里的人偷走手串呢，那就更不能想象。当今的圣上是百年不遇的仁君，虽升斗小民，也知道敬上，何况是皇城内的人直接身受皇恩？更何况皇帝是世界上一切爱的本源，人人爱皇帝，皇帝爱大家。不管是谁，只要不爱皇帝，就生活在黑暗之中，简直活不过一个小时。在皇城之外，也许还有个把丧心病狂的贼子敢偷圣上的心爱之物，在皇城内这种人绝不可能存在。公差们想到脑门欲碎，一个个倒在长凳上睡着了。

当五月的热风吹入签事房时，房子里青蝇飞舞。公差们醒来，想到皇上圣心焦虑地等待他们追回手串，就羞愧起来。几位老资格的公差说，大家都到街上去，见到形迹可疑之人，就捉回来严加拷问，用这种方法也许能追回圣上的失物。于是大家都到街上去。连勒死贼的公差王安也跟着出去了。

王安在长安做了十年的公差，从没捉到过一个活着的贼。他的身材过于魁梧，按唐尺，身高九尺有余，按现代公制，身高也有两米。膀宽腰细，长髯过腹，浓眉大眼，声如洪钟。像这样的仪容，根本就不适合当公差。何况他当公差的第一天在街上看到有人行窃，就一链锁住贼的脖子，把他拖到衙门里去。谁知用力过猛，把贼勒死了，从此也就再没捉到过贼。于是全长安的贼无不知王安的大名。他在街头出现，贼就在街尾消失。

其实像王安这样的人，何必去当公差？他可以当一名紫衣禁卫军。当禁卫军不要武艺，只要身高和胡子，这两样东西王安都具备，他甚至可以到皇城门前去当执戟郎。唐朝风气与宋明不同，官宦人家的小姐常常出来跑马踏青，她们看到雄壮的执戟郎，就用怀中的果子相赠。郡主、公主也常常飞马出宫入宫，看到仪容出色的武官，就叫他们跟着到她们的密室去，用胡子轻拂自己的娇躯，事后都以价值连城的珠宝作为定情礼物。王安当一名下九流的公差，把他一生的风流艳遇都耽误了。

王安和公差们一起出来，别人都到通衢大道、热闹的商坊去，谁也不肯和王安结伴而行。他只好和同伴告别，走在坊间的大道上。长安街内一百〇八坊，坊坊四里见方，围着三丈高的坊墙，四角的更楼高入云天，坊与坊之间有半里宽的空旷地带，植满了槐树。唐代的长安城多么大呀，大过了罗马，大过了巴比伦，大过了巴格达，大过了古往今来一切城池。王安在坊间的绿荫中走，到处碰不到一个人。

长安城里多数坊都是热闹的小城池，可是远离坊门的绿荫地带，却少见人迹，更何况王安朝长安城西北角的鬼方坊走去，那儿更加荒凉。高高的茅草封闭了大路，只剩下羊肠小路。鬼方坊的坊墙，墙皮斑脱，露出了砌墙的土坯。墙下明渠里流的水像脓一样绿，微风吹过时，树上落下干枯的槐花，好像一阵大雨。

鬼方坊的更楼呀，全都坍塌啦。四个坊门有三个永久封闭，只剩下一个门供人出入。那榆木的大门都要变成栅栏门啦！正午时分，一只眼的司阍坐在门楼下的阴影中缝衣裳，他就在身上缝衣，好像猴子在捉虱子。走进坊内，只见一片荒凉，到处是断壁残垣，枯树荒草，这个坊已经荒了上百年。

除了自己和老婆，再加上这位老坊吏，王安再不知道还有谁在这鬼方坊里居住。站在坊门内的空场上，王安极目四望，只看到坊中塌了半截的高塔顶上长满荒草的亭子。土石填满的池塘里长满荆棘，早年的假山挂着几段枯藤。远处有一道长廊，屋顶塌断了几处，就如巨蟒的骨骼。这荒坊里一片枯黄，见不到几处绿色。

王安确实知道还有人住在坊中，可是他没见过这个人或者这些人。坊墙的内侧完整，涂满了鸡爪子小人。王安问老司阍这些顽童图画的事，却发觉这老头儿又聋又糊涂，口齿不清地说一口最难懂的山西话，完全不能听懂他的意思。王安就沿着坊墙下的小道回家去，沿途研究那些壁画，他觉得这作画技巧很不寻常。

王安走过一排槐树。说也奇怪，长安城里的槐树不下千万棵，都不长虫子，只有鬼方坊的槐树长槐蚕。才交五月，这一树绿叶已经被虫子吃得精光，只余下一树枯黄的叶脉，就如西域胡人的卷胡须。有一个穿绿衫的女孩在树下捉槐蚕，她看到王安走来，就站起来叫："舅舅！舅娘被人捉走了！"

王安吃了一惊。首先，他不认识这个人。其次，这个女孩真漂亮，披着一头乌油油的黑发，眼睛像泉水一样亮，嘴唇像花儿一样红，两个小小的乳房微微隆起，纤小的手和脚，好像长着鸟的骨骼。最后，她捉了槐蚕就往衣裳里放，她穿一身槐豆染绿的长袍，拦腰束一根丝绳，无数槐蚕就在腰上的衣内蠕动。王安看了脊背发凉。至于她叫他舅舅，这倒是寻常的事。那时候女孩管成年男子都叫舅舅。

王安朝她点点头说："你看到了？是谁来捉她的？"

"一伙穿紫衣的兵爷，他们叫舅娘跟着走，舅娘不肯，他们就把舅娘捉住，用皮条捆住手脚，放到马背上就走了。临走抽了看门大爷一鞭子，叫他把路修修。这些兵，真横。"

王安听完这些话，就径直回家去。那个女孩把腰带一松，无数槐蚕落在地上，她把它们用脚踩碎，染了一脚的绿汁，然后就追到王安家里来。

王安住着一间小小的草房，门扇已被人踢破，家里的家具东倒西歪，好像经过了一场殊死搏斗。王安把家什收拾好，坐在竹床上更衣。脱下旧衣，却没有新衣可换，只好在衣柜里挑一件穿过而不大脏的衣服穿上了。这时他听见有人说："舅舅的肩真宽，胳膊真粗！"这才发现那个女孩不知什么时候溜了进来，站在阴影中。

王安说："甥女儿，你这样不打招呼就进来很不好。"

女孩说："舅舅，我的话还没说完呢！舅娘临走时大骂你的祖宗八代，这是怎么回事？"

"这不干你的事，你刚才在干什么？"

"捉槐蚕，喂鸡。"

"那你就再去捉槐蚕吧。"

女孩想了想说："舅舅，我不捉槐蚕，鸡也有东西吃。现在我有更重要的事做。舅娘被捉走了，你的衣服没人洗。我给你洗衣服，挣的钱比捉槐蚕一定多。"

王安确实需要人洗衣服，他就把脏衣服包起来交给她。女孩抱着衣服，闻了上面马厩似的气味，却觉得很好闻。她看到王安把头扭过去，好像不爱看这景象，就问：

"舅舅，舅娘为什么骂你？"

"皇上丢了东西，要舅舅捉贼，把舅娘捉起来当人质。舅舅破不了案，舅娘就要住黑牢，吃馊饭。所以她骂我。"

女孩说："那也不应该，像舅娘这样的女人，嫁了舅舅这样的男人，还不知足吗？别说坐几天牢，丢了命也值！"

王安又躺到竹床上去，眯起眼睛来想："她知道我老婆又凶又懒。怎么知道的？"

王安的老婆很凶悍，十根指头都会抓人。王安知道那些禁卫军来捉她，脸上一定会挂彩，所以她到牢里会比别的女人多吃苦头。因此，必须早点把她救出来。他闭上眼睛，那女孩以为他睡着了，其实王安在回味以前的事。晚上行房之前，他老婆来把玩他的胡须。王安的胡子又软又亮，好像美女的万缕青丝。他老婆把手插到那些胡子之中，白日的凶悍就如被水洗去，只剩下似水的柔情。那个女孩看到这些胡子，也想来摸一把，可是他翻了一个身，把胡子压到身下，叫她摸不到，于是她叹一口气，走出门去了。

王安睁开一只眼睛，看那破门里漏进来的阳光，他想起老婆乳头上那七点蜘蛛痣，状如北斗七星。那些痣的颜色，就如名贵的玛瑙上的红绿。那些痣在灯光、月光、星星下都清晰可见，就似王安对她的依恋之情。那女人白天和夜晚是两个人：白天是夜叉，夜里似龙女。白天是胀起脖子的眼镜蛇，晚上是最温顺的波斯猫。她为什么会这样，王安一直弄不明白，越是弄不明白，王安就越爱她。

第二天，王安到衙门点卯，发现签事房里一片绝望的气氛。昨天在竹床上打盹时，他的同事在街上捉了上百个贼，搜出几十串骨珠来。经过刑讯，有七八个贼承认骨珠是从宫里偷来。他们把那些骨珠送进宫里，皇上看了大发雷霆，说谁敢送这样的假货来，就把他阉了做太监。

公差们抱怨说，捉到贼搜出骨珠，不经过严刑拷打，没有人知道这珠子是不是从宫里偷的。经过拷打后贼承认是从宫里偷来的，又没有人知道他是不是屈打成招。最后只好请皇帝御览作为最终鉴定，可是皇上要把他们阉了做太监。如果被阉了做成太监，就算最终捉到真贼，皇上把老婆发还，她们又没用处了，这种曲折的事情，伟大圣明的天子怎么会体会不到？

皇上坐在深宫的密室中，眼皮直跳。他知道这是有人在议论他，马上就想到，是那帮黑乌鸦似的公差在嚼舌根子。他在神圣的愤怒之中，想下一道圣旨，把全体公差马上阉掉。可是他马上又变了主意，不发这圣旨了。阉公差，是他有把握能做的事，有把握的事为什么要着急呢？

皇上平时坐在密室里时，手里总握着那串骨珠。他能够看到热带的雨林，雾气蒸腾的沼泽地，看到暖水河里黑朽的树桩，听到锡兰僧沉重的鼻息。他还能感到锡兰僧在泥水中拔足时沉重的心跳，闻见水沼的气味里和着童身僧侣身上刺鼻的汗酸。直到疲惫至极，他才松开手，让那些灰暗暖润的珠子在指间滑落。现在没有这串珠子，皇上就禁不住焦躁，要走出这间密室，到王座上发号施令，把公差痛责一顿，阉掉京兆尹，把守门的太监和宫女送去杀头。可是他马上改变了主意，决定不出去。这是容易做的事情，容易做的事情何必要着急呢？

就是珠串在手，皇上也有心火上升的时候。那时候他也想走出密室，到皇后身边去。二十七岁的皇后，肌肤像抛光的白玉一样透明。她从出世以来就没吃过饭，全靠喝清汤度日。皇上想闻闻皇后身上的肉香，她身上的奇香与生俱来，有勾魂摄魄的效力，皇上每次闻了以后，都禁不住春情发动。

行房对娇嫩的皇后来说，无疑是残酷的肉刑。但是皇后从没拒绝过皇帝，也没有过一句怨言。皇帝因此判定，在全世界的人中，只有她真正爱他。所以一想到皇后他总禁不住心花怒放。但是每次这么想过之后，皇帝又改变了主意，到皇后身边去是最容易做的事。容易做的事何必着急呢？

皇上想追回遗失的手串才是难做的事。可是他又不乐意走出密室。这不是军国大事，不便交给宰相去办，于是他就把追回手串的事，交皇后全权代理。虽然三年不见面，可是他相信，全世界的人只有皇后最明白他的心意。她一定能把手串追回来，他还要人告诉皇后，那虽是一串普通的骨珠，却是锡兰僧长途跋涉时握在右手里的，所以有特殊的意义。

皇帝说那是一串普通的珠子，可是公差们不信，他们认为皇帝身边的东西，一定是佛国异宝，起码也是舍利子制成。据说，舍利子那种东西会发出佛光，只有有福气的人和高僧才能看到。所以以后再找到骨珠，应该先送到名山大刹请高僧过目，验明是佛宝之后，再往宫里送。听了这样的议论，王安吐吐舌头，走到签事房外边来。他远眺高耸入云的皇宫，只见飞檐斗拱攒成的楼台亭阁，仿佛是空中一片海市蜃楼，这里最矮的阁楼也有十几丈吧？

如果找到能爬上这样阁楼的人，那么追回手串还有几分希望，试想一个贼有这样的身手，怎么会在大街上被公差捉到？像他的同事那种捉贼的办法，只会把大伙儿的睾丸和老婆一起送掉。王安想到这些，对同事们的捉贼能力完全丧失了信心，他叹一口气，回家去了。

王安走回鬼方坊，站在坊墙下看那些壁上的小人，发现他们方头方脑，方口方目。庞大的方身躯下两条麻秆腿，不觉起了同情之心，像这样的人物要是活过来，双腿马上会折断。正在出神，有人在背后叫："舅舅，你回来啦？"

王安回过头去，看到那个穿绿衫的女孩站在槐树下，手捧着大沓的衣服。他想：如果这个女孩不捉槐蚕，那倒是蛮可爱的。于是他脸上露出了笑意说："甥女儿，碰上你真凑巧。"

女孩在阳光下笑起来："不是凑巧，是我在这儿等你，等了半天啦！"

王安又板起脸来，他背起手，转身缓缓行去，那女孩在背后跟随。她问："舅舅，你在看墙上的画，你猜画的是谁？"

"不知道。"

"是你呀！"

王安早知道他可能是那些棺材板似的人物的模特儿，因为那些人的下巴上全长着乱草般的胡子。不过听她这么一说，他还是很气愤。人要长成墙上画的那样，还有什么脸活在人间？他快步走回家去，翻箱倒柜要找一件衣服，把身上这件汗透了的换下来，可是找不到。那女孩说："舅舅，换我洗的衣服吧！"

王安在一瞬间想拒绝，可是他改变主意，脸上又显出笑容，接过衣服来说："你出去，我换衣服。"

"舅舅怕什么？我是小孩子。"

王安不想强迫她出去，就在她面前脱去长衣，裸露出上身。他是毛发很重的人，很以被外人看到自己的胸毛为羞。可是女孩看到王安粗壮的臂膀，宽阔的前胸，觉得心花怒放。她说："舅舅的胡子真好看。能让我摸一把吗？"

王安说："这不行，胡子是男人的威严，怎么随便摸得？"

"什么威严？舅娘就常摸，我看见的！"

王安的脸登时红到发紫：她老婆只在行房前抚弄他的胡子。这种事她都看见了，简直是猖狂到了极点。他怒吼一声："你是怎么看见的？"

"爬到树上看见的。你怎么瞪眼？我不和你说了！"

那女孩的脸飞快地涨到通红，瞪圆了眼睛做出一个怒相。她的脾气来得这么快，倒是王安始料不及的。于是他把自己的怒目金刚相收起来，做出一个笑脸。忽然他闻到一股好闻的青苔味儿，是从衣服里来的，那衣服也很柔软，很干净，于是他和颜悦色地说："甥女儿，衣服洗得很干净。"

那女孩气犹未消地说："是吗？"

"当然，衣服上还有好闻的青草味。你用草熏过吗？"

那女孩已经高兴了："熏什么？我在后边塘里洗的，洗出来就有这股味。"

王安一听浑身发凉。他知道那水塘，长了一池绿藻，里面全是青蛙和水蛇，塘水和鼻涕一样又浓又绿。早知道她要到那里洗衣服，还不如不叫她洗。但是这种话不便说出口来。于是他到柜里取了铜钱，按一个子儿一件给了洗衣的费用，又加上五文，算作洗得干净的赏钱。然后他叫女孩回家去，他要午睡了。女孩临出门时说：

"舅舅，我一定要摸摸你的胡子。摸不到不甘心！"

王安想，这个小鬼头可能是真想这么做的。王安还有话问她，就叫她回来说："摸摸可以，不准揪。"

女孩把十指伸开，插到那丝一样的胡须中。她觉得如果一个女人能拥有（当然不是自己长）这么一部胡子，简直是世界上最大的幸福，就在她沉溺在胡须中时，王安问她：

"甥女儿，墙上那些小人儿，是谁画的，你知道吗？"

"是我。"

王安已经猜到是她，不过他还是佯装不信。女孩说："这有什么可不信的。我画给舅舅看！"

她到厨下取了一块木炭，就爬到墙上作画。她在墙上就像壁虎上了纱窗，上下左右移动十分自如。王安想，长安城里那些大盗看到这孩子爬墙的本事，一定会在羞愧中死去。转瞬之间画完了一幅画。她从墙上下来，拍拍手上的黑灰说：

"舅舅，我画得怎么样？"

王安说："画得很好。"他点点头，正要走开，忽然看到那女孩对着下沉的夕阳站着，眯缝着眼睛，笑嘻嘻的毫不防备。他便猛然变了主意，像饿虎一样朝她扑去，去势之快捷，连苍鹰捕食都不能与之相比。殊不知那女孩朝地上一扑，比兔子还快地从他胯下爬过，等到王安转过身来，那女孩已经逃到十丈以外，拍着手笑道："舅舅和我捉迷藏！你捉不到我，明天我再来，今天可要回家了！"

第二天早上，王安到衙门里去点卯，发现签事房里一片欢腾，那佛手串的案子已经结束。原来圣明仁慈的皇后宣布说是她走进皇上的密室，取去了那串骨珠。公差们兴高采烈地到禁军衙门去接老婆，兵大爷们说，他们未奉旨不便放人。可是，他们也说相信圣旨不时将下，公差们就可以与妻子团聚了。王安对此也深信不疑。他回家里来，洒扫庭院，收拾家具，正忙得不可开交。那个女孩忽然来了，她站在门口，挑起眉毛说：

"舅舅你在忙什么？难道舅娘要出来了吗？"王安说："大概是吧。皇后承认是她偷去了珠子，这个案子该结了。"

女孩说："我看未必。皇后怎么会偷皇上的珠子？难道她也是贼？"

王安笑了："甥女儿，皇后说是她拿了珠子，想来自有她的道理，这种事情我们不便猜测。我想她老人家身为国母，一串骨珠也还担待得下，我对这案子不便关心，倒是你这爬墙的本领叫人佩服，是谁教给你的？"

"没人教，我天生骨头轻，从小会爬墙。"

"不管有人教也罢，没人教也罢，反正不是好本领。你把它忘了吧。等你舅娘回来，你和她学学针线。"

女孩一听立刻火冒八丈，龇牙咧嘴，状如野猫。她恶狠狠地说："针线我会，不用跟她学。舅舅你不要太得意，也许空欢喜一场！"

王安摇摇头，不再搭理她，那女孩说："舅舅，你还捉不捉我了？"

王安想起昨天的事，羞得满脸通红。王安到长安之前，在河间府做过九年公差，当时是公差的骄傲，贼子的克星，出手速度之快，足能捉下眼前飞过的小鸟，但是却捉不到一个小女孩。他摇着头说：

"甥女儿，你把这事也忘了吧，昨天是我一时糊涂。"

"舅舅一点也不糊涂，我就坐在这儿，你再来捉捉看？"

王安知道，她就如天上的云，地上的风，谁也捉不到。昨天他被她表面的松懈迷惑，结果大出洋相。今天他不上这个当。他摇摇头说：

"我何必要捉你？事情已经过去了。"

那个女孩就走出去。王安躺在竹床上，想到几天之内就可以和老婆相会了。他极力在想象中复原她的倩影，但是这件事很困难。他也为那女孩所惑。当然，不是惑于她的美色。虽然她很美丽，但是尚未长成。王安的妻子在夜里比她要美得多。王安只是沉迷于她的快捷，她玲珑的骨骼，她喜怒无常的性格，这些气质比女色更迷人。

王安影影绰绰地想起妻子在月夜里坐在竹床上的形象，她高大而丰满，裸露出胸膛，就如一座活玉雕。她在白天的凶暴，似乎全是为了掩饰在夜里的美，这好像是一个梦。可是那女孩在墙上游动的身影就在眼前，她的身子好像没有重量。像这样的人，除非她乐意让你捉住，否则你是无法捉到的。而让她把自己交到别人手里，是一件极费心力的事。谢天谢地，王安不必再为此费心了。就在王安感到轻快的时候，皇上觉得头痛欲裂，周身都是麻烦。皇后说她已经把手串毁了。皇帝只得从密室里走出来，尝试过以前的生活。但是他觉得外面光线晃眼，噪声吵人，山珍海味都不适口，锦墩龙椅都不舒适，宫里的女人浮嚣可憎，因此他又回密室去，召皇后来见面。

浑身异香的皇后到皇帝面前时，面上浮起了红晕，皇帝觉得她分外光艳照人，所以要说的话也分外难说出口。他踌躇良久最后痛苦地说："梓童，朕知道你谏止朕迷恋珠串的苦心，朕也试图照你的意思去办。事实上，朕虽拥有六宫佳丽，除了你之外，却没有一个可以信赖的女人。由于你有天生的异香，由于你对朕的厚爱，朕早已决定终生绝不违拗你的意思。但是这手串实在是朕的生命，朕一定要把它追回。朕的苦恼，希望你能够理解。"

皇后跪在他面前连称万岁，口称臣妾罪该万死，可是皇帝却出起神来。他看着皇后花一样的面孔，想起自己幼年丧母，从未感到母亲的爱。因此当他爱上皇后之后，就有轻微的犯罪感，每次和皇后做爱时，他感到她肉体的战栗，就有一种儿奸母的感觉。如果不是因为这个，他绝不会割舍皇后，自己深入密室苦修。于是他苦笑一声，叫皇后平身。又赐她与自己同座。皇帝握着皇后的手说：

"梓童，朕已有了追回手串的办法，但是却难免要冒犯于你。自从你我结缘以来，你已为我忍受了不少痛苦。为了追回手串，朕又要你为我忍受新的痛苦。因此朕要请求你的原谅。"

皇后又到皇上面前跪下，口称她能够身为当今的国母，全赖皇上的厚恩，她愿为皇上做一切事，唯一不能做的就是追回手串，因为它已经被毁掉了。皇上对这种说法感到厌倦，挥手叫皇后离去，然后在蒲团上静坐了很久，终于下定了决心。他想：皇后已经为他忍受过不少痛苦，再让她忍受点也无妨，这就如顽童烦扰母亲时那种模糊的心境，既然她能受得了生他的痛苦，还有什么受不了的。

　　王安再到衙门里去点卯时，发现同事们在签事房里饮酒赌博，到处是放纵松懈的情绪。他还来不及打听出了什么事，就被叫到公堂上去，被按在堂上打了三十大板，做公差的总难免挨打。可是这一回打得非常之轻，那力量连蚊子都拍不死。挨过打之后，王安跪起来，要听听自己挨打的原因。可是官老爷什么也没说，摇头叹气地退堂了，他问打人的公差，今天这三十大板是怎么回事，可是那些人也只顾摇头叹气地离去。于是王安就回签事房去，问出了什么事情。别人说，皇帝早上下了圣旨，要全城的公差继续追查手串的案子，并且是严加追查，一天不破案，全体公差都要挨三十大板。

　　公差们说，手串已经被皇后毁去，还要追查，这岂不是向公狗要鹿茸，向母鸡挤奶的事？他们还说，皇上天恩，只赐每天三十大板，就算把大伙全阉割了，把家眷变卖为奴，也是无可奈何的事。王安却没那么达观，他赶紧回去找那个女孩，找遍了鬼方坊，再也找不到，他就回家来，坐在床上痛悔自己的愚蠢：第一不该冒失地出手抓那孩子，第二不该相信这个案子已经结束，第三不该对那女孩说，要她向老婆学针线。此时她肯定已经远走高飞，他想到自己能够和她住一个坊里，这是何等的侥幸。她又自己找上门来，这是何等的机遇。上天赐给王安这么多机会，他居然让她平安地溜走。简直是活该失去胡子和老婆。

　　现在王安只好把希望寄托在皇后身上。他回签事房去，听说皇上已经下旨把她废为庶人。还要京兆尹衙门把公案和刑具搬进宫去。今天晚上他要亲审废后，要全城的公差都进宫去站堂。王安听到这个消息，吓得面孔铁青，坐在长凳上，好像一段呆木头。

皇后被贬为庶人之后，就从宫殿里搬进了黑牢。在那儿她被席子上的霉味熏得半死，还被人剥去长袍，除去钗环，换上了罪衣罪裙。这种粗布衣服她从来没穿过，她觉得浑身如虫叮鼠咬。天黑之前，晚霞从窗口映入，照到皇后身上，她觉得周身血迹斑斑，想到即将到来的羞辱和酷刑，她几次几乎晕死过去。最后有人打开牢门，用锁链锁住她的手足，牵着她去见皇帝。皇后赤足跣跄，走过宫里的石板地，心想：生为绝代佳人，实在是件残酷的事情。

对于皇后来说，就连更衣这样的小事都是巨大的痛苦。从窗缝里吹进来的风也能使她感到利刃割面的痛苦。出浴时的毛巾不管多么柔软，她都觉得如板锉毛刷。所以活在世上就如忍受一场酷刑。尽管如此，做绝代佳人也比不做好。这就如君王的雨露之恩，来时令人不堪忍受，但是如果不来，更叫人无法活下去。因此皇后决定领受皇帝赐给的刑罚，宁可在刑具下死去，也不改变上谏皇帝的初衷。

皇后来到皇帝前跪拜时，披散着万缕青丝，脖子上套着铁链。她穿着死囚临刑时穿的褐色衣裙，赤手赤足，用气息奄奄的声音喊道："犯女××，愿皇上万岁、万岁、万万岁！"皇上听了有一种奇异的感觉。他叫皇后抬起头来，发现一天不见，皇后已经清简了很多，他以聊天的口吻说：

"梓童，你披枷戴锁，身着死囚的服装，朕觉得更增妩媚。"

皇后说，她已经贬为庶人，现在是皇上的阶下囚，请皇上不要以梓童相称呼。皇上却说，他觉得阶下囚比皇后更加可爱。皇后就说，只要皇上喜欢，她也乐意做阶下囚。皇帝就挽了她的手到窗口去，让她看庭院中熊熊的烈火，如狼似虎的公差，血迹斑斑的刑具。皇后看了这些东西，只觉得天旋地转，立刻倒在皇上的怀里。

皇后醒来之后，皇帝对她说："梓童，现在改变你的决心还不算晚。否则朕只有为就要发生的事情请求你的原谅。"

皇后明白，无论什么都不可能阻止皇帝追回他的手串，但是她还是说，她的身体归圣上所有，无论置于龙床上还是刑具下，都是正确的用途。

于是皇帝叫人把她牵出去，几千名公差齐声高叫升堂，几乎把皇后娇嫩的耳膜震破。她被带过公差们站成的人甬道（几乎被男人身上的汗臭熏死），来到公案前跪下，在皇帝面前复述她的供词。皇帝立即命令对废后用刑，拶子刚套上她的十指尚未收紧，皇后的指尖就渗出血来。她像被门夹住尾巴的猫一样惨叫一声，晕死过去。

皇帝命令，用香火把皇后熏醒，再开始刑讯。拶子又收紧了一点儿，皇后在痛苦之中挣扎，却不能晕死过去。她身上的异香随着汗水蒸发，使行刑的公差腿软腰麻。这时皇帝逼问她的供词，皇后仍然不肯更改。皇帝就命令松去拶子，用藤条抽打她的手心，用金针刺入她的足趾。皇后晕厥了几次，而终不肯改口，最后皇帝命令松去皇后的刑具，她立刻瘫软在地昏死过去。

皇帝命令把皇后送回寝宫，请太医诊治。然后板起脸来，公差扔下手中的水火棍，跪在御前磕头，那情景就如几千人在打夯。皇帝提高嗓子说：

"朕已知道，你们这些乌鸦，不肯为朕尽心办案，却诬蔑说皇后偷走了朕的手串。朕本该把你们全体凌迟处死，奈何还要倚仗你们追回失物，只得放你们一条生路。朕这宫中没有石碾石磨，任凭什么人，都不能毁掉手串，而要说那手串为皇后藏匿起来呢，你们的狗头上也长有狗眼，应该看到皇后受刑时的情景。在这种情形之下，她如果能交出手串，绝无不交的可能。故而你们这批狗头，应该死心塌地地到宫外寻找，不要抱有幻想，朕的话你们可明白？"

公差们抬起头来，齐声应道："明白！"皇帝脸上露出了笑意说：

"还有一件事情，朕说与你们知道。朕已下旨到关中各郡召集民间阉猪的好手，七天之内，你们如不能把圭串交回御前，朕就要把你们阉掉半边。再过七天还不能破案，就把你们完全阉掉。现在你们马上出去为朕追寻失物。滚吧！"

公差们从宫里出去。顾不上包扎额上的伤口，就到大街上去胡乱捕人。王安不参加捕人的行动。他回家去。出乎他的意料，他家里点着灯，那女孩儿坐在灯下，见到他进来，她站起来迎接说：

"舅舅回来了！你的头上怎么破了？"

听了这句话，王安勃然大怒，这简直是在揭他的短。他尽力装作不动声色，可是还免不了嘴角发抖。那女孩拍手笑道："舅舅生气了！你来捉住我好了，只要捉住我就可以出尽你的恶气！"

王安更加愤怒，非常想朝她猛扑过去，可是他知道捉不到她，他强笑着到席上去盘腿坐下，要那女孩拿来短几，把灯台放在几上。然后他叫她在对面坐下，和她对坐了许久。

那女孩的手放在案上，手背和十指瘦骨嶙峋，叫人想起北方冰封悬崖上黑岩石中一缕金子的矿脉。她手肘上洁白的皮肤下暗蓝色的血管，就像雪原上的河流，又如初雪后沼泽上众多的小溪。

王安把双手也放到案上去，把她的双手夹在自己的手中间。

王安感到她的双手的诱惑，如多年前他老婆的脖子的诱惑一样。王安的老婆在婚前也是个贼，虽无飞檐走壁的奇能，却擅长穿门过户。这原不是王安的案子，可是他为她雪白修长的秀颈所迷惑，一心要把链子套到她的脖子上去。王安这一生绝不贪恋女色，却要为女贼所迷。因此他看到墙上的壁画就会怦然心动，看到女孩在树下捡槐蚕就心悸不安，现在看到灯下案上一双姣好的双腕，手就禁不住轻柔地向上移去。

十年前，王安看到那修长的脖子，天鹅似的仪容，禁不住起了男人的欲望，因此他就判定这个女人是个贼。看见她从前门走进巨富人家，他就到后门去等。现在他坐在女孩的对面，手指轻轻触及她的肌肤，心中的狂荡比十年前有过之而无不及。女孩的腕上传过回夺的悸动，可是她立刻又忍住了，把手腕放在一点点收紧的把握中。王安始终不相信她会被抓住，直到他的手已经握实之后。他猛然用上了十成握力。那女孩哇的一声叫出来，猛地挣了起来，却丝毫也挣不动。然后她兴奋得面红耳赤，大叫道："舅舅，你捉住我啦！"

王安猛然想到捉住她也没什么用。他没有一丝证据，不能把她送到衙门里严刑拷打。他觉得受了她的戏弄，就把手松开，女孩把手捧到灯下去看，发现腕上印下深深的青痕，不禁心花怒放，把双腕并着又伸了出来说：

"舅舅你把木枷套在这青痕上，再用链子锁住我的脖子，拉我到衙门去吧！我乐意！"

王安虽然确信这女孩是贼却不能送她坐牢。他茫然地坐着，一会儿想说，你把这事忘了吧。一会儿又想说，你回家去。最后他说：

"甥女儿，我捉了你又放了，你满意了吧？现在告诉舅舅，皇上的手串你拿了没有？"

女孩说："舅舅的话我不大明白，什么满意不满意的，难道你当年也这么捉过舅娘？"

王安当年站在那家巨富后门的僻巷里，他老婆出来时，他一链子锁在她脖子上。他本该把她拉到衙门去，但是他没有，他把她拖到没有人的地方，动手掏她怀里的赃物，结果看到她乳房上的痣，就再也把持不住，冒犯了她的身体。等到发现她处女的血染上他的身，王安就不便送她去坐牢，而是娶了她当老婆。如今这女孩问起，他就简略地说过此事，然后说："甥女，舅舅是怎么一个人，你已经明白了。我现在求你，帮我找回皇上的手串，要不皇上要阉了我们。阉是怎么回事，你知道吗？"

那女孩面露不悦之色说，她知道什么叫阉，却不懂王安为什么为难。他如果怕阉，可以逃走，至于手串，她可帮不了忙。王安就说：

"甥女儿，别拿舅舅开心。凭我对你的感觉，你就算不是偷手串的贼，也是大有来历。你一定能帮舅舅寻回手串。至于要我逃脱，是你小孩子不懂事。我怎能扔下舅娘不管？"

女孩怒起来，跪在席子上说："舅舅说我是贼为什么不搜我的怀？"

"那怎么成？搜你舅娘已经很不对了。"

女孩大发雷霆，尖叫道："有什么对不对的！既然都是贼，捉住了有的搜，有的不搜，真是岂有此理！"说着她一把把胸襟扯开。王安看到她的胸上也有七点红痣，和他老婆的毫无二致。他因此大吃一惊，两眼发直，然后他才看到她怀里藏了一串珠子。肯定是皇上遗失的，他连忙去抓她的足踝，已经迟了，堂屋里就如起了一阵风，女孩一晃就不见了。

女孩走后，王安想了很久，他忽然彻底揭穿了这个谜。有两点是他以前没有想到的，第一是那女孩和王安的老婆很熟，王安可以想象他老婆在荒坊里很寂寞，如果有一个女孩来做伴她就会把什么都说出来。还有第二点，就是这女孩一直在偷东西。按照规律，地方上出了大案公差领命破案时，总要收家属为质。她想用这种方法把王安的老婆撵走，所以这两年长安城里的大窃案层出不穷。不过王安在衙门里不属于机智干练那一类，所以总也捉不到他老婆头上来。直到她偷到皇帝头上，方才得逞。想明了这两点，王安觉得这案子他已经谙然于胸。他对追回手串又有了信心。他在灯里注入新油，在灯下正襟危坐。他知道那女孩一定会回来的。

她果然回来了，坐在王安面前吐舌头做鬼脸。王安视若不见，板着脸说：

"甥女儿，你别挤眉弄眼，这不好看。我问你，你胸上的红点是天生的吗？"

女孩一听，小脸登时发了青。王安又说："你舅娘对你多好，连奶都给你看，可是你却累得她坐牢，你不觉得可耻吗？"

女孩的脸又恢复了原状，她说："有什么可耻的？我早就想送她进牢房。我听舅娘说，上次舅舅勒死一个贼就在佛前忏悔，发誓道'今生再不捉贼，伸左手砍左手，伸右手砍右手。'可是你却一连捉了我三次，怎么也不知羞耻？还不把手砍下来！"

王安脸红了一下说："这也没什么可耻的，大人者，言不必信，行不必果，手也不一定要砍。"然后他觉得这样不足以启迪女孩的羞耻心，就说：

"甥女儿，你胡闹得够了，又偷东西，又点假痣，还把赃物揣在怀里，这全是学你舅娘的旧样。这种小孩子的把戏，你还要耍多久？"

"舅舅既然说我是小孩子，那我就把这戏耍到底。"

王安为之语塞。那女孩子又说："其实我并不是小孩子，舅舅伸手捉了我，我就是不折不扣的女贼，你该用对待女贼的态度对我。"

王安苦笑着说："舅娘是个苦命人。十年前舅舅无礼强暴了她，到今天她对我还是又抓又咬。这是舅舅的孽债，不知什么时候才能还清。甥女儿，我们不能让舅娘再受苦，否则舅舅的孽债就更深重了！"

"呸！她算什么苦命人？你这话只好去骗鬼！"

女孩子说，王安的老婆是什么样的人，她比王安还清楚。白天来看时，王安的老婆蓬头垢面音嗓粗哑，显得丑陋不堪。她用男低音说话。说到王安，她说他是一群猪崽子中最下贱的一只。十年前他用铁链子勒着脖子把她强奸了，她说王安的身体毛茸茸的，好像只大猴子。在夜里，因为夫妻的名分和女性的弱点，让他占有了她的肉体。白天想起来，就如喉咙里含了活泥鳅一样恶心，她真恨不得把王安吃掉，以解心头沉郁十年的怒气。然后她给女孩看她指甲上的血迹，说她刚把王安抓得落荒而逃。这时她哈哈大笑，就如坟地上的猫头鹰，她还直言不讳地承认自己是母夜叉，被王安强奸之后，除嫁他别无选择，就如被装进笼子的疯狗，她只有啃铁条消磨时光。

晚上远看王安的老婆，就发现一切都很不同。她在镜前梳妆着衣，等待王安回来。那时她肩上披散的长发没有一丝散乱，身上穿着锦丝的长袍，用香草熏过，没有一个污点，一个皱褶。她脸上挂着恬静的微笑，用柔和的女中音说话。说王安是公差中的佼佼者，她曾是贼中的佼佼者。最出色的贼一定会爱最出色的公差，就如美丽的死囚会爱英俊的刽子手。那时候她显得又温柔又幸福，又成熟又完美，高大而且丰满。女孩痛恨她佛一样的丰肩，天女一般的宽臀，看到她像大理石雕成的手和修长的双腿，女孩真恨不得死了才好。

她说到王安对她的冒犯，有和白天很不同的说法，她说当锁链忽然套到她颈上时，在最初的惊慌之后，她又感到一丝甜蜜，这种甜蜜混在铁链的残酷之中。王安锁住她以后，犹豫了很久，这使她想到自己有多么美，然后他牵着她到嫩黄的柳林里去，她隐隐知道要出什么事。那时她跟着铁链走去，脚步蹒跚，有时想喊，可始终没有喊出来。

强暴来临时，她拼命抗拒过，然后又像水一样顺从。她不记得失去贞操的痛苦，却记得初春上午林梢的迷雾，柳条低垂下来，她的衣服被雪泥弄得一塌糊涂，只好穿上王安的外衣，踏着林荫处半融的残雪回家去，做他的妻子。

王安的妻子梳妆已毕，敞开胸襟，给女孩儿看她胸上的痣。她说在月夜里，王安把嘴唇深深印在这些痣上。女孩妒火中烧，恨不得把那洁白的乳房和鲜红的痣都用烧红的烙铁毁掉。她束紧腰带，又用布带在臀下系紧，布料下显出她的曲线。她说到王安会用温柔的手把这些结解开，禁不住心花怒放。

她还说到王安的身体，宽阔的胸膛，浓重的体毛和铁一样的肌肉，王安就如航行于江海上的航船，有宽阔的船头，厚重的船尾。在两情相悦的时候，她用身体载起这只巨舟，她是水，乳白色的，月光一样的水。所有的女人都是水，但是以前她并不知道。她是独脚贼，没有人告诉她，直到王安这条船升起风帆驶入她的水域。说到这里时，她身上浮起思念丈夫的肉香。女孩儿闻到这种味儿，恨不得把这娇滴滴、香喷喷的骚娘们儿一刀捅死，以泄心头之恨。

女孩子说，她不相信男女之间只有干那种丑事才能相爱，尤其是像王安这种伟大的男人。试过王安以后，她更加相信，他是被那娘们儿的骚性诱惑了，说完这些话，她就从屋里出去，并没有说怎样她才能把手串交还。

又过了三天，皇帝对公差寻回手串的能力失去了信心，他下诏说赦免窃珠贼一切罪责。如果贼肯把手串交还，他还要以爵位和国库中的珍宝相赠，他还答应给那人以宫中的美女或禁卫军中的美丈夫。这通诏书一下，长安朝野震动，以为皇帝是疯了。

只有王安认为皇帝真正圣明。王安相信，任何丢失的东西都可以寻回，捉不到贼，就要用贼想要，或更想要的东西交换。他虽然对这一点深信不疑，可还是想不出怎么才能使那女孩把手串交回来。中午时他坐在家里凝神苦思，下意识地用指头去挖席子，不知不觉把席抠出一个大洞。

　　那时屋外天气很热，阳光把蝉都晒晕了，以致鬼方坊里万籁无声。可是王安屋里是一片凉爽的绿荫，空气里弥漫着夹竹桃的苦味，草叶的芳香，还有干槐花最后的甜香味。他家里摆满了瓶瓶罐罐，里面插着各种各样的绿枝。一旦露出干枯的迹象，女孩儿就把旧枝条拿出去用新的枝条来代替。现在屋里的树枝、灌木和草叶全是一片新绿。她心满意足，就伏在窗前的席子上睡着了。

　　女孩睡着时，没有一丝声息。只有肩头在微微起伏。她睡觉的姿势也很奇特。这说明她所说的并非虚妄。她说她没有家，也不记得有过家。王安没法相信人没有家怎么能长大，但是如果她有过家，就不会以这种姿势睡觉，因为没有人用这种姿势在家里睡觉。

　　这女孩搬到王安家里已经两天了。王安以为住在一个屋檐下两天两夜已经足够了解一个女人。可是除了她说过的那些话，王安对她还是一无所知。她对王安说，除了王安的老婆她和谁都不熟识。也许王安的老婆能说出，怎样才能使女孩交出手串。可是她却被关在禁卫军把守的天牢里，不容探视。王安没法向别人打听这女孩的心性，他只好自己来解这个谜。

　　他想到昨天晚上，他在她面前更衣，那女孩走过来，用指尖轻轻触及他的肉体。她不像王安老婆那样把手掌和身体附着到他身上。只消看一看，闻一闻，轻轻一触就够了。她在王安面前更衣，毫无扭捏之态，在青色的灯光下王安看到除了两个微微隆起的乳房，她身上再没有什么阻止她跑得快，就如西域进贡给皇帝的猎豹。她骨骼纤细，四肢纤长，好像可以和羚羊赛跑。

　　女孩说，她爱王安，如果得不到王安的爱，她一辈子也不会把手串交出来，哪怕王安的老婆死在狱中，哪怕王安因此被处宫刑，也得不到她的同情。王安也准备爱她，可是不知怎么爱才好。如果她再大几岁，或者在市井里住过几年，那么一切都简单了，现在要他去爱简直是岂有此理。

女孩儿说，以前她住在终南山中，一年也见不到几个人，在山林里她感到需要爱，才搬到长安城里来。这个哑谜叫王安无从捉摸起，人住在深山无人的地方，也会知道爱吗？她在深山中体会到的爱，也不知有多么怪诞。王安想不出头绪，就把她叫起来问。

"甥女儿，你在深山里见过飞鸟交尾，或者两条青蛇缠在一起？你听见深秋漫山的金铃子叫，心中可有所感？你也许见过一只雄猫循母猫的气味而去，或者公山羊们在绝壁上抵角？"

女孩听了勃然大怒，说："舅舅，你真讨厌死了，你简直像舅娘一样骚，如果你再这么胡说，我就跑到深山里去，等你被阉了再回来！"

王安只好让她继续睡觉，他知道她不是个思春昏了头的傻丫头。在胸上点痣，引诱王安去捉，那不过是孩子的恶作剧，她并不喜欢这些。

王安想来想去，觉得脑筋麻木，他闻到屋里森林般的气味，就动了出去走走的念头。于是他走到坊间的绿荫中去，觉得天气很热。等头顶槐花落尽，真正的酷暑就会来临。

星星点点的阳光从树叶间漏下来，照在王安身上，光怪陆离，他渐渐忘却心中的烦恼。走进一片浓绿之中，听见极远处一辆牛车在吱吱地响。坊间的道路不只一条，它们弯弯曲曲在槐林中会合又分散。王安遇到一只迷路的小蝴蝶，它在荆棘之中奋力扑动翅膀要飞出去。他想到皇帝也是这么奋力地要寻回手串。在重重宫禁中寻求一条通往南方泽国之路；他也是这么奋力地要寻回手串，寻求一条通向月夜下横陈的玉体之路。这些路曲曲弯弯，居然在这里会合，其中的机缘真不可解。

王安在心中拿蝴蝶打个赌赛：如果它能飞出草丛，那么皇上的手串也能寻回来。所以当蝴蝶的白翅膀在刀丛剑树中挂得粉碎，它那小小的身子和伤残的翅膀一起坠落时，他几乎伤心地叫起来。就在这时那个女孩来到他身边，拉着他的手说：

"舅舅，出来散步也不叫上我！一起走走吧。"

王安把蝴蝶的悲哀忘掉，和她一起到更深的绿荫中去。他把她的小手握在手中，感到一股冷意从手中透入。就想起初见她时，这个女孩在槐树下捡槐蚕的情景。女孩把绿色的活槐蚕揣在怀里，那种冰凉蠕动的感觉多么奇妙啊！她身上有一种青苔的气味，王安想到女孩在一池绿水中洗衣服，洗出的衣服又柔软又舒适。他们在绿荫中走了很久。王安很放松，很愉快，他感觉她贴体的触觉、嗅觉和遥远的听觉、视觉逐渐分开。她在很近的地方，女孩在很远的地方。当冰凉蠕动的感觉深入内心的时候，王安知道自己在爱了。

他们回家以后，王安脱去冷湿的衣服。女孩伸出舌尖，尝一尝他胸前的汗味儿。她叫王安是"舅舅情人"。后来这位"舅舅情人"和她在椭圆形的大浴桶里对坐，桶里盛着清凉的水。

王安看到女孩在一片绿荫之中。他终于伸出一根粗大的手指，按在她胸骨上，不带一点肉欲地说，他爱她，他对她充满了绿色的爱。女孩听见这句话，就从浴桶里跳出去走了，再也没有回来。

第二天早上，天还没有亮，那串骨珠从密室的天窗中飞进来，摔在皇帝的脑袋上。皇帝得回了手串很高兴，就不计较这种交回手串的方式是多么不礼貌。他命令禁卫军把公差的家眷放了，还给每人五两银子压惊钱。王安的老婆回家时天色还没大亮，王安怕她会和他大闹一场，谁知她没有。洗去坐牢时积下的泥垢和汗臭，穿上长裙，她和他做房中的游戏。休息时她说，抓人和撒泼都是坏毛病，她已经决心改了。在黑牢她还看透了一点，就是白天也可以当成黑夜来度过。对于她这种达观的态度，王安当然表示欢迎。

王安的老婆说，她根本不相信能活着回到王安身边，因为她知道这件

事是小青（就是那女孩的名字）干的。她知道那女孩会飞檐走壁，偶尔也偷东西。所以当禁卫军把她抓走时，她把王安和小青的祖宗八代都骂遍了。不过骂人不能解决问题。她坐在牢里腐烂潮湿的稻草上，深悔以前没在王安耳边提到她有一位野猫似的小女友，于是她又想通吃醋也是个坏毛病，她也决心要改。

这些都不足以难倒王安，她深知自己的丈夫是全世界最机警的公差，尤其是对付女贼时。即便他找不到那女子，她也会自己找上门去。真正困难的是叫她承认自己是贼，而且要她交出赃物。她无法想象王安怎么看透谜底。案发前，有一天傍晚，她和小青在房里聊天时，她说完自己是水，王安是舟的比喻，就说这是爱的真谛。

那女孩说，她体会到的爱和她很不同。从前她在终南山下，有一回到山里去，时值仲夏，闷热而无雨，她走到一个山谷里，头上的树叶就如阴天一样严丝合缝，身边是高与人齐的绿草，树干和岩石上长满青苔。在一片绿荫中她走过一个水塘，浅绿色的浮萍遮满了水面，几乎看不到黑色的水面。

女孩说，山谷里的空气也绝不流动，好像绿色的油，令人窒息，在一片浓绿之中，她看到一点白色，那是一具雪白的骸骨端坐在深草之中。那时她大受震撼，在一片寂静中抚摸自己的肢体，只觉得滑润而冰凉，于是她体会到最纯粹的恐怖，就如王安的老婆被铁链锁住脖子时。然后她又感到爱从恐惧中生化出来，就如绿草中的骸骨一样雪白，像秋后的白桦树干，又滑又凉。

王安的老婆对她的体会绝不赞同，她在遇到王安之前，脖子上从未挂过锁链，所以当王安锁住她时，她觉得自己已经被占有，那种屈辱与顺从的感觉，怎能用深草中的骸骨比拟，就笑那女孩儿说："你去试试，看世上能不能找到一位情郎，给你这种绿色的爱！"

　　于是产生了一场口角，那女孩在盛怒中顿足而去。

　　王安的老婆深知小青一定要在王安身上打主意，她却不知她还能把自己搞到牢里去。说完这些话，她就玩王安的胡须，说他是世界上最可爱的大丈夫，连皇帝也不能与之比拟。

南瓜豆腐·

【一】

　　我待在一艘游艇里。这条船好像是在岸上，架在一个木架上修理。有关这条船，可以补充说，它是用层压板做成的，因为船壁上剥落了几处，薄薄的木片披挂下来。这让我想起了好几件往事：一件是我小时候到胡同口的肉铺去买肉馅，店员把肉馅裹在桦木膜里递给我；另一件是我上大学时，在礼堂里听大课，椅子上的书写板就是层压板的。看到这条船是层压板做的，我就暗自庆幸道，幸亏我没有驾着它出海。这条船实在是太小了，在里面连身都转不过来，驾着它出海一定要晕船（我既晕飞机，又晕小车，坐在这么一条小船里到了大海上，一定要把胆汁都吐出来），更何况它是木头片儿做的，肯定不太结实。可是船舱里有一面很大的舷窗，我从窗口往外看，看到远处有一个灯火通明的码头，但近处是一团漆黑，可是在一团漆黑中，有一些模模糊糊的东西。我俯下身去，想要看清楚那是一些什么东西。就在这时，有人从外面朝舷窗开了一枪——这就是说，舷窗上出现了一个星形的洞，而舱里的壁板"乒"的一声碎了一块。这一枪着实让我惭愧，因为假如我告诉别人说，有人朝我开了一枪，他们一定会以为我在编故事。那一枪打来时，我影影绰绰想到了它的缘由，头天晚上在海上，我看到两条渔船在交接东西。

我这一辈子都没有在海边住过，所以对这一片蓝色的流体抱有最热烈的好感。现在我就想到了在电视上看到的加勒比海，是从飞机上拍摄的，海底清晰可见，仿佛隔了一层蓝色的薄膜看到一片浅山。如果能够在加勒比海边上建起一幢别墅，拥有这样一片大海的话，死有何憾。这件事实现起来有一个最大的障碍，就是非几百万不行——这几百万还得是美元。因为这个缘故，人家打我这一枪不可能是在加勒比海边上。那一枪打得我心惊胆战，躲在墙角，手里拿了一根铁棍，等着打了我一枪的人进来。现在我讲到这些事，毫不脸红，因为这不是我编出来的，而是我亲身所历。本来我该站在门后，但是那条船太小了，门后根本就站不了人。后来，那扇门开了，进来一个头上戴了黑油布帽子的矮胖子。假如这条船是架在空中，他就是爬梯子上来的。本来我该给他一铁棍，但是他把手指放在嘴上，这就使我犹豫了。事后回忆起来，我没有马上朝那个矮胖子扑去，主要有两个理由：一是我身材魁梧，手里又拿了一根铁棍，没有理由怕别人；二是我为什么会在这条船里，人家为什么要打我一枪等等，我都不大明白，所以就犹犹豫豫的。不管怎么说吧，我对这个矮胖子保持了警觉，他进了门之后，就把门关上了，走到窗前往外看。然后他走到那破壁板前面，用手指一抠，就把那颗子弹抠了出来扔给我。然后我手里掂着那颗子弹，发现它是尖头的——据我所知，手枪子弹是钝头的，所以人家是用一条步枪来打我——不知为什么，这个动作博得了我的好感，我相信他是来帮助我的。他做了一个手势，让我到舱上面去，我就放下了那条平端的铁棍，从他身边走过——就在这时，我一跤栽倒了；有只手从身体下端伸上来，经过了大腿、肚子、胸口，一把捏住了我的脖子。此时，我气愤得喘不过气来，因为自己这么容易就上了别人的当，被人用一片刀片就划开了脖子；同时也不无欣慰地想道，这个梦就要醒了。

每天早上我从梦里醒来时，都会立刻从床上爬下来，在筒子楼狭窄的楼道里摇晃着身躯去上厕所。这时我根本就没有睁开眼睛，但是在这里根本就用不着眼睛，有鼻子就够用了。除此之外，睁开眼睛来看，所见到的景色也远不是赏心悦目。总而言之，我闭着眼睛上了厕所，又闭着眼睛回到床上。此时我还想回到这个梦里，但已经回不去了。

那个困在船舱里的梦，我希望它是这么结束的：那个矮胖子捉住了我之后，并没有割断我的喉咙，他把我放开了。这就是说，他是善意的。他抓住我，只是警告我不要这样轻信。然后他就打开船舱的门，离去了。当然，这故事也可以有另一种结果，那就是我被割断了喉咙，浸在血水里招苍蝇。换言之，我在梦里死掉了。因为是在梦里，也没有什么可怕的。我几乎每天夜里都要做梦，在我看来，梦就像天上的云。假如一片天空总是没有云，那也够乏味的了。这个看法不是人人都同意，所以才有了"无梦睡眠器"这种东西。它是一个铁片，带有一条松紧带，上面焊了很多散热的铁片，把它戴在额头上，感觉凉飕飕的，据说戴着它睡觉就可以不做梦，但我不大相信。不管是真是假，梦这种东西，还是留下的好。

大家肯定都知道，格调不高的梦是万恶之源——从前，有位中学生，本来品学兼优，忽然做起了格调不高的梦，就此走向了堕落的道路；还有一位家庭主妇，本来是贤妻良母，做了几个格调不高的梦，就搞起婚外恋来——像这样的事例大家知道得都不少。本来大家最好只做高格调的梦，但是做梦这件事又不是自己能控制得了的。就说今早我做的梦，格调高不高就很难说清楚——也可能没问题，也可能有问题，总得上级分析了才能知道。在这种情况下，我才不会自找麻烦，把它说出去。人家问我做了什么梦，我就说，一个大南瓜，一块大豆腐。你听了信不信，我就不管了。

【二】

每天早上我上班，在办公桌后坐定。有人走过来，问道：老王，梦？我就把手一挥，说：南瓜豆腐！这场面像一位熟客在餐馆里点菜，其实不是的。如前所述，大家睡着了就要做梦，这已经成了社会问题。解决的方法如下：上班之前由一个专人把大家的梦记录下来，整理备案。这样你想到了自己的坏想法已被记录在案，就不大敢去作案，作了案也有线索可查。我认为，这是个了不得的好主意。眼前的这位女同事就是来记录梦的。我对她说，南瓜豆腐。就是说，我梦到了一个南瓜，一块豆腐。身边的人一齐笑了起来，就是说，他们觉得这不像一个梦。其实这的确是一个梦，只不过是多年以前做的。她记了下来，并且说：该换换样了。老是南瓜豆腐。这就是说，嫌我的梦太过单调。我说：你要是嫌它不好，写成西瓜奶酪也行。别人又哄笑了一阵。然后，别人轮流讲到自己那些梦；所有的梦都似曾相识……

有人的梦是丰富多彩的，说起来就没个完，逗得小姑娘咯咯笑个不停。有时候，他中断了叙述，用雄浑有力的男低音说：记下来，以下略去一百字，整个办公室里的人就一齐狂笑起来。但我一声都不吭。这个小子在讲《金瓶梅》。他是新来的，他一定干不长。他现在用老板的时间在说他的梦，这些梦又要用老板的纸记下来，何况这样胡梦乱梦，会给老板招麻烦——而老板正从小办公室里往外看。顺便说一句，谁也不能说这位老板小气，因为他提供厕所里的卫生纸。但是谁也不能说这个老板大方，因为不管谁从卫生间出来，他马上就要进去丈量卫生纸。我说出的梦很短，而且总出去上公共厕所，但也不能因此就说我是个好雇员，因为我一坐下，马上又打起瞌睡来了。而我打瞌睡的原因，是《金瓶梅》我看过了。假如不瞌睡，待会儿就要听到一些无聊的电视剧。这是因为有些人懒得从书上找梦，只能从电视上看。从这些事实我推测大家早就不会做梦了，说出来的梦都是编出来的。但我为什么还会做梦，实在很有趣。

有一件事你想必已经知道，但我还要提一提：我们每人都有一份梦档案，存在区梦办。在理论上档案是保密的，但实际上完全公开。你可以看到任何人的档案，只要编个借口，比方说，表妹快结婚了，受大姨之托来看看这个人的梦档案。因为电视、报刊不好看，好多人都转这种念头，档案馆里人很多。我也到那里看过梦，但是梦也不好看。如前所述，某些人会梦到《金瓶梅》《肉蒲团》，但那些梦因为格调不高，内部掌握不外借。外借的和电视、报刊完全一样。顺便说一句，现在写小说写剧本的人也不会做梦，所以就互相抄，全都无味至极……有一天我到那里去调查未来的"表妹夫"，忽然灵机一动，说出了自己的姓名。众所周知，人不能和自己的表妹结婚，因为会生下低智儿。但我的例子特殊，我没有表妹，姑表姨表全没有，所以很安全。就算有了也不怕，可以采取措施，不要孩子——我的意思是说，假如有个表妹要嫁我，我还巴不得。至于为什么想看自己的梦，我也说不清。借梦的小姑娘对我嫣然一笑说：就借这本吧，这本最好看。应该承认，这话说得我也二二乎乎，不知道自己梦到了些什么……

有关我们的生活，可以补充说，它乏善可陈，就如我早上上班时看到的那样，灰色的煤烟、灰色的房子、灰色的雾。在我桌子上放了一个白瓷缸子，它总是这样。我看惯了这些景象，就急于沉入梦乡。

我年轻时摔断过右腿，等到老了以后，这条腿就很不中用地拖在了身后。晚上我出门散步，走在一条用石块铺成的街道上。我记得南方有些小

农业日报
参考消息
计划生育报
光明日报
人民日报

城镇里有这样的街道，但是这里不是中国的南方；我还记得欧洲有些城市里有这样的路，但是这里也不是欧洲。这条街上空无一人。一个老人，身上又有残障，孤身走在这样的街道上，实在让人担心。但是我不为我自己担心，因为我有反抢劫的方案。我的右手挂了一根手杖，手杖的下部有铁护套，里面还灌了铅。假如我看到了可疑分子，就紧赶几步，扑向一根路灯杆。等到左手攀住了东西，就可以不受病腿的拖累。这时我再把手杖挥舞起来：我倒要看看什么样的坏蛋能经得起这根手杖的重击。正在这样想着的时候，忽然看到了一个可疑的家伙。如果浙江人不介意，我要说，他好像是他们的一个同乡；如果他们介意，我就要说，他长得哪里的人都不像。小小的个子，整齐的牙齿露在外面，对我说道：大伯，换外汇吗？我赶紧：什么都不换。同时加快了脚步。这家伙刺溜一下跟了过来；但不是扑到我的右面，而是扑到了我的左面，搀住了我的左肘。这一搀就把我的好腿控制住了。更糟的是，我右手上拿的手杖打不着他。于是我身不由己地跟他走进了一条小巷。这条巷子里黑咕隆咚，两面的房子好像都被废弃了，呼救也没有用。巷子尽头，有一间临街的地下室亮着灯。那个窗口好像一张黄色的纸板。

【三】

有人在我头上敲了一下，我醒过来，看到老板正从我身边气呼呼地走开。他走了几步，猛一转身，朝我挥了一下拳头说：醒醒啊——上着班哪！然后，整整一上午，我都听见他对别人说：上我的班老睡觉——还当是吃大锅饭哪，我也不能白给他薪水。我听了着实上火——你知道，我们到哪里都会碰上像他那种头发花白或者头顶光秃秃的家伙，要学问没学问，要德行没德行，就会烦人。我环顾四周，看到同事们都板着脸，只有一个人脸上通红通红，他就是那个要从梦里略去一百字的人。看来他也挨了一顿训。小潘（她就是我们公司的记录员）走到我面前来，问道：又梦到什么了？等到大家笑过了之后，她把我名下的记录翻给我看，上面写着：南瓜豆腐——南瓜豆腐——南瓜豆腐——南豆——南。她说，以后你再梦到南瓜豆腐，我连南字也不写，给你画一杠，你同意吗？我对此没有不同意见。这姑娘很漂亮，就是太年轻。我让她走开，从抽屉里拿出一张白纸，假装在写什么。假如老板正在一边偷看我，就让他以为我在拟销售计划好了。其实他让我销的东西根本就不需要什么计划，或者说这个计划我已经有了，那就是不给他卖，能拖多久就拖多久。顺便说一句：他让我卖的就是那个无梦睡眠器。现在市场上这种东西多得要了命，什么无梦手表、无梦眼镜、无梦手镯、无梦袜子，等等。凭良心说，我们这种无梦睡眠器并不坏，即便起不了好作用，也起不了坏作用。时常有人投诉说，戴无梦眼镜戴成了三角眼，穿无梦袜穿出了鸡眼，我们这种东西不会有这种副作用。唯一的坏处是假如屋里冷，戴它睡觉会感冒。但是我就是不给他推销——现在电视不好看，报刊上全是广告，再不让人做做梦，那就太霸道了……

　　有关我的梦，需要补充说，它就是南瓜和豆腐，即便在梦办的档案上也是这样。只是"南瓜豆腐"这四个字，刚出现时是楷体，后来变了宋体。再后来成了隶字，再后来金石甲骨就纷纷出现。可以想见，这是抄录员对年复一年、日复一日的"南瓜豆腐"的必然反应。后来，南瓜豆腐就成了画面，有水彩、蜡笔、铅笔、钢笔，各种各样的画，五彩缤纷。除此之外，还出现了南瓜豆腐菜谱，什么南瓜排、南瓜饼，大豆腐、小豆腐。从菜谱上看，小豆腐不属豆腐之列，它只是野菜和豆面。作为南瓜豆腐的创始人，我感到莫大的羞辱。忽然之间，变成了"南瓜豆腐，我爱你"。

此后她（我希望是她）又恢复了一丝不苟的字体，写下了"南瓜豆腐，I love you"。当然，她也可以推脱说，"I love you"不是她写的，是别人注上的。此后南瓜豆腐还是那么一丝不苟，"I love you"就越来越花，出现了意大利斜体、德国花体等等，love也变成了红唇印，you也向人脸的样子变迁，看上去还挺像我的。凭良心说，从楷到宋，从蔬菜到爱人，我都承受得住，受不了的是别人在档案本上乱批乱注。那些话极是不堪，在此不能列举。这本账在我这里很清楚，我说的只是南瓜豆腐，后来有人爱我，再后来就有人乱起哄。但我恐怕别人就不这么清楚，把这些乱七八糟全算在我的账上，因为卷宗上写着我的姓名、籍贯、出生年月，和铁板钉钉一样。现在我走在街上，常有人在后面窃窃私语：知道他是谁吗——谁——南瓜豆腐！然后就有人往我前面挤，想方设法看我的脸。好在这件事不是每个人都知道。需要说明的是，我对变态的性行为没有兴趣（我档案里连篇累牍全是这种东西），而且我也不叫南瓜豆腐。

中午，该给大家订午饭的时候，老板从小办公室里冲出来说：别给我和老王订，今儿中午我请他吃饭。众所周知，老板不经常请雇员吃饭，所以这意味着我会有麻烦。但这不能使我着急——这世界上没有几件能使我着急的事。再说，俗话说得好，此处不留爷，自有留爷处。处处不留爷，才把爷憋住。这个民谣还有另一个版本，后两句是：处处不留爷，爷去投八路。八路军会要我的，我是弹不虚发的神枪手，又有文化，只是年龄大了点……老板点菜时，我一声不吭。凉菜端上来，我还是一声不吭。他给我斟上了啤酒，斜眼看了我半天，忽然用拳头一敲桌子说，老王，你也太不像话了！这句话使我松懈了下来，因为不是要炒我鱿鱼的口气。我猜他也不敢炒我的鱿鱼。这倒不是舍不得我，而是舍不得我的客户。他多次想让我把客户名单交给他，但是威胁也好，利诱也好，对我都不起作用。后来他就说：看不出老王迷迷糊糊一个人，还这么有心眼。此言大谬！我认为老板让我们交客户是不正派的，所以才不交。这是原则问题。

说到我怎么会有这么多的客户，也是一种奇遇——我绝不会有这种心眼，去结识一大批商业部门的人，以备推销伪劣商品之用。前几年我在函院教书（说是函院，实际主管一切成人教育），学生年龄都比较大，念起书来比较迟钝，但也比较尊重老师。这是文凭热时的事，现在你再到函院教书，就会一无所获。我承认自己的关系多，但我从不用它来干坏事情。老板给我的货太烂，我就不给他推销。我不能害自己的学生。老板假装恨我打瞌睡，其实是恨我的原则性。他咬牙切齿地看着我，说道：我都不知怎么说你。这就对了。我没什么不对的，为什么要说。

老板请我吃火锅，点菜时我没有注意，他要的全是古怪东西，什么兔子耳朵、绵羊尾巴之类。这些东西我都不吃。我正在用目光寻找小姐，要添点东西，老板又向我开炮道：老王啊，不能这样迷糊了，就算不为我也为你自己呀……睁开眼睛看看，大家都在捞钱哪！这些话里满是铜臭，我勉强忍受着。他又用拳头敲着桌子，说道：钱在哗哗地流，伸手就能捞到……这简直是屁话：谁的钱在流？你怎么捞到它？为了礼貌，我勉强答道：我知道了。然后他又说：还有一件事，以后你别老梦见南瓜豆腐。我很强硬地答道：可以，只要你能证明南瓜豆腐有什么不好。这一下把他顶回去了。

【四】

我能够证明坐在我对面的这个花白头发的家伙是个卑鄙之徒，没有资格说我，甚至没有资格和我同桌吃饭。他进了几千打无梦睡眠器，让我给他推出去。这东西肯定是卖不掉的，我也不想给他推，他提出可以给一大笔回扣，由我支配。不管你给多少，我有我的原则：梦是好的，不能把它摧残掉。所以我要另外想办法。以下是曾经想到的一个办法：说这东西不是无梦睡眠器，而是一种壮阳的设备，放到药房里卖，连广告词我都想好了：

"销魂一刻，当头一镇，果然不同！"

在小报上一登，肯定好卖。唯一的问题在于，我没有把握是不是真的不同。从理论上说，脑袋上放了一个冷冰冰的东西应该有区别，但我没试过，因为我至今是光棍一条。假如我知道真有区别，不管是好区别还是坏区别，就可以这么干——我的原则是不能骗人。这个方案的好处是：假如有人无聊到需要壮阳的器械，骗他点钱也属应该，因为想必他的钱也不是好来的。它的不足之处是必须等到我婚后加以试验才能实行。我今年三十九岁了，还是童男子。但我一直在找老婆，还上过电视。我把这些对他汇报过，他问我还有没有正经的。正经的有，但我不能说出来：那就是把那些铁丝笼子当废铁卖掉。那东西戴上去照样做梦，只不过梦到的都是不戴帽子到北极探险——我试验过的。——这一点更不能说，因为众所周知，我梦到的只是南瓜和豆腐——这种狗屁东西只有报废的资格，但是他老逼我把它卖掉；你说他是不是个卑鄙的家伙？他还说：你得干活，不能再泡了——否则另寻高就。听到这里，我决定告辞，否则就没有原则了。当然，告辞也有艺术，不能和他搞翻。我说：我吃好了。其实我还饿着。他说：哎呀，剩了这么多，浪费了不好。我要尽力再吃吃。我说：那我失陪，就这样走掉了。

这种无梦睡眠器其实不难卖掉，只要找个区教育局的人，让他和下属的学校说一声，就能把这种铁丝筐戴到中小学生头上。但我不想把它戴到入睡的孩子头上，只想把它戴到做爱的秃头男子额上，这就是我的原则。因此，我从饭店里往外走时，心里很不愉快，因为事情已经到了这个地

步，我不得不牺牲原则：我懒得另外找事干。后来我又变得愉快了：一出
了饭店的门，就听见有个女声说道：往后看。于是就见到原来同过事的小
朱站在门旁边，原来她在公司时是记录员。那时候她老劝我说，你梦点别
的吧，我替你编。有人还给我们撮合过，不过最后没成。她结过婚，有个
孩子，这种情况俗称拖油瓶。这一点我是不在乎的，只要人漂亮就成。遗
憾的是，这位小朱虽然脸像天使，腿可是有点粗。另外，当时我的情况比
现在好，所以有点挑花了眼的感觉——现在不这样了，最近几个月觉得头
顶上有点凉快，很快就会需要一个头套。现在我不觉得她腿粗，也许是因
为天凉了她没有穿裙子。

　　她把手指放在嘴上，示意我别声张，然后让我和她走。到了没人的
地方她说：看见你们俩在里面就没进去。我猜你马上就会出来。她猜对
了。她又猜我没吃饱，又猜对了。于是她请我吃饭，我愉快地接受了邀
请。到了饭桌上，她又猜我和老板搞得不顺心。我说，你怎么都知道？
她就哈哈笑着说：这些事我都经历过。原来老板也请她吃过饭，在餐
桌上说，自己夫妇感情不好，feel lonely①。她听了马上就告辞，老板
也说，要了这么多东西扔了可惜，要留下吃一吃。事实证明，这个老
板是色鬼、小气鬼、卑鄙的东西，还 feel lonely 哩，亏他讲得出口来。
给这种人当雇员是耻辱，应该马上辞职。她就是这样做的。她做得对。
但他没对我说过 feel lonely。所以我还要忍受这个坏蛋。我就这样告诉
小朱，并且愁眉苦脸，好像我正盼着老板来冒犯我，以便和他闹翻，其
实远不是这样的。其实就是老板告诉我他 feel lonely，我也不会立即辞
职，而是说：对不起，你搞错了，我不是同性恋。我只会逆来顺受，像
一匹骟过的马一样。

―――――――――――――――
① 意为"感到孤独"。

【五】

吃完了饭，我们来到大街上，这是一条尘土飞扬的街，所有的房子全都一样。我在梦里见过无数条街，没有一条是这样的……小朱深深地吸了一口气，忽然搀住我的手臂说：走，到你那里去看看。其实我那里她去过了，不过是筒子楼里一个小小的房间，楼道里充满了氨味。不过，她要去就去吧。

有关这位小朱，我需要补充说，她穿了一件绿色的薄毛衣，并且把前面的刘海烫得弯弯曲曲的。看上去不仅是像天使，而且像圣母——假如信教的朋友不介意我这样说的话。她在我那间房子里坐了很久，谈到她那次失败的婚姻——她前夫有外遇——然后说，你们男人一个好的都没有。这样就把我、她前夫，还有头发花白的老板归入了一类。这使我感到沮丧，不过我承认她说的有道理。就拿我来说，坐在她对面聊着天，心里想的全是推销伪劣产品的主意：劝诱她和我共享销魂一刻，然后把那个劳什子戴到额头上。等到知道了果然不同，就在报上登广告，把这种鬼东西卖出去。在这个弯弯绕的古怪主意里，有几分是要推销产品，几分是要推销我自己，纯属可疑。这无非是要找个干坏事的借口罢了。当然，小朱也同样的古怪。假如她以为所有的男人都是那么坏，何必要跑到其中之一的房子里来。这都是因为我们感到需要异性，然后就想出些古怪的话来……

等到天快黑时，她起身要走，我起身送她，还没走出房门，她就一把抱住我。因此我们就没有出门，回到屋里那张破沙发上坐下了。她自己说，好久没有个好男人抱住我了——但是她自己刚刚说过，男人里一个好的都没有，这是个悖论。这张破沙发在公共厨房里摆了很久，现在是本屋除床外唯一的家具，油脂麻花的，除了蟑螂，没有谁喜欢它。在两个人的重压之下，它吱吱地响着，好像马上就要散架。于是我们转移到一个安全的地方——床上，又过了一会儿，就开始互相脱衣裳了。

这是我的一次浪漫爱情，我记述它，统共用了一千三百个字，连标点符号全在内。说起来我们俩还都是知识分子，填起履历来，用着一种近似黑话的写法——硕研——大家都懂这是什么。根据金西的调查，知识分子在性爱方面行为很是复杂，但我们竟如此简单，以致乏善可陈，我为此感到惭愧。在小朱的上半身裸露出来时，我问了一句：你不是说，我们男人一个好东西都没有吗，为什么……她的小脸马上就变得煞白，眯起眼来，恶狠狠地说道：Feel lonely！说着一把把床上的破被子扔到了地下。在这种情况下，再说什么显然不合时宜。至于我们做的事，众所周知，那是不能用文字来表达的。唯一可以补充的地方是，我们在五点到九点之间共做了两次，第二次开始之前，我想过要把那个"无梦睡眠器"戴上。这样我们的性爱就带有了科学实验的性质，比较不同凡响；但我又怕她问我在这种时候头上为什么要戴个铁丝筐。所以，这个爱情故事也只好这样了。

我这样对待浪漫爱情是不对的，因此必须再试着描写一下。如果我说，小朱躺在我身边，裸露出一对半球形的乳房，这就是格调低下的写法。因为从这些实际情况之中，可以引申出各种想象。另一种写法是这样的：在我身边绵亘着一个曲面，上面有两个隆起的地方，说是球体有欠精确，应当称之为旋转抛物面。格调还是不高，因为还有想象的余地。最好直接给出曲面方程，这样格调最高，但是必然招致小朱的愤恨，因为假若她把我想象成一堆公式，我也要恨。再说，我也不想和一堆公式做爱，所以，这个爱情故事也只能这样了。

做过爱之后，我和小朱相拥躺着。此时我又问她：为什么要和我做爱。听了这句话，她全身立即僵硬了，似乎马上就要和我闹翻——但是马上又松弛下来，轻描淡写地说：聊点别的吧——不管她怎么说，我感到了她刚才有股冲动，要把我从床上扔下去——然后我问道：聊什么？她更加轻描淡写地说道：比方说，南瓜和豆腐。然后我觉得肚子上疼痛不已，原来是被她咬住了。这使我想起了有一种动物叫作香猪。此种动物和原产于丹麦的长白猪虽是一个物种，终其一世却只能长到二十来斤。死掉后烤熟了就叫作"烤乳猪"，虽然名不副实，却是粤菜中一大美味，十分酥脆，肚子上的皮尤为可口。等她咬够了，松了嘴，那块皮还长在我肚子上。这说明我还不够酥脆。然后她又摸摸我身上的牙印说，谈谈你的南瓜豆腐。这使我想到，她大概是饿了，我这里还有几块饼干。但她不肯吃饼干，反而一再掐我。对于这些古怪的行径，她的解释是：心里痒痒，要发狂。我很怀疑，自己痒了来掐我，是不是真有帮助……

【六】

有关我自己，可以补充说，我很正常，有住房、有收入，既不偷也不抢。唯一的不足是说自己梦到了南瓜豆腐。我不明白，为什么每个人都要问到南瓜豆腐，这使我痛恨他们。小朱问过南瓜豆腐之后，我立刻就恨死了她；但表面上却装得心平气和，并且说：南瓜是个红皮南瓜，豆腐是块北豆腐。她听了爬到我身上，并且说：红皮南瓜北豆腐，是吗？然后就一把掐住了我的脖子。我想道：既然大家如此仇恨，就让她掐死算了。然而一个壮年男子又不那么容易被掐死。结果是什么，可想而知：我又和她做了一回爱。这件事说来格调不高，但实情就是这样的。然后我就睡着了。

什么格调高，什么格调不高，你想必已经知道：什么像梦，什么格调就不高。因为我还会做梦，所以我格调不高。而做梦的诀窍就是：假如有人问你梦到了什么，你说：南瓜豆腐！这样就能做梦。这是做梦的不二法门。我把这个诀窍传给你，你以后再不会 feel lonely。但是我恐怕你不会这么办。因为做梦耗费你大量的精力，妨碍你大把地捞钱。那天夜里我梦见的就是这个：有很多的人轮番来问我做过什么梦，我一一答道：南瓜豆腐。后来把我问烦了，就说是"西瓜奶酪"。于是他们就翻了脸，动手来揍我……

那天夜里我醒来时，看到黑夜里有一颗烟火头，还有很浓烈的香烟味。过了一会儿，我才想到是小朱坐在床上吸烟。我问她为什么坐着，她并没有马上回答，先把烟捻灭，然后躺下来。直到我搂住了她冰凉的肩膀，她才说：你睡觉打呼噜。我觉得她的语调是冷冰冰的，就把她放开。过了一会儿，她又问：又梦到南瓜豆腐了？我说对，然后接着说：睡觉吧。于是她翻了个身，把后背给我，让我从后面搂住她，并且说道：这件事你是不想告诉我了，是吗？我明白，她说的是梦。这种事我经过得多了，有很多人来问我的梦，我不肯说，她们就走开了。这一回不同的是，我不希望她走开，我有点爱她，是做爱时爱上的。为此我做出了努力，尽量编些像梦的东西说说。听着听着，她哭起来了。说实在的，我编得也很不像样子。我沉默了一会儿，终于按捺不住发作起来：你们都是怎么了！想要知道什么是梦，自己去做嘛！她说，自己不会做，怎么办呢？而我想了一会儿说道：那我就爱莫能助了。

似水柔情·

　　这件事发生在南方一个小城市里，市中心有个小公园，公园里有个派出所。有一天早上，有一位所里的小警察来上班，走进这间很大的办公室。在他走进办公室之前，听到里面的欢声笑语，走进去之后，就遇到了针对他的寂静。在一片寂静之中，几经传递之后，一个大大的黄信封交到了他的手里。给他这个信封的警察还说：小史，这些邮票归我了。小史看到这个大信封上的笔迹和花花绿绿的香港邮票，就知道它是谁寄来的。在这个屋子里，在这些人目光的注视之下，当然以暂时不打开信封为好。但是他忍耐不住，还是打开了。信封里除了一本薄薄的书，别无他物，甚至书里也没有一封夹带的信，扉页上也没有一行手写的字。小史在翻过了这本书之后，感到失望。就在这时，他看到扉页上印着："献给我的爱人。"看到了这行字，他长长地出了一口气，好像有一块石头落了地。他甚至还用手指仔细摸了一下这行字，然后把它锁在了抽屉里，出门去了。

有关这本书，我们需要补充说，它是阿兰寄来的。信封上写了阿兰的名字，书上也印了他的名字，这本书就是阿兰写的。这间房子里的每个人都看到了，小史收到了一本阿兰寄来的书，看到了他如何急匆匆地搜索这本书，他如何急迫地注视扉页上的题字，又如何抚摸这行字——这一切都在静悄悄的众目睽睽之下。这屋里的人发现了小史很动情、很肉麻，绝大多数的人看到了这些就可以满意了。假如有一个人认为这还不够，需要打开小史的抽屉，把这本书拿出来给大家传看，她肯定是小史的老婆点子。她真的这样做了，拿出那本书，仔细地搜索，终于找到了扉页上的题字，让所有的人都看到小史这不可告人的一面。当然，这样做是不理智的。然而，点子远不是个理智的人。

小史收到了阿兰寄来的书，心情非常的兴奋。他的心脏为之狂跳，脸为之涨红，手也为之颤抖；他不愿待在办公室里让别人看，所以跑了出来。这种心境我们称之为爱情。他先去上厕所，而那个厕所是同性恋集会的场所，他在那里碰见了几个圈子里的人，那些人对他的神色十分注意，他也不想被这些人所注意，所以赶紧跑了出来，在公园里漫步，而在公园里见到的每一个人都注意地看着他。他觉得所有这些注意都不怀好意。他仔细回避这些目光，走到公园的一个角落里。这里有一把长椅，一年之前，阿兰就坐在这把椅子上。此时此刻，小史也坐在这把长椅上，拿手遮住自己的脸。阿兰离开他已经有一段时间了，他看不到他，摸不到他的身体，嗅不到他的气味，但是他寄来的一本书却能使他如受电击。这种感觉从未有过。小史自己也说：这就是爱情吧。

【二】

与此同时，阿兰生活在遥远的地方，在一间白色的房间里。这间房子很是空旷，只是在窗前地上放了一个床垫子。天气炎热，他赤身裸体，只在胯下盖了一条白色的毛巾被。在床垫上，放着他写的书，和寄给小史的那本一模一样。在他面前放了一个大可乐瓶子，还有一个空杯子。对他来说，那个小公园，公园里的人等等，都成为过去了。但是他当然记得这些人，还有绝望。这就如孤身经过一个站满了人的长廊，站在你面前的人一声不吭地闪开了，一切议论都来自身后。这就如赤身睡在底下爬满了臭虫的被单上。这是来自身后的绝望。来自身前的绝望则是一个张牙舞爪的小警察，羞辱他，苛待他，但是阿兰爱他。这个小警察就是小史。

有关这位小警察，我们需要补充说，他容貌出众，衣着整洁，气质潇洒，正如你会在某个副食店里见到一位容貌出众的姑娘，并且为她在这里而纳闷，这个公园派出所里也有这么一个小警察。这个公园是同性恋聚集的场所，他们议论起男人时，就和议论女人一样，所以这个小警察就是公园里的大众情人——当然，这一点他自己并不知道。当他到公厕里去时——他当然也要到那里去，因为那个公园里只有一个厕所，而且大众情人也要上厕所，所有的隔板后面都伸出人头来看他。很难想象谁会追踪一个异性的大众情人到厕所里，看他在抽水马桶（更不要说是蹲坑）上的形象，但是同性恋是会的。

【三】

有关这位小警察，我们知道，每次他值夜班时，都要到公园里逮一个同性恋来做伴。有一天晚上，他在公园里的长椅上逮住了阿兰。当时阿兰正坐在别人身上，和那个人卿卿我我，忽然被手电光照亮了，一副目瞪口呆的模样。小警察在灯光后面说道：嘿，你们俩，真新鲜哪。这时阿兰站了起来，而另外那个人则跑掉了。小警察走上前来，一把抓住他的手腕，说道：你别也跑了。阿兰并不经常被逮住，所以当时他感到如雷轰顶，目瞪口呆。小警察用手电在他脸上晃了一下，说道：挺面熟嘛。你是不是老来？而阿兰因为过于惊慌，答不上来。小警察说道：和我走一趟吧。他拿出一副手铐，说道：用不用给你戴上？阿兰结结巴巴地问道：什么？小警察说道：你想不想跑？阿兰答道：不……不。小警察说：那就用不着了。就该是这样，跑得了和尚跑不了庙嘛。他把手铐别在腰里，拉着阿兰走了。时隔很久，当时的恐惧早已散去之后，阿兰说：那天晚上开始时是多么美好啊。小史的一握使他怦然心动，而小史要给他戴上手铐，又使他很是兴奋。这些感觉使他张皇失措了。

【四】

小警察拉着阿兰走在林荫道上，一面走一面教育阿兰。有趣的是，这场教育开始的时候，竟是劝阿兰不要太害怕，不要这么哆哆嗦嗦。他是犯了错误，但是这个错误并不大，"既不是抢银行，又不是拦路强奸"，所以，小史也不想把阿兰怎么样。我们知道，他抓阿兰是要消遣他一场（这件事将会在后面谈到），假如阿兰吓得像一团烂泥，就会没意思了。

时隔很久以后，阿兰回味那个夜晚，觉得小史拉着他走路，就像一个大人拉着一个捣蛋孩子一样。这就是说，前者竖着走，后者横着走。不过，他更愿意把这想象成一个漂亮男孩拉着他的捣蛋女朋友，这当然是出于他自己的嗜好。

　　小警察这样说起阿兰所犯的错误：你们的事我都知道……十个扁儿不如一个圆，是吧。差不多得了，那么讲究干吗。扁就扁点吧，现在是社会主义初级阶段，咱们别来外国人的高级玩意儿。这倒使阿兰吃了一惊，说：这不是扁和圆的问题……然后小警察粗暴地打断他说：甭跟我说这个，我不想听。时隔很久之后，阿兰回味这些话，觉得小警察的这些粗暴、无知的话不仅是有趣，而且是非常的可爱。

【五】

　　那天晚上在公园里，小警察拉着阿兰走，阿兰偷偷把手伸到他的后面，摸他的屁股。可能哪个捣蛋女朋友也会摸自己的漂亮男孩，但是他摸得过分了一点。阿兰的手极富表现力，并且变化多端。小警察渐渐走不动了。走到路灯下，小警察放开了他的手，阿兰放慢了脚步，逐渐和警察分开。最后他在路灯下站住，小警察单独行去，越走越远，直到在夜幕里消失，都没有回头。那天晚上，阿兰就这样逃掉了。而后来，他想起这件事，却感到无限的追悔。显然，他该和小警察到派出所里去，聆听他的训斥，陪他度过一夜。除此之外，伸手去摸小警察的屁股，是个粗俗无比的举动。而逃跑这件事又实在有违他的本心。阿兰把这件事归咎于粗俗男子的劣根性。是他自己把那一晚的浪漫情调破坏了。

　　阿兰以为，爱情的美丽不是取决于爱人，而是取决于自己：取决于自己的温文柔顺。因此，就算有最可爱的爱人，但是自己不温文不柔顺，也不算是美好的爱情。因为这个缘故，后来，阿兰又坐到了小史的面前，这完全是有意为之。而这一次小史不但毛躁，而且有点要算旧账的情绪。这一点完全在阿兰的意料之中。

【六】

晚上，小史回到派出所的办公室里来，打开台灯，在灯下翻看那本书。他希望这本书里会谈到他们之间的爱情，但这却是一本历史小说，这使小史大失所望。不管怎么说，他还要读这本书，因为这是阿兰写的。但是他会抱着失望的心情来读这本书。现在阻碍他真正阅读这本书的，就是阿兰本人，或者说，是有关阿兰的种种回忆。

一年之前，阿兰坐在公园里的椅子上。他穿了一件丝绸的衣服，是紫色的，在公园里很是显眼。在小史看来，他的样子过于花哨，除此之外，他还觉得阿兰看他的样子相当古怪。想起那天阿兰的举动，小史的心里升起报复的愿望，就把他抓到派出所里去。

小史命阿兰蹲在墙根下。蹲在他左面的是一个教艺术的教授，蹲在他右面的是一个搞建筑的民工，一共是三个人。左面的教授有口臭，右面的民工有汗臭，气味不比厕所里好。这里的规矩是要他们用最低的蹲法，也就是说，像屙屎一样地蹲着，双手伸在膝盖上，脑袋朝前耷拉着，阿兰觉得这种姿势不雅，总要把重心——说准确了，是臀部，升起来，放在小腿上，但被警察喝止。人家要求他们这样蹲着想想自己的错误，而正常的人这样蹲着时只会想到屙屎，这样就给他们的错误定了性——这种错误十分的肮脏，而另外的蹲法就不那么肮脏，因而背离了他们错误的性质，所以被禁止。阿兰就这样蹲在墙下了。

阿兰进去之前，在一种绝望的心境之中。蹲了一会儿之后，就摆脱了这种心境，因为他感到屁股疼，大腿疼，渴望能站起来，这样就不绝望了。蹲在他旁边的教授年纪较大，很快就吃不消了，发出了一种若有若无的哼哼。而那位民工则感觉较好，因为他比较习惯蹲着，而且也有事干，不觉得无聊。这件事就是从肋上往下搓泥球。他们蹲在一位女警察（该女警察就是点子）座位后面，使她感到干扰。她特别反感民工搓泥，所以拿了一张纸，让他搓在上面，然而这样做了以后，她还是觉得恶心，就跑了出去，把那位小警察找了回来，让他把这些人弄走，省得蹲在这里恶心。她说话时用的是命令的口吻。说完这些话她就走开了，并且要求回来时这里没有讨她厌的东西。这些东西就包括阿兰在内。所以小警察就遵旨而行，把民工叫起来，打了他两个嘴巴，罚了他的款，让他走了。把教授叫了起来，教育了一顿，也让他走了。以上两位都是同性恋，都是有"行为"被看见了，民工还有敲诈的行为，这些在小警察的话语里有所流露（小警察说：你都干什么了？什么都没干我会逮你们吗？少废话，罚款等。他对民工说话，就不用训孩子的口吻）。

小警察在言谈中，特地提出了教授的年纪和地位，以此来激发后者的羞耻之心。但是他没有理阿兰。然后他请自己的太太回来坐，而后者不满意地说：怎么还剩了一个。对于请她凑合的要求，她的回答是：我不！结果是她在小警察的位子上坐，小警察出去了。然后出入的警察们问起墙角蹲的是谁，她就说，是小史的朋友，听说叫作阿兰。那些人说，阿兰，听说过。他们还说道，小史值夜班。看来小史要把阿兰留到夜班时谈谈。人们还说，小史可别和阿兰搞了起来，阿兰可不一般——人家说阿兰很性感（当然是开玩笑）。女警察挺起了胸膛，很自信地说：他敢！

这些谈话在阿兰眼前进行，但大家都视阿兰如无物，否则不会把这些荤段子讲出来。这些使阿兰又忘掉了屁股疼，回到了绝望的心境——这就是说，他又十分颓唐地蹲下了。

【七】

从异性恋，尤其是从警察的角度来看，被逮住的同性恋者就如一些笼子里的猴子。小史也是这样地看阿兰。天快黑时，那位小警察——小史给自己泡了一碗方便面，与此同时，阿兰坐在了地上，小警察连看都没看他，就说道：没让你坐下。阿兰又蹲了起来。过了一会儿，阿兰又弓着腰站了起来。小警察说：我也没有让你站起来啊。阿兰又蹲下去，屙屎的姿势。这时小史用托儿所阿姨的口吻，说道：唉（读 ei），叫干吗再干吗。小警察吃完了面条，给自己泡了一杯茶，然后伸了一个懒腰，这才看了阿兰一眼，说道：你可以站起来了。此时阿兰站起来，揉自己的膝盖。然后，小警察坐在办公桌后面，半躺在椅子上，舒舒服服地伸开了腿，说道：过来吧。等阿兰开始走时，他又说：自己拿个凳子过来。阿兰拿了凳子，走到屋子中间放下，坐在上面，两个人开始对视。这漫长的一夜就此开始了。

在那漫长的一夜开始的时候，小史对阿兰说：你丫说点什么。后者就说：我是同性恋。他还补充说：每个人的生活都有一个主题，而他的主题就是同性恋。小史那时的主题是反对同性恋，但是也很能欣赏这种直言不讳。

但是当小史问他是怎样一种同性恋法时，他却一声不吭了。时隔一年之久，小史坐在办公桌前，手里拿着阿兰的书，他当然能够明白，阿兰之所以不回答自己是怎样一种同性恋法，是因为他爱他。他就是这样一种同性恋法。

小史翻开阿兰的书，浏览目录——他希望在这本书里提到他们之间的爱情，但这却是一本历史小说。当然，他还要看这本书，因为它是阿兰写的。他怀着极其复杂的心情看这本书，因为这本书和他本人没有关系。时间就停在他将读未读的时候了。

【八】

阿兰说，那漫长的一夜是这么开始的：

在一片寂静之中，阿兰低声说（声几不可闻）：扁儿是社会主义，圆儿是资本主义。

小警察不相信自己的耳朵：大声点，我没听见。

阿兰：扁儿是无产阶级，圆儿是资产阶级。

小警察强忍着笑，说道：再大点声。

阿兰大声说道：扁儿是社会主义，圆儿是资本主义；扁儿是无产阶级，圆儿是资产阶级！

小警察笑着招他过去，仿佛是要说什么悄悄话，但给了他个大耳光。

阿兰挨了嘴巴倒在地上。小警察恢复了镇定，说：起来吧。阿兰起来后，他又说：坐下吧。阿兰坐下之后，他清清喉咙，说：咱们说的不是扁和圆的问题。

阿兰笑了。

然后，经过了长久的对峙之后，小警察忽然笑了，说道：咱们俩扯平了。这么干坐着有什么劲，你丫说点什么吧。此时他就不再像个警察，而像个通常的顽劣少年。阿兰后来坐在床垫上，对着小史的相片说，我想到这些，不是为了记住你的坏处，而是要说明，我是怎样爱上你的，我为什么要爱你。

【九】

那一夜里主要的事是：阿兰向小史交代自己的事情。这是因为天太热，前半夜睡不成觉，还因为派出所里蚊子很多，总之，小史在值夜班时总要逮个同性恋来审一审，让他们交代自己的"活动"，以此消闲解闷。那一夜逮住的是阿兰，他交代的不只是"活动"，所以那一夜也不只是消闲解闷。

阿兰从地下站起来时，两腿好像不存在了，过了一会儿，它们又变得又疼又麻。但是他尽量不去想这些煞风景的事。现在小史就坐在他面前，他是他的梦中情人，又是他的奴隶总管……稍微犹豫了一会儿，阿兰就开始说。他想的是：要把一切都说出来。

在那漫长的一夜里，阿兰这样交代自己："我小的时候，一直待在一间房子里。这间房子有白色的墙壁和灰色的水泥地面，我总是坐在地下玩一副颜色灰暗、油腻腻的积木，而我母亲总是在一边摇着缝纫机。除了缝纫机的声音，这房子里只能听到柜子上一架旧座钟走动的声音。每隔一段时间，我就停下手来，呆呆地看着钟面，等着它敲响。我从来没问过，钟为什么要响，钟响又意味着什么。我只记下了钟的样子和钟面上的罗马字。我还记得那水泥地面上打了蜡，擦得一尘不染。我老是坐在上面，也不觉得它冷。这个景象在我心里，就如刷在衣服上的油漆，混在肉里的沙子一样，也许要到我死后，才能从这里分离出去。我从没想过要走出这间房子，但这是不可避免的事。""有时候，我母亲把我招到身边去，一只手摇着缝纫机，另一只手解开衣襟，让我吃她的奶。那时候我已经很大了，站在地下就能够到她的乳房，至今我还感到它含在我嘴里，那个软塌塌的东西，但是奶的味道已经忘掉了。到现在我不喝牛奶，也不吃奶制品。我母亲在喂我之前，喂我之后，和喂我的时候，始终专注于缝纫。她对我无动于衷。当然，我还有父亲，但是他对我更是无动于衷。我小时候的情况就是这样的。"

【十】

阿兰所交代的另一件事是这样的："我走出那所房子时，已经到了上中学的年龄。"

"上学路上，我经常在布告栏前驻足。布告上判决了各种犯人，'强奸'这两个字，使我由心底里恐惧。我知道，这是男人侵犯了女人。这是世界上最不可想象的事情。还有一个字眼叫作'奸淫'，我把它和厕所墙壁上的淫画联系在一起——男人和女人在一起了，而且马上就会被别人发现。对于这一类的事，我从来没有羞耻感，只有恐惧。说明了这些，别的都容易解释了。"

"班上有个女同学，因为家里没有别的人了，所以常由派出所的警察或者居委会的老太太押到班上来，坐在全班前面一个隔离的座位上。她有个外号叫公共汽车，是谁爱上谁上的意思。"

她长得漂亮，发育得也早。穿着白汗衫、黑布鞋。上课时，阿兰久久地打量她。

下课以后，男生和女生分成两边，公共汽车被剩在了中间。

"我看到她，就想到那些可怕的字眼：强奸、奸淫。与其说是她的曲线叫我心动，不如说那些字眼叫我恐慌。每天晚上入睡之前，我勃起经久不衰；恐怖也经久不衰。"

"公共汽车告诉我说，她跟谁都没干过。她只不过是不喜欢来上学罢了。这就是说，对于那种可怕的罪孽，她完全是清白的；但是没有人肯相信她。另一方面，她承认自己和社会上的男人有来往，于是等于承认了自己有流氓鬼混的行径。因此就在批判会上被押上台去斗争。"

"我至今记得她在台上和别的流氓学生站在一起的样子。那是个古怪的年代，有时学生斗老师，有时老师斗学生。不管谁斗谁，被押上台去的都是流氓。"

"我在梦里也常常见到这个景象，不是她，而是我，长着小小的乳房、柔弱的肩膀，被押上台去斗争，而且心花怒放。"

"在梦里，我和公共汽车合为一体了。"

【十一】

那天夜里，阿兰就是这么交代自己，当然，小史一句也没有听到，因为他根本就没有讲出来，只是在心里对他交代着。或者他听到了没有往心里去。不管怎么说，小史当时不是同性恋者。他想听到的不过是些惊世骇俗的下贱之事。因为这个缘故，所以双方对那一夜的回忆不尽相同。说实在的，小史对于同性恋者的行径知之甚详，他们在厕所里鬼混，肛交、口淫，等等。这些故事他早已经听得不想再听。他只是想要听听阿兰怎么吃"双棒"，并且想要知道他怎么双手带电。但是阿兰说：这些事是瞎编的，或者是别人的事，以讹传讹传到了他身上。这使小史很不开心，要求他一定要说点什么。阿兰就没情没绪地说起他的初次同性恋经历：和高中一个姓马的男同学的事。这件事在非同性恋者听来索然无味，他在姓马的男同学家里，先是互相动了手，然后又用嘴。阿兰尝出了该男同学的味道——他是咸的。这件事使他体会到性的本意，那就是见到一个漂亮的裸体男子，在你面前面红耳赤，青筋突显，快乐地呻吟。同时品尝到生命本来的味道。当时他想到，自己是这样的温顺，这样的善解人意，因而心花怒放。这些话使小史很是反感，觉得阿兰很贱，甚至想要马上就揍他一顿。

时隔很久之后，小史对这件事有了新的体验。他很想听阿兰的"事"，在听之前很是兴奋；听到了以后，又觉得阿兰很贱。与其说他憎恶阿兰曾经获得的快感，不如说他憎恶这种快感与己无关。这就是说，他身上早就有同性恋的种子，或者是他早就是同性恋而不自知。要不然就不会每次值夜班都要听同性恋的故事。

【十二】

时隔很久之后，小史坐在灯下，手里拿着阿兰的书，想明白了阿兰当时为什么不想谈到自己的同性恋经历和同性恋恋人，而喜欢谈不相干的事，这谜底就是：阿兰爱他，而他要求阿兰谈这些，是因为当时他不爱他。他终于打开了阿兰的书。

阿兰的书里第一个故事是这样的：在古代的什么时候，有一位军官，或者衙役，他是什么人无关紧要，重要的是，他长得身长九尺，紫髯重瞳，具体他有多高、长得什么样子，其实也不重要，重要的是他在高高的宫墙下巡逻时，逮住了一个女贼，把锁链扣在了她脖子上。这个女人修肩丰臀，像龙女一样漂亮。他可以把她送到监狱里去，让她饱受牢狱之苦，然后被处死；也可以把锁链打开，放她走。在前一种情况下，他把她交了出去；在后一种情况下，他把她还给了她自己。实际上还有第三种选择，他用铁链把她拉走了，这就是说，他把她据为己有。其实，这也是女贼自己的期望。

阿兰在书里写道：正是阳春三月，嫩柳如烟的时节，那位衙役把她带到柳树林里，推倒在乌黑的残雪堆上，把她强奸了。然后，她把自己裹在被污损了的白衣下，和他回家去。阿兰说：铁链的寒冷、残雪的污损，构成了惨遭奸污的感觉。她觉得这样的感觉真是好极了。小史想到这件事的始末，觉得阿兰简直是有病了。阿兰的书、阿兰在那一夜里对他讲到的一切，还有阿兰对他的爱情，这三件事混在一起，好像一个万花筒。而这三件事在阿兰那里就变得很清楚。这就是，在阿兰写到这段文字之前，他想到了自己在那一夜坐在派出所里，看着小史狰狞的面孔，感受了他对他的轻蔑。这些感觉就幻化成了那个女贼在树林里惨遭蹂躏，她白衣如雪，躺在一堆残雪之上。这个女贼就是阿兰。虽然如此，假如不把阿兰对小史的爱考虑在内，这个场面还是脉络不清。

【十三】

阿兰说，有些事情当时虽然想到了，但是不能写在这本书里。他坐在床垫上，回味着自己的书。这本书并不完整——书不能是完整的想象，想象也不能是完整的书。其实，阿兰的想象还包括了那个衙役的性器，坚硬如铁，残忍如铁，寒冷也如铁，正向他（她）的体内穿刺过来。这是刑讯，也是性。但是，这个想象就在他的书里失去了。阿兰想道，也许他还要写另外一本书，直言不讳地谈到这些感觉。

阿兰说，这本书当然产生于他对小史的爱情，甚至可以说，完全产生于他和小史在派出所里度过的漫长的一夜，虽然已经失去了很多，但还是原来的样子，只要想到这本书，就能把那一夜全部收拢在胸。而把那一夜完全收拢在胸的同时，他就勃起如坚铁。阿兰把毛巾被撩起了一点，看看自己的那个东西，又把它盖上。这东西好像是爱情的晴雨表。阿兰觉得它并不是很必要，因为他是这样的柔顺，供污辱，供摧残；而那个张牙舞爪的器官，和他很不合拍。

阿兰的中学时代就要结束的时候，公共汽车被逮走了，送去劳教，当时的情景他远远地看到了。她用盆套提了脸盆和其他的一堆东西，走到警察同志面前，放下那些东西，然后很仔细地逐个把手腕送给了一副手铐。这个情景看起来好像在市场上做个交易一样。然后，她抬起并在一起的两只手，拢了一下头发，拿起放在地上的东西，和他们走了。这个情景让阿兰不胜羡慕——在这个平静的表面发生的一切，使阿兰感同身受，心花怒放。

【十四】

在阿兰的书里，还有这样的一段：那位衙役用锁链扣住了女贼的脖子，锁住了她的双手，就这样拉着她走，远离了闹市，走到了河岸上。此时正是冬去春来的时候，所以，河就是一片光秃秃的河床，河堤上是成行的柳树，树条嫩黄，在河堤下面背阴的地方，还有残雪和冰凌。这个景象使女贼感到铁链格外的凉。这个女贼不知道衙役要把她带到哪里去，只是跟着走。

实际情况却是大不相同：公共汽车那一行人走到学校门口，围上了很多的学生。他们就在人群里走去，她双手提着自己的东西，那些东西显得很沉重，所以她在绕着走——除了走路之外，她想不到别的了。后来，当她钻进警车时，才有机会回头环顾了一下，看到了人群里的阿兰。因为看到了他，她微笑了一下，弹动几根手指，作为告别。

阿兰说，他觉得公共汽车是因为她的美丽、温婉和顺从才被逮走的。因此，在他的心目里，被逮走就成了美丽、温婉和顺从的同义语。当然，小史逮他，不是因为他有这些品行，而是因为传闻他手上有电，吃过"双棒"，等等。但阿兰愿意这样来理解。也就是说，他愿意相信自己是因为美丽、温婉和顺从被小史逮了起来；虽然他自己也知道，这未必对。

【十五】

阿兰说，公共汽车对自己会被逮走这一点早有预感。她对阿兰说过，我现在贱得很，早晚要被人逮走。而后来阿兰感觉自己也很贱，这是中学毕业以后。

阿兰到农场去了（也不一定是农场，可以是其他性质的工作，但这个工作不在城里面）。他这个人落落寡欢的不爱理人，这种气质反而被领导看上了，上级以为他很老实，就让他当了司务长，给大伙办伙食，因此就常去粮库买粮食。以后，他在粮库遇上了邻队的司务长。那个人也显得郁郁寡欢，不爱理人。出于一种幼稚的想象，阿兰就去和他攀谈，爱上了他。这个故事发展得很快，过不了多久，在一个节日的晚上，阿兰在邻队的一间房子里，和这位司务长做起爱来。做了一半，准确地说，做完了阿兰对他的那一半，还没有做他对阿兰的那一半，忽然就跳出一伙人来，把阿兰臭揍了一顿，搜走了他的钱，就把他撵出队去。然后他在郊区的马路上走了一夜，数着路边上被刷白了的树干，这些树干在黑暗里分外显眼。像一切吃了亏的年轻人一样，他想着要报复，而事实上，他绝无报复的可能性。谁也不会为他出头，除非乐意承认他自己是个同性恋。到天明时他走进了城，在别人看他的眼神中（阿兰当时相当狼狈），发现了自己是多么的贱，他甚至觉得，自己是世界上最贱的人了。从那时开始，他才把自己认同于公共汽车。

【十六】

阿兰说道：初到这个公园时，每天晚上华灯初上的时节，他都感觉有很多身材颀长的女人，穿着拖地的黑色长裙，在灯光下走动，他也该是其中的一个，而到了午夜时分，他就开始渴望肉体接触，仿佛现在没有就会太晚了。夜幕降临，华灯初上，使他感觉受到催促，急于为别人所爱。小史皱眉道：你扯这些干什么，还是说说你自己的事吧。阿兰因此微笑起来，因为这是要他坦白自己的爱情。一种爱情假如全无理由的话，就会受惩罚；假如有理由的话，也许会被原谅；这是派出所里的逻辑。公园里却不是这样，那里所有的爱情都没有理由，而且总是被原谅，因而也就不称其为爱情。这正是阿兰绝望的原因。他开始讲起这些事，比方说，在公园里追随一个人，经过长久的盯梢之后，到未完工的楼房或高层建筑的顶楼上去做爱，或者在公共浴池的水下，相互手淫。他说自己并不喜欢这些事，因为在这些事里，人都变成了流出精液的自来水龙头了。然而小史却以为阿兰是喜欢这些事，否则为什么要讲出来。作为一个警察，他以为人们不会主动地对他说什么，假如是主动地说，那就必有特别的用意。总之，他表情严肃，说道：你丫严肃一点！并且反问道：你以为我也是个自来水管子吗？阿兰没有回答，这个问题就这样被岔开了去。他只是简单地说，爱情应当受惩罚，全无惩罚，就不是爱情了。

【十七】

小史对阿兰做出了这样的论断：你丫就是贱。没有想到，阿兰对这样的评价也泰然处之。他说，有一个女孩子就这样告诉他：贱是天生的。这个女孩就是公共汽车。在公共汽车家里，阿兰和她坐在一个小圆桌前嗑瓜子。她说：我这个人生来就最贱不过。这大概是因为她没有搞过破鞋就被人称作破鞋，没有干过坏事就被人送上台去斗争，等等。后来她说，来看看我到底有多贱吧，然后她就把衣服全部脱去，坐下来低着头继续嗑瓜子，头发溜到她嘴里去，她甩甩头，把发丝弄出来，然后她看到阿兰没有往她身上看，就说：你看吧，没关系。于是阿兰就抬起头来看，面红耳赤。但她平静如初，把一粒瓜子皮喷走了以后，又说：摸摸吧。阿兰把颤抖的手伸了出去，选择了她的乳房。当指尖触及她的皮肤时，阿兰像触电一样颤了一下，但是她似乎毫无感觉。后来，她把手臂放在桌面上，把头发披散在肩头，把自己的身体和阿兰触摸她的手都隐藏在桌下，平静地说，你觉得怎么样啊。忽然，她看到一只苍蝇飞过，就抓起手边的苍蝇拍，起身去打苍蝇。此时，公共汽车似乎一点都不贱，她也不像平日所见的那个人。因为她有一个颀长而白亮的身躯，乳房和小腹的隆起也饶有兴趣。只有穿上了衣衫，把自己遮掩起来时，她才显得贱。

　　公共汽车对阿兰说过，每个人的贱都是天生的，永远不可改变。你越想掩饰自己的贱，就会更贱。唯一逃脱的办法就是承认自己贱，并且设法喜欢这一点。阿兰小的时候，坐在水泥地面上玩积木时，常常不自觉地摸索自己的生殖器，这时候他母亲就会扑过来，说他在耍流氓，威胁说要把它割了去，等等。后来她又说，要叫警察叔叔来，把他带走，关到监狱里去。在劝说无效时，她就把他绑起来，让他背着手坐在水泥地上。阿兰就这样背着手坐着，感到自己正在勃起，并且兴奋异常。他一直在等待警察叔叔来，把他带到监狱里。从那时开始，一个戴大檐帽，腰里挂着手铐的警察叔叔，就是他真正的梦中情人了。一个这样的警察叔叔就坐在他面前，不过，小史比他小了十岁左右。他承认自己贱，就是指这一点而言。

　　阿兰想到公共汽车在自己面前裸露出身体的情形，想到她像缎子一般细密的皮肤，就想说，这一切也该属于小史。他想把自己的一切都奉献出来——但是他没有说。首先，公共汽车已经没有了十七岁的身躯；其次，这种奉献也太过惊世骇俗。于是，这个念头就如一缕青烟，在他脑海里飘散了。

阿兰说，刚从农场回来时，他曾想戒掉同性恋，也就是说，不要这样贱。所以他就到医院里去看。那里有个穿白大褂的大夫，坐在桌边用手拔鼻毛，并且给他两沓画片，一沓是男性的，另一沓是女性的；又给了他两杯白色的液体，一杯是牛奶，另一杯是催吐剂，让他看女人的画片时喝一口牛奶，看男人的画片时喝一口催吐剂，就离去了。阿兰就开始呕吐起来。但是这里的环境和他正在做的事使他感到自己更贱了。

阿兰浏览了整套画片，那些画片制作粗劣，人物粗俗，使他十分反感。他并不是特别讨厌女性，他也不是特别喜欢男性。他只是讨厌丑恶的东西，喜欢美丽的东西。后来，阿兰放下了画片，坐在水池边，把那一杯催吐剂一口一口地喝了下去。他呕吐的时候，尽量做到姿势优雅（照着水池上的镜子）。他甚至喜欢起呕吐来了。

小史对阿兰说，没见过像你这样的——这就是说，没有人承认自己贱。所以，这就叫真贱。在大发宏论的同时，他没有注意到阿兰容光焕发，并且朝他抛过来一个媚眼，也就是说，小史没有注意到，阿兰爱他。他只注意到了表面的东西：在这间屋子里，有警察和犯了事的人，有好人和贱人，有人在训人，有人在挨训；没有注意到事情的另一面。

【十八】

阿兰坐在派出所里，感到自己是一个白衣女人，被五花大绑，押上了一辆牛车，载到霏霏细雨里去。在这种绝望的处境之中，她就爱上了车上的刽子手。刽子手庄严、凝重，毫无表情（像个傻东西），所以阿兰爱上他，本不无奸邪之意。但是在这个故事里，在这一袭白衣之下，一切奸邪、淫荡，都被遗忘了，只剩下了纯洁、楚楚可怜，等等。在一袭白衣之下，她在体会她自己，并且在脖子上预感到刀锋的锐利。

阿兰谈到了自己的感觉，他常常无来由地感到委屈，想把自己交出去，交给一个人。此时他和想象中的那位白衣女贼合为一体了。那辆牛车颠簸到了山坡上，在草地上站住了，她和刽子手从车上下来，在草地上走，这好似是一场漫步，但这是一生里最后一次漫步。而刽子手把手握在了她被皮条紧绑住的手腕上，并且如影随形，这种感觉真是好极了。她被紧紧地握住，这种感觉也是好极了。她就这样被紧握着，一直到山坡上一个土坑面前才释放。这个坑很浅，而她也不喜欢一个很深的坑。这时候她投身到刽子手的怀里，并且在这一瞬间把她自己交了出去。但是阿兰没有把这个感觉写进他的书里。一本书不能把一切都容纳进去。

后来，阿兰讲的这个爱情故事是这样的：几年前，他还十分年轻，英俊异常，当时在圈里名声甚大。有一天，他和几个朋友，或者叫作仰慕者，在街上走着的时候，有一个男孩子远远地看着他，怯生生地不敢过来搭话。后来当然还是认识了，这孩子是个农村来的小学教师。他仅仅知道城里有个阿兰，就爱上了他，走到他面前，说：我爱你。并且又说，你对我做什么都成。这是一种绝对的爱情，也是一种绝望的奉献，你不可以不接受。但是这种绝望比阿兰的绝望容易理解，因为它是贫穷。阿兰到他家里去过，看到了一间满是裂缝的黄泥巴房子，一个木板床支在四个玻璃瓶子上，还有两个被贫困和劳作折磨傻了的老人。在那间破房子里，阿兰像一位雍容华贵的贵妇一样爱上了这位小学教师，并且在那张木床上，请他使用他。他觉得这种感觉真是好极了。

阿兰还想说：那个男孩穷到了家徒四壁的程度，身上却穿了一条时髦的牛仔裤，骑了一辆昂贵的赛车。他像一切乡下来的人一样要面子，但他走过来对阿兰说：我爱你，我只属于你。他让阿兰看到的不但是他漂亮的外表，还有他破破烂烂的家，他走投无路的窘态——也就是说，提示了一切线索，告诉阿兰怎样地去爱他。但是阿兰的决定完全出乎他的意外，他要像爱一位百万富翁、爱一位帝王一样爱他。所以阿兰想说：自身生而美丽是多么的好哇——就像一个神祇一样，可以在人间制造种种的意外。

可能，阿兰还讲过他和这个男孩之间别的事，比方说，他和他在河边上张网捕鸟，但是逮到的却是一些不值钱的老家贼。或者，他们长途贩运服装，结果是赔了钱。这些故事的结局都是一样的，在那间破泥巴房子里，阿兰摊开了身躯，要求那男孩爱他，并且把心中的绝望宣泄在他身后。那间房子里总是亮着一盏赤裸裸的灯泡，而布满了裂缝的墙上，总是爬着几只面目狰狞的大蟑螂。午夜里，雾气飘到房间里来了，在床边上，堆着那些旧书籍、旧报纸——穷困的人连一张纸条都舍不得扔——能被绝望的人爱，是最好的。但是小史对这个故事一点都不理解，他说，你丫讲的，就叫爱情了？阿兰只好把这个故事草草讲完，后来那个小学教师想让阿兰娶他妹妹，这样他们三个人就可以在一起过了。阿兰对此感到厌恶，就拒绝了。他可以爱他，但不想被拖到这种生活里去。现在再也不会有人怯生生地看着他，或者因为绝望走过来说：我爱你。年轻、漂亮、性感，有时候也是一种希望。但是这些东西阿兰已经没有了。

阿兰的样子现在看起来还是可以的。不过他已经开始化妆了，眉毛是文过的，脸上也涂了薄薄的一层冷霜。最主要的是他的皮肤已经发暗，关节上皮肤已经开始打堆。他想拥有一个又白又亮的修长的美少年的身躯。小史以为，他这是变态，但他自己不以为是变态。这样的身躯在男性和女性都是一样的，都可以称之为美。

【十九】

那天晚上在派出所里，阿兰还谈到公园里有一个易装癖。这个人穿着黑裙子，戴一副黑墨镜，看起来很像一个女人，假如不看他手背上的青筋，谁也看不出他竟是一个男人。这个人就在公园里走来走去，谁也不理。他也许只想展示自己。也许别人不容易注意到他是个男人，但同性恋者马上就看出来了。阿兰对他很是同情，曾经想和他攀谈一下，但是被他拒绝了。这是因为他拒绝承认自己是男人，哪怕是承认自己是一个同性恋者。这使阿兰感到，他的绝望比自己还要深。

这个人的事小警察也知道，他拉开抽屉，里面有此人的全套作案工具。这件事是这样发生的：此人身上的曲线是布条绕出来的，除此之外，他也要上厕所。有一天，他在女厕所里解布条子，被一位女士看见。可以想见，后者发出了一阵尖叫，这个家伙就被逮住了。在派出所里，小史自告奋勇地给他解开了布条，并且兴高采烈地告诉他，你丫长痱子了。他们就这样缴获了此人的头套，连衣裙，还有很多沁满了汗水的纱布，足够缠好几个木乃伊。小史谈起这件事，依然是兴高采烈，但这使阿兰感到一点伤感，因为那一天他也在派出所外面，看到此人穿了几件破衣烂衫狼狈地离去，在涂了眼晕的眼睛里，流出了两溜黑色的泪水。这件事有顺理成章的一面，因为此人是如此的贱，如此的绝望，理应受到羞辱；但也有残忍的一面，因为这种羞辱是如此的肮脏，如此的世俗。就连杀人犯都能得到一个公判大会，一个执行的仪式。羞辱和嘲弄不是一回事。这就是说，卑贱的人也想得到尊重。

无须说，小史听到这些话大大地吃了一惊，他没有想到这些贱人也想要得到尊重，就有哭笑不得之感。因为听到了这么多闻所未闻的事，不管怎么说，阿兰好像很有学问，虽然是肮脏的学问。他也想要尊重阿兰，很客气地和阿兰重新认识，互相介绍，并且把他叫作阿兰老师。虽然这样做时不无调侃之意，但是阿兰也接受了。这是因为被叫作老师，和这种受凌辱、受摧残的气氛并不矛盾。

【二十】

在那本书里，阿兰写道：那位衙役用锁链把白衣女贼牵到自己家里，把她锁在房子中间的柱子上。这样，他就犯了重大的贪污罪。在这个地方，美丽的女犯是一种公共财产，必须放在光天化日之下凌辱、摧残，一直到死。他把她带回家里来，就是犯了贪污罪。

而那一夜实际发生的事情是：午夜过后下了一场暴雨，空气因而变得凉爽。小史因而感到瞌睡，他打个哈欠说，可以睡一会儿了。他自己准备在办公桌上睡觉，至于阿兰，可以在墙边的椅子上歪一歪。有一件事使他犹豫再三，后来他下了决心，拿出一副手铐来，说道：阿兰老师，不好意思，这是规定。他不但是这样说，而且是真的感到不好意思。但是阿兰很平静地把右手递给了他，等到阿兰再把左手递过来时，他说：不是这样。转过身来。他把阿兰反铐起来，又扶他坐下。他铐起阿兰时，有点内疚，所以多少有点温文的表示——问他热不热，给他翻开了领子。然后他回到办公桌后坐下，看到阿兰的脸是赤红色的，带着期待的神情，没有一点想睡的意思。这就使他想要睡觉也不可能。

【二十一】

小史和阿兰对视，感到十分的尴尬，因为他很少单独面对一个被自己铐起来的人——他只是个顽劣少年，涉世不深。这个人他还称他为老师。此人承认自己贱，但这使他感到更加不好意思。他觉得这件事是不妥当的，但也不能把手铐给阿兰摘下来——如果摘下手铐，说明他了解到并且害怕阿兰的受虐倾向——在这种情况下，最好的办法就是装傻。

阿兰正在讲自己的一次恋情，这人很少到公园里来，来的时候穿一件风衣，戴着墨镜，站在公园的角落里……他是一位画家，自己住在一套公寓里，家里陈设简单，故而显得空旷。他喜欢干的事情之一，就是在家里摆上一只矮几，在几上铺上蜡染布（或者白布），摆上一两件瓷盘、瓷瓶，插上花或者摆上几个果实，然后把用皮索反绑着的阿兰推到几上伏下，干他或者用笔在他身上作画。在后一种情况下，他还要从身后给阿兰照相。更多的时候是先画完再干。阿兰觉得快门的声音冷酷而凛冽，渐渐他开始把相机和性器等量齐观。他对小史说，现在，有时他见到黑色的相机，就有下身发热的情形……他喜欢相机那种黑色无光的浑圆外形，还喜欢一切这样外形的东西。直到有一天，阿兰到画家家里去，叫了半天的门门才开开，然后又在屋里发现了女人。画家说，你晚上再来吧。当然，阿兰再也没有去过。但是他也不很恨他。他对这件事只有一句话的说明：这件事结束了。以后，在公园里再见到这位画家，阿兰就远远地打个招呼，或者只是远远地看着他。这就是说，他觉得自己已经被使用过了。这叫小史大为诧异，一再问他是什么意思，然后对他下了一个结论道：你丫真贱。这又使阿兰低下头去。后来他又抬起头来，说道：贱这个字眼，在英文里就是easy。他就是这样的，招之即来，挥之即去。他为自己是如此的 easy 感到幸福。这使小史瞠目结舌，找不到话来批判他。

【二十二】

小史细心地用小指在书页上画了一道，取过一个小书签把它夹在书里。他合上那本书，让时光在那里停住。让他困惑的是：到此为止，他并没有爱上阿兰，也看不出有任何要爱他的迹象；而那一夜已经过去大半了。

阿兰在单位里也很贱。我们说他是个作家，这就是说，他原来在一个文化馆里工作，有时写点小稿子之类的。因为他的同性恋早就暴露了，所以他早就受到这样的对待。他每天很早就到那个文化馆里去，拖地板，打开水，刷洗厕所，以这种方式寻找自己的地位，我们可以说，是寻找最贱的地位。但他找不到自己的地位。因为"贱"就是没有地位。

阿兰还说，每次他走到外面去，也就是说，穿上了四个兜的灰色制服，提了人造革的皮包，到文化馆去上班；或者融入自行车的洪流；或者是坐在大家中间，半闭着眼睛开会时；就觉得浑浑噩噩，走投无路，因为这是掩饰自己的贱。每次上班之后，他都不能掩饰这种冲动，要到画家家里去，在那里被捆绑，被涂、被画、被使用。这种时候，他觉得自己的形象和所做的事才符合事实，也就是说，符合他与生俱来的品行。他说：因为穿这样的衣服、提这样的包、开这样的会的人有千千万万，这怎么可能不贱呢。

【二十三】

对阿兰来说，最大的不幸就在于，他真的很爱公共汽车。也许我们该说他是个双性恋。公共汽车现在是他老婆，他们俩住在阿兰小时候住的那间房子里。这种现状使他处于矛盾之中，因为想爱和想被爱是矛盾的。每天他回到家里时，都会看到她衣帽整齐地站在他面前，很有礼貌地说：您回来了。在家里，公共汽车总是穿着出门的衣服：筒裙套装，长筒丝袜，化着妆。甚至坐在椅子上时，上身都挺得笔直，姿仪万方。阿兰非常无端地朝她逼过去，抓住肩头，把她往床上推。这时公共汽车会放低了声音说：能不能让我把门关上？阿兰把她推倒在床上，解开她的扣子，松掉她的乳罩，把它推上去——此时公共汽车看上去像一条被开了膛的鱼。阿兰爱抚她，和她做爱时，公共汽车用小拇指的指甲划着壁纸，若有所思。直到这件事做完，她才放下手来，问阿兰：感觉好吗？好像在问一件一般的事。此时她的神情像个处女。公共汽车对阿兰总是温婉而文静，但只对阿兰是这样。

等到阿兰离开公共汽车的身体，她已经乱糟糟的像个破烂摊。回顾做爱以前的模样，使人相信，她是供凌辱、供摧残。她悄悄地爬起来，把那些揉皱了的衣服脱掉，叠起来，然后穿上破烂衣服，仔细地卸了妆，出门去买菜。只有在要出门时，她才仔细地卸妆，穿上破烂衣服。当她服饰整齐，盛装以待之时，就是在等待性爱；当她披头散发，蓬头垢面之时，就是拒绝性爱。这一点和别人截然相反。从这一点上来看，她就像那位把内衣穿在外面的玛多娜一样的奇特。

【二十四】

那天下午，阿兰被小警察逮去时，因为那个城市不大，所以这件事马上就传到他太太耳朵里了。阿兰的老婆（公共汽车）在市场上买菜，有人告诉她阿兰进去了，她说了一声："该！"然后就问进到哪里去了。一般来说，进去就是进去了，但对于同性恋者来说，可以进到正宫，也可以进后宫，正宫并不严重。这位女士问清了情况，并不着急，她回到家里做家务事。尽量保持平静的心情。她还算年轻，但显得有点憔悴；还算漂亮，但正在变丑。此人的模样就是这样。

天快黑的时候，阿兰的太太做了饭，自己吃了之后，还给阿兰留了一些，然后她就从家里出来，到楼下给女友打投币电话，所说的第一句话就是：阿兰这浑球又进去了。我想，对方不知道阿兰是为什么进去的，但是知道阿兰是经常进去的，所以就把他想象成一个一般的流氓。对方问她准备怎么办，她说，要是他今晚上不回来，就让他在里面待着，要是明天不回来，就到派出所去领他——还能怎么办。我们知道，假如一位同性恋者被扣了起来，太太来接，警察是乐于把该男士交出去的，这是因为他们以为，他在太太手里会更受罪。警察做的一切，都以让他们多受些罪为原则。对方想听到的并不是这句话，我们可以听到她在耳机里劝她甩掉阿兰，干吗这么从一而终哪。然而，阿兰的太太并不想讨论这些操作性的事，她只是痛哭流涕，并且说，她已经烦透了。后来，她擦掉了眼泪，对对方说，对不起，打搅你了，就挂下电话，回家去了。阿兰虽然没有看到这些，但是一切都在他的想象之中。

【二十五】

阿兰的书里写道：那位衙役把女贼关在一间青白色的房间里，这所房子是石块砌成的，墙壁刷得雪白，而靠墙的地面上铺着干草。这里有一种马厩的气氛，适合那些生来就贱的人所居。他把她带到墙边，让她坐下来，把她项上的锁链锁在墙上的铁环上，然后取来一副木枷。看到女贼惊恐的神色，他在她脚前俯下身来说，因为她的脚是美丽的，所以必须把它钉死在木枑里。于是，女贼把自己的脚腕放进了木头上半圆形的凹槽，让衙役用另一半盖上它，用钉子钉起来。她看着对方做这件事，心里快乐异常。

后来，那位衙役又拿来了一副木枷，告诉她说，她的脖子和手也是美的，必须把它们钉起来。于是女贼的项上就多了一副木枷。然后，那位衙役就把铁链从她脖子上取了下来，走出门去，用这副铁链把木栅栏门锁上了。等到他走了以后，这个女贼长时间地打量这所石头房子——她站了起来，像一副张开的圆规一样在室内走动。走到门口，看到外面是一个粉红色的房间。

晚上阿兰太太一个人在家，她早早地睡了。她辗转反侧，不能入睡，后来就和自己做爱。这件事做完以后，她又开始啜泣。此种情况说明，她依然爱阿兰，对阿兰所做的事情不能无动于衷。但是在阿兰的书里，没有一个地方可以让人想到阿兰的太太。他不愿意让公共汽车知道，他是爱她的。

午夜时分，外面下了一场大雨，公共汽车起来关窗户，她穿了一件白色的针织汗衫，这间房子是青白色的。阿兰后来住的房子也是这样。她把窗户关好，就躺下来睡了。公共汽车睡着时，把两手放在胸上，好像死了一样。

那天晚上下雨时，小史的太太点子在酣睡。他们的房子是粉红色的，亮着的台灯有一个粉红色的罩子。点子穿着大红色的内衣，对准双人床上小史的空位，做出一个张牙舞爪的姿势。

【二十六】

小史也承认，每当他看到国营商店里或者合资饭店里的漂亮小姐对同胞的傲慢之态，就想把她们抓起来，让她们蹲在派出所的大墙底下。

他还说，有时候大墙下面会蹲了一些野鸡（另一个说法叫作卖淫人员），那些女孩子蹲在那里会有一种特殊困难，因为她们往往穿了很窄的裙子。在这种情况下，她们只好把大腿紧并在一起，把双手按在上面，因而姿仪万方。他认为，这个样子比坐得笔直好看。当她们被戴上手铐押走时，会把头发披散下来，遮住半边脸。这个样子也比那些小姐拨开头发，板着脸要好看。所以，在小史心目中，性对象最好看最性感的样子也是：供羞辱、供摧残。于是，他和阿兰就有了共同之点。但也有不同之点：他属于羞辱的那一面，阿兰属于被羞辱的那一面。他属于摧残，阿兰属于被摧残。明白这些，使小史感到窘迫——此时，到了应该划清界限的时候了。

【二十七】

小史往窗外看，东边天上微微露出了白色。这使他感到松懈，就伸了个懒腰道：谢天谢地，这一夜总算是完了。他还说，从来值夜班没有这么累过。而阿兰却有了一种紧迫感。小史呵欠连天，拿了钥匙走到阿兰面前，说道：转过身来，我下班了。阿兰迟疑不动时，小史说：你喜欢戴这个东西，自己买一个去，这个是公物。阿兰侧过身来，当小史懒懒散散地给他开铐时，阿兰在他耳边低声说道：我爱你。这使小史发了一会儿愣。他听见了，不敢相信；或者自以为没听清。反正他也不想再打听。他直起腰来，说道：我看还是铐着你的好。然后走开了。但是小史面上绯红，这已经是无法掩饰的了。

【二十八】

阿兰对小史说，他温婉，善解人意。他从内心感觉到自己是个女人，甚至不仅于此。来到一个英俊性感的男子面前，他就感到柔情似水。就像那种长途跋涉之后，忽然出现在面前的一泓清凉的水。他也可以很美丽，因为美丽不仅是女性所专有。他特别提到了那位画家把他放倒在短几上时，那房间满是镜子。从镜子里看到了自己的后半身：紧凑的双腿，窄窄的臀部，还有从两腿之间看到的部分阴囊。他认为，说只有女性才美丽，这是一个绝大的错误。最大的美丽就是：活在世界上，供羞辱，供摧残。

在阿兰的书里，这一段是这样的：那个女贼跪在那个粉红色的房间里，一伸一屈地在擦地板。她颈上的长枷已经卸去了，手上戴着手杻，双足分得很开钉在木头里，在她身前，有一个盛水的小木桶，她手里拿着板刷。她像尺蠖一样，向前一伸一屈。那个衙役坐在一边看着，后来，他站起身来，走到女贼的背后，撩起她的白衣，从后面使用她……而她继续在擦地板。

阿兰说到这些话时，非常的女气，而且柔媚。这使小史感到毛骨悚然。但是阿兰讲这番话时反背着手，跷着腿，就如一位淑女，这样子又有些诱人之处。所以他皱着眉头说道：你丫到底是男的还是女的。阿兰说：这不重要。当你想爱的时候，你就是男的，当你想要承受爱的时候，你就是女的。没有比这更不重要的事情了。

【二十九】

阿兰举出和那位不知名的小学教师的爱情作为例证。如前所述，那天夜里，在乡下的黄泥巴房子里，小学教师说道：你对我做什么都成之后，阿兰就热吻他，请他平躺在床上，吻他的胸口，肘窝，颏下；爱抚他，使他平静；在不知不觉之中，把做爱的主动权归还给他了。他自己说，那天晚上，开头的时候他想要爱，但忽然感到柔情似水，就转为承受了。你既可以爱，又可以被爱，这是世界上最美好的事情。

【三十】

在阿兰的故事里，那个女贼擦过了地板之后，手里拿着一个盛着香草的小篮子。她继续像尺蠖一样一伸一屈，仔细地把香草撒匀，她专注于此，除此之外，好像什么都不关心。与此同时，那个衙役坐在那里监视她。阿兰暗自想道，这种监视是很重要的。假如没有这种监视，一切劳作都是没有意义的了。

而阿兰自己（此时他坐在床垫上）回想到的事和小史想到的大相径庭。那天晚上，他对小史说，他既可以爱，又可以承受爱，就温柔地低下头去说：我爱你。这就是说，他准备被小史羞辱、摧残。于是小史就把他拖了出去，放在自来水管子底下冲了一顿，然后，又把他拖了回来，放在凳子上，抽了一顿嘴巴。此时阿兰依然是被反铐着双手，心里快乐异常。等到这一切都过去之后，小史忽然惊慌地愣住了。这时，阿兰趁机去吻他的手心，并且说：美丽是招之即来的东西。这时，小史打开了他的手铐。阿兰还把自己扮成女人的相片拿给小史看，从照片上，完全看不出是阿兰。它从表面上看，只是一幅裸体女人的相片，假如你知道它的底蕴，就会更加体会到一种邪恶的美丽。小史就这样被他的邪恶所征服——因为这些缘故，阿兰才觉得那一夜分外值得珍视。

在阿兰的书里，女贼做好了应该做的一切，就回到了她自己的房间门口。当然，也许应该叫作她的牢房门口，跪坐在地下，把手杻伸给衙役，等待卸下手杻，换上长枷。她全心全意地专注于此事，仿佛除此之外，再没有值得重视的事了。

【三十一】

阿兰在他的书里写道：有时候，那个衙役也把那个女贼的枷锁卸掉，从那间青白色的房子里带出来，带到粉红色的房子里，锁在一张化妆台上，然后就离去了。这时候，这个女贼就给自己化妆，仔细地描眉画目，让自己更美丽——也就是说，看起来更贱一点。

阿兰在派出所里对小警察说，在那位画家那里，他曾经多次化装成一个女人，作为裸体模特儿，被画入油画，或者被摄入照片。他说，只要你渴望被爱，美丽是招之即来的。对他来说，做模特儿，就是被爱。除此之外，每次画家画毕，都要和他做爱。画家说，如果不做爱，作品就不完全。对画家来说，爱情是一种艺术。而阿兰却说，艺术是一种爱情。小史就记住了这句话。他抚摸着阿兰的书，觉得这本书就是爱情。他取出一张相片夹到书里，而这张相片上就是女装的阿兰。

后来，小警察拉开了抽屉，就离开了这间屋子。在那个抽屉里放着那位易装癖的全部行头，有衣裙，缠身体的布条，头套，还有他的化妆品。阿兰坐在案前，开始把自己化装成一个女人。他像在作画一样画着自己的脸，这是艺术，用他自己的话来说，艺术就是一种爱情。而爱情就是——供羞辱，供摧残。小警察回到派出所的门前，隔着门上的玻璃，看到自己的案前坐了一位绝代佳人。他被这种美丽所震撼，好久都没有推门进去。

【三十二】

阿兰所化妆的女人穿着黑色的连衣裙。这种颜色阿兰也喜欢。等到小警察终于走进办公室里来的时候，阿兰站了起来，顾盼生姿、雍容华贵地走到他面前，稍微躬身收拾了一下裙角，就从容地跪下了。他拉开了小警察的拉锁，同时还用舌头抿了一下自己的嘴唇……小史俯身看到的景象，使他难以相信。他把自己的手臂举在半空，好像一位外科医生在手术室里……终于，他把手放下去，按住阿兰的头。与此同时，抬头向天，欲仙欲死。

此时，阿兰坐在床垫上，抿着嘴唇，撩开了毛巾被，把手伸了进去……他同样的欲仙欲死。这仅仅是因为小史曾经欲仙欲死，而他则回味到了这件事。在每次爱情里所做的一切，都有可供回味的意义。

【三十三】

早上，光亮首先来到那间青白色的房子里。那个女贼坐在铺草上，项上套着长枷，足上上着木杻。好像这一夜什么都没有发生一样。但是她头发凌乱，脸上还带有残妆。

在阿兰家里那个青白色的房间里，当曙光出现时，公共汽车也起床了。她着意打扮，穿上了最好的衣服，就在桌前坐下，双手放在桌子上，前面是一个闹钟。她在等时光过去，好去接阿兰。

那天早上，阿兰的太太去接他，因为是绝早，所以整个城市像是死了一样。她在街上看到阿兰迎面走来，神色疲惫，脸上有黑色的污渍。看到他以后，她就在街上站住，等他走过来。等到阿兰走到了身边，她转过身去，和他并肩走去。对于这一夜发生了什么，她没有问。后来阿兰伸手给她，她就握住他的手腕——就如在夜里握住他的性器官。能握住的东西是一种实实在在的保证，一松手，就会失去了。阿兰的太太什么都不会问，只是会在没人的地方流上一两滴眼泪，等到重新出现时，又是那么温婉顺从。但是这些对阿兰一点用都没有，阿兰是个男人，这一点并不重要，在骨子里，也是和她一样的人。从某种意义上说，他们之间的事，才是真正的同性恋。

那天夜里，阿兰曾经扮作一个女人，这一点从他脸上的残妆可以看出来。但是公共汽车没有问，回到家里之后，她只是从暖瓶里给他倒水，让他洗去脸上的污渍；然后问阿兰：吃不吃饭。阿兰说：要吃一点。但是他吃的不止一点，他很饿。然后，公共汽车说：你睡一会儿吧，我去买菜。但就在这时，阿兰拉住了她的手。这是一种表示。公共汽车禁不住叫了起来：你干吗？你要干吗？带一点惊恐之意。阿兰虽然低着头，但可以看到他的表情，他虽然羞愧，但也有点没皮没脸。一言以蔽之，阿兰像个儿奸母的小坏蛋。看清了这一点之后，公共汽车就叹了一口气，说道：好吧。她走到床边去，面朝着墙，开始脱衣服。后来，她在床上，身上盖着被单，用手背遮着眼睛。阿兰走过来，撩起了被单，开始猛烈地干她。对于这件事，我们可以解释说，在这一夜里，阿兰并没有发泄过，他只是被发泄，当然，这是只就体液而言。在阿兰势如奔马的时候，公共汽车哭了，并且一再说：你不爱我。但是等阿兰干完了时，公共汽车也哭完了，伸手拿了手绢来擦脸，表情平静。这时阿兰在她身边躺下，说道：我是想要爱你的。至于公共汽车对此满不满意，我们就不知道了。

【三十四】

　　光亮来到那间粉红色的房子里时，那个衙役在酣睡，他赤身裸体，在铺上睡成个大字形……点子也在熟睡。她的样子和衙役大不相同——她在双人床上睡成了一条斜道，并且把脸淹没在了枕头里。

　　与此同时，小史走到了窗前，从窗子里往外看。在他面前的是空无一人的公园，阿兰早就消失在晨雾中了。他觉得，阿兰把选择权交到他手里了。他可以回味这一夜，也可以不回味；他可以招阿兰回来，也可以不这样做。这件事的意义就在于，使他明白了自己也是个同性恋者。

【三十五】

　　小史和阿兰在一起时，还是觉得他贱，甚至在做爱完毕时，也是这样。他们总是在防空洞一类的地方干这种事，那里有个烂垫子，点着蜡烛。那件事干完了之后，他总是有意无意地说上一句：你丫真贱。而阿兰则总是不接这个茬，只是说：抱抱你，可以吗？于是，小史懒洋洋地翻过身去，把脊背对着他，恩赐式地说：抱吧。这件事说明，当时小史并没有爱上阿兰，爱上他是以后的事了。

　　小史又打开了那本书。那个故事是这么结束的：有一天，那个女贼早上醒来的时候，走到那木栅门前往外看，那间粉红色的房间里空无一人，连那条锁住门的铁链都不见了。她用木枷的顶端去触那扇门，门就开了。然后，她就走进了那间粉红色的房间里，缓缓地绕过绢制的屏风，后面是那张床——床上空无一人，只剩下了粗糙的木板。东歪西倒的家具似乎说明，主人再也不会回来了。她缓慢地移到了门口，用长枷的棱角拨开了门，不胜惊讶地发现，这座房子居然是在一个果园里。此时正值阳春三月，满园都是茂盛的花朵。

后来，阿兰离开了本市，迁到别处去了。当时，小史到车站去送他。在火车站上出现了令人发窘的场面，在这两个女人的监视下，两个男人都不尴不尬。小警察管公共汽车叫嫂子，面红耳赤，而公共汽车的目光有如寒冰；但等她看到点子的时候，目光就温暖了。这一对女人马上就走到了一起，而小警察和阿兰走到了一起，其状有如两对同性恋在交谈。但是，小史和阿兰实质上是在女人的押解之下。

在火车就要开走时，小史感到了一种无名的冲动，他开始从骨头里往外爱阿兰。在两个女人的注视下，他总禁不住伸出手来，要触摸他。在这时做这样的事，显然是不可以的。越是不可以的事，越想要去做，这种事情人人都遇到过吧——他就是在这时爱上了阿兰。这就是说，他不但承认了自己也是个同性恋者，并且承认了自己和阿兰一样的贱。

【三十六】

阿兰现在生活在一个灯红酒绿的地方，从他住的房间往下看，就是一条大街。他在房间里走动时，在腰上缠上了白色的布，看上去像个甘地。这个甘地和真甘地不同的地方，在于他的嘴唇，湿润而艳丽，好像用了化妆品。在他床头的矮柜上，放了一个镜框，里面有小史的相片。时至今日，他还像小史爱他一样地爱着他。不过，如今他一看到这张相片，就想到小史是如何的风风火火，尤其是在做爱之前。你必须告诉他：把上衣脱了吧。他才会想起要脱上衣；你还要说：把手表摘了吧，划人。他才会摘掉手表。这种时候，小史是个对眼。这种脸相，大概连他太太都没有见

过。现在他对着小史的相片，想到这些事情，可以发出会心的微笑，但是
在当时却不能——因为他正忙于承受小史的爱。所以，阿兰以为，爱情最
美好之处，是它可以永远回味。现在他在回味这些的时候，并不觉得自己
是贱的。

晚上，阿兰坐在床垫上，听到了门外的脚步声，又听到钥匙在门里
转动。他赶紧把小史的照片收藏起来，自己躺到床垫上闭上眼睛。然后，
公共汽车走了进来。她踢掉了高跟鞋，走到卫生间里。然后，她穿着白
色的睡袍走了出来，在阿兰的身边悄悄地躺了下来，用手背和手指拂动
他们之间的被单，仿佛要划定一个无形的界限。她还是那么温文、顺从，
但是谁也不知道，她还是不是继续爱着阿兰。因此，这间房子像一座古
墓一样了。

【三十七】

后来，那个女贼又回到了衙役当初捕获她的地方——高高的宫墙下，
披挂着她的全部枷锁，在那里徘徊，注意着每个行人。而小警察也在公
园里徘徊着，有时走近成帮打伙的同性恋者。但是，他没有勇气和他们
攀谈。在他心目里，阿兰仍是不可替代的。在我们的社会里，同性恋者
就如大海里的冰山，有时遇上，有时分手，完全不能自主。从这个意义
上看，小史只是个刚刚开始漂流的冰山。生为冰山，就该淡淡地爱海流、
爱风，并且在偶然接触时，全心全意地爱另一块冰山。但是这些小史还
不能适应。

小史合上了阿兰写的书。

小史开始体验自己的贱：他环顾这间黑洞洞的屋子。白天，在这间

屋子里，没有一个人肯和他面对面地说话。除此之外，喝水的杯子最能说明问题。派出所里有一大批瓷杯子，本来是大家随便拿着喝的，现在他喝水的杯子被人挑了出来。假如有人发善心给大家去刷杯子的话，他用的杯子必然会被单独挑出来；而假如是他发善心去刷杯子的话，那些杯子必然会被别人另刷一遍。这些情况提醒他，他已经是这间房子里最贱的人了。

【三十八】

天已经很晚了，另一个警察从外面进来，说：还没走啊。小史告诉他说：他值夜班。对方则说：所长说了，以后不让你值夜班了。小史说：为什么？对方说：你别问为什么了。不值夜班还不好吗？说着用椅子开始拼一张床。小史说：干吗不让我值夜班哪？对方说：你老婆和所长说的（这就是说，告诉单位了）。他还说：两口子在一个派出所多好啊，女的不值夜班，男的也不值夜班。说话之间，床已经搭到半成。那个警察走到小史面前说：劳你驾，把椅子给我用用。说着把他臀下的椅子也抽走了。小史立着说道：怎么也不跟我说一声。那个警察答道：不知道。少顷又说：还用和你说吗。后来他（这位警察因为值了额外的夜班，有点不快）说：别不落忍。反正你就要调走了。同事一场，替你值几宿也没啥。小史听了又是一惊说：我去哪儿？那个警察说：不知道。反正这公园派出所对你不适合。听说想派你去劳改农场，让你管男队，你老婆不答应，可也不能让你去管女队啊。算了，不瞎扯。我什么都不知道。从这些话里，我们知道了同性恋者为什么不堪信任：既不能把他们当男人来用，又不能把他们当女人来用——或者，既不能用他们管男人，也不能用他们管女人。

　　小史把阿兰的书锁进了抽屉，走了出去，走到公园门口站住了。他不知道该到哪里去。他不想回家，但是不回家也没处可去。眼前是茫茫的黑夜。曾经笼罩住阿兰的绝望，也笼罩到了他的身上。

2010·

一、老大哥

1

每天早上，王二都要在床上从一数到十。这件事具有决定一天行止的意义。假如数出来是一个自然数列，那就是说，他还得上班，必须马上起床。假如数出的数带有随机的性质，他就不上班了，在床上舒舒服服地睡下去。假如你年龄不小并且曾在技术部工作多年，可能也会这样干。因为过去你遇到过这种情况：早上到班时，忽然某个同事没来。下班时大家去看他，他也不在家。问遍了他的亲戚朋友，都不知他上哪儿去了。在这种情况下，你作为部里的老大哥，就会提心吊胆，生怕他从河里浮出来，脑盖被打得粉碎——这种情况时有发生。过些日子你收到一张通知：某同志积劳成疾，患了数盲症，正在疗养。这时你只好叹口气，从花名册上勾去他的名字，找人做见证，砸他的柜子，撬他的抽屉，取出他的技术文件，把他手上的活儿分给大家；再过些日子，他就出来了，但不是从河里出来——简言之，上了电视，登上报纸，走上了领导岗位，见了面也不认识你。这一切的契机就是数盲症。这种病使你愤愤不已、心理不平衡，但是始终不肯来光顾你，你恨数盲症，又怕得数盲症，所以就猜测并且试探它发作起来是何种情形。未离婚时，我前妻见到我这种五迷三道的样子，就说：你简直像女孩子怕强奸一样。我认为这是个有益的启示，遗憾的是我没当过女孩子，不知道是怎样一种情形；问她她也不肯讲。她甚至不肯告诉我数盲症是像个男人呢，还是像男人的那个东西。

2010 年我住在北戴河，住在一片柴油燃烧的烟云之下。冬天的太阳出来以后，我看到的是一片棕色的风景。这种风景你在照片和电视上都看不到，因为现在每一个镜头的前面都加了蓝色的滤光片。这是上级规定的。这种风景只能用肉眼看见。假如将来有一天，上级规定每个人都必须戴蓝色眼镜的话，就再没有人能看到这样的风景。天会像上个世纪一样的蓝。领导上很可能会做这样的规定，因为这样一来，困扰我们的污染问题就不存在了。在我过四十八岁生日那一天早上，我像往日一样去上班。这一天就像我这一辈子度过的每一天一样，并不特别好，也不特别坏。我选择这一天开始我的日记，起初也没有什么特别的寓意。只是在时隔半年，我在整理这些日记时，才发现它是一系列变化的开始。所以我在这一天开始记日记，恐怕也不全是无意的了。

有关数盲症，我还知道这样一些事：它只在壮年男子身上发作，而且患这种病的人都是做技术工作的。官方对它的解释是：这是一种职业病，是过度劳累造成的，所以数盲症患者总能得到很好的待遇。这一点叫人垂涎欲滴，而且心服口服。数盲者不能按行阅读，只能听汇报；不能辨向，只能乘专车；除了当领导还能当什么？这是正面的说法。反面的说法是：官方宣布的症状谁知是真是假。数盲清正廉洁，从来没有一位数盲贪赃枉法（不识数的人不可能贪），更没有人以权谋私，任何人都服气。这也是正面说法。反面的说法是他们用不着贪赃枉法，只要拿领导分内的就够多了。正面的说法是领导上的待遇并不超过工作需要，反面的说法是超过了好几百倍；所以应该算算账。为此要有一种计数法、一种记账法、一种逻辑，对数盲和非数盲通用，但又不可能。有位外国的学者说，数盲实质上是不进位，只要是工作需要，吃多少喝多少花多少都不进位，始终是工作需要，故而是用了无穷进制计数法。这种算法我们学不会。假如你就这一点对数盲发牢骚，他就笑眯眯地安慰你说：你们用的二进制、十进制我们也不会嘛。大家各有所长，都是工作需要。

现在要说明的是，北戴河是华北一座新兴的科技城市，它之所以是科技城市，是因为技术部设在这里。王二是技术部的老大哥，也就是常务副部长。这是未患数盲症的人所能担任的最高职务，是一种类似工头的角色。有时他把自己叫作"王二"，有时把自己叫作"我"；但从来不把自己叫作"老大哥"，这个称呼是专供别人使用的。

我总是从反面理解世界。早上起来时，我数数，同时也是把灵魂注入了肉体。我爬起来，从侧屋里推出摩托车，从山上驶下来，驶到一片黑烟和噪声里去。这种声音和黑烟是从过往车辆上安着的柴油机上喷出来的，黑烟散发着一种燃烧卫生球的气味，而噪声和你的脑子发生共振。这种情形可惜以往那些描写地狱的诗人——比方说但丁——没有见过，所以他们的诗显得想象力不够。

只要你到了大街上，睾丸都会感到这种震荡（对于这件事，有一个对策，就是用一个泡沫塑料外壳把睾丸包装起来，此物商店有售，但是用了以后小便时有困难），而黑烟会使你的鼻涕变得像墨汁一样（你也可以用棉花塞住鼻子，用嘴呼吸，然后整个舌头都变黑，变得像脏羊肚一样）。早几年，还可以用我设计的防毒面具，后来吓死过小孩子，不让用了。当然，假如你坐在偶尔驶过的日产轿车里，感觉会有不同。日本人对出口中国的车辆都做了特殊设计，隔音性能极好，而且有空气滤清器。当然，日本人很少得数盲症，故而这些车的售价都到了天文数字，只有得了数盲症的领导才不觉得贵。因为这些缘故，乘日本车的人极少，大多数人乘坐在吼声如雷的国产柴油车辆上。驾车的家伙们还表现出了破罐破摔的气概，十之八九把消声器拆了下来，让黑烟横扫街道，让噪声震破玻璃。因此街上的行人都打伞，见了黑烟过来，就把伞横过来挡挡，而临街的窗户都贴了米形纸条，好像本市在遭空袭。这都是因为有人拆了消声器。假如你逮住一个问他为什么这么干，他就说，消声器降低马力增加油耗，而且装上以后还是黑，还是吵，只不过稍好一点，实属不值。当然，你还可以说，取下消声器，省了你的油，吵了大家，所以应该安上。他则认为安上消声器，大家安静，却费了他的油，所以应当取下来。归根结底，假如消声器能省油，谁也不会不安它。如果说到了这儿，所有的人都会同意：也不知是哪个王八蛋设计的这种破机器。只有我不同意，因为这个王八蛋就是我。所有街上跑的、家里安的柴油机，只要是黑烟滚滚，吼声如雷，就是我设计的，假如既不吵，也不黑，那就是进口的，而且售价达到了天文数字，具体数字是多少是国家机密，我们不该知道，而知道这些数字的人，又根本不知是多少。

2

每个当了老大哥的人，都有这样一种特殊的品行，就拿我来说，有时候我就是我，有时候是王二，他是一个随时随地就在眼前的四十八岁的男人。在后一种情况下，"我"却不知到哪里去了。小徐没有摩托车，必须有人去接他上班。好吧，王二就在眼前，那么王二就去接他吧——这时根本就没有"我"这种东西。等到"我"回来时，就会发现这样做消耗了我的汽油，毁了我的车——这种小摩托设计载重是八十公斤，王二一个就有八十公斤。除此之外，他像个鸡奸者一样趴在我身上。小徐这东西占了你的便宜也不说你好。这都是责任心过强带来的害处。

责任心过重常常使我大受伤害，每次部里有人失踪了，我都到处去找：去公安局，去医院，甚至低声下气去问保安（他们对我最不友好，摩托车在他们门前停片刻，车胎就会瘪）。到处都找不到之后，坐在技术部里长吁短叹道：假如某某能回来，咱们就开 party 庆祝——我贡献一百美元。同事们说：算了吧老大哥，这小子准是得了数盲症。但我不爱听这话。我从来不相信哪个某某会得数盲症。结果他真的就得了数盲症。每次发生了这种事，我都有被欺骗、遭遗弃的感觉，一屁股坐在凳子上，叫道：给我拿救心丹来!

其实我根本不像表面上那样天真。我已经四十八岁了，我认识的人发数盲的，多到我记不住。这就是说，我完全知道谁会发数盲——我见过的太多了。就以目前为例，我可以打赌，技术部有一个数盲，就是趴在我背上这个姓徐的。早上他提着塑料水桶，里面只有点底子，或者底子都没有（你要知道班上不供应饮水，自己不带水就是想喝别人的）；头上戴顶"二战"时期飞行员的帽子，哆哆嗦嗦地站在路边上，拖着两截清鼻涕，长得尖嘴猴腮。就是把他行将发数盲这一点撇去，也足够不讨人喜欢。我不知道有谁喜欢他，不论是男人女人。但是他现在没有发数盲，他是我的人。他没有钱可以找我借，当然事后准不还；没水喝可以找我要，但是我的水也不多。这就是说，我必须爱他，因为我是老大哥。

二十年前我来过北戴河，这地方东西两端各有一座小山，山上树木葱笼，中间是一片马鞍形的地带，有海滩，海滩背后的山坡上树林里面是一些别墅—— 一些优雅的小房子。现在海滩的情形是这样的：海滩背后没有了树，那些别墅还在那里，但都大大地变了样。所有的门窗都不见了，换上了草帘子、包装箱上拆下的木板、瓦楞纸箱，里面住着施工队、保安员、小商小贩，总之，各种进城打工的人，门窗都被他们运回家去了。他们在院子里用砖头垒起了一些类似猪圈的东西，那是他们的厕所。烟囱里冒出漆黑的烟，因为烧着废轮胎。海滩上一片污黑，全被废油污染了。海面上漂满了塑料袋，白花花的看不到海水。废轮胎、废油、塑料袋我们大量地拥有，而且全世界正源源不断地往这里送。简言之，海滩变成了一片黑烟和废油的沼泽地，如果山上很脏的话，这里就是个粪坑。而小徐却偏愿意住在这里——这就是说，我不得不弯下来接他。假如不是这样，我情愿永远不上这里来。出于过去的职业训练，我见了丑陋的东西就难受。

技术部的房子在东山边上，三面环有走廊，这说明这座房子有年头了，过去是某位达官贵人的避暑别墅。前几年站在走廊上可以望见大海，现在在刮大风的日子里还可以看见，在其他的日子里只能看到一片黑烟。走廊用玻璃窗封上了，这些玻璃原来是五色的，现在变成了茶色。这些变化的原因当然是柴油机冒出的黑烟，现在这所房子顶上有一根铁管烟囱也在突突地冒这种黑烟。但这也是没有办法的事，因为这间房子也需要取暖，需要照明，取暖就需要柴油机冷却水来供给暖气，照明则需要柴油机带动地下室里的发电机。这个嘣嘣乱响的鬼东西是我十年前的作品，代表我那时的能力。现在我应当能设计出一种柴油机，起码像泰国的产品，那种机器发出蚕吃桑叶的沙沙声；或者像日本柴油机，那种机器无声，也不排废气；当然，谁也不能要求我设计出瑞典柴油机，那种东西你就是把屁股坐在上面，也不知开动了没有。但是应当是应当，实际上我就会造这种鬼东西——开动起来像打夯机和烟幕弹的东西。世界上其他地方不像我们这样，人家甚至很少用柴油机，这是因为那里能找到足够多的未患数盲症的人，来设计、制造、维修那些清洁、有效的集中供电系统。虽然现在已经证明了数盲不传染，但是要请这种人到中国来做技术顾问，却没人应聘；因为人们怀疑它与环境有关。人们还说，数盲是二十一世纪的艾滋病，在未搞清病因、发现防护措施之前，科技人员绝不敢拿自己的前途冒险——事实上，的确有几位到中国服务的科技人员在这里发了数盲症，后来成为伟大的国际主义战士，享受中国政府的终身养老金。此后有人敢来冒险，但各国政府又禁止科技人员到中国来——科技人员是种宝贵的资源。来的和平队都是些信教青年，所学专业都是艺术、人文学科。就算在来中国前学习一点科学技术的突击课程，顶多只能胜任科技翻译的工作，而希望全在未患数盲症的中国人身上。这些人在早上八点钟以前到了这间房子里，满怀使命感开始工作。

王二来上班的时候，已经是最后一个。他从摩托车座位下面的工具箱里拿出一个塑料水箱，走进那间房子，有一个大号的洋铁壶放在小小的门厅里，旁边放了一个量杯。王二从水箱里量出一升水，倒进水壶里，然后旋紧盖子，把水箱放到一个架子上——那上面已经放了四十多个水箱，每个水箱上都有一块橡皮膏，写着名字。然后他脱掉大衣，走到水池子前面，拧开水管子，里面就流出一种棕色的流体——这种东西被叫作自来水。王二从水池边拿起一条试纸试了，发现它是中性的，就在里面洗了手。不管它是不是中性，都没人敢在里面洗脸。因此他拿出了一块湿式的卫生纸巾，先擦了脸，又擦了手，然后走进大厅。这是一种精细的作风，和数盲作风形成了鲜明的对比。在开大会时，你常能看到领导在主席台上倒一塑料杯矿泉水，喝上几口，把剩下的扔在那里，过一会儿再去倒

一杯。等开完了会，满桌子都是盛水的杯子。这就叫领导风度。好在这些水也不会浪费，我们当然不肯喝，想喝也喝不着。保安员都喝了，他们也渴。水这种东西，可不只是 H_2O 而已。

因为每人每天只有五公升①的饮水，所以烧茶的开水都要大家平摊。在这种情况下，我们当然想利用一下自来水——这种水是直接从河里抽上来的，没有经过处理——就算不能达到饮用的标准，能洗澡也成。有时候它是咸的，这不要紧，因为不管怎么说，它总比海水淡，甚至可以考虑用电渗析。有时含酸，有时含碱，这可以用碱或酸来中和。有时候水里含有大量的苯、废油，多到可以用离心机分离出来当燃料，有时候又什么都不含。有时它是红的，有时它是绿的，有时是黄的——水管里竟会流出屎汤子——这就要看上游的小工厂往河里倒什么了。有时候他们倒酸，有时倒碱，有时倒有机毒物，有时倒大粪。要净化这种水，就要造出一个无所不能的净化系统，能从酸、碱、有机毒物甚至屎里提取饮用水。这对于科班出身的工程师也不是件容易的事，更何况我们四十一个人里有四十个是半路出家。除此之外，还有两个办法可以解决洗澡问题，其一是在夏天到海里去游泳，上岸后用沙子把身上的柴油渍擦去，然后用毛巾蘸饮水擦，因为柴油渍总不能擦得很干净，故而洗了以后像匹梅花鹿；另一个办法是在冬天用蒸馏水来洗澡——我们有利用柴油机废热制蒸馏水的设备。蒸馏水虽然无色透明，但也不干净。洗这种澡鼻子一定要灵，闻见汽油味不要大惊小怪；酚味也不坏，这是一种消毒剂；闻见骚味也不怕，有人说尿对头发好。假如闻见了苯味，就要毫不犹豫地从喷头下逃开，躲开一切热蒸气，赤身裸体逃到寒风里去。苯中毒是无药可医的毛病，死以前还会肿成

---

① 公升，公制容量单位，升的旧称。

一个大水泡，像海里的水母一样半透明。同事们说，洗澡这件事要量力而行，并且要有措施。跑得慢的手边要有防毒面具，女孩子要穿三点式，但是老大哥和有病的不准洗。他们坚决劝阻我在冬天洗澡，虽然我自己说，老夫四十有八不为夭寿，但他们还是不让我在干净和肺炎之间一搏，并且说，现在我们需要你，等你得了数盲症，干什么我们都不管。所以我只好脏兮兮地忍着。

我到现在还在设计净水器，一想就是七八个小时，把脑子都想疼了。一种可能是我终于造出了巧夺天工的净水器，从此可以得到无限的干净水，这当然美妙无比。但我也知道遥遥无期。另一种可能是我没有造出这样的净水器就死掉了，死了就不再需要水，问题也解决了；但也是遥遥无期。最好的一种可能性是我得了数盲症，从此也没了水的问题。

3

王二坐在绘图桌前的高脚凳上，手里拿了一把飞鱼形的刀子在削铅笔。那刀子有一斤多重，本身是一件工艺品，除了削铅笔，还可以用来削苹果、切菜、杀人。现在的每一把刀子都是这样笨重，这是因为每把刀子都是铸铁做的，虽然是优质的球墨铸铁，但毕竟不像钢材那样可以做得轻巧。他在考虑图板上的柴油机时，心里想的也全是球墨铸铁，不到万不得已，不能考虑像金子一样贵重的进口钢材。除此之外，钢是危险品，要特批，报告打上去，一年也批不回来。在这种情况下，当然只能设计出些粗笨、低效的东西，这是可以原谅的。只不过他的设计比合理的粗笨还要粗笨，比合理的低效还要低效，这就是不能原谅的了。他只能在另一个领域施展想象力：把柴油机做成巧夺天工的形状，有些像老虎，有些像鲤鱼，有些什么都不像，但是看上去尚属顺眼。不管做成什么样子，粗笨和低效都不能改变，而且像这样稀奇古怪的东西根本不能大批生产，每种只能造个三五台，然后就被世界各国的艺术馆买了去，和贝宁的乌木雕、尼泊尔的手织地毯陈列在一起。如今全世界所有的艺术经纪人都知道中国有个"Wang Two"，但是不知道他是个工程师，只知道他是个结合了后工业社会和民族艺术的雕塑家。这样他的设计给国家挣了一些外汇，但是到底有多少，他自己不知道。这是国家机密。

有一件事我们尚未提到，就是王二和他技术部的绝大多数同人一样，虽然现在做着技术工作，但是他们的生活并不是在工学院里开始的。王二本人从工艺美术学院毕业，同事则来自音乐学院、美术学院、中文系、哲学系、歌剧院，等等；是一锅偏向艺术和人文学科的大杂烩，但是这锅杂烩在这一点上是一致的：每个人的档案里，在最后学历一条上，都有"速校二年"一条。这是因为随着数盲症的蔓延，所有未患这种病的人都有义务改行，到"速成学校"突击学习技术学科，然后走上新的岗位。还有一个奇怪的现象，就是原来的工程师患起数盲症来很快，改行的工程师却比较耐久。他们是科技精英，虽然假如没有数盲症这件事的话就够不上精英，只能叫作蹩脚货。就以我自己来说，就曾找领导谈过多次，说明自己在速校把数学老师气得吐血的事实。领导上听了以后只给了这样的指示：加强业务学习——水平低是好事，还有提高的余地，所以我们不怕水平低。我说我快五十了，没法提高。他却说五十很年轻。我问多少岁不年轻，他说是二十，同时伸出三个指头，几乎把我气死。和数盲辩理行不通。顺便说一句，数学老师吐血是真的，但他有三期肺痨；而且不是气的，而是笑的。上课时他讲不动了，就让大家讲故事。我讲了个下流笑话，他吐了血，后来就死掉了。

除了这技术部里坐着一些蹩脚货，还有一些更蹩脚的在钢铁厂里，指挥冶炼球墨铸铁，另一些在炼油厂指挥炼劣质柴油，所到之处都是一团糟，但是离了他们也不行。不管怎么说，王二在这群人里还算出类拔萃。他削好了铅笔，忽然大厅里响起了小号声，还有一个压倒卡罗索的雄浑嗓音领唱道："Happy birthday to you！"他在一片欢声笑语里伸直了脖子，想看看这位寿星是谁。但是一把纸花撒到了他头上。这个寿星佬原来就是他自己。然后他就接受了别人的生日祝贺，包括了两个女实习生的亲吻，并且宣布说，等你们结婚时，一人送一件毛衣。这是因为当时她们每个人都穿了一件毛衣——一件蓝毛衣和一件红毛衣，当然都是机织毛衣，看起来像些毡片，穿在漂亮姑娘身上不适宜。而王二的手织毛衣都是工艺品，比之刀子更送得出手。这些毛衣需要些想象力才能看出是毛衣，需要更多的想象力才能看出怎么穿。但是穿上以后总是很好看。但是这两记亲吻带来了麻烦——他上衣的口袋里出现了两张纸条。这肯定是她们塞进来的，但是各是谁塞的，却是问题。有一个规定说，禁止把未患数盲症的人调离技术岗位，这就是说，技术部门实在缺人。还有一个规定说，女人不在此列。这就是说，领导机关也要些不是数盲的人，来担任秘书工作。还有一条并不是最不重要，那就是秘书必须长得顺眼，不能长得像王二一样。因此女孩子最好的出路是在十八岁时考上工学院（工学院考分高得很，而且不招男生），二十二岁毕业，到技术部实习一年，然后到上级部门当秘书。此后很快就成了首长夫人。这是一条铁的规律，甚至不是孩子的人都不例外，只要漂亮就可以。因为这个缘故，工学院挑相貌，挑来挑去，简直招不上来生。现在听说条件放宽了，但是要签合同，保证接受整容手术。我觉得以后可能会接受肯变性的男生。当然，这种货色，就如艺术家改行的我们，是二等品。

有关艺术家改行的事，还可以补充几句，我们改行后，原来的位子就被数盲同志们接替了。所以现在简直没有可以看得进去的小说、念得上嘴的诗歌、看得入眼的画；没有一段音乐不走调，假如它原来有调的话。与此同时，艺术家的待遇也提高到了令人垂涎欲滴的程度。但是这也叫人心服口服——你总得叫人家有事可干嘛。而且艺术现在算是危险性工作了，它教化于民，负有提升大家灵魂的责任，是"灵魂的工程师"。万一把别人的灵魂做坏了，你得负责任；这种危险还是让数盲来承担。假如大家都去当领导，领导就会多得让人受不了，假如不让人家当领导，人家又劳苦功高。所以就让他们当特级作家、特级画家，这还是亏待人家了。

4

我有个哥哥，已经六十多岁了，现在住在美国。1970年左右，他在乡下当过知青。我那时只有七八岁，也知道他当时苦得很，因为每次回家来，他都像头猪一样能吃。他告诉我，他坐车不用买票，而且表演给我看。有一回被售票员逮住，他就说：老子是知青！售票员大姐听了连忙说：我弟弟也是知青。就把他放了。他还告诉我说，他们在乡下很快活，成天偷鸡摸狗不干活儿也没有人管。这件事告诉我，为非作歹是倒霉蛋的一种特权。我们就是一批倒霉蛋，所以拥有这种特权。举例来说，假如我看中了一间空房子，就可以撬开门搬进去住，不管它贴着什么封条。过几天房管局的人找到我，无非是让我把原来房子的钥匙交出来，再补办个换房手续。但是不管我搬到哪里，房子都没有空调，没有干净的供水，没有高高的院墙，门口也没有人守卫，所以搬不搬也差不多。再比方说，我们和哪个女孩子好，就可以不办任何手续地同居，假如风纪警察请去谈话，无非是说：你们双方都没有结婚，何不办个结婚手续？只是过不了几天，这位女孩子调到机关去，就会和我们离婚。然后就是傍肩儿，天天吵吵闹闹。据我所知，大家都有点烦这个。但这种生活方式是不能改变的，除非得了数盲症。

　　我简直想患数盲症，主要是因为现在的工作不能胜任。今天早上搞电力的小赵递给我一张纸，说道：对不起老大哥，遇到了问题。我拿起来一看，是道偏微分方程。我就知道这一点，别的一概不知。我举起手来说：大家把手上的事放一放，开会了。于是我们这些前演奏家、前男高音、过去的美术编辑、摄影记者，等等，搬着凳子围成个圈子，面对着黑板上的微分方程，各自发表宏论。假如此时姓徐的不在，那也好些。他在场只会增加我们的痛苦。我说过，我们这间屋子里的人几乎都是蹩脚货，这孙子是个例外。他是个工科硕士（很多年以前得的学位），像这种人不是发了数盲症，就是到了国外，这孙子又是个例外。他听了某些人的意见，面露微笑。听了另一些人的意见，捧腹大笑。听了我的意见之后，站在椅子上，双手掩住肚子，状如怀孕的母猴，在那里扭来扭去。坐在他旁边的人想把他拖出去，他拼命地挣扎道：让我听听嘛！一个月就这么点乐子……这使大家的面子都挂不住了。大胖子男高音跳起来引吭高歌，还有人吹喇叭给他伴奏。在音乐的伴奏下，有些人动手拧他——怀着艺术家那种行业性的妒贤嫉能，以及对卑鄙小人的仇恨。这家伙是个贱骨头，挨拧很受用。等到乱完了之后，我就宣布散会。偏微分方程不解了，因为解不出来，改用近似算法。这个例子说明我们设计的东西为什么这么蹩脚——用了太多的近似算法。而在近似算法方面，我们都是天才。我们已经发明了一整套新的数学，覆盖了整个应用数学的领域，出版了一个手册，一流装帧，一流插图，诗歌的正文，散文家的注释，但是内容蹩脚至极。手册的读者，我们下级单位的同行经常给我们寄子弹头，说再把书写得这样不着边际，就要把我们都杀掉。其实我们不是故作高深，而是要掩饰痛脚。

　　不光数学是我们的痛脚，还有各种力学、热力学、化学、电工学，等等。事实上，我们的痛脚包括了一切科学部门。我知道美国有个《天才科学家》杂志（这个天才当然是带引号的），专门刊载我们的这些发明，而有一些汉奸卖国贼给他们写稿，还把我们的照片传出去，以此来挣美元稿费，其中就包括了这个姓徐的。因为他的努力，我已经有两次上了该刊的中心页，三次上了封面，还当选过一次年度"天才数学家"。据说正经搞理工的读了那本刊物，不仅是捧腹大笑，还能起性，所以我经常接到英文求爱信和裸体照片，有男有女，其中有些还不错，但多数很糟糕；危险部位全被炭笔涂掉了。我一封信都不回。对于某些搞同性恋的数学家，我比《花花公子》的玩伴女郎还性感。为此我不止一次起了宰掉小徐的心。但是我也明白，就是倒霉蛋也不能杀人。

我觉得外国的科学家缺少同情心——假如他们和工程师都傻掉，只剩下一些艺术家，我倒想看看他们那里会发生什么样的事。假如毕加索活着，马蒂斯活着，高更和莫奈都活着，我也想看看他们画起柴油机是否比我高明。但是最没有同情心的是小徐这种人。我曾经把炭笔塞到他手里，强迫他画一张画，哪怕是画个鸡蛋也行。但是他就是不接，还笑嘻嘻地说：我不成，我有自知之明。这话又是暗讽，说我们都没有自知之明。

在马蒂斯决定复活，替我来画柴油机之前，我还有一件事要提醒他：他休想得到一点儿顶用的技术资料。有件事和他死前大不一样：国外所有的技术书刊都以光盘、磁盘的形式出版，而这类东西是禁止进口的，以防夹带了反动或者下流的信息。至于想用计算机终端从国外查点什么，连门都没有。这是因为一切信息，尤其是外国来的信息都是危险的。打电话可以，必须说中文，因为有人监听，听见一句外文就掐线。我不知马蒂斯中文说得怎么样，假如说得不好，就得准备当个哑巴。除此之外，什么材料都是危险品：易燃的、易爆的、坚硬的。危险这个词现在真是太广义了。在这种条件下，让马蒂斯来试试，看他能搞出些什么！

　　会后小徐对我说：你把你的贝宁木雕给我，我就给你算这道题。我说你妈逼你想什么呢你，又不是我要算这道题。那时候我的脸色大概很难看，吓得他连连后退，过了老半天才敢来找我解释：老大哥，要是你要算这道题我马上就算，要你什么我是你孙子！

　　这时我已经恢复了老大哥的风度，心平气和地说：我不要算这道题，是公家要算这道题。我尽心尽力要把它算出来，这是我的责任，但它毕竟不是我的题。小徐说：只要是公家的题他就不算，这是他的原则。但是他不愿为此得罪老大哥。我说：我怎么会？坚持原则是好事。为了表示我不记恨他，我和他拥抱，吻了他的面颊，这让我觉得有点恶心——这家伙有点娘娘腔。但我既然是老大哥，对所有的人就必须一视同仁。

　　有关那件木雕，有必要说明几句。那是上大学时非洲同学送我的，底座上刻着歪歪斜斜的中国字：老大哥留念——我们是有色人种。这是个纪念品，其一，它说明我上大学时就是老大哥；其二，它说明有个黑人把我当成黑人。一般来说，我们黄种人总是被黑人当成白人，被白人当成黑人，被自己人不当人，处处不落好。我能被黑人当黑人，足以说明我的品行。这姓徐的竟想把它要走，拿到黑市上卖。只此一举，就说明他要得数盲症了。

　　开完了数学讨论会后，我坐到绘图桌前，那个穿红毛衣的实习生搬凳子坐在我身边，假装要帮我削铅笔，削了几下又放下了。说实在的，削铅笔不那么容易，刀子钝笔芯糟，假如她只是心里有话要说，那就是糟蹋东西。那孩子悄声对我说：王老师，我会算这道偏微分题。我也悄声说道：别管我们的事——辅导老师没关照你吗？她说：关照过的，但是我的确会算。我不理她（我还要命哪），她还是不走，这叫我心里一动——于是我压低了声音说：读过《1984》？她脸色绯红，低着头不说话。这就是说，读过了。

我们过去都是艺术家，艺术家的品行就是：自己明明很笨，却不肯承认。明明学不会解偏微分方程（我们中间最伟大的天才也只会解几种常微分方程），却总妄想有一天在睡梦中把它解开，然后天不亮就跑到班上来，激动地走来走去，搓手指，把粉笔头碾成粉；好容易等到大家来齐了，才宣布说：亲爱的老大哥，亲爱的同事们，这道题我解出来了！！然后就在黑板上写出证明，大体上和数学教科书上写的一样，只是在讲解时杂有一些比喻，和譬如"操他妈"之类的语气助词，这能使大家都能理解。有了这些比喻和"操他妈"，证明就属于我们了。讲解者在这种时候十分激动并且能得到极大的快感，有一位天才的指挥家在给大家讲解"拉格朗日极值"时倒下去了，发了心肌梗死，就此一命呜呼。这种死法人人羡慕。因为这个缘故，我们才不容易得数盲症。也是因为这个缘故，我们不喜欢女人来帮助我们。当然，有些少数丧失了自尊心的人也会这么干，那就是另一个故事了。

关于艺术家不得数盲症的机理，有必要讲得更明确：我们在科技方面十足低能，弄不懂偏微分，所以偏微分才能吸引住我们。假如能弄懂，就会觉得没有意思了。这就是说，我们不能太聪明，并且要保持艺术家的狂傲的性情，才能在世界上坚持住。

另一个故事是这样的：以前我有一位同事，是吹萨克斯管的，是个美男子。因为在十几岁时玩过一阵子无线电，速校毕业后负责电子工程。此人钻研业务到了走火入魔的程度，发誓不把概率论里的大数定理搞明白死不瞑目。因此他就丧失了自尊心。有一回，我们部里来了个小眼镜，她说能证明大数定理，也不知用了什么手段，居然让美男子听懂了证明。然后他就完全唯小眼镜马首是瞻。听说他们在家里玩一种性游戏：小眼镜穿着黑皮短裙，骑在美男子脖子上。后来她实习期满要调到上级单位时，两人就双双殉情而死——这当然又是小眼镜的主意。刚毕业的女孩子总是对殉情自杀特别感兴趣（她们最爱说的一句话就是——让我们一块儿死吧！仿佛只剩下电死吊死还是淹死这样一些问题），但是不能听她们的，都死了谁来干活儿？我就接到过多次同死的邀请，都拒绝了，是这么说的：你能调到上面去很好呀，别为这个内疚；我们大男人，不和女孩子争，等等。讲完了，挨个耳光，事情就过去了。这是因为我从来不请教女人数学问题。假如请教过，知道了她们有多聪明——她们的美丽已经是明摆着的了——多半就没有勇气拒绝死亡邀请。这是活下去的诀窍。

有关这个诀窍，必须再说明一遍，因为它很严重。不能问女人科学问题，因为你已经四十多岁了，做了多年科技工作，不懂大数定理、不会解偏微分方程，而且得不了数盲症，又有何面目活着？我们都在危险中，所以就不要让一个二十岁的女孩子告诉你，你不会的她都会。这是因为你是男高音、画家、诗人，她要得到你。活下去的诀窍是，保持愚蠢，又不能知道自己有多蠢。有一句话，我要与大家共勉：好死不如恶活。我的兄弟们，我已经四十八岁了，还有一身病，但还在坚持。

5

今天是星期四，也是我四十八岁的生日。这一天的一切，都有必要好好总结一下。我像往常一样上班去，天像往常一样黄，自来水像往常一样臭，像往常一样，有人遇到了一道数学题，我们开会讨论，并且像往常一样没有解出来。这都是表面现象。实际上，我比往常老了一岁，天比往常更黄了一点，自来水比往常更臭了一点，没有解出的数学题比往常多了一道，一切都比往常更糟糕。我在制止这个恶化的趋势方面竭尽了心力：力图忘掉今天是我生日，力图改进我的柴油机想让它少冒点烟，力图想出一种净水器，力图解出那道数学题，但是全都没有结果。我们技术部里每个人都在力图解决这些问题（只有第一个问题除外），但是都没有结果，因为他们都比我还笨。只有一个人除外。首先，他可以解出那道数学题；其次，他是学化工的，在水处理方面肯定有办法；最后，他是管燃料的，假如能给我纯净一点的燃料，柴油机就可以少冒一点烟。但是他什么都不干，到班上打一晃，看完了我们的洋相后，就溜出去了，而且是借了我的摩托车。我有确实的情报，他是跑到上级那里去打小报告去了——虽然他自己说是去医院看病——此种情形说明他很快就会发数盲症。我应该不借他车，但是我不能。他说，他要去看病。而且我是老大哥。

二、红毛衣＆老左

1

红毛衣说，她看过《1984》。这是乔治·奥威尔的作品，是一本禁书（现在有很多禁书），因此没有铅印本，但是有无数手抄本，到了工学院的女生人手一本的地步。我的外号就是从书里来的，但这是一种英国式的幽默。禁书就是带有危险性的书，那本书里有个情节，女主人公往男主人公兜里塞了一张条子，昨天就出了这种事，我兜里出现了一张纸条，上面写着"I love you！"连写法都和书上一模一样，足见看《1984》入了迷。只有一点和书上不同：作为男主人公，我不知是谁塞的。在此之前，我过生日，每个实习生都要吻我，这是一种礼仪。一共两个女孩子。有一个很奔放，简直是在咬我，另一个很不好意思。那个不好意思的脸红扑扑，嘴唇很硬，这种情形说明她从未有过性经验，所以应该把她排除在外，但其实真凶就是她。我总算找到我需要的人了。

王二把红毛衣请到家里来喝咖啡——我这样写，是因为当时我正在大公无私的状态——王二有真正的哥伦比亚咖啡，是他哥哥寄来的，不过有年头了，没有香味。但毕竟是真正的咖啡。现在他还给王二寄咖啡，但是总也收不到，因为邮政系统也是一团糟。好在还可以打越洋电话，否则就会和哥哥断掉联系。打越洋电话比国内电话容易得多，拿起听筒摇上几下（现在电话都是人力驳接的了），说：你给我接美国，然后咔咔乱响一阵，就换了声音，ATNT operator…你告诉她对方付款、电话号码，马上就会通。当然，有时也不顺利，接线员朝你大吼一声：美国，美国在哪儿？你只好告诉他往上找，左边第一个，有时他还是找不到，此时就只好骑车奔往电话局，自己来接线，不过这种现象不多。哥哥要给王二打电话就麻烦得多，先接中国，再接河北，再接秦皇岛，再接北戴河；这就要三个钟头。接到北戴河就不能接了，好在此地人人认识王二，半个电话局的人都会出来找他。但是他跑去接电话时，十回里有九回不是他的电话。电话里的人再三道歉说，他想找某人，但是电话局的人不认识某人，并且建议他找王二，王二谁都认识，所以只好找王二传话。这些话越扯越远，就此打住。——红毛衣对王二说：味真怪。这说明她没喝过真咖啡。喝完了以后，她还是一副手足无措的样子，连杯子也不知往哪里放。这是因为她以前没到单身男人家里做过客——这孩子长着一张圆圆的娃娃脸，很可爱。王二说，把杯子放在桌子上，她就把杯子放到桌子上，与此同时，提醒自己一定要勇敢一些。这屋子里很暖和，墙上挂着挂毯，茶几上有一件乌木雕，但是看不出雕的是什么。她把手放上去，问王二这是什么。王二说是阳具。她赶紧放开手（好像握到了蛇），定了定神，又握住它说：很好玩。此时王二招了招手说，你坐过来。她就坐到王二身边，心里怦怦地跳，但也觉得自己很勇敢。王二抚摸了她的头发，吻了吻她的额头，说道：你很可爱。然后又用一根手指触触她毛衣底下凸起的乳房，然后说：说吧，找我有什么事。那孩子把脸伏在他胸前说：我爱你——我有点恋父情结，等等。语不成声。王二哈哈地笑了起来：真奇怪，你们个个都有恋父情结。别逗了，看我能为你做点什么。于是她坐直了身子，看着王二的脸。王二的眼睛里全是慈爱。于是她不再扭捏，坦言道，她喜欢大胖子。王二说，大胖子有傍肩儿了，是和平队里的一个金发女郎。后来她又说，喜欢小赵。王二摇摇头说，你对他不合适。再说，他也不需要你。小孙就要到湖边去砸碱了，你肯不肯押他去？她马上就答应了。这说明小说真是有危险的，《1984》就能让一个女孩子情愿担当看守这样危险的工作。只有数盲才能写出毫无危险的小说——那种小说谁都不看，故而无危险。

有关这件事，我还有点需要补充的地方。我当然爱听女孩子对我说：我爱你。但恋父情结之类的话一点都不爱听。她们这样说，当然有她们的道理，但我不爱听也有我的道理。我还什么都没有做呢，怎么就被人看成了个老头子呢？

我就在湖边砸过碱，那是一片大得不得了的碱地，好似一片冰雪世界。这个比方年轻人未必能听懂，因为有十几年冬天不下雪了。由于缺乏电力，所有的碱厂都停了产，纯碱却是工业不可或缺之物。所幸有些玉米地里会长出碱来，虽然含有很多的盐，但也不是不能用。当然，地里出产碱的话，就不长玉米，这叫作鱼与熊掌不可兼得。那里是不折不扣的地狱，但是犯了错误的话，就不能不去。小孙设计的锅炉爆炸了——这多半不是他的错，谁知那锅炉是怎么烧的。现在的锅炉工都是农民，技术员都是锅炉工，工程师都是艺术家，艺术家都有数盲症，操蛋的可不只是我们——但是锅炉工也炸死了，死无对证。故此他得到湖边砸上两年碱。这件事本身并不是那么坏——只要你砸过碱，什么也不怕了——但是因为锅炉炸死了人，他情绪低落，十之八九会在湖边自杀。我得找个女人和他一道去，这样他就能活过来。我当年去的时候，双手铐在一起拎着行李。我前妻跟在后面，手里摆弄着一把手枪，说着：别做蠢事——否则一枪崩了你！走着走着一声枪响，把我的帽子打了一个大洞。她很不好意思地说：走火了。我说：不怪你。国产枪总是走火，球墨铸铁就是不行。她又板起脸来说：往前走！球墨铸铁一样打死你！

有关球墨铸铁的事，需要补充几句。这种材料是非常之好的，可加工性好，熔点低，而且钢铁厂那些笨蛋就炼得出来，就是太笨重。拿它造出来的柴油机像犰狳，方头方脑怪得很；造出的手枪像中世纪的火铳，最小号的也有十五公斤。我前妻端了一阵，就累出了腱鞘炎。后来她让我拿泡沫塑料做了一个，和真的一样，而且不会走火，不重要的场合就拿它充数。只是用它时要小心，别被风吹走了。

有关碱场的风光，还有必要补充几句。那里一片白茫茫，中间是一片洼地。洼地里有一些小木棚，犯人和管教就住在里面。那地方有很多好处：因为水里含碱，洗衣服不用肥皂，当然衣服也很快就糟。因为风很大，可以放风筝，但是冬天也特别冷。伙食有利于健康，但是热量也不够。在那里除了干活儿，还要伺候管教。假如你是男的管教是女的，或者你是女的管教是男的，就得陪管教睡觉。这是因为晚上实在没事可干，一人睡一个被窝又太冷了。

我设计的柴油机没有爆炸过——这种东西不会爆炸，除非你在汽缸里放上雷管，而那种爆炸就不是我的责任了——我去砸碱是另有理由。大概是在十年以前吧，就像天外来客一样，技术部里来了一个归国留学生，学工程的博士。当然了，在他看来我们都是垃圾，我们的设计都是犯罪，我们听了也都服气。因此他就当了老大哥，我下台了。这使我很高兴。就是现在，谁要肯替我当这个老大哥，就是我的大恩人。他一到部里来，大家都觉得自己活着纯属多余，当然也不肯干活；因此就把他累得要死。

除了设计工作，他还给我们开课，从普通物理到数字电路全讲。听课的寥寥无几，但我总是去听的。我从他那里学了不少东西，所以才能设计柴油机，速校里学的东西只够设计蒸汽机——过去我设计的动力机械就是蒸汽机，装到汽车上，把道路轧出深深的车辙——后来我和他发生了技术路线上的争论——他主张大胆借鉴新技术，一步跨入二十一世纪；我主张主要借鉴二十世纪前期的技术，先走进二十世纪再说，理由如下：你别看我们这些人是垃圾，底下的人更是垃圾。提高技术水平要一步步来。这本是两个非数盲之间的争论，争着争着，数盲就介入了，把我定为右倾机会主义路线头子，送到湖边去砸碱。有个女孩子毅然站了出来——她就是我前妻。砸了两年，提前被接了回来。这是因为好多人得了数盲症（包括那位留学生），部里缺人，又把我调回来当老大哥。这位留学生当了我们部长，隔三岔五到部里来转转，见了我就放些臭屁：老大哥，以前的事你要正确对待呀！我就说：正确对待！部长，我爱你！搂住就给他个 kiss[①]。其实不是 kiss，而是要借机把鼻涕抹到他脸上。他一转身我就伸脚钩他的腿。谁要是被碱水泡过两年，准会和我一样。

有关砸碱的事，需要补充一下。当你用十字镐敲到厚厚的碱层上时，碱渣飞溅，必须注意别让它进进眼睛里。这是因为碱的烧伤有渗透性，会把眼睛烧瞎。你最好戴保护眼镜，但是谁也不会给你这种眼镜（你只能自己做），也不会告诉你这件事（你只能自己知道），所以有好多人把眼睛烧瞎了——有人瞎一只眼，有人瞎两只眼。瞎了两只眼的人就可放心大胆地不戴眼镜砸碱，因为再没有眼睛可瞎了。

---

① 意为"吻"。

红毛衣的事后来是这样的：小孙判下来之后，我们部里该派个人看守他——这种事一般是轮班去的，而且总是我排第一班。这一回她站了出来，自告奋勇去基层锻炼。我前妻当年也是这样的，开完了宣判会，大义凛然地走到我面前，喝道：王犯，把手伸出来！就把我铐上了。那副大铐子差点把我腕骨砸断，因为是铸铁的，有七八公斤，里面还有毛边，能把皮肉全割破。我们用这种铐子，是因为铸铁没有危险性。后来我做了一副铝的，供自己用——这铐子还在，我把它找了出来，让红毛衣拿去铐小孙——当时我垂头丧气，灰头土脸，拎着行李走上囚车，她在后面又推又搡，连踢带打。事后她解释说，不这样数盲们会觉得她立场不稳而换别人。红毛衣把小孙押走时，也凶得很。总而言之，一直把我押到碱场的小木棚里，我前妻才把我放开，说道：现在，和我做爱。这就是所谓的浪漫爱情。根据我的经验，浪漫的结果是男方第一夜阳痿。我是这么对我前妻解释的：瞧，你把它吓坏了。但是红毛衣后来从碱场打电话来说，小孙没吓坏。他现在情绪很好，吃得下睡得着，夜不虚度。一开始总是这样的，后来就开始吵架。不过等吵起来时，也该回来了。

2

我前妻是学工的，三十岁时被调到市政府当秘书，就和我离婚，成了市长夫人。她告诉我说，她很爱我；但是她非嫁给市长不可，因为我是个浑蛋。这件事使我着实恼火（虽然我也承认浑蛋这个评价恰如其分），但是下班以后，我又不得去找她。这是因为我需要些进口的东西——我的摩托车快没油了。除了找她要汽油之外，还可以用工业用的粗苯兑上少许柴油来当汽油，去年我用了一阵这种油，尿里就出现两个加号，这说明我已经开始苯中毒，很快就要肿成个大水泡。另一个办法是把我这辆娇小玲珑的日本摩托卖掉，换辆柴油摩托。后者的样子和二十世纪大量生产的手扶拖拉机很相似，结构也很像，说实在的，根本就是一种东西；这样就用不着汽油。这样做又有个克服不了的困难——我现在有点外强中干，要在冬天把柴油机摇起来，肯定不能回回成功。最后一条路就是不要摩托，走路或骑车来上班。这也肯定不行，路上的黑烟能把我呛死。除了这些原因，还有一个最重要的原因：这辆日本摩托是件漂亮东西，我不能放弃它。所以不管愿意不愿意，我都得去要汽油。而且这件事本身没什么不道德，因为我们部里几乎每个人都和一个以上的女秘书"傍着肩儿"（换言之，有女秘书、首长夫人做情妇），并且有时向他们要点进口货，而这些女秘书都在我们这里实习过。假如没有实习制度，全部的人都要像我一样留胡子（铸铁刀刮不了胡子，只能把脸皮刮下来，非用进口刀片不可），但是留胡子的人没几个。这件事的卑鄙之处在于我有半年没去找她了，每次她打电话来，我都对接电话的人喊一声：告诉她我不在。第一次去找她就是要东西，我又算个什么东西。但是我还是决定去找她，并把这件事载入日记。像这样的事应该向数盲汇报。最好市长能知道我搞他老婆了。

我去找她之前，心里别扭了好久。为了证明我对她有感情，我给她织了一件长毛衣。其实我用不着织毛衣，只要在部里说一声，自然会有人给我去要汽油。但这马上就会在全市的女秘书中传开，对我前妻是个致命的羞辱（说明她的傍肩儿吹了）。我很不想这样。我带着毛衣去找她，但是没好意思拿出来——我老觉得这有点像贿赂。她给了我汽油加上一大堆的调侃，这些我都泰然接受了。直到她看到了我那块车牌子，哈哈大笑了一阵，说道：原来你是个诚实的人！我以前怎么没想到。好哇好哇……我就暴怒起来，跑到院子里，发动了车子想要跑掉，这时忽然想到工具箱里有件毛衣，就把它拿出来朝她劈面掷去，说道：拿去，我不欠你什么。然后就奔回家里来了。

有关那块车牌子应该说明一下。我想过，我有可能突然死掉——比方说，在街上被汽车撞死，或者中了风——总之，不是顾影自怜或忽然伤感，而是真有这种可能性，因此要对自己做些总结。所以我做了个车牌，上面写着"我是诚实的人"。这牌子挂了好几天，没有人注意。我当然不是说自己从没说过谎——这种人就算有也不在中国——与此相反，我要承认自己真话不多。我是说我在总体上是诚实的。这就是说，我做任何事都尽可能偏向诚实。这一点谁也不能提出反驳。但是我前妻见了这牌子，就像见了天大的笑话一样，这大大挫伤了我的自尊心。

有关汽油和毛衣的账是这样算的：汽油是进口的特供物资，而且又是危险品，一般人搞不到。假如你是有汽车的人，那就要多少有多少，假如你不是，汽油就是无价之宝；而毛衣是王二手织的工艺品，假如你是王二，那就要多少有多少，假如你不是王二，那也是无价之宝。以上算法是对人民币而言，假如拿到港口附近的美元黑市上去，毛衣值得还要多一些，因为王二是科班出身的工艺美术家，本人又有些名气。

用美元来算，劣质柴油和机织毛衣就是一文不值的垃圾——除了某一种特定牌号的柴油可以卖给流浪汉，因为可以当毒品吸——但是到黑市上买卖东西是犯法的，所以这种算法不能考虑。在可以考虑的算法内，毛衣和汽油等值。顺便说一句，柴油是各种东西兑成的，成分复杂而不稳定，有时能创造出一些奇迹。有些柴油可以炒菜——这就是说，菜籽油掺多了；有些柴油可以刷墙——这就是说，桐油掺多了；有些柴油可以救火——乡镇企业的产品常是这样，当然是水掺多了。只要不是最后一种情况，都可以加入我设计的柴油机。我的设计就如一口中国猪，可以吃各种东西，甚至吃屎。奇迹归奇迹，它们还是一堆破烂，一文不值——因为它能把你的生活变成垃圾。

这件事给我的启示是有两种办法可以创造真正的价值，一种是用工业的精巧，另一种是用手和心。用其他方式造出的，均属大粪。但是大粪没有危险性。我住在山上一座木板房子里，地板上铺着自己做的手织地毯，墙上挂的挂毯也是自己做的。我还有一台 Fisher 牌的音响设备，这是用挂毯跟小徐换的。我的房子里很温暖，很舒适，环境也安静。晚上我躺在地毯上听美国的乡村音乐，身上一点都没有发痒。这是因为白天在她家里洗了个热水澡。这件事很不光彩，但是我没法抵挡这种诱惑。在那个白瓷卫生间里，我还喝了几口喷头里出来的热水——是甜的，比发给我们的饮水都要好。当时我渴极了。在此之前，她给我可乐，我没喝。这似乎证明了我前妻的话：只要我能克服违拗心理，一切都会好。我前妻住在一个小院子里，房子很漂亮，安着茶色玻璃窗子。院子里有几棵矮矮的罗汉松，铺着很好看的地砖——第一次看到时我入了迷，后来就讨厌这种地砖、这个院子。她还问我为什么老不来，我说市长就住隔壁，这当然是托词。真正的原因是我没有这样的院子。但是假如这样说了的话，她就会嚷起来：你跟我计较有什么用？这世道又不是我安排的呀！

也许是因为白天洗了澡，也许是因为屋里太暖和，我身上的那个东西又变得很违拗。那东西直起来以后，朝上有一个弧度。因为它的样子，所以是我前妻调侃的对象。事实上这样子帅得很，所有表现它的工艺品全是这样的。就在这个时候，有人来敲我的窗子——原来是我前妻。她把自己套在一个透明的塑料斗篷里——现在女人出门都要套这种东西，否则就会与烟炱同色。在这件斗篷下面，是我送她的毛线外套——我把它织得像件莲花做成的鱼鳞甲，长度刚好超过大腿——再下面什么都没穿，除了脚上的长筒靴子和密密麻麻的鸡皮疙瘩。她是走着来的，大概走了一个半小时吧，但她还是强笑着说：我来谢谢你送我毛衣。焐了老半天她才暖过来。我们俩做了爱，她在我这里过夜。她说：你的确是个诚实的人。和诚实的人做爱有快感，和不诚实的人做爱什么也感觉不到——就这点区别。

我前妻已经三十五岁了，依然很漂亮。她想留下来和我过几天，但是我没答应。第二天早上起了个大早，用摩托车把她送了回去，然后再去接小徐。这一次她不肯穿那件毛衣，怕把它搞脏了，就把自己裹在一条毯子里，在后座上裸露出光洁的两条腿，让半城的人大开眼界。在我年轻时，这准会引起一场轩然大波。但是现在什么也引不起。假如风纪警察把我逮了去，我就说我是技术部的。假如他还是不放我，我就说我有点毛病——为什么只准别人有毛病，不准我有毛病？事实上技术部的人只要不杀人放火，并且别被保安逮到，干什么都没问题。

有一点需要说明的是：假如我被判定得了数盲症，就不会和领导的夫人乱搞。得数盲的人不乱搞，假如组织上不安排，连自己老婆也不搞。我想这一点应该让上级知道。

3

我是中国年龄最大的工程师，这是我前妻告诉我的。我做技术工作有很多年了。我前妻还说，假如我患了数盲症，给我重新安排工作时，要计算我的分数，在算法公式里数盲前年龄和数盲前工龄占很大比重。她给我算了一遍，发现已经到了天文数字。我一旦数盲，就能当个省级干部。这就是我们破镜重圆之时，到了那时，市长会接到一份录音文件——某发某号冒号自即日起逗号某同志括号起女括号终不再担任你秘书和夫人句号她括号起女字旁括号终的工作由某某某接替句号完句号。然后她就拿一份红头文件来找我，说道：王二，咱俩复婚了。你在这文件上画个圈。此时我就会问：往哪儿画？而且画出个锯齿形的阿米巴。考虑到我现在画二十厘米以下的圈不用圆规，实在难以想象，但这是真的，假如我得了数盲症的话。这一切都明明白白，不明白的只有是谁来安排这些。我前妻说：我们呗。说着挺起了乳房，但是假如我得了数盲症，就会看不出她挺的是乳房。数盲在这方面表现极差，据说只会说一句话：今天机关布置和家属过夫妻生活，你安排一下。你给他安排了，他又分不出前胸和后背。

有关夫妻生活的故事，我是知道的。据说数盲都是这样进行的：看着女人的肉体，傻头傻脑地说一句：夫妻生活要重视呀，然后流一点口水就开始干了；一边干，一边还要说些不会休息就不会工作之类的中外格言。女方一致认为，在这种时候想要分出哪里是肚皮哪里是阳具颇不容易。除此之外，那些中外格言全是老生常谈。她们管这件事叫作"被肚皮拱了一下"。我的问题是没有能拱人的肚皮，肚脐眼倒是凸出的，但是那一点东西太小了。我的骨头架子很大，但是人太瘦了。我前妻的话不是认真说的，而是想挑逗我。据说尚不是数盲的人一想到未来，就会性欲勃发，而得了数盲症的人不管你说些什么他都不勃发。谁都知道，我不会得数盲症，要是能得早得了。但我也不是那么容易挑逗的——我已经四十八岁了。到了这个岁数，人不得不一本正经。

有关拿肚皮拱人的事，还有些补充的地方。我们都知道，在二十一世纪，最具危险性的是信息。做爱这件事，除了纯生物的成分，就是交流些信息。爱抚之类全是堕落的信息，带有危险性。中外格言则是些好的信息，但对勃发没有助益。好在他们的肚子不管勃发不勃发，老是挺着的。

我前妻对我说，你又吓坏了？因为这时说服工作（马上就要谈到，不是针对我的）也不管用了。自从要了一回汽油，我们就和好了，她天天都要来。这时候我们都赤身裸体，躺在我家的地毯上。我告诉她，我不再是年轻人了，不能要求得那么多。事实却不是这样的。我想起了红毛衣就魂不守舍。那个小姑娘清纯俏丽，乳房紧凑，最主要的是傻乎乎的，一勾就能上手。从一个方面说，年轻人属于年轻人，不属于我。从另一个方面说，我觉得我是个傻瓜。像这样的事绝不能告诉我前妻，否则她会敲着我的脑袋说：送上门来的都不搞！你真是不可救药了！

我不可救药了，这一点领导上早就知道。主要的问题是谁是领导。一方面，领导是一些全秃顶或半秃顶的大肚子数盲，负责做报告和接见外宾，这些人谁都不知道我。另一方面，领导是一些女秘书，负责接电话、批计划，这些人都知道我，因为每天都要打交道。今天早上我给省物资处摇电话，催问我们的铸铁和铜材，摇着了一个陌生的女秘书。我马上自报家门：我是北戴河王二，眼看过年了，今年的铸铁怎么还没到？对方应声答道：知道你！你是寂寞，是乡愁，是忧郁的老大哥……这就发生了一件常常发生的事，给上级机关打电话，必须忍受调戏。她说的那些鬼话和我的照片都登在这期的妇女杂志上。假如你不顺着她说几句，以后永远别想和她谈铸铁问题。结果一扯就是一个半钟头，一直扯到"你还和老左好？真是不可救药"。为了工作，不得不做点牺牲。我说：我正在考虑改变一下呢，告诉我你的三围好吗？电话就断了。再摇也摇不通了，真叫人恼火。我原准备谈完了三围，就谈铸铁哩。这是电话之一。另一个电话打给供应处，要绘图纸。一通了对方马上就说：上次告诉你的三围，记住了吗？你答：记住了——34、22、34。你是玛丽莲·梦露。快给我纸。这样答是不行的，对方勃然大怒：怎么？就这态度？纸没了！你必须像接色情电话那样哼哼着说：34 啊啊 22 啊啊 34，我的心肝梦露，你还记得我的事吗？这样就能得到合理的回答：记着呢。三箱子纸。你派某某来拿（某某是她的傍肩儿）。其实她对你一点意思也没有，这种调戏是因为她在首长身边工作，烦得要命，非说点带危险性的话不可。最怕一通了电话，是个男声：你哪里？一整天就泡上了。你绝不敢挂，否则他叫公安局追查。然后就从纸的问题讲开去，咿咿呀呀说个不停。这叫作"被电话黏上了"，只能打手势叫人给你搬躺椅，躺下以后再叫人给你围上毯子，最后打手势叫他们把茶杯拿来，与此同时，嘴里应着"是的是的"。所有的女秘书都是满嘴胡说八道，因为在首长身边工作可不容易啊，连女人都被逼得要发疯。我前妻也疯得很。说实在的，近二十年，我没见过一个正常的人。

今天是星期五，明天是星期六，后天就是星期天。有一句话最不该说，但我禁不住要把它说出来，我就是有这种毛病。星期六要去会老左。说出来以后，我前妻翻身就爬起来穿衣服，说道：你真让我恶心！我赶紧把她的外套压在身子底下，但她半裸着身子跳出屋子，扔下一句：留着你的外套，送给鼻涕虫吧！然后外面就响起了汽车发动的声音。她是开着市长的丰田轿车来的，我的小摩托追也追不上，所以我根本就没去追。我只是躺在地毯上，和我前妻的外套以及无限的懊悔躺在一起。

我爱我前妻，这种爱从她给我打开手铐那时起从未改变。所以我几乎做到了平生不二色。我前妻也爱我，所以假如我被哪个女孩子勾引，一时糊涂犯了错误，我想她能原谅我。现在她还巴不得我犯这种错误，这说明我那种过于老实的天性已经有所改变。但事实上我是不能改变的。所以到了星期六下午，我着意地打扮了一下——修剪了胡子，脱下黑夹克，换上一件黑西服上衣，打上黑领带，带上一束纸做的花（现在根本找不到鲜花），骑车到市府小区的北门外面等着。天冷得很，穿得又单薄，等了十分钟，我就开始发抖。今天没有风，好处是不太冷，坏处是天上开始落烟炱。这种东西落到领子上你千万不要掸，而是要用气把它吹开，否则就会沾到衣服上，用任何溶剂都洗不掉。因为它是柴油不完全燃烧形成的碳，既不溶于任何溶剂，化学性质又无比稳定。除了往头上、领子上掉，它还会往毛孔和鼻孔里钻，使你咳出焦油似的黑痰。这种情景和我设计的蹩脚柴油机大有关系，所以使我两眼发直，考虑如何让它们不那么蹩脚的问题。有一个办法是在排气孔附近放些粘蝇纸，把烟炱粘住，但是粘蝇纸太贵了。还有一个办法是雇些农村孩子，手拿纱网，把烟炱都逮住。这样是便宜，只是看起来有点古怪。就在这时，有人挽住了我的手臂，把我手上的纸花抢了过去，把我手背都抓破了。这个女人又瘦又高，手比我的手还大，而且永远不剪指甲，嗓音粗哑。虽然我不想抱怨，但是她让我在寒风里等了十五分钟——这也太过分了。

星期天我到碱场去看小孙和红毛衣，带去了我的百宝囊和大家捎的东西。一切都是老样子——一望无际的大碱滩、小铁道，还有人推的铁矿车。他们俩在单独一个地方，这也是老规矩。我们是政治犯、责任事故犯和刑事犯隔离。老远我就看见他们俩了，红毛衣在砸碱，小孙披着大衣蹲在地上。我一驶过去，他们俩就换了位置，红毛衣在后面吆喝，小孙在前面挥着十字镐。他脚上还戴着大铁镣，足有二十公斤。这说明他们俩是傻瓜，把规定、定额等等还当回事。你要知道，碱场的主要任务是折磨人，出多少碱无关紧要。不过一个星期，他们俩都瘦了，样子惨得很，但偏说是很幸福，还说碱滩上空气好——这就叫嘴硬。空气好是好，西北风的风力也不小。碱场发的大衣里全是再生毛，一点不挡风。我问他们是不是饿惨了。红毛衣说饿点没什么。但是听说我带来了吃的东西，又非得马上看看不可。后来我们在碱滩上野餐了一顿。我说小孙的镣太重了，红毛衣说都挑遍了，这是最轻的。于是我拿出一副假脚镣来。这东西是铝合金的，又轻又不磨脚，是技术部的无价宝——有一半人已经用过，另一半也会用到。我再三关照红毛衣，可别叫别人偷走了。还有假鞭子假警棍，看上去像真的，打着又不疼。我建议她常在大庭广众下修理小孙，这样显得立场坚定（其实是一种性游戏，但她现在体会不到）。还有一把手枪，和上级发的一模一样，只是轻飘飘的，但是同样地容易走火（这样不露破绽），只是打不死人。这样她就可以立场坚定地用手枪对准小孙的胸膛。我问他们晚上冷不冷。红毛衣说两个人不冷，小孙又说也不暖和。我说我带的全是急用的东西，下礼拜小赵会来在他们的木棚里安上各种偷电的电器，那时才有家的样子。红毛衣说：这儿是天堂嘛——不回去了。但我知道是过甚其词。最后我给了小孙一大把特供的 condom①：——顺便说说，特供是指带有危险性，只有领导才能接触的东西，比方说，丙烷气打火机，只有领导用。我们用煤油打火机，打一百下才能打着。数盲用钢刀子，我们用铁刀子。但是 condom 有什么危险，实在难以理解——他赶紧红着脸接过去。红毛衣问明了是什么，却很大方地吻了我一下，说：谢谢老大哥雪里送炭。然后把 condom 都收了去，说道：我掌握。这些日子他们都用国产工具凑合。那种东西是再生橡胶制的，像半截浇花的管子，有人叫它皮靴，这是指其厚，但是当鞋穿稍嫌薄了点。又有人叫它"穿甲弹"，这是指其硬，打坦克又嫌稍软。用以前要煮半小时，但是年轻人未必能等。假如他们不堪忍受，什么都不用，红毛衣就会怀孕。在碱场怀孕是一等一的丑闻，我作为老大哥，绝不能让这种事发生。

现在我想到，condom 的危险一定在于其物理性能，太薄太软，容易破；而穿甲弹就无这种危险。要不然就是因为戴上它感觉太好，使人喜欢多干，故而有害于健康；穿甲弹也无这种危险。从数盲一方想问题，总是乱糟糟。能避免还是不要这样想为好。

我和我前妻在碱滩上服过两年刑，也用过穿甲弹。我不愿意这样的事

———————————
① 意为"安全套"。

也发生在他们身上。这是因为我喜欢红毛衣，做梦总梦见她的裸体。学美术的人在这方面最具想象力。当然，想是想，真正干起来会有困难——就是和我前妻干也有困难。看着那些鲜嫩的肌肤、紧凑的乳房，我就会想到我已经老了，这不是我该干的事。非得面对老左那种又黑又皱的躯体，才会勃起如坚铁。我前妻说我恶心，大概是指这一点吧。

4

星期六下午，老左早就看到了老大哥，但是别人还没看见呢。在这段时间里，她躲在暖暖和和的传达室里，看着那个大个子男人在寒风里，手里拿着花站着等她，心里暖洋洋的。她说这是个动人的景象。但是在我看来一点也不动人。我倒希望看到她拿了花在街上等我，当然，那个景象也不动人。更正确的说法是吓人，但是我不敢说。说出来以后她会更吓人。

我们俩在小区里走，她用右手挽着我，用左手擦鼻子下边的清鼻涕。经过一番内心的痛苦挣扎，我把手绢掏出来给了她，但是她给揣到兜里了。我并没说把手绢送给她，所以这是偷。手绢没有什么，有时她连我的内裤都偷。偷去以后给别的女人看，证明她也有傍肩儿。这件事使我沦为大家的笑柄。但这只是她很多不讨人喜欢的素质中最不重要的一种。王二认为，她最不讨人喜欢的素质是认为别人有的东西她都该有一份；而且她懒得要命，什么都不肯干。简言之，这种毛病就叫作等天上掉大饼，在等待时嘴里还不干不净。几年前她在技术部工作时，每天只管给自己织毛衣，并且骂所有的女人是骚货，男人都不是好东西。因为这个缘故，所有的人都不理她；于是她就服了三十片安眠药，打算自杀。因为是在班上服的药，所以大家不能坐视，就把她送进了医院，并且分班到医院去看护她，以防她再次自杀。等到轮到王二时，她对他说：老大哥，难道我真的那么不讨男人喜欢吗？在这种情况下他只能答道：才不是呢，你很可爱嘛。她就这样把王二搞到手里了。我现在一想自己说过她"可爱"，就要毛发直立，恨不得把自己阉掉。但是现在阉已经晚了。

我实在想不出老左有什么用处：在技术部没有用，调到上级机关也没用。至今她还是个科员，没当上首长秘书，所以对部里一点贡献都没有。连首长都不要她——这说明首长对女人还有点鉴赏力——我就更不该要她。但是作为老大哥，我不能让她没人要。

老左的套间里有一股馊味，她自己大概也能闻到，所以点上了卫生香。她的窗帘、沙发套、床单等等都是黑的——这对一个讨厌洗衣服的女人是个好主意。她进了一次卫生间，拿了一大卷卫生纸出来，然后就干净利索地脱了衣服，钻进被子，在那里不断地撕纸，擦鼻涕。被子上面马上就堆满了。这个女人心情一紧张就流鼻涕，所以有鼻涕虫的外号。在身体方面，她还有很多奇异之处，其中包括体温只有三十五度，所以服安眠药那一回在医院里住了三个多月，直到大夫发现她的正常体温就是这样才出来。我从口袋里掏出香烟，她就说：你要是抽烟，就把窗子打开。所以我就把窗子打开。抽完一支烟，她又说，把窗子关上。我又把窗子关上，把小碟子里的烟蒂倒掉，洗净了碟子，就脱掉衣服上床去，和她做爱。做这件事从来没有发生过困难，虽然她丝毫都不配合，只管擦鼻涕和提要求。除此之外，她还像僵尸一样硬，使我觉得自己像个奸尸犯——然后她忽然两眼一翻，尖叫起来。与此同时，邻居就敲暖气管。这是因为单身女秘书的房子建筑标准很低，一点不隔音。这也是因为她很想叫邻居知道她在干什么事情。这样等我回去时，邻居就在走廊上等着，对我说：老大哥，你真行。我只好说：不是我行，是老左行。这种感觉一点都不好。

人们说，领导有数盲症，老左有性盲症。我认为这种说法是对的。领导上不识数，但是做报告时总有大量的数目字和百分比——其实他根本不知是多少。老左不懂性,但她最喜欢谈论。在她开口说话前,先要流一会鼻涕——她心里一紧张就这样。然后说:我的傍肩儿王二,阳具伟岸。她的同事对她打着哈哈,就把我的老底盘了出来:二十四公分长,直径四十毫米——老左学过机械,会使卡钳——我要是知道她这么无聊,就绝不让她量。然后那些骚娘们就拿我寻开心。见了我就伸出右手做 V 字形,伸出左手,并齐四根手指做铁砂掌之势,合起来是二十四,就是我的尺寸。我要说此时我不恨老左,就是伪善。

等到事情一完,她伸手到床头柜上拿日历,找到两周后的星期六,在上面画个红圆圈。这说明我已经尽到了义务,可以回家去了。这件事我丝毫都不喜欢。但是到了画圈的日子我必须来。如果我不来,她就会服安眠药。她丝毫也不爱我,甚至丝毫也不喜欢性生活,但是却坚信女人每两周应该有一次性生活,因为报纸上是这么说。假如不过性生活就会早衰——顺便说说,我觉得她老一点更顺眼——为此需要一个傍肩儿。对此我没有不同意见,唯一的问题是,为什么非得是我呢?

5

我讲给小孙他们送东西的事,还有到老左那里的事,讲得七颠八倒。这说明我就要发数盲症了。数盲既不懂什么叫顺序,也没有时间观念,星期一上午听报告,报告人就是这样七颠八倒。其中还停下来几次问大家:今天的题目是什么?引起了哄堂大彩。大家鼓掌的时候,报告人站起来笑着点头,大概把我们笑什么也忘了。我坐在第一排,看到他一根接一根地吸万宝路,馋得要命。吸烟是我唯一的嗜好,咱们国产烟其实也很好,就是烟叶里什么都有,有时吸出螺丝钉,有时吸出电影票。有时候不起火,有时一声爆响，把头发全燎着——里面有黑色火药，烟厂的人也有幽默感。我前妻给了我一盒烟，同时劝我戒烟（她总是这样的）。我想，应该戒，健康要紧。所以我狠狠心送给小孙了。但是红毛衣马上就夺了去，说是抽烟时管我要。这个女孩子有控制人的品行，和我前妻一模一样。

有关这个报告会，还有些要补充的地方。这个报告人原来是我们部里的，现在则是我们部长。他是正部长，这就意味着不再是我们的人了。他现在很白很胖，秃了的头顶又长出一层黄毛来。不仅头发是黄的，眉毛和睫毛全是黄的。不管你信不信，所有得了数盲症的人都要变成白种人——这是因为吃得好，穿得好，又不见阳光。而我们正在变成黑种人，假如我的贝宁同学现在送我木雕，底座上准写着：我们是黑人。这是因为我们喝的水里有苦咸味，这就是说，有大量的钙镁离子。钙镁离子到了体内会催化迈拉德反应——也就是造酱油的反应，这在速校里学过，以致大家肤色黝黑，像酱油一样。除了肤色黑，头发眉毛也打卷。这我就不知是为什么了。我们的体质太怪了，体内不光有酱油，还有苯、酚、萘、茚、苊、芘等等古怪的东西，含量都高，而且都能点着。所以死了以后到火葬场非常好烧。他们说，我们进了炉子，给火就着。烧着烧着还会爆炸，这一点不好，但也炸不坏什么。烧出来的骨灰是造上等玻璃的好原料，因为骨灰里铅多钙少。这就是说，我们像上个世纪的猪一样，浑身是宝。这是因为上个世纪生产的全部铅酸电池都到了中国，不仅不要钱，还倒给些钱。同时到达的还有大量化工废料。数盲认为这很好，因为能挣外汇；而我们认为妈的逼非常不好，会把大家都害死（除了数盲，因为他们不接触这些东西）。数盲听了这样的汇报，就笑嘻嘻地说：有污染不怕，慢慢治理嘛。我操你妈，要是能治理，人家会大老远给你送来吗？

除了白白净净，数盲还有件怪诞之处，死掉后极难烧，不管你怎么喷柴油，都是不起火光冒泡。你别看那么大的肚子，光是水没有油。这就是

说，庞大的身躯像三岁的女孩那么嫩，大概是因为吃得太好吧。这种情况
使火葬场极头疼，因为只要死两个数盲，就能把全年的柴油都用掉。火葬
场的老大哥问计于我，我让他做台压榨机，先把水榨榨再烧，不知他照办
了没有。

我小的时候，我哥哥给我讲过他们插队的事。当时有一种情形和今
天很相似，那就是一种负筛选的机制。我哥哥年轻时，每一个身心健康
的年轻人都要下乡去插队，而有病的人却能得到照顾，在城里工厂工作。
这两种处境有很大的差距，下乡的人吃不饱，穿不暖，而在城里就可以
吃得很饱，穿得很暖。现在则是有数盲症的人可以做领导，在机关工作，
得到"特供"商品；而没有数盲症的人必须做技术工作，待遇差不是大
问题，真正的问题是要负各种责任。小孙砸碱去了，工业锅炉那一摊就
没人敢接。我也收到一大堆群众来信，骂我的柴油机噪声大效率低。领
导上只管大方向，不问具体工作，所以也不负一点责任。我不知在这种
情况下应该得到何种结论，反正我哥哥那时候的结论是装病。在这方面
有很丰富多彩的知识。他们中间有些人给自己用了肾上腺素，就得了血
压高的毛病；有人在胸部透视时在衣袋里放上撕碎的火柴盒上的磷皮，
就得了肺结核。肝炎也能装出来，只要请一位真正的肝炎患者吃顿饭，
然后让他替你到化验室抽血。其中最为简便的是装肾病，不冒任何风险，
也不用请人，只要一个新鲜鸡蛋。在验尿时往尿样里滴几滴蛋白，就得
了肾炎——当然，急性肾炎还要刺破指尖，往里滴几滴血。不过谁也不
愿得急性的，怕被留下住院。后来领导上发现得肾炎的太多，就规定了
必须在化验室里取尿样。但是知青们把蛋清事先抹在龟头上，也就解决
了这个问题，陆续病退回城。事实上有病的人不能装成没病，没病的人
要装有病谁也挡不住。

但是这些知识对我没有用——我现在尿里就有两个加号，肝功能也不正常。我们部里人人都有点病（因为环境是那么的脏），所以不能照顾。只有数盲没有身体上的病——他们住的地方有干净的水、滤清了的空气。但是他们病得最厉害，连数都不识了，所以不能不照顾。这种情形真让人无话可讲。我现在要考虑的是让谁来做工业锅炉的设计——当然，最合适的人选是小徐。这小子是学化工的，有点靠谱。但是他绝不肯干。别人又都不在行。算来算去只能我接下来。但我一点也不懂锅炉，我只懂柴油机。现在谁想要锅炉，就会得到一台柴油机，用汽缸烧水，用废气烧蒸气，而且还会嘣嘣响。可以想见下面那些需要锅炉的工厂——纸厂、印染厂等等，见了这种东西一定会气疯。但我也没办法。让他们去疯吧。

6

今天是星期一，我的生日过去四天了。在这四天里，发生了很多事情。现在我不能把它们全记下来，因为我的脑袋被打了一个大洞，脑子里昏昏沉沉——除此之外，夜也深了。所以把到今天早上以前的事做个总结就睡觉。我和我前妻和好，后来又把她气跑了。这件事（把她气跑）从表面看来是因为我和老左睡了一觉，其实不是的。因为我完全可以不去和老左睡觉，所以真实的原因是我很违拗。我受不了她比我强。假如她听到这些话，就会说：王犯，我们又何必分出个彼此呢？我就会答道：是！管教。——做出个恭顺的样子。其实我想：凭什么我是王犯你是管教？

三、蓝毛衣＆我前妻

1

有关老大哥王二这个人，还有好多需要补充的地方。这个人像白痴一样笨，像天才一样聪明，在这两方面都是无与伦比的。他设计过上百种柴油机，除了几种早期作品，都是莫可名状的怪物，这是他鲁钝的地方；但是每一种都能正常转动，这又是他天才的地方。他还设计过一种公共汽车。接到设计任务，他就去对数盲说：他刚刚参加了一个仿生学的学习班，仿生学是二十一世纪的技术，故而这辆公共汽车如果是普通外形的轮动车辆，就未免落伍。他要把它设计成步行机械，并且有某种动物的外形。数盲一听说二十一世纪的技术，登时表示支持。过了半年，一架生铁造成的老母猪就蹒跚走过大街，喷着浓烟，发出巨响，肚子底下悬着十几个假乳房，里面是乘客席。这辆公共汽车后来被日本人买了去，放到一个游乐场里了。这种奇妙的设计能力是年轻同事模仿的对象，但是谁都比不上。因为他不是存心要出洋相，他这个人本来就是这样。

据他前妻说，王二的身体也有很多奇异之处，这其中就包括他的阳具。那东西总是懒洋洋的，和它主人那种勤奋的天性很不一样。要使它活跃起来，还得做一番说服工作。你对它说：同志，你振作起来！它就能直起身子。你对它说：立正！它就能直挺挺。在干那件事时，你说一声：同志，你走错了路。它还能改变方向。当然，最后还要对它说：稍息，解散。这个东西就被叫作二等兵王二，而那件事则被叫作出操。因为这些缘故，王二对女孩子来说很有魅力。但是这些事他自己一点都不知道。他一点也不觉得自己有什么与众不同的地方。

不管数盲怎样看我，我觉得自己仍是个艺术家。作为艺术家必须要有幽默感，而幽默感有两个传统来源：宗教（在我们这里是数盲）和性器官。这是因为在中世纪，只有宗教和性在影响人的思维。由此产生了一些笑话，比方说，领工资时，拿到了那些微不足道的钱，就闭上眼睛说：我要是数盲多好。但是这个笑话一点都不逗，因为数盲不领工资，人家是供给制——换言之，共产主义对他们早就实现了。还有一个笑话说，我得了数盲症以后，每天都要洗澡，还要抽十支万宝路。这个笑话比较短，因为数盲不知道每天洗澡，要到你安排了才洗，抽烟也根本没数。

有关共产主义，也是个很有意思的问题。教科书上说，到了那时各尽所能各取所需，连数都不用数。根据这个道理，那时候的人就该都是数盲。假如不是从小数钱、数冰棍，谁会识数。但是到那时都不识数了，谁来算题？假如没人算题，就没有科学技术，又怎能各取所需？对这个问题我有个天才的答案：到了共产主义也会有人犯错误。对于有错误的人，就不让他各取所需。然后他就会识数。然后就可以让他算题。这只是个笑话，不能当真。因为不识数的人不可能犯错误，错误就是识数，由此堕入了循环定义。

我做梦都想患数盲症，就像我哥哥当年下乡时做梦都想患一种重病一样。假如我成了数盲，就能躲开柴油机，重新获得我的雕刻刀、画室、彩色毛线等等，要知道我天生就是这么一块料。我哥哥当年想得一种病，则是因为他在乡下吃不饱——要知道他天生是一个饭桶，粗茶淡饭吃多少都不饱，非吃肉不可。我现在就落到了他当年的困境里。我们哥俩都只有一种方法来脱困，就是真的得上这种病。他的病是夏天睡潮地、大冬天只穿运动短裤得上的，虽然有往龟头上抹蛋清等等绝妙的手段，他却不敢尝试。所以他就得了风湿性关节炎，一辈子都好不了，现在住在得克萨斯的沙漠里。而我则只能朝数盲的方向努力改造自己。凭良心说，我一点儿不想争当数盲，只要能做原来的工作就完全满意了。这一点数盲一定能知道。我个人以为，一个人设计的公共汽车是一口老母猪，足以说明他已经无可救药，不一定非要让他完全不识数。但是我也知道，什么人是无可救药，什么人不是，只有数盲才知道。

我说我做梦都想得数盲症，但是梦醒后会为这些梦感到羞愧。假如我们都得了数盲症，一切都要完蛋。老人们怎么办？孩子们怎么办？他们要饿饭了。至于我们自己，也就是中年男人们，倒是不值得同情。因为我们都有数盲症，没饭吃，可以吃鸡鸭鱼肉毒蛇王八。女人们又怎么办？假如所有的男人都浑浑噩噩，世界上就会没有爱情，她们怎么活呀。但是我们自己又没问题——我们按组织上的安排和家属过家庭生活就够了。

我和我前妻是在速校认识的，速校是一片雪地上三座小楼房。其实那不是雪，而是一片盐碱地。当时的土地盐碱化已经很严重了。楼房前面有几棵杨树，所有的叶子全都卷着。当时的污染也已经很严重了。我在班上又是老大哥（班长），上课时坐在第一排。第一课是扫盲课，我们都是科盲。老师进来我喊起立，发现她是我所见过的最漂亮的女孩子，但是穿了一件极难看的列宁服。所以坐下之后就举手发言道：报告老师，你的衣服很难看——我给你打件毛衣吧。那时候她工学院还没毕业，在速校实习，一看学生都有胡子，心里已经发慌，我的发言又有调戏之嫌，登时面红耳赤。后来她就专拣我来提问，比方说，在黑板上画个根号，问道：老大哥，你看它像个什么？我看了半天，它像个有电的警告符号，故而答道：伸手就死，老师！她又画个积分号，这回不用她问，我就说：这像一泡屎！在她看来，我像个存心捣蛋的浑蛋（其实我不是的，不管什么时候我都很真诚），同时我又是她生命里的第一个男人。她决心迎接这种挑战。

礼拜一早上，接到我前妻的电话。她先问老左床上如何——这话一早上听了十遍了，我听了着实恼火，吼了起来：你们不要这样墙倒众人推！

老左怎么了？再怎么她还有点同情心！（其实她是没有的，否则就不会让我摸她那干瘪的乳房，那东西像抹布一样，能够摸透，握在手里呈一束，虎口以上溢出的部分还算有点模样）……我前妻听了以后，叹口气说：是嘛，我没同情心——告诉你，你的事有希望了。这几天你自己当点心。我听了面红耳赤，因为我一直在托她给我办出国手续。这件事难于上青天，但她居然办出了眉目。我觍着脸问，是怎么个情形？她说，电话里不能讲，下班她过来。但是下了班她过来，我既不在家，也不在部里。我坐在个小黑屋里，脑袋上满是血。

2

对于一个识数的人来说，自己存在是唯一确定无疑的事。这可以叫作实事求是，也可以叫作无可奈何。假如肯定了有自己，就能肯定还有一个叫作世界的东西，你得和它打交道。承认了这些事，就承认了有所谓无可奈何。你识数，这就是无可奈何。有的声音好听，有的声音不好听；有的东西好看，有的东西不好看；这些都不能随心所欲。因为你是如此的明白，只好无可奈何地去上班干你该干的事。但假如你不明白的话，就可以随心所欲。一般人到了这种境地，就能想到当个领导，但我有另外的主意。我想去美国，和我哥哥、嫂子、我年过八旬的母亲生活在一起。除此之外，还想弄个画室重操旧业。我哥哥隔段时间就托人带一份文件，让我办出国手续。但这是不可能的事：技术人员出国，因公因私都不可能。我哥哥在电话里说：你干吗非识数不可？这是一种暗示——他一定记得好多年前给我讲过知青装病的事，所以知道我能听懂。但是，现在你也知道了，数盲这种病不能装，只能真的去得。而真的去得这种病，我还下不了决心。

有关不准技术人员出国的事，还有一些需要补充的地方。前几年还是让我们出国的，但是大家出去了就不回来，简直无一例外。现在的规定是出国前要体检，没有数盲症的男性一概禁止出国。但这是内部规定，明明是没得数盲症，体检证上偏写成三期梅毒，不但出不了国，还要被关进医院打青霉素。那种青霉素是进口的，却是兽用药，杂质很多，打在屁股上浑身都疼，而且发高烧。自从打过了那种针，我就老有点黄疸。因为这个缘故，我再也不敢打这种主意。患了数盲症的领导可以出国访问，这方面大家都服气，人家没有不回来的。这也说明数盲在外国也治不好，得吃救济——外国人抠得很，不肯救济我们的人。女人可以出国，内部也有掌握——年轻漂亮的不成。洋鬼子精着哪，见了年轻漂亮的就娶去做老婆。老左就出过国，但是大家都服气，因为她回来了，并且在床上对我说：还是祖国好。这个女人觉悟高，明明是我对她好，她却记在祖国账上，让人没话讲。我前妻也可以出国，但是要到六十岁以后。不管怎么说，她总是有个盼头，我却是一点盼头也没有。

我前妻说，我有张卑鄙的嘴，这是全身上下最恶劣的东西。好在还有一件好东西，那就是二等兵王二。她帮我的忙，全是看它的面子。但这话打击不了我。别人有困难都去求傍肩儿，傍肩儿也帮助，你说是看谁的面子？只是没有求帮出国的，这事太难。我前妻办出了眉目，不知是怎么办的。这件事她始终不告诉我，后来这事失败了，她也不说当初的眉目是什么。

现在可以说说"眉目"是怎么没的。接完了这个电话，我就去听报告。要是推个事不去，就好了。"数盲症可不是装的"——报告人又一次引起哄堂大笑时，小徐对我说：装得真像！我就这样回答他。假如不理他就好了。就在这时，在我们身后巡逻的保安员用警棍在我脑袋上敲了一下，引起了短暂的昏迷。这些农村来的小伙子工作很认真，但是下手

不知轻重。他们看到我们老笑，已经很气愤了——会场秩序不好要扣他
们薪水。小徐也挨了一下，不肯吃哑巴亏，回头就和他们打了起来，登
时演成群殴的场面。他们手里有警棍，我们身上也有东西，有的是铁链
子，有的是半截水管子，有的是发射橡皮棍的气动手枪，有的是喷射阿
摩尼亚的气罐——听大报告时大家都有准备，而且我们的人也不少，除
了各机关的技术人员，大企业的人都来了。坐在我们边上的是玻璃公司，
那帮家伙对打群架兴趣极大，早就把板凳腿拆下来了。一动手就有人递
给我一根板凳腿，我也瞎挥了几下，打倒了几个保安员，自己也挨了几
下警棍——年纪大了，身手不灵活——而会计部的小姑娘则是假装劝架
时朝保安员的裆下施以偷袭。转瞬之间，就把保安员打得落花流水，大
家溃退而出，一哄而散。当然，也得有几条好汉留下来顶缸，否则会有
大麻烦。今天的事是因我而起，我留下来。等保安的大队人马来了后，
我就带头扔下板凳腿，举手投降。人家看我血流满面，也不好意思再打
我。别的投降者，不是真伤员，就是体质单薄者，还在脸上涂了红药水。
这正是我们的狡猾处，你要是审问，就说：什么都没干，只是挨了打。
所以人家问都不问，直接押去关小号，半平方米的地方塞两个人，是聊
大天的好地方。我和一个穿黑夹克的小伙子塞在一起，我看他很面熟。
进去以后才知道，是那个穿蓝毛衣的姑娘。等我前妻来放我时，她正坐
在我腿上，但这是因为没地方坐。那孩子连忙解释说：大姐，我们是清
白的，信不信由你。而我前妻摸了她脸一把说：当然是清白的，可怜的
小家伙——快点回去睡觉吧！

　　考虑到礼拜一的群架里有人伤得很重，还破了相，想让保安把我放了
可不容易。这件事要劳动市长亲自打电话："你们那里有个王二，是我家
属的前夫，如果没什么严重问题就放了吧。"除此之外还有好多治安方面
的指示，把保安的头烦得要死。他来开锁时还念念叨叨：什么叫"家属的

前夫"。我要承认，这种关系实在古怪。但这还是直截了当的说法，还有人是某数盲的"家属的前小叔子的哥哥"，有人是"小姨子的前姐夫"，不得数盲也搞不清楚。不过这无关紧要，数盲只要知道是和自己有关系就够了。具体是什么，人家并不想弄清楚。对我们来说，这种关系很明白，我们是绿帽子的发放者，他们是绿帽子的接受者。好多人认为这种暧昧的关系，有助于和傍肩儿间性生活的和谐。我个人不这样想。因为这个缘故，我前妻说我笨。

我前妻把我放出后，就朝我冷笑。她看我愣愣怔怔的样子，就递给我一面小镜子——那样子很难看，我早知道头破了，但不知流了那么多血。但我还能挺住。她说，你那件事吹了。我听了就晃起来，幸亏她从我兜里摸出了救心丹，塞在我嘴里。后来她带我到医院去处理伤口，出来时更难看了——剃了个阴阳头。我一直觉得昏昏沉沉，回到家就睡了。躺下时，我前妻睡在我身边，醒来时天已大亮，我身上有张纸条，上面写着：1.接着睡；2.今后少惹事，还有希望。希望是指出国的事，我知道原来的希望是打架打没的。我就接着睡了。

有关保安的情况，需要补充如下：那些人在现在这样的天气里穿着蓝色的棉大衣，戴着藤帽，手持木棍，戴红色袖标，在街上维持秩序。上级说，现在城市治安混乱，警力不够用了，从农村征调保安员进城，是个好办法。但是这帮人来了以后，秩序就更加糟糕，因为他们上了班什么都不管，下班以后什么都偷。除此之外，他们最感兴趣的事就是揍我们——当然，我们也不那么无辜。你要以为北戴河是新兴科技城市，大家都是知识分子，故而只有挨打的份，那就太天真了。我们挨揍多年，早就懂得怎么还手了。

而我和蓝毛衣的事是这样的：小号里面像个电话亭，架着一块木板，可以坐一个人，另一个只能站着。保安的头头儿问我，要不要单间。我说，你给我个人做伴吧。这时候黑皮夹克就钻了过来，站在我身边。保安把我们塞了进去，隔着门和我说了会儿话，先说他很公道，是他的人先动手打了我，这是他们的不对，明天就打发那小子回家种地。我说你用不着和那孩子为难，等等。他说这事你不用管，打了别人我不管，可不能打你，什么时候都得敬老——我没理他，知道自己在外人看来已经老了，没有什么好感觉。后来他又说，你们的人用了手扣子，把我的人脸打坏了，你看怎么办。——这是真的，我看见他们的人有脸上受伤的。回去以后要说说：打架不准用利器。但是不能嘴软——我说你公事公办呗，我们都在你手里。送我们去砸碱好了，我们又不是没砸过。——我知道他想让我帮他把使手扣子的找出来，但是我不能这么干。任何时候都不能把自己人交出来。我还说：我脑袋也被打破了，这也得有个说法。他说，送你们砸碱是公安的事，但是告诉你的人小心点，别再落到我们手里吧。这就是说，谁要是落了单被他们逮住，就会被打得稀烂。我说，我会告诉大家的，不过你们也要小心点，有人知道你们都住在承德棒槌山，全村出来干保安，家里只有老人孩子，别以为我们找不到——我这是唬人，其实我们远没有那么坏。他就悻悻地走了。

这时我才觉得头疼，还有骑在我腿上的这家伙不对劲。那里像地狱一样黑，但是气味不大对。他拉着我的手往皮夹克底下伸时，我以为他是个homo①。知道他光板穿着皮夹克时，我说了一句：你不冷吗？后来手伸到胸前，摸着两个圆滚滚的东西，我才大吃一惊：这是什么？你怎么长了这种东西？她咔咔地笑，我听出是蓝毛衣，马上关照她不要高声。一个女孩子到了这里是很危险的。保安员可不是些太监。后来她又拿一个冷冰冰的

---

① 即 homosexual，意为"同性恋者"。

东西让我摸——是个带锯齿的手扣子。原来就是她用了手扣子！这下把我气坏了，骂道：混账！谁叫你使这东西！她轻描淡写地说：怕啥。我说：你是不怕，今后谁落到保安手里，怕也没用了。她说：哪个乡巴佬敢犯坏，咱们就到村里去抄他的老窝，烧他的房子，这不是你的主意吗。——听着真可怕。这一位可不像红毛衣，不是纯情少女，伸手就拉我的裤子拉锁。我说：学校里就教了你这个？她就说：老生常谈。老大哥，你太老派。后来她又说，有一种传闻，说我是个 gay①，看来是真的。我说放屁，我要不是后脑勺正在流血，准能表现出男儿本色。后来她拿手绢给我捂着伤口，就这样聊起天来，直到我前妻知道了消息，赶来把我们都放出来。她把我腿都坐麻了，半天不能走路。要是个男的，还可以轮轮班。下回关小号可不能挑女的。昨天的事就是这样。

3

有关和保安员打架的事，还有些可以补充的地方。从某种意义上讲，我们和保安员都是诚实的人，都在尽自己的本分。我们在诚实地劳动：设计各种东西；他们也在诚实地劳动——监视我们。我们觉得他们的监视十足可恨，他们觉得我们不老实十足可恨，所以就经常打架。结果是双方都常有人受伤住院。数盲十分公允地决定：不管谁受了伤，不能报销医药费，不能上班算旷工，结果是越打越厉害。这一回保安有好几个人被打断了鼻梁，他们肯定不甘心，想要从我们身上捞回来。作为老大哥，我要时时刻刻提防在心。假如蓝毛衣是男的，我会毫不客气地揍他一顿。但是对女孩子不能这样办。再说，她不归我管。她在我们这里是客人。

---

① 意为"同性恋者"。

在聊天的时候，有人说假如没有保安就好了。世界上只剩下了三种人：我们、数盲、傍肩儿，生活会愉快得多——我们干我们的工作，数盲发他们的昏，傍肩儿居间调和。这种建议当然是居心叵测——没有保安，我们会把数盲都吃下去，连骨头渣都不剩。如果把傍肩儿们画掉，那就不成个世界。如果世界上没有数盲，我们就会和保安爆发战争——要知道他们恨的就是我们。这场战争胜负难以预料，我们狡猾，会制造各种武器，保安人多，他们在村里有大量的预备队。就算我们获胜，中国人口也是百不存一。算来算去，只有我们可以画去。勾去我们，顶多中国倒回中世纪。那时的技术水平可以养活三亿人——这也不可怕，饿死一些就是了。

我秃着脑袋去上班时，别人问我是不是和蓝毛衣出过操。我想说没有，但是蓝毛衣面红耳赤地看着我，露出一点乞求的样子——这就是说，她已经夸下了海口，说和我出操了。但我又不会扯谎，于是就说：这种事可是讲得的吗？大伙儿就起哄，让我请大家吃雪花梨。我出了钱，蓝毛衣就去买了半筐来。今年的雪花梨可真怪，有苯酚味，吃起来像药皂。人吃下大量的苯酚会有什么结果，是个极复杂的医学问题。我现在知道的只是我打嗝是股药皂味。后来我偷偷问蓝毛衣，是不是真想和我出操，她说其实并不想，只不过和别人打了赌。她还说，我太老了，恐怕满足不了她。现在的女孩子越来越坏了，不但拿我打赌，还要打击我的自尊心。

后来我和我前妻说起这件事，她说我是个笨蛋，人家不是这个意思。假如她是我的话，就会说：那也不一定——这是针对蓝毛衣的"满足不了她"说的。这样就能听到更多挑逗性的话。我听了这些话，就开始乱琢磨起来。忽然之间，听见我前妻厉声喝道：混账东西，站好了！没让你稍息！听了这话，我马上就要站起来，但是她扯着我说：别乱动——没说你。我又老老实实地趴着不动，她又掐我：混账东西，动起来，这回是说你。你们两个简直要气死我。事情完了她想起这件事，笑得打滚，还说我装起傻来像真的一样。我说我没装傻，她就开始不高兴，说，再装就不逗了。最后我只好违心地承认自己在装傻。这也是出于十年来的积习。

我说现在的女孩子越来越坏，是认真说的。过去的女孩子，比方说，我前妻，有很重的责任心。当我们犯下错误去砸碱时，她们当管教，我们不砸碱时，她们调到上级单位当秘书，不管干什么，都是为了庇护我们。假如她们不庇护，我们就都会完蛋。她们从来不参与打架。而现在的女孩子就不然，她们对生活的理解就是傍肩儿和打架，所以不能帮忙只能捣乱。但是也不能一概而论，还有像红毛衣那样比较好的孩子，现在对我们有用。将来就更有用。

我前妻还说，她一直盼着我再犯下砸碱的罪过——到那时她就扔下市长秘书不干，再当一回管教。说实在的，我对那件事从来就不喜欢。在碱场里她问我：王犯，喜欢不喜欢砸碱？我就得答道：报告管教，喜欢！国家需要碱！

当年我去砸碱时，我前妻把我押到木棚里，然后命令道：现在，和我做爱。因为她路上差一点把我打死，我犹豫起来，过了一会儿才答道：报告管教，犯人王二正在服刑！坚决服从命令！就朝她猛扑过去，但是劳而无功。这原因我已经说过，路上吓得着实不轻。她摸着我的阳具，说道：可怜的小家伙，吓坏了。也不知为什么，那东西弹动了一下。她嗖的一下坐起来，说：这家伙懂人话！我也嗖的一下坐了起来，说道：你别拿我寻开心了——士可杀不可辱！她板着脸一指手提包（我们拿它当枕头用），说道：躺下！不然我给你上铐子！我只好老老实实躺着，让她对它轻声细语。过了一会儿，那东西就精神抖擞挺在那里，她又躺下来说道：开始吧——它比你乖。你当然能够明白，这件事使我感到很难堪。它是我的东西，却听别人的命令，是个叛徒和奸细。以后发生的事就更让我难堪，每天下工回了棚子，她就说：脱裤子，我要和它说会儿话。你不准偷听。我躺在那里，又冷，又寂寞。但有什么办法——她是管教嘛。

老大哥王二在碱场是模范犯人，这个荣誉称号很有分量。这说明他在思想改造、劳动、服从管教方面取得了很大成就。假如数盲必须信任一个非数盲的男人，而候选的人里有一个先进生产者、一个模范设计师，还有王二，他就是首要的人选。理由是明摆着的：先进生产者、模范设计师都可能是假的，模范犯人总是货真价实。他肯定能经住考验，因为所有的模范犯人都曾自愿放弃减刑。当年狱领导来问我：王犯，想不想早回家？我就答道：不想，国家需要碱。但这不说明我觉悟高，而是我前妻事先告诉我，这是个圈套，要求减刑的一律加刑。领导上问我：王犯，我们认为你的案子可能判错了，你写个申诉吧。我就答道：我申请加刑——我要为国家的碱业贡献青春！这也是我前妻教我的。结果就被减了刑。说实在的，一开头我不大敢听她的，我怕她万一搞错，真被加了刑——国家真的需要碱。但是她又说，加刑怕啥，不还有我陪着你吗；与此同时，圆睁杏眼，露出要发火的样子，我就不敢和她争，只敢服从。如其不然，就会被罚，天不亮时手执木棍，到广场上走正步，高唱各国国歌。二百多首国歌可不那么容易记住。走着走着——"报告管教，忘了词！""就地趴下，五个俯卧撑！"或者是："王犯，先去喝口胖大海——我对你怎么样？""报告管教，恩比天高，情比海深！""知道就好！从《马赛曲》接着唱吧。"她的心真狠，我都唱到了"上帝保佑女皇"（UK.），又让折回去唱法国国歌——我们是按字母顺序。最后各国国歌都被我唱成了一个调，和数盲唱得差不多了。我前妻说，只要你事事听我的，就能得数盲症。我估计是真的，但是我不肯听她的，起码是出了碱场就不肯。这是因为在恭顺的外貌下，我还有一颗男儿的心。

等我被放出来以后，我们就结了婚。我们的事迹上了报纸的头版。报道的题目是：女管教和男犯人——一条成功的经验。我老婆文章的题目是：心慈手狠——改造王二经验谈。我文章的题目是：为国家服一辈子刑，砸一辈子碱。又过了一阵子，我们俩就离了婚。除了别的原因（老左），还有一个原因是她老把我当两个人，使我险些精神分裂。

4

我从碱场回到技术部工作时，被我前妻管教得甚好，早上一到班，就跑到部长面前报告：报告管教，犯人王二身体良好，今天早上尚未大便！假如是我前妻，就会答道：稍息！先去大便，回来上镣。发现痔疮，及时报告。我答道：是！就跑去蹲茅坑。但是部长不这么回答，在全体同事的哄笑中，他扭扭捏捏地说：老大哥，对我有意见，可以单独谈，别出洋相。我说：是！可以去大便吗？他却不理我，扭头就跑。这套仪式就进行不下去了。你要知道，在释放的仪式上各级领导都说，要我们把碱场的好思想好作风带回原单位发扬光大。不知为什么，回来就行不通。部长还一再托人和我说：过去的事是他不对。要知道，就是他把我送去砸碱的。那时候他还没有数盲症，听我报告怪不好意思的。等到他得了数盲症，就不是这样了，听着报告就会笑眯眯地说：身体好就好呀！按时大便也很重要——同志们都要重视这个问题，当然还有别的问题——就这样一点两点说下去，不扯到天黑不算完。到了这个时候，我再也不敢找他汇报，躲他还来不及。这主要是因为我真的要大便，不能老陪着他。总而言之，拿这一套对付他是不行的。

我前妻听我报告时，常常忽然用手遮住嘴，额头上暴起青筋——那就是她憋不住笑了。报告完了，她押我去砸碱。到了地方，我挥起十字镐来。我喜欢砸碱。砸着砸着，忽然她厉声喝道：够了，省点劲别人来时再用。开了镣，陪我走走。我就打开脚镣陪她溜达，走到一个土丘上，只听她长叹一声：天苍苍野茫茫呀！我连忙答道：是！管教！她嗔怪地说：老大哥！现在边上没人吗！我低下头去，过一会儿才说：报告管教，我脑子里只有一根筋，你最好别把我搞糊涂；她伸出小手来，拍拍我的脸，说道：我是不是对你太狠了？你是不是记恨了？这一瞬间我身体都有了反应——换言之，这时不用她对那东西悄声细语，也能干成。我心里觉得有些委屈，想和她说说话——比方说，我原是个很有前途的艺术家，名字都上了若干艺术殿堂的收藏名录，怎么搞到了这个样子，靠女人庇护，等等；但是没等我开始说，她就转过脸去，说道：天苍苍野茫茫呀，王犯，你有何看法？我只好答道：是，管教！如果能风吹草低见牛羊就好了。她说：王犯，牛羊能让你想起什么？我就答道：诗曰，马牛其风，管教。她说：大天白日的，咱们俩总不好真像牛羊一样吧。我就答道：报告管教，我看见那边有辆废矿车。她说：很好，王犯，你很能领会领导意图。咱们就到那里去。开步走，一二一！一二一！我很爱我前妻，但是始终没有爱成。她也很爱我，但也没爱成。我们俩之间始终有堵墙。

把时光推到我初做技术工作时，我三十刚出头，英俊潇洒。那时候我前妻就看上了我，但是我却看不上她。说实在的，我谁也看不上，心里想的只是我是个艺术家。那个时候搞技术的艺术家很少，别人都是些退休返聘的老家伙，我在女实习生那里极红，所以狂妄至极，朝秦暮楚，害得她几乎自杀。这种事当然应该遭到报应，所以她就押我去砸碱。等到我报应遭够了，她要和我认真谈谈时，我已经改不过口了——"是，管教！"假如你有个丈夫是这样的，也会觉得离婚较好。另外一方面，虽然我前妻的身体很美丽，但是和她干的感觉还没有和老左好，所以我也想离婚。这件事总的来说是命里注定。有一件事也是命里注定：我这一辈子谁也不佩服，包括毕加索（艺术家都不肯佩服别人），只佩服我们部长（工程师必须佩服比自己强的人）。这家伙简直什么都会，声光电热、有机无机高分子，加上全部数学，虽然他是个浑蛋。等我砸碱归来时，他的样子很悲惨，得了溃疡病，只有九十多斤。这是因为他的事业全都失败了，大规模集成电路厂成品率为零，化工厂天天爆炸，电厂一送电就会电死人。一切和我预料的一样，他的高技术路线不符合国情。所以他找我谈话：老大哥，以前是我的错，咱们合作吧——重新来过！但是我却向他报告说，要大便。当然，我也可以报告说，可以，咱们合作。以他的能力，加我的经验，事情会有改观，但我觉得不到火候。结果是他顶不住，傻掉了，现在胃病好了，变成了个大胖子。我却成了技术部的实际负责人，顶他的差事，这种事就叫命里注定。刚出碱场时，我是一条黑大汉（窝窝头养人），现在瘦得很，也得了溃疡病，一天到晚盼着傻掉。现在的问题是，没有我前妻的指导，想傻也傻不掉。

5

我前妻说过，想要有前途，就得表现好。"表现好"这句话我是懂的，就是要坦白交代。头上的伤刚刚不疼，我就把她约到家里来，开始坦白。从写条子的事开始，蓝毛衣给我写的条子是中文，内容挺下流，用了一个"玩"字，还用在了自己身上。然后又交代在小黑屋里的事：那孩子才是真有恋父情结，她说她喜欢老一点的，有胡子更好。口臭都不反对，只是要用胶纸把嘴粘上。但是绝不能是数盲。老、嘴臭的人有的是，但全是数盲。所以就不好找。我一时色迷心窍，说了些挑逗的话，什么自己比数盲强点有限，等等。她说她是想做爱，又不是想解数学题，只是要点气氛。我就说等出去好好聊聊，我搞过舞美，会做气氛，等等。其实她要是真找

上门，我还得躲出去，当时无非是胡扯八道，以度长夜罢了。

我坦白了之后，我前妻冷笑一声说：我以前说你浑身最坏的部分是嘴，现在知道错了。你最坏的部分是良心。我说：是，管教！她说，是什么呀你，是。人家小姑娘的话，你怎么能告诉我？我听了直发愣，觉得自己是坏了良心。她又说，你自己想想吧，为什么和我说这个。我说，是想让你帮助我。她瞪起眼来说，你真浑！我什么时候不帮你？一边骂一边哭。我赶紧找块干净手绢给她。等哭够了，她才说，可怜的家伙，你是真急了——要不然也不这样。你不是这样的。

我到底是怎样的，她根本就不知道。连我自己都不知道。除了不能发数盲症，我什么卑鄙的事都能干出来，因为我已经受够了。我讨厌爱，讨厌关怀，讨厌女人的幽默感。假如生活里还有别的，这些东西并不坏。但是只有这些，就真让人受不了。我不是工程师，我是艺术家。难道我生出来就是为了当一辈子的老大哥吗？

我现在在日记里坦白我的卑鄙思想，而这本日记除非我死了，她绝看不到。在表面上，我是个善良、坦白、责任心强的人。其实不是的，我很卑鄙。昨天晚上我前妻在我这里睡，等她睡了之后，我爬起来看她的裸体。她的裸体绝美，作为一个学美术的人，对女人的身体不会大惊小怪，我再说一遍，她的裸体绝美。她真正具有危险性。只要她睡着，我看到她的裸体，就会勃起，欲念丛生，但她永远看不到。我不相信有什么男人可以抵挡她的魅力，哪怕他是数盲。所以她一定要把我送出国去。我一定要让她做到这一点，而且我自己还不肯得数盲症。这是因为我恨透了她——她把我撇下，去嫁了个数盲——但是恨透了首先是因为我爱她爱得要死。这一点她也永远休想知道。

四、party

1

　　星期四早上我在图板上画一台柴油机，画着画着把笔一摔，吼道：不干了！开party！于是惹出一场大祸来。这件事告诉我，每个人都可以从正反两面来看。从正面来理解，我是个小人物，连柴油机都画不好，简直屁都不是；从反面来理解，我可以惹出一场大祸，把北戴河的西山变成剥落坑（出自《浮士德》），招来好几万人在上面又唱又舞并且乱搞——顺便说一句，"乱搞"使不止一位数盲得了心脏病死掉，我把火葬场的老大哥害惨了——这说明我是摩菲斯特菲里斯，在世界七大魔鬼中名列第四。我倒想知道一下，其余六位藏在哪里。这个两面性使这篇日记相当难写，我还是像数盲做报告，先正面后反面，然后回到正面上去。顺便说一句，数盲做报告时，眼前有个提示器，上面有两盏灯，一会儿闪绿，这就是说不能光讲正面的，也要谈点反面的；一会儿闪红，这就是说要以正面为主，负面不要说得太多。提示器还显示讲稿，但是数盲决不照念——嫌它太短。我没有这种东西，反面很可能会谈得过多。先说我没画完的柴油机，这是个大家伙，是矿山抽水用的；既不能画成狮子，也不能画成鲤鱼，而是要正经八百地画，因为这东西坏了就会把井下的矿工都淹死。我把它画成方头方脑的样子，十二缸V形，马力够了，看来不会有什么问题。假如我把它画完了，世界上就会再多一个嘣嘣乱响的蠢东西。假如给它纯粹的烷烃，就能发出八百匹马力，虽然它是球墨铸铁做的，也能长久地工作。但是给它的是水面上捞起来的废油，所以连二百马力都不会有，而且肯定老坏。所以它还有一桩奇异之处，配有一个锅炉，假如柴油机坏了，烧起火来，就是台蒸汽机，能够发出一百匹马力，并且往四面八方漏蒸汽。

一百马力能使矿工有机会逃生，但是矿井还是要被淹掉。至于它的外形，完全是一堆屎。对我来说，正面的东西就是一堆屎，连我自己在内。

虽然我能把柴油机画好，但是我根本就不想画它。我情愿画点别的，哪怕去画大粪。在一泡大粪面前，我能表现得像个画家，而在柴油机的图板面前，我永远是一泡大粪。假如我想变成个人，就得做自己能做好的事，否则就是大粪。为此我要出国，或者得数盲症。这件事别人能做成，但就是我做不成。

在那个星期四早上，因为工作让我很头疼，所以我就把铅笔一摔，吼道：不干了！开 party！去把你们的傍肩儿都请来！大厅里轰的一声，大家都往外屋拥，去抢电话，通知他们的人。这以后的事就是反面的了。只有我和小徐坐着不动。他是考勤员，问我：今天怎么算？我说：所有的人都病了。他说：那得派人去医院搞假条。我说：你去。这个浑蛋斗胆要借我的车，我一时糊涂就借给他了。结果他骑着到处兜风，不光耗尽了油，连挡泥板也撞瘪了。最糟的是被保安逮了去，挨了两下之后，就信口胡招，把我们在医院里的关系出卖了，口袋里的一沓病假条就是罪证。他这个人干出了这种事，我倒是不意外。只可惜我们的大夫去砸碱了。但这些都是后话了。

小徐一去就没回来，他死掉了。在这件事上，数盲肯定比我要悲痛。进了局子我才发现，我们的一举一动上面都知道：知道我们拿柴油换白薯，拿铸铁换雪花梨。这些事都是我领头干的，因为工资不够花；当然更知道谁在和谁乱搞，不过数盲表示这些事不必深究，他们教育家属的工作也没做好。我个人认为这些事双方不提最好，省得大家都不好意思。但是不提不等于不重要。

我的问题主要是经济问题：有人管我要储藏室钥匙，我连问都不问就

给了他。储藏室里就是些铸铁、柴油，倒腾没了可以找别人借。过一会儿
又有人管我要地下室钥匙，说要动用战略储备，去开动部里那辆旧北京吉
普。我问他要干什么，他说去把小孙接回来。为此还要开介绍信，说咱
们这里提审他。我批准了——我是常务副部长，手里有介绍信。然后大胖
子进屋来，高声唱道：有螃蟹——要两桶柴油换。我也批准了，但是要他
少带几个人去——搞得那么沸沸扬扬不好。他答应了，但是他们把那辆柴
油车开走时，车上至少有十个人。过一会儿又走了一辆车，说是去拉雪花
梨，去的人也不少，拉走了不少铸铁，拿去换梨；但是又有好几辆车开进
来，上面是外单位的人。我跑出去要把他们撵走，party 是晚上的事，白
天来干什么？我不想有人来帮我们折腾。但是我发现是玻璃公司的人，前
几天人家刚帮我们打了一架，交情非比寻常。更何况人家也不是空手来
的，带来了几箱鲅鱼，还有好多铁棍。鲅鱼是吃的，铁棍干什么用，我都
没敢打听。然后会计部的人也来了，都是女孩子，撵人家就更不恰当了。
有个小姑娘撞到我屋里来，管我要铁筷子，要烫头发——我没理她。她就
跑出去说，屋里坐了个人，一声不吭，好可怕！别人告诉她说，这是我们
老大哥，他总这样。其实我不是总这样，人来得太多，我心情坏。

　　有关战略储备，也是个严重问题。我存了两桶八十升汽油，这是违法
的。汽油是危险品，可以造燃烧弹，威胁到数盲的安全。但是可以造燃烧
弹的东西多着哪，比方说，苯，自来水里有的是，只是领导要它没用。
搜我家时又发现了一把钢制的水果刀，这也是危险品，钢刀可以杀人。假
如哪位数盲乐意试试，我能用铸铁刀把他杀死。根据以上事实，我认为汽
油和钢的危险性并不表现在它可以伤人。主要的问题是它们对数盲有用。
凡对他们有用之物，则危险。我还存了一件最大的危险品——吉普车。这
东西开得很快，当然有危险。我存它的目的是万一有人得了重病，可以在
几个小时内把他送进天津或北京的医院，救他一命。然而我们谁都不是高

速车辆驾驶员（政审通不过），开车上高速公路当然要威胁到数盲的安全。

以前开 party 没来过这么多人。我前妻打个电话来，说你那里好像来了很多人，是怎么回事？我说到了年终，和关系单位联欢。她说你小心点，我们这里有反映。这使我想到了小徐借了我的车去医院，肯定是先到了她们那里。没想到的是再过一会儿他就要死掉了。我想请她来，但在市府的电话上不敢乱讲，就没说。中午时分我就开始和大家打招呼，让他们少招人，但是不管用。到了午后，不知哪来这么多人，连保安的人都吓跑了，怕我们找他们报仇——我们的人太多了。然后我就豁出去不想后果了——要玩就让大家玩高兴。

2

那天早上我还想到这样一些事：其实我过去是有数盲症的，上小学时连四则运算都算不好——当时我就画得很好了，所以觉得算不好没有关系。上中学时物理化学全是一塌糊涂。几何学得还可以，代数不及格。高考之前觉得数学吃零蛋太难看，找我哥哥恶补了一下，在一百五十分里得到了三十来分，就把老师和同学吓了一大跳。假如他们知道我现在是工程师，一定要吓死了。

那天早上我想到四十年前，我们家住在北京的一个四合院里。冬天我哥哥从乡下回来，和我住在一间房子里。那房子中间有一个蜂窝煤炉子，我把全部身心投入了炉子——这是因为我怕冷，还有一个原因是我喜欢摆弄炉子。我哥哥歪在靠窗户的床上看书。那个窗户下面是玻璃，上面糊着纸。当时的情形就是这样的。

　　我哥哥正在插队，每年冬天都带着一肚子的疑惑回来——比方说，当时的年轻人只有少数能上大学，按理说应该选最聪明的人上学才对，但实际情况是选了一些连字都不大识的傻瓜。另一个例子是：大家都在田里出苦力时，要选几个聪明人去县里开会，住舒适的招待所吃很好的伙食；但实际情况又是选了一些不可救药的傻子，到那里讲些老母猪听了也要狂笑起来的傻话。顺便说一句，那种傻话叫作"讲用"，我当时只有八岁，已经觉得它愚不可及。他老在唠叨说，这世道也不知是怎么了。考虑到我当时的年龄，当然回答不出来。

　　我哥哥年轻时经历的事，现在也存在。当然，现在男孩子不用去插队了，在高中毕业时，大家都要去兵营里军训。然后根据教官的意见，把最聪明的孩子送到技工学校受训，比较傻的却送到各种管理、外交、艺术院校里去。后者假如没有数盲症的话，在那里念上几年，肯定就不识数了。当然，这两类孩子将来的待遇会有天渊之别。教官在鉴别孩子的智能方面比任何心理学家都在行——众所周知，聪明的男孩子会调皮捣蛋，而说什么信什么的，肯定是笨蛋。

　　我们俩住在一间平房里时，我哥哥总在读书，先读各种"选读""选集"之类，因为那些书里有读不懂的地方，所以他又开始涉猎思辨哲学和中国传统哲学，黑格尔和《朱子语类》《曾国藩家书》等等；不读书时就坐在窗边疯狂地咬手指。我哥哥非常聪明，根据他后来的表现，他是百万人里挑一的数学天才。

　　有关我哥哥读的书，有一点需要补充，现在各种男孩上的学院里，还在用它们当教本。而技工学校的教本，说来惭愧，都是我们编的。这是因为我们都要到技工学校任教，高深的教本我们教不动。当我为误人子弟而内疚时，就在工程课上教几节素描，还有人在数学课上教美声唱法，在物理课上教唐诗宋词，所有的学生都被我们教得乌七八糟，将来想发数盲症都发不了。

有关我自己的智力情况，我还没有提到过。在碱场里，我前妻对我有个评价：王犯，在工程上你是个天才，但你十足外行。这都是因为你先灌了一脑子艺术才来学工。你应该去搞艺术，这方面虽然我不懂，但我觉得你一定非常人可比。我听了这话，心里很舒服，马上说道：报告管教！今天晚上我睡门口，给你挡着风！她说：混账东西，你想感冒得肺炎吗？我又说：那我睡你脚下，给你焐脚！她又说：身上冷怎么办？最后还是睡在老地方，和她并着头，哪儿冷焐哪儿。

我前妻从来不拍我的马屁，她也用不着这么做。所以她说的话一定属实。假如我也算个聪明人的话，家兄聪明到什么程度就难以定论了，因为他比我聪明了一百倍都不止。但是读了一冬思辨哲学以后，出了一件古怪的事：有一天早上他对我说，我有五块钱，花了三块，怎么只剩两块了？出于对他智力的尊敬，我犹豫着回答道：你说你有五块钱？对呀。花了三块？对呀。那么应该剩几块呢？他这才哈哈大笑起来，说哲学书都把人读笨了。这当然是从反面来讲，要从正面来讲，就不能说是读笨，应该说读聪明了才对。

有一件事必须说清楚，我努力做了十几年的技术工作，水平毫无进境，甚至可以说是越做越笨。我们周围的情形也越来越糟了，凭我的笨脑子什么办法也想不出来。看看我的同事，和我一样。假如谁看上去比较聪明，比较有前途，就会得数盲症。只有我这样的笨蛋不得数盲症。

假如我哥哥的一生被"文革"毁掉了的话，我的一生就被数盲症毁掉了。他现在是个数学教授，不是数学家。我现在是工程师，不是艺术家。假如时局有利的话，我们是可以做成后一种人的。这些事情使我很烦闷。这些事当然是从反面讲的，从正面讲，就根本没有烦闷这回事。

我哥哥当然是个反面人物，他拿短期护照出国，逾期不归。现在他转到了正面上：拿了绿卡，成了美籍华人。按领导上的布置，我早就通知他了——"我们的政策是既往不咎"——但他还是不回来，并且说，借我十个胆子也不敢回来。在此我要坦白一点，假如给我个短期护照，我要干出反面的事来。不给我护照，我也要干反面的事——开 party——我们就是想干反面的事，故而我们才是危险的。

3

现在可以说说为什么要开 party——因为好久没开 party 了，大家都烦躁得很。比方说大胖子，画着图忽然就会引吭高歌，震得玻璃嗡嗡响；还有人会冷不防用小号吹个花腔，能把人吓出一头冷汗。还有几位抒情诗人会冷不防跳起来朗诵一首抒情短诗，但是本钱不够，尚不足以把人吓出神经病。不会制造噪音的人吃了烤白薯，皮都不扔，留着打他们。我们这屋里很热，所以老有股馊白薯味。所有的设计工作都没有正进展，有的还有负进展，这就是说，无缘无故把好好的图纸撕掉。我自己也有点不正常，时时在图板上画出裸体女人来。这就是说，再不开 party 就要出事：和保安打架，和傍肩儿殉情自杀，或者把摩托车开到别人轮子底下去。前几天和保安在会场上打了一架，就是个危险的信号。如果听之任之，架就会越打越大。

除此之外，上级机关也越来越难打交道了，秘书们说话都带有进攻性、挑逗性，而且她们还常常擅离职守，上班时间跑出来会情人；我们一打电话就会被数盲黏上。数盲在办公室里也越来越坐不住了，经常开大会做大报告；会场秩序也越来越不好，保安员也越来越浑蛋。除此之外，还该谈到有好几个礼拜没刮风了，天上的烟越来越黄，像小孩子屙的屎；整个城市一天到晚嘣嘣乱响，像个弹棉花的工厂。这种情形早晚要把人逼疯掉。

数盲同志们对我的辩解反驳道：你说天是黄的？我怎么没看见？对他们来说，玻璃是蓝的，不论家里、办公室的玻璃，还是汽车的窗玻璃都是蓝的。这种玻璃表面有层有机硅透光膜，都是进口的。假如我们能读到些国外科技书刊，没准也能造出这种涂料，但是那些书刊里常夹有半裸女郎的广告，所以有危险，不让我们看。我们看到的全是正面的、没有危险的东西，所以心情烦闷，走向反面。

开 party 就一定要在上班时间折腾，消耗大量的公款公物；否则就等于没有开。然后就折腾一夜，傍肩儿也不回家。数盲问起来，就说回原单位联欢了。不要以为数盲蠢，所有的"家属"都不见了，还不知道是怎么回事，于是整天气呼呼，碍着数盲风度不便发作，而我们（非数盲男人和傍肩儿们）见了这种景象就十分开心。这些行径最起码是犯错误，有些还是犯法的，但是开 party 就是要犯错误和犯法，否则就没有效果。等到犯过错误和犯过法后，大家都能正常一段时间。当然，作为老大哥我要承担责任，去砸一段时间的碱，或者关一段时间的小号——这要看犯的事有多大而定。但是这对我不是大问题：哪里我都熟。等把这些道理都讲够了以后，还有一点我明白：各单位都可以开 party，各单位都有老大哥可以承担责任，干吗非是我不可呢？

外单位的老大哥总给我打电话，问你们什么时候开 party。我听了当然气愤，反问道：你们为什么不开？这班浑蛋说：我们不行——我们没有号召力。再说，你们都是文艺单位下来的人，开出的 party 有趣。不管怎么说，你们是老大哥单位。这话听来有理，但却是混账逻辑。这种逻辑要把我害死。

　　不等公安局的人来找我问星期四 party 的事，我就知道此事绝不能善了；我叫大家搜集硬币，越多越好。这个 party 上了电视新闻，是近年来罕见的集体旷工事件，光这一条就得去砸碱，更何况浪费了大量的宝贵物资。光电石就用了十来桶，但我们没有动气焊，只是用来点乙炔灯，给广场照明——由此你就可知那 party 有多大。硬币是铝的，准备熔了造假脚镣。那东西一文不值，只是有点不好找。蓝毛衣说她要押我去碱场，不准别人争。我告诉她，她也得准备去砸碱。因为这回上面和我们算总账，连打架用手扣子的事也发了。挨打的保安举报说，凶手是女的。我正在抵赖，但未必能赖掉。蓝毛衣知道以后分毫不惧，反而到处去吹嘘：姐们要去砸碱了——照我看她也该砸碱，她把人家的鼻梁都打断，彻底破了相。我们要赔出人家买老婆的钱。但是最后谁也没去砸碱，而是比那更糟。我们国家学习新加坡二十世纪的先进经验，改用鞭刑，数盲决定，拿我们这桩事试点。这就是说，要在背上挨几鞭子了。以前没挨过，挺他妈的新鲜。也许就因为这个，蓝毛衣主动坦白了（她很想挨几鞭，大大地出个风头），还把手扣子交了出来，就被公安局的请走了，再没回来。

　　有关蓝毛衣闯的祸，还有补充的必要。我说过，那一天小徐借了我的车去拿病假条。拿到了病假条，在回来的路上和别人撞了车，与对方驾驶员口角，被保安请去了。人家一查他的证件，发现是技术部的人，除此之外，对方发现他很面熟，星期一下午打架就是他先动的手。在这种情况下，对方当然对他发生了很大的兴趣，当他把一切可交代的事都交代了以后，这种兴趣还是有增无减，这一下就闯了个大祸。小徐进医院后也没醒过来，径直死掉了。尸检时发现肝脏碎了，而且是连同好几根肋骨一道被打碎的。身上还有很多伤，但已没有深究的必要，因为这一处就足以让他死了。这种事当然不能由着它发生，所以保安方面一个死刑，三个无期徒刑。保安方面当然也有些要申诉的事：在星期一的斗殴中有人用了手扣子，把他们的人破了相，所以他们的人才会下狠手打人。因此数盲要把使手扣子的人找出来，抽上一顿，以示公允。

讲了这么多反面的事，也该讲点正面的了。星期四我开了party，等到过完了周末，公安局的人就到部里来，客客气气地说：请问谁是王二？您有麻烦了，要跟我们去一下。说完给我戴上铐子，这个铐子是不锈钢的，有两个顶针那么大，套在两个大拇指上。我认为假如我是摩菲斯特的话，设计这个铐子的就是撒旦本人了——用这么点钢就把人扣住了，怎么能想出来。那位警察听了，摘下大檐帽说：您高抬我——没法子，就给那么点钢。当时我吓得够呛，他就是这种拇指铐的发明者。骂人家是魔鬼，这事怎么得了。谁知他在我对面坐了下来，说道：你这儿挺暖和，我多坐一会儿。你有什么事要办就先办办。别怕，我没数盲症。我赶紧说：看得出来，看得出来！我以前以为你们都有那种病哩。他说：这就是外界对我们的工作不理解了。这说得很对，别人对我们也不理解，说我设计的机器是大粪，还要求枪毙我。所以，理解万岁。

假如可以和数盲们说理的话（其实和他们没法说理），我可以辩解道：星期四我只说了一句"开party"，此外什么都没干。这句话只是振动了一下空气而已——当然，它和后来发生的事有一种极牵强的关系。数盲就顺着这种关系找到了我，让我挨鞭子。除此之外，蓝毛衣与保安打死小徐然后又偿命一事的关系也很可疑。假如保安该给小徐偿命，毙了他活该。假如不该偿命，把他放了也没什么不可以，这么胡搅蛮缠干什么。再说一遍，我知道说理是不许可的。但是我觉得他们实在不讲理。刚进局子，警察就告诉我说，我的案子上面要直接抓，让我做最坏的准备。事实上没有那么坏。

我的案子数盲们很重视，所以警察一直劝我交代出个把别人来，但是我不肯。我倒不是皮肉痒痒想挨鞭子，而是身不由己——身为老大哥，如果让别人去挨鞭子，今后没法做人。这件事一连拖了半个多月，其间还被带到公安医院查了几次体。最后人家说，你年纪大了，心脏也不行，有生命危险——你可要想明白。我听了也有点犹豫，要知道我挺怕死。后来弄明白生存率有百分之七十（后来知道实际上是五十）就鼓起了勇气，签了认罪书，住进了公安医院。这里生活还蛮好的，睡单间，一流伙食，每天看病吃药。住医院有两个好处，一是先把我身上的病控制住，鞭刑后的生存率就能比百分之五十高。二是假如让我住在家里，鞭刑前准会服止疼药、打吗啡针，这样鞭刑的意义就失掉了。

后来我知道，我是命里注定要挨鞭子的，公安局的同志问我那么多，是觉得两个人太少，想多拉几个。他们后来说，人多了热闹，也显得不疼。但我不这么想。他们又说，你这个案子上面动了真怒，多报几个人好，少了可能毙了你。这可让我够害怕的，但我挺住了。这样好，万一后来知道不招也能活就会后悔。宁可当场死，也不吃后悔药。

有关小徐，有必要补充几句。首先，他已经死了，我不说死人的坏话，所以本日记里一切他的坏话都取消。其次，虽然他死了，我还是不喜欢他；因为他什么都不肯干，和老左简直是一样，而且公开宣称他想得数盲症。最后，他已经死了，至死都没患数盲症，所以他是我的人；故此上面说的那句话也取消。而且这件事我也有责任，假如早发现他不见了，就可派出人去找他。发现他被保安逮走了，我可以率大队人马去救他——玻璃公司的哥们带来了铁棍，就是为这样的事预备的。荡平保安总部，冲到地下室把他救出来，在这个过程中，肯定要出人命。假如我干了这样的事，等待我的就不是鞭刑——额头上要吃子弹了。

4

　　星期四我去参加那个 party——现在我是从反面来说，坐的是技术部开出的最后一辆车。当时天已经黑了，但是我也能看出来，这车不是往东山上开——东山上有好多疗养院，现在都空着，我们过去开 party 都在那里——而是往西山上开。西山上也有很多疗养院，现在也都空着，但西山是禁区。这里是中央的地方。自从海里满是柴油，人家就不来了，连警卫部队都撤走了，但别人还是不敢进去。最可怕的是它离市府小区极近，肯定会让数盲们发现。不过，我既然已经豁了出去，也就不问了。车进了西山的围墙，空气登时变得很好闻，因为这里有很多的树，甚至可以说，整个西山就是座大树林。现在树很少见，城里的树都被农民偷走了，所以有好多年没闻见这么好闻的松树味。出于一种朴素的敬畏之心，农民还没到这里来偷。连小偷都不敢来的地方，我们来了，这件事不怎么好。

　　等到车开到广场上，看到那里黑压压的人群，我脑子里又嗡的一声。整个北戴河，整个秦皇岛没得数盲症的人都在这里，甚至还有天津和北京来的人，开来了各种柴油车、烧焦炭的煤气车、电石车，以各种垃圾为燃料，这些是各单位的公务车，一个个千奇百怪；还有新式的日本车、德国车、美国车、瑞典车，烧高级燃料，还有用电池的无污染车，每年要到日本去充一次电，然后就可以开一年，都是首长专车。这两种车的区别在于前一种开起来地动山摇，后一种寂静无声；前一种跑得慢，后一种开得快；前一种车上没有玻璃，驾驶员暴露在外，跨在各种怪模怪样的机件上，一不小心就会摔出来，后一种很严密；前一种车上有各种管道、铸铁手柄、传动皮带等等，后一种没有这些东西，倒有录像机加彩电、小酒吧、电子游戏机、卫星天线、全球定位系统等等；前一种很难开，后一种是人就能开，除了数盲本人，但他也不是真不能开，只是觉得开车失了身份。除了这些之外，还有别的区别。前一种车是我的人开来的，后一种是傍肩儿们开来的。现在他们正在广场上换车开，三五十辆结成一个车队，浩浩荡荡开出去，到山道上赛车；剩下的人在广场上，有五六千人，有个骡马大集的气概。这么大的集会，假如我不是头儿就好了。但是我们这辆车开来时，所有的人都对我们鼓掌，并且有人在扩音器里说：老大哥王二来了，可以开始了。这就是说，这本烂账又记在我头上。我觉得有股要虚脱的感觉，但是挺住了，站在车头上，大声问道：吃的东西够吗？底下人就哄我：老大哥，闭嘴！俗气！车还没停稳，就有些女人叫我们车上的人：喂！陈犯！我在这里！刘犯，快滚过来！这是弟兄们的傍肩儿在打招呼，都是砸碱时傍上的。但是没有叫王犯的——我忘了通知她了。

在医院里我又见到了蓝毛衣，她和我一样穿上了白底蓝条的睡袍，跷着二郎腿，坐在走廊里的沙发上和小护士吹牛，说这一回她肯定上吉尼斯大全。假如先抽她，她就是二十一世纪第一个受鞭刑的人。假如先抽我，她就是二十一世纪第一个受鞭刑的女人。这孩子身材不高，有一点横宽，体质极佳，十之八九打不死。我们俩在医院里大吃大喝，鸡鸭鱼肉不在话下，还吃王八喝鹿血。原来定的是我八下，她六下。上级的指示有两条：1. 一定要抽得狠，抽得疼，把歪风邪气打下去；2. 一定不能把我们俩打死，以免国际上的人权组织起哄。说实在的，这两条指示自相矛盾，乱七八糟。可以想象有一条是首长的意图，还有一条是秘书加上去的。但是都要执行。所以就把我加到十二下，把她加到了八下，给我们俩吃王八，还请了些五迷三道的大气功师给我们发气。除了这些措施，别的医疗保障方案还很多，但是都怕负责任，让我们自己定夺。这些方案都是胡说八道——试举一例，让我练铁裆功健体，在睾丸上挂砖头——只有一条有道理，我们接纳了。那就是在受鞭刑前灌肠导尿。大庭广众下，被打出屎来可不好。

现在我知道这件事正在紧锣密鼓的筹备中——国家花了宝贵的外汇从新加坡的历史博物馆买来了藤鞭，那种东西浸了药物，打一下疼得发疯，事后又不感染——只是对我来说，有没有"事后"大成问题；从外省调来了武警，以防那天出乱子；与此同时，海滨路正在搭台子。这些事和我没有关系，我应该在日记里多写点我的问题。

星期四晚上，有人运来了一台很大的音响设备，有他妈的逼好几十千瓦，对着话筒吹口气，山海关都能听到。先有人说，上星期是我们技术部老大哥生日！我们的老大哥王二，万岁！万岁！万万岁！我乍听时几乎晕过去，一切不受惩罚的幻想都破灭了。到了这个地步，心里挺平静。在我看来，僭称万岁的事最严重，一有人提就死定了。但是居然就没人问。现在看来，是有关心我的人把这事按下了。

有关万岁的事，我要补充几句：我们部里有好几位浪漫诗人（我不能举出名字，以免他们也受鞭刑），但我认为，诗人的定义就是措辞不当的人。当然，数盲诗人不在此列。他们的问题不是措辞不当，而是诗写得太长而且永不分行。我个人的意见是措辞不当相对好一些。上星期有位数盲诗人在广播里朗诵诗篇，从早九点到晚八点，连题目都没念完，是否过分了一点？

那天晚上的餐桌上有各种好东西：香槟、茅台、鱼子酱，我们预备的东西全扔掉了。等到 party 散了以后，桌上还剩了大量的食品，全是特供。后来数盲让我招出这些东西是怎么来的。说实在的，我不知道。他们又让各特供点清点，仿佛我犯下了抢劫罪。我认为他们应当回家清点。但是局子里的人说，不能这样报上去，否则会说我偷到他们家里去了。

从正面来说，我已经体会到鱼子酱为什么是特供（危险品）了：这种东西太好吃，足以使人为之厮打起来。而在数盲那里就没有危险，他们好吃的东西多极了，犯不着为它打架。

　　后来大胖子要露一手美声唱法，不幸的是话筒有毛病，他嗓门又大，故而完全失真，满山满海都是驴鸣；别人就把他攮下台去。上来一个乐队，玩的又是重金属，好在我及时用棉花把耳朵塞住了。后来有人建议让砸过碱的大哥大姐们跳迪斯科，我就没有听见，糊里糊涂地被人放倒上了镣铐，这回可是铸铁的真家伙。爬起来以后看见大家跳，我也跳。别人是一对一对的，我是一个人瞎扭，自得其乐。忽然有人在我背上点了一指，回头一看，是我前妻。穿着套装，很合体，脸上浅笑着，妩媚至极。我赶紧把棉花掏出来，这会儿不是乐队吵，而是铁链子哗哗地吵。因为所有跳舞的男人都戴镣。我说：报告管教，忘了通知你。她说：没有关系。我说：又要劳动你送我去砸碱了。她说：大概吧。你是有意的吗？我想了想说：对我来说，没有什么事是有意，也没有什么事是无意。她凑过来，贴住我的脸：你很诚实。这时候有人宣布说，各房间都有热水，可以洗澡，也可以喝。这就是说，早有人把深井启动了。深层地下水是特供的，它的危险性在于可以洗澡，洗澡很舒服，洗了还想洗，就会把水用光；我们用当然犯法，这是因为假如我们抽走了深层地下水，表层带有盐碱的水就会渗下去——数盲抽才没有问题，虽然他们抽了地下水，表层水也会渗下去。这件事我负完全责任——听到这条通知，她就带我去出操。进了房间才发现镣铐都打不开——后来是用手锯打开的——所以只好戴着干。那天晚上她没有发口令，我自己就行——事后她说：这样的情形是第一次吧。我说：是。她又说：这说明，你爱我？我说：大概吧。她一听，眼睛里全是泪，因为这回答不能让她满意。她又问道：那你可爱过别人？我斩钉截铁地说：没有。她就说：那我死了也不亏。后来又干了两三次，都是我主动。然后我们开着她的车回我的小屋，喝了很多酒，又干了很多回。后来就睡了，再以后我醒来，我前妻已经走了，到现在还没见着。

假如我在受鞭刑的时候死掉的话（这一段是我受刑前写的，现在知道我并没有死），希望领导上能把这个日记本交给我前妻。这个笔记本里有好几处说到我爱她，希望她看了能够满意。我一直不肯告诉她，是因为她是我的管教，我是她的"王犯"，这种关系比爱不爱的神圣得多。而那天晚上我告诉她，我大概爱她，情形和现在差不多，我觉得自己快完蛋了。当时我们那间屋里点着床头灯，挂着窗帘，但还是一会儿红、一会儿绿。这是因为有些浑蛋带来了船上用的救生火箭，正在不停地燃放，而且火箭都朝小区飞去。还有人在喇叭里说些放肆的话，恶意攻击——我没有说过这些话，但要对此负责任。窗帘上火光熊熊，不知烧了什么东西，很有可能在烧房子；后来才知道是烧木板箱。在这个地方开这种party，罪在不赦，因此我觉得自己很有可能被枪毙。当时我还想过，假如要枪毙我，千万别遇上球墨铸铁的枪。那种枪虽然不危险，但是拉好了架势等它不响，响的时候又没准备，死都死不明白。在这种情况下和她肌肤相亲，一切禁忌都不存在了。

除了告诉她这些，我还要告诉她，在小木屋的地板下面，有个木箱子，里面有点贵重的东西。有一套雕刻的工具、钢制的小刀等等，这些东西别人见了就会抄走。谁知道呢？也许她的下一个傍肩儿也是艺术家，这样就能派些用场。有些旧版的图书画册，还有我过去全部作品的幻灯片，给她留作纪念。还有几千美元，是我哥哥托人带来的，绝不是黑市上换的，送给她——当然，假如要没收，我也没意见。有意见也没用——我已经死了。

五、鞭刑

1

我住进医院时，脊梁还完整。中间出来一次，是到广场上挨鞭子。后来还在里面住了很久。初进去时，还要交代问题。每个新见面的警察都先递个小本子过来，说道：老大哥，先给我签个字，然后咱们再谈。我成了明星了，虽然我什么都没干。就说市府小区断电的事吧，我事先一点都不知道。那天晚上我刚下了车，整个西山忽然灯火通明，我倒大吃一惊：这儿怎么有电哪？顺便说一句，电也是危险品，可以电死人。早就没有电了，自己发的不算。领导那里当然有电，他们勇于承担风险。正好电业局的老大哥在我身边，告诉我说：西山一直接着小区的电网，日本机组，好使着哪。我又问：会不会超过负荷？他就哈哈大笑：这边一接通，那边就断掉了。所以那天晚上市府小区一团漆黑。本来一团漆黑时还有件事可干（拿肚皮拱人），但是夫人们也都不见了——跑到我们这里来了，来之前还洗劫了家里的电冰箱、储藏室。既然没有电，暖气也就停了，数盲们在黑暗中，又寂寞，又冷，还没人给他们做晚饭，生生饿了三天，只吃了些饼干。因此这个祸就惹得很大。公安局的老大哥后来说：你也该挨抽——第一，那天晚上不请我们；第二，我替你挨了多少骂！电话都炸了窝，让我派人上山拿人，都是我按住了。顺便说说，老大哥是常务副职的俗称，另一个意思是非数盲，各单位都有。我回答说：第一，以前我真的不知道公安局也有老大哥和弟兄们（他当即反驳说，屁话，数盲能办案吗），假如挨了鞭子不死，一定补过。第二，我认为不值得感谢，因为那天夜里我们人多，你们敢来，恐怕是走着来，爬着回去。他听了哈哈大笑，说：你这张臭嘴——但是说得对。所以我们没上山拿人。我尽量安排，不让你死，但是万一有个三长两短，也别怪我。

　　根据从国外买来的卫星图片分析，星期四晚上有上万人、成千辆车到过西山，但这还不算多。星期五和星期六还有人从各地赶来，星期一party才散。高峰期是星期天，西山上有三万多人，在每个房间里都留下了用过的避孕套，搜集起来装了半垃圾车。但是我早就下山了，没有看到这种盛况。在这三天里，数盲们遇到了很大的困难：既没有秘书，也没有专车，既不能工作，也没有家庭生活，所以感到很失落。西山上扩音器地动山摇地响，又有些信号火箭飞过来，市里的数盲就从小区里跑掉，去了山海关空军机场，等party完了才回来。后来他们到现场去看，看到半垃圾车的实物，又觉得心里酸溜溜的，一致认为对王二要严惩不贷。在此我要郑重声明，这件事和我无关。我没有这等身手，一人造出半车货来。

　　有关party的事，我还最后有些要补充的地方。那几天我们成了数盲——吃数盲的饭，喝数盲的水，用数盲的电，和数盲的老婆睡觉；数盲成了我们——没了吃的、饮水、电、老婆，一切都要自己想办法。他们本可以像我们一样，到自由市场买块烤白薯、到饮水站要点饮水、点一盏电石灯，或者到地下室启动应急发电机，然后自己去找个傍肩儿，但是这样做证明他没有数盲症，所以他们不肯。假如不是我星期四在西山上开那个party，那么就会有别人在别的时间、别的地点开这种party。这是因为在此之前，我们，各种工厂的技术员、工程师，以及各种科技机构里的男人，还有所有的女秘书、夫人等等，觉得生活很压抑，需要发泄。这件事不能怪王二一个人。那半垃圾车的货就是证明。只有数盲才不觉得压抑，也不觉得有什么要发泄的，所以这个道理和他们说不通，他们认为这些事都怪我一个人。除此之外，他们也没有数量的概念，认为我一个人射出半垃圾车精液完全可能，并且不肯想想，射出半垃圾车后，我还能剩下什么。等到这件事过后，大家都发泄过了，感觉良好；但数盲们却觉得受了压抑，也需要发泄，要抽我的脊梁。我没有数盲症，只是个小人物，所以脊梁就保不住了。当然，这件事也不那么简单。听说有不少夫人旗帜鲜明地对丈夫表示：要是王二有个三长两短，我就和你一刀两断！但是在大是大非面前，数盲总能站稳脚跟的。所以她们的努力也就能保住我一条命。除此之外，听说各机关都增加了夫妻生活的次数。这说明数盲们也会接受教训。虽然数量增加了，质量还是没改进。根据可靠情报，他们现在还是废话连篇，而且还是在拿肚皮拱人。

我现在可以坦率地说出一切，就如那位希腊勇士——当被带到暴君面前，被问到"你凭什么反对我"时，他坦然答道：老年。我现在的样子和老人差不多，但是问题还不在这里。我现在已经做好了死去的准备，这是最主要的。在我看来，数盲最讨厌的一点是废话连篇，假如你不制止他，可以说上一百年。除此之外，他讲的每一句话，我们都听过一千遍。当然，在这一点上，双方见仁见智，永远谈不拢。数盲们说，这话我讲了一千遍，你还是没有听进去；我们说，你讲了一千遍我还是听不进，可见就是听不进。数盲又说，一千遍没听进，那就讲一千零一遍。但是他根本不知道一千遍是多少遍，更不知这么多遍可以让人发疯；尤其是一面听这些废话一面挨肚皮拱，就更要发疯。除此之外，我还有点善意的劝告，在干那事时，要把注意力从废话上转到女人身上，这样肚皮和阳具就能有点区别。当然，他们的绿帽子绝不是我一人给戴上的——只要有数量的概念就能明白，我一个人戴不上那么多绿帽子，但他们是没有数量概念的——讲出了这些话，我就可以挨鞭子和死掉了。

2

受刑日早上五点我就起来了，到手术室里接受处理——情况和手术前
备皮差不多。然后穿上我自己挑的衣服，经过消毒的中山装，从手术室里
出来，有位年轻的警察给我戴上铐子。那铐子看上去是不锈钢的，但戴上
才知道，它又轻又暖，是某种工程塑料。我就开始琢磨它，想方设法把它
往硬东西上蹭，发现它的表面比钢还要硬。问它是什么做的，押送的警察
也不知道，只知道是进口的。看来世界上的技术正在日新月异地进步，不
学习就会落伍。走到医院门口，遇上蓝毛衣，她穿着黑皮夹克，黑皮短
裙，黑色长袜，高跟鞋，也戴着那种高级手铐，几位女警押着她。我吻她
时，别人都扭过头去，然后我们就上了一辆囚车，这是一辆装甲车，也是
特供，因为装甲不像球墨铸铁。她坐在我身边，然后就把脑袋倚在我肩
上，说，起得早，困了。然后就睡了。这孩子长了张大宽脸，厚嘴唇，脸
上有雀斑，但是相当耐看。她在睡梦里一再咂嘴。她用了一种法国香水，
非常动人。这是特供。今天也有给我用的特供，那就是进口强心针。虽然
还没用，但肯定能用上。

她睡了一小会儿，起来说道：老大哥，和你商量件事。待会儿我先
上。我说：你要破吉尼斯纪录吗？她说不是的，把你打个血淋糊拉，我看
了害怕。听到了"血淋糊拉"这四个字，我背上开始刺痒，说：难道我就
不怕？她愣了一下才说：好，你先上就你先上。我闭上眼睛——说着就使
劲闭眼。我说：算了，和你逗着玩，让你先上。于是我就开始想象她挨打
会是什么样，这些想法都很刺激。她说害怕，我就能懂了。这就是说，她
和别的女人是一样的。

我前妻也说过害怕，那是在砸碱的时候，晚上她要上厕所，让我陪着
去。到了地方，她进去了，我在外面遇上巡逻队，就有麻烦。

——黑更半夜，你怎么出来了？

——报告，是管教拿枪押出来的！

——那就不同了。怎么枪在你手里？

——报告，她拿着嫌累！

——那又不同了。她不拿枪，你跑了怎么办？

——报告，我逃跑时先把枪还她。

——你要是不还她怎么办？

——报告，不还是犯错误，我不敢不还。

——那你就在这里等着吧。你都把我绕糊涂了！

我前妻在里面都听见了，出来时就说：王犯，对答甚为得体！我回答说：是管教教导有方。她说：真他妈的冷！把枪还我。快点回去暖着我。向后转！跑步走！一二一！一二一！

在那辆东摇西晃的囚车里，我和蓝毛衣聊了一会儿。我问她爱看什么书。她睁大双眼，连雀斑都放出光彩来：《塔拉斯·布尔巴》！！！这是果戈理的书，里面有战争、酷刑、处决等等，是一本关于英雄的书。这比我想象的好得多，但这绝不是说这书不危险（它也是禁书），而是我心里有更不祥的猜测——Story of O。当然，是我猜错了。

后来蓝毛衣就又睡着了，又把头歪在我身上，十分沉重。在受鞭刑的早上，前往刑场的中途，我想一个人消停一会儿，看来也是不可能。这个女孩子我真是猜不透。本来挨鞭子是我们的事情——首先是我的事，因为我是老大哥——莫不成她也想来当老大哥？但是她硬要来插一杠子。首先，根本没人请她来帮我们打架；其次，更没人请她去把保安的鼻梁打断。要知道我们和保安的关系并不像表面上那么坏，在她插一杠之前，保安打我们，我们也打保安，双方都留有分寸；至多打到头破血流，从来不把骨头打断。这甚至可以说是一种游戏。她插一杠以后，双方都死了人（我们的人被打死，他们的人被枪毙），以后就再没法算一种游戏了。这件事实在让人痛心。

3

我既胆小又怕疼，原本宁可自杀也不会去挨鞭子。这一点在我坐在囚车上前往刑场的路上已经充分表现出来：我出了一路的冷汗，服了三片救心丹，虽然早上导过尿，弹力护身里还有点潮湿的意思。最可怕的是到了刑场上多半还要出乖露丑，让大家都看到我是孬种。我在鞋底里藏了一片保险刀片，随时可以拿来割脉。但是我挺着没用，主要是今天这么大的场面，假如主角畏罪自杀，数盲恼羞成怒，谁知会出些什么可怕的事。可以想象的后果是：1.随便揪另外一个人抽一顿；2.把该我挨的鞭子加在蓝毛衣背上。不管发生了什么事，别人都要看不起我。我不能让这样的事发生。我的责任心极强，这就是我总是当老大哥的原因。

我哥哥也是个负责的人。他得了关节炎从乡下回了城，进了一家小工厂，每天拐着腿去上班，哪怕是天阴下雨腿疼时也按时前往，夜里往往还要加班。我问他为什么，他说：你还看不出来吗？假如大家都不好好干，国破民穷百业凋零之时，我们就会有另一次"文化革命"，或者和外国开战，或者调军队进城来军管。总而言之，领导上想要破罐破摔，有好多种摔法，你想象都想象不出来。想要避免被摔碎，我们必须要表现得像个好罐子。在我看来，像他那样负责的人还是挺多的，在青少年时期，我只见过一两次摔罐子的情形。到了中年，该我负责任时，我想我是尽心尽力了，人家要抽我的脊梁，我都让抽了。

我哥哥王大和我极相像。下乡插队时，他是集体户的户长，除了干活儿，还要管大伙儿的吃喝。进工厂以后，他是班组长，上班总是早来晚走，还不敢拿加班费。后来他又当过学生班长、工会小组长、各种会议的召集人等等，直到他当得不胜其烦，逃到美国再也不敢回来。有个老美一见了他就说：你在军队里待过，当过二十年军曹！当然，这是想当福尔摩斯的老美。其实我哥哥一天兵都没当过。现在王大一想起自己干过的各种不伦不类的差事就做噩梦。我和他的经历大体上差不多，但是不做噩梦，因为我还在噩梦中。我们俩在遗传上一定有点古怪。假如我死了，应该有人解剖一下我的尸体，找出毛病的所在，最好还能找出个矫正的办法来。

在乘车前往刑场的途中，我一直在想今天的要点。第一，我不能被人抽出屁滚尿流的样子。这是因为在场的会有大批我们的人，假如我屁滚尿流，会伤大家的心。虽然按我的体质和性格一定会显出屁滚尿流的样子，但我要拼命顶住。第二，今天我不能死掉。假如我死掉，就会出天大的乱子。其实作为受刑人，死活不是我该考虑的问题，但是作为老大哥，必须把不该考虑的事全考虑到。数盲对出乱子的看法是：不怕，不就是死几个人吗。听起来没什么，但你要想到他们不识数，根本不知几个是多少——也许大伙都死光，他还觉得只有几个。但是这两个要点又是自相矛盾的。公安局的老大哥告诉我说：今天抽人的是保安的人，他管不着，所以"你要是挺不住千万别硬挺，装出个屁滚尿流的样子，我就能插手了"。这就是说，假如我要保命就要屁滚尿流，不屁滚尿流就不能保命。这两方面都要顾及，事先难以拿主意，只有等鞭子抽上再做定夺了。

到了地方，看到海滨广场上黑压压的一大片人，少说有一万。一半是我们的人，另一半是警察，手里拿着小巧玲珑的冲锋枪。那东西做得真是精巧，我一看就入了迷。我们还真有不少好东西，不光有球墨铸铁，只是平时不肯拿出来。有关球墨铸铁的枪，我有一些补充说明。那种枪放的时候嗵的一响，冒出一股浓烟来。假如那枪对着你放，有一定的危险性，看见浓烟后，就有一颗半斤重的铅弹发出蜣螂飞翔的声音朝你飞来。这种子弹中在身上必死无疑，但是赶紧躲的话，还能躲开，或者拼命逃跑，那个铅屎壳郎未必能追上你；假如是你拿枪朝别人放，危险就更大，沉重的枪身要猛烈地往后撞，所以在开枪前最好在胸口垫个包装纸箱。我和我前妻在碱滩上打野兔子时，放过铸铁枪，像这样精巧的冲锋枪却没放过——大概是进口的吧。对于这种枪，我也有点要补充的地方：它完全是危险品做的，所以真是好看，故而它当然是特供。见到了这种东西，说明我闯的祸真是不小。

广场上有一座木板搭的台子，上面有桌子、麦克风、数盲，等等。台子后面有座 X 形的木架子，看来要把我们拴在上面。我们从囚车上下来时，遇到了山呼海啸般的掌声，还有人高呼欢迎老大哥，然后这掌声又被更大的声响压下去了。会场周围的武警齐声喝道：不——准——乱——动！那种嗓门和保安是一个类型的。蓝毛衣听了，禁不住往后一缩，撞在我身上。我却推了她一把，说：别怕，不是冲咱们来的。然后我们就进到台子背后的棚子里等候。这个棚子是铝合金和玻璃做的，里面就我们两个人。隔着玻璃往外看，到处是戴钢盔的武警，我们好像进了笼子一样。瘆人的是这棚子很隔音，所以很静，这里有一把长条椅子，太阳晒得很暖和。我指指椅子说：请坐。蓝毛衣坐下来，我隔着玻璃往外看，看见数盲在做大报告。平时我对报告不感兴趣，今天倒想听听，但是听不到。棚里有台黑白电视机，放着外面会场的实况，但是无伴音。我给了它几巴掌，想把伴音打出来，但是不成功。不仅没打出伴音，倒打出大片的雪花。反正闲着没事，我又打了它一顿，把雪花打掉，还打出一点彩——原来不是黑白电视，是彩色的，但伴音还是打不出来。今天见到的都是特供，只有这台电视例外。这使我想起了数盲常说的话：好钢要用在刀刃上！我今天就是到了刀刃上。

4

我和蓝毛衣住在医院里养伤，讨论受刑那一天的感受，一致认为在铝合金棚子里等待的时候最难熬。那一天市长和四个副市长都发了言，一共讲了五个多钟头，只有寥寥数语提我们的事，大多数时间却在谈精神文明问题、生产问题、污染问题、计划生育。考虑到我们就要血肉横飞，闲扯这些谈话真是有点奇怪，所幸我们在棚子里一点都听不到（这是后来知道的），只看见武警在打呵欠。隔了老半天，才有人把玻璃门打开一条缝。蓝毛衣"唰"地站了起来，正要走出去，那人却说：不要着急，还早。我就是告诉你们这个。然后关上门走掉了。蓝毛衣就在棚里来回走，我却坐了下来，想打瞌睡，但是睡不着。要知道也许再过一会儿我就要死了。所以我就琢磨那个手铐——那东西是那么像不锈钢，仔细看却能看出，它的颜色有点灰暗。真的钢比它亮。这也许是因为镀了一层无光膜。后来我又把手铐举到玻璃边轻轻地敲，声音很脆，但是有点轻飘飘。敲着敲着来了一个哨兵，对着我蹲下来。我还是继续敲，他就张大嘴巴，让我看嘴形——干——什——么？我也这么答道：不干什么。不干什么。他说：不——准——敲。我说：就——敲。他端起枪来，对准我的胸口。我把胸膛往上一挺。他就笑了。然后回头看了看，走开了。

后来人家告诉我们说，那一天电视在向全国转播，大家等着看北戴河抽人，等来等去不见动手，不是数盲的人都熬不住，睡着了。数盲倒是瞪着大眼在看着，但也早忘了等着干什么。电视镜头一会儿照照这个，一会儿照照那个，终于照到了一个人在啃面包，就转播了那个面包消失的全过程。然后他像眼镜蛇一样张开大嘴，让全国人民看他的扁桃腺，还用舌头舔面包渣，这使我好一阵见了面包就恶心。然后又转播了一个人抽烟，抽了一口，憋住了气，用左眼看看烟头，再用右眼看看烟头，最后用两只眼看烟头，把自己看成了对眼，足足憋了四分钟，才把那口淡淡的烟呼出来。后来知道，那个人原来是个蹼泳运动员，肺活量大得惊人。我要是有那么好的肺，就绝不吸烟。还转播了一个小会计给自己化妆，先是仔仔细细给自己画眼晕，画完了，照照镜子，用纸擦掉，再画一遍。忽然之间，她拿出口红，给自己画了个大花脸，然后吐着舌头给别人看。我要是像她那么年轻漂亮，就绝不在电视上糟蹋自己。后来才知道，电视摄像机位置很隐蔽（同样很隐蔽的还有一大批狙击手），会场上的人一点儿也不知自己上了镜头。后来这些上镜头的人都倒了霉。然后有人嘘起来，等到嘘声很大的时候，武警朝天鸣枪，大家都趴下，数盲往天上看。但是我们在棚子里看不到武警鸣枪，也听不见。只看到大家趴下数盲朝天上看，所以一点也看不明白。假如不是在屏幕上见到了熟人，我还以为放错了频道，这是个电视剧哪。看见这种情形，蓝毛衣就哭起来了。

　　我在受鞭刑之前，在一个玻璃亭子里关了很久才去挨抽。当时我以为自己很可能马上就会死掉，但是没有，虽然挨第八鞭后死了一会儿，吸了氧气，打了强心针。醒过来以后，有人要把我解下来送医院——余下的下回再打。我坚决不同意，并且抱着柱子不撒手，说自己没问题。我可不乐意再被关在棚子里。数盲们尊重我的意见，又打了我四下，然后七手八脚地把我解了下来，要架我上担架。但经过现场抢救，我还能自己站住，就把搀扶的手都推开，从台上走下去。这时候会场上已经乱了，到处都在和武警扭打，还有枪响。只有台前一片人端坐不动——都是我的同事。不动是对的，动就会有伤亡，而且伤了谁都不好。我不在，也不知是谁在为头。我朝那边走了几步，又被人架住。公安局的老大哥凑着耳朵说，你还是快走为好。我点点头，就在这时，有个女人站了起来，她戴着墨镜，穿一件薄呢子大衣，高跟靴子，径直走过来，原来是我前妻。原来她回到部里，掌握着这帮人，这我就放心了。我对她说：你给我根烟。她拿出烟来，吸着了放到我嘴上。我抽了一口，猛烈地咳呛起来，同时眼前阵阵发黑，赶紧取下烟来又递给她，说道：给别人吧，别糟蹋了。然后我就人事不知了。

我说过，蓝毛衣在棚子里哭过，当时她说：你看看，他们都在干什么？一点都不尊重我们。我赶紧安慰她说：会尊重的——不尊重我们，也得尊重国家的鞭刑。但是我心里却在想：看来他们把我们安排成了个会尾巴。所谓会尾巴，就是很不重要的议题，万一来不及进行，就推到下次会。看情形，我们要被押回医院。以后还要五点起来，灌肠导尿——导尿这件事最可怕，因为二等兵王二不经折腾，动不动就直起来，那些小护士面面相觑，然后说：老大哥，可喜可贺。她们的意思是说我这把岁数了还这样可喜可贺，但我觉得自己为老不尊，难堪得很——这些还可以忍受，还要在这个棚子里等候，不知会等到什么时候。因为有了这些细节，所以真被绑到 X 形架上时，我倒感到如释重负。

现在我知道，其实数盲们很重视我们，那天唯一的议题就是揍我们，但是不管揍谁，哪怕是揍自己，数盲们都要讲两句，两句并不多，在这方面我们没话可讲；不幸的是数盲根本就不知两句是几句，讲起来就没完。因为这个缘故，蓝毛衣哭得很伤心。我让她把头倚在我肩上，因为我是老大哥，比她大二十多岁，我显得既端庄又体贴。其实我也一阵阵地想撒癔症。在一个静静的玻璃棚子里，看着外面的浑浑噩噩，再加上自己生死未卜，我心情坏得很，但我能控制得住。这一切得益于我前妻对我的训练。当年在碱场里，她训练我走正步，喊了"一！"后，就这样对我说：王犯，你脾气很坏！而我保持着金鸡独立的姿势，朗声答道：报告管教，一定改！她压低了声音说：看着点人。然后凑过来吻我一下说：告诉你，不准改，改了就没意思了。你只要控制住自己就行了。因为有这样的训练，所以我不但能控制自己，而且能眼观六路耳听八方。一下在电视上看到了玻璃棚子，透过玻璃还看见我和蓝毛衣拥在一起，就说，咱俩上电视了。蓝毛衣转过身来，把哭哭啼啼的样子暴露在大庭广众之下。等到看明白这一点，她暴跳如雷，原地跳了好几下高儿。后来又对我说：老大哥，你得为我做证，我可不是怕了才哭的。我说：当然，但也得我能活着才成。

　　后来电视调了一下焦距，棚子、玻璃都不见了，只剩下我们两个，坐在椅子上。我们俩笑着朝电视招了好多次手，但是没什么反应。我眯着眼睛，想把摄像机找出来，但是阳光正从那个方向来，所以什么都看不到。蓝毛衣倚着我说，她有个好主意，假如我挨了鞭子不死，我们俩就傍起肩来。我说，这是老生常谈。我有个更好的主意。她振作起来，说道，结婚？生个孩子？我说，不是的。我想认你当我干女儿。她勃然大怒，跳起来用并在一起的手打我。后来她说，你们这些浑蛋，都不和我好，都让我当女儿！我的便宜这么好占吗！这种说法引起了我的注意，这孩子的脾气、体态、相貌无一不是当女儿的料。但是她的亲生父母怎么了？假如有父母的话，谁也不敢来挨鞭子。这个问题的答案是这样的：用不着你操心！他们是数盲！早不认我了！然后她问我，当你女儿也可以商量。你爱我吗？我说，爱。与此同时，双眼平视着她，用交叉在一起的食指指向她的胸膛。她的胸脯很大，对她那个年龄的女孩子来说，实在是太大了。

5

我前妻训练过我怎么说"爱",这一手在受鞭刑之前,面对蓝毛衣的时候用上了。这种训练是这样的:在走正步时,她喊二(如前所述,"一"的内容是有关我的脾气),我换了一条腿站着,她问道:王犯,说"爱"的要领是什么?我就答道:报告!双眼平视对方,平静、缓和、深情地,用胸音!她说,转过来,做一遍!我保持着"二"的姿势,单腿转过身来——这一手就是少林寺武僧也要佩服的——对她说了爱。她问:周围有人吗?我说:没有(当时是清晨四点半,天还不大亮)。她说:很好。还有呢?我说:报告。你得先说稍息才成。她说:稍息。我就放下腿,走过去吻她,做得和热恋的情人一样。这时候她说:你要是能"情不自禁"就好了。我说:是!管教!请指示要领!她勃然大怒,说:混账!我要揍你!我就咔嚓一转身,面对我们的木棚做好了跑步的准备姿势,朗声答道:是!管教!拿鞭子还是拿棍子?我以为能把她气疯,但是没有。她叹了口气,说道:不和你怄气。现在——解散!我受训的事就是这样的。等到开 party 那晚上,我们俩躺在双人床上,我用胳臂揽着她。她问我,在碱场干吗这样怄她。我憋了一口气,好半天才吐出来,什么也没说。她猛地翻身起来,扑在我身上,用手指划着我的胸膛说:等你死了,我要把你的心扒出来,吃下去!我说:用不着等那么久,现在就吃吧。于是她在那里咬了一口,留下一个牙印。后来在医院里,一个女医生也看见了。她问我谁咬的,我问她问这个干什么,她说没什么,这个女人的牙很好呀。但是这又扯远了。

我在玻璃棚子里对蓝毛衣说了爱,就照要领行事,但因为两个人都戴了铐子,所以我往左扭,她往右扭,就这样往一块凑,从头顶往下看,一定像个太极图。就在这时,棚子的拉门哗一声拉开了。我们俩站了起来,站得笔直。门口站了一大群人。公安局的老大哥说：你们俩谁是头一个？我看了一眼蓝毛衣，发现她脸色苍白，就朝前跨了一小步——但是蓝毛衣已经大步走了过去，我就退回来坐下。她把手伸过去，人家给她开了铐，她就往外走，但是被好几只手推了回来。拉门又关到只剩一条缝，那位老大哥在外面说：别着急，还要等等。这下连我都沉不住气了，跳起来问道：等到什么时候？他说：这我也不知道，和我急没用。他对蓝毛衣说：再叫你就脱掉外衣，快一点，大家都少受罪。然后拉上门，上了锁，走了。所有的人都走了。蓝毛衣转过头来，说：现在干什么？声音发抖。我知道她怕了，就说：活动活动。语气平缓，一如平日。这可不是我前妻训练出来的，而是我的本性。当初她在身后一枪打穿了我的帽子，我还是不急不慌。而不急不慌的原因是我极傲，甚至极狂。我已经说过，狂妄是艺术家的本性。这种品行深为我前妻所不喜，所以她常拿着手枪对准我的脑袋，说道：王犯，我要一枪崩了你，然后自杀。我真的吓得要命——谁知枪里有子儿没有——但我还是挺得住，说道：报告管教，崩完以后，您就说走了火，不用自杀。她把枪口拿开，说道：王犯，你是瘦驴屙硬屎，你承认了吧。我真的是瘦驴屙硬屎，但我就是不承认。哪怕她真的崩，我也认了。

我在玻璃棚子里老想起我前妻，而眼前的事却是蓝毛衣在伸臂，下腰，踢腿。一活动起来，她的胆子就大了。后来她在屋里翻了一个跟头，然后走到屋角，脱下高跟鞋，倚墙倒立起来，于是夹克、裙子都溜了下来，露出了肚皮、内裤、吊袜带、大腿等等。要知道，我们现在正上电视，我就朝她摇头道：不好看。她又正过来，穿上鞋，搓着手上的土，走到我身边来，说道：我的腿不好看？我说其实是好看的，但是咱们在上电视，你别毒害青少年。

有件事必须解释一下，我们的电视没声音，于是我就以为电视是无声的。其实不对，电视有声音，所有的地方都被人下了微型话筒。所以我们在棚子里说话，全中国，乃至全世界都能听见。这是因为全世界的电视台都买了转播权。这句话就被上级数盲听见了，发出指示道：我们的好多同志，觉悟还不如一个犯人！乱七八糟的镜头怎能上电视！这个指示就往前方（这是电视行业术语，指转播现场）传，但是怎么也传不到，电话一会儿打到新疆，一会儿打到西藏，当地的数盲就大慌大乱，打听他们觉悟为什么不如犯人，不如哪个犯人。平时乱七八糟的事也有，都不如那天糟糕，但是这件事当时我们并不知道。我们在等待，太阳逐渐不那么厉害了，棚子里也没有刚才热。我们都冷静下来，并肩坐着看电视，电视里就是我们自己。只要心平气和，就能觉得活着是好的，不管是怎么活着。

六、认识

1

受过鞭刑后，我的头发都白了，还多了一种咳嗽的毛病。这不能怪别人，尤其是不能怪受刑，要知道我身体一直不好，还有吸烟的恶习。现在我戒了烟，但是我的肺已经被烟熏了三十年，病根深入每个肺泡。上级通知我，可以办出国，但是我拒绝了。这是因为我的手抖了起来——这不是病，而是年老，挨过了鞭子，我已经不止四十八岁了。不管怎么说吧，作为一个艺术家，我已经完蛋了，虽然还能凑合画几下。我现在能做的事，就是写作，而写作只要能说话就可以。我一点儿也不想出国，因为我生在这里，就死在这里也好。按我的身体外表来看，已经有七十岁，该做这方面的考虑了。在此我申明自己的态度——鞭刑是新鲜事物。作为一个受刑人，我认为它对我有好处。当然，它对身体有点损害，但是皮肉之苦可以陶冶情操；另一方面，假如犯了法就送去砸碱，我国的识数人口就会不够用了。人力资源是我国最伟大的资源，有二十亿之多。唯一的问题是识数的人太少了。在这种情况下，让不识数的受徒刑，识数的受鞭刑，实属英明之举。另外，正如数盲们已经指出的那样，我们需要疼痛。疼痛可以把我们这些坏蛋改造成新人。

有关鞭刑，还可以从其他方面来认识。它可以使社会上有关方面心理上得到平衡。我们心情烦了就开 party，数盲们也会烦，特别是感到戴了绿帽时。这时候就该找个人抽一顿。当然，要把全体绿帽子的发送者都抽一顿是不可能的，人力物力都不许可。所以就来抽我。这是应该的——我是老大哥。

而蓝毛衣挨抽也有道理：保安同志最恨城里人。我们吃得好（其实也不好，只是相对他们而言），住得好（同前），干活儿也轻松，这是凭什么？无非是凭了脑子聪明。这一点他们真比不上，所以心里有气。有气了就来打架，在斗殴中又总吃亏。好容易逮着一个落单的，又把他打死了，自己贴进一条人命。他们需要有个机会，既安全又有效地抽我们一顿。蓝毛衣就给了他们这样的机会。事后保安同志们一致认为抽蓝毛衣过瘾，但是数盲们不这样看。

蓝毛衣经过治疗，身体完全恢复了。她现在常来看我，提到我们之间的事，我就说：现在不行了，我认你做干孙女吧。她勃然大怒，摔了我的茶杯，还说：混账，你真是占便宜没够！——这是因为我们一起受刑，我很爱她。假如受刑日我和蓝毛衣在棚子里的举动有什么不妥，我愿负全部责任，并愿受鞭刑。上次抽了我的背，把我抽老了二十岁，这回请抽我胸口，没准儿能把我抽回来。

至于那些不妥的举动是这样的：我和蓝毛衣在棚子里坐着，直到日暮时分。忽然听见有人在敲玻璃门。回头一看，是公安局的老大哥，他往台上比了个手势。蓝毛衣点点头，回过身来，拿出条黑丝带，在脖子上打了个蝴蝶结，问我怎么样。我说：好看。她站起来，俯身吻了我的脸，笑笑说：老大哥，和你在一起真好！我走了。我说：你走吧。然后低下头来，不去看她。因为她笑起来很好看，所以我已经爱上了她——按我现在的情形来看，这种爱有乱伦之嫌。

后来她就走到一边。听见她嗖嗖地拉拉锁，我禁不住扭头看了她一眼——我的卑鄙动机是这样的，没准儿我就要死了，不看白不看——看见她只穿了黑三角裤，长袜，高跟鞋；脖子上系着黑蝴蝶结，皮肤白皙，很可爱。后来所有的人（数盲不在内）都要交代，那天看见了没有，承认看见的要办学习班。我什么都看见了，而且在极近的距离内，所以早该去学习班。她的乳房又大又圆，一边长了一个，总共是两个。然后她朝我露齿一笑，走到我面前说：摸摸。我往直里坐了坐，捧起那两个东西，用嘴唇轻轻触她的乳头，两边都触过了，然后把她推开，拍拍她屁股，说：你去吧。这当然是危险动作，但是我当时生死未卜，不怕危险——她就往门口走。门已经开了，进来不少人。我没有回头，在看电视。从电视上看见有两位警察奋勇摘下大檐帽，遮在她胸前。还有些人揪住她的头发，扭住她的胳臂，拿个黑布口袋要往她头上套，她在奋力挣扎。后来同志们又把她放开了。考虑到国际影响，我认为这是对的。对外宣传的口径，是我们俩犯下罪行后，天良发现，自愿挨一顿鞭子，用皮肉抵偿国家财产的损失和别人的鼻梁，这样说很好，但唯一的问题是国家要我们的皮肉干什么。我和蓝毛衣就是按这个口径进行。过了一会儿，她走到台上，朝四面招手、飞吻，但是身前总是有两个人，举着大檐帽。然后就被带去挨鞭子。我知道上级对我们很重视，从外省请来了好几个赶大车老把式，还反复操练过，所以一鞭子就把她打得像猫一样悲鸣。这个过程相对比较快，因为蓝毛衣身体很棒，只晕了一次，而且用水一泼就过来。后来她破口大骂，和宣传口径配合不上了，这样一来只好速战速决，赶紧把她解决掉；等到抽我时，架子上还热乎着哪。我挨打时紧贴在她的体温上，这种体温在某种程度上抵消了疼痛。假如没有这种抵消作用，我就是死定了。

对于我们挨鞭子的事，有必要补充一点：作为一个前美术工作者——或者按南方的说法，作为一个美术从业员，我认为自己在受鞭刑时很难看。假如不是看录像，我还不知自己上身长下身短，更不知自己手臂是那样的长；在台上举起双手向观众致意时，简直像双鹤齐唳。除此之外，我身上没什么肉，却有极复杂的线条：肋骨、锁骨、胸骨等等，从正面看，就如从底下看一只土鳖虫。应该有人举着大檐帽遮在我胸前，但偏不来遮。挨打时我就如土鳖受到炙烤，越打背越弓，最后简直缩成了一个球。而且我一声也没吭。而蓝毛衣受刑就很好看，她肉体丰满，挣扎有力，惨呼声声，给人以精神上的震撼。受刑后，信件从全世界飞来，堆在医院的门厅里。不管是男是女，都是向她求爱，让我离她远点。因此，谁可爱谁不可爱，谁表现好谁表现坏，昭然若揭。但是数盲们认为我的表现比蓝毛衣还好，真是糊涂油蒙了心了。

2

我以为挨了鞭子之后所有的事就算结了呢，现在知道没这么简单。上级让我谈受鞭刑的认识，谈好了再出院。我觉得这事很古怪，住院是因为我有伤，现在我拄着棍能走路了，还住在医院里干什么。有什么要谈的，等我上了班再谈也可。上级说：这里条件很好嘛，你为什么要出院？我说我想上班。他们就说：我们认为你不必上班，就住在医院里吧。因为他认为这是对你好，所以就不听你申辩，只有对你坏时才让你申辩，但是申辩又没有用。

我说我要出院想上班是真的，虽然听上去有点难以想象。我听说我前妻辞掉了市府的位子，回技术部工作了，像这样的事近十年不曾有过一起，但是现在每天都有好几十起。虽然领导上没让她当常务副部长，但是部里人叫她老大姐。这使我发了疯地想出院回到部里去。这个鬼医院不准探视，也逃不出去，比监狱还监狱。我对数盲说，你们是不是想等我养好了再抽几鞭子？不要拖拖拉拉，现在就抽好了。他们说绝不是的，只是要请我谈谈认识。我已经谈过了（上一节就是），以为他们看到那样的认识会把我放出去。数盲说，那样认识是不行的，还要再进一步。他妈的，不知往哪里进。说实在的，挨了一顿鞭子，我对世界的认识是进了一步，但是我知道把它谈出来不是很恰当，尤其是谈给数盲去听。

数盲们一会儿说我受刑表现很好，一会儿又说，应该再抽我几鞭子才好，简直把人搞糊涂了。他们说我表现好，我就说：谢谢。他们说要再抽我，我就问：什么时候抽？他们目瞪口呆，接不下话茬。这说明这些话都不是认真说的，换言之，是废话。至于蓝毛衣的表现，他们一致认为是恶劣之极，但是谁也不说要抽她。据说有几位数盲看抽她时发了心脏病，这是她裸露身体受鞭之过。这件事不足为奇，他们想看到的是抽我。蓝毛衣是另一个节目，不是给他们看的——放错频道了。

女孩子受鞭刑时必须要露出肉体，但是电视上不能有女人的肉体，这是个两难命题。所以听说现在有了这样一种做法：在受刑前，先在她身上涂一层迷彩，涂得哪是乳房，哪是屁股，全都看不出来。但是这又引出了另一个问题：涂了迷彩后，她在哪里也看不大清。所以现在进口了热像仪供掌鞭人使用。但是还有一个问题，就是在热像仪上看不清谁是谁，除此之外，车把式也不够聪明，操作不了热像仪，所以经常把警卫打着，但是这个问题已经很小了。

至于我表现不好的地方，是当众亲吻了蓝毛衣的乳房。我的态度是：反正亲都亲过了，你看怎么办吧。我的认识就是这样的。顺便再说一句：数盲们把我除名了，我现在不是老大哥了。现在让我谈认识，谈好了放我出国。但我一点儿也不想出国。既不在技术部工作，也不是老大哥，我还出国干什么。

他们让蓝毛衣出院了，理由是她表现不好，还给了她延长实习期的处分。这对她没有什么，我看她乐意在技术部里干，但是对我就很严重。我现在被转到一个单间里，除了送饭的老太太，谁也不让进来。假如蓝毛衣在，她会打进来，我还能有人说说话。现在除了拿着录音机来听我认识的数盲，我谁也见不着了。我这一辈子从来没有这种经历，所以我脾气变得很坏。

有位数盲对我说：你想想，你为什么会住在这里？我们又为什么把你从技术部除名？我说实话：我不知道。和我拐弯抹角地说话是没有用的，除非你是想露一手幽默感。但是众所周知，数盲没有幽默感。等他走了以后，我想：他这不是暗示我得了数盲症吧，假如是这样，这小子就有了幽默感啦。

3

在 X 架上，最能感觉自己是个造型艺术家，有丰富的空间想象力。比方说，有一鞭是斜着下来的，你马上变成两块硬面锅盔，或者是 cheese cake，对接在一起。假如有一鞭横着抽在腰眼上，就会觉得上半身冲天而起，自己有四米多高。假如鞭子是竖直地抽下来，你就会觉得自己像含露的芙蓉，冉冉开放。每一鞭的感觉都不一样，这是因为每一鞭都换个把式，每个把式鞭打的概念都不一样——一样的是他们都是农村来的，痛恨我们，说我们在城里吃得好住得好，不好好干活还闹事，就是该揍——疼痛也在变化，一开始像个硕大的章鱼，紧紧吸在胸前，后来就变得轻飘飘，像个幽灵，像一缕黑烟。到了这个程度，就快不行了。我这样说，数盲们本该很高兴。但是他们不高兴——这些比方他们听不懂。

蓝毛衣挨抽的感觉肯定和我大不一样。本来该抽脊梁，却常常歪到屁股上。因为这个缘故，受刑之后刚把她放下来，她就冲到车把式面前，挨个儿啐人家，一连啐了三个人，才晕死过去，被人抬走了。年轻人就是身体好。我被放开时，像水银一样往地上出溜，就地抢救了一阵，才能爬起来。这就是我挨抽的认识，可以断言，不是数盲们爱听的那种。

以下的认识，数盲们大概也不爱听。而我这样谈，是因为我已经烦透了。当我露出一身骨头，站到台上向大家致意时，有一种投错胎转错世的感觉。假设有位数盲光着脊梁腆着大肚子到了台上，低头找不到肚脐眼，也会有这种感觉，因为谁生下来也不是为了挨鞭子呀。后来人家用皮绳捆着我手腕往架子上吊（那帮家伙手真狠，把我下巴颏撞破了），让我的光板胸膛体会到 X 形架的厚重和蓝毛衣的体温，这时候我抬着头看到头顶棕黄色的烟云——万籁无声。此时在我视野里，只有一个血迹斑斑的 X 形架的上半部，还有楔形黄色的天空，万籁无声，还有背上冷飕飕的，时间停住了。你说这是在干吗呢？我不知别人会怎么想，反正我此生体验到的一切荒诞，在此时达到了顶峰。

数盲们说，我们花了宝贵的外汇进口了鞭子，开了万人大会向全国转播，市长副市长都讲了话，难道就是为了让你体会到这些？这是巧妙的发问，但也属于我此生体会到的种种荒诞中的一种。所谓外汇、万人大会等等，都是为了铺垫数盲们的殷切期望和拳拳爱心，而我，渺小的王二，怎敢不感动？我的回答是：你不妨把我想象得更渺小，就说我是个分子，物理学证明，分子有分子的轨道——假如说我不配，那就说我是个原子，原子也有轨道，更小的东西更有轨道，凡是东西必有轨道——你去把你的期望和爱心投到分子上面，看看可能把它从轨道上移动分毫？不管怎么说，挨鞭子的是我，认识是我的事。我的认识还没说完呢。我说过，此生体会到的一切荒诞，都在鞭刑架上达到了顶峰。这就是说，我觉得一切都不对头。不是一般的不对头，而是彻头彻尾的不对头。

数盲们要我说明什么叫不对头，我能想到的一切比方都和数学有关，比方说，你在证一道数学题，证出了一些触目惊心的结论：三角形内角和有七百二十度、四方形是圆的，等等；此时就会觉得不对头。但是数盲早把数学全忘了，所以就说不明白。这件事说明会讲话不等于会思维。数盲们做大报告，就如坐在马桶上放松了括约肌，思维根本来不及。事实上思维就是分辨对头和不对头，而数盲就是学会了如何做报告而忘记了如何思维。我的这些认识都是说给会思维的人听的。我认为我们该做的事是把一切已知的事都想明白，然后再去解偏微分方程不迟。现在我就能想出件不对头的事，是有关蓝毛衣的：又要抽人家，又不让人家露肉，这对不对。假如这样想，就会发现世界上根本没有两难命题，只有从根上就不对的事而已。我被绑在架子上等着挨鞭子时，就觉得从根上都不对。假如这事不是发生在我身上，我就不会这样想。

4

小的时候，我哥哥告诉我，这世界上有种东西叫作"荒唐"，它就像关节疼，有时厉害，有时轻微，但是始终不可断绝。但是我八九岁时哪儿都不疼，所以就耸耸肩，表示不能想象。现在我身上疼的地方可多了，所以认为它是个很好的比方。我小的时候，听到"形势一片大好"、"前途是光明的，道路是曲折的"之类的话，只觉得它是一些话而已，绝不会像我哥哥那样笑得打跌。人是不会在八岁时就体会到什么是荒唐的，但像我这样一直到了四十八岁，挨了一顿鞭子才明白，就实在是太晚了。

我在 X 形架上感到的荒唐是这样的：眼前这个世界不真实，它没有一点地方像是真的，倒像是谁编出来的故事——一个乌托邦。刚这样想了，背上就挨了一鞭子，疼得发疯——假如你想知道什么是疼得发疯，就找个电钻在牙上钻一下子——这时候我不禁口出怨言：妈妈的，你让我怎样理解才对！在冥冥中得到了回音：你怎么理解都不对，这就叫荒唐！像这样的鬼话，数盲们看了以后一定气得要死。假如真是这样，我的目的就达到了。他们抽了我一顿，还让我谈认识。谈了很多次，却说不懂我的意思。

我对荒唐的理解是这样的：它和疼痛大有关系。我们的生活一直在疼痛之中，但在一般条件下疼得不厉害，不足以发人深省。就以我哥哥来说，去插队（挨饿），得了关节炎，他都不觉得有什么。直到关节炎发展到了心脏病，做手术，可巧那一回上级要求做个针刺麻醉的手术给外宾看，就把他挑上了。领导上要求始终面带微笑，他做到了。但是事后告诉我：针刺一点作用没有，完全是干拉。拉到要翻白眼时，大夫说：病人挺不住了，上麻药吧。领导上却说：念段毛主席语录给他听——这是"文化革命"里的事。我哥哥始终微笑着，是怕领导说：这小子做怪相，甭给他做手术了——就这样开着胸晾在手术台上，肯定比疼还糟。做完手术后，他告诉我，有荒唐这种事。但我不懂。砸过碱、关过小号、被保安开过瓢后，还是不懂。等到吊上了架子，挨了一鞭子才懂。那是一种直接威胁生命的剧痛，根本挺不住的，可是我被吊在那里，还有十一鞭子等着你哪，你说往哪里跑吧。由此就得到了疼痛的真意：你的生命受到了威胁；轻度的疼痛是威胁的开始，中度的是威胁严重，等到要命的疼时，已经无路可逃了。

我住医院的时候，他们发现了我的日记本，拿去研究了一番，又还给我了，还问我以前的日记哪里去了。以前我是不记日记的，原因就是怕数盲们看见。现在我变了主意，不但记日记，还把它放在数盲们能看见的地方。如果有话不说，就是帮助他们掩饰荒唐。在这本日记上，数盲在幽默感有两个传统来源（见"三、蓝毛衣＆我前妻"）"数盲和生殖器"处打了个大问号。据我所知，保安员同志们的幽默感也有两个来源，"眼镜"和生殖器。眼镜就是我们，这提示了幽默感从何而来。当你发现有什么人和东西比你聪明，你莫奈他（它）何时，就会开怀大笑。我们比保安员聪明，这是不争的事实，而生殖器比我们聪明也是不争的事实。它最知道自己要什么，一次都不会搞错。当然，最聪明的是数盲，他们不但知道自己要什么，而且都能得到。数盲最伟大的地方，就是能够理解，并且利用荒唐。因为他们如此聪明，就觉得那东西蠢得很，一点都不逗了。

有位数盲警告我说，我的认识很危险。这就是说，我已经和易燃易爆物品列入一类了。危险的东西应该由上级来掌握，这就是说，我再也别想从医院里出去了。

有关"危险"这件事，我现在是这么看的：假如有什么东西对他们有用处的话，数盲就说：这有危险！说了以后，它果真就有了危险——谁敢来拿就会挨顿揍——当然，这种危险是对我们而言。我不明白，我对他们有什么用处。我一个糟老头子，一条腿也被打坏了，走路都得拄拐。就算他们是同性恋，这个玩笑也开得过分了。

除此之外，我什么都能够解释通了。当然，危险的定义还要拓宽一些。除了对他们有用的东西，对他们危险的东西也在内。比方说，有魅力的女人，比方说，我前妻，其实对他们毫无用处，但是我们和她们在一起时什么都敢干，所以对他们有危险，要赶紧从我们这里调走。鬼聪明的男人，比方说小徐，也有危险，假如不吸收他入伙，就会把什么都揭穿。最重要的一点是：没有什么对我们是有危险的，甚至连鞭刑都不危险。活到这个份儿上，还有什么可怕的呢。

我还要说，数盲把一切有危险的东西都拿走了，也就拿去了活下去的理由。等到明白了这一点，我们就会有最大的危险性——这是对他们而言。这就是说，干什么事都要有个限度——物极必反。

5

有一件事我始终不明白，就是女人为什么不得数盲症。

他们把我从医院里放出来了。我也不知为什么。回到技术部一看，一个人都没有。有种直觉叫我到海滨广场去看看。这不是什么好兆头……

七、结局

老大哥王二在我受鞭刑时死掉了——我是他的前妻，这本日记现在在我手里。他住院时，领导上说他得了数盲症，但是我不信。他不会得数盲症，因为他是天生的老大哥，永远不会改变。我要说，他对危险的态度过于乐观了——他以为受过鞭刑之后，这世上再没有对他危险的事了——他就是因此死掉的。女人不得数盲症的原因很简单——得了没有好处，所以很少有人得，得了也只会受人耻笑。老左就有数盲症，她跑到我这里来，我们三个女人：我、蓝毛衣、老左，哭了一顿，纪念这个男人。对于爱上他这一点，我从来就没有后悔过，今后也不会爱上别的人了。当一个人爱另外一个人时，后者受鞭刑，鞭子就会打到前者心上。我是这样，他也是这样。唯一的区别是，我的心脏比他的好。现在我人活着，心已死。这是一件好事。我可以平静地干我该干的事了。

黑铁时代·

【一】

黑铁时代的象征是那支鹅毛笔。这支笔捏在手里弯弯曲曲像条死蛇，写起来更是弯弯曲曲。因为这支鹅毛笔，那张粗糙的桌子上就免不了要插上一把红锈斑斑的刀——这把刀的用途是把笔端削尖一些。桌上还有一碗氧化铁墨水，表面浮着一层五彩油膜，散发着浓烈的腥气——虽然如此，你还是不得不用这支鹅毛笔，因为用毛笔没法写算式。每个亲手计算的人都会知道，算式有多么重要。薄暮时分，草房顶的破洞有时会在风里呼啸。有些雪花从窗纸的破洞里飞进来，不知不觉在桌面的一角积起了厚厚的一层。屋子里呵气成烟，手指也冻得通红。除此之外，墨水的表面也结了一层细小冰凌。在寒风呼啸之中，那支鹅毛笔越来越短，在指间捏不住了——这是今天最后一支鹅毛。伏案演算的人不得不站起身来，搓搓手指，用搭在肩上的黑斗篷裹住冻麻了的肩膀。他去把门打开，眼前一片茫茫的白色中间，是一条黑色的小路。此时他既不愿出去，在这条泥泞的小路上走，也不愿待在黑暗的家里。但是权衡了以后，他还是出了门，用一把无聊的锁把两扇门锁住——这件事既不是发生在过去，也不是发生在现在。它发生的地点谁也说不清楚。

戴上耳机，独自走进这个白雪皑皑的世界——过去，比尔·盖茨设想过怎样营造一个虚拟的真实：戴上液晶眼镜和立体声耳机，钻进一件厚厚的紧身衣。眼镜里传来图像，耳机里传来声音，紧身衣上数以十万计的触点让你身临其境——当然，控制一切的是计算机。现在用不着这种笨重的东西，只要戴上这副耳机就够了。虽然对电子技术有些知识，我也不知道耳机里面有些什么。我知道它效果很好，还知道这种东西很便宜。在那条黑色的小路两旁，堆着翻卷的积雪。在小路尽头出现了街道，雪地上的一道污渍接上了一条乌黑油亮的石板路……石板就如一张沾了油的饼铛。在漫天的白气中，沿着空无一人的街道，有个女孩朝他迎面走来。她披着一件短短的黑斗篷，斗篷下露出了两条洁白的腿，迈动得飞快。她脚下穿了一双厚厚的紫色木屐，但紫色不是木头的本色——所以她的脚跟也被染得通红。这个女人走过之后，在街面上留下了一股香气，走在路上的男人在这种气味里愣住了。他转过身去，看这女孩的背影，结果看到了她屐底的铁掌留在石板上的一溜火星。那条石板路像熔化的柏油一样平静，上面映着雪天翻腾的灰色云朵。这个男人面临两种选择，一是沿着黑暗的小路继续前进，到一间灰暗的铺子里买鹅毛；或则沿着相反的方向，追随那双洁白的腿，还有被染红的脚跟。因为这件事发生在一个虚拟的世界里，所以这两种可能都发生了。

我表哥说：你是懂科技的人，替我看看房客们都在干什么。他们在干些什么，他都看到了，看不到的只是网络上的情形。我当然可以替他去看，但是需要一笔钱来买机器和付上网费。有了这笔钱之后，我到网络上漫游，看到了这些。我当然可以告诉我表哥，他的一个房客（住在402室的秃头）在网络上勾画出这样一个世界——但我又不知道从何说起。如你所见，这既不是一个故事，也不是一个游戏……

秃头再次进入自己的文件时，他嗅到空气里有一股淡淡的荷花气味，空中除了呼啸的风声，还能听到隐隐的音乐声。他知道有人已经进入了自己制造的这个虚拟世界。他在北风呼啸的街头站了一会儿，努力判断方向，然后尾随荷花的气味而去，很快就追上了走在前面的女孩，和她并肩走着。他探出头去看她的脸，这个女孩的脸很白净，也比较丰满，不像他认识的任何一个人。但他也知道，在虚拟的世界里，每个人都会变形，声音也会变——他也不像他自己。他们走到街道的尽头，前面又是茫茫旷野。在风把雪吹薄的地方，露出了黑色的菜畦，菜畦旁的水沟虽已被滚来的雪堆平，但沟边疏疏落落还立着枯黄的芦苇；路边立着一座孤零零的中式木楼，共计三层，但已显得非常之高。他们在楼前站住，仰头看看此楼黑色的面容——窄小的楼廊，在木柱和窗棂上，漆皮开裂，露出底下的麻絮；还有那些开裂的窗户纸。有一条铁链子穿过门上的窗洞，把两扇门锁在一起。女孩走上石阶，掏出钥匙去开门锁。这把锁是黄铜制成的，古色古香。女孩拿出的钥匙也是古色古香，和挖耳勺很相似。秃头不轻易称赞别人，但他不禁说道：这把钥匙很好。营造虚拟的世界容易，但把一切细节都考虑到就很不容易。他本人也是个中好手，所以很欣赏这种细腻周到的设想。门呀的一声打开之后，他们走进了一间空空落落的大厅。除了四根粗大的柱子，就是漫地的方砖。迎面还有一座一人高的镜子，在这个世界里应该说是舶来品。镜面上镀层剥落，形成很多像蕨类植物似的条纹。他走向前去，寻找一块完整的镜面，以便看清自己，最后他找到了。他头发茂密，长了满脸的黑胡子和一张瘦长脸。除此之外，他还发现自己的身材是很高的，整个来说，和铜版画上的堂吉诃德很相似。秃头准备自己变成各种模样，但现在这个样子还是出乎他的想象。他不禁后退了一步，惊叹了一声。如你所知，虚拟的世界经不起感情的任何波动。于是他又退回了自己起初进入的地方——他重新坐在了终端椅上，面对着屏幕上那个像木门似的图标，图标的下角有行小字标明了"hei"。此时再去浏览这个文件，就会发现其中插有新的段落。现在已经不是一个人的故事，而是一个游戏了。他把手放在自己胸口，感到心跳得很厉害。

401 室女孩的网址上有一个文件，名字也叫作"hei"，用红黑两色的图标做标志。这是一个黑色的铁栅栏门，门上悬挂着红色的帷幕。想要跨过这个门槛有很多困难，因为这个入口是给自己留着的。当然还有别的入口，但从那些入口进去你就不可能是主人，只能是客人。有一个闯入者越过了这个门槛，对此无须做更多的解释，在网络世界里，没有去不了的地方，只有道行不够高深的人。然后他就坐在黑铁公寓 401 室的终端椅上，手贴着面颊——手下的感觉异常滑腻。发现 401 室的女孩把虚拟世界设在真实之中，闯入者会感到诧异。他走向栅栏，看看酣睡中的秃头：这张脸苍白虚胖，脸上爬满了苍蝇，看起来像死尸，但还是活着的——还有呼吸。然后他回过头来，发现这笼子里有了一样现实中没有的东西：一座穿衣镜，边框是黑铁做成的，所以几乎看不见，能够看到的部分很窄，但假如侧点身子来照，也够宽了。她的模样就如平日见到的那样，只是腰更细了一些，腿也更长些，穿着就如现实中所见，泛白的牛仔裤和花格子衬衫，脸也和现实中所见的一样——这故事开始时就是这样。然后她搬来一把椅子坐在镜子前，开始化妆、更衣。一个男人身临其境，就会感到这个过程漫长、令人哭笑不得。等到这些事做完之后，她穿上了紫色的衣衫——麂皮的无袖短衫和短短的裙裙。这种衣料贴在身上的感觉很细腻。

她穿牛仔裤和花格衬衫比较性感，穿这样的衣服不性感。当她穿上牛仔裤和衬衫时，就好比一个女人未遭男人的玷污，可以称为处女；而穿着那身紫色的服装则显得淫荡。纯洁的形象比较性感，淫荡的形象不性感，但女孩的感觉却恰恰相反。她按了两下电铃，管理员在走廊尽头出现。当这个穿黑衣服的男人走近时，她感到胸口发闷，呼吸急促，同时还觉得腿有点软。这些感觉并不能使闯入者感到愉快，但不管怎么说吧，他还是很感动：一个男人能使女人对他有这样的感觉，就叫作不虚此生。

【二】

秃头到商店里去买鹅毛，鹅毛就插在柜台上的一个瓷罐子里。他先朝鹅毛伸出手去，又按捺住冲动，把手按在柜台上，对老板说：买十支鹅毛——扎毽子用的。驼背的老板走过来，低头看他放在柜台上的手——指缝间还有墨水的痕迹。看过以后抬起头来看着秃头说：我问你干什么用的了吗？这位老板有一只眼睛生了白内障，惨白惨白的像一个脓包，他就用这只眼睛盯住了秃头，一直看到他的心里去。为了回避这惨白的目光，秃头抬起头来看头顶——头顶上有纵横着的梁和柁，构成一幅复杂的画面。尽管有这些不便，秃头还是买到了鹅毛。他又可以回去伏案运算：虚拟的世界比现实世界还是多一些自由。他走出这间商店，来到街上——他又回到漫天大雪里了。他正要回到自己的住处，用鹅毛笔在羊皮纸上开始他的工作——说来你也许不信，他在虚拟的十七世纪里，用鹅毛笔和羊皮纸做工具，做着网络工程师的工作。你信也好，不信也罢，事情都没有什么两样。人一定要有他需要的环境才能工作。我现在正在网络上写自己的小说，我可能在黑铁公寓里，对着一台电脑工作着，此时我在真实里。也可能坐在棕榈树下，用芦苇做的笔往纸草卷上写着。所以，你不要问我在什么地方……

　　秃头离开了那所商店走在路上，忽然又嗅到了一股荷花的气味。他发现那个女孩走在他身旁，样子和上一次稍有不同，但还可以看出是同一个人——或者说是同一个幻象。他说道：Hi，你又来了。她答道：是啊，要不，干什么呢。说话的腔调似乎有点熟悉。他不禁问道：你是谁？对方答道：何必要问我是谁。然后她加快了脚步。他知道是追不上的：在虚拟的世界里，能不能追上一个人，总是取决于对方的意愿。但他还是禁不住去追赶，直到她消失在街道的尽头，才停下来喘粗气。在网络上你会遇到很多人，你可以问她是谁，她会告诉你，会给你名片，甚至把电话号码写在你的手上。没有人会拒绝回答她是谁，告诉了你，你也找不到她，因为这是虚拟的真实。忽然间雪又密了起来。他穿过大雪走回自己的土房，在黑暗中想了好久，得出一个结论是：在实际的世界中，这个人是自由的。既然已经想到了这一点，也就到了重返现实的时节。他把耳机从头上摘了下来。这时周围一片寂静，一片黑暗。天花板上亮着那盏遥远的灯，在隔壁的笼子里，女孩在床上睡着。此时可能是午夜，也可能不是午夜。在黑铁公寓里，分不清白天和黑夜。

　　后来，那个女孩再来访问自己的文件时，发现一些异样之处。她穿上了紫色的衣衫，按动电钮召唤管理员，管理员就来到了，站在她身后。此时她发现，这位管理员不像平日那样死气沉沉，那样呆板，而是带有一些灵气。他站在她身后沉重地喘息着——过去没有这种喘息。他躬下身子，从镜子里看自己的脸，此时他的鼻息留在她后颈上。然后，他站直了身子，用手指在她脖子上按了一下：这是示意她低下头去，把双手放到背后。此时她感到这只手指的指端十分粗糙。男人的手指应该是这样的，但她以前没有想到。她还嗅到了身后的气味：汗酸味，还有一种海风似的腥味。有关气味，她以前也没有想到。总而言之，这个管理员和她以前想象出的那个不同，他是个陌生人。这种变化使她感到现在不再是一个人的故事，而是两个人的游戏了，故事远非游戏可比，她对此又没有任何思想准备。她发现有人窥视了她的内心世界，这使她蒙羞。从镜子里看到，她的脸已经通红。但她如管理员所示，深深地低下头去，同时在心里想道：蒙羞的感觉其实是非常之好。

　　晚上，我待在宿舍里。我的房间里总是黑着灯，正如它过去总是亮着灯。过去我开了灯就懒得关上，逐渐习惯了在灯光下睡觉。后来灯泡憋掉了，我也懒得换上，逐渐习惯了在黑暗中生活。现在这间房子里笼罩着一层蓝色的光，是从 monitor^① 上发出来的。等我把机器关掉，眼前还有一个灰色的方块。不知道是阴极射线管还在发光，还是我眼底的幻象。不管怎么说吧，等这层灰色褪尽，整个房间又呈现出黑白两色的轮廓，就如一篇卡夫卡的小说。应该承认，卡夫卡的小说我读不懂，或者读懂了，却不能同意。我在网络上看到的事情，就如卡夫卡的小说。我可能是不懂，也可能是不同意。我觉得他们都太过古怪。

　　秃头下次进入自己的文件，一切又都发生了变化：他的茅草房里不再像冰窖那么冷了。房子里吹着一种温暖的风，这是从墙缝里吹进来的，脚下依然冒上来森森的寒气，这是因为脚下还是那么冷。房间里的一切变得井然有序：桌子还是那张木板桌子，床还是那张木板床，但已经变了一下位置，屋里就变得宽敞了不少。桌子上乱放的纸张被收拾了起来，地面也扫过了，整个房子里明亮了很多。仔细观察后会发现，窗户纸已经换过

① 意为"显示屏"。

了。原来是一张不透明的塑料纸，现在变成了一张透明的塑料薄膜。在中古的场景中出现了现代的东西，虽然不协调，但秃头不想挑剔这种毛病。他只想到了这间房子有人来收拾，就像一个家的样子了。这些都不是他的设计，是别人做的。从别人做的这些事情里，他感到了一丝暖意。

后来，他走出了房子，发现外面的世界也发生了改变。现在正值傍晚时分，天上的云正在懒洋洋地散去。天地之间吹着和煦的暖风，在西下的阳光照耀之下，从地面到天顶，这厚厚的大气里，好像都是暖和的风。地面上的雪已经变成了薄薄的一层，而且变得千疮百孔。远处的小路两旁，立着竹编的篱笆，上面爬满了紫色的牵牛花。除此之外，天上还飞着红蜻蜓。这个世界依然是他的世界，只是添上了几分暖意。虽然这不是他的本意，但他还是觉得很好。他在小路上走着，满身都是暖意。这种温暖来自别人的关心——有人关心和没人关心是很不同的。人人都渴望爱情，但只有有人关心的人才能够体会到什么叫作爱情。如你所知，我的问题就是没人关心。

晚上我躺在宿舍里，想着401女孩的样子，想起了她下巴上有一粒粉刺。因为这个缘故，她不算非常漂亮，只能说长得还行。我说过，我这间房子里没有灯。后来我走到窗前，看看外面的街道。这条街上漆黑一片。原来这条街上不分白天黑夜总是亮着灯，后来灯都坏了，大家只好摸黑。好在住在这里的人都熟悉这条街，所以没有灯也行。现实的世界很少发生变化，晚上你睡着时世界是这样，早上醒来时还是这样。不像在网络上，几个小时之内，一切都会变得面目全非。

晚上，401室的女孩和管理员一起出门，走在黑暗的街道上。这条街上原来没有灯，现在有了灯——黑漆的铸铁灯柱顶上，亮着仿古的街灯，十九世纪煤气灯的式样。昏黄的灯光下，墙角窄窄的草坪上那些枯萎的月季花又恢复了生气。草坪上不再有垃圾，而且也恢复了整洁。现在这条街变得适合散步了。在她自己设计的世界里也有这条街，但她从来没有想到要让它变得整洁，这是别人的主意。这就使她心存感激——虽然还不知要感激谁。管理员一声不吭地走在前面，他的样子就如在现实中所见，只是走路的姿势更加挺拔。她决定要感激他，就加快了脚步赶上去，和他并肩走着，告诉他说，她很喜欢这条街。她还说，她想起了苏格拉底的话：不加检点的生活是不值得一过的。但是他没有回答。说句实在话，我听说过这句话，但我不知道苏格拉底是谁。

夜色中，管理员带 401 的女孩到离公寓不远的一个酒吧去。这所酒吧安着黑色的铁门，铁门上镶着四片厚厚的玻璃，玻璃背后挂着红天鹅绒的帷幕，门两侧有两根黑铁的灯杆。按动铁门上的门铃，就有戴黑色面具的侍者来开门，脱掉她披着的斗篷，用锁链扣住她项圈上的铁环，把她带走——我想她会喜欢的。谁知她并不喜欢，拼命地挣扎了起来。如你所知，虚拟的世界不容许任何情绪激动，每个想摆脱眼前幻象的人只要大哭大闹，马上就可以退出。所以我不能够勉强她。到了外面，她看了我一眼说：我知道你是谁了——你真是讨厌啊。我不能强迫她进入我的酒吧。实际上，我不能强迫她做任何事情。我说，陪我走走可以吗？她说：这可以。于是我们就在这条虚幻的街上走了两趟，她还把头发蓬松的头靠在我的肩上。但是我们没有说什么。她身上带有荷花苦涩的香味，只可惜这种气味不能带回现实中来。

【三】

学校里不是只有我一个人。我发现楼下的水管冻裂了，就到处去找，最后在锅炉房的某个角落里找到了一个管子工。他听说水管冻裂，只是漠然地答道：知道了。看来他是不会去修的。然后他马上就问我会不会打麻将，或者是敲三家。从这句问话来看，学校里除了我和他，还有别的人，甚至有希望能凑起一桌麻将来。除此之外，我在校园偶尔也能碰到一个长头发的家伙，背着手风琴急匆匆地走过。看来他是艺术系的学生，正要赶到什么地方去上课。我想要告诉他，学艺术也不那么保险，我认识一个女音乐家，现在就住在我表哥开的公寓里。但他总是躲着我走，假如我跟着他，他就要紧跑几步。这也不足为怪，我能看出他是艺术系的学生，他也能看出我是数学系的学生，所以他躲我像躲瘟疫一样。而我想要告诉他的正是：不要以为我才是瘟疫，你自己也是瘟疫——这话当然很不中听，所以他躲我是对的。

在那些行将住进黑铁公寓的人中，有种隔阂：有些人认为自己过得提心吊胆是受了另一些人的连累。前两年这所学校里学生还多时，别的系的人常往我们系的人身上吐唾沫。除了数学系，物理系和化学系的人也常受到这种对待。而我们这些系里的人则往无线电系和计算机系的人头上吐唾沫。这两年这种事情少了，不是因为隔阂没有了，而是因为学生们都退了学，去另谋出路。但就我所知，退了学进去得更快，住在学校里倒安全些。那些退学的同学现在都在公寓里。你说自己没学什么，管理员是不会放你出去的。他们会说：在公寓里照样可以学习。不但现在退学不管用，你就是十年前就退了学，也免不了住公寓。就拿住在我表哥公寓402室的秃头来说，他是我的一位老校友。十年前他上大学二年级时退了学，现在这股风潮一来，照样被逮进公寓里去。我说的这种隔阂在公寓里照样存在，这位秃头住在402室，总想和邻居打招呼，但别人总是不理他。直到住了一个礼拜情况才好了一些。

在黑铁公寓里，秃头和401女孩的床是并排放着的，中间只隔了一道铁篱笆，和一张双人床并无两样。秃头对这张床的模样感到很不好意思，很想把它挪开。他试了又试，但总是白费力气：床是用地脚螺丝拧在地下的，而螺丝钉一头埋在水泥里，另一头又被焊死了。弄明白了这一点以后，他忽然感到如释重负，可以心安理得地和女孩并排睡下了。应该说，401的女孩表现得相当大度，她除了偶尔说上一声"我觉得你可以多洗几遍澡"之外，没有说过别的。那个秃头就不停地洗着，但身上总有一股铁锈气。最后他说：我身上的味是洗不掉的。想要去掉这股味，只能把自己阉掉。那女孩听了以后，淡淡地说道：那倒不必了。这种冷淡是不公平的，因为这个秃头不是说说而已，假如他的邻居再嫌他有味儿，他真的准备把自己给阉掉。这种自我牺牲精神不是人人都有的，所以，就是拒绝这种牺牲，起码也该说声谢谢。

住在402室的秃头原来有个绿头发的管理员，我和她很熟。当管理员以前，她在市场街上摆烟摊。再以前，她在我们学校的食堂里卖过卤菜，两只手各套一个塑料袋接我们递过来的钱，等到拿吃的时候再把塑料袋拿下来。她的手长得很漂亮，脸长得也不错，但是最好的还是身材。夏天我在河边上散步，遇见她在河岸上晒太阳。她摘掉墨镜，眯起眼睛来看着我，然后说道：我好像见过你。——这说明她的记性也不错。我赶紧掏出学生证来给她看，说明我还没有毕业，以免她把我捉去住公寓。看完了证件以后，她用手拍拍身边的地面说：坐。这女孩是个自来熟。

然后她又指指水里的秃头说：我们的房客。秃头正被一条细长的链子牵着，在水里游着很小的圈子——那条河的水总是不大流动，绿油油的像一塘死水，秃头在水里游动时像一只小狗。后来他爬上岸来，伸手去拿裤子。女孩说道：别穿裤子了，把屁股也晒晒。他答应一声，趴在了地上。此时我注意到，此人从脸相到身材的确极像我表哥，但神情很不像。神情

不像，那就什么都不像了。那女孩还告诉我说：这个人很不错。秃头听到这种称赞，满脸涨得通红。下一句话他听了就不那么高兴——"他是我们的摇钱树！"但他还是受到了鼓励，努力去挣钱，最后居然成了个小富翁。像这么胡扯下去就不会有个完，我现在要说的是：这个秃头的为人非常老实。后来他住进我表哥的公寓，说要把自己阉掉，可不是瞎说的。在黑铁公寓里，他把自己洗了又洗，才撩开被子，准备上床了。这时睡在他身边的女孩说道：该去买条新内裤——身上穿的都露毛了。说完她翻了一个身，把脸转到自己那一侧去。秃头又站了一会儿，没有再听到什么。他就钻到自己被子里去。又过了一会儿，听到周围没有别的动静，他从枕头下面摸出一副耳机来，偷偷地戴在头上了。

我在河边碰上那个秃头，除了发现他很像我表哥之外，还发现了些别的。此人的阳具甚为伟岸，而我表哥的是什么样子我却没有见过。此人甚至比我表哥还要健壮，胸膛像一个木桶，胸口、手背、脚面上都长着黑毛。我对他的管理员说：这人的毛真多。她听了哈哈大笑了一阵说：男子汉大丈夫，哪能没有毛。我又说：他是不是你的面首？那女孩愣了一阵，然后笑得打滚，用脚蹬蹬秃头的头顶说：说，你是不是我的面首？后者闷声答道：不是——是也不能告诉你。管理员听了很高兴，对我说道：听见了吧？我说他不错，他就是不错。后来她把两只脚都放在他的头顶上，而秃头则用秃顶去摩挲她的脚心，这个情景让人看了很不舒服——虽然那绿头发的女孩说这很舒服。我看着身上直发冷，赶紧走了。在他营造的虚幻世界里，他应该用秃头去亲近哪个女孩的脚心，但是他没有。他只是伏在一张桌子上不停地演算，探讨世界的奥秘——这就是秃头的可敬之处。